A janela
quebrada

JEFFERY DEAVER

A janela quebrada

Tradução de
S. Duarte

2ª edição

EDITORA RECORD
RIO DE JANEIRO • SÃO PAULO

2013

CIP-BRASIL. CATALOGAÇÃO NA FONTE
SINDICATO NACIONAL DOS EDITORES DE LIVROS, RJ

D329j Deaver, Jeffery, 1950-
2ª ed.   A janela quebrada / Jeffery Deaver; tradução de Sergio Duarte. — 2ª ed.
— Rio de Janeiro: Record, 2013.

Tradução de: The Broken Window
ISBN 978-85-01-09462-9

1. Romance americano. I. Duarte, Sergio. II. Título.

12-6682.   CDD: 813
                                            CDU: 821.111(73)-3

Título original em inglês:
The Broken Window

Copyright © 2008 by Jeffery Deaver

Texto revisado segundo o novo Acordo Ortográfico da Língua Portuguesa.

Todos os direitos reservados. Proibida a reprodução, no todo ou em parte, através de quaisquer meios. Os direitos morais do autor foram assegurados.

Editoração eletrônica: Ilustrarte Design e Produção Editorial

Direitos exclusivos de publicação em língua portuguesa somente para o Brasil adquiridos pela
EDITORA RECORD LTDA.
Rua Argentina, 171 – Rio de Janeiro, RJ – 20921-380 – Tel.: 2585-2000, que se reserva a propriedade literária desta tradução.

Impresso no Brasil

ISBN 978-85-01-09462-9

Seja um leitor preferencial Record.
Cadastre-se e receba informações sobre nossos lançamentos e nossas promoções.
Atendimento e venda direta ao leitor:
mdireto@record.com.br ou (21) 2585-2002.

Para um amigo querido,
a palavra escrita

I
ALGUMA COISA EM COMUM

Quinta-feira, 12 de maio

A maioria das violações de privacidade não serão as causadas pela revelação de grandes segredos pessoais, e sim pela publicação de muitos fatos corriqueiros... Assim como acontece com as abelhas, uma sozinha nos aborrece, mas um enxame pode ser fatal.

ROBERT O'HARROW Jr.
No Place to Hide

CAPÍTULO **UM**

ALGUMA COISA A ESTAVA PREOCUPANDO, mas ela não sabia bem o quê.

Era como uma leve e recorrente sensação de dor em algum lugar do corpo.

Ou como um homem na rua caminhando atrás de você, enquanto você se aproxima de seu apartamento... Seria o mesmo que ficara observando você no metrô?

Ou então um ponto escuro movendo-se em direção à sua cama, mas que agora sumiu. Talvez uma aranha?

Mas o visitante acomodado no sofá da sala de estar de Alice Sanderson a olhou e ela esqueceu a preocupação — se é que era mesmo isso. Sem dúvida Arthur era um homem inteligente e corpulento, mas também tinha um sorriso adorável que valia muito mais.

— Que tal um pouco de vinho? — perguntou ela, entrando na pequena cozinha.

— Claro. Qualquer coisa que você tenha aí.

— Isto é divertido, sabe? Dois adultos matando o trabalho num dia de semana. Estou adorando.

— Rebeldes sem causa — brincou ele.

Para além da janela, do outro lado da rua, havia fileiras de casas, algumas pintadas e outras com a cor natural das pedras. Os dois podiam ver também uma parte da linha dos arranha-céus de Manhattan, um tanto coberta pelo nevoeiro naquele agradável dia de primavera. Ar fresco — ao menos para o padrão da cidade — entrava no ambiente, trazendo o aroma de alho e orégano de um restaurante italiano que ficava mais adiante na rua. Era o tipo de cozinha favorita dos dois, um dos muitos interesses em comum que haviam descoberto desde que tinham se conhecido numa sessão de degustação de vinho no SoHo. Era fim de abril e Alice fazia parte de um grupo de cerca de quarenta pessoas que ouviam a palestra de um sommelier sobre os vinhos da Europa, quando uma voz masculina fez uma pergunta sobre um tipo específico de vinho tinto espanhol.

Alice riu para si mesma. Por acaso possuía uma caixa daquele vinho (bem, *parte* de uma caixa agora), produzido por uma vinícola pouco conhecida. Talvez não fosse o melhor Rioja de todos os tempos, mas a bebida lhe oferecia um outro buquê: o de uma lembrança agradável. Na companhia de um namorado francês, ela havia consumido grandes quantidades durante uma viagem à Espanha. Era uma ligação perfeita, exatamente a necessária para uma jovem de pouco menos de 30 anos que acabara de romper com outro namorado. O romance de férias foi apaixonado, intenso e naturalmente destinado ao fracasso, o que o tornara ainda melhor.

Alice se curvara para a frente a fim de ver a pessoa que mencionara aquele vinho: era um homem de aparência comum, vestido de terno e gravata. Depois de alguns copos do vinho que estava sendo apresentado, ela se sentiu mais corajosa e atravessou a sala, equilibrando um prato de canapés, para conversar com o sujeito sobre o interesse dele no vinho espanhol.

Ele explicou que tinha feito uma viagem à Espanha poucos anos antes, com uma ex-namorada. Contou que gostara daquele vinho. Sentou-se com Alice e os dois conversaram por algum tempo. Aparentemente, Arthur gostava do mesmo tipo de comida e dos mesmos esportes que ela. Ambos faziam jogging e todas as manhãs passavam uma hora em academias caras.

— No entanto — disse ele —, eu uso os shorts e camisetas mais baratos que consigo encontrar na J. C. Penney. Nada daquele lixo de designers.

Em seguida enrubesceu, temendo tê-la ofendido.

Ela, porém, riu. Fazia o mesmo com as roupas que usava para se exercitar (em seu caso, comprava-as na Target, quando ia visitar a família em Nova Jersey). Reprimiu a vontade de confessar isso, no entanto, preocupada em não parecer empolgada demais. Ambos se dedicaram ao costumeiro jogo de primeiros encontros: as coisas que temos em comum. Deram notas a restaurantes, compararam episódios de *Curb your enthusiasm* e se queixaram dos respectivos analistas.

Encontraram-se novamente, e mais uma vez depois disso. Art era divertido e cortês; um pouco reservado, às vezes tímido, com tendência à reclusão, que ela atribuiu ao que ele chamou de "rompimento dos infernos": o fim do relacionamento longo com uma namorada do mundo da moda. E ainda havia o exigente horário de trabalho de um homem de negócios. Tinha pouco tempo livre.

Aquela relação poderia ter algum futuro?

Ainda não poderia considerá-lo um namorado, mas havia muita gente menos interessante do que ele. Quando se beijaram, no encontro mais recente, ela sentiu o arrepio que definitivamente significava química; naquela noite, poderia descobrir até onde ela iria. Ela notara que Arthur havia prestado atenção — furtivamente, ele acreditava — no vestido cor de rosa que comprara na chique Bergdorf Goodman especialmente para aquele encontro. Alice, por sua vez, deixara o quarto preparado para o caso de irem além dos beijos.

Naquele momento reapareceu o vago mal-estar, a preocupação com a aranha.

O que a poderia estar incomodando?

Alice supôs que fosse apenas um vestígio do desconforto que sentira mais cedo naquele dia, quando um entregador trouxera uma encomenda. O homem tinha a cabeça raspada e fartas sobrancelhas, cheirava a cigarro e falava com carregado sotaque do Leste Europeu. Ela assinou o recibo, o homem a olhou de alto a baixo, sem dúvida tentando um flerte, e pediu um copo d'água. Ela foi buscar, com certa relutância, e o encontrou no meio da sala, olhando o sistema de som.

Alice disse que esperava visitas e o homem se retirou, franzindo a testa, como se tivesse ficado zangado por ser rejeitado. Ela observou pela janela e percebeu que se passaram dez minutos até que ele voltasse à van que deixara estacionada em fila dupla e se afastasse.

O que estaria fazendo dentro do prédio durante todo aquele tempo? Examinando...

— Ei, está aqui?

— Desculpe — disse ela, rindo, aproximando-se do sofá e sentando-se ao lado de Arthur, os joelhos roçando nos dele. Esqueceu-se do entregador. Fizeram um brinde, duas pessoas compatíveis em todos aos aspectos importantes: em política (contribuíam com importâncias parecidas para o partido Democrata e faziam doações durante as campanhas da rede pública de emissoras), filmes, restaurantes, turismo. Ambos eram de educação protestante, mas não eram praticantes.

Quando os joelhos se tocaram novamente, ele mexeu os dele, sedutoramente. Em seguida, sorriu e perguntou:

— Aquele quadro que você comprou, o Prescott? Já entregaram?

Os olhos dela brilharam ao assentir com cabeça.

— Já. Agora sou proprietária de um Harvey Prescott.

Alice Sanderson não era rica segundo os padrões de Manhattan, mas fizera bons investimentos e podia dedicar-se à sua verdadeira paixão. Acompanhara a carreira de Prescott, pintor do Oregon que se especializara em quadros foto-realísticos de famílias — não pessoas reais, e sim inventadas por ele. Alguns quadros eram tradicionais, outros não — pai ou mãe solteiros, mistura de raças ou gays. Praticamente não havia no mercado quadros de Prescott ao alcance dos recursos dela, mas Alice se registrara nas galerias que de vez em quanto vendiam essas obras. No mês anterior ficara sabendo que uma tela pequena, da fase inicial, poderia estar disponível por 150 mil dólares. Quando o proprietário resolveu vender, ela tirou o dinheiro de seus investimentos para pagar à vista.

Era essa a entrega que tinha sido feita naquele dia. O prazer de possuir o quadro, porém, diminuíra com um novo surto de preocupação por causa do entregador. Ela se lembrou do cheiro dele, dos olhos lascivos. Sob o pretexto de abrir mais as cortinas, Alice se levantou e olhou para fora. Não havia vans de entrega nem homens de cabeça raspada parados na esquina, olhando para seu apartamento. Pensou em fechar e trancar a janela, mas isso pareceria paranoia e seria preciso explicar.

Voltou para junto de Arthur e correu o olhar pelas paredes, dizendo não ter certeza de onde iria pendurar o quadro no pequeno apartamento. Teve uma ligeira fantasia, com Arthur passando a noite de sábado com ela e ajudando-a, no domingo, a encontrar o lugar ideal para a tela.

Com a voz cheia de prazer e orgulho, perguntou:
— Quer vê-lo?
— Claro.

Levantaram-se e ela caminhou em direção ao quarto, com a sensação de ter ouvido passos lá fora, no corredor. Todos os demais moradores deveriam estar no trabalho àquela hora.

Poderia ser o entregador?

Bem, pelo menos ela não estava sozinha.

Chegaram à porta do quarto.

Foi quando ela sentiu o bote da aranha.

Com um sobressalto, Alice percebeu naquele momento o que a estivera preocupando, e não tinha nada a ver com o entregador. Não, o problema era com Arthur. Na véspera, ele perguntara em que dia ela ia receber o Prescott.

Ela havia dito que comprara um quadro, mas não mencionara o nome do artista. Reduziu o passo ao chegar à porta do quarto. As mãos suavam. Se ele havia descoberto o autor do quadro sem que ela tivesse dito, provavelmente descobrira outros detalhes da vida dela. E se todas as coisas que tinham em comum fossem mentira? Se ele tivesse sabido com antecedência do gosto dela por vinho espanhol? Se tivesse ido à degustação simplesmente para se aproximar dela? Todos os restaurantes que conheciam, as viagens, os programas de TV...

Meu Deus. Ali estava ela, levando um homem que conhecia havia poucas semanas a seu quarto. Com todas as defesas desligadas...

Ela ofegava, sentindo calafrios.

— Ah, o quadro — sussurrou ele, atrás dela. — É lindo.

Ouvindo a voz calma e agradável, Alice riu consigo mesma. Só podia estar louca. Certamente deveria ter mencionado o nome de Prescott a Arthur. Deixou de lado o mal-estar. *Acalme-se. Já faz tempo demais que você está morando sozinha. Lembre-se dos sorrisos dele, dos gracejos. Ele pensa da mesma maneira que você.*

Relaxe.

Um riso abafado. Alice olhou para a tela de 60 por 60 centímetros, as cores sóbrias, o retrato de seis pessoas em torno de uma mesa de jantar, algumas com expressão divertida, outras pensativas, outras preocupadas.

— Incrível — disse ele.
— A composição é ótima, mas o que ele capta com perfeição são as expressões. Não acha? — perguntou Alice, voltando-se para ele.

O sorriso fugiu-lhe dos lábios.

— Que é isso, Arthur? Que está fazendo?

Ele tinha calçado luvas de tecido bege e procurava alguma coisa no bolso. Ela o olhou nos olhos, que tinham assumido uma expressão dura e se reduzido a pontos negros sob as sobrancelhas, formando um rosto que ela mal reconhecia.

II
TRANSAÇÕES

Domingo, 22 de maio

*Você já deve ter ouvido a antiga lenda
de que nosso corpo, dividido em suas
partes componentes, vale US$4,50.
Nossa identidade digital vale muito mais.*

ROBERT O' HARROW Jr.
No Place to Hide

CAPÍTULO **DOIS**

A PISTA LEVARA DE SCOTTSDALE a San Antonio e então a uma área de descanso à margem da estrada interestadual 95 cheia de caminhoneiros e famílias inquietas, e finalmente ao improvável destino em Londres.

O objeto da caçada ao longo dessa rota? Um assassino profissional que Lincoln Rhyme já vinha perseguindo havia algum tempo. Certa vez ele fora capaz de impedi-lo de cometer um horrível crime, mas o homem conseguira escapar da polícia poucos minutos antes de fechar-se o cerco. Nas palavras amargas de Rhyme, ele "saíra valsando para fora da cidade como um maldito turista que tivesse que voltar ao trabalho na segunda-feira de manhã".

O rastro desapareceu como pó, e nem a polícia nem o FBI puderam descobrir onde ele se escondia e o que poderia estar planejando. Poucas semanas antes, no entanto, Rhyme ouvira de seus contatos no Arizona que esse mesmo indivíduo era o provável suspeito do assassinato de um soldado do exército norte-americano em Scottsdale. Os indícios eram de que ele seguira para o leste, primeiro para o Texas e depois para Delaware.

O nome do autor do crime, que poderia ser verdadeiro ou fictício, era Richard Logan. Provavelmente provinha do lado oeste dos Estados Unidos ou do Canadá. Buscas intensas revelaram diversas pessoas com esse nome, mas nenhuma se ajustava ao perfil do assassino.

Nesse ponto, por puro acaso (Lincoln Rhyme jamais usava a palavra sorte), ele ficou sabendo por intermédio da Interpol, instituição europeia de processamento de informações policiais, que um assassino profissional oriundo dos Estados Unidos tinha sido contratado para um serviço na Inglaterra. Ele havia matado alguém no Arizona a fim de obter acesso a certas informações e identidades militares, encontrara-se com capangas no Texas e recebera um adiantamento em dinheiro em alguma parada de caminhões na costa leste. Desembarcara no aeroporto de Heathrow e estava agora em algum ponto do Reino Unido, de localização desconhecida.

O objetivo do "plano bem-organizado de Richard Logan, que tivera origem em níveis elevados" — Rhyme não pode deixar de sorrir ao ler a descrição pomposa feita pela Interpol — era um pastor protestante oriundo da África, que dirigira um campo de refugiados e descobrira uma fraude de grandes proporções na qual remédios contra AIDS roubados eram vendidos para comprar armas. O eclesiástico fora transferido para Londres pelas forças de segurança, depois de escapar de três atentados contra sua vida na Nigéria, na Libéria e até mesmo de um na área de trânsito do aeroporto Malpensa em Milão, onde a Polizia di Stato, armada de metralhadoras leves, examina muita coisa e não deixa passar quase nada.

O reverendo Samuel G. Goodlight estava agora em um endereço seguro em Londres, sob os olhares vigilantes de funcionários da Scotland Yard, sede do Serviço Policial Metropolitano, ajudando as agências de inteligência britânica e estrangeiras a compreender melhor o esquema de troca de remédios por armas.

Por meio de mensagens por satélite codificadas e e-mails que passaram por diversos continentes, Rhyme e uma inspetora da Polícia Metropolitana, chamada Longhurst, haviam preparado uma armadilha para prender o autor do crime. O plano, que fazia jus às elaboradas maquinações de Logan, previa a participação de sósias e a ajuda vital de um importante ex-intermediário sul-africano no tráfico de armas, que trazia uma rede de informantes. Dannny Krueger havia ganhado centenas de milhares de dólares vendendo armas com a mesma eficiência e isenção com que outros homens de negócios vendem aparelhos de ar condicionado e xaropes para a tosse. No ano anterior, no entanto, uma viagem a Darfur o abalara, ao ver a carnificina que seus brinquedinhos causavam. Desistira imediatamente do comércio de armas e se instalara na Inglaterra. Entre os demais membros da força-tarefa havia funcionários do MI5 e dos escritórios do FBI em Londres, além de um agente da versão francesa da CIA, a Direction Générale de la Sécurité Extérieure.

Ao planejar seus passos, eles nem sequer sabiam em que região da Grã-Bretanha ficava o esconderijo de Logan, mas o tempestuoso Danny Krueger tinha ouvido dizer que o assassino entraria em ação nos próximos dias. O sul-africano ainda mantinha numerosos contatos com o submundo internacional e espalhara boatos sobre uma localização "secreta" onde ocorreriam as reuniões entre Goodlight e as autoridades. O prédio possuía um pátio aberto que proporcionava uma perfeita zona de tiro para que o matador assassinasse o eclesiástico.

Era também o cenário ideal para localizar e aniquilar Logan. A vigilância tinha sido organizada e policiais armados, agentes do MI5 e do FBI permaneciam em estado de alerta 24 horas.

Rhyme estava agora sentado na cadeira de rodas motorizada vermelha no andar térreo de sua casa no lado oeste do Central Park, que já não era mais a pitoresca morada vitoriana do passado, e sim um laboratório criminal bem equipado e maior do que muitos outros em cidades de tamanho médio. Repetia o que vinha fazendo frequentemente durante os dias anteriores: olhar o telefone, cujo botão de número 2 ligava diretamente a uma linha em Londres.

— O telefone está funcionando, não? — perguntou ele.

— Haveria algum motivo para que não estivesse? — indagou de volta Thom, seu ajudante pessoal, em tom moderado, que pareceu a Rhyme um prolongado suspiro.

— Não sei. Os circuitos podem ficar sobrecarregados. As linhas telefônicas podem ser destruídas por relâmpagos. Tudo pode dar errado.

— Nesse caso, talvez você deva testar, para garantir.

— Comando — disse Rhyme, ativando o sistema de reconhecimento de voz ligado à sua unidade eletrônica de controle, que substituía de muitas maneiras o seu funcionamento físico. Lincoln Rhyme era tetraplégico, com movimentos limitados abaixo do ponto em que quebrara o pescoço em um acidente numa cena de crime, anos antes: a quarta vértebra cervical, na base do crânio. Em seguida pronunciou o comando: — Assistência de discagem.

O sinal de discar soou nos alto-falantes seguido por um bip-bip-bip. Isso irritou Rhyme mais do que se o telefone não funcionasse. Por que a inspetora Longhurst não tinha ligado?

— Comando — disparou. — Desligar.

— Parece estar tudo bem — disse Thom, colocando uma caneca de café no suporte da cadeira de rodas, que o criminalista sorveu por meio de um canudo. Olhou para uma garrafa de uísque Glenmorangie 18 anos, de malte único, que estava em uma prateleira próxima, mas, como sempre, fora de seu alcance.

— Ainda é de manhã — disse Thom.

— Claro que é de manhã. *Estou vendo* que é de manhã. Não quero beber... é só que... — Ele procurava uma razão para ralhar com seu ajudante. — Se bem me lembro, fui interrompido bastante cedo ontem à noite. Só dois cálices. Praticamente nada.

— Foram três.

— Se você somar o conteúdo, os centímetros cúbicos de que estou falando, era o mesmo que dois cálices pequenos.

A mesquinhez, assim como o álcool, pode ser igualmente intoxicante.

— Bem, nada de uísque pela manhã.

— Ele me ajuda a pensar com mais clareza.

— Não é verdade.

— É, sim, e com mais criatividade.

— Também não.

Thom vestia uma camisa perfeitamente bem passada, gravata e calças. As roupas estavam menos amarrotadas do que de costume. Grande parte do trabalho de um ajudante pessoal é de natureza física. Mas a nova cadeira de rodas de Rhyme, modelo Invacare TDX, que permitia "controle total na direção", podia ser aberta em forma de cama, tornando muito mais fácil o trabalho de Thom. A cadeira era até mesmo capaz de subir degraus baixos e deslocar-se com a rapidez de um esportista de meia-idade.

— O que estou dizendo é que quero um pouco de scotch. Pronto. Já exprimi meu desejo. Que tal?

— Não.

Rhyme fez cara de desprezo e olhou novamente para o telefone.

— Se ele escapar... — A voz baixou. — Bem, não vai fazer o que todo mundo faz?

— Que quer dizer com isso, Lincoln? — O jovem trabalhava com Rhyme havia vários anos. Tinha sido despedido outras vezes, e demitira-se também, mas ainda estava lá, como prova da perseverança, ou perversidade, de ambos.

— Quando eu digo "se ele escapar..." você responde: "Não escapará. Não se preocupe." Todos fazem isso, você sabe. Afirmam coisas quando nem sabem de que estão falando.

— Mas eu não disse nada. Estamos discutindo por causa de uma coisa que eu poderia ter dito, mas não disse? É como uma esposa zangada com o marido porque viu uma mulher bonita na rua e achou que ele poderia ficar olhando para ela, se estivesse ali.

— Não sei o que quer dizer — negou Rhyme, com ar desinteressado, pensando principalmente no plano para a captura de Logan na Grã-Bretanha. Haveria falhas? Como estava a segurança? Ele poderia confiar que os informantes não deixariam vazar informações que ajudariam Logan?

O telefone tocou e uma janela mostrando a identidade do interlocutor se abriu na tela do monitor ao lado de Rhyme. Este ficou desapontado ao ver que o número de onde vinha a chamada não era de Londres, e sim bem mais próximo — do Big Building, o apelido dado pelos policiais ao edifício no número 1 da Police Plaza, na parte central da cidade de Nova York.

— Comando: atender o telefone. — Houve um clique. Em seguida:
— O que foi?

A 8 quilômetros dali uma voz murmurou:
— Está de mau humor?
— Ainda não tive notícias da Inglaterra.
— Você está no meio de um trabalho? — perguntou o detetive Lon Sellitto.
— Logan desapareceu. Pode agir a qualquer momento.
— É como um parto — comentou Sellitto.
— Se você diz. Que foi? Não quero que a linha fique ocupada.
— Com todo esse equipamento você não tem chamada em espera?
— Lon...
— Está bem. É uma coisa que você precisa saber. Houve um latrocínio na quinta-feira passada. A vítima é uma mulher que morava no Village. Alice Sanderson. O criminoso a matou com uma faca e roubou um quadro. Já pegamos o assassino.

— E está me ligando por causa disso? Um crime à toa e o criminoso já preso. Há algum problema com as provas?

— Não.

— Então por que eu estaria interessado?

— O detetive supervisor foi informado há meia hora.

— Lon, estou ocupado. — Rhyme olhava na tela o elaborado plano para pegar o assassino na Inglaterra. O esquema era complicado.

E, além disso, frágil.

Sellitto o fez esquecer suas reflexões.

— Escute. Lamento, Lincoln, mas preciso contar uma coisa. O autor do crime é seu primo, Arthur Rhyme. Homicídio doloso. Ele pode pegar vinte e cinco anos, e o promotor diz que não há como escapar.

CAPÍTULO **TRÊS**

— HÁ QUANTO TEMPO.

Judy Rhyme estava sentada em uma cadeira no laboratório. De mãos juntas e rosto pálido, ela evitava obstinadamente olhar para qualquer outra coisa a não ser os olhos do criminalista.

Duas reações à sua condição física costumavam enfurecer Rhyme: quando seus visitantes se esforçavam desesperadamente para fingir que a deficiência não existia e quando a consideravam um motivo para se mostrarem afáveis, fazendo gracejos em assuntos sérios como se tivessem lutado juntos na guerra. Judy pertencia à primeira categoria, medindo cuidadosamente as palavras antes de apresentá-las delicadamente a Rhyme. Mesmo assim, ela era um espécie de membro da família, e Rhyme manteve a paciência enquanto procurava evitar olhar o telefone a cada instante.

— Muito tempo — concordou o criminalista.

Thom cuidava dos detalhes de hospitalidade, dos quais Rhyme sempre se esquecia. Ofereceu café a Judy, mas a xícara ficou intacta, como um elemento de cenário, na mesinha à frente dela. Rhyme olhou mais uma vez para o uísque, um longo olhar que Thom ignorou sem problemas.

A mulher atraente, de cabelos escuros, parecia estar em melhor forma, mais firme e atlética do que da última vez em que ele a vira, cerca de dois anos antes do acidente que o vitimara. Judy arriscou um olhar para o rosto dele.

— Lamento nunca termos vindo visitar você. Eu realmente queria ter feito isso.

Ela não se referia a uma visita social antes do acidente e sim a uma demonstração posterior de solidariedade. Os sobreviventes de catástrofes são capazes de perceber o que não se diz, com a mesma clareza que teriam as palavras.

— Você recebeu as flores?

Naquele tempo, logo após o acidente, Rhyme se sentia confuso — os remédios, o trauma físico e a luta psicológica com o inconcebível: o fato de que ele nunca mais poderia andar. Não se lembrava de flores, mas tinha certeza de que a família as mandara. Muita gente o fizera. As flores são fáceis, as visitas não.

— Claro, obrigado.

Silêncio. Um olhar involuntário, rápido como relâmpago, na direção das pernas dele. As pessoas acham que quem não pode andar deve ter algum problema nas pernas. Não, as pernas estão perfeitas. O problema é dizer-lhes o que devem fazer.

— Você parece bem — comentou ela.

Rhyme não sabia se isso era verdade. Nunca tinha pensado no assunto.

— Ouvi dizer que você se divorciou.

— Isso mesmo.

— Lamento.

Por quê?, pensou ele. Mas era uma ideia cínica e ele apenas assentiu com a cabeça, aceitando a gentileza.

— O que Blaine está fazendo da vida?

— Está morando em Long Island. Casou-se novamente. Não nos falamos muito. Sem filhos, geralmente é isso o que acontece.

— Gostei daquela vez em Boston, quando vocês dois vieram passar um fim de semana prolongado.

O sorriso não era realmente um sorriso; parecia estar pintado no rosto, uma máscara.

— Foi agradável, sim.

Um fim de semana na Nova Inglaterra. Compras, um passeio de carro a Cape Cod, um piquenique à beira-mar. Ao ver as pedras esverdeadas no litoral, ele teve a ideia de iniciar uma coleção de algas da região da cidade de Nova York para a base de dados do laboratório de criminalística da polícia metropolitana. Passara uma semana percorrendo de automóvel a área, coletando amostras.

Na viagem para visitar Arthur e Judy, ele e Blaine não tinham brigado uma vez sequer. Até mesmo a viagem de volta, com uma parada em Connecticut, tinha sido agradável. Ele se lembrava de terem feito amor no terraço do quarto, com um aroma avassalador de flores do campo.

Aquele havia sido seu último contato ao vivo com o primo. Haviam conversado brevemente uma outra vez, por telefone. Em seguida, veio o acidente e o silêncio.

— Arthur parece ter sumido da face da terra — disse ela, em um riso meio envergonhado. — Você sabia que nos mudamos para Nova Jersey?

— É mesmo?

— Ele estava dando aulas em Princeton, mas saiu.

— Que aconteceu?

— Era professor assistente e pesquisador. Resolveram não oferecer-lhe um contrato de professor titular. Art dizia que era uma questão de política. Você sabe como são as coisas nas universidades.

Henry Rhyme, pai de Art, era um renomado professor de Física na Universidade de Chicago. Aquele ramo da família Rhyme tinha em alto conceito as atividades acadêmicas. Durante o curso ginasial, Arthur e Lincoln conversavam sobre as virtudes da docência e da pesquisa universitária em comparação com a iniciativa privada.

— Na academia, é possível fazer uma contribuição relevante à sociedade — dissera Art, enquanto os dois compartilhavam duas cervejas, o que era proibido com aquela idade.

Os dois conseguiram não rir com o comentário seguinte de Lincoln:

— Isso é verdade. Sem contar que as professoras assistentes são bem gostosas.

Rhyme não se admirou ao ver Art procurar trabalho em uma universidade.

— Ele poderia ter continuado a ser professor assistente, mas pediu demissão. Estava muito irritado. Achou que conseguiria um novo emprego imediatamente, mas isso não aconteceu. Ficou desempregado durante algum tempo e acabou em uma empresa privada, fabricante de equipamento médico.

Judy deu outra olhada automática, desta vez para a sofisticada cadeira de rodas. Enrubesceu, como se tivesse feito uma piada de mau gosto.

— Não era o trabalho dos sonhos e ele não se sentia realmente feliz. Tenho certeza de que gostaria de ter vindo visitar você, mas provavelmente se envergonhava por não ter tido o mesmo sucesso. Quero dizer, você virou uma celebridade.

Finalmente tomou um gole do café.

—Vocês dois sempre tiveram muita coisa em comum. Eram como irmãos. Lembro-me de Boston, das histórias que você contava. Ficávamos acordados durante a maior parte da noite, rindo. Eram coisas a respeito dele que eu não sabia. E meu sogro, Henry, falava muito de você quando era vivo.

— Sério? Nós nos correspondemos muito. Tenho uma carta dele escrita poucos dias antes de morrer.

Rhyme tinha dezenas de lembranças inesquecíveis do tio, mas uma imagem se destacava: a de um homem alto, meio calvo, de feições rudes, dando um passo para trás, rindo alto e envergonhando toda a família no jantar de véspera de Natal — todos, menos o próprio Henry Rhyme, sua paciente esposa e o jovem Lincoln, que ria junto com ele. Rhyme tinha grande afeição pelo tio e ia muitas vezes visitar Art e a família, que moravam a cerca de 40 quilômetros de distância, nas margens do lago Michigan, em Evanston, estado de Illinois.

Naquele momento, porém, Rhyme não estava disposto a dedicar-se à nostalgia e sentiu-se aliviado ao ouvir a porta abrir-se e em seguida o som de sete passos firmes, da soleira ao tapete. Pelo andar ele sabia de quem se tratava. Logo depois, uma mulher alta e esbelta, vestida de jeans e camiseta preta sob uma blusa grená entrou no laboratório. A camiseta era folgada e podia se ver o ângulo pronunciado de uma pistola Glock no quadril dela.

Quando Amelia Sachs sorriu, beijando Rhyme na boca, o criminalista percebeu com a visão periférica a linguagem corporal da reação de Judy. A mensagem era clara e Rhyme ficou imaginando o que a poderia ter chocado: o erro em não perguntar se ele tinha alguma companhia feminina ou se ela presumira que um homem aleijado não poderia ter uma parceira romântica, ou pelo menos não uma tão atraente quanto Sachs, que tinha sido modelo antes de entrar para a academia de polícia.

Ele as apresentou. Sachs ouviu com interesse a história da prisão de Arthur Rhyme e quis saber como Judy estava levando a situação. Em seguida perguntou:

— Vocês têm filhos?

Rhyme se deu conta de que, enquanto notava as gafes de Judy, ele próprio havia cometido uma ao não perguntar pelo filho, cujo nome esquecera. Na verdade, a família tinha aumentado. Além de Arthur Junior, que estava no ensino médio, havia mais dois.

— Um de 9 anos, Henry, e uma filha, Meadow. Ela está com 6 anos.

— Meadow? — questionou Sachs, surpresa, por motivos que Rhyme não conseguiu deduzir.

Judy riu, um tanto constrangida.

— *E* moramos em Nova Jersey. Mas o nome dela nada tem a ver com o programa de TV. Ela nasceu antes que eu o tivesse visto.

Que programa seria esse?

Judy quebrou o breve silêncio.

— Tenho certeza de que você está imaginando por que motivo eu liguei para aquele agente a fim de conseguir seu número. Mas primeiro devo dizer que Art não sabe que vim aqui.

— Não sabe?

— Na verdade, para ser sincera, eu nem mesmo teria pensado nisso sozinha. Tenho andado muito aflita, não durmo bem e não consigo pensar com coerência. Mas há poucos dias estava conversando com Art no centro de detenção e ele disse: "Sei o que você está pensando, mas não ligue para Lincoln. Isto é um caso de identidade trocada, ou algo assim. Tudo vai dar certo. Prometa que não vai procurá-lo." Ele não queria criar um problema para você... bem, sabe como Art é. Sempre bondoso, sempre pensando nos outros.

Rhyme assentiu com a cabeça.

— Mas quanto mais pensava nisso, mas sentido fazia. Não vou pedir que você use sua influência ou que faça coisas que não deve, mas achei que talvez pudesse dar um ou dois telefonemas. Diga-me o que acha.

Rhyme sabia como aquilo repercutiria no Big Building. Como consultor em criminalística para a polícia de Nova York, seu trabalho era descobrir a verdade, quaisquer que fossem as consequências, mas os chefões sem dúvida preferiam que ele ajudasse a condenar, e não a absolver os réus.

— Estive olhando alguns dos recortes dele...

— Recortes?

— Art colecionava notícias sobre a família. Recortou artigos de jornal sobre os casos em que você trabalhou. São dezenas. Você fez algumas coisas extraordinárias.

— Ah, eu sou só um funcionário público — discordou Rhyme.

Finalmente, Judy demonstrou emoção genuína: sorriu, olhando-o nos olhos.

— Art dizia que nunca acreditou em sua modéstia, nem por um minuto.

— Verdade?

— Mas só porque você também não acreditava nela.

Sachs deu uma risadinha.

Rhyme também riu, acreditando parecer sincero. Em seguida ficou sério.

— Não sei o que posso fazer, mas diga-me o que aconteceu.

— Foi na semana passada, na quinta-feira, dia 12. Ele foi correr no parque, uma corrida longa, no caminho de volta para casa. Art adora correr.

Rhyme lembrou-se de muitas ocasiões em que os dois meninos, cuja diferença de idade era de poucos meses, apostavam corridas em calçadas ou em prados verde-amarelados perto de suas casas no Meio Oeste, espantando gafanhotos com gravetos colados às peles suadas quando paravam para recuperar o fôlego. Arthur sempre parecia estar em melhor forma, mas Lincoln fazia parte da equipe de atletismo da escola. O primo não se interessara em participar das provas.

Rhyme deixou de lado as lembranças e concentrou-se no que Judy dizia.

— Ele saiu do trabalho por volta das 15h30 e foi fazer seus exercícios, voltando para casa lá pelas 19h ou 19h30. Não parecia diferente, estava se comportando normalmente. Tomou banho e depois jantamos. No dia seguinte, no entanto, a polícia bateu lá em casa. Dois homens de Nova York e um patrulheiro de Nova Jersey. Fizeram perguntas a ele e inspecionaram o carro. Encontraram traços de sangue. Não sei... — A voz dela ainda revelava o choque que deveria ter sentido naquela manhã difícil. — Revistaram a casa e levaram algumas coisas. Depois voltaram e o prenderam sob acusação de... homicídio.

Ela teve dificuldade em pronunciar a última palavra.

— Qual era a acusação, exatamente? — perguntou Sachs.

— Disseram que ele tinha matado uma mulher e roubado um quadro raro que ela possuía — respondeu ela, em um tom amargo. — Por que ele roubaria um quadro? E mataria alguém? Arthur nunca fez mal a ninguém durante toda a vida. Não seria capaz disso.

— E o sangue que encontraram? Fizeram um teste de DNA?

— Bem, isso eles fizeram. Aparentemente, combina com o da vítima. Mas esses testes podem falhar, não é verdade?

— Às vezes — disse Rhyme, pensando em quão raros eram os erros nesses testes.

— Ou então o verdadeiro assassino poderia ter colocado o sangue no carro.

— E esse quadro? — indagou Sachs. — Arthur tinha algum interesse especial nele?

Judy remexeu a larga pulseira preta e branca que trazia no pulso esquerdo.

— Na verdade, sim. Ele tinha um quadro do mesmo artista. Gostava da pintura. Mas teve que vendê-la quando perdeu o emprego.

— Onde encontraram o quadro?

— Não foi encontrado.

— Então como sabem que foi levado?

— Alguém, uma testemunha, disse ter visto um homem levando o quadro do apartamento para o carro mais ou menos na hora do crime. Ah, isso é simplesmente um grande confusão. Coincidências... Tem que ser isso, nada mais do que um estranho conjunto de coincidências.

A voz dela fraquejou.

— Ele a conhecia?

— Inicialmente Art disse que não, mas depois... bem, achou que talvez já a tivesse visto em uma galeria de arte aonde às vezes ele vai. Mas disse que nunca falou com ela, até aonde se lembra.

Os olhos dela encontraram a tela que mostrava o esquema do plano para capturar Logan na Inglaterra.

Rhyme recordava outras ocasiões em que estivera com Arthur.

Vamos apostar uma corrida até aquela árvore.. não, seu maricas, o bordo, lá longe. Tem que encostar no tronco! Quando eu disser três. Um... dois... vamos!

Você não disse três!

— Tem mais alguma coisa nisso, não é, Judy? — disse Sachs. — Pode contar para a gente.

Rhyme achou que ela tinha visto algo na expressão da outra mulher.

— Estou muito aflita, também por causa dos meninos. Para eles é um pesadelo. Os vizinhos estão nos tratando como se fôssemos terroristas.

— Sinto muito por insistir, mas é importante que estejamos a par de tudo o que aconteceu. Por favor.

Ela enrubesceu novamente, agarrando os joelhos com as mãos. Rhyme e Sachs tinham uma amiga, Kathryn Dance, que trabalhava na Agência de Investigações da Califórnia. Era perita em linguagem corporal. Rhyme considerava que aquela especialidade era secundária para a ciência criminalística, mas passara a respeitar Kathryn e aprendera alguma coisa sobre a atividade dela. Via facilmente que Judy era um poço de estresse.

— Continue — estimulou Sachs.

— É que a polícia encontrou outras pistas... bem, não eram realmente provas... e acham que talvez Art e aquela mulher estivessem tendo encontros.

— E o que você acha disso? — insistiu a outra.

— Não creio que seja verdade.

Rhyme notou a palavra usada por ela. Não era uma negação tão veemente quanto a que ela utilizara em relação ao homicídio e ao roubo. Ela desejava desesperadamente que a resposta fosse negativa, embora provavelmente tivesse chegado à mesma conclusão a que Rhyme chegara: se a mulher fosse amante de Arthur, isso o favoreceria. Era mais provável que você roubasse algo de uma pessoa desconhecida do que de alguém com quem estivesse tendo uma relação amorosa. Mesmo assim, como esposa e mãe, Judy esperava desesperadamente por uma resposta em particular.

Em seguida ela ergueu a vista, olhando agora menos cautelosamente para Rhyme, para a engenhoca em que ele estava sentado e os demais aparelhos que lhe definiam a vida.

— Seja o que for que estivesse acontecendo, ele não matou essa mulher. Não pode ter feito isso. Tenho certeza em meu coração... Você pode fazer alguma coisa?

Rhyme e Sachs se entreolharam e ele respondeu:

— Lamento, Judy, estamos neste momento muito atarefados com um caso importante. Estamos muito perto de capturar um assassino muito perigoso. Não posso deixar isso de lado.

— Não é isso o que estou pedindo. Apenas alguma coisa. Não sei o que mais eu poderia fazer. — Os lábios dela tremiam.

— Vamos dar alguns telefonemas — garantiu ele. — Vamos descobrir o que pudermos. Não posso dar a você informações que seu advogado não esteja em condições de fornecer, mas vou dar minha opinião sincera quanto às possibilidades de sucesso da promotoria.

— Obrigada, Lincoln.

— Quem é o advogado de Arthur?

Judy forneceu o nome e telefones. Rhyme já conhecia o renomado defensor em casos criminais, um profissional de alto nível e preços igualmente altos. Devia ser muito ocupado e era mais experiente em crimes financeiros do que em homicídios.

Sachs perguntou quem seria o promotor.

— Bernhard Grossman. Posso dar o número do telefone.

— Não é preciso — respondeu Sachs. — Eu tenho. Trabalhei com ele no passado. É um homem razoável. Imagino que tenha oferecido a seu marido um acordo para que ele se declare culpado.

— Foi o que fez, e nosso advogado acha que devemos aceitar. Art, porém, recusou. Ele continua dizendo que é apenas um engano e que tudo vai se esclarecer. Mas isso nem sempre acontece, não é? Às vezes as pessoas vão para a cadeia, mesmo que sejam inocentes, não é?

Isso era verdade, pensou Rhyme. Em seguida, reforçou:

— Vamos dar alguns telefonemas.

Judy levantou-se.

— Não posso dizer o quanto lamento que tenhamos nos afastado. — Para surpresa de Rhyme, ela caminhou diretamente para a cadeira dc rodas e abaixou-se, encostando o rosto no dele. Rhyme sentiu o odor de suor nervoso e dois outros aromas diferentes, talvez desodorante e spray de cabelo. Ela não estava usando perfume. Não parecia usá-lo habitualmente. — Obrigada, Lincoln — agradeceu ela, caminhando até a porta, onde parou, dizendo a ambos: — Não me importo com o que quer que descubram sobre aquela mulher e Arthur. Tudo o que quero é que ele não seja preso.

— Farei o que estiver a meu alcance. Se encontrarmos algo concreto, ligo para você.

Sachs fechou a porta atrás dela. Ao voltar, Rhyme disse:
— Vamos falar com os advogados primeiro.
— Sinto muito, Rhyme — disse ela. Ele franziu a testa e Sachs acrescentou: — Quero dizer, deve ser difícil para você.
— Por que diz isso?
— Um parente próximo acusado de homicídio.

Rhyme deu de ombros, um dos poucos movimentos que podia fazer.

— Ted Bundy era filho de alguém. Talvez tivesse um primo também.
— Mesmo assim.

Sachs tirou o telefone do gancho. Finalmente conseguiu descobrir o advogado de defesa e deixou uma mensagem de voz. Rhyme ficou pensando em que buraco o homem estaria agora no campo de golfe.

Em seguida ela localizou o promotor assistente, Grossman, que não estava descansando, mas sim em seu escritório na cidade. Ele não tinha notado que o acusado e o criminalista tinham o mesmo sobrenome.

— Lamento muito, Lincoln — disse ele —, mas temo que as evidências estejam contra ele. Não estou inventando nada. Se houvesse incoerências, eu lhe diria, mas não há. O júri fatalmente o condenará. Se você puder convencê-lo a confessar, estaria fazendo um grande favor a ele. Provavelmente eu poderia reduzir a pena para 12 anos.

Doze anos, sem liberdade condicional. Arthur era capaz de morrer, pensou Rhyme.

— Obrigada — disse Sachs.

O promotor assistente acrescentou que tinha um caso difícil a tratar no tribunal no dia seguinte e por isso não podia continuar a conversar naquele momento. Dispunha-se, no entanto, a ligar para eles no meio da semana, se estivessem de acordo. Porém, forneceu o nome do detetive encarregado do caso, Bobby LaGrange.

— Eu o conheço — afirmou Sachs, ligando para o telefone da casa do policial. Foi direto para a caixa postal, mas quando ela tentou o celular o detetive atendeu imediatamente.

— Aqui é LaGrange.

O silvar do vento e o som de água batendo deixavam claro o que ele estava fazendo naquele dia morno e ensolarado.

Sachs se identificou.

— Ora, claro. Como vai, Amelia? Estou esperando uma chamada de um informante. Estamos fazendo uma busca aqui em Red Hook neste momento.

Não estava em seu barco de pesca, pelo visto.

— Talvez tenha que desligar de repente.

— Entendo. Liguei nosso telefone em conferência.

— Detetive, aqui é Lincoln Rhyme.

Houve uma hesitação, seguida de uma exclamação de reconhecimento. As pessoas prestavam atenção rapidamente quando se tratava de Lincoln Rhyme.

Rhyme explicou o assunto do primo.

— Espere... Rhyme. Sabe, bem que eu achei o nome meio engraçado, digo, incomum, mas não o liguei a você. Ele também não mencionou você em nenhum dos interrogatórios. É seu primo, então. Sinto muito.

— Detetive, não quero interferir nas investigações, mas prometi ligar para saber das circunstâncias. Sei que o caso já está com o promotor, acabei de falar com ele.

— Devo dizer que ele teve bons motivos para decretar a prisão. Já estou tratando de homicídios há cinco anos e, a não ser em casos de flagrante, nunca vi um caso tão claro.

— Quais são os detalhes? A mulher de Art só me deu as linhas gerais.

A voz do detetive assumiu o tom isento de emoção que os policiais usam quando relatam os detalhes de um crime.

— Seu primo saiu cedo do escritório e foi ao apartamento da mulher de nome Alice Sanderson, no Village. Ela também tinha saído cedo do trabalho. Não sabemos exatamente quanto tempo ele esteve lá, mas em algum momento perto das 18 horas ela foi esfaqueada e morreu. Um quadro foi roubado.

— Um quadro raro, pelo que ouvi dizer.

— Sim, mas não era nenhum Van Gogh.

— Quem é o artista?

— Um sujeito chamado Prescott. Também encontramos alguns prospectos sobre Prescott que certas galerias mandaram pelo correio a seu primo. Isso não é bom para ele.

— Fale mais sobre o que aconteceu no dia 12 de maio — pediu Rhyme.

— Por volta das 18 horas, uma testemunha ouviu gritos e poucos minutos depois viu um homem levando um quadro para uma Mercedes azul-clara estacionada na rua. O carro se afastou rapidamente. A testemunha viu somente as primeiras três letras da placa. Não viu de que estado era, mas nós pesquisamos toda a região metropolitana. Fizemos uma lista dos proprietários e os entrevistamos. Um deles era seu primo. Fui com meu colega a Nova Jersey para conversar com ele e levei também um homem da polícia estadual, você conhece as regras. Vimos uma coisa que parecia sangue na porta e no assento traseiros. Havia uma toalha ensanguentada debaixo do assento, do mesmo jogo de toalhas do apartamento da vítima.

— E o DNA foi positivo?

— Sim, o sangue era dela.

— A testemunha identificou visualmente o suspeito?

— Não, foi uma chamada anônima, vinda de um telefone público, de alguém que não quis deixar o nome. Disse que não queria envolver-se. Mas não precisávamos de testemunhas. O pessoal da cena do crime achou tudo de que necessitava. Encontraram uma pegada na entrada do apartamento, do mesmo tipo de sapato usado por seu primo, e acharam algumas outras provas.

— Provas firmes?

— Sim, bastante. Restos de creme de barbear, de comida, fertilizante de jardim vindo da garagem dele. Coisas que batiam com o que havia no apartamento da vítima.

Não, não *batiam*, pensou Rhyme. Há diversas categorias de provas. As "individualizadoras" são as que somente podem provir de uma única fonte, como o DNA ou as impressões digitais. As "firmes" compartilham certas características com materiais semelhantes, mas não provêm necessariamente da mesma fonte. As fibras de tapetes, por exemplo. Um teste de DNA com sangue encontrado na cena de um crime pode sem dúvida revelar-se "igual" ao DNA do sangue do criminoso. Mas fibras de tapete encontradas na cena de um crime somente podem ser consideradas "semelhantes" às existentes na casa de um suspeito, permitindo ao júri inferir que ele esteve presente na cena.

— O que apurou sobre se ele a conhecia ou não? — perguntou Sachs.

— Ele afirma que não, mas encontramos duas anotações dela. Uma no escritório e outra em casa. A primeira dizia "Art — bebidas". A outra somente "Arthur". Nada mais. E também encontramos o nome dele no livro de endereços dela.

— O número do telefone da casa dele também? — questionou Rhyme, franzindo a testa.

— Não. Era um celular pré-pago, sem registros.

— Então você acredita que eles fossem mais do que amigos?

— Pensamos nisso. Por que alguém daria a ela um número de telefone pré-pago, e não o de casa ou do escritório? — O detetive riu. — Ao que parece, ela não se importou com isso. A gente sempre se admira ao ver o que as pessoas aceitam sem questionar.

Rhyme não se admirava tanto.

— E o telefone?

— Sumiu. Nunca foi encontrado.

— E você acha que ele a matou porque ela o estava pressionando para deixar a esposa?

— Isso é o que promotor vai argumentar. Alguma coisa nessa linha.

Rhyme comparou aquelas informações com o que sabia sobre o primo, a quem não via há mais de dez anos. Não conseguiu confirmar nem negar as alegações.

— Alguém mais poderia ter motivos para assassiná-la? — indagou Sachs.

— Absolutamente não. A família e os amigos dizem que ela saía com alguns homens, mas sempre sem compromisso. Não houve rompimentos dramáticos. Eu cheguei até a pensar que a esposa, Judy, podia ser a assassina, mas ela estava em outro lugar na hora do crime.

— E Arthur tinha algum álibi?

— Não. Ele diz que tinha ido correr, mas ninguém confirma tê-lo visto. Foi no Parque Estadual Clinton, que é muito grande e bastante deserto.

— Estou curiosa — comentou Sachs — em saber como ele se comportou durante o interrogatório.

LaGrange riu.

— É interessante que você fale nisso; é a parte mais estranha de todo este caso. Ele parecia estar atordoado. Ficou inteiramente surpreso ao nos ver chegar. Já prendi muita gente no passado, alguns até profissionais. Gente que conhecia o ofício. E Arthur, sem sombra de dúvida, foi o melhor de todos ao defender sua inocência. Muito bom ator. Lembra-se dessa característica dele, detetive Rhyme?

O criminalista não respondeu, mas perguntou:

— O que aconteceu com o quadro?

Houve uma pausa.

— Isso também é estranho. Nunca foi recuperado. Não estava na casa dele, nem na garagem, mas o pessoal da equipe da cena do crime encontrou terra no assento traseiro do carro e na garagem dele. Era a mesma terra do parque onde ele ia correr todas as noites, perto de casa. Imaginamos que ele o tenha enterrado em algum lugar.

— Uma pergunta, detetive — disse Rhyme.

Houve uma pausa do outro lado da linha, durante a qual uma voz sussurrou palavras ininteligíveis e o vento silvou novamente.

— Sim.

— Posso ver o processo?

— O processo? — Não era realmente uma pergunta, apenas uma forma de ganhar tempo. — O caso é firme. Seguimos todas as regras.

— Não duvidamos disso nem por um minuto — declarou Sachs. — O fato é que, pelo que sabemos, ele se recusou a aceitar um acordo.

— E então vocês querem convencê-lo a aceitar? OK, entendi. Para ele, é o melhor. Bem, o que tenho são cópias, o resto está no escritório do promotor, inclusive as provas. Mas posso conseguir os relatórios, dentro de um ou dois dias. Está bem?

Rhyme sacudiu negativamente a cabeça. Sachs insistiu:

— Se você puder convencer o pessoal dos Registros e eles autorizarem, posso ir até lá retirar pessoalmente os documentos.

O vento encheu novamente o fone e depois parou abruptamente. LaGrange deve ter se abrigado em algum lugar.

— Está bem. Vou ligar para lá agora.

— Muito obrigado.

— Não há problema. Boa sorte.

Depois de desligarem, Rhyme sorriu.

— Foi uma boa ideia, falar em acordo.

— A gente precisa saber com quem está lidando — explicou Sachs, pondo a bolsa a tiracolo e caminhando para a porta.

CAPÍTULO **QUATRO**

SACHS RETORNOU DA POLICE PLAZA muito mais depressa do que o normal, caso tivesse usado o transporte público ou respeitado os sinais vermelhos. Rhyme sabia que ela colocara uma sirene no teto do carro, um Camaro SS 1969, que havia mandado pintar de carmim brilhante poucos anos antes, de modo a combinar com a cor preferida dele para as cadeiras de rodas. Como uma adolescente, ela ainda aproveitava qualquer pretexto para acelerar o potente motor e arrancar, queimando a borracha dos pneus.

— Copiei tudo — anunciou ela, mostrando uma grossa pasta e fazendo uma careta ao colocá-la na mesa de trabalho.

— Está se sentindo bem?

Amelia Sachs sofria de artrite e consumia glucosamina, condroitina e Advil ou Naprosyn como se fossem caramelos, mas raramente admitia a doença, temendo que os chefes, caso descobrissem, a confinassem a uma escrivaninha por ordem médica. Mesmo quando estava sozinha com Rhyme ela ocultava a dor. Naquele dia, porém, confessou:

— Algumas pontadas são piores do que outras.

— Não quer se sentar?

Ela balançou negativamente a cabeça.

— Muito bem. O que temos aí?

— Relatório, lista de evidências e cópias das fotos. Não havia vídeos Estão com o promotor.

— Vamos colocar tudo no quadro. Quero ver a cena do crime e a casa de Arthur.

Ela foi ao quadro branco, um dos muitos que havia no laboratório, e transcreveu as informações sob o olhar de Rhyme.

ASSASSINATO DE ALICE SANDERSON

APARTAMENTO DE ALICE SANDERSON

- Traços de creme de barbear Edge Advanced com aloe
- Migalhas identificadas como de batatas Pringles, sem gordura, sabor churrasco
- Faca da Cutelaria Chicago (MW)
- Fertilizante TruGro
- Pegada de sapatos Alton EZ-Walk, tamanho 42
- Fragmento de luva de látex
- Referências a "Art" e número de celular pré-pago no livro de endereços. Número já desativado. Irrastreável (possível caso amoroso?)
- Duas anotações: "Art — bebidas" (escritório) e "Arthur" (residência)
- Testemunha viu Mercedes azul-clara, placa parcial NLP

CARRO DE ARTHUR RHYME:

- Sedã Mercedes 2004 classe C, placa de Nova Jersey NLP745, em nome de Arthur Rhyme
- Sangue no chão, porta traseira (combina com DNA da vítima)
- Toalha ensanguentada, igual ao conjunto encontrado no apartamento da vítima (DNA igual ao da vítima)
- Terra de composição semelhante à do Parque Estadual Clinton

CASA DE ARTHUR RHYME

- Creme de barbear Edge Advanced com aloe, semelhante ao encontrado na cena do crime
- Batatas Pringles, sem gordura, sabor churrasco
- Fertilizante TruGro (garagem)
- Pá contendo terra semelhante à do Parque Estadual Clinton (garagem)
- Facas da Cutelaria Chicago, mesmo tipo da MW
- Sapatos Alton EZ-Walk, tamanho 42, pisada semelhante à da cena do crime
- Convites da Galeria Wilcox, Boston, e Anderson Billings Fine Arts, Carmel, de exposições de quadros de Harvey Prescott
- Caixa de luvas de látex Safe-Hand, borracha de composição semelhante ao do fragmento encontrado na cena do crime (garagem)

— Cara, é muito comprometedor, Rhyme — comentou Sachs, dando um passo atrás, com as mãos na cintura.

— E o uso de um celular pré-pago, ou as referências a "Art"? Não há endereço da casa ou do escritório dele. Isso poderia sugerir um caso amoroso... Há outros detalhes?

— Não. Somente as fotos.

— Pregue-as no quadro — instruiu ele, enquanto olhava as outras informações, lamentando não ter processado a cena do crime pessoalmente; um modo de dizer, na verdade, pois era Amelia Sachs quem costumava ir ao local, usando um microfone auricular ou câmera de alta definição.

Parecia uma investigação competente de cena de crime, mas não extraordinária. Não havia fotos dos cômodos não diretamente ligados à cena. Quanto à faca... Ele olhou a foto da arma ensanguentada, debaixo da cama. Um agente levantava a ponta da colcha para proporcionar melhor visão. Ficaria invisível com a colcha abaixada (o que significava que na agitação do momento o criminoso a tivesse esquecido) ou estaria visível, sugerindo que tinha sido deixada ali intencionalmente, como pista plantada?

Rhyme inspecionou a foto do material de embalagem no chão, aparentemente usado para embrulhar o quadro de Prescott.

— Alguma coisa está errada — murmurou ele.

Sachs, junto ao quadro branco, o encarou.

— A pintura — explicou Rhyme.

— O que tem ela?

— LaGrange sugeriu dois motivos para o crime. Primeiro, Arthur roubou o quadro de Prescott para acobertar o fato de que queria matar Alice para tirá-la de sua vida.

— Exato.

— Porém — prosseguiu Rhyme —, para fazer com que um homicídio pareça ter sido consequência involuntária de um assalto, um criminoso inteligente não roubaria a única coisa no apartamento capaz de ligá-lo ao crime. Lembre-se, Arthur fora dono de um Prescott e recebera convites de exposições do pintor.

— Claro, Rhyme, isso não faz sentido.

— Vamos dizer que ele realmente quisesse o quadro mas não tivesse recursos para comprá-lo. Bem, seria muito mais seguro e fácil arrombar a casa durante o dia e levar o quadro enquanto a proprietária estivesse no trabalho, em vez de matá-la por causa disso.

O comportamento do primo, embora não parecesse tão importante a Rhyme para aferir a culpa ou inocência, também o preocupava.

— Talvez ele não estivesse se fazendo de inocente. Talvez *fosse* mesmo inocente. Você achou muito comprometedor? Eu digo que não; é comprometedor *demais*.

Rhyme pensou, considerando a possibilidade de que ele não fosse mesmo o criminoso. Nesse caso, as consequências eram importantes, pois não se trataria simplesmente de um caso de erro de identidade. As evidências eram bastante indicativas, inclusive uma ligação conclusiva entre o sangue da vítima e o carro de Arthur. Não; se ele era inocente, nesse caso alguém fizera um grande esforço para incriminá-lo.

— Estou achando que ele foi propositalmente incriminado — disse Rhyme.

— Por quê?

— O motivo? Neste ponto, não importa. O importante agora é saber *como*. Se respondermos a esta pergunta, poderemos ter uma ideia de quem. Podemos descobrir o porquê à medida que progredirmos, mas essa não é nossa prioridade. Por isso, partimos da premissa de que uma outra pessoa, o Sr. X, assassinou Alice Sanderson e roubou o quadro, incriminando Arthur em seguida. Agora me diga, Sachs, como ele poderia ter feito isso?

Ela fez uma careta — outra vez a artrite — e sentou-se. Pensou durante alguns instantes e depois disse:

— O Sr. X acompanhou os passos de Arthur e de Alice. Verificou que ambos tinham interesse por arte, juntou-os na galeria e descobriu as identidades deles.

— O Sr. X sabe que Alice possuía um Prescott. Deseja ter um, mas não tem recursos suficientes.

— Isso mesmo — disse ela, acenando com a cabeça para o quadro de evidências. — Então ele invade a casa de Arthur, vê que ele tem batatas Pringles, creme de barbear Edge, fertilizante TruGro e facas da Cutelaria Chicago. Leva um pouco dessas coisas para plantá-las. Sabe que sapatos Arthur usa e portanto é capaz de deixar a pegada. Põe um pouco da terra do parque na pá de Arthur...

— Agora, vejamos o dia 12 de maio. De alguma forma, o Sr. X sabe que Arthur costuma sair do escritório cedo às quintas-feiras para correr no parque estadual, normalmente deserto, e assim ele não terá um álibi. Vai ao apartamento da vítima, mata-a, rouba o quadro e liga de um telefone público para falar dos gritos e de ter visto um homem levar o quadro a um carro muito parecido com o de Arthur, informando o número parcial da placa. Em seguida vai à casa de Arthur em Nova Jersey e deixa os traços de sangue, a terra, as toalhas e a pá.

O telefone tocou. Era o advogado de defesa de Arthur. Parecia estar com pressa ao repetir tudo o que o promotor explicara. Nada do que disse os ajudava, e, na verdade, por diversas vezes, tentou sugerir que eles fizessem pressão sobre Arthur para se declarar culpado.

— Eles querem condená-lo — disse o advogado. — Ajude-o. Eu posso conseguir quinze anos.

— Isso acabará com ele — discordou Rhyme.

— Menos do que uma pena de prisão perpétua.

Rhyme despediu-se friamente e desligou. Olhou novamente para o quadro com as evidências.

Nesse momento, outra ideia lhe ocorreu.

— Que foi, Rhyme? — Sachs notara que ele agora olhava para o teto.

— Você acha que ele já fez isso antes?

— Como assim?

— Vamos presumir que o objetivo... a motivação... tenha sido roubar o quadro. Bem, não parece ser um golpe milionário. Não é como um Renoir, que ele pode vender no mercado negro por dez milhões e depois desaparecer para sempre. Parece mais uma espécie de empreendimento. O criminoso encontrou uma forma esperta de cometer um crime e não ser apanhado. E vai continuar a fazer isso até que alguém o detenha.

— Faz sentido. Então teremos que investigar outros roubos de quadros.

— Não. Por que ele roubaria somente quadros? Pode ser qualquer outra coisa. Mas há um elemento comum.

Sachs franziu a testa e depois deu a resposta.

— Homicídio.

— Exatamente. Como o criminoso incrimina outra pessoa, tem que matar as vítimas, porque elas poderiam identificá-lo. Ligue para alguém na delegacia de homicídios. De casa, se for preciso. Estamos procurando um cenário semelhante: um crime secundário, talvez um roubo, a vítima assassinada e fortes provas circunstanciais.

— E talvez uma conexão de DNA plantada.

— Muito bem — elogiou ele, com entusiasmo, como se tivessem descoberto alguma coisa. — E se ele mantiver a fórmula, haverá uma testemunha anônima dando informações específicas de identificação pelo disque-denúncia.

Sachs foi até uma mesa num canto do laboratório, sentou-se e fez a chamada.

Rhyme recostou-se na cadeira de rodas, observando a parceira ao telefone. Notou que havia sangue seco na unha dela. Havia uma marca quase invisível acima da orelha, semioculta pelos cabelos ruivos e lisos. Ela coçava frequentemente o couro cabeludo, enterrando as unhas, ferindo-se levemente de várias formas, tanto por hábito quanto para indicar a tensão que a impelia.

Enquanto tomava notas, meneava a cabeça, o olhar focado no que escrevia. O coração de Rhyme batia mais depressa, embora ele não o percebesse. Ela descobrira alguma coisa importante. A tinta da caneta acabou e ela a jogou ao chão, pegando outra com a mesma rapidez com que sacava a pistola nas competições de tiro.

Após dez minutos, desligou.

— Escute isto, Rhyme — disse ela. — Falei com Flintlock.

— Boa ideia.

Joseph Flintick, como era o apelido que lhe tinham dado, intencionalmente ou como referência às antigas armas de pederneira, era detetive de homicídios nos tempos de calouro de Rhyme. O idoso e obstinado ex-policial conhecia todos os homicídios ocorridos na cidade de Nova York e nos arredores durante sua longa carreira. Na idade em que deveria estar aproveitando a companhia dos netos, Flintlock trabalhava aos domingos, o que não era surpresa para Rhyme.

— Contei tudo e ele imediatamente se lembrou de dois casos que poderiam se ajustar a nosso perfil. Um foi um roubo de moedas raras, que valiam aproximadamente 50 mil dólares. O outro foi um caso de estupro.

— Estupro? — Aquilo acrescentava um elemento novo e muito mais perturbador ao caso.

— Isso mesmo. Em ambos os casos uma testemunha anônima ligou para denunciar o crime e deu informações que foram importantes para identificar o autor, assim como a testemunha que ligou para falar do carro de seu primo.

— E ambas as testemunhas eram homens, naturalmente.

— Claro. O governo municipal ofereceu uma recompensa, mas nenhum dos dois se apresentou.

— E as provas?

— Flintlock não se lembra bem, mas disse que os indícios e as provas circunstanciais eram incontestáveis. O mesmo que acontece com seu primo: cinco ou seis tipos de provas consistentes ligadas entre si, na cena dos crimes e nas casas dos criminosos. E em ambos os casos foi encontrado sangue das vítimas em um trapo ou peça de vestuário, na residência do suspeito.

— E aposto que não havia fluidos corporais para teste, no caso de estupro.

A maioria dos estupradores acaba condenada por deixarem traços dos Três S — saliva, sêmen ou suor.

— Não. Nenhum.

— E os informantes anônimos? Falaram em placas de carro com números incompletos?

Ela conferiu as notas.

— Isso mesmo. Como você sabia?

— Porque nosso criminoso precisava ganhar um pouco de tempo. Se informasse o número completo a polícia iria diretamente para a casa da pessoa incriminada e ele não teria tempo de plantar as pistas.

— O assassino pensara em todas as possibilidades. — E os suspeitos, negaram tudo?

— Negaram, totalmente. Arriscaram-se a ir a julgamento e perderam a parada.

— Não, não, não, é muita coincidência — murmurou Rhyme. — Quero ver...

— Pedi a um amigo que recuperasse os arquivos dos casos encerrados.

Rhyme riu. Ela estava um passo adiante dele, como ocorria frequentemente. Lembrou-se de quando tinham se conhecido, muitos anos antes. Sachs era uma patrulheira desiludida, pronta para desistir da carreira policial. Rhyme estava disposto a renunciar a muito mais. Desde então, ambos tinham ido bem longe.

Rhyme falou ao microfone:

— Comando. Ligar para Sellitto.

Estava entusiasmado. Sentia o frenesi do início de uma caçada. Atenda o maldito telefone, pensou ele, irritado. Pelo menos não estava mais com a mente na Inglaterra.

— Ei, Linc — disse a voz de Sellitto com sotaque do Brooklyn, enchendo a sala. — O que...

— Escute. Tem um problema...

— Estou meio ocupado aqui.

O ex-parceiro de Rhyme, tenente-detetive Lon Sellitto, não andava de muito bom humor. Um caso importante, em cuja força-tarefa ele participara, tinha dado errado. Vladimir Dienko, capanga de um chefão de quadrilha russo de Brighton Beach, havia sido indiciado no ano anterior por extorsão e assassinato. Rhyme ajudara na parte forense. Para o abatimento de todos, o caso contra Dienko e três outros capangas havia sido arquivado na sexta-feira anterior, quando as testemunhas se calaram ou desapareceram. Sellitto e agentes do FBI haviam trabalhado durante o fim de semana, tentando localizar novas testemunhas e informantes.

— Vou ser breve — disse Rhyme, explicando o que ele e Sachs tinham descoberto sobre o primo e sobre os casos de estupro e roubo de moedas.

— *Dois* outros casos? Muito estranho. O que seu primo diz?

— Ainda não falei com ele, mas ele nega tudo. Quero investigar isso mais de perto.

— Investigar mais de perto? Que diabo você quer dizer com isso?

— Acho que Arthur não é o culpado.

— Ele é seu primo. *Claro* que você acha que não foi ele. Mas o que conseguiu de concreto?

— Por enquanto, nada. Por isso preciso de sua ajuda. Preciso de pessoal.

— Estou enterrado até o pescoço no caso Dienko em Brighton Beach. Aliás, você bem que podia ajudar, mas não, está ocupado demais, tomando chá com os ingleses.

— Esse caso pode se tornar importante, Lon. Dois casos que gritam provas plantadas? Aposto que existem outros. Sei o quanto você gosta desses clichês. "Assassino a solta" não é motivação suficiente?

— Pode usar a metáfora que quiser, Linc. Estou ocupado.

— O que eu disse foi apenas uma expressão. Metáforas têm um sentido figurado.

— Seja lá que merda for. Estou tentando salvar a conexão russa. Na Prefeitura e no governo federal ninguém está contente com o que aconteceu.

— Minhas profundas condolências. Arranje outro caso.

— É um caso de homicídio. Eu sou da Divisão de Casos Especiais.

A Divisão de Casos Especiais do Departamento de Polícia de Nova York não investigava homicídios, mas a desculpa de Sellitto provocou um riso cínico em Rhyme.

— Vocês investigam homicídios quando querem. Desde quando você passou a se importar com o protocolo do Departamento?

— Vou lhe dizer o que farei — balbuciou o detetive. — Há um capitão que está de serviço hoje, no centro da cidade, Joe Malloy. Você o conhece?

— Não.

— Eu conheço — interrompeu Sachs. — É um homem sério.

— Oi, Amelia — cumprimentou Sellitto. — Está sobrevivendo à frente fria de hoje?

Sachs riu. Rhyme retrucou, ríspido:

— Muito engraçado, Lon. Como é esse cara?

— É esperto. Não faz concessões. Também não tem senso de humor. Você vai gostar.

— Estou lidando com piadistas demais hoje — murmurou Rhyme.

— Ele é boa gente. E é dedicado. A mulher morreu num latrocínio, cinco ou seis anos atrás.

— Eu não sabia. — Sachs fez uma careta.

— Pois é. Ele se dedica ao trabalho cento e cinquenta por cento. O boato é que ele vai ser promovido em breve, ou talvez passe para o prédio ao lado.

Isso significava um cargo na Prefeitura.

— Ligue e veja se ele consegue dispensar alguns agentes para ajudar você — continuou Sellitto.

— Quero que ele dispense *você*.

— Não vai dar, Linc. Estou dirigindo uma merda de um cerco. É um pesadelo. Mas mantenha-me informado e...

— Preciso desligar, Lon.... Comando, desligar telefone.

—Você desligou sem se despedir — disse Sachs.

Rhyme resmungou e ligou para Malloy. Se caísse na caixa postal, ficaria furioso.

Mas o homem atendeu no segundo toque. Era mais um policial graduado que trabalhava em um domingo. Bem, Rhyme também fizera isso muitas vezes, como provava seu divórcio.

— Aqui é Malloy.

Rhyme identificou-se.

Houve uma breve hesitação. Em seguida:

— Bem, Lincoln... Creio que nunca nos conhecemos pessoalmente, mas sei tudo a seu respeito, naturalmente.

— Estou aqui com uma de suas detetives, Amelia Sachs. Nossa conversa está no viva voz, Joe.

— Boa tarde, detetive Sachs — cumprimentou a voz, formalmente. — Em que posso ajudar vocês dois?

Rhyme explicou o caso e disse achar que Arthur estava sendo incriminado injustamente.

— É seu primo? Lamento.

Malloy, porém, não parecia lamentar de verdade. Estava preocupado com a possibilidade de que Rhyme lhe pedisse para intervir a fim de reduzir a acusação. No mínimo, uma suspeita de comportamento irregular e no máximo uma investigação interna com publicidade. Do outro lado da balança, pesava a recusa em ajudar alguém que proporcionava serviços valiosíssimos à polícia de Nova York. E que, além disso, era inválido. O governo da cidade gostava do que era politicamente correto. Mas o pedido de Rhyme, naturalmente, era mais complicado.

— Há uma boa probabilidade de que o assassino tenha cometido outros crimes — acrescentou Rhyme, fornecendo detalhes do roubo de moedas e do estupro.

Portanto, não era apenas uma pessoa, e sim três, que tinham sido presas injustamente pela polícia de Malloy. Isso significava que três crimes na verdade não tinham sido resolvidos e que o verdadeiro criminoso ainda estava à solta. Isso poderia se tornar um pesadelo na área de relações públicas.

— Bem, isso é bastante estranho. Você sabe que é contra os regulamentos. Compreendo a lealdade para com seu primo...

— Minha lealdade é com a verdade, Joe — respondeu Rhyme, sem medo de parecer pedante.

— Bem...

— Preciso apenas de um par de agentes para trabalhar conosco e examinar novamente as provas deste caso. Talvez seja preciso algum trabalho de campo.

— Bem, compreendo... mas lamento, Lincoln. Simplesmente não temos pessoal para uma coisa como essa. Mas amanhã tratarei do assunto com o subchefe de polícia.

— Será que podemos ligar para ele agora?

Outra hesitação.

— Não. Ele hoje está ocupado.

Brunch. Churrasco. Um espetáculo vespertino de Young Frankenstein ou Spamalot.

— Apresentarei o assunto na reunião de amanhã. É uma situação curiosa, mas não faça nada até que eu volte a falar com você ou mande um recado.

— Claro que não.

Desligaram. Rhyme e Sachs ficaram em silêncio por um bom tempo.

Uma situação curiosa...

Rhyme olhou o quadro branco, no qual jazia o cadáver de uma investigação, morta tão logo saltara para a vida.

Quebrando o silêncio, Sachs disse:

— Queria saber o que Ron anda fazendo.

— Vamos descobrir, que tal? — disse Rhyme, com um sorriso genuíno e raro.

Ela pegou o celular e teclou um número gravado na memória, ligando em seguida o viva voz.

Uma voz juvenil surgiu.

— Sim, Sra. detetive.

Há anos Sachs dissera ao jovem patrulheiro Ron Pulaski que a chamasse pelo primeiro nome, mas na maior parte das vezes ele não conseguia.

— O viva voz está ligado, Pulaski — avisou Rhyme.

— Sim, senhor.

Aquele "senhor" aborreceu Rhyme, mas não estava disposto a ralhar com o jovem naquele momento.

— Como vai? — perguntou Pulaski.

— Não importa — respondeu Rhyme. — O que está fazendo agora? É alguma coisa importante?

— Neste momento?

— Foi o que perguntei.

— Estou lavando pratos. Eu e Jenny acabamos de almoçar com meu irmão e minha cunhada. Fomos ao mercado rural com as crianças. É muito agradável. O senhor e a detetive Sachs já...

— Então você está em casa, e não está fazendo nada.

— Bem, estou lavando os pratos.

— Deixe os pratos e venha para cá.

Rhyme, que era civil, não tinha autoridade sobre nenhum policial de Nova York, nem mesmo os guardas de trânsito.

Sachs, porém, era detetive de classe três. Embora não pudesse ordenar que ele os ajudasse, formalmente podia solicitar uma troca de serviço.

— Precisamos de você, Ron — explicou ela. — E talvez amanhã também.

Ron Pulaski costumava trabalhar com Rhyme, Sachs e Sellitto. Rhyme se divertira em saber que ter sido designado para trabalhar com ele, um criminalista quase célebre, havia elevado o status do jovem no Departamento de Polícia. Tinha certeza de que o supervisor concordaria em emprestar Pulaski por alguns dias, desde que não ligasse para Malloy ou alguma outra pessoa na chefatura e descobrisse que aquele caso, na verdade, não chegava a ser um caso.

Pulaski forneceu a Sachs o nome do comandante que estava na delegacia. Em seguida, perguntou:

— Por favor, senhor, o tenente Sellitto também está trabalhando neste caso? Devo ligar e coordenar-me com ele?

— Não — disseram juntos Rhyme e Sachs.

Seguiu-se um breve silêncio, depois do qual Pulaski arriscou, com certa hesitação:

— Bem, nesse caso irei para aí logo que puder. Posso enxugar os copos primeiro? Jenny detesta copos manchados.

CAPÍTULO **CINCO**

DOMINGO É O MELHOR DIA de todos.
 Isso porque em geral estou livre para fazer o que mais gosto.
 Sou colecionador.
 Coleciono tudo o que você puder imaginar. Se eu gostar de alguma coisa e puder enfiá-la na minha mochila, ou na mala de meu carro, eu guardo. Não sou um roedor como muitos poderiam dizer, daqueles que costumam deixar algo no lugar do que levam consigo. Quando eu encontro uma coisa, isso me pertence. Nunca me separo dela. Nunca.
 Domingo é meu dia preferido porque é o dia de descanso para as massas, os dezesseis que habitam essa extraordinária cidade. Homens, mulheres, crianças, advogados, artistas, ciclistas, cozinheiros, ladrões, esposas e amantes (também coleciono DVDs), políticos, corredores e curadores de museus.... É surpreendente quanta coisa os dezesseis são capazes de fazer para se divertir.
 Percorrem a cidade, os parques de Nova Jersey e Long Island e o norte do estado de Nova York, como antílopes felizes.
 E eu posso caçá-los à vontade.
 Isso é o que pretendo fazer agora, depois de deixar de lado todas as atividades entediantes dos domingos: o brunch, o cinema e até mesmo um convite para jogar golfe. Ah, e também uma atividade religiosa, que os antílopes sempre apreciam, desde que a ida à igreja seja seguida pelo já mencionado brunch ou nove buracos para enfiar a bolinha.
 Caçadas...
 Neste momento estou pensando em minha transação mais recente, com a memória mergulhada em minha coleção mental: a transação

com a jovem Alice Sanderson, 3895-0967-7524-3630, que estava bonita, bem bonita. Até que veio a faca, claro.

Alice 3895, com aquele bonito vestido cor-de-rosa, que realçava seus seios, acentuava os quadris (também penso nela como 98-66-91, mas isso é uma piada minha). Era bonitinha, com um perfume que lembrava flores asiáticas.

Meus planos para ela tinham uma relação apenas parcial com o quadro de Harvey Prescott que ela tivera a sorte de conseguir comprar (ou falta de sorte, considerando o desfecho). Logo que me certificasse de que ela recebera a encomenda, usaria a fita adesiva plástica e passaria algumas horas com ela no quarto. Mas ela estragou tudo. Logo quando eu ia chegando por trás, ela se voltou e deu aquele grito de horror. Não tive outra opção senão cortar seu pescoço como se corta um tomate, agarrar meu belo Prescott e escapar — pela janela, por assim dizer.

Não, não consigo parar de pensar em Alice 3895, que era bem bonitinha no vestido cor de rosa leve, a pele perfumada de flores como uma casa de chá. Para resumir, preciso de uma mulher.

Vou caminhando pelas calçadas, observando os dezesseis através de meus óculos escuros. Por sua vez, eles realmente não me veem. É isso o que quero; preparo-me para ser invisível e não há lugar melhor que Manhattan para ficar invisível.

Viro esquinas, entro em becos, faço alguma compra — em dinheiro, é claro — e em seguida mergulho em uma parte deserta da cidade, antigamente industrial, agora virando residencial e comercial, perto do SoHo. É uma região tranquila. Isso é bom. Quero que tudo esteja calmo para minha transação com Myra Weinburg. 9834-4452-6740-3418, uma dezesseis que venho observado há algum tempo.

Myra 9834, conheço você muito bem. Os dados me revelaram tudo. (Lá vem novamente o debate. Ainda que corrente, a utilização da palavra "dados" para designar informações depende, de acordo com dicionários, de um sentido figurado. Eu, enquanto isso, tenho tendência a ser purista e me ater ao sentido literal. Mas se o uso corrente aceita de bom grado a figuração, acabo tendo que me adequar. A língua é como um rio: vai para onde quer e se você nadar contra a corrente as pessoas reparam. Isso, é claro, é a última coisa que desejo.)

Vejamos os dados sobre Myra 9834: mora em Waverly Place, Greenwich Village, em um prédio cujos apartamentos o dono quer vender no sistema de condomínio exclusivo, por meio de um plano de despejo. (Eu sei disso, mas os pobres inquilinos ainda não, e a julgar pelas rendas e registros de crédito, a maioria está completamente ferrada.)

A bela e exótica Myra 9834, de cabelos escuros, diplomou-se na universidade de Nova York e trabalhou durante vários anos em uma agência de publicidade da cidade. A mãe ainda está viva, mas o pai já morreu. Foi um atropelamento, o culpado fugiu e ainda está sendo procurado depois de tanto tempo. A polícia não faz muito esforço para resolver crimes desse tipo.

No momento, Myra 9834 está sem namorado, e amizades devem ser um problema, pois em seu recente trigésimo segundo aniversário a celebração foi a encomenda de uma única porção de carne de porco moo shu do restaurante chinês Dinastia Hunan na West Fourth (não foi má escolha) e uma garrafa de vinho branco Caymus Conundrum (28 dólares na Village Wines, que cobra caro). Depois, uma ida a Long Island no domingo, que coincidiu com a vinda de outros membros da família, conhecidos e uma conta alta, com vários Brunello, num restaurante de Garden City, elogiado pela revista Newsday, compensou aquela noite solitária, imagino.

Myra 9834 dorme com uma camisola da Victoria's Secret, fato que eu deduzo porque ela possui cinco delas, de um tamanho demasiado grande para ser usado em público. Acorda cedo, já pensando em um pão doce da marca Entenmann (nunca de baixa caloria, o que me faz sentir orgulho dela) e café Starbucks feito em casa. Raramente vai tomar café da manhã fora. É uma pena, porque gosto de observar pessoalmente o antílope que escolhi, e o Starbucks é um dos melhores lugares do pasto para isso. Por volta das 8h20 ela sai do apartamento e vai para o trabalho na parte central de Manhattan, na agência de publicidade Maple, Reed & Summers, onde exerce o cargo de contadora assistente.

Continuo caminhando neste domingo, usando um boné de beisebol comum (87,3% dos homens na área metropolitana usam esses bonés). Como sempre, mantenho os olhos baixos. Se você pensa que um satélite não é capaz de gravar seu rosto sorridente a 45 quilômetros de distância no espaço, é melhor rever seus conceitos: em algum lugar, em dezenas de servidores espalhados pelo mundo, há centenas de fotos suas tiradas lá de cima, e só podemos torcer para que você estivesse apenas piscando para a luz do sol ao olhar para um balão da Goodyear, ou para uma nuvem em forma de carneiro, quando a câmera disparou.

Minha paixão por coleções não se limita a esses fatos cotidianos, mas também às *mentes* dos dezesseis que me interessam. Myra 9834 não é exceção. Com certa frequência, ela costuma sair para tomar drinques com amigas depois do trabalho. Notei que muitas vezes é ela quem faz questão de pagar a conta — e faz isso demais, na minha opinião. Sem dúvida está comprando a afeição de todas, não é verdade, Dr. Phil? Talvez ela tivesse acne no rosto durante uma adolescência difícil. De vez em quando ainda vai a um dermatologista, mas as contas não saem muito caras, como se o médico estivesse apenas pensando em fazer um peeling (completamente desnecessário, pelo que vi) ou tomando precaução para que as espinhas não reapareçam, como ninjas durante a noite.

Depois, após três rodadas de Cosmopolitan com as amigas, ou uma ida à academia de ginástica, ela volta para casa para telefonar, acessar o onipresente computador ou ver TV a cabo, com a programação básica e não a premium. (Gosto de acompanhar os hábitos televisivos dela. As escolhas de programas mostram extrema lealdade: trocou de estação quando Seinfeld mudou para outra emissora e recusou dois encontros para passar a noite com Jack Bauer.)

Em seguida, é hora de dormir, e ela às vezes se diverte um pouco (o tanto de pilhas AA que compra certamente significa algo, considerando que sua câmera digital e o iPod são recarregáveis).

Naturalmente, esses são os dados da vida cotidiana dela. Mas hoje é um belo domingo, e os domingos são diferentes. É o dia em que Myra 9834 monta em sua querida — e cara — bicicleta e parte para um passeio pelas ruas da cidade.

Os itinerários variam. O Central Park pode ser um deles, assim como o Riverside Park e o Prospect Park, no Brooklyn. Mas qualquer que seja a rota, Myra 9834 nunca deixa de fazer uma escala específica próximo ao fim do percurso: a Delicatessen Gourmet Hudson, na Broadway. Dali em diante, mal podendo esperar por um banho de chuveiro e o almoço, ela toma o caminho mais curto para casa, e, levando em conta o pesado tráfego na parte sul da cidade, passa justamente pelo lugar em que me encontro neste momento.

Estou diante de um pátio que leva a um apartamento térreo, de propriedade de Maury e Stella Griszinski (imagine, comprado dez anos atrás por 278 mil dólares). O casal Griszinski não está em casa, no entanto, porque foi fazer um cruzeiro de primavera na Escandinávia. Deram instruções para que a correspondência fosse interrompida e não contrataram ninguém para molhar as plantas e cuidar dos animais de estimação. Além disso, não há sistema de alarme.

Ela ainda não apareceu. Estranho. Será que houve algum imprevisto? Posso estar enganado.

Mas isso é raro.

Passam-se cinco angustiantes minutos. Tiro de minha coleção mental o quadro de Harvey Prescott. Revejo-o com prazer durante algum tempo e depois guardo-o novamente. Olho em volta e resisto ao impulso ansioso de esquadrinhar a lata de lixo a fim de ver que tesouros poderá conter.

Fique na sombra.... fique fora dos lugares movimentados. Especialmente em momentos como aquele. Evite as janelas a todo custo. Você ficaria admirado em saber como a atividade de voyeur é atraente e quanta gente está observando você do outro lado da vidraça, quando o que você está vendo parece ser apenas um reflexo ou um raio de sol.

Onde ela está? Onde?

Se eu não fizer logo minha transação...

Mas de repente sinto o coração bater mais forte ao vê-la: Myra 9834.

Movimenta-se devagar, com as belas pernas subindo e descendo. Uma bicicleta de 1.020 dólares. Mais cara do que meu primeiro carro.

A roupa de ciclista é bem justa. Minha respiração acelera. Preciso muito dela.

Olho para ambos os lados da rua. Vazia, a não ser por uma mulher que se aproxima e vem chegando perto, a 10 metros de mim. Com o celular desligado, mas encostado ao ouvido, segurando uma sacola de supermercado, olho para ela uma vez. Fico próximo ao meio-fio, simulando uma animada conversa no telefone, e faço uma pausa para deixá-la passar. Com a testa franzida, a observo novamente e digo, sorrindo:

— Myra?

Ela reduz a marcha. A roupa é muito justa. Controle-se, controle-se. Aja naturalmente.

Não há ninguém nas janelas vazias que dão para a rua. Não há tráfego.

— Myra Weinburg?

Os freios da bicicleta rangem.

— Oi.

A saudação e a tentativa de mostrar reconhecimento se devem apenas ao fato de que as pessoas fazem praticamente qualquer coisa para não demonstrar embaraço.

Assumo totalmente o papel de homem de negócios experiente ao caminhar na direção dela, dizendo a meu amigo invisível que ligarei novamente e fechando o telefone.

Ela responde:

— Desculpe. — Sorrindo com ar interrogativo. — O senhor é...?

— Mike. Sou da empresa Ogilvy. Creio que nos conhecemos em... ah, sim, claro. Na sessão de fotos para a campanha nacional de alimentação, no David. Nós dois estávamos no segundo estúdio. Eu entrei e fui apresentado a você e a... como era mesmo o nome? Richie. Vocês tinham contratado um bufê melhor do que o nosso.

Ela sorri amplamente.

— É claro.

Lembrava-se de David, da sessão fotográfica, de Richie e da comida do almoço. Mas não podia lembrar-se de mim, porque eu não estava lá. Tampouco havia alguém chamado Mike, mas ela não prestará atenção nisso, porque é o nome de seu pai falecido.

— Que bom te encontrar — eu digo, com meu melhor sorriso para coincidências. — Você mora por aqui?

— No Village. E você?

Faço um aceno na direção da casa dos Griszsinki.

— Moro ali.

— Nossa, um loft. Bacana.

Pergunto pelo trabalho dela, e ela pergunta pelo meu. Em seguida faço uma careta.

— É melhor entrar. Saí só para comprar limões — digo, mostrando a sacola. — Uns amigos vêm me visitar. — Abaixo a voz, como se tivesse de repente uma ideia brilhante. — Ei, não sei se você tem programa, mas vamos fazer um brunch mais tarde. Que vir também?

— Ah, obrigada, mas estou um horror.

— Por favor... eu e meu parceiro passamos a manhã toda fora, numa passeata para angariar fundos para um hospital. — Achei esse toque muito adequado, e foi inteiramente improvisado. — Estamos mais suados do que você, acredite. É tudo muito informal. Assim é mais divertido. Vem um dos diretores da Thompson e dois amigos da Burston. Uns gatos, mas héteros. — Dou de ombros, displicentemente. — E vem também um ator, de surpresa. Não vou dizer quem é.

— Bem...

— Ah, por favor. Você parece estar precisando de um Cosmopolitan. Lembra que na sessão de fotos nós concordamos que era nossa bebida preferida?

CAPÍTULO **SEIS**

O TÚMULO.

Bem, não era mais O Túmulo, o original, do século XIX. O prédio fora demolido há muito, mas todos ainda usavam esse nome para falar daquele lugar: o Centro de Detenção de Manhattan, na parte sul da cidade, onde Arthur Rhyme agora se encontrava, com o coração acelerado, como estava desde que fora preso.

Para ele, ali era simplesmente o inferno, qualquer que fosse o nome que lhe dessem: o Túmulo, o Centro Municipal de Detenção ou o Centro Bernard Kerik (como havia sido até recentemente, antes que o antigo chefe de polícia e diretor de penitenciária morresse queimado).

Puro inferno.

Arthur vestia uniforme alaranjado como todos os demais, mas ali terminava a semelhança com os outros detidos. Aquele homem de 1,78m e 86 quilos, de cabelos cortados como os de executivos, era completamente diferente das demais almas que esperavam ir a julgamento. Não era corpulento nem tatuado, não tinha cabeça raspada, não era bruto, nem negro e nem latino. Os criminosos com quem Arthur pareceria — os homens de negócios acusados de falcatruas financeiras — não ficavam no Túmulo até irem para o tribunal; saíam sob fiança. Quaisquer que fossem as infrações que tivessem cometido, elas não valiam os 2 milhões de dólares estipulados para Arthur.

Por isso, o Túmulo era o seu lar desde o dia 13 de maio, o período mais longo e miseravelmente difícil de sua vida.

E também o mais confuso.

Arthur poderia ter encontrado alguma vez a mulher que era acusado de ter matado, mas não conseguia lembrar-se dela. Era verdade que tinha ido àquela galeria no SoHo, onde aparentemente ela também estivera algumas vezes, embora não se lembrasse de ter falado com ela. Era também verdade que gostava do trabalho de Harvey Prescott e tinha lamentado muito precisar vender o quadro que possuía, quando perdeu o emprego. Mas roubar um quadro? Matar uma pessoa? Essa gente estava louca? E eu por acaso *pareço* um assassino?

Era um mistério insondável para ele, como o teorema de Fermat, a prova matemática que ele continuava a não entender, mesmo depois de explicada. Sangue dela em seu carro? Claro que alguém tentara incriminá-lo. Achava até que podia ter sido a própria polícia.

Após dez dias no Túmulo, a defesa de O. J. Simpson não parecia tanto um episódio de *Além da imaginação*.

Por que, por que, por quê? Quem estaria por trás daquilo? Pensou nas cartas raivosas que escrevera quando a universidade de Princeton o preterira. Algumas eram tolas, mesquinhas e ameaçadoras. Bem, havia muita gente instável no meio acadêmico. Talvez quisessem vingar-se dos problemas que ele causara. Também havia aquela aluna que se aproximara dele. Ele dissera que não, não queria ter um caso com ela. A moça ficara furiosa.

Atração Fatal.

A polícia investigara e chegara à conclusão de que ela nada tinha a ver com o crime, mas teriam realmente verificado o álibi dela?

Olhou em volta do pátio comum, para as dezenas de presos que estavam por ali. Inicialmente, ele era visto com curiosidade. Seu prestígio pareceu aumentar quando souberam que ele tinha sido preso por assassinato, mas depois diminuiu com a notícia de que a vítima não havia tentado roubar drogas dele e nem o traíra — dois motivos aceitáveis para matar uma mulher.

Depois ficou óbvio que ele era um daqueles caras brancos que botavam tudo a perder, cuja vida tinha ido ladeira abaixo.

Provocações, desafios. Por exemplo, tirar-lhe a ração de leite; era como na escola. Em matéria de sexo, não era o que se dizia. Não ali. Todos estavam presos fazia pouco tempo e por enquanto conseguiam manter o pau dentro do macacão. Mas os novos "amigos" lhe haviam assegurado que sua virgindade não duraria muito quando ele fosse para uma penitenciária como Attica, especialmente se a pena fosse de 25 anos ou até prisão perpétua.

Já tinha levado quatro tapas na cara, duas rasteiras e sido atacado pelo louco Aquilla Sanchez, que derramara suor em seu rosto enquanto gritava, misturando espanhol e inglês, até que algum dos guardas o arrancasse dali.

Arthur já tinha urinado nas calças duas vezes e vomitado mais de uma dúzia. Era um verme, um merda que não merecia ser fodido.

Pelo menos até mais tarde.

O coração batia tão forte que ele esperava que explodisse a qualquer momento. Isso era o que tinha acontecido com Henry Rhyme, seu pai, embora o famoso professor não tivesse morrido em um lugar infame como o Túmulo, e sim em uma conveniente calçada universitária em Hyde Park, Illinois.

Como aquilo aconteceu? Uma testemunha e provas... não fazia sentido.

— Declare-se culpado, Sr. Rhyme — aconselhara o promotor assistente. — É a minha recomendação.

Seu advogado aconselhara o mesmo:

— Conheço isso por dentro e por fora, Art. É como se estivesse vendo um mapa de GPS. Posso dizer exatamente para onde isto está caminhando, e não será a pena de morte, que não existe em Nova York. Mas ainda temos que pensar em 25 anos. É o melhor que você pode conseguir.

— Mas não fui eu.

— Entendo. Mas isso não significa nada para muita gente, Arthur.

— Mas não fui eu mesmo!

— Entendo.

— Bem, eu não vou assumir a culpa. O júri vai entender. Eles vão me ver. Saberão que não sou assassino.

Silêncio. Em seguida:

—Tudo bem. Mas nada estava bem. Claro que o advogado estava contrariado, apesar dos mais de seiscentos dólares por hora que cobrava; e de onde vinha o maldito dinheiro para isso? Ele...

Arthur ergueu de repente os olhos e viu dois presos que o observavam. Eram latinos. Olhavam-no com rostos sem qualquer expressão.

Não eram amistosos, nem desafiadores, nem ameaçadores. Pareciam curiosos.

Quando eles se aproximaram, Arthur ficou pensando se devia levantar-se ou permanecer como estava.

Fique firme.

Mas abaixe os olhos.

Olhou para baixo. Um dos homens ficou de pé diante dele, com os sapatos maltratados diretamente na linha de visão de Arthur.

O outro deu a volta pelas costas.

Arthur Rhyme sabia que ia morrer. Que fosse tudo rápido, tudo rápido.

— Ei — disse o que estava atrás, com voz aguda.

Arthur levantou os olhos para o outro, que estava na frente. O homem tinha olhos injetados, um brinco na orelha e dentes podres. Arthur não conseguia falar.

—Você aí — chamou a voz novamente.

Arthur engoliu em seco. Apesar de tentar, mas não pôde controlar-se.

— A gente está falando com você, eu e meu amigo. Cadê a sua educação? Vai bancar o metido por quê?

— Desculpe. Eu... oi.

— Ei. Você ganha a vida com o quê? — perguntou o da voz aguda, atrás dele.

— Eu... — Era como se a mente de Arthur tivesse congelado. Que deveria dizer? — Sou... sou cientista.

— Cacete! Cientista? Que é que você faz? Foguetes? — falou o homem de brinco.

Os dois riram.

— Não. Equipamento médico.

— Tipo aquela merda que eles usam? Para dar choque no peito? Igual a Plantão Médico?

— Não, é uma coisa complicada.

O homem do brinco franziu a testa.

— Não foi isso o que eu quis dizer — corrigiu-se Arthur, rapidamente. — Não é que você não fosse entender, mas é difícil explicar. Sistema de controle de qualidade para diálise. E também...

— Você ganha um bom dinheiro, não? Ouvi dizer que você estava bem-vestido quando chegou aqui — disse o da voz aguda.

— Como? Ah, não sei. Comprei o terno na Nordstrom.
— Nordstrom. Que porra é essa de Nordstrom?
— Uma loja.

Arthur olhou novamente para os pés do homem do brinco, que continuou.

— Eu disse, você ganha bem. Quanto ganha?
— Eu...
—Vai dizer que não sabe?
— Eu...

Era isso o que ele ia dizer.

— Quanto você ganha?
— Não sei, acho que uns cem mil.
— Merda.

Arthur não sabia se aquela quantia era grande ou pequena para eles.

—Você tem família? — riu o da voz aguda.
— Não vou falar sobre isso.
—Você tem família?

Arthur Rhyme olhava para a parede próxima, onde havia um prego na argamassa entre dois tijolos, provavelmente para pendurar alguma coisa que havia sido removida ou roubada anos antes, pensou ele.

— Deixem-me em paz. Não quero falar com vocês.

Tentou mostrar energia na voz, mas parecia uma mocinha abordada por um nerd no baile.

— Estamos tentando conversar educadamente, cara.

Foi isso mesmo o que ele disse? *Conversar educadamente*? Depois, pensou: que merda, talvez eles estejam realmente querendo ser gentis. Talvez pudessem ficar amigos, protegê-lo. Que merda, ele precisava de todos os amigos que pudesse ter. Seria possível emendar?

— Desculpem, mas isto para mim é muito estranho. Nunca tive esses problemas antes. Apenas...

— Que é que sua mulher faz? É cientista também? É esperta?
— Eu.... — A resposta que ele pretendia dar sumiu.
—Tem peitos grandes?
—Você come o cu dela?

— Escute aqui, cientista de merda. Escute o que vou dizer. Sua mulher esperta vai tirar um dinheiro do banco. Dez mil. Depois vai encontrar com meu primo no Bronx. E então...

A voz de tenor se calou.

Um preso negro, de 1,90m, todo músculos e gordura, com as mangas arregaçadas, aproximou-se dos três. Olhava os dois latinos com cara feia.

— Ei, Chihuahuas. Caiam fora.

Arthur Rhyme ficou imóvel. Não seria capaz de mexer-se ainda que alguém atirasse contra ele, o que não o surpreenderia.

— Vá tomar no rabo, crioulo — disse o de brinco.

— Seu merda — disse o de voz aguda, fazendo o negro rir e abraçar o outro, afastando-se com ele e murmurando alguma coisa ao ouvido. Os olhos do latino brilharam e ele acenou para o amigo, que foi para perto dele. Os dois caminharam para um canto, fingindo-se ofendidos. Se Arthur não estivesse tão assustado, acharia aquilo divertido: dois brutamontes da escola obrigados a recuar.

O negro espreguiçou-se e Arthur ouviu uma articulação estalar. O coração batia ainda mais forte. Uma oração incompleta passou-lhe pela mente, uma prece para que as coronárias o levassem embora, ali mesmo.

— Obrigado.

O negro falou:

— Foda-se. Aqueles dois são uns merdas. Eles têm que aprender. Entendeu o que estou dizendo?

Não, Arthur não entendia nada, mas disse:

— Meu nome é Art.

— Sei qual é seu nome, porra. Todo mundo sabe tudo aqui. Só você não sabe. Você não sabe merda nenhuma.

Mas Arthur Rhyme sabia uma coisa, e tinha absoluta certeza. Ia morrer ali mesmo. Por isso, disse:

— OK, então me diga quem é você, seu crioulo de merda.

O rosto grande se virou para ele, com cheiro de suor e mau hálito. Arthur pensou na família, primeiro nos filhos e depois em Judy. Nos pais, primeiro a mãe e depois o pai. Em seguida, surpreendentemente, pensou no primo, Lincoln, lembrando-se de uma corrida que tinham apostado num campo em Illinois, no verão, quando eram adolescentes.

Vamos apostar uma corrida até aquele carvalho. Está vendo, aquele lá. Vou contar até três. Um... dois... três, já!

Mas o homem simplesmente se virou e caminhou, atravessando o pátio, até outro preso negro. Os dois bateram as mãos e Arthur Rhyme ficou esquecido.

Permaneceu sentado, vendo-os confraternizar, sentindo-se cada vez mais abandonado. Arthur Rhyme era cientista. Acreditava que a vida progredia por meio do processo de seleção natural; a justiça divina não tinha qualquer influência.

Agora, porém, mergulhado em uma depressão tão implacável quanto as marés de inverno, não podia deixar de conjeturar se não existiria algum sistema de retribuição, real e invisível como a gravidade, que agora o punia pelas perversidades que cometera na vida. Mas também tinha feito muita coisa boa. Criara filhos, ensinara-lhes coisas importantes, como ter a mente aberta e ser tolerante, tinha sido bom companheiro para a esposa, amparando-a durante um câncer, e contribuíra para o grande acervo científico que enriquecera o mundo.

No entanto, havia coisas ruins também. Sempre há.

Ali sentado, vestindo o uniforme alaranjado malcheiroso, esforçou-se por acreditar que, por meio dos pensamentos e votos adequados — e fé no sistema que apoiara devidamente a cada eleição —, poderia lutar para chegar ao outro lado da balança da justiça e reunir-se com a família e a vida.

Com espírito e intenção corretos, poderia vencer o destino com o mesmo esforço obstinado com que havia ganhado a corrida com Lincoln naquele campo morno e poeirento, correndo com todas as forças em direção ao carvalho.

Talvez pudesse ser salvo. Talvez...

— Saia daí.

Sobressaltou-se ao ouvir a palavra, embora a voz fosse macia. Outro preso, branco, de cabelos revoltos, cheio de tatuagens, mas de dentes muito claros, com os tiques provocados pela droga que lhe vazava pelos poros, se aproximara, por trás dele. Olhava o banco onde Arthur estava sentado, embora pudesse ter escolhido outro lugar. Os olhos eram pura maldade.

A esperança momentânea de Arthur em algum sistema científico e mensurável de justiça moral esvaiu-se de um golpe. Uma palavra daquele homem franzino, mas machucado e perigoso, fora suficiente para liquidá-la

Saia daí.

Fazendo esforço para não chorar, Arthur Rhyme saiu de onde estava.

CAPÍTULO **SETE**

O TELEFONE TOCOU E LINCOLN Rhyme irritou-se com a distração. Estava pensando no Sr. X e na forma de plantar pistas falsas, se é que isso era o que realmente acontecera, e não queria se distrair.

Mas a realidade veio com tudo e ele viu o número 44 na identificação do interlocutor, o código telefônico da Inglaterra.

— Comando, atender telefone — disse ele, instantaneamente.

Clique.

— Alô. Inspetora Longhurst?

Rhyme preferia não usar os primeiros nomes. As relações com a Scotland Yard exigiam certa formalidade.

— Oi, detetive Rhyme — saudou ela. —Tivemos algum movimento aqui.

— Continue — disse Rhyme.

— Danny Krueger recebeu um recado de um de seus antigos traficantes de armas. Parece que Richard Logan saiu de Londres para buscar alguma coisa em Manchester. Não temos certeza do que seja, mas sabemos que Manchester está cheia de vendedores de armas no mercado negro.

— Tem ideia de onde ele esteja, exatamente?

— Danny ainda está tentando localizá-lo. Seria ótimo se pudéssemos agarrá-lo lá, em vez de esperar até que volte para Londres.

— Danny está sendo discreto?

— Rhyme recordava ter visto na videoconferência um sul-africano corpulento, queimado de sol e espalhafatoso. A pronunciada barriga e um anel de ouro com pedra cor de rosa brilhavam assustadoramente.

Ele cuidara de um caso que tinha a ver com Darfur e tanto ele quanto Krueger haviam conversado por algum tempo sobre o trágico conflito naquela região.

— Ah, ele sabe o que faz. É sutil quando precisa, e feroz como um mastim quando a situação exige. Se houver alguma maneira, ele conseguirá os detalhes. Estamos trabalhando com nosso time em Manchester para organizar uma equipe de ataque. Ligarei quando tiver outras notícias.

Rhyme agradeceu e desligou.

— Nós o pegaremos, Rhyme — afirmou Sachs, não apenas para animá-lo. Ela tinha interesse em encontrar Logan, pois quase morrera em um dos esquemas criados por ele.

Sachs recebeu um telefonema. Ouviu atentamente e disse que chegaria em dez minutos.

— Os documentos sobre os dois outros casos que Flintlock mencionou estão prontos. Vou buscá-los... Ah, e Pam talvez dê um pulo aqui.

— O que ela tem feito?

— Estudando com um amigo em Manhattan... um namoradinho.

— Ótimo. Quem é ele?

— Um rapaz da mesma escola. Estou ansiosa para conhecê-lo. Ela não fala em outra coisa. Pam certamente merece uma pessoa séria em sua vida, mas não quero que ela se envolva depressa demais. Vou me sentir melhor quando o conhecer e tiver oportunidade de fazer o interrogatório pessoalmente.

Hyme acenou com a cabeça quando Sachs saiu, mas estava pensando em outra coisa. Enquanto olhava o quadro que continha as informações sobre o caso de Alice Sanderson, deu a ordem para iniciar uma nova chamada telefônica.

— Alô? — disse uma voz masculina suave. Ouvia-se uma valsa tocando alto.

— É você, Mel?

— Lincoln?

— Que diabo de música é essa? Onde é que você está?

— Estou no Concurso de Danças de Salão da Nova Inglaterra — respondeu Mel Cooper.

Rhyme suspirou. Lavar a louça, matinês de teatro, danças de salão. Detestava domingos.

— Bem, preciso de você. Tenho um caso aqui. Bem *único*.

— Para você, todos são únicos, Lincoln.

— Este é mais que muitos dos outros, se é que é possível dizer isso. Pode vir até aqui? Você disse Nova Inglaterra. Não me diga que está em Boston ou no Maine.

— Estou no centro. E, creio, livre. Eu e Gretta acabamos de ser eliminados. Rosie Talbot e Bryan Marshall vão vencer. Um escândalo. É tudo questão de fazer barulho — completou ele, com certa veemência. — Quando quer que eu vá?

— Agora.

Cooper riu.

— Por quanto tempo vai precisar de mim?

— Talvez por algum tempo.

— Como até 18 horas? Ou até quarta-feira?

— É melhor ligar pra seu supervisor e dizer que você está sendo designado para outra tarefa. Espero que não passe de quarta-feira.

— Preciso dar algum nome a ele. Quem está encarregado da investigação? Lon?

— Vamos combinar assim: seja um pouco vago.

— Bem, Lincoln, você se lembra de seus tempos na polícia, não? "Vago" não funciona. É preciso ser muito específico.

— Não existe realmente um detetive encarregado do caso.

— Você está tratando disso sozinho? — O tom de voz era um tanto hesitante.

— Não exatamente. Tenho Amelia e Ron.

— Só?

— Você também.

— Sei. Quem é o suspeito?

— Na verdade, já estão presos. Dois foram condenados e um aguarda julgamento.

— E você tem dúvidas de que sejam os verdadeiros culpados.

— É mais ou menos isso.

Mel Cooper, detetive da Unidade de Cena do Crime da polícia de Nova York, especializara-se em trabalho de laboratório e era um dos agentes mais brilhantes, além de ser um dos mais astutos.

— Então você quer que eu ajude a descobrir como meus chefes se enganaram e prenderam os indivíduos errados e depois os convença a abrir novas e dispendiosas investigações contra os verdadeiros culpados, que provavelmente não ficarão muito satisfeitos quando souberem que não vão escapar tão facilmente. É uma espécie de situação em que todos perdem, não é, Lincoln?

— Diga à sua namorada que eu peço desculpas, Mel. E venha logo.

Sachs já estava na metade do caminho para o Camaro cor de carmim quando ouviu um grito:

— Ei, Amelia!

Voltou-se e viu uma jovem bonita, de longos cabelos castanhos com mechas ruivas e alguns piercings de bom gosto em ambas as orelhas. Carregava duas bolsas de lona. O rosto, coberto de sardas delicadas, irradiava felicidade.

— Você está saindo? — perguntou ela a Sachs.

— Um caso importante. Vou ao sul de Manhattan. Quer uma carona?

— Claro. Posso pegar o metrô na Prefeitura — disse Pam, entrando no carro.

— Como vão os estudos?

— Você sabe.

— E onde está seu amigo? — questionou Sachs, olhando em volta.

— Estava comigo até agora pouco.

Stuart Everett era aluno do mesmo colégio que Pam frequentava em Manhattan. Os dois já estavam namorando havia alguns meses. Tinham se conhecido na aula e imediatamente descobriram uma afeição mútua pelos livros e pela música. Ele fazia parte do Clube de Poesia da escola, o que tranquilizava Sachs. Não queria um motoqueiro nem um atleta sem modos.

Pam jogou no assento traseiro uma das bolsas, que continha livros escolares, e abriu a outra. Um cachorro de pelo emaranhado as olhou.

— Ei, Jackson — chamou Sachs, afagando a cabeça do animal.

O pequeno cão agarrou o biscoito em forma de osso que a detetive oferecia. Ela tinha retirado de um pote cuja única finalidade era servir de depósito para guloseimas caninas. As acelerações e freadas bruscas habituais de Sachs não eram propícias a manter líquidos em copos.

— Stuart não acompanhou você até aqui? Que tipo de cavalheiro ele é?

— Ele tinha um jogo de futebol. Gosta muito de esportes. Os homens não são quase todos assim?

Entrando no tráfego, Sachs deu uma risada vaga.

— São, sim.

A pergunta parecia estranha para uma adolescente, considerando que a maioria delas sabia tudo sobre rapazes e esportes. Mas Pam Willoughby não era como a maioria das jovens. Quando ela era menina, o pai morrera em uma missão de paz das Nações Unidas. Enquanto isso, a mãe, uma mulher instável, mergulhara nas atividades clandestinas de organizações políticas e religiosas de extrema-direita, cada vez mais militante. Estava cumprindo pena de prisão perpétua por assassinato (tinha sido responsável por um atentado à bomba contra as Nações Unidas, no qual seis pessoas morreram). Amelia Sachs a conhecera nessa época, quando a detetive salvara a jovem de um raptor maníaco. Ela então desaparecera novamente e, por pura coincidência, Sachs a salvara outra vez, não fazia muito tempo.

Livre da família de sociopatas, Pam foi alocada em uma família adotiva no Brooklyn, não sem antes Sachs ter feito uma verificação completa do casal, como um agente secreto que planeja uma visita presidencial. Pam gostava da vida com a família, mas ela e Sachs continuaram a se encontrar e ficaram bastante ligadas. Como a mãe adotiva de Pam estava sempre muito ocupada com outros cinco filhos, Sachs assumiu o papel de irmã mais velha.

Isso foi bom para ambas. Sachs sempre quisera ter filhos, mas havia complicações. Planejara constituir família com o primeiro dos namorados com quem morou, embora o rapaz, também policial, tivesse se mostrado uma das piores escolhas possíveis (para começar, extorsão, assalto e finalmente prisão). Depois disso, ficara sozinha até conhecer Lincoln Rhyme, com quem estava desde então. Rhyme não fazia questão de filhos, mas era um homem bom, sincero e inteligente, capaz de distinguir entre o estrito profissionalismo e a vida doméstica. Muitos homens não conseguiam.

Iniciar uma família, porém, seria difícil naquele ponto das vidas de ambos; eles precisavam lidar com os perigos e as exigências do trabalho da polícia e com o esgotamento físico que os dominava — fora as incertezas sobre o futuro da saúde de Rhyme. Também havia uma barreira física a vencer, embora, pelo que verificaram, o problema era com Sachs e não com Rhyme (ele era perfeitamente capaz de tornar-se pai).

Portanto, a relação com Pam era suficiente por enquanto. Sachs gostava de seu papel e o desempenhava com seriedade. A moça, por sua vez, ia reduzindo as reticências no trato com adultos. Rhyme também gostava genuinamente da companhia dela. Auxiliava-a no planejamento de um livro sobre sua experiência na organização clandestina de ultradireita, que teria o título de Cativeiro. Thom lhe dissera que ela tinha possibilidade de participar do conhecido programa da Oprah.

Ultrapassando um táxi, Sachs disse:

— Você não respondeu ao que perguntei. Como foi sua tarde de estudo?

— Foi ótima.

— Está preparada para a prova na quinta-feira?

— Já olhei a matéria. Tudo certo.

Sachs deu uma risada.

— Você nem sequer abriu o livro hoje, não foi?

— Ah, Amelia. O dia está tão bonito! O tempo andou muito ruim a semana inteira. Nós precisávamos sair.

O impulso de Sachs foi recordar a ela a importância de tirar boas notas nas provas finais. Pam era inteligente, com QI elevado e apetite voraz para leitura, mas após as mudanças de escola seria difícil entrar para uma boa universidade. Mas a moça parecia tão contente que Sachs não insistiu.

— Então, o que fizeram?

— Só caminhamos. Andamos até o Harlem, dando a volta no reservatório. Estava tendo um show na Boat House, era uma banda cover, mas eles arrasaram tocando Coldplay. — Pam refletiu por um instante e prosseguiu: — Mas eu e Stuart basicamente conversamos. Sobre bobagens. Para mim, essa é a melhor parte.

Amelia não tinha como discordar.

— Ele é bonito?

— Ah, se é! Muito bonito.

—Você tem uma foto?

—Amelia! Isso seria muito constrangedor.

— Depois que terminarmos o caso em que estamos trabalhando, que tal jantarmos juntos, os três?

—Você quer mesmo conhecê-lo?

— Qualquer rapaz que esteja saindo com você precisa saber que há alguém tomando conta. Alguém que carrega uma pistola e um par de algemas. Vamos, segure o cachorro; hoje estou com vontade de dirigir.

Sachs reduziu e então acelerou, deixando dois pontos de exclamação de borracha no asfalto.

CAPÍTULO OITO

DESDE QUE AMELIA COMEÇARA A passar algumas noites ocasionais e fins de semana na casa de Rhyme, o ambiente de estilo vitoriano sofrera algumas mudanças. No período em que morou sozinho, depois do acidente e antes de Sachs, a casa era mais ou menos arrumada — dependendo da frequência com que ele despedia seus ajudantes e empregados domésticos —, mas não podia ser considerada um "lar". Nada pessoal adornando as paredes, nenhum dos certificados, diplomas, comendas e medalhas que ele recebera durante sua elogiada chefia da unidade de cena do crime da polícia de Nova York. Tampouco havia retratos de seus pais, Teddy e Anne, e da família de seu tio Henry.

Sachs não concordava com aquilo.

— Seu passado, sua família, são coisas importantes — sentenciou ela. — Você está eliminando sua própria história, Rhyme.

Ele não conhecia o apartamento dela — não era acessível para uma cadeira de rodas —, mas sabia que os cômodos estavam repletos de lembranças da história dela. Naturalmente já tinha visto muitas fotos de Amelia Sachs: a menina bonitinha (com sardas que há muito haviam desaparecido) e que não sorria muito; na época da escola, segurando ferramentas mecânicas; a jovem universitária, ladeada pelo pai sorridente e mãe de cara fechada; como modelo fotográfica e publicitária, com a expressão chique de frieza que era a moda na época (mas que Rhyme sabia tratar-se de desprezo pela maneira como as modelos eram consideradas simples cabides de roupas).

Havia centenas de outras fotos, tiradas principalmente pelo pai, que sempre tinha a Kodak preparada.

Sachs observara as paredes nuas de Rhyme e explorara o que os empregados e ajudantes — até mesmo Thom — tinham deixado de lado: as caixas de papelão no porão, que eram provas da vida anterior dele, artefatos escondidos e não mencionados, como se evitasse contar à segunda esposa a respeito da primeira. Muitos daqueles certificados, diplomas e fotos de família decoravam agora as paredes e o topo da lareira, inclusive a que Rhyme naquele momento contemplava: ele próprio, ainda adolescente e esbelto, com uniforme de atleta, tirada logo após uma competição escolar. Mostrava-o com os cabelos revoltos e o nariz proeminente como o de Tom Cruise, curvado para a frente e apoiando-se nas mãos e nos joelhos, exatamente ao final de uma prova, provavelmente de 1.500 metros. Rhyme nunca fora velocista: gostava do lirismo e elegância das distâncias longas. Considerava a competição de corrida um "processo". Às vezes não parava de correr, mesmo depois de cruzar a linha de chegada.

A família costumava assistir às competições. O pai e o tio moravam em subúrbios da cidade de Chicago, embora a certa distância um do outro. A casa de Lincoln ficava a oeste, na planície pouco povoada que na época era ocupada na maior parte por fazendas, na mira de especuladores imobiliários e tornados assustadores. Henry Rhyme e sua família estavam mais ou menos imunes às duas coisas, pois viviam às margens do lago, em Evanston.

Henry se deslocava a Chicago duas vezes por semana a fim de dar aulas nos cursos avançados de Física na universidade da cidade. Era uma longa viagem de trem que atravessava diferentes áreas sociais da cidade. A mulher, Paula, ensinava na universidade Northwestern. O casal tinha três filhos: Robert, Marie e Arthur, todos batizados com nomes de cientistas, dos quais Oppenheimer e Curie eram os mais conhecidos. O nome de Art vinha de Arthur Compton, que em 1942 dirigia o famoso Laboratório de Metalurgia na universidade de Chicago, fachada para o projeto de criação da primeira reação nuclear controlada em cadeia do mundo. Todas as crianças tinham frequentado boas escolas: Robert, a faculdade de medicina da Northwestern; Marie, a universidade da Califórnia em Berkeley; e Arthur, o Instituto de Tecnologia de Massachusetts (MIT).

Robert morrera anos antes em um acidente industrial na Europa. Marie trabalhava na China, em assuntos do meio-ambiente. Quanto aos quatro Rhyme mais velhos, somente um ainda vivia: tia Paula morava em uma comunidade de pessoas idosas com assistência médica e mantinha lembranças vívidas e coerentes de sessenta anos antes, embora o presente tivesse se transformado em fragmentos desconexos.

Rhyme continuou a olhar a foto de si mesmo. Não conseguia desviar os olhos, recordando a competição de atletismo. Nas aulas, o professor Henry Rhyme demonstrava a aprovação por meio de um sutil movimento de sobrancelhas. Nas competições, porém, sempre saltava nas arquibancadas, assobiando e gritando para Lincoln que fizesse *mais esforço, vamos, você vai vencer!* Estimulava-o para que atravessasse em primeiro lugar a linha de chegada, o que acontecia com frequência.

Depois da competição, Rhyme costumava sair com Arthur. Os dois rapazes se juntavam sempre que podiam, completando o grupo juvenil. Robert e Marie eram bem mais velhos do que Arthur, e Lincoln era filho único.

Assim, os dois se tornaram inseparáveis. Na maioria dos fins de semana e durante todo o verão eles saíam como irmãos para suas aventuras, muitas vezes na Corvette de Arthur (o tio Henry, embora fosse professor, ganhava muito mais do que o pai de Rhyme. Teddy também era cientista, embora se sentisse mais à vontade na obscuridade). Os interesses dos rapazes eram típicos dos adolescentes: garotas, jogos de futebol, cinema, longas discussões, comer hambúrgueres e pizza, tomar cerveja escondidos e explicar o mundo. E mais garotas.

Agora, sentado na cadeira de rodas ultramoderna, Rhyme tentava recordar onde ele e Arthur tinham ido naquele dia, depois da competição.

Arthur, o primo que parecia seu irmão. E que nunca tinha ido visitá-lo depois que a coluna dele se quebrara como um pedaço de madeira de má qualidade.

Por que, Arthur? Diga-me por quê...

As recordações se perderam ao toque da campainha na porta de entrada da casa. Thom surgiu no corredor e um instante depois um homem franzino e calvo, vestido de smoking, entrou na sala. Mel Cooper colocou no nariz os óculos de lentes grossas e acenou para Rhyme.

— Boa tarde.

— Por que essa roupa? — perguntou Rhyme.

— O concurso de dança. Se tivéssemos passado para a final, você sabe que eu não teria vindo aqui. — Tirou o paletó e a gravata borboleta e enrolou as mangas da camisa de babados. — Então, o que temos nesse caso original de que você me falou?

Rhyme explicou do que se tratava.

— Lamento por seu primo, Lincoln. Acho que você nunca me falou nele.

— Que acha do *modus operandi* do assassino?

— Sem dúvida é brilhante — respondeu Cooper, olhando no quadro branco a relação de provas do assassinato de Alice Sanderson.

— Tem alguma ideia? — perguntou Rhyme.

— Bem, metade das provas contra seu primo estava no carro dele ou na garagem. É muito mais fácil plantá-las ali do que na casa dele.

— Exatamente o que eu estava pensando.

A campainha soou novamente. Logo depois, Rhyme ouviu os passos de seu ajudante, voltando sozinho. O detetive pensou que talvez fosse algum entregador, mas logo depois percebeu: era domingo. Algum visitante usando tênis, que não fariam ruído no assoalho do vestíbulo.

Claro.

O jovem Ron Pulaski apareceu, sorrindo um tanto acanhado. Não era mais um calouro, já trabalhava havia alguns anos como patrulheiro uniformizado, mas se comportava como novato, e portanto Rhyme o via dessa forma. Provavelmente ele seria sempre um novato.

Os tênis eram realmente silenciosos, da marca Nike, mas ele vestia uma camisa havaiana espalhafatosa por cima dos jeans. Os cabelos louros estavam estilosamente espetados para cima com gel, e na testa era claramente visível uma cicatriz, herança de um ataque quase fatal durante o primeiro caso em que trabalhara com Rhyme e Sachs. O golpe tinha sido tão violento que ele sofrera uma concussão cerebral e quase tivera que abandonar a polícia. Resolvera, porém, conquistar seu lugar novamente, passando pela reabilitação, e permanecer no departamento, em grande parte inspirando-se em Rhyme (coisa que Ron somente confessara a Sachs, é claro, e não ao próprio criminalista, mas ela revelara o fato a Rhyme).

Um tanto surpreso pelo smoking de Cooper, Rhyme fez um aceno de cabeça, saudando os dois homens.

— Lavou bem os pratos, Pulaski? Pôs água nas flores? Guardou bem os restos do almoço na geladeira?

— Eu saí logo depois do telefonema, senhor.

Os três já tinham começado a conversar sobre o caso quando ouviram a voz de Sachs, que vinha da porta de entrada.

— Parece uma festa à fantasia — disse ela, olhando o smoking de Cooper e a camisa berrante de Pulaski e dizendo ao primeiro: —Você está muito elegante. É isso o que se diz de alguém que usa smoking, certo? Elegante.

— Infelizmente, fui apenas semifinalista; é a única coisa em que sou capaz de pensar.

— E Greta, está lidando bem com isso?

Conforme contou Cooper, sua bela namorada escandinava tinha "saído com amigas para afogar as mágoas em Aquavit, bebida nacional de sua terra. Na minha opinião, é impossível beber aquilo."

— Como vai sua mãe?

Cooper morava com a mãe, uma mulher bastante ativa.

— Está muito bem. Saiu para almoçar no Boat House.

Sachs perguntou também pela mulher e os dois filhos de Pulsaki. Depois acrescentou:

— Obrigada por virem em pleno domingo. — Voltando-se para Rhyme, observou: — Você naturalmente já disse a eles que ficamos muito gratos.

— Claro que sim — murmurou ele. — Agora, podemos começar a trabalhar? O que você tem aí? — prosseguiu, olhando o grosso envelope pardo que ela carregava.

— Lista de provas e fotos do roubo de moedas seguido por estupro.

— Onde está o resultado do exame preliminar da polícia?

— Arquivado no depósito de Long Island.

— Bem, vamos ver o que você trouxe.

Assim como tinha feito com o arquivo relativo ao primo de Rhyme, Sachs pegou um marcador e começou escrever em outro quadro branco.

HOMICÍDIO/ROUBO — 27 de março

27 de março
Crime: homicídio, roubo de seis caixas de moedas raras.
Causa mortis: perda de sangue, e choque devido a múltiplos ferimentos de faca
Local: Bay Ridge, Brooklyn
Vítima: Howard Schwartz
Suspeito: Randall Pemberton

LISTA DE PROVAS NA CASA DO SUSPEITO

- Graxa
- Fragmentos secos de spray de cabelo
- Fibras de poliéster
- Fibras de lã
- Pegada de sapato tamanho 9½, marca Bass Walker

Testemunha informou que homem de colete bege fugiu em Honda Accord preto

LISTA DE PROVAS NA CASA E NO CARRO DO SUSPEITO

- Graxa em guarda-chuva no pátio, semelhante à encontrada na casa da vítima
- Par de sapatos Bass Walker tamanho 9½
- Spray de cabelos Clairol, semelhante a fragmentos encontrados na cena do crime
- Faca/traços no cabo — resíduos diferentes dos encontrados na cena do crime e na casa do suspeito
- Fragmentos de papelão velho
- Faca/traços na lâmina: sangue da vítima, identificação positiva
- Suspeito tem Honda Accord 2004 preto
- Uma moeda identificada como proveniente da coleção da vítima
- Colete da Culberton Outdoor Company bege, semelhante à fibra de poliéster encontrada na cena do crime
- Cobertor de lã no carro. Semelhante à fibra de lã encontrada na cena do crime

Nota: antes do julgamento, investigadores entrevistaram muitos comerciantes de moedas, na cidade e na internet. Ninguém tentou vender as moedas roubadas.

— Portanto, se nosso criminoso roubou as moedas, ele as conservou. E temos o "resíduos diferentes dos encontrados na cena do crime e na casa do suspeito". Isso provavelmente significa que veio da casa do criminoso. Mas que diabo de resíduos serão esses? Eles não os analisaram? — questionou Rhyme, balançando a cabeça. — Certo, quero ver as fotos. Onde estão?

— Vou buscá-las. Um momento.

Sachs pegou uma fita adesiva e pregou as copias das fotos em um terceiro quadro branco. Rhyme manobrou sua cadeira para chegar mais perto e olhou atentamente as dezenas de fotos das cenas do crime. A casa do colecionador de moedas era bem arrumada, mas a do criminoso nem tanto. A cozinha, onde a moeda e a faca tinham sido encontradas sob a pia, estava atravancada, com a mesa coberta de pratos sujos e embalagens de alimentos. Na mesa havia uma pilha de correspondência, a maior parte aparentemente inútil.

— O próximo, vamos — pediu ele, tentando evitar demonstrar impaciência na voz.

HOMICÍDIO/ESTUPRO — 18 de abril

18 de abril
Crime: homicídio, estupro
Causa mortis: estrangulamento
Local: Brooklyn
Vítima: Rita Moscone
Suspeito: Joseph Knightly

LISTA DE EVIDÊNCIAS NA CASA DO SUSPEITO

- Preservativos Durex com lubrificante idêntico ao encontrado na vítima
- Rolo de corda, fibras semelhantes às encontradas na cena do crime
- Pedaço de 60 centímetros da mesma corda, com sangue da vítima, e fragmento de náilon BASF B35 6, 5 centímetros, origem mais provável: o cabelo de uma boneca
- Sabonete suave Colgate-Palmolive
- Fita adesiva plástica, marca American Adhesive

- Luvas de látex, semelhantes ao fragmento encontrado na cena do crime
- Meias de homem, lã/poliéster, semelhantes à fibra encontrada na cena do crime. Outro par idêntico na garagem, contendo traços do sangue da vítima
- Tabaco de cigarros Tareyton (ver nota abaixo)

LISTA DE EVIDÊNCIAS NA CASA DA VÍTIMA

- Traços de sabonete suave Colgate-Palmolive para as mãos
- Lubrificante para preservativo
- Fibras de cordas
- Resíduos em fita adesiva, sem semelhança com amostras no apartamento
- Fita adesiva, marca American Adhesive
- Fragmento de látex
- Fibras de lã/poliéster, pretas
- Tabaco na vítima (ver nota abaixo)

— O suposto criminoso guardou meias com sangue e levou-as para a própria casa? Besteira. Isso foi plantado — afirmou Rhyme, lendo novamente a lista. — E o que diz a tal "nota abaixo"?

Sachs a encontrou: alguns parágrafos sobre possíveis problemas naquele caso, escritos pelo promotor ao detetive encarregado. Mostrou-as a Rhyme:

Stan,
Há algumas falhas potenciais que a defesa pode tentar levantar.
— Questão de possível contaminação: fragmentos de tabaco semelhantes encontrados na cena do crime e na casa do criminoso, mas nem a vítima nem o suspeito eram fumantes. Os agentes que efetuaram a prisão e que estiveram na cena do crime foram interrogados, mas afirmaram ao detetive encarregado que o resíduo de tabaco não era deles.
— Não foi encontrado material para exame de DNA, exceto o sangue da vítima.
— O suspeito tem um álibi. Uma testemunha ocular o viu do lado de fora de sua própria casa, a cerca de 6 quilômetros, por volta da hora do crime. A testemunha é um sem-teto a quem o suspeito dá esmolas de vez em quando.

— Ele tinha um álibi — disse Sachs —, mas evidentemente o júri não acreditou.

— Que acha, Mel? — perguntou Rhyme.

— O mesmo que disse antes. Tudo parece muito certinho.

Pulaski concordou com a cabeça.

— O spray de cabelo, o sabonete, as fibras, o lubrificante... tudo.

— São coisas óbvias para serem plantadas — concluiu Cooper. — E vejam o DNA: o que foi encontrado na cena do crime não era do suspeito, e sim o da vítima que foi encontrado na casa dele. É muito mais fácil de plantar.

Rhyme continuou a examinar as listas, lendo-as lentamente.

— Mas nem todas as provas se encaixam — considerou Sachs. — O papelão velho e o resíduo não têm relação com nenhum dos dois locais.

— O tabaco tampouco — completou Rhyme. — Nem a vítima nem o homem que foi incriminado fumavam. É possível que tenham vindo do verdadeiro criminoso.

— E o cabelo de boneca? — questionou Pulaski. — Poderá significar que ele tinha filhos?

— Pregue as fotos disso — ordenou Rhyme. — Vamos olhar.

Como os demais locais, o apartamento da vítima e a casa e garagem do suspeito tinham sido bem documentados pela Unidade de Cena do Crime. Rhyme examinou as fotos.

— Não há bonecas. Nenhum brinquedo. Talvez o verdadeiro assassino tenha filhos, ou algum contato com brinquedos. Além disso, fuma, ou tem acesso a cigarros e tabaco. Ótimo. Acho que temos alguma coisa aqui.

— Vamos fazer um perfil. Até agora o temos chamado de Sr. X. Precisamos de outra coisa para nosso criminoso. Que dia é hoje?

— 22 de maio — respondeu Pulaski.

— Ótimo. Pessoa desconhecida 522. Sachs, por favor... — disse ele, indicando outro quadro branco com um aceno de cabeça. Vamos começar o perfil.

PERFIL DE 522

Sexo masculino
Possivelmente fumante ou mora/trabalha em companhia de fumantes ou próximo a uma fonte de tabaco
Tem filhos ou mora/trabalha próximo a crianças ou a brinquedos
Tem interesse por arte, por moedas?

PROVAS NÃO PLANTADAS

- Resíduo não identificado
- Papelão velho
- Cabelos de boneca, BASF B35 náilon 6
- Tabaco de cigarros Tareyton

Bem, já era um começo, pensou ele, mesmo que fosse um muito capenga.

— Devemos chamar Lon e Malloy? — perguntou Sachs.

— Para dizer *isso* a eles? — tornou Rhyme com uma risada, apontando para o quadro branco. — Creio que nossa pequena operação clandestina seria encerrada muito rapidamente.

— Quer dizer que o que estamos fazendo não é oficial? — perguntou Pulaski.

— Bem-vindo à clandestinidade — cumprimentou Sachs.

O jovem agente teve que digerir essa informação.

— Por isso é que estamos disfarçados — disse Cooper, apontando para a faixa de cetim nas calças de seu smoking. Talvez tivesse arriscado uma piscadela, mas Rhyme não percebeu por causa das lentes grossas dos óculos. — Quais serão nossos próximos passos?

— Sachs, chame a Unidade de Cena do Crime no Queens. Não vamos conseguir acesso a todas as provas no caso de meu primo. O julgamento está próximo e tudo estará sob a guarda do gabinete do promotor. Veja, porém, se alguém dos arquivos poderia nos mandar as provas dos crimes anteriores: o do estupro e o do roubo de moedas. Quero o resíduo, o papelão e a corda. Pulaski, vá até o Big Building. Quero que você examine os registros de todos os assassinatos nos últimos seis meses.

— *Todos* os assassinatos?

— Você não sabia que o prefeito limpou a cidade? Dê graças a Deus por não estar em Detroit ou em Washington. Flintlock se lembrou desses dois casos. Aposto que existem outros. Procure um crime secundário, talvez roubo, talvez estupro, que tenha terminado em homicídio. Procure provas firmes e um telefonema anônimo logo depois do crime. E também um suspeito que jure ser inocente.

— Está bem, senhor.

— E nós? — perguntou Mel Copoper.

— Vamos esperar — murmurou Rhyme, como se estivesse dizendo um palavrão.

CAPÍTULO **NOVE**

FOI UMA ÓTIMA TRANSAÇÃO.
Agora me sinto satisfeito. Caminho pela rua feliz e contente, recordando as imagens que acabo de incorporar à minha coleção. Imagens de Myra 9834. As imagens visuais estão arquivadas em minha memória. As outras estão no gravador digital.
Caminho pela rua, olhando os dezesseis a meu redor.
Vejo-os passando pelas calçadas ou dentro de carros, ônibus, táxis, caminhões.
Vejo-os do outro lado de janelas, sem saberem que os estou observando.
Dezesseis... naturalmente eu não sou o único que se refere a seres humanos dessa forma. Absolutamente não. É uma abreviatura comum nessa atividade. Mas eu talvez seja o único que *prefira* pensar em pessoas como sendo dezesseis e que se sinta à vontade com essa ideia.
Um número de dezesseis algarismos é muito mais exato e eficiente do que um nome. Os nomes me fazem ficar nervoso. Não gosto disso. Ficar nervoso não é bom para mim nem para ninguém. Nomes... ah, coisa terrível. Por exemplo, cerca de 0,6 por cento da população dos Estados Unidos tem o sobrenome Jones ou Brown; 0,3 por cento se chama Moore, e o nome favorito, Smith, é o de incríveis 1 por cento. Existem cerca de 3 milhões de Smith no país. (Quanto aos nomes de batismo, se estiver interessado, fique sabendo que o mais comum não é John. Este é o segundo, com 3,2 por cento. O vencedor é James, com 3,3 por cento.)
Pensemos nas consequências disso. Se ouvir alguém dizendo "James Smith", não saberei a qual deles se refere, porque existem cente-

nas de milhares. E isso somente os que estão vivos. Se somarmos todos os James Smith da história...

Ah, meu Deus.

Fico louco só em pensar.

Nervoso...

As consequências dos erros podem ser graves. Digamos que estamos em Berlim, em 1938. Herr Wilhelm Frankel é o judeu ou o não judeu do mesmo nome? Isso fazia uma grande diferença, e qualquer que seja a opinião que você tenha a respeito daqueles rapazes de camisas pardas, eles eram geniais em fazer identificações (e usavam computadores para isso!).

Os nomes levam a erros. Os erros são como ruídos. Os ruídos são uma contaminação, e as contaminações devem ser eliminadas.

Poderia haver dezenas de Alice Sanderson, mas somente uma Alice 3895, que sacrificou a própria vida para que eu pudesse ter um quadro da Família Americana de autoria do prezado Sr. Prescott.

Myra Weinburg? Não deve haver muitas, certamente, porém talvez mais de uma. No entanto, somente Myra 9834 se sacrificou para que eu me satisfizesse.

Aposto que existem muitos DeLeon Williams, mas somente 6832-5794-8891-0923 vai ficar preso pelo resto da vida por havê-la estuprado e matado de modo que eu possa continuar livre para fazer isso novamente.

Neste momento estou a caminho da casa dele (tecnicamente é a casa da namorada, pelo que descobri), levando comigo provas suficientes para que o pobre homem seja condenado por estupro e assassinato em cerca de uma hora de deliberações.

DeLeon 6832...

Já liguei para o número de emergência, 911, denunciando um Dodge antigo, de cor bege — mesmo modelo do carro dele — saindo da cena do crime com um homem negro dirigindo.

— Vi as mãos dele! Estavam cheias de sangue! Mandem alguém para lá, depressa! Os gritos eram horríveis.

Você vai ser um suspeito perfeito, DeLeon 6832. Mais ou menos metade dos criminosos cometem estupro sob influência do álcool ou drogas (ele agora bebe cerveja moderadamente, mas há alguns anos frequentou os Alcoólicos Anônimos). A maioria das vítimas de estupro conhece o atacante (DeLeon 6832 certa vez executou serviços de carpintaria no mercadinho onde Myra 9834 costumava fazer compras, e portanto é lógico presumir que se conhecessem, embora provavelmente não fosse o caso).

A maior parte dos estupradores têm até 30 anos de idade (exatamente a idade de DeLeon 6832, como se verá). Ao contrário dos traficantes e usuários de drogas, não costumam ter histórico criminal, a não ser por violência física doméstica (e o meu amigo foi condenado por agredir uma namorada — veja só que perfeição). A maioria dos estupradores vêm de classes sociais menos elevadas ou de baixa renda (ele está desempregado há meses). Agora, senhores e senhoras membros do júri, peço o favor de observar que dois dias antes do estupro o réu comprou uma caixa de preservativos Trojan-Enx, iguais aos dois que foram encontrados junto ao corpo da vítima. (Quanto aos dois que foram efetivamente utilizados — naturalmente meus —, já foram destruídos há muito tempo. Essa história de DNA é muito perigosa, especialmente agora que as autoridades vêm colecionando amostras provenientes de várias cenas de crime, e não apenas de estupro. Em breve, na Inglaterra, isso vai ser normal até mesmo para quem for intimado porque o cachorro sujou a calçada ou por ter feito uma manobra arriscada no trânsito.)

Há outro fato que a polícia poderá levar em consideração, se trabalhar como deve. DeLeon 6832 é veterano do Iraque. Quando foi desmobilizado, houve dúvidas sobre o paradeiro de sua pistola calibre 45. Ele não a devolveu, afirmando que tinha sido "perdida" em combate.

Curiosamente, há poucos anos ele comprou munição de calibre 45.

Se a polícia ficar sabendo disso, o que poderá facilmente acontecer, poderá também concluir que o suspeito anda armado. Se investigarem um pouco mais, descobrirá que ele recebeu tratamento para a síndrome de estresse pós-traumático em um hospital para ex-combatentes.

Um suspeito armado e desequilibrado?

Qual policial não se sentiria tentado a atirar primeiro?

Vamos esperar. Nem sempre me sinto completamente confiante em relação aos dezesseis que escolho. Nunca se sabe se surgirão álibis inesperados, ou júris incompetentes. Talvez DeLeon 6832 acabe no necrotério da polícia ainda hoje. Por que não? Não mereço um pouquinho de sorte pra compensar a inquietação que Deus me deu? Nem sempre a vida é fácil, como você sabe.

Devo levar ainda uma meia hora para chegar à casa dele no Brooklyn. Ainda com a gostosa sensação de satisfação devido à transação com Myra 9834, a caminhada é um prazer. A mochila pesa em minhas costas. Não apenas contém as pistas que vou plantar e o sapato que deixou a pegada incriminadora de DeLeon, mas também está cheia de alguns tesouros que encontrei caminhando pelas ruas hoje. Em meu bolso, infelizmente, tenho somente um pequeno troféu de Myra 9834: um pedaço de unha da mão. Gostaria de ter alguma coisa mais pessoal, mas as mortes em Manhattan são importantes, e despertam muito interesse quando falta alguma parte do corpo.

Começo a caminhar um pouco mais depressa, curtindo o som da mochila batendo. Curtindo o domingo luminoso de primavera e as lembranças de minha transação com Myra 9834.

Curtindo a completa segurança de saber que, embora eu seja provavelmente a pessoa mais perigosa de Nova York, sou também invulnerável, invisível para todos os dezesseis que poderiam prejudicar-me.

A luz atraiu a atenção dele.
Um lampejo vindo da rua.
Vermelho.
Outro lampejo. Azul.
O telefone escorregou na mão de DeLeon Williams. Estava ligando para um amigo, procurando o homem para quem ele trabalhara antes e que saíra da cidade quando sua firma de serviços de carpintaria fracassou e ele ficou somente com as dívidas, inclusive mais de 4 mil dólares que devia a seu empregado mais confiável, DeLeon Williams.

— Leon — disse a pessoa do outro lado da linha. — Eu também não sei onde aquele desgraçado está. Ele me deve...

— Ligo de volta para você.
Clique.
Sentindo o suor nas mãos, olhou através da cortina que ele e Janeece tinham acabado de pendurar no sábado anterior (e Williams se

sentia envergonhado porque foi ela quem teve que pagar por elas — ele detestava ficar desempregado). Notou que os lampejos vinham das luzes de dois carros da polícia, sem identificação. Dois detetives desceram, desabotoando os paletós, e não porque o dia de primavera estivesse cálido. Os dois carros partiram para bloquear as duas esquinas.

Os policiais olharam em volta cautelosamente e em seguida, destruindo a última esperança de que fosse alguma estranha coincidência, caminharam até o Dodge bege de Williams, anotaram a placa e olharam para dentro do carro. Um dos dois disse alguma coisa no rádio.

William baixou os olhos, desanimado, enquanto suspirava de desgosto.

Era ela, outra vez.

Ela...

No ano anterior ele tivera um caso com uma mulher que não apenas era sexy, mas também inteligente e bondosa. Pelo menos assim parecia, no início. No entanto, pouco depois que a relação se tornou mais séria, ela se transformou em uma megera raivosa. Mostrou-se volúvel, ciumenta, vingativa. Era instável... Já fazia quatro meses que estavam juntos e aquela foi a pior época de sua vida. Williams se dedicou a proteger os filhos dela da própria mãe.

Mas suas boas ações acabaram por levá-lo à cadeia. Certa noite, Leticia ameaçou bater na filha por não ter limpado bem uma panela. Williams instintivamente agarrou-lhe o braço, enquanto a menina se afastava, soluçando. Ele acalmou a mulher e tudo parecia haver terminado ali. Horas depois, porém, quando ele se encontrava sozinho na varanda pensando em como poderia tirar as crianças dali, talvez mandando-as para os cuidados do pai, a polícia chegou e ele foi detido.

Leticia o tinha denunciado por agressão, mostrando o braço que ficara machucado quando ele o agarrou. Williams ficou surpreso. Explicou o que tinha acontecido, mas os policiais o prenderam assim mesmo. O caso foi julgado e Williams não permitiu que a menina testemunhasse em sua defesa, embora ela quisesse fazê-lo. Foi considerado culpado de agressão e condenado a serviços comunitários.

Durante o julgamento, porém, ele falou da crueldade de Leticia. O promotor acreditou nele e informou o Departamento de Serviço Social. Uma assistente social a visitou em casa para investigar o bem-estar das crianças, que foram afastadas da mãe e colocadas sob a custódia do pai.

Leticia começou a perseguir Williams. Isso durou muito tempo, mas em seguida ela desaparecera, meses antes. Ele achou que estava salvo...

Mas agora, aquilo. Era certamente obra dela.

Jesus, meu Senhor, o quanto um homem é obrigado a aguentar?

Olhou novamente. Não! Os detetives tinham sacado as armas.

Sentiu-se horrorizado. Teria ela machucado uma das crianças e afirmado que fora ele? Isso não o surpreenderia.

As mãos de Williams tremiam e lágrimas começaram a escorrer pelo rosto largo. Sentiu o mesmo pânico que o assaltara durante a guerra no deserto, quando o sorridente colega a seu lado foi atingido por uma granada inimiga, transformando-se em uma massa sangrenta. Até aquele momento, Williams estivera mais ou menos normal. Tinha sido alvo de tiros, vira-se coberto de areia e desmaiara com o calor. Mas ver o amigo Jason transformado em uma *coisa* o afetou profundamente. O estresse pós-traumático com o qual ele vinha lutando desde então se agravou.

Sentiu medo, muito medo.

— Não, não, não, não — murmurou ele, sem fôlego. Meses antes tinha parado de tomar os remédios, achando que já estava melhor.

Agora, vendo os detetives cercarem a casa, DeLeon Williams só pensava em uma coisa: Desapareça daqui, corra!

Era preciso afastar-se. Desapareceria, para mostrar que Janeece não tinha ligação com ele, para salvá-la juntamente com o filho — duas pessoas que ele realmente amava. Passou a corrente na porta, trancou-a por dentro, correu ao quarto e pegou uma bolsa, metendo dentro dela tudo o que pôde. Nada fazia sentido: creme de barbear, mas não gilete; roupa de baixo, mas não camisas; sapatos, mas não meias.

Pegou mais um objeto no armário.

A pistola militar, a Colt 45. Estava descarregada — ele não se imaginava capaz de atirar em quem quer que fosse —, mas poderia usá-la para escapar da polícia ou sequestrar um carro, se fosse necessário.

Só pensava numa coisa: Corra! Desapareça!

Olhou pela última vez a foto com Janeece e o filho dela, num passeio a Six Flags. Começou a chorar novamente, mas logo enxugou os olhos, pôs a bolsa a tiracolo e tratou de descer as escadas, apalpando o cabo da pesada pistola.

CAPÍTULO **DEZ**

— O PRIMEIRO ATIRADOR JÁ está em posição?

Bo Haumann, ex-sargento instrutor e agora chefe da Unidade de Serviço de Emergência — a divisão SWAT do Departamento de Polícia de Nova York — gesticulou para indicar um prédio que dominava o pequeno quintal da casa onde morava DeLeon Williams, localização perfeita para um atirador.

— Sim, senhor — confirmou um policial próximo a ele. — E Johnny também está cobrindo a retaguarda.

— Ótimo.

De cabelos grisalhos cortados rente e ar severo, Haumann ordenou às duas outras equipes da divisão que tomassem posição.

— E fiquem fora do campo de visão dele.

Haumann estava no quintal de sua própria casa, não longe dali, tentando fazer com que carvão do ano anterior pegasse fogo, quando recebeu um chamado sobre um caso de estupro/homicídio e uma pista consistente que levava ao suspeito. Entregando a missão incendiária ao filho, vestiu o uniforme e saiu às pressas, agradecendo ao Senhor por ainda não ter tomado a primeira cerveja. Haumann até dirigiria depois de tomar algumas, mas nunca usava a arma nas oito horas seguintes à bebida.

Naquele belo domingo, havia a possibilidade de tiroteio.

Houve um ruído no rádio, precedendo o anúncio que veio através do fone:

— S e S1 para a Base, K. — Uma equipe de Busca e Vigilância se posicionara do outro lado da rua, com o segundo atirador.

— Base. Adiante, K.

— Recebemos algumas leituras térmicas. Pode haver alguém lá dentro. Não se ouve nada.

Pode haver, pensou Haumann, irritado. Sabia quanto custara aquele equipamento. Deveria ser capaz de dizer com certeza se havia alguém na casa, e até mesmo detectar o tamanho do sapato e saber se a pessoa tinha escovado os dentes naquela manhã.

— Verifique novamente.

Depois de um intervalo que parecia uma eternidade, ouviu novamente:

— S e S1. É isso mesmo, há somente uma pessoa dentro. Tivemos um contato visual pela janela. Sem dúvida é DeLeon Williams, como aparece na foto que você nos passou, K.

— Muito bem. Desligo.

Haumann contatou as duas equipes táticas que iam tomando posição em torno da casa, mantendo-se quase invisíveis.

— Certo, não tivemos muito tempo para alinhar a ação. Mas escutem bem. Esse criminoso é estuprador e assassino. Queremos pegá-lo vivo, mas ele é perigoso demais para que o deixemos escapar. Se ele fizer qualquer gesto hostil, é carta branca para atirar.

— Líder B. Entendido. Estamos em posição. O beco e as ruas para o norte estão cobertos, e também a porta dos fundos, K.

— Líder A para Base. Entendida a carta branca. Estamos em posição na porta da frente e cobrindo todas as ruas ao sul e a leste.

— Atiradores — disse Haumann em seu rádio. — Ouviram sobre a carta branca?

— Sim.

Os atiradores acrescentaram a informação de que estavam "travados e carregados". (Essa expressão era uma das coisas que irritavam Haumann, porque se aplicava unicamente ao antigo rifle M-1 do exército, no qual era preciso armar o gatilho e carregar um pente de balas pela parte superior; os rifles modernos não precisavam ser travados para serem carregados. Mas aquele não era o momento para dar aulas).

Haumann tirou a Glock da cartucheira e entrou no beco atrás da casa, onde outros agentes se juntaram a ele. Naquele idílico domingo de primavera, tinham sido obrigados a mudar rápida e dramaticamente de planos, assim como o ex-sargento.

Naquele momento, outra voz soou em seu fone:

— S e S2 para Base. Acho que temos alguma coisa.

Ajoelhado, DeLeon Williams espreitou cuidadosamente por uma fresta da porta — uma fenda na madeira, que ele pretendia consertar — e viu que os agentes já não estavam ali.

Não, disse para si mesmo, ele só não conseguia mais vê-los. Havia uma grande diferença. Notou um reflexo de metal ou de vidro na vegetação. Talvez um daqueles ornamentos de jardim que o vizinho gostava de exibir.

Ou então um policial armado.

Puxando a bolsa, arrastou-se até os fundos da casa. Espiou de novo. Desta vez, arriscou-se a olhar pela janela, esforçando-se para controlar o pânico.

O quintal e o beco estavam vazios. Mas teve que se corrigir novamente: *pareciam* vazios.

Sentiu outro arrepio da síndrome pós-traumática e um impulso de sair correndo pela porta, puxar a arma e atravessar o beco, ameaçando qualquer pessoa que visse e gritando para que recuassem.

Impulsivamente, com a cabeça rodando, estendeu a mão para a maçaneta.

Não.

Seja esperto.

Sentado no chão, encostou a cabeça na parede, procurando controlar a respiração.

Após um momento, acalmou-se e resolveu tentar outra coisa. No porão havia uma janela que dava para uma pequena área lateral. A 2,5 metros, do outro lado de um gramado sem vida, havia outra janela, a do porão do vizinho. A família Wong tinha ido passar o fim de semana fora — DeLeon concordara em molhar as plantas — e imaginou que poderia esgueirar-se para lá e depois sair pela porta dos fundos. Se tivesse sorte, a polícia não estaria vigiando a área lateral. Em seguida, correria pela rua principal até a estação do metrô.

Não era um plano perfeito, mas dava-lhe uma chance melhor do que simplesmente ficar esperando. Novas lágrimas. Mais pânico.

Pare com isso, soldado. Vamos.

Levantou-se e desceu cambaleando os degraus para o porão.

Bastava sair dali. Os policiais invadiriam a casa pela porta da frente a qualquer momento.

Abriu a janela e saiu, começando a arrastar-se em direção à janela do porão da casa dos Wong. Olhou para o lado e sentiu-se gelar.

Oh, Senhor Jesus Cristo...

Dois policiais, um homem e uma mulher, com armas na mão direita, estavam agachados na área estreita. Não olhavam para ele e sim na direção da porta dos fundos e do beco.

O pânico o atacou novamente. Pensou em puxar a Colt e ameaçá-los. Forçaria os dois a sentarem-se, depois os algemaria e pegaria os rádios. Detestava ter que fazer isso; aí sim estaria cometendo um crime de verdade. No entanto, não tinha escolha. Os policiais sem dúvida estavam convencidos de que ele fizera alguma coisa horrível. Ele pegaria as armas deles e fugiria. Talvez houvesse um carro sem placa perto dali. Ele pegaria as chaves.

Haveria alguém cobrindo os dois policiais, alguém que ele não era capaz de ver? Talvez um atirador oculto?

Bem, ele teria que arriscar. Silenciosamente, colocou a bolsa no chão e estendeu a mão, procurando a arma.

Naquele momento a mulher se voltou para ele. Williams engoliu em seco. Estou morto, pensou.

Janeece, eu te amo...

Mas a mulher olhou para uma folha de papel e em seguida encarou-o.

— DeLeon Williams?

Ele gaguejou:

— Eu... — concordou com a cabeça, os ombros baixos em resignação. Tudo o que podia fazer era encarar o rosto bonito dela, o cabelo ruivo em rabo de cavalo, os olhos frios.

Ela mostrou um distintivo que trazia pendurado no pescoço.

— Somos policiais. Como conseguiu sair da casa? — Foi quando ela percebeu a janela, balançando afirmativamente a cabeça. — Sr. Williams, estamos no meio de uma operação. Poderia voltar para dentro? O senhor estará mais seguro lá.

— Eu... — O pânico o impedia de falar. — Eu...

— Entre agora — insistiu ela. — Nós o resgataremos assim que tudo estiver resolvido. Mantenha-se em silêncio. Não tente sair novamente, por favor.

— Claro. Eu... claro.

Deixando a bolsa, começou a esgueirar-se pela janela.

— Aqui é Sachs — falou a mulher no rádio. — Expandir o perímetro, Bo. Ele vai ser muito cauteloso.

Que diabo estava acontecendo? Williams não perdeu tempo com especulações; em vez disso, voltou desajeitadamente ao porão e subiu as escadas. Uma vez no andar de cima, foi diretamente para o banheiro. Levantou a tampa do vaso e deixou cair a pistola. Depois seguiu até a janela, pensando em espreitar mais uma vez. No entanto, parou e voltou correndo ao banheiro, a tempo de aliviar o enjoo.

É curioso dizer isto em um dia tão bonito, e depois do que passei com Myra 9834, mas sinto falta do escritório.

Primeiro porque gosto do trabalho; sempre gostei. Gosto da atmosfera, da camaradagem com os dezesseis em volta de mim, quase como uma família.

Há também a sensação de produtividade, de fazer parte do clima agitado dos negócios em Nova York. (Ouve-se falar em "eficiência", mas não gosto desse jargão empresarial — e esse é outro jargão, aliás. Não, os grandes líderes — Franklin Roosevelt, Truman, César, Hitler — não precisavam abrigar-se com o manto da retórica simplista.)

O mais importante, naturalmente, é que meu trabalho me ajuda em meu passatempo. Não, mais do que isso: é vital para ele.

Minha situação em particular é boa, muito boa. Geralmente posso sair quando bem entender. Organizando minha agenda com cuidado, encontro tempo durante a semana para dedicar-me à minha paixão. E tendo em vista quem sou em público — minha fisionomia profissional, por assim dizer —, seria muito improvável que alguém suspeitasse de que no íntimo sou uma pessoa muito diferente.

Muitas vezes trabalho também nos fins de semana. Esses momentos estão entre meus preferidos, desde que, naturalmente, eu não esteja ocupado em uma transação com uma moça bonita como

Myra 9834 ou adquirindo um quadro, revistas em quadrinhos, moedas ou uma peça rara de porcelana. Mesmo quando há poucos outros dezesseis no escritório, num feriado, sábado ou domingo, os corredores estão tomados pelo ruído das rodas em movimento, levando lentamente a sociedade ao progresso, em direção a um mundo novo e ousado.

Ah, cá está uma loja de antiguidades. Dou uma parada para olhar a vitrine. Há alguns quadros e pratos, taças e cartazes que me atraem. Infelizmente não poderei voltar aqui para fazer compras porque fica muito perto da casa de DeLeon 6832. A possibilidade de que alguém me ligue ao "estuprador" é mínima, mas para que arriscar? (Somente faço compras em lojas ou remexo o lixo. É divertido pesquisar o eBay, mas é preciso ser louco para comprar alguma coisa pela internet). Por enquanto, o dinheiro vivo ainda funciona, mas em breve será possível seguir seu rastro, como tudo o mais. Encontrarão uma forma de implantar identificadores de alta frequência nas notas. O banco saberá qual foi a nota de 20 dólares que você retirou no caixa eletrônico ou em outro banco. E vai saber se você a usou para comprar um refrigerante ou um sutiã para sua amante, ou se deu como sinal para um pistoleiro. Às vezes penso que deveríamos voltar a usar ouro.

Fora. De. Vista.

Pobre DeLeon 6832. Conheço o rosto dele pelo retrato na carteira de motorista, seu olhar amável para a câmera burocrática. Posso imaginar a cara dele quando a polícia bater à sua porta e mostrar a ordem de prisão sob acusação de estupro e homicídio. Também posso visualizar o olhar de horror para a namorada, Janeece 9810, e o filho dela de 10 anos, se estiverem em casa quando isso acontecer. Pergunto-me se ele é do tipo que chora.

Estou a três quarteirões de distância. E...

Espere. Há alguma coisa estranha.

Dois carros novos Crown Victoria estacionados nesta rua secundária cheia de árvores. As estatísticas informam ser improvável que carros desse tipo, em tão bom estado, possam estar neste bairro. Dois carros idênticos é algo especialmente difícil, além do fato de estarem estacionados juntos, sem sinal de folhas e nem pólen, como os demais. Chegaram aqui recentemente.

Uma olhada rápida para dentro, como faria qualquer transeunte curioso, revela que se trata de carros da polícia.

Procedimento incomum em caso de uma briga doméstica ou de um assalto. É verdade que, segundo as estatísticas, essas coisas ocorrem com bastante frequência nesta área do Brooklyn, mas também é comprovado por dados que elas raramente acontecem nesta hora do dia, antes que o pessoal comece a tomar suas cervejas. Provavelmente, também, você não veria carros da polícia sem marcas de identificação; somente viaturas comuns, pintadas de azul e branco. Vamos pensar um pouco. Estão a três quarteirões da casa de DeLeon 6832. Preciso avaliar isto. Não seria inconcebível que o chefe de polícia dissesse a seus agentes: "Ele é estuprador. É perigoso. Vamos invadir a casa dentro de dez minutos. Estacionem o carro a três quarteirões de distância e voltem aqui, depressa."

Olho com ar desinteressado o beco mais próximo. As coisas estão piorando. Estacionada na sombra há uma viatura do Serviço de Emergência. Muitas vezes essa unidade auxilia a detenção de gente como DeLeon 6832. Mas como chegaram aqui tão depressa? Faz apenas meia hora que dei o telefonema. (Há sempre um risco, mas, se você demorar muito a chamar após uma transação, a polícia pode desconfiar do porquê de tanto atraso em relatar ter ouvido gritos ou visto um homem em atitude suspeita.)

Bem, há duas explicações para a presença da polícia. A mais lógica é que após minha ligação anônima eles tenham pesquisado todos os Dodge bege de mais de cinco anos existentes na cidade (ontem eram 1.357) e deram sorte vindo atrás justamente deste. Estão convencidos, mesmo na ausência das provas que eu ia plantar na garagem dele, que DeLeon 6832 é o estuprador e assassino de Myra 9834, de forma que neste momento ele está sendo preso, ou a polícia preparou uma emboscada para agarrá-lo.

A outra explicação é mais preocupante. A polícia chegou à conclusão de que ele está sendo incriminado injustamente, e preparou uma emboscada para mim.

Estou suando. Isso não é bom, isso não é bom, não é bom...

Mas não entre em pânico. Seus tesouros estão a salvo, seu Armário está a salvo. Relaxe.

Mesmo assim, preciso descobrir o que aconteceu. Se a presença da polícia aqui for apenas uma coincidência perversa, que nada tem a ver com DeLeon 6832 ou comigo, nesse caso eu plantarei as provas e voltarei depressa para meu Armário.

Mas, se souberem de minha existência, saberão também dos demais: Randall 6794, Rita 2907, Arthur 3480...

Puxo o boné um pouco mais sobre os olhos, ajusto os óculos escuros mais por cima no nariz e mudo completamente de direção, dando a volta em torno da casa e passando por becos, jardins e quintais. Mantenho uma distância de três quarteirões, que eles gentilmente determinaram ser minha zona de segurança ao estacionar os Crown Victoria como marcos desse limite.

Esse caminho me faz girar em semicírculo até um barranco coberto de grama que leva à estrada principal. Subindo, posso ver os pequenos quintais e varandas do quarteirão de DeLeon 6832. Vou contando as casas até chegar à dele.

Não que isso seja necessário. Vejo claramente um policial no telhado de um prédio de dois andares atrás do beco onde está a casa dele. O homem tem um rifle. É um atirador! Vejo outro, que usa um par de binóculos. Outros mais, vestidos de terno ou em roupas esportivas, se escondem atrás de moitas, próximo à casa.

Dois policiais estão apontando em minha direção. Vejo outro, no telhado da casa do outro lado da rua, também apontando para mim. Como eu não tenho 1,87m e nem peso mais de cem quilos, é claro que não estão esperando DeLeon 6832. Estão esperando por mim.

Minhas mãos começam a tremer. Imagine se eu entrasse de repente no meio deles, com as provas na mochila.

Uma dúzia de agentes corre para os carros ou em minha direção. Correm como lobos. Viro-me e subo o barranco, resfolegando, em pânico. Nem bem chego ao topo e já escuto a primeira sirene.

Não, não!

Meus tesouros, meu Armário...

A estrada de quatro pistas está engarrafada, o que é bom, porque os dezesseis não vão conseguir avançar rapidamente. Consigo prosseguir desviando sem problemas, mesmo com a cabeça abaixada, e acho que ninguém vê bem meu rosto. Depois salto a divisória e desço o barranco do outro lado. Minha atividade de colecionador, e mais algumas outras, me mantêm em boa forma física, e já me vejo correndo pela rua para a estação de metrô mais próxima. Faço apenas uma pausa para calçar luvas de algodão e arrancar da minha mochila o saco plástico que contém as pistas que ia plantar, atirando-o em uma lata de lixo. Não posso ser apanhado com ele. *Não posso.* A meia quadra do metrô, entro em um beco, nos fundos de um restaurante. Viro minha jaqueta reversível ao contrário, mudo de chapéu e saio novamente à rua, com a mochila dentro de uma sacola de compras.

Finalmente estou dentro da estação e — aleluia — sinto o deslocamento de ar no túnel com a aproximação de um trem. Em seguida, ouço o ruído da chegada da composição, os guinchos de metal contra metal.

Mas paro antes de passar pela catraca. Já não sinto o choque, que foi substituído pela inquietação. Compreendo que não posso ir embora já.

A importância do problema me atinge em cheio. Podem não saber minha identidade, mas entenderam o que eu estava fazendo.

Isso significa que querem tomar algo que me pertence. Meus tesouros, meu Armário... tudo.

Isso, naturalmente, é inaceitável.

Tendo o cuidado de ficar fora do alcance das câmeras de vigilância, subo tranquilamente as escadas, procurando algo na sacola, enquanto saio da estação do metrô.

— Onde? — questiona a voz de Rhyme através do fone de Sachs. — Pra onde ele foi?

— Ele nos viu e escapou.

— Tem certeza de que era ele?

— Bastante. A vigilância viu alguém a alguns quarteirões de distância. Ele parece ter notado alguns dos carros dos detetives e mudou de direção. Nós o vimos observando a ação, e ele saiu correndo. Mandamos equipes para persegui-lo.

Sachs estava no jardim da frente da casa de DeLeon Williams com Pulaski, Bo Haumann e meia dúzia de outros agentes do Serviço de Emergência. Alguns técnicos da Divisão de Cena do Crime e patrulheiros uniformizados pesquisavam a rota de fuga, em busca de pistas, e procuravam testemunhas.

— Algum indício de que ele tenha carro?

— Não sei. Estava a pé quando o vimos.

— Meu Deus. Avise-me quando souber alguma coisa.

— Eu...

Rhyme desligou.

Ela fez uma careta para Pulaski, que mantinha o walkie-talkie ao ouvido, acompanhando a perseguição. Haumann também estava na escuta. Pelo que ela podia ouvir, não havia progressos. Ninguém na estrada o tinha visto, ou não estava disposto a admitir tê-lo visto. Sachs voltou-se para a casa e viu DeLeon Williams que olhava por uma janela, com expressão muito confusa e preocupada.

Um misto de acaso e bom trabalho policial havia evitado que ele se tornasse mais um entre os incriminados por 522.

Ron Pulaski era quem merecia os agradecimentos. O jovem agente, vestido com a berrante camisa havaiana, fizera o que Rhyme lhe pedira. Partira imediatamente para o número 1 da Police Plaza e começara a procurar outros casos semelhantes ao *modus operandi* de 522. Não encontrou nenhum, mas, conversando com um detetive da Seção de Homicídios, recebeu um relatório da Central sobre um telefonema anônimo. Um homem tinha ouvido gritos em um loft perto do SoHo e vira um negro fugindo do local em um velho Dodge bege. Um patrulheiro foi verificar e viu que uma jovem, Myra Weinburg, havia sido estuprada e morta.

Pulaski se lembrara da ocorrência de telefonemas anônimos nos casos anteriores e imediatamente ligara para Rhyme. O criminalista raciocinou que se 522 fosse o autor dos crimes, provavelmente seguiria seus planos: iria plantar provas para incriminar um inocente. Era preciso verificar qual dos mais de 1.300 Dodges bege antigos seria o que 522 escolheria. Naturalmente, poderia não ser 522, mas ainda assim eles teriam a possibilidade de pegar um estuprador e assassino.

Instruído por Rhyme, Mel Cooper cruzou os registros do Departamento de Trânsito com os arquivos criminais e descobriu que sete afro-norte-americanos tinham sido condenados por crimes mais graves do que simples violações de regras de trânsito. Um, porém, parecia mais provável: a acusação era de agressão contra uma mulher. DeLeon Williams seria uma escolha perfeita para ser incriminado.

Acaso e bom trabalho policial.

A fim de autorizar uma apreensão tática, era preciso autorização de um tenente ou de agente de hierarquia mais elevada. O capitão Joe Malloy ainda não tinha conhecimento da operação clandestina sobre 522, por isso Rhyme ligou para Sellitto, que resmungou, mas concordou em telefonar para Bo Haumann e autorizar uma operação da divisão.

Amelia Sachs se juntara a Pulaski e ao restante da equipe na casa de Williams, onde ficaram sabendo, pela unidade de Vigilância, que somente ele estava dentro da casa, e não 522. Portanto, prepararam-se para deter o assassino quando ele chegasse para plantar as provas. O plano era arriscado, improvisado às pressas, e evidentemente não tinha funcionado, embora eles tivessem conseguido evitar que um inocente fosse preso por estupro e homicídio e talvez descoberto alguns indícios úteis para levá-los ao verdadeiro criminoso.

— Alguma coisa? — perguntou Haumann, que passara certo tempo conferindo a situação com alguns dos agentes.

— Nada.

O rádio fez um ruído e Sachs ouviu a transmissão.

— Unidade 1, estamos do outro lado da estrada. Parece que ele escapou mesmo. Deve ter entrado no metrô.

— Merda — murmurou ela.

Haumann fez uma careta, mas nada disse. O agente prosseguiu:

— Mas seguimos a rota que ele provavelmente tomou. É possível que tenha jogado alguma coisa em uma lata de lixo no caminho.

— Isso seria útil — afirmou Sachs. — Onde? — Ela então tomou nota do endereço fornecido pelo agente. — Diga para isolarem a área. Já vou para lá. — Em seguida, bateu na porta da frente da casa. DeLeon Williams abriu e ela disse: — Desculpe, não tive oportunidade de explicar. Estávamos querendo pegar um homem que vinha para sua casa.

— Minha casa?

— Achamos que sim. Mas ele escapou.

Sachs contou o que acontecera com Myra Weinburg.

— Ah, meu Deus. Ela está morta?

— Infelizmente, está.

— Que pena, sinto muito.

— O senhor a conhecia?

—- Não, nunca ouvi falar.

— Achamos que o assassino pretendia incriminar o senhor.

— Eu? Mas por quê?

— Não fazemos ideia. Depois que investigarmos um pouco mais, talvez precisemos entrevistar o senhor.

— Quando quiser — declarou DeLeon, fornecendo os números de telefone de casa e do celular. Depois, franziu a testa. — Posso perguntar uma coisa? Vocês parecem estar certos de que não fui eu. Como sabem que sou inocente?

— Os agentes revistaram seu carro e sua garagem e não encontraram nenhuma evidência da cena do crime. Estamos convencidos de que o assassino pretendia plantar provas lá, para incriminar o senhor. É claro que se tivéssemos vindo depois que ele fizesse isso, o senhor estaria em apuros. — Saches acrescentou: — Mais uma coisa, Sr. Williams.

— Que é, detetive?

— Só uma coisinha que talvez lhe interesse. Sabe que possuir uma arma não registrada é um crime grave na cidade de Nova York?

— Acho que já ouvi falar.

— Outra coisa é que existe um programa de anistia na delegacia deste distrito. Quem entrega uma arma não precisa dar explicações... Muito bem, cuide-se. Aproveite o resto de seu fim de semana.

—Vou tentar.

CAPÍTULO ONZE

ESTOU OBSERVANDO A POLICIAL QUE examina a lata de lixo onde joguei as provas. Inicialmente fiquei surpreso, mas depois achei que não havia motivo para isso. Se eles foram suficientemente inteligentes para me descobrir, certamente são inteligentes para encontrar o lixo.

Duvido que tenham me visto com clareza, mas estou tendo muita cautela. Naturalmente, não estou na cena em si, mas em um restaurante do outro lado da rua, comendo com esforço um hambúrguer e bebendo água. A polícia tem esse destacamento chamado "Anticrime", que sempre me pareceu absurdo. É como se todos os outros fossem "a favor do crime". Os agentes anticrime se vestem à paisana e percorrem as cenas de crimes a fim de encontrar testemunhas e até mesmo criminosos que voltam ao local, por burrice ou porque se comportam irracionalmente. Mas eu estou aqui por dois motivos específicos. O primeiro é que compreendi que tenho um problema. Não posso conviver com ele e por isso preciso de uma solução, e é impossível resolver um problema sem conhecimento. Já fiquei sabendo algumas coisas.

Por exemplo, conheço algumas das pessoas que estão à minha procura. Como aquela policial de cabelos ruivos, de macacão plástico branco, que se concentra na cena do crime como eu me concentro em meus dados.

Vejo-a sair da área isolada por fitas amarelas, trazendo algumas sacolas, que coloca em caixas cinzentas de plástico. Depois, tira o macacão branco. Apesar do horror que ainda sinto com o desastre desta tarde, sinto um arrepio dentro de mim ao ver os jeans apertados dela.

A satisfação com minha transação anterior com Myra 9834 já está desaparecendo.

Quando os policiais se retiram para seus carros, ela dá um telefonema.

Pago minha conta e caminho sem pressa, saindo para a rua, como qualquer outro cliente nesta bela tarde de domingo.

Fora de perigo.

E a segunda razão pela qual estou aqui?

Muito simples. Para proteger meus tesouros, proteger minha vida, o que significa fazer qualquer coisa que seja necessária para que Eles desapareçam.

— O que foi que 522 deixou na lata de lixo? — perguntou Rhyme, falando em seu telefone que dispensa o uso das mãos.

— Não muita coisa, mas temos certeza de que era dele. Toalhas de papel ensanguentadas e um pouco de sangue em um saco plástico, para que pudesse deixar uma parte no carro ou na garagem de Williams.

Já mandei uma amostra ao laboratório para um exame preliminar de DNA. Uma reprodução de uma foto da vítima, impressa em computador. Um rolo de fita adesiva, da marca Home Depot, e um tênis de corrida. Parece novo.

— Só um?

— Só. O direito.

— Talvez ele o tenha roubado da casa de Williams para deixar uma pegada na cena do crime. Alguém conseguiu vê-lo?

— Um dos atiradores e dois rapazes da equipe de Vigilância. Mas ele estava um pouco longe. Provavelmente é branco ou de pele clara, estatura mediana. Estava usando boné, óculos escuros e uma mochila. Não sabemos a idade, nem a cor dos cabelos.

— Só isso?

— Só.

— Bem, mande tudo para cá. Depois quero que você vá até a cena do crime de Weinburg. Estão esperando que você chegue.

— Tenho outra pista, Rhyme.

— Sério? O que é?

— Encontramos uma folha de bloco colada na base do saco plástico que continha as evidências. O 522 queria jogá-lo fora, mas não sei se queria desfazer-se também dessa anotação.

— Qual é?

— Um número de quarto de um apart hotel no Upper East Side. Quero ir lá verificar.

—Você acha que é lá que ele mora?

— Não. Liguei para a portaria e fui informada de que o inquilino ficou no quarto o dia inteiro. A pessoa se chama Robert Jorgensen.

— Bem, precisamos revistar a cena do estupro, Sachs.

— Mande Ron. Ele sabe o que fazer.

— Prefiro que você vá.

— Eu realmente acho que precisamos saber se existe uma ligação entre esse Jorgensen e nosso 522. E temos que fazer isso depressa.

Rhyme não tinha como deixar de dar razão a ela. Além disso, ambos haviam sido insistentes ao ensinar Pulaski a examinar uma cena de crime segundo a técnica da retícula: termo usado por Rhyme que significava caminhar sistematicamente pela cena como se fosse dividida em quadrados contíguos. Essa era a maneira mais eficiente para encontrar evidências.

Rhyme, que se sentia tanto chefe quanto pai, sabia que mais cedo ou mais tarde o rapaz teria que fazer sua primeira investigação em uma cena de homicídio.

— Está bem — resmungou ele. —Vamos ver se essa pista do quarto de hotel serve de alguma coisa. — Rhyme não conseguiu se conter: — E tomara que não seja uma completa perda de tempo.

Ela riu.

— Não é isso que sempre esperamos, Rhyme?

— E diga a Pulaski que não faça bobagens.

Assim que desligaram, Rhyme disse a Cooper que as evidências estavam a caminho. Olhando os quadros brancos, murmurou:

— Ele escapou.

Mandou Thom colocar num dos quadros brancos a vaga descrição de 522: *Provavelmente branco ou de pele clara...*

Como se isso fosse útil!

Com o Camaro estacionado, Amelia Sachs ficou sentada no banco dianteiro com a porta aberta. O ar do fim da tarde de primavera arejava o veículo, que cheirava a couro velho e óleo. Fazia anotações para o relatório sobre a cena do crime. Sempre fazia isso tão logo possível, após verificar uma cena. É extraordinário o que somos capazes de esquecer em pouco tempo. As cores mudam, a direita se transforma em esquerda, as portas e janelas passam de uma parede a outra ou desaparecem completamente.

Fez uma pausa, mais uma vez distraída pelos estranhos fatos daquele caso. Como poderia o assassino ter chegado tão perto de incriminar um homem inocente por um estupro e assassinato estarrecedores? Ela nunca tinha visto um criminoso como aquele. Plantar evidências para desorientar a polícia não era incomum, mas aquele sujeito era um gênio em apontar para a direção errada.

A rua deserta e sombreada onde ela estacionara ficava a dois quarteirões de onde estava a lata de lixo.

Um movimento atraiu a atenção dela. Pensando em 522, sentiu um arrepio de inquietação. Ergueu os olhos para o retrovisor e viu alguém que caminhava em sua direção. Apertou os olhos, observando o homem mais cuidadosamente, embora parecesse uma pessoa inofensiva, um homem de negócios bem vestido. Trazia uma bolsa de papel em uma das mãos e falava ao telefone celular com um sorriso no rosto. Era um morador típico que saíra de casa para ir buscar o jantar em algum restaurante mexicano ou chinês.

Sachs voltou a prestar atenção nas anotações.

Finalmente terminou, guardando-as na pasta. Nesse momento, teve um sobressalto. Havia uma coisa estranha. O homem que vinha pela calçada já devia ter passado pelo Camaro. Mas isso não acontecera. Teria entrado em algum dos prédios? Ela se voltou para a calçada por onde ele viera.

Não!

O que via era o saco de papel, colocado na calçada à esquerda, atrás do carro. Era apenas um chamariz.

Procurou a Glock, mas antes que pudesse pegá-la a porta da direita se abriu de repente e ela viu o rosto do assassino, de olhos apertados, erguendo uma pistola para ela.

A campainha da porta soou e um momento depois Rhyme ouviu passos conhecidos, pesados.

— Aqui, Lon.

O detetive Lon Sellitto fez um cumprimento com a cabeça. O corpo atarracado estava vestido de jeans e camisa roxa. Calçava tênis, o que surpreendeu Rhyme. Ele raramente o via em roupas esportivas. Impressionou-o também o fato de que, embora todas as roupas de Sellitto estivessem sempre terrivelmente amarrotadas, aquelas pareciam ter saído diretamente da tábua de passar. Os únicos desvios eram as marcas de estiramento do tecido no lugar onde a barriga passava por cima do cós da calça e o pano embolado nas costas, que não escondia inteiramente a pistola.

— Ouvi dizer que ele escapou.

— Desapareceu completamente — reforçou Rhyme, com raiva.

O assoalho rangeu sob o peso daquele homem volumoso enquanto ele percorria os quadros brancos, examinando as anotações.

— É esse o nome que vocês deram a ele? Cinco Dois Dois?

— Maio, quinto mês, dia 22. Que aconteceu no caso russo?

Sellitto não respondeu

— Esse Sr. O 522 deixou alguma coisa para trás?

— Estamos a ponto de descobrir. Ele jogou fora um saco de evidências que pretendia plantar. Estão trazendo para cá.

— Foi muita gentileza dele.

— Quer chá gelado, café?

— Quero — murmurou o detetive para Thom. — Obrigado. Café. Tem um pouco de leite desnatado?

— Dois por cento.

— Ótimo. E algum daqueles biscoitos da última vez? Os de chocolate?

— Só de aveia.

— Também são bons.

— Quer alguma coisa, Mel? — perguntou Thom.

— Se eu comer ou beber alguma coisa perto de uma mesa de exame de laboratório, alguém se zangará.

— Não tenho culpa se alguns advogados de defesa fazem questão de impugnar provas contaminadas — retorquiu Rhyme. — Não fui eu quem redigiu os regulamentos.

— Vejo que seu humor não melhorou — comentou Sellitto. — O que está acontecendo em Londres?

— Esse é um assunto sobre o qual não quero falar.
— Bem, para melhorar seu ânimo, temos um novo problema.
— Malloy?
— Isso mesmo. Ele ouviu dizer que Amelia estava investigando uma cena e que eu tinha autorizado uma operação da divisão. Ficou feliz, pensando que se tratava do caso Dienko, e muito triste quando viu que não era isso. Perguntou se você tinha algo a ver com o assunto. Sou capaz de levar um soco na cara por você, Linc, mas não um tiro. Delatei você... Ah, obrigado — agradeceu quando Thom trouxe o café.

O ajudante colocou uma xícara semelhante em uma mesa não muito longe da de Cooper, que calçou luvas de látex e começou a comer um biscoito.

— Um pouco de scotch, por favor — pediu Rhyme, em voz baixa.
— Não — respondeu Thom, afastando-se.

Franzindo a testa, Rhyme voltou ao assunto.
— Eu achei que Malloy ia nos atrapalhar quando soubesse que divisão tinha sido acionada. Mas agora precisamos de apoio das autoridades, porque o caso ficou mais sério. O que faremos?
— Melhor pensar depressa, porque ele quer que a gente ligue para ele. E isso há pelo menos meia hora.

Sellitto tomou mais um pouco do café e com alguma relutância pousou o restante do biscoito, aparentemente decidido a não acabar de comê-lo.

— Bem, preciso de apoio superior. Temos que mandar policiais atrás daquele sujeito.
— Então vamos ligar. Você está preparado?
— Claro, claro.

Sellitto discou um número e apertou o botão VIVA VOZ.
— Abaixe o volume — sugeriu Rhyme. — Imagino que vai haver barulho.
— Aqui é Malloy. — Rhyme ouvia o zumbir do vento, o som de vozes e o tilintar de pratos e copos. Talvez Malloy estivesse em um café.
— Capitão, o senhor está numa chamada de conferência com Rhyme e eu.
— Muito bem, que merda está acontecendo? Você podia ter me dito que a ligação anterior de Lincoln tinha a ver com essa operação

da divisão. Não sabia que eu tinha adiado até amanhã a decisão sobre qualquer operação?

— Não, ele não sabia — respondeu Rhyme.

— É verdade, mas eu sabia o suficiente para perceber — disse o detetive.

— Acho tocante que cada um de vocês assuma a culpa pelo outro, mas a questão é: por que não me disseram?

— Porque tínhamos uma boa chance de pegar um estuprador e assassino. Achei que não podíamos esperar mais.

— Não sou criança, tenente. Você me apresenta os motivos e eu tomo as decisões. Assim é que funciona.

— Peço desculpas, capitão. Naquele momento, essa parecia ser a melhor decisão.

Houve um silêncio.

— Mas ele escapou.

— É verdade — concordou Rhyme.

— Como?

— Organizamos um cerco o mais rapidamente possível, mas não foi bem preparado. O sujeito estava mais perto do que supúnhamos. Acho que viu um carro sem identificação, ou alguém da equipe. Tratou de sumir. Mas jogou fora algumas evidências que podem ser úteis.

— E estão sendo levadas ao laboratório do Queens ou ao seu?

Rhyme olhou para Sellitto. Nas instituições como o Departamento de Polícia de Nova York, progredir na carreira depende de experiência, esforço e rapidez mental. Malloy estava pelo menos meio passo adiante deles.

— Eu pedi que as mandassem para cá, Joe — respondeu Rhyme. Desta vez não houve silêncio, e sim um suspiro resignado do outro lado da linha.

— Lincoln, você entende o problema, não entende?

Conflito de interesses, pensou Rhyme.

— Há um evidente conflito de interesses entre você como consultor do departamento e a tentativa de inocentar seu primo. Além disso, há a presunção de que alguém foi preso indevidamente.

— Mas foi exatamente isso o que aconteceu, além de duas condenações injustas — insistiu Rhyme, recordando a Malloy os casos de estupro e roubo de moeda que Flintlock havia revelado. — Eu não me surpreenderia se isso acontecesse novamente... você conhece o Princípio de Locard, Joe?

— O que está em seu livro, do tempo da academia, não é?

O criminalista francês Edmond Locard afirmou que sempre que um crime é cometido há uma transferência de provas entre o criminoso e a cena do crime ou a vítima. Referia-se especificamente a resíduos, mas a regra se aplica a muitas substâncias e tipos de provas. Talvez seja difícil encontrar a ligação, mas ela existe.

— O Princípio de Locard orienta nossa ação, Joe, mas neste caso um criminoso o está usando como arma. Esse é o *modus operandi* dele. Mata e escapa porque outra pessoa é condenada por seu crime. Sabe exatamente onde deve atacar, que tipo de prova deve plantar e quando. Ele vem usando todo mundo, as equipes de cena do crime, os detetives, o pessoal dos laboratórios, os promotores e os juízes... transforma todos em cúmplices. Isso nada tem a ver com meu primo, Joe. O que está em jogo é a possibilidade de deter um homem muito perigoso.

Desta vez o silêncio não foi acompanhado por um suspiro.

— Está bem, vou autorizar.

Sellitto ergueu as sobrancelhas.

— Com uma condição. Você me manterá informado de todo o desenvolvimento do caso. Isso quer dizer: de tudo.

— Sem dúvida.

— E você, Lon, se não for transparente comigo outra vez, vou te transferir para a Seção de Orçamento. Entendeu bem?

— Sim, capitão. Perfeitamente.

— E já que está trabalhando com Lincoln, Lon, presumo que queira ser afastado do caso Dienko.

— Peter Jimenez está à altura da tarefa. Trabalhou mais nos bastidores do que eu e preparou as operações pessoalmente.

— E Dellray está cuidando dos roubos, não? E da jurisdição federal?

— Isso mesmo.

— OK, você está dispensado, temporariamente. Abra um procedimento formal sobre esse criminoso desconhecido... isto é, mande um memorando sobre o procedimento que você já iniciou, secretamente.

E escute bem: não vou levantar a questão de inocentes sendo condenados injustamente. Não vou falar disso com ninguém. Você também não fará isso. Esse ponto não está em jogo. O único crime que você está investigando é um estupro/homicídio que aconteceu hoje à tarde. Ponto final. De acordo com seu *modus operandi* o criminoso pode ter tentado culpar outra pessoa, mas isso é tudo o que você está autorizado a dizer, e só se alguém tocar no assunto. Não comece você mesmo e, pelo amor de Deus, não diga nada à imprensa.

— Eu não falo com a imprensa — disse Rhyme. Quem faria isso, podendo evitar? — Mas precisaremos estudar os outros casos para ter uma ideia de como ele opera.

— Eu não disse que você não poderia fazer isso — respondeu o capitão, com firmeza, mas sem alarde. — Mantenha-me informado.

Malloy desligou.

— Bem, agora temos um caso — afirmou Sellitto, rendendo-se ao último pedaço do biscoito e engolindo-o com o café.

De pé na calçada, junto com outros três homens à paisana, Amelia Sachs falava com o indivíduo que abrira a porta do Camaro e lhe apontara uma arma. Não era 522 e sim um agente federal que trabalhava na DEA, a agência antidrogas.

— Ainda estamos tentando entender — explicou ele, olhando para o chefe, um agente especial assistente encarregado do escritório da DEA no Brooklyn.

— Daqui a pouco teremos mais informações — anunciou o chefe.

Poucos minutos antes, dentro do carro, com o revólver apontado para sua cabeça, Amelia Sachs tinha levantado as mãos lentamente e se identificado como policial. O agente lhe tomara a arma e verificara duas vezes a carteira de identidade. Em seguida devolveu a pistola, balançando a cabeça.

— Não estou entendendo — alegou. Pediu desculpas, mas a expressão do rosto não mostrava arrependimento. Na verdade, denotava apenas que ele simplesmente não estava entendendo.

Um momento depois chegou o chefe, com outros dois agentes.

Ele recebera uma chamada pelo telefone e ficou ouvindo por algum tempo. Logo fechou o celular e explicou o que parecia ter ocorrido. Pouco antes, alguém ligara anonimamente de um telefone público para denunciar que uma mulher, com a descrição de Sachs, tinha acabado de atirar em alguém durante o que parecia ser uma disputa de traficantes.

— Estamos justamente fazendo uma operação nesta área — esclareceu ele. — Investigando assassinatos de traficantes e fornecedores. — Fez um gesto, indicando o agente que tentara prender Sachs. — Anthony mora a uma quadra daqui. O diretor de operações o enviou para avaliar a situação enquanto ele reunia as tropas.

— Pensei que você fosse fugir e por isso peguei umas sacolas de papel e entrei em ação. Meu Deus...

Somente agora ele começava a compreender o que quase fizera. Estava pálido e Sachs refletiu que as Glock têm o gatilho muito sensível, percebendo que tinha estado muito perto de levar um tiro.

— Que é que você estava fazendo aqui? — perguntou o chefe.

— Temos um estupro/homicídio — respondeu ela, sem explicar a prática de 522 de incriminar inocentes. — Imagino que nosso suspeito me viu e fez a chamada anônima a fim de retardar a perseguição.

Ou então fazer com que eu levasse um tiro de fogo amigo.

O agente federal balançou a cabeça, franzindo a testa.

— O que foi? — perguntou Sachs.

— Estou achando esse sujeito muito inteligente. Se tivesse chamado a polícia de Nova York, como a maioria das pessoas teria feito, eles saberiam de sua operação e quem é você. Por isso ligou pra gente. Tudo o que sabíamos era que você estava armada e nos aproximaríamos com cuidado, prontos para liquidar você caso puxasse uma arma. — Franzindo novamente a testa, acrescentou: — Muito inteligente.

— Muito assustador também — disse Anthony, ainda pálido.

Os agentes se retiraram e ela deu um telefonema.

Quando Rhyme atendeu, ela relatou o incidente.

— Ele ligou para a polícia federal? — questionou o criminalista, depois de ponderar por um instante.

— Ligou.

— Parece até que sabia que estava ocorrendo uma operação antidrogas e que o agente que tentou prender você morava ao lado.

— Ele não podia saber disso — retrucou ela.

— Talvez não. Mas certamente sabia uma coisa.

— O quê?
— Sabia exatamente quem era você. Isso significa que a estava observando. Tenha cuidado, Sachs.

Rhyme explicara a Sellitto a cilada que o criminoso armara contra Sachs no Brooklyn.
— Ele fez isso?
— É o que parece.
Os dois conversavam sobre como ele poderia ter obtido aquela informação, sem chegar a conclusões úteis, quando o telefone tocou. Rhyme conferiu o identificador de chamadas e atendeu rapidamente.
— Inspetora?
A voz de Longhurst encheu o alto-falante:
— Como vai, detetive Rhyme?
— Tudo bem.
— Excelente. Só queria avisá-lo que encontramos a casa onde Logan se escondia. No fim das contas, não fica em Manchester, e sim em Oldham, que é próximo, a leste da cidade.
Em seguida ela explicou que Danny Krueger tinha ficado sabendo, por intermédio de seu pessoal, que um homem que se acreditava ser Richard Logan havia feito perguntas sobre a possibilidade de adquirir algumas peças para armamento.
— Veja, ele não perguntou pelas armas. Mas quem tem as peças certas para consertar armas pode também montá-las.
— Rifles?
— Sim, de grosso calibre.
— Temos algum nome?
— Não, embora eles pensassem que Logan fosse militar dos Estados Unidos. Aparentemente ele prometeu conseguir descontos em grandes quantidades de munições no futuro. Parecia estar de posse de documentos oficiais do exército sobre inventários e especificações.
— Então, as coisas estão ficando quentes em Londres.
— Assim parece. Agora, a casa. Temos contatos na comunidade indiana em Oldham. Eles são impecáveis. Ouviram falar de um norte-americano que alugou uma casa antiga nos arredores da cidade. Con-

seguimos localizá-la. Ainda não a revistamos. Nossa equipe poderia ter feito isso, mas achamos melhor falar com o senhor primeiro.

"Bem, detetive, minha impressão é de que ele não sabe que encontramos a casa. Suspeito de que deve haver provas úteis lá dentro. Liguei para algumas pessoas no MI5 e eles me emprestaram um brinquedinho caro. É uma câmera de vídeo de alta definição. Queremos que um dos nossos agentes a use, e o senhor o guiaria pelo local, dizendo o que acha. Podemos ter o equipamento preparado lá em quarenta minutos, mais ou menos."

Uma busca adequada na casa, inclusive as entradas e saídas, gavetas, vasos sanitários, armários embutidos, colchões... consumiria a maior parte da noite.

Por que aquilo estava acontecendo agora? Rhyme estava convencido de que 522 era uma ameaça verdadeira. Na verdade, a julgar pelo tempo entre eles — os casos anteriores, o do primo e o assassinato daquele dia — os crimes pareciam estar acelerando. E Rhyme se sentia especialmente perturbado pelo acontecimento mais recente: 522 partindo para o ataque e quase conseguindo que Sachs levasse um tiro.

Sim ou não?

Após um momento de angustiante debate interno, ele disse:

— Inspetora, lamento dizer que aconteceu uma coisa aqui. Estamos às voltas com uma série de homicídios. Preciso me concentrar neles.

— Compreendo. — Impecável sobriedade britânica.

— Terei que entregar o caso a seu comando.

— Claro, detetive. Compreendo.

— A senhora está livre para tomar quaisquer decisões.

— Agradeço a confiança. Vamos ver o que faremos e eu o manterei informado. É melhor desligar agora.

— Boa sorte.

— Para o senhor também.

Era difícil para Lincoln Rhyme desistir de uma caçada, especialmente quando a caça era aquele criminoso específico.

A decisão, porém, tinha sido tomada. 522 era agora seu único objetivo.

— Mel, pegue o telefone e descubra onde está aquele maldito material do Brooklyn.

CAPÍTULO DOZE

OK, ISSO É UMA SURPRESA.

O endereço na parte nobre do Upper East Side e o fato de Robert Jorgensen ser cirurgião ortopédico levaram Amelia Sachs a imaginar que a Henderson House Residence, que aparecia na nota escrita no papel, fosse muito mais elegante.

No entanto, era um lugar repugnante, uma hospedaria, habitada por gente drogada e bêbados. O saguão esquálido, cheio de móveis descombinados e mofados, cheirava a alho, desinfetante barato, purificador de ar inútil e suor humano azedo. Os abrigos para sem-teto eram em geral mais agradáveis.

Chegando à porta de entrada, bastante suja, ela parou e voltou-se. Ainda se sentindo insegura quanto à possível vigilância de 522 e à facilidade com que ele enganara os agentes federais no Brooklyn, correu cuidadosamente os olhos pela rua. Ninguém parecia estar prestando atenção nela, mas também era verdade que não percebera a presença do assassino quando ele estivera nos arredores da casa de DeLeon Williams. Observou um prédio abandonado do outro lado da rua. Haveria alguém vigiando-a de alguma das janelas cobertas de sujeira?

Ou então no segundo andar, onde havia uma janela grande com a vidraça quebrada. Ela tinha certeza de que vira movimento na penumbra. Seria um rosto? Ou luz vinda de algum buraco no telhado?

Sachs aproximou-se e examinou o prédio mais de perto. No entanto, ao não ver ninguém, chegou à conclusão de que seus olhos a estavam enganando. Voltou à hospedaria e entrou, prendendo a respiração. No balcão da portaria mostrou o distintivo ao atendente obeso, que não demonstrou surpresa nem preocupação ao ver uma policial. Indicou-lhe o elevador, cuja porta se abriu para um ambiente mal cheiroso. Melhor subir pelas escadas.

Sentindo a dor incômoda da artrite nas juntas, ela chegou ao sexto andar e encontrou o quarto 672. Bateu à porta e deu um passo para o lado, dizendo:

— Polícia. Sr. Jorgensen, por favor, abra a porta.

Como não sabia a relação que poderia existir entre aquele homem e o assassino, manteve a mão próxima da Glock, uma excelente arma, absolutamente confiável.

Não houve resposta, mas ela acreditou ter ouvido o som da tampa de metal do olho mágico.

— Polícia — repetiu.

— Passe sua identificação por baixo da porta.

Sachs obedeceu.

Houve uma pausa e depois o ruído de várias correntes sendo retiradas. Em seguida, uma tramela. A porta se abriu em uma fresta, mas foi detida por uma barra de segurança. O espaço era maior do que o normalmente permitido por uma corrente, mas não o suficiente para que alguém passasse.

Surgiu a cabeça de um homem de meia-idade, de cabelos compridos que precisavam ser lavados e rosto coberto por uma barba rebelde. Os olhos piscavam constantemente.

— O senhor é Robert Jorgensen?

O homem olhou para o rosto dela e depois para a identificação, virando-a para o outro lado e erguendo-a para a luz, embora o retângulo laminado fosse opaco. Devolveu-a e removeu a barra de segurança. A porta se abriu. Ele perscrutou o corredor por trás dela e em seguida fez um gesto convidando-a a entrar. Sachs entrou cautelosamente, sempre com a mão na arma. Verificou o quarto e os armários embutidos. Não havia mais ninguém e o homem estava desarmado.

— O senhor é Robert Jorgensen? — insistiu ela.

Ele concordou com a cabeça.

Sachs olhou o quarto miserável com mais atenção. Havia uma cama, mesa e cadeira, uma cadeira de braços e um sofá ensebado. Uma única lâmpada espalhava luz amarelada e as cortinas estavam fechadas. Aparentemente, tudo o que ele possuía eram quatro malas grandes e uma bolsa de ginástica. Não havia cozinha, mas em uma parte da sala via-se um frigobar e dois fornos de micro-ondas, além de uma cafeteira. A alimentação parecia consistir principalmente em sopa e macarrão instantâneo. Uma centena de envelopes pardos estavam cuidadosamente alinhados contra um parede.

As roupas que vestia vinham de uma época diferente em sua vida, uma época melhor. Pareciam caras, mas estavam desgastadas e manchadas. O solado dos sapatos de boa qualidade estava gasto. Hipótese: ele perdeu a clínica médica devido a um problema com drogas ou com bebida.

Naquele momento, ele se ocupava da estranha tarefa de dissecar um livro volumoso, de capa dura. Uma lente de aumento trincada estava presa a um suporte na mesa, e várias páginas do livro tinham sido arrancadas e cortadas em tiras.

Talvez uma doença mental fosse a causa daquela decadência.

— Você está aqui por causa das cartas. Já era tempo.

— Cartas?

Ele a olhou com desconfiança.

— Não é por isso?

— Não sei de carta alguma.

— Mandei-as para Washington. Mas você fala, não fala? Todos vocês, policiais e agentes, essa gente que trabalha com segurança pública. Claro que sim. Têm que fazer isso, todos falam. As bases de dados criminais e tudo o mais...

— Realmente, não sei sobre o que o senhor está falando.

Ele pareceu acreditar no que ouvia.

— Bem, nesse caso... De repente os olhos se arregalaram, fitando os quadris dela. — Espere! Seu telefone celular está ligado?

— Ué, está.

— Meu Deus do céu! Que diabo está fazendo?

— Eu...

— Por que não corre nua pela rua revelando seu endereço a todos os desconhecidos que encontrar? Tire a bateria. Não basta desligar. Tire a bateria!

— Não vou fazer isso.

—Tire a bateria, ou então saia já daqui. Tire também a do palmtop. E do pager.

Isso parecia ser uma condição inquestionável. No entanto, ela respondeu, com firmeza:

— Não vou mexer na memória. Vou tirar as baterias do telefone e do pager.

— OK — resmungou ele, observando enquanto ela retirava as baterias dos dois aparelhos e desligava o palmtop.

Em seguida, ela pediu um documento de identidade. Ele demorou, mas mostrou uma carteira de motorista. O endereço era Greenwich, Connecticut, uma das cidades mais elegantes na área metropolitana.

— Não estou aqui por causa de carta alguma, Sr. Jorgensen. Quero apenas fazer algumas perguntas. Não vou tomar muito do seu tempo.

Ele fez um gesto indicando o sofá mal cheiroso e sentou-se na cadeira bamba junto à mesa. Como se fosse impossível não fazer, virou-se para o livro e cortou um pedaço da lombada com o estilete. Manejava bem a lâmina, com destreza e segurança. Sachs sentiu-se bem por ter a mesa entre os dois e sua arma bem ao alcance.

— Sr. Jorgensen, vim aqui por causa de um crime que foi cometido hoje de manhã.

— Ah, claro, naturalmente — disse ele, apertando os lábios e olhando novamente para Sachs com expressão de evidente resignação e desagrado. — O que eu supostamente fiz dessa vez?

Dessa vez?

— Foi um estupro seguido de homicídio. Mas sabemos que o senhor nada teve a ver com ele. O senhor estava aqui.

O homem deu um sorriso cruel.

— Ah, estão me vigiando. Muito bem. — O rosto então se torceu em uma expressão desconfortável. — Droga — resmungou em reação a alguma coisa que encontrou, ou não encontrou, no pedaço de lombada que dissecava. Jogou-o no lixo. Sachs notou sacos de lixo semiabertos que continham restos de roupas, livros, jornais e pequenas caixas que também tinham sido desmontadas. Em seguida olhou para o forno micro-ondas maior e viu que havia um livro lá dentro.

Fobia de germes, pensou ela, e ele notou o olhar da policial.

— O micro-ondas é a melhor maneira de destruí-los.

— Bactérias, vírus?

Ele riu da pergunta, como se fosse uma piada, indicando com um movimento de cabeça o livro que tinha diante de si.

— Mas às vezes é muito difícil achá-los. Só que é necessário, de qualquer jeito. É preciso saber como é o inimigo. — Indicou o micro-ondas em seguida. — E logo logo eles vão começar a fazer alguns que você não conseguiria destruir nem com uma bomba atômica.

Eles... eles... Sachs tinha sido patrulheira durante alguns anos — uma móvel, como esses guardas eram chamados na gíria policial. Havia patrulhado Times Square quando o lugar ainda era Times Square, e não a Disneylândia do Norte em que se transformou. A patrulheira Sachs tinha acumulado muita experiência com os sem-teto e gente emocionalmente perturbada. Reconhecia sinais de personalidade paranoide e até de esquizofrenia.

— Conhece um homem chamado DeLeon Williams?

— Não.

Citou os nomes das outras vítimas e pessoas incriminadas, inclusive o primo de Rhyme.

— Não, nunca ouvi falar de nenhum deles. — Jorgensen parecia estar dizendo a verdade. O livro absorveu toda a sua atenção durante trinta longos segundos. Retirou uma página e a ergueu, fazendo uma careta outra vez. Depois jogou-a fora.

— Sr. Jorgensen, o número deste quarto foi encontrado em um bilhete perto da cena do crime, hoje.

A mão que segurava o estilete parou no ar. Ele a olhou com olhos assustados e brilhantes. Sem fôlego, perguntou:

— Onde? Onde vocês encontraram isso?

— Numa lata de lixo no Brooklyn. Estava colada em algumas evidências. É possível que o assassino a tenha jogado fora.

— E ele tem nome? Como ele é? Diga-me — exigiu Jorgensen, em um sussurro horrorizado. O homem fez um movimento de levantar da cadeira, o rosto enrubescido e os lábios trêmulos.

— Calma, Sr. Jorgensen. Tranquilize-se. Não temos certeza de que foi ele quem deixou a nota.

— Ah, mas é ele. Aposto que é. Aquele filho da mãe! — Curvando-se para a frente, insistiu: — Você sabe o nome dele?

— Não.

— Diga-me, que merda! Faça alguma coisa por mim, para variar, e não contra mim!

— Se puder ajudá-lo, ajudarei — retrucou ela, com firmeza. — Mas o senhor precisa ficar calmo. De quem está falando?

Jorgensen deixou cair o estilete e recostou-se na cadeira, os ombros caídos. Um sorriso amargo encheu-lhe o rosto.

— Quem? Quem? Ora, Deus, é claro.

— Deus?

— E eu sou Jó. Sabe quem é Jó? O inocente que Deus atormentou. Sabe das provações que Ele lhe infligiu? Não são nada comparadas com o que sofri. Ah, é ele. Descobriu onde estou e anotou nesse seu papel. Pensei que havia escapado, mas ele me pegou novamente.

Sachs teve a impressão de que havia lágrimas nos olhos dele.

— O que significa tudo isso? — perguntou. — Por favor, me diga.

Jorgensen esfregou o rosto.

— Está bem. Alguns anos atrás eu era médico e tinha uma clínica. Morava em Connecticut. Tinha mulher e dois filhos maravilhosos. Dinheiro no banco, plano de aposentadoria, casa de veraneio. Uma vida confortável. Eu era feliz. Mas uma coisa estranha aconteceu. Nada demais, pelo menos não a princípio. Pedi um novo cartão de crédito, para ganhar milhas no programa de voos. Eu estava ganhando trezentos mil dólares por ano. Nunca deixei de pagar uma só conta dos cartões de crédito, nem uma mensalidade da hipoteca. Mas fui rejeitado. Algum engano, pensei. Mas a firma disse que eu era um cliente de risco porque tinha me mudado três vezes nos seis meses anteriores. Só que eu não tinha me mudado. Alguém tinha usado o meu nome, meu número do seguro social e os dados do meu crediário para alugar apartamentos como se fosse eu. Depois, parou de pagar os aluguéis, mas primeiro comprou quase cem mil dólares em objetos e mandou entregá-los nesses endereços.

— Roubo de identidade?

— Ah, era a mãe de todos os roubos de identidade. Deus obteve cartões de crédito em meu nome, criou dívidas imensas e deu endereços diferentes para onde deviam ser enviadas as contas. Nunca as pagou, naturalmente. Tão logo eu conseguia resolver uma situação, ele arquitetava outra coisa. E continuou a obter todas as informações a meu respeito. Deus sabia de tudo! O nome de solteira de minha mãe, o dia do aniversário dela, o nome de meu primeiro cachorro, a marca de meu primeiro carro... tudo o que as firmas querem saber para servir de senha. Descobriu meus números de telefone e o número de meu cartão telefônico. Deixou uma conta de telefone de dez mil dólares. Como? Ligava para o número que dá a hora certa e a temperatura em Moscou, Cingapura ou Sydney, deixando o telefone ligado durante horas.

— Por quê?

— Por quê? Porque é Deus. E eu sou Jó... O filho da mãe comprou uma casa no meu nome. Uma casa inteira! Depois, não pagou a hipoteca. Só descobri quando um advogado de uma agência de recuperação de dívidas me encontrou na clínica em Nova York e propôs um acerto para o pagamento dos trezentos e setenta e cinco mil dólares que eu devia. Deus também acumulou dívidas de jogo de mais de duzentos e cinquenta mil dólares.

"Reivindicou pagamentos falsos de seguros em meu nome, e a companhia que me atendia me cortou. Não era possível trabalhar na minha clínica sem seguro, mas ninguém aceitava me assegurar. Tivemos que vender a casa, e naturalmente todo o dinheiro foi usado para pagar as dívidas que eu contraíra — na época quase dois milhões de dólares."

— Dois *milhões*?

Jorgensen fechou os olhos por um instante e depois continuou.

— Mas as coisas só pioraram. Durante todo esse tempo minha mulher me acompanhou. Foi difícil, mas ela estava a meu lado até que Deus começou a mandar presentes — presentes caros — em meu nome a algumas ex-enfermeiras da clínica, comprados com meu cartão de crédito, inclusive convites e comentários sugestivos. Uma delas deixou um recado em minha casa agradecendo e dizendo que adoraria passar um fim de semana comigo. Minha filha encontrou o recado e contou para a minha mulher, chorando incontrolavelmente. Acho que ela acreditava em minha inocência, mas mesmo assim me deixou há quatro meses e mudou-se para a casa da irmã no Colorado.

— Sinto muito.

— Sente? Poxa, muito obrigado, mas ainda não acabei. Nada disso. Logo depois que minha mulher me deixou, as prisões começaram. Aparentemente, armas compradas em meu nome com um cartão de crédito e uma carteira de motorista falsa foram usadas para assaltos à mão armada no leste de Nova York, New Haven e Yonkers. Um caixa de banco foi gravemente ferido. O FBI de Nova York me prendeu. Acabaram me soltando, mas tenho uma passagem pela polícia. Isso vai ficar lá para sempre. Mais ou menos na mesma época, a Agência Antidrogas me deteve porque um cheque meu havia sido usado para comprar remédios importados ilegalmente.

"Cheguei a ficar na prisão por algum tempo — bem, não era realmente eu, e sim alguém a quem Deus vendera cartões de crédito e uma carteira de motorista falsa em meu nome. Naturalmente, o preso era alguém completamente diferente. Quem sabe qual seria seu nome verdadeiro? Mas, para o mundo, os registros do governo mostram que Robert Samuel Jorgensen, com o número de seguro social 923674182, ex-morador de Greenwich, Connecticut, foi presidiário. Isso também está em meus registros. Para sempre."

— O senhor devia ter agido, devia ter chamado a polícia.

Ele deu uma risada de desprezo.

— Ora. Por favor. Você é policial. Sabe qual é a prioridade de um caso desses no trabalho da polícia? Logo acima de atravessar a rua fora da faixa.

— O senhor descobriu alguma coisa que pudesse nos ajudar? Alguma coisa a respeito dele? Idade, raça, grau de instrução, localização?

— Não, nada. Em tudo o que pesquisei havia somente uma pessoa: eu. Ele me roubou de mim mesmo... Dizem que há salvaguardas, que há proteção. Mentira. Claro, se você perder um cartão de crédito, talvez esteja protegido até certo ponto. Mas se alguém pretende destruir sua vida, não há nada que você possa fazer. As pessoas acreditam no que os computadores dizem. Se disserem que você deve dinheiro, você é devedor. Se disserem que você é um risco para a companhia de seguros, você se transforma em risco. O relatório diz que você não tem crédito e portanto você não tem crédito, mesmo que seja multimilionário. Nós acreditamos nos dados, e não queremos saber a verdade.

"Quer saber qual foi meu último emprego?"

Jorgensen se levantou de um salto e abriu o armário, mostrando o uniforme de uma cadeia de fast-food. Depois voltou à mesa e recomeçou a trabalhar no livro, murmurando:

— Vou encontrar você, seu filho da mãe. — Ergueu os olhos. — Quer saber da pior parte?

Ela fez que sim.

— Deus nunca morou no apartamento que alugou em meu nome. Nunca recebeu os remédios ilegais e nem as mercadorias que encomendou. A polícia recuperou tudo. Nem morou na bela casa que comprou. Compreende? Seu único objetivo era me atormentar. Ele é Deus. Eu sou Jó.

Sachs notou uma foto na mesa. Era Jorgensen com uma mulher loura mais ou menos da idade dele, ambos abraçando uma menina adolescente e um menino mais jovem. A casa que aparecia no fundo era bonita. Ela ficou pensando por que motivo 522 faria tanto esforço para destruir a vida de alguém, se efetivamente fosse ele o responsável. Estaria experimentando as técnicas usadas para se aproximar das vítimas e incriminar inocentes? Robert Jorgensen seria uma cobaia?

Ou 522 era um sociopata cruel? O que fizera com Jorgensen podia ser considerado um estupro não sexual.

— Acho que o senhor deveria arranjar outro lugar para morar, Sr. Jorgensen.

Ele sorriu, resignadamente.

— Sei disso. É mais seguro assim. Sempre procurar um lugar mais difícil de encontrar.

Sachs se lembrou de uma expressão que o pai costumava usar, e que se resumia bem à maneira com que ela própria via a vida. "Quando você está em movimento, não podem te pegar..."

Jorgensen indicou o livro com um movimento de cabeça.

— Sabe como ele me encontrou aqui? Sinto que foi isto. Tudo começou a piorar depois que o comprei. Continuo achando que a resposta está aqui. Detonei ele, mas não deu certo, é claro. Tem que ter uma resposta dentro dele. Tem que ter!

— O que o senhor está procurando, exatamente?

— Não sabe?

— Não.

— Bem, dispositivos de rastreamento, é claro. Eles os colocam dentro de livros e em roupas. Em breve estarão em toda parte.

Então não eram germes.

— Os fornos de micro-ondas destroem esses dispositivos? — perguntou ela, seguindo a mesma linha de raciocínio.

— A maioria deles. Também é possível quebrar as antenas, mas hoje em dia são muito pequenas. Quase microscópicas.

Jorgensen ficou em silêncio e ela percebeu que ele a olhava atentamente enquanto meditava. De repente, ele disse:

— Fique com ele.

— O quê?

— O livro. — Os olhos dele percorriam desvairadamente o quarto. — A resposta está aqui, a resposta para tudo o que me aconteceu... Por favor! Você é a primeira que não fez um ar cético quando contei, a única que não me olhou como se eu fosse louco. — Curvou-se para a frente. — Você quer pegá-lo, tanto quanto eu. Vocês têm todo tipo de equipamento, aposto. Microscópios de varredura, sensores... Vocês podem encontrá-lo! E isto os levará a ele. É claro! — completou, empurrando o livro para ela.

— Bem, não sei exatamente o que estamos procurando.

Ele balançou a cabeça, em sinal de entendimento.

— Não é preciso dizer isso para mim. Esse é o problema. Eles mudam as coisas o tempo todo. Sempre estão um passo adiante de nós. Mas por favor...

Eles.

Sachs pegou o livro, ponderando se deveria colocá-lo dentro de um saco de evidências e prender um cartão de inviolabilidade. Depois pensou que cairia no ridículo ao chegar à casa de Rhyme. Provavelmente era melhor levá-lo na mão.

Ele se inclinou e apertou a mão dela com força.

— Obrigado — disse, começando a chorar outra vez.

— Então o senhor vai se mudar? — perguntou ela.

Ele concordou e deu o nome de outra hospedaria, que ficava no Lower East Side.

— Não tome nota. Não diga a ninguém. Não mencione meu nome ao telefone. Eles estão sempre na escuta, você sabe.

— Ligue para mim caso se lembre de alguma coisa mais sobre... Deus — pediu ela, entregando-lhe um cartão.

Jorgensen decorou os dados e em seguida rasgou o cartão. Entrou no banheiro, jogou a metade no vaso sanitário e deu descarga. Notando a curiosidade dela, explicou:

— Mais tarde jogarei a outra metade. Jogar tudo de uma vez é uma burrice tão grande quanto deixar dinheiro na caixa de correio aberta. As pessoas são muito tolas.

Levou-a até a porta, aproximando-se dela. Sachs sentiu o cheiro de roupas não lavadas. Os olhos avermelhados dele a observavam fixamente.

— Sra. Policial, escute. Sei que você tem essa grande pistola no cinto. Mas isso não adianta nada contra alguém como ele. Tem que chegar bem perto para poder atirar. Ele, no entanto, não precisa chegar perto. Pode estar sentado em um quarto escuro em algum lugar, tomando vinho e destruindo sua vida.

Indicando o livro que ela tinha nas mãos, finalizou:

— E agora que você está com isso, também ficou infectada.

CAPÍTULO **TREZE**

TENHO PRESTADO ATENÇÃO NO NOTICIÁRIO — hoje em dia existem muitas formas eficientes de obter informações — e nada vi sobre uma policial de cabelos ruivos abatida a tiros por agentes federais no Brooklyn.

Mas pelo menos eles estão com medo.

Devem estar nervosos.

Melhor assim. Por que só eu deveria passar por essa aflição toda, afinal?

Enquanto caminho, reflito. Como isso aconteceu? Como é possível que tenha acontecido?

Isso não é bom, isso não é bom, isso...

Eles pareciam saber exatamente o que eu estava fazendo e quem era minha vítima.

Sabiam que eu estava a caminho da casa de DeLeon 6832 exatamente naquele momento.

Como?

Examinando os dados, permutando-os, analisando-os. Não, não entendo como conseguiram.

Ainda não. Preciso pensar um pouco mais.

Não tenho informação suficiente. Como posso tirar conclusões se não tiver os dados? Como?

Ah, devagar, devagar, digo a mim mesmo. Quando os dezesseis caminham rapidamente, deixam cair dados, revelando todo tipo de informações, pelo menos para quem é esperto, para quem é capaz de fazer boas deduções.

Vou caminhando para cima e para baixo pelas ruas cinzentas da cidade. O domingo já não é belo. Um dia feio, estragado. A luz do sol fere e marca. A cidade está fria, esgarçada. Os dezesseis são debochados, falsos e pomposos.

Eu odeio todos eles!

Mas mantenha a cabeça baixa, finja aproveitar o dia.

E, acima de tudo, pense. Seja analítico. Como faria um computador para analisar os dados, se fosse confrontado com um problema?

Pense. Como eles podem ter descoberto?

Um quarteirão, dois quarteirões, três, quatro...

Não há respostas. Somente uma conclusão: eles são competentes. E outra pergunta: quem exatamente são eles? Creio que...

Um pensamento terrível me abala. Por favor, não... Paro e procuro em minha mochila. Não, não, não, ele desapareceu! O post-it colado na bolsa de evidências, que esqueci de retirar antes de jogar tudo fora. O novo endereço de meu dezesseis preferido: 3694-8938-5330-2498, meu bichinho de estimação, conhecido no mundo como Dr. Robert Jorgensen. Eu tinha acabado de descobrir o lugar para onde ele fugira, procurando esconder-se, e tomei nota num pedaço de papel. Fico furioso por não ter decorado e jogado a anotação fora.

Odeio a mim mesmo, odeio tudo. Como posso ter sido tão descuidado?

Quero chorar, quero gritar.

Meu Robert 3694! Durante dois anos ele vem sendo minha cobaia, minha experiência humana. Registros públicos, roubo de identidade, cartões de crédito...

Mas acima de tudo, causar a ruína dele foi uma grande emoção. Uma onda de prazer indescritível, como cocaína ou heroína. A emoção de tomar um homem perfeitamente normal, feliz chefe de família, bom e afetuoso médico, e destruí-lo.

Bem, não posso me arriscar. Tenho que presumir que alguém encontrou minha anotação e entrou em contato com ele. Ele vai fugir... e vou ter que deixá-lo ir embora.

Outra coisa também foi arrancada de mim hoje. Não posso descrever o que sinto quando isso acontece. Dói como uma queimadura, um temor cego de pânico, como estar em queda livre e saber que vai se chocar contra a terra a qualquer momento, mas... ainda... não.

Caminho às cegas por entre as manadas de antílopes, esses dezesseis que vagam no dia de descanso. Minha felicidade está destroçada, meu sossego desapareceu. Enquanto há apenas poucas horas eu olhava para todos com curiosidade benigna ou com desejo sexual, agora simplesmente tenho vontade de atacar alguém e rasgar-lhe as carnes pálidas, finas como casca de tomate, com uma de minhas 89 navalhas.

Talvez com o modelo Krusius Brothers, do fim do século XIX. Lâmina extra-longa e um belo cabo de chifre de veado. É o orgulho de minha coleção.

— São as evidências, Mel. Vamos dar uma olhada.

Rhyme referia-se ao material retirado da lata de lixo perto da casa de DeLeon Williams.

— Digitais?

Os primeiros itens que Cooper examinou em busca de impressões digitais foram os sacos plásticos — a que continha as evidências que 522 presumivelmente pretendia plantar e as que estavam dentro dela, onde havia sangue ainda úmido e uma toalha de papel ensanguentada. Mas não havia impressões no plástico — o que era uma pena, considerando quão bem o material as preserva. (Muitas vezes são visíveis, e não latentes, e podem ser observadas sem qualquer agente químico ou iluminação especial.) Cooper encontrou indícios de que 522 havia tocado nos sacos com luvas de algodão, que os criminosos experientes preferem às luvas de látex, que conservam de maneira eficiente as impressões digitais no interior.

Usando diversos produtos químicos e fontes alternativas, Mel Cooper examinou o restante dos itens e também não encontrou impressões.

Rhyme percebeu que esse caso, como outros cujo autor ele suspeitava que fosse 522, era diferente da maioria, porque apresentava duas categorias de evidências. Primeiro, as falsas, que o assassino pretendia plantar a fim de incriminar DeLeon Williams; sem dúvida ele se assegurara de que nenhuma delas comprometeria a si próprio. Segundo, as verdadeiras, que ele deixara acidentalmente e que poderiam muito bem levar ao lugar onde morava, como o tabaco e o cabelo de boneca.

A toalha de papel ensanguentada e o sangue fresco pertenciam à primeira categoria, e deveriam ter sido plantadas. Da mesma forma, a fita plástica, que provavelmente teria sido colocada na garagem ou no carro de Williams, sem dúvida seria a mesma usada para amordaçar ou amarrar Myra Weinburg. No entanto, certamente nunca teria estado na casa de 522, e portanto nenhum vestígio se agarrara a ela.

O tênis tamanho 45, marca Sure Track, provavelmente não seria deixado na casa de Williams, mas também era uma das evidências "plantadas", pois 522 certamente o usara para deixar uma marca de pegada semelhante à dos sapatos do homem a ser incriminado. Mesmo assim, Mel Cooper examinou-o e encontrou traços de cerveja. Segundo a base de dados de ingredientes de bebidas fermentadas que Rhyme havia criado no Departamento de Polícia anos antes, era muito provavelmente da marca Miller. Poderia estar em qualquer das duas categorias: plantada ou real. Teriam que esperar o que Pulaski iria recuperar na cena do crime de Myra Weinburg para ter certeza.

O saco plástico continha ainda uma impressão de computador de uma foto de Myra, provavelmente incluída para sugerir que Williams a vinha seguindo on-line. Portanto, era bem possível que a intenção fosse plantá-la também. Rhyme fez Cooper verificá-la cuidadosamente, mas um teste com ninidrina não revelou impressões digitais. As análises microscópica e química mostraram papel genérico, impossível de ser rastreado, impresso em uma máquina Hewlett Packard, também irrastreável.

No entanto, uma das descobertas poderia ser útil. Rhyme e Cooper encontraram algo embebido no papel: traços de mofo *Stachybotrys chartarum*. Era o infame mofo dos prédios condenados. Como as quantidades encontradas no papel eram muito pequenas, era pouco provável que 522 pretendesse plantá-las. Mais provavelmente vinham da residência do assassino ou de seu local de trabalho. A presença desse mofo, encontrado quase exclusivamente em ambientes fechados, denotava que pelo menos uma parte da casa ou do local de trabalho seria escura e úmida. O mofo não brota em lugares secos.

O post-it com a anotação era da marca 3M, não o tipo mais barato, mas também de origem irrastreável. Cooper não encontrou nada nele além de alguns esporos do mofo, o que indicava que provavelmente a origem era 522. A tinta era de uma caneta descartável, vendida em inúmeras lojas em todo o país.

E isso era tudo o que as evidências ofereciam. Enquanto Cooper anotava os resultados, um técnico de um laboratório externo que Rhyme usava para acelerar análises médicas ligou para avisar que o teste preliminar confirmava que o sangue encontrado nas bolsas era o de Myra Weinburg.

Sellitto recebeu um telefonema, conversou rapidamente e desligou.

— O DEA verificou que a ligação sobre Amelia foi feita de um telefone público. Ninguém viu a pessoa que ligou e ninguém na estrada viu qualquer pessoa correndo. As câmeras das duas estações de metrô mais próximas também não mostraram ninguém em atitude suspeita na hora em que ele escapou.

— Bem, ele não iria fazer nada suspeito, não é? Que poderíamos esperar? Que um assassino fugitivo pulasse a catraca ou tirasse a roupa para vestir um uniforme de super-herói?

— Eu só estou relatando o que eles disseram, Linc.

Com um ar de desagrado, ele pediu a Thom que escrevesse no quadro branco os resultados da pesquisa.

RUA PRÓXIMA À CASA DE WILLIAMS

- Três sacos plásticos, do tipo Zip-Lock para congelador, 3,8 litros.
- Um tênis de corrida, pé direito, tamanho 45, marca SureTrack, com cerveja seca na sola (provavelmente da marca Miller) e sem traços de uso. Nenhum outro elemento perceptível. Comprado para deixar pegada na cena do crime.
- Toalha de papel com sangue no saco plástico. Teste preliminar confirma que o sangue é da vítima.
- Pedaço de post-it com endereço do Residencial Henderson House, quarto 672, ocupado por Robert Jorgensen. Anotação e caneta impossíveis de rastrear. Papel idem. Indícios de *Stachybotrys chartarum* no papel.
- Foto da vítima, aparentemente impressa de um computador, a cores, tinta de impressora Hewlett Packard. Nada mais perceptível. Papel idem. Indícios de *Stachybotrys chartarum* no papel.
- Fita adesiva. Marca Home Depot, irrastreável a qualquer localização específica.
- Nenhuma impressão digital.

A campainha da porta tocou e Ron Pulaski entrou rapidamente na sala, carregando duas caixas contendo sacos plásticos com evidências do local do assassinato de Myra Weinburg.

Rhyme notou imediatamente que a expressão dele tinha mudado. O rosto estava imóvel. Pulaski muitas vezes fazia caretas ou denotava perplexidade e de vez em quando se mostrava orgulhoso — até mesmo enrubescia —, mas agora os olhos pareciam ocos, sem a expressão decidida de antes. Olhou para Rhyme com um aceno de cabeça e caminhou em silêncio até a mesa de exame, entregando as evidências a Cooper e também os papéis de cadeia de custódia, que o perito assinara.

O novato recuou, olhando para o que Thom escrevera no quadro branco. Com as mãos nos bolsos dos jeans e a camisa para fora das calças, não parecia estar lendo palavra alguma.

— Você está bem, Pulaski?

— Claro.

— Não parece — disse Sellitto.

— Não é nada.

Mas isso não era verdade. Ao percorrer sozinho uma cena de assassinato, alguma coisa o perturbara.

— Ela estava deitada, com o rosto para cima, olhando para o teto — disse ele, finalmente. — Era como se estivesse viva, procurando alguma coisa. Com a testa franzida, um ar de curiosidade. Acho que eu esperava que ela estivesse coberta.

— É, bem, você sabe que não fazemos isso — murmurou Sellitto.

Pulaski olhou pela janela.

— Tudo isso é meio louco. Achei que ela se parecia um pouco com Jenny. — Esse era o nome da mulher dele. — Meio esquisito.

Lincoln Rhyme e Amelia Sachs eram parecidos em relação à profissão. Tinham necessidade de penetrar emocionalmente o exame das cenas de crime, e assim sentir o mesmo que o criminoso e a vítima haviam sentido. Isso ajudava a entender melhor a cena e encontrar indícios que de outra maneira passariam despercebidos.

Quem tinha essa capacidade, por mais assustadoras que fossem as consequências, estava entre os melhores na investigação da cena.

Mas Rhyme e Sachs tinham diferenças importantes. Sachs acreditava que nunca se devia ficar inteiramente indiferente ao horror do crime. Era preciso senti-lo cada vez que entrava em uma cena, e mesmo depois. Se não for assim, dizia ela, o coração endurece e você se aproxima cada vez mais da escuridão que há dentro dos criminosos que persegue.

Rhyme, por outro lado, achava que devia ser tão insensível quanto possível. Somente deixando a tragédia friamente de lado você conseguiria ser o melhor policial possível, além de mais eficiente em impedir que futuras tragédias ocorressem. ("Não é mais um ser humano" dizia ele a seus recrutas. "É uma fonte de provas. Uma fonte muito eficiente.")

Pulaski tinha o potencial para ser mais parecido com Rhyme, ou assim pensava o criminalista, mas naquele estágio inicial de sua carreira ele estava mais para o lado de Amelia Sachs. Rhyme teve compaixão do jovem naquele momento, mas era preciso resolver o caso. Em casa, naquela noite, Pulaski poderia abraçar a mulher e chorar silenciosamente pela morte da moça com quem ela se parecia.

Com voz rude, perguntou:

— Está prestando atenção, Pulaski?

— Sim, senhor. Estou bem.

Não era verdade, mas Rhyme tinha deixado claro o que pensava.

— Você examinou o corpo?

Ele fez que sim.

— Eu estava lá junto com o médico legista. Fizemos o exame juntos. Fiz questão que ele cobrisse as botas com a proteção de borracha.

Para evitar confusão nas pegadas, Rhyme costumava fazer com que os peritos de cenas de crime cobrissem os sapatos com plástico, mesmo quando vestiam os macacões usados para impedir contaminação com seus próprios cabelos, células da pele e outros elementos.

— Muito bem — elogiou Rhyme, olhando ansiosamente para as caixas de papelão. — Vamos começar. Já atrapalhamos um dos planos dele. Talvez ele tenha ficado furioso e esteja preparando outro golpe. Talvez esteja comprando uma passagem para o México. Seja como for, temos que andar depressa.

O jovem policial abriu o bloco de anotações.

— Eu...

— Thom, venha cá. Thom, onde diabos você se meteu?

— Claro, Lincoln — disse o ajudante, entrando na sala com um sorriso satisfeito. — Estou sempre pronto para deixar qualquer outra tarefa diante de uma chamada delicada como essa.

— Precisamos de você outra vez. Temos que usar outro quadro branco.

— Precisa mesmo?

— Por favor.

—Você não pediu de coração.

—Thom!

— Está bem.

— Anote: Cena do crime — Myra Weinburg.

O ajudante escreveu o título e ficou preparado com a caneta marcadora, enquanto Rhyme perguntava:

— Então, Pulaski. Aquele não era o apartamento dela, certo?

— Isso mesmo, senhor. Era de um casal que está em férias num cruzeiro. Consegui entrar em contato com eles. Nunca ouviram falar em Myra Weinburg. Vocês precisavam ouvir o que eles disseram. Ficaram *muito* perturbados. Não têm a mínima ideia de quem possa ter sido o autor do crime. Para entrar, o assassino arrombou a porta.

— Então ele sabia que o apartamento estava vazio e que não havia alarmes — concluiu Cooper. — Interessante.

— No que você está pensando? — perguntou Sellitto, balançando a cabeça. — Que ele simplesmente escolheu este lugar ao acaso?

— Estava bastante deserto por lá — apontou Pulaski.

— E ela, o que estava fazendo?

— Encontrei a bicicleta do lado de fora e ela tinha uma chave no bolso, que serviu no cadeado.

— Estava andando de bicicleta, então. Pode ser que ele tenha acompanhado o percurso dela e soubesse que ela estaria ali em certo momento. E também sabia que o casal estaria longe e não haveria dificuldades... OK, novato. Vá dizendo o que encontrou. Thom, por favor, seria extremamente gentil da sua parte anotar para nós.

—Você está começando a exagerar.

— Qual foi a causa da morte? — indagou Rhyme a Pulaski.

— Pedi ao legista que acelerasse o resultado da necropsia.

Sellitto riu.

— E ele, o que disse?

— Algo como "claro, com certeza". Outras coisas, também.

— Você precisa ficar um pouco mais engomadinho antes de fazer pedidos como esse. Mas valeu o esforço. Qual foi o resultado *preliminar*?

Pulaski consultou suas anotações.

— Ela sofreu vários golpes na cabeça. O legista acredita que foi para subjugá-la.

O jovem agente se calou, talvez recordando ferimentos parecidos que sofrera anos antes. Depois prosseguiu:

— A causa da morte foi estrangulamento. Nos olhos e dentro das pálpebras havia petéquias, pequenos pontos de hemorragia...

— Sei o que são petéquias, novato.

— Ah, claro. Está bem. Havia também distensão venosa no couro cabeludo e no rosto. Esta provavelmente é a arma do crime — prosseguiu, erguendo uma sacola que continha um pedaço de corda de cerca de 1,20m de comprimento.

— Mel?

Cooper pegou a corda e cuidadosamente a estendeu sobre uma grande folha de papel branco, escovando para separar outros elementos. Em seguida examinou o que encontrara e tirou algumas amostras das fibras.

— E então? — perguntou Rhyme, impaciente.

— Estou examinando.

O novato refugiou-se outra vez nas anotações.

— Quanto ao estupro, foi vaginal e anal. Post mortem, na opinião do legista.

— O corpo foi colocado em alguma posição específica?

— Não... mas notei uma coisa, detetive — acrescentou Pulaski. — Todas as unhas dela eram longas, exceto uma. Era realmente muito curta.

— Sangue?

— Sim, foi cortada até o sabugo. — Após uma hesitação, Pulaski acrescentou: — Provavelmente antes da morte.

Então 522 tem um quê de sádico, pensou Rhyme.

— Ele gosta de dor.

— Veja as outras fotos da cena do crime, do estupro anterior.

O jovem agente correu para buscar as fotos. Procurou-as e separou uma, examinando-a.

—Veja isto, detetive. Ele também cortou uma unha. Do mesmo dedo.

— Nosso garotão gosta de troféus. Bom saber disso.

Polaski acenou entusiasticamente com a cabeça.

133

— E pensem nisto: é sempre o dedo anelar da mão esquerda. Pode ser alguma coisa do passado dele. Talvez a mulher o tenha abandonado, talvez a mãe o tenha deixado de lado, ou uma figura materna...

— Boa dedução, Pulaski. Isso me lembra de que esquecemos uma coisa.

— Que foi, senhor?

— Você verificou seu horóscopo hoje de manhã, antes de começar a investigação?

— Meu...?

— Ah, e quem tinha ficado de conferir as folhas de chá? Já esqueci.

Sellitto ria disfarçadamente. Pulaski enrubescera.

Repentinamente, Rhyme explicou:

— Traçar um perfil psicológico não vai ajudar. O que nos ajuda quanto à unha é saber que 522 agora possui uma conexão de DNA com o crime. Sem levar em conta o fato de que se conseguirmos descobrir que tipo de instrumento ele usou para retirar o troféu, poderemos rastrear a compra e encontrá-lo. Provas, novato. Nada de blá-blá-blá psicológico.

— Claro, detetive. Entendi.

— Pode me chamar de Lincoln.

— Sim. Claro.

— A corda, Mel?

Cooper percorria a base de dados das fibras.

— Cânhamo genérico. Existe em milhares de lojas de varejo em todo o país. — Em seguida fez uma análise química. — Nenhum vestígio.

Merda.

— Que mais, Pulsaki? — perguntou Sellitto.

O calouro percorreu a lista. Linha de pescar para amarrar as mãos, cortando a pele, o que provocou sangramento. A boca foi tapada com fita adesiva. A fita era da marca Home Depot, retirada do rolo que 522 tinha jogado fora, e as pontas rasgadas se ajustavam perfeitamente. Dois preservativos intactos tinham sido encontrados perto do cadáver, explicou o jovem agente, erguendo a bolsa. Eram da marca Trojan-Enz.

— Aqui estão as amostras.

Mel Cooper pegou a bolsa de plástico que continha o material e verificou as amostras retais e vaginais. O médico legista faria um relatório mais detalhado, mas era claro que entre as substâncias havia traços de um lubrificante espermicida, semelhante ao usado nos preservativos. Não havia sêmen em lugar algum da cena do crime.

Outra amostra, coletado no chão, onde Pulaski encontrara a pegada de um tênis de corrida, revelou cerveja. Verificou-se que era da marca Miller. A imagem eletrostática da pegada, naturalmente, era de um tênis de corrida Sure-Track tamanho 45, o mesmo que 522 tinha atirado na lata de lixo.

— E os proprietários do apartamento não tinham cerveja em casa, não é? Você verificou a cozinha e a copa?

— Isso mesmo, senhor. Não achei cerveja.

Lon Sellitto meneou a cabeça afirmativamente.

— Aposto dez dólares que Miller é a marca preferida de DeLeon.

— Não vou apostar contra você dessa vez, Lon. O que mais havia lá?

Pulaski ergueu um saco plástico que continha um fragmento marrom que havia encontrado junto à orelha da vítima. A análise mostrou que se tratava de tabaco.

— Que sabemos sobre isso, Mel?

O exame técnico revelou que era um fragmento fino, do tipo usado em cigarros, porém não o mesmo que a amostra de Tareyton na base de dados. Lincoln Rhyme era um dos poucos não fumantes do país que não gostava das proibições de fumar: o tabaco e as cinzas eram ótimos indícios para ligar os criminosos aos locais do crime. Cooper não foi capaz de descobrir a marca. Mas supôs, no entanto, que o fumo provavelmente era velho, considerando o quão ressecado estava.

— Myra fumava? Ou os moradores do edifício?

— Não vi nada que indicasse isso. E fiz o que o senhor sempre nos diz. Farejei a cena ao chegar. Não havia cheiro de cigarro.

— Muito bem. — Até aquele ponto, Rhyme estava satisfeito com a investigação. — E as digitais?

— Verifiquei as amostras de impressões digitais dos proprietários, desde o armário de remédios até as coisas que estavam na mesinha de cabeceira.

— Então você não estava dormindo. Realmente leu meu livro.

No volume sobre criminalística Rhyme dedicara alguns parágrafos à importância de coletar impressões para controle nas cenas de crime, e sobre os lugares onde encontrá-las.

— Li, sim, senhor.

— Fico contente. Ganhei alguma coisa por direito autoral?

— Pedi emprestado o exemplar do meu irmão. — O irmão gêmeo de Pulaski era policial no Sexto Distrito, em Greenwich Village.

— Espero que pelo menos ele tenha pagado pelo livro.

A maior parte das impressões digitais encontradas no apartamento pertencia ao casal, conforme eles verificaram pelas amostras. As demais eram provavelmente de visitantes, mas não era impossível que 522 tivesse se descuidado. Cooper rodou todas no sistema integrado automático de identificação de impressões digitais. O resultado viria em pouco tempo.

— OK. Diga-me, Pulaski, qual foi sua impressão da cena do crime?

A pergunta pareceu confundi-lo.

— Impressão?

— Estas são as árvores — disse Rhyme, olhando os sacos de evidências. — O que achou da floresta?

O jovem agente refletiu um pouco.

— Bem, pensei uma coisa. Mas é bobagem.

—Você sabe que eu seria o primeiro a dizer alguma coisa caso você viesse com uma teoria idiota, novato.

— É só que logo que cheguei minha impressão foi de que não tinha havido luta.

— Que quer dizer com isso?

—Veja, a bicicleta dela estava acorrentada em um poste do lado de fora do loft. Ela parece ter achado que tudo estava bem.

— Então ele não a atacou na rua.

— Isso. E para entrar no loft é preciso passar por um portão e depois por um longo corredor até a porta de entrada. É um corredor muito estreito e cheio de coisas do casal: frascos e latas, artigos esportivos, coisas para mandar reciclar, ferramentas do jardim. Nada, porém, foi mexido. — Pulaski bateu com a ponta do dedo em uma das fotos. — Mas veja o interior: foi lá que a luta começou. A mesa e os vasos, logo junto à porta de entrada. — A voz dele ficou outra vez suave. — Parece que ela lutou muito, mesmo.

Rhyme concordou.

— Muito bem. Então 522 a atrai para dentro do loft, com algum tipo de conversa mole. Ela acorrenta a bicicleta. Caminha pelo corredor e entra com ele no loft. Para no vestíbulo, vê que ele está mentindo e tenta sair.

"Então ele sabia o suficiente a respeito de Myra para tranquilizá-la, fazer com ela confiasse nele... Claro, veja só! Ele tem todas as informações sobre quem são as pessoas, o que compram, quando saem de férias, se têm alarmes, onde vão estar... Nada mau, novato. Agora sabemos alguma coisa de concreto sobre ele."

Pulaski fez força para não sorrir.

O computador de Cooper tilintou. Ele leu a tela.

— Nada sobre as impressões. Zero.

Rhyme encolheu os ombros, sem mostrar surpresa.

— Estou interessado nessa ideia, a de que ele sabe muita coisa. Um de vocês, ligue para DeLeon Williams. 522 estava certo sobre todas as provas?

A breve conversa de Sellitto com o marceneiro revelou que realmente Williams usava tênis número 45 da marca Sure-Track, costumava comprar preservativos Trojan-Enz, tinha linha de pescar de 18 quilos em casa, gostava de cerveja Miller e fora recentemente ao Home Depot para comprar fita adesiva e corda de cânhamo.

Olhando o quadro branco do estupro anterior, Rhyme notou que os preservativos usados por 522 naquele crime eram de marca Durex. O assassino os preferira porque Joseph Knightly usava aquela marca.

Perguntou a Williams, viva voz:

— Um de seus tênis desapareceu?

— Não.

— Então ele comprou um par — concluiu Sellitto — do mesmo tipo e do mesmo tamanho dos seus. Como poderia saber disso? Viu alguém em volta de sua casa recentemente, talvez em sua garagem, examinando seu carro, ou o lixo? Algum estranho entrou em sua casa ultimamente?

— Não, tenho certeza de que não. Estou desempregado e passo a maior parte do tempo cuidando da casa. Eu teria notado. A vizinhança aqui não é a mais pacata do mundo; temos alarme. Sempre o deixamos ligado.

Rhyme agradeceu e desligou.

Virando a cabeça para trás, olhou o quadro branco e ditou a Thom o que deveria escrever.

CENA DO CRIME — MYRA WEINBURG

- Causa mortis: estrangulamento Aguardando relatório final do legista
- Não havia mutilação nem arrumação do corpo, mas a unha do dedo anelar esquerdo estava cortada. Possível troféu. Provavelmente antes da morte.
- Lubrificante para preservativo, da Trojan-Enz
- 2 preservativos na embalagem, Trojan-Enz
Nenhum preservativo usado, nem fluidos corporais
- Traços de cerveja Miller no chão (origem diversa da cena do crime)
- Linha de pescar, 18 quilos, monofilamento, marca genérica
- Pedaço de corda de cânhamo marrom, 1,20 m
- Fita adesiva na boca
- Fragmento de tabaco, antigo, marca não identificada
- Pegada, tênis de corrida de homem, tamanho 45
- Nenhuma impressão digital

— Nosso homem ligou para o número de emergência da polícia, não foi? — perguntou Rhyme. — Para denunciar o Dodge?
— Foi — confirmou Sellitto.
—Verifique a chamada. O que ele disse, como era a voz.
O detetive acrescentou:
— O mesmo quanto aos casos anteriores... o de seu primo, o do roubo de moedas e o do estupro anterior?
— Isso mesmo, é claro. Eu não tinha pensado nisso.
Sellitto entrou em contato com a mesa telefônica central. Os chamados para o 911 são gravados e conservados por períodos de tempo variáveis. Pediu a informação. Dez minutos depois recebeu a resposta. As gravações do caso de Arthur e do assassinato daquele dia ainda estavam no sistema, disse o supervisor, e tinham sido mandadas para o endereço de e-mail de Cooper em formato de áudio. Os dos primeiros casos estavam nos arquivos, gravados em CD. Poderiam precisar de alguns dias para encontrá-los, mas um assistente já enviara uma solicitação.
Quando os arquivos de áudio chegaram, Cooper os abriu e todos ouviram uma voz masculina dizendo à polícia que se dirigisse urgentemente a um endereço de onde tinha ouvido gritos. A pessoa descre-

veu os veículos de fuga do presumido criminoso. As vozes pareciam idênticas.

— Registro de voz? — perguntou Cooper. — Se tivermos um suspeito, podemos fazer a comparação.

Os registros de voz eram mais respeitados no mundo da criminalística do que os detectores de mentira. Alguns tribunais os admitiam como prova, dependendo do juiz. Rhyme, no entanto, balançou negativamente a cabeça.

— Ouça bem. Ele está usando um dispositivo de alteração da voz. Não percebe?

Esses dispositivos disfarçam a voz de quem fala. Não produzem um som estranho, como o da voz de Darth Vader; o timbre é normal, embora um tanto oco. Muitos serviços de informação das listas de assinantes e de ajuda a clientes os utilizam, a fim de que as vozes de seus locutores fiquem uniformes.

Nesse momento a porta se abriu e Amelia Sachs entrou no vestíbulo, trazendo um objeto volumoso debaixo do braço. Rhyme não conseguia ver o que era. Ela fez um aceno com a cabeça e em seguida olhou o quadro branco, dizendo a Pulaski:

— Parece que você fez um bom trabalho.

— Obrigado.

Rhyme notou que o que ela trazia era um livro, aparentemente meio desconjuntado.

— O que é isso?

— Um presente de nosso amigo médico, Robert Jorgensen.

— O que é? Alguma pista?

— É difícil dizer. Na verdade, conversar com ele foi uma experiência estranha.

— O que quer dizer com isso, Amelia? — perguntou Sellitto.

— É um pouco como se o Pé-Grande, Elvis e alienígenas fossem responsáveis pelo assassinato de Kennedy. Muito estranho, mesmo.

Pulaski riu alto, ganhando um olhar severo de Lincoln Rhyme.

CAPÍTULO **QUATORZE**

SACHS RELATOU A HISTÓRIA DE um homem perturbado, cuja identidade tinha sido roubada, e a vida arruinada. Um homem que se referia a seu inimigo mortal como Deus e a si próprio como Jó.

Era claramente desequilibrado; "estranho" não era suficiente para descrever. Mesmo que fosse apenas parcialmente verdadeira, a história era comovente e difícil de contar. Era uma vida completamente destroçada, e o crime parecia não ter objetivo.

Mas Rhyme só passou a prestar total atenção no que Sachs falava quando ela disse:

— Jorgensen afirma que o sujeito por trás disso tem conseguido mantê-lo sob vigilância desde que ele comprou este livro, há dois anos. Aparentemente, o homem sabe tudo o que ele faz.

— Ele sabe tudo — repetiu Rhyme, olhando os quadros brancos. — Nós estávamos falando sobre isso há pouco. Ele obtém todas as informações de que precisa a respeito das vítimas e das pessoas que incrimina.

Ele compartilhou com Sachs o que o grupo já havia descoberto. Ela, por sua vez, entregou o livro a Mel Cooper, dizendo que Jorgensen achava que havia um dispositivo de rastreamento nele.

— Dispositivo de rastreamento? — questionou Rhyme, incrédulo. — Ele deve ter visto muitos filmes de mistério... Bem, examine o quanto quiser, mas não vamos deixar de lado as pistas de verdade.

Sachs ligou para os Departamentos de Polícia nas diversas jurisdições onde Jorgensen havia sido vitimado, mas não obteve resultados. Claro, sem dúvida era um caso de roubo de identidade.

— Mas você faz ideia de quantas vezes isso acontece? — perguntou um policial da Flórida. — Descobrimos um endereço falso e vamos ao local, mas já está tudo vazio quando chegamos. Eles pegam tudo o que encomendaram na conta da vítima e partem para o Texas ou Montana.

A maioria já tinha ouvido falar de Jorgensen ("ele escreve muitas cartas") e demonstrou boa vontade. Ninguém, no entanto, tinha pistas específicas sobre algum indivíduo ou quadrilha que estivesse por trás dos crimes, e não podiam dedicar às investigações desses casos tanto tempo quanto gostariam.

— Poderíamos ter mais cem agentes aqui e ainda assim seria difícil progredir.

Após desligar, Sachs explicou que, como 522 conhecia o endereço de Jorgensen, ela pedira ao recepcionista que a avisasse imediatamente caso alguém fosse procurá-lo ou perguntasse por ele, por telefone ou pessoalmente. Sachs prometeu que se o recepcionista concordasse, ela não iria sugerir à repartição da cidade encarregada de vistorias em edifícios que fizesse uma visita à hospedaria.

— Muito bem — elogiou Rhyme. — Você notou irregularidades?

— Só quando ele concordou na velocidade da luz.

Em seguida, ela foi examinar as informações que Pulaski trouxera do loft perto do SoHo.

— Alguma ideia, Amelia? — perguntou Sellitto.

Ela ficou de pé diante do quadro branco, tamborilando com os dedos enquanto tentava encontrar algum sentido naquele conjunto de pistas dispersas.

— Como ele conseguiu isto? — indagou, pegando a bolsa que continha a impressão da foto de Myra Weinburg, que mostrava uma expressão doce e satisfeita, olhando para a câmera. — Precisamos descobrir.

Era uma boa sugestão. Rhyme não tinha pensado na origem da impressão; simplesmente imaginara que 522 a baixara de algum site na internet. Estava mais interessado no papel como fonte de pistas.

Na foto, Myra Weinburg estava de pé ao lado de uma árvore florida, de frente para a câmera, com um sorriso nos lábios. Tinha na mão uma bebida rosada em um cálice de martíni.

Rhyme percebeu que Pulaski também olhava a foto, um quê perturbado no olhar.

Achei que ela se parecia um pouco com Jenny.

Rhyme notou que havia uma borda na foto e algo semelhante a partes de letras à direita, que passavam além dos limites do quadro.

— Ele certamente conseguiu on-line, para fazer com que parecesse que DeLeon Williams estava fazendo pesquisas sobre Myra.

— Talvez a gente consiga chegar até ele pelo site de onde ele baixou a foto — interveio Sellitto. — Como poderemos saber onde ele a conseguiu?

— Procure o nome dela no Google — sugeriu Rhyme.

Cooper tentou e encontrou uma dúzia de respostas, diversas delas sobre outras pessoas de nome Myra Weinburg. As ocorrências relacionadas à vítima eram todas de organizações profissionais. Nenhuma das fotos, porém, era semelhante à que 522 havia imprimido.

— Tenho uma ideia — anunciou Sachs. — Vou ligar para uma pessoa perita em computadores.

— Quem é? Aquele cara do Departamento de Crimes Virtuais? — questionou Sellitto.

— Não, é alguém ainda melhor que ele.

Ela pegou o telefone e discou um número.

— Alô, Pammy. Onde você está? Ótimo. Tenho um servicinho para você. Fique on-line para conversarmos em grupo. Faremos o áudio pelo telefone.

Sachs voltou-se para Cooper.

— Pode ligar sua webcam, Mel?

O perito apertou uma tecla e no instante seguinte surgiu em sua tela a imagem do quarto de Pam na casa dos pais adotivos, no Brooklyn. O belo rosto da adolescente apareceu quando ela se sentou, levemente distorcido pela lente grande angular.

— Oi, Pam.

— Oi, Sr. Cooper — respondeu a voz agradável que vinha do autofalante.

— Deixe que eu cuido disso — falou Sachs, tomando o lugar de Cooper no teclado. — Querida, encontramos uma foto e achamos que veio da internet. Você pode dar uma olhada e nos dizer se sabe qual foi a origem?

— Claro.

Sachs ergueu a foto diante da câmera.

— Há um reflexo. Pode tirá-la do plástico?

A detetive calçou luvas de látex e retirou cuidadosamente a capa plástica, erguendo novamente a foto.

— Assim é melhor. Com certeza vem do OurWorld.

— O que é isso?

— É uma rede social, como Facebook e MySpace. É nova, está na moda. Todo mundo participa.

— Você conhece esses sites, Rhyme? — perguntou Sachs.

Ele fez que sim. Curiosamente, vinha pensando no assunto recentemente. Tinha lido um artigo no *New York Times* sobre redes sociais e mundos virtuais como o *Second Life*. Supreendera-se ao saber que havia pessoas que passavam menos tempo no mundo real do que no virtual — desde os avatares às redes sociais, até home office. Aparentemente, nos dias de hoje os adolescentes passam menos tempo ao ar livre do que em qualquer outro período da história dos Estados Unidos. Ironicamente, graças a uma rotina de exercícios que estava melhorando sua condição física e mudando sua maneira de agir, o próprio Rhyme estava ficando menos virtual e saindo de casa por mais tempo. A linha divisória entre fisicamente apto e inapto ia ficando indistinta.

— Você tem certeza de que vem desse site? — perguntou Sachs a Pam.

— Claro. Eles têm uma moldura especial. Se olhar de perto, verá que não é apenas uma linha, e sim globos, como a Terra, que se repetem indefinidamente.

Rhyme olhou com atenção. Realmente, a moldura era tal como ela a descrevera. Recordou o que lera no artigo sobre o OurWorld.

— Pam... Essa rede tem muitos usuários, não é verdade?

— Oi, Sr. Rhyme. É isso mesmo. Uns trinta ou quarenta milhões de pessoas. De quem é aquele perfil?

— Perfil? — perguntou Sachs.

— É assim que eles chamam a página. É o seu "perfil". Quem é ela?

— Infelizmente ela foi assassinada hoje — respondeu Sachs, com voz pausada. — É o caso sobre o qual eu falei antes.

Rhyme não falaria sobre um homicídio a uma adolescente, mas como a pessoa em questão era ligada a Sachs, a policial saberia o que dizer e o que não dizer.

— Ah, sinto muito. — Pam não demonstrou estar chocada ou impressionada ao saber do que se tratava.

— Pam, qualquer pessoa pode acessar o perfil de outra?

— Bem, normalmente a pessoa teria que se inscrever. Mas se não quiser deixar nenhuma mensagem e nem abrir um perfil próprio, é possível entrar só para dar uma olhada na página.

— Então pode-se dizer que a pessoa que imprimiu essa foto sabe usar computadores.

— Bem, creio que sim. Mas essa pessoa não imprimiu a foto.

— O que?

— Não é possível imprimir nem baixar nada do site, nem mesmo com o comando da impressora. Há um filtro no sistema, para impedir algum obcecado. Também não é possível quebrar a segurança. É o mesmo princípio usado para proteger os direitos autorais de livros on-line.

— Então, como ele conseguiu a foto? — questionou Rhyme.

Pam riu.

— Ah, provavelmente fez o que todos nós fazemos na escola quando queremos a foto de um garoto bonito ou de alguma menina gótica esquisita. Fotografamos a tela com uma câmera digital. Todo mundo faz isso.

— Claro — concordou Rhyme, balançando a cabeça. — Eu não teria pensado nisso.

— Não se preocupe, Sr. Rhyme. Muitas vezes não pensamos na resposta óbvia.

Sachs olhou para Rhyme, que sorriu com a observação da jovem.

— Está certo, Pam. Obrigado. Até mais tarde.

— Até logo.

— Vamos complementar o perfil do nosso amigo.

Sachs pegou o marcador e aproximou-se do quadro branco.

PERFIL DE 522

Sexo masculino
Possivelmente fumante ou mora/trabalha em companhia de fumantes ou próximo a uma fonte de tabaco
Tem filhos ou mora/trabalha próximo a crianças ou a brinquedos
Tem interesse por arte, por moedas?
Provavelmente branco ou de pele clara

Estatura mediana
Forte, capaz de estrangular as vítimas
Acesso a equipamento de disfarce de voz
Possivelmente experiente no uso de computador. Conhece OurWorld. Outras redes sociais?
Retira troféus das vítimas. Sádico?
Parte da residência/local de trabalho morna e úmida

PISTAS NÃO PLANTADAS

- Resíduo não identificado
- Papelão velho
- Cabelos de boneca, BASF B35 náilon 6
- Tabaco de cigarros Tareyton
- Presença de mofo *Stachybotrys chartarum*

Rhyme examinava os detalhes quando ouviu o riso de Mel Cooper.

— Ora, ora, ora.

— O quê?

— Isso é interessante.

— Seja específico. Não preciso de coisas interessantes. Preciso de fatos.

— Mesmo assim é interessante. — O perito estava examinando a lombada do livro de Robert Jurgensen com uma lâmpada potente. — Vocês acham que o médico estava louco ao falar em dispositivos de rastreamento? Pois adivinhem... Oliver Stone *talvez* pudesse ter um roteiro aqui: há alguma coisa implantada nele, na lombada.

— Jura? — disse Sachs, balançando a cabeça. — Achei que ele fosse maluco.

— Deixe-me ver — pediu Rhyme, com a curiosidade aguçada, esquecendo temporariamente o ceticismo.

Copper trouxe uma câmera de alta definição para mais perto da mesa e colocou o livro sob uma lâmpada infravermelha. Por baixo da costura da lombada apareceu um pequeno retângulo de linhas entrecruzadas.

—Tire-o daí — disse Rhyme.

Cuidadosamente, Cooper cortou a lombada e retirou o que parecia ser um pedaço de papel plastificado, de cerca de 2,5 centímetros de comprimento, onde se via o que pareciam ser as linhas de um circuito de computador. Havia também uma série de números e o nome do fabricante, DMS.

— Que merda é essa? — perguntou Sellitto. — É mesmo um dispositivo de rastreamento?

— Não sei como é possível. Não tem baterias nem fontes de energia — disse Cooper.

— Mel, procure o fabricante.

Uma rápida pesquisa revelou que se tratava da empresa Data Management Systems, baseada nos arredores de Boston. Leu em voz alta uma descrição da companhia, da qual uma divisão fabricava aqueles pequenos aparelhos, conhecidos como etiquetas RFID, para identificação por radiofrequência.

— Já ouvi falar nisso — comentou Pulaski. — Vi alguma coisa na CNN.

— Ah, a fonte definitiva para a ciência da criminalística — provocou Rhyme, em tom cínico.

— Não, isso é o CSI — retrucou Sellitto, provocando outra risada entrecortada de Ron Pulaski.

— Para que mais ela serve? — perguntou Sachs.

— Isso é interessante.

— Outra vez, interessante.

— Essencialmente, é um chip que se pode programar para ser lido por uma varredura de rádio. Não é necessário ter bateria; a antena recebe as ondas de rádio e isso lhe fornece energia suficiente para funcionar.

— Jorgensen falou em quebrar antenas para inutilizar os dispositivos de rastreamento — disse Sachs. — Também disse que podiam ser destruídos em um forno de micro-ondas. Mas esse aí ele não conseguiu inutilizar — comentou ela, indicando o chip com um gesto. — Pelo menos foi o que disse.

— Essas etiquetas são usadas por indústrias e lojas para controle do estoque — prosseguiu Cooper. — Em poucos anos, praticamente todos os produtos vendidos nos Estados Unidos terão uma etiqueta RFID. Alguns dos grandes varejistas já as exigem antes de comprar as mercadorias.

— Foi justamente o que Jorgensen me disse. Talvez ele não seja tão lunático quanto imaginei.

— Todos os produtos? — perguntou Rhyme.

— Exatamente. Assim as lojas podem localizar as mercadorias no estoque, as quantidades que possuem, quais são as que vendem melhor, quando refazer os estoques, quando pedir novas encomendas. As etiquetas são usadas também pelas companhias aéreas no manuseio de bagagens, para que possam saber onde está cada mala sem precisar escanear manualmente o código de barras. São empregadas, além disso, em cartões de crédito, carteiras de motorista, identificação de empregados. Nesse caso são chamadas de "cartões inteligentes".

— Jorgensen pediu para ver minha credencial. Examinou-a com muita atenção. Talvez estivesse procurando por isso.

— Isso existe por toda parte — continuou Cooper. — Nas etiquetas de desconto que vemos nos supermercados, nos cartões de programas de milhagem, nos pedágios nas pistas de passagem expressa.

Sachs fez um gesto, indicando os quadros brancos.

— Pense nisto, Rhyme. Jorgensen estava dizendo que esse homem, a quem ele chama Deus, sabe tudo sobre a vida dele. Sabe o suficiente para roubar-lhe a identidade, comprar coisas em seu nome, fazer empréstimos, conseguir cartões de crédito e descobrir seu paradeiro.

Rhyme sentia a emoção do progresso na caçada.

— E 522 sabe o suficiente sobre suas vítimas para aproximar-se delas, passar além das defesas delas. — completou ele — Sabe o suficiente sobre aqueles a quem pretende incriminar, a fim de plantar pistas idênticas ao que eles têm em suas casas.

— Além disso — disse Sellitto —, ele sabe exatamente onde se encontravam no momento do crime, para que não tenham álibi.

Sachs olhou novamente a pequena etiqueta.

— Jorgensen disse que a vida dele começou a desmoronar por volta da época em que comprou este livro.

— Onde ele comprou? Temos algum recibo ou etiqueta de preço?

— Nada. Se havia, ele retirou.

— Ligue para Jorgensen. Vamos trazê-lo aqui.

Sachs puxou o celular e ligou para o hotel onde tinha estado com ele. Franziu a testa.

— Já? — questionou ao ouvir a resposta do atendente.

Não é bom sinal, pensou Rhyme.

— Ele já saiu de lá — anunciou ela, desligando. — Mas sei para onde vai.

Procurou uma anotação e fez outra chamada. Após breve conversa, no entanto, desligou, suspirando. Jorgensen também não estava no outro hotel, disse, e nem sequer havia feito uma reserva.

— Tem o número do celular dele?

— Ele não tem telefone. Não confia nos telefones. Mas tem meu número. Se tivermos sorte, ele irá me ligar. — Sachs aproximou-se do pequeno dispositivo. — Mel, corte o fio. A antena.

— O quê?

— Jorgensen disse que agora que o livro está conosco, nós também estamos infectados. Corte-a fora.

Cooper deu de ombros e olhou para Rhyme, que achava a ideia absurda. Porém, Amelia Sachs não era de se assustar facilmente.

— Ok, vá em frente. Ponha uma anotação no cartão de acompanhamento do material de prova: "Evidência declarada segura".

Era uma expressão normalmente reservada para bombas e armas de fogo.

Rhyme perdeu o interesse pela RFID. Ergueu os olhos.

— Muito bem. Vamos especular, até que ele entre em contato... Vamos, meus caros. Sejam ousados. Preciso de ideias! Temos um criminoso capaz de obter todas essas informações sobre as pessoas. Como? Ele sabia tudo o que as pessoas incriminadas compravam. Linha de pescar, facas de cozinha, creme de barbear, fertilizante, preservativos, fita adesiva, corda, cerveja. Houve quatro vítimas e quatro inocentes incriminados, pelo menos. Ele não pode seguir todos o tempo inteiro, e não invade as casas deles.

— Talvez trabalhe em uma dessas grandes redes de varejo — sugeriu Cooper.

— Mas DeLeon comprou alguns dos artigos no Home Depot, e lá não se vendem preservativos e alimentos.

— Talvez 522 trabalhe em alguma companhia de cartões de crédito — arriscou Pulaski. — Assim ele pode saber o que as pessoas compram.

— Boa sugestão, novato, mas pelo menos em certos casos as vítimas podem ter pago em dinheiro.

Surpreendentemente, foi Thom quem deu a melhor resposta. Pescou seu molho de chaves no bolso.

— Ouvi Mel mencionar cartões de desconto — disse ele, mostrando diversos pequenos cartões de plástico presos ao chaveiro. Um era da loja APP e outro do supermercado Food Emporium. — Passando este cartão na máquina, recebo um desconto. Mesmo quando pago em dinheiro a loja sabe o que comprei.

— Muito bem — elogiou Rhyme. — Mas aonde isso nos leva? Ainda temos dezenas de locais diferentes onde as vítimas e as pessoas incriminadas fizeram compras.

— Ah!

Rhyme olhou para Sachs, que olhava o quadro branco com um leve sorriso no rosto.

— Acho que descobri.

— O quê? — perguntou Rhyme, esperando a aplicação inteligente de algum princípio de criminalística.

— Sapatos — disse ela, simplesmente. — A resposta está nos sapatos.

CAPÍTULO **QUINZE**

— A QUESTÃO NÃO É saber o que as pessoas compram em geral — explicou Sachs. — A questão é saber o que é específico para todas as vítimas e pessoas incriminadas. Vejamos três desses crimes, o caso de seu primo, o de Myra Weinburg e o roubo de moedas. 522 não apenas sabia o tipo de sapato que as pessoas usavam, mas também o tamanho.

— Muito bem — disse Rhyme. — Vamos descobrir onde DeLeon Williams e Arthur compram sapatos.

Uma ligação para Judy Rhyme e outra para Williams mostraram que os sapatos eram encomendados pelo correio — um por meio de um catálogo, outro pela internet, mas ambos diretamente dos fabricantes.

— Ótimo — ponderou Rhyme. — Escolha um, ligue e veja como funciona esse comércio de sapatos. Pode escolher no cara ou coroa mesmo.

A vencedora foi a Sure-Track. Bastaram quatro telefonemas para chegar a uma pessoa ligada à empresa, nada menos do que o presidente.

Havia som de água caindo, crianças rindo. O homem perguntou, com voz incerta:

— Um crime?

— Não tem a ver com sua empresa, diretamente — assegurou Rhyme. — Um de seus produtos é uma das pistas.

— Que nem aquele sujeito que tentou explodir um avião com uma bomba no sapato? — O homem parou de falar, como se até mesmo relembrar aquele assunto fosse um atentado contra a segurança nacional.

Rhyme explicou a situação: o assassino obtinha informações pessoais sobre suas vítimas, inclusive dados específicos sobre os sapatos Sure-Track, além dos de seu primo, da marca Alton, e dos Bass da outra pessoa incriminada.

— Vocês vendem para lojas de varejo?

— Não. Somente pela internet.

— Compartilham informações com os competidores? Informações sobre os clientes?

Houve uma hesitação.

— Alô? — falou Rhyme.

— Não, não podemos compartilhar informações. Isso seria uma violação das regras antitruste.

— Bem, como alguém poderia ter tido acesso a dados sobre clientes de sapatos Sure-Track?

— É uma situação complexa.

Rhyme torceu o rosto em desagrado, o que levou Sachs a intervir.

— Senhor, o homem que estamos procurando é um assassino e estuprador. O senhor tem alguma ideia de como ele pode ter ficado sabendo quem eram seus clientes?

— Na verdade, não.

— Então vamos arranjar uma merda de uma ordem judicial e investigar seus registros, linha por linha.

Essa atitude brutal, ao contrário da maneira sutil de Rhyme, deu certo. O homem gaguejou:

— Espere, espere. Talvez eu saiba como.

— Como? — questionou Sellitto.

— Talvez ele... bem, se ele obteve informação de companhias diferentes, pode ter conseguido em alguma das mineradoras de dados.

— Que é isso? — perguntou Rhyme.

A pausa do outro lado da linha deu impressão de surpresa.

— Nunca ouviu falar dessas empresas?

— Não — respondeu Rhyme, revirando os olhos. — O que elas fazem?

— O que o nome diz. São serviços de informação; procuram dados sobre consumidores, suas compras, casas e carros, histórico de crédito, tudo a respeito deles. Analisam essas informações e as vendem.

Isso auxilia as indústrias a perceber tendências do mercado, encontrar novos clientes, promover vendas pelo correio, planejar as campanhas publicitárias e outras coisas do tipo.

Tudo a respeito deles...

Talvez isso nos leve a algum lugar, pensou Ryhme. Ele perguntou:

— Eles conseguem informações por meio de etiquetas RFID?

— Com certeza. Essa é uma das principais fontes de dados.

— Qual é a mineradora de dados que sua empresa usa?

— Não sei. Várias.

O tom de voz era reticente.

— Precisamos realmente saber — disse Sachs, agora fazendo o papel do policial simpático em contraposição à truculência de Sellitto. — Não queremos que ninguém mais se machuque. Esse homem é muito perigoso.

Um suspiro revelou a hesitação do outro lado da linha.

— Bem, acho que a SSD é a principal. É uma empresa enorme. Mas se estão pensando que alguém de lá esteja envolvido em um crime, isso é impossível. Eles são os caras mais legais do mundo. E têm dispositivos de segurança, têm...

— Onde é a sede? — perguntou Sachs.

Outra hesitação. Droga, vamos logo, pensou Rhyme.

— Em Nova York.

Era o território de 522. O criminalista olhou para Sachs e sorriu. Aquilo era promissor.

— Há outras na mesma área?

— Não. As outras grandes, Axcionm, Experian e Choicepoint não são daqui. Mas acredite, ninguém da SSD poderia estar metido nisso, juro.

— O que significa SSD? — perguntou Rhyme.

— Strategic Systems Datacorp.

— O senhor tem um contato na firma?

— Ninguém, especificamente — disse ele, rapidamente. Rápido demais.

— Não mesmo?

— Bem, nós tratamos com representantes de vendas. Não recordo nomes no momento. Posso verificar e descobrir.

— Quem dirige a empresa?

Outra pausa.

— Andrew Sterling, fundador e diretor executivo. Olhe, garanto que ninguém de lá poderia estar fazendo uma coisa ilegal. É impossível.

De repente, Rhyme percebeu uma coisa. O homem estava com medo. Não com medo da polícia, e sim da própria SSD.

— Por que está tão preocupado?

— É que... — O tom era de confissão. — Não poderíamos funcionar sem eles. Na verdade... Somos parceiros deles.

No entanto, a julgar pela forma como o homem falava, o que parecia querer dizer era "dependemos desesperadamente deles".

— Seremos discretos — garantiu Sachs.

— Obrigado. Fico muito grato, realmente.

O alívio era claro.

Sachs agradeceu delicadamente pela cooperação, provocando um olhar atravessado de Sellitto.

Rhyme desligou.

— Alguém já ouviu falar em mineradoras de dados?

— Nunca ouvi falar na SSD, mas já ouvi falar nas mineradoras de dados — respondeu Thom. — É *o* negócio do século XXI.

Rhyme olhou para os quadros brancos.

— Então, se 522 trabalha para a SSD ou é um dos clientes dela, poderia descobrir tudo o que precisa saber sobre quem comprou creme de barbear, corda, preservativos, linha de pescar... todas as provas que pretende plantar. — Em seguida, teve outra ideia. — O diretor da empresa de sapatos disse que eles vendem os dados para *mailing lists*. Arthur recebeu prospectos sobre os quadros de Prescott pelo correio, estão lembrados? 522 poderia ter ficado sabendo disso por meio das listas de endereços. Talvez Alice Sanderson fizesse parte da mesma lista.

— E vejam as fotos das cenas dos crimes — sugeriu Sachs, mostrando diversas fotografias da cena do crime de roubo de moedas no quadro branco respectivo. Havia diversos prospectos enviados pelo correio, nas mesas e no chão.

— Além disso, senhor, o detetive Cooper mencionou os passes eletrônicos para pedágio — disse Pulaski. — Se essa SSD procura esses dados, nesse caso o assassino teria como descobrir exatamente em que momento seu primo se encontrava na cidade e quando partiu para sua casa no subúrbio.

— Meu Deus — murmurou Sellitto. — Se isso tudo for verdade, esse sujeito encontrou um *modus operandi* genial.

— Verifique essa atividade entre as mineradoras de dados, Mel. Quero saber com certeza se essa SSD é a única que opera nesta área.

Alguns momentos e várias teclas adiante, Mel respondeu:

— Achei mais de 20 milhões de sites para "mineradoras de dados".

— Vinte milhões?

Durante a hora seguinte, a equipe ficou observando enquanto Cooper ia reduzindo a lista das principais empresas de mineração de dados do país — cerca de meia dúzia. Baixou centenas de páginas de informações contidas nos sites oficiais delas, além de outros detalhes. Na comparação das listas de clientes das várias mineradoras de dados com os produtos usados como prova no caso de 522, a SSD surgia como a mais provável e única fonte de todas as informações e de fato era a única com sede em Nova York ou nas proximidades.

— Se quiserem — ofereceu Cooper — posso baixar o prospecto de vendas deles.

— Claro que queremos, Mel. Vamos dar uma olhada.

Sentando-se junto de Rhyme, Sachs e ele observaram a tela quando apareceu o site da SSD, a começar pelo logotipo da empresa: uma torre de vigia com uma janela, da qual partiam raios de luz.

Strategic System Datacorp
Encontrando o momento certo
SSD®

"Conhecimento é poder". A mercadoria mais valiosa no século XXI é a informação, e a SSD é a líder no uso do conhecimento para montar suas estratégias, redefinir seus objetivos e ajudar você a estruturar soluções a fim de enfrentar os milhares de desafios do mundo de hoje. Com mais de 4 mil clientes nos Estados Unidos e no exterior, a SSD é o padrão nesse ramo de atividade como importante fornecedora de serviços de conhecimento no mundo.

O BANCO DE DADOS

innerCircle© é a mais ampla base de dados privada do mundo, com informações-chave sobre 280 milhões de norte-americanos e 130 milhões de cidadãos de outros países. innerCircle© faz parte de nosso Massive Parallel Computer Array Network (MPCAN©), o mais poderoso sistema comercial de computação já organizado.

innerCircle© possui atualmente mais de 500 pentabytes de informação — o mesmo que trilhões de páginas de dados — e nossa previsão é de que em breve o sistema armazenará um hexabyte de dados, quantidade tão vasta que seriam necessários apenas cinco hexabytes para armazenar a transcrição de todas as palavras pronunciadas por todos os seres humanos ao longo da história!

Possuímos uma vasta coleção de informação pública e privada: números de telefone, endereços, registros de veículos, licenciamento, histórico de compras e preferências, perfis de viajantes, arquivos e estatísticas governamentais vitais, históricos de crédito e renda, e muito, muito mais. Reunimos esses dados em mãos com a velocidade da luz, em formato facilmente acessível e utilizável instantaneamente, adaptado exclusivamente para suas necessidades específicas.

innerCircle© cresce à razão de centenas de milhares de novos dados a cada dia.

FERRAMENTAS

- Watchtower DBM©, o sistema de gerenciamento de dados mais detalhado do mundo. Watchtower©, seu parceiro no planejamento estratégico, ajuda a definir seus objetivos, extrai os dados mais significativos do innerCircle© e fornece uma estratégia vencedora diretamente a seu escritório, 24 horas por dia, sete dias por semana, por meio de nossos servidores super seguros, altamente velozes. Watchtower© iguala e excede os padrões estabelecidos por SQL anos atrás.

- Xpectation©, software de análise de comportamento, baseado no que há de mais moderno em inteligência artificial e tecnologia de modelos. Industriais, provedores de serviços, atacadistas e varejistas: querem saber em que direção está caminhando o mercado e o que seus clientes desejarão no futuro? Nesse caso, este é o produto de que necessitam. Agentes da lei, tomem nota: com Xpectation© é possível prever onde e quando ocorrerão crimes, e mais importante, quem provavelmente os cometerá.

- FORT© (Finding Obscure Relationships Tool), o Instrumento de Busca de Relações Obscuras é um produto revolucionário que analisa milhões de fatos aparentemente sem relação entre si a fim de descobrir conexões que os seres humanos não seriam capazes de perceber por si próprios. Tanto faz que sua organização seja uma empresa comercial que deseja conhecer melhor o mercado (ou seus competidores) ou uma agência de aplicação da lei diante de um caso criminal difícil, FORT© lhe dará uma vantagem!

- ConsumerChoice© (Escolha do Consumidor), software e equipamento de monitoramento, permite a você descobrir com exatidão as reações dos consumidores a publicidade, programas de marketing e produtos novos ou projetados. Esqueçam as opiniões subjetivas de pesquisas de grupo. Agora, por meio do monitoramento biométrico, é possível obter e analisar os verdadeiros sentimentos de cada um sobre os planos potenciais de sua empresa — na maior parte das vezes sem que eles percebam que estão sendo observados!

- Hub Overvue©, software para consolidação de informações. Este produto de fácil utilização permite o controle de todas as bases de dados de sua organização e, em circunstâncias adequadas, também o de outras empresas.

- SafeGard©, software e serviço de verificação de identidade. Ameaças terroristas, sequestros empresariais, espionagem industrial ou roubo por parte de funcionários ou clientes, não importa qual é seu temor: SafeGard© dá a certeza de que suas instalações permanecerão seguras, permitindo que você se concentre em seus negócios principais. Essa divisão emprega a mais avançada técnica de verificação de antecedentes e companhias de segurança e rastreamento, utilizada por clientes empresariais e governamentais em todo o mundo. A Divisão SafeGard© da SSD é também a sede da BioCheck©, líder na produção de hardware e software para biometria.

- NanoCure©, software e serviços de pesquisa médica. Venha para o mundo dos sistemas microbiológicos inteligentes para o diagnóstico e tratamento de enfermidades. Trabalhando com médicos diplomados, nossos nanotecnologistas estão preparando soluções para os problemas comuns de saúde enfrentados pela população. Desde o monitoramento de questões genéticas até o desenvolvimento de etiquetas injetáveis para ajudar na detecção e cura de doenças resistentes e mortais, nossa Divisão NanoCure© trabalha para criar uma sociedade saudável.

- On-Trial©, sistemas e serviços de apoio a litígios civis. Da defesa ao consumidor a casos antitruste, On-Trial© simplifica os processos de documentação, testemunho e controle de evidências.

- PublicSure©, software de apoio aos agentes da lei. Este é o sistema essencial para a consolidação e o gerenciamento de registros criminais públicos e suas ramificações, armazenados em bases de dados internacionais, federais, estaduais e locais. Por meio da PublicSure©, os resultados de pesquisas podem ser baixados para escritórios, computadores de carros de patrulha, palmtops ou telefones celulares, poucos segundos após o pedido, ajudando os investigadores a concluir rapidamente os casos e aumentando a eficiência e segurança dos agentes no campo.

- EduServe©, software e serviços de apoio educativo. Gerenciar o aprendizado das crianças é essencial em uma sociedade bem-sucedida. EduServe© ajuda diretores de escolas e professores, em classes desde o jardim de infância até o final do segundo ciclo, a utilizar seus recursos com maior eficiência e oferece serviços que garantem a melhor educação pelo menor custo.

Rhyme riu, incrédulo.

— Se 522 conseguir obter todas essas informações... Bem, ele é o homem que sabe tudo.

— Muito bem, escutem isto. — disse Cooper. — Estive olhando as empresas que a SSD controla. Adivinhem qual é uma delas.

— Para mim, é aquela com as iniciais DMS — respondeu Rhyme. — A que fabrica a etiqueta de RFID que está no livro, correto?

— Exatamente. Você acertou.

Ninguém disse nada durante alguns instantes. Rhyme notou que todos na sala olhavam para o logotipo da SSD na tela do computador.

— E então? — questionou Sellitto, voltando os olhos para o quadro branco. — Para onde vamos?

— Vigilância? — sugeriu Pulaski.

— Isso faz sentido — afirmou Sellitto. — Vou chamar a divisão de vigilância e organizar algumas equipes.

Rhyme fez uma expressão cética.

— Vigiar uma empresa que tem pelo menos mil funcionários? — Balançou a cabeça e depois perguntou: — Você já ouviu falar na navalha de Occam, Lon?

— Quem diabo é Occam? Algum barbeiro?

— Um filósofo. A navalha é uma metáfora; significa cortar fora todas as explicações desnecessárias para um fenômeno. A teoria dele é que quando existem múltiplas possibilidades, a mais simples é quase sempre a correta.

— Então qual é sua teoria simples, Rhyme?

Olhando o prospecto na tela, o criminalista respondeu a Sachs:

— Acho que você e Pulaski deveriam fazer uma visita à SSD amanhã de manhã.

— E fazer o quê?

Ele simplesmente deu de ombros

— Perguntem se alguém que trabalha lá é o assassino.

CAPÍTULO **DEZESSEIS**

FINALMENTE CHEGO EM CASA.
    Fecho a porta.
    Deixo o mundo trancado lá fora.
    Respiro profundamente e coloco minha mochila no sofá, dirigindo-me à cozinha impecável para tomar um pouco de água pura. Não quero estimulantes, por enquanto.
    Sinto novamente aquela inquietação.
    É uma casa muito boa. Construída antes da guerra, é bem grande (tem que ser assim para quem vive como eu, com minhas coleções). Não foi fácil encontrar o lugar perfeito. Levei algum tempo. Mas aqui estou, praticamente sem ser notado. É obscenamente fácil ser virtualmente anônimo em Nova York. Que cidade maravilhosa! Aqui, o modo normal de existência é fora do circuito. Muitos dezesseis fazem isso, naturalmente. Mas é verdade que o mundo sempre teve um número mais que suficiente de idiotas.
    Mas vejam bem, mesmo assim é preciso manter as aparências. Os cômodos na entrada de minha casa são decorados com simplicidade e bom gosto (obrigado, Escandinávia). Não socializo muito aqui, mas é preciso uma fachada de normalidade. Senão, os dezesseis começam a achar que alguma coisa está errada, que você é uma pessoa diferente do que parece.
    Em breve surge alguém, bisbilhotando em seu Armário e levando tudo o que é seu. Tudo o que custou tanto trabalho.
    Tudo.
    E isso é o pior de tudo.

Por isso, garanta que seu Armário seja um segredo. Certifique-se de que seus tesouros estão ocultos atrás de janelas bloqueadas e com cortinas, enquanto mantém sua outra vida em plena vista, como o lado iluminado da Lua. Para ficar fora do circuito o melhor é ter um segundo espaço. Você faz o que eu fiz: mantém limpa e em ordem essa pátina moderna dinamarquesa de normalidade, mesmo quando ficar ali faz com que seus nervos vibrem como o aço riscando uma pedra.

Você tem uma casa normal, porque isso é o que todo mundo tem.

Você mantém também relações agradáveis com colegas e amigos, por que é isso o que todo mundo faz.

De vez em quando arranja uma companhia feminina, convence-a a passar a noite e fazer o que se costuma fazer.

Isso porque também é o que todo mundo faz. Não importa que ela não entenda você tão bem como nas vezes em que você enrolou uma garota para conseguir chegar ao quarto dela, sorrindo, falando que são almas gêmeas, mostrando tudo o que vocês têm em comum, com um gravador e uma faca no bolso do paletó.

Agora fecho as cortinas das janelas e caminho para os fundos da sala de estar.

Poxa, esta casa é realmente acolhedora... Parece maior do lado de fora.

É, é engraçado como isso acontece.

Ei, estou vendo uma porta aqui na sala. O que tem do outro lado?

Ah, nada. É só um depósito. Um armário. Quer um pouco de vinho?

Bem, o que tem do lado de lá, Debby Sandra Susan Brenda, é o lugar para onde estou indo agora. Meu verdadeiro lar. Eu o chamo de meu Armário. É como uma fortaleza, o último ponto defensável de um castelo medieval, o santuário central. Quando tudo mais falhasse, o rei e a família se refugiariam na fortaleza.

Entro na minha por aquele portal mágico. É na verdade um armário embutido no qual se pode entrar, e do lado de dentro estão roupas e caixas de sapatos. Mas eu as afasto e encaro uma segunda porta que dá para o resto da casa, que é muito, muito maior do que aquele horrível e louro minimalismo sueco.

Meu Armário...

Entro, tranco a porta por dentro e acendo a luz.

Procuro me acalmar depois do que aconteceu hoje. Depois do desastre, é difícil vencer a inquietação.

Isso não é bom isso não é bom isso...

Sento-me na cadeira da escrivaninha e ligo o computador olhando o quadro de Prescott diante de mim, graças a Alice 3895. Que toque maravilhoso tem esse artista! Os olhos das pessoas da família são fascinantes. Prescott conseguiu dar um olhar diferente a cada um. É evidente que todos são parentes: as expressões são semelhantes. No entanto, são também diferentes, como se cada qual estivesse imaginando um aspecto diverso da vida em família: feliz, conturbado, raivoso, perplexo, controlador, controlado.

Assim são as famílias.

É o que suponho.

Abro a mochila e retiro os tesouros que consegui hoje. Um estojo de estanho, um conjunto de lápis, um velho ralador de queijo. Por que motivo alguém jogaria fora essas coisas? Tiro também alguns artigos práticos que usarei nas próximas semanas: algumas cartas de pré-aprovação de crédito, que as pessoas jogaram fora descuidadamente, canhotos de pagamentos com cartões de crédito, contas de telefone... Idiotas, como eu estava dizendo.

Naturalmente há outra peça para minha coleção, mas cuidarei do gravador mais tarde. Não é tão extraordinário quanto poderia ser, porque os gritos roucos de Myra 9834 tiveram que ser abafados com a fita adesiva enquanto eu cortava a unha (eu estava preocupado com as pessoas na rua). Mas nem tudo na coleção pode ser uma joia inigualável, é preciso que exista o comum para que o excepcional possa brilhar.

Caminho por meu Armário, depositando os tesouros nos lugares apropriados.

Parece maior vista de fora...

Hoje possuo 7.403 jornais, 3.234 revistas (a *National Geographic* é a principal, claro) e, deixando os números de lado, tenho cabides de roupa, utensílios de cozinha, caixas de lanche, garrafas de refrigerante, caixas vazias de cereais, tesouras, aparelhos de barbear, formas de sapato, botões, caixas de abotoaduras, pentes, roupas, instrumentos úteis e instrumentos já obsoletos. Discos de fonógrafo, coloridos e pretos. Garrafas, brinquedos, potes de geleia, velas e castiçais, pratinhos de caramelos, armas. Muita, muita coisa mais.

Em que mais consiste o Armário? Dezesseis galerias, como as de um museu, que vão desde as que ostentam brinquedos alegres (embora aquele boneco de ventríloquo seja bastante assustador) até salas de algumas coisas que para mim são tesouros, mas que a maioria das pessoas consideraria *desagradáveis*. Cabelos e unhas cortados e algumas lembranças já envelhecidas de várias transações. Como a desta tarde. Deposito a unha de Myra 9834 em um lugar de destaque. Embora isso me traga prazer suficiente para me proporcionar uma nova onda de tesão, o momento agora é triste e foi arruinado.

Eu os odeio tanto...

Com as mãos trêmulas fecho a caixa de charutos, sem retirar nenhum prazer de meus tesouros neste momento.

Ódio ódio ódio...

De volta ao computador, começo a refletir. Talvez não haja ameaça. Talvez seja apenas um estranho conjunto de coincidências o que os levou à casa de DeLeon 6832.

Mas não posso correr riscos.

Eis o problema: a possibilidade de que meus tesouros me sejam arrancados é o que me consome agora.

Eis a solução: Fazer o que comecei no Brooklyn. Retaliar. Eliminar novas ameaças.

O que a maioria dos dezesseis, inclusive meus perseguidores, não compreende, e o que os coloca em patética desvantagem, é o seguinte: creio na verdade imutável de que nada existe de moralmente reprovável em extinguir uma vida. Isso porque sei que há uma existência eterna completamente independente dessas bolsas de pele e órgãos que transportamos temporariamente. Tenho provas. Basta ver o tesouro de dados sobre sua vida, que começam a acumular-se desde o momento em que você nasce. Tudo é permanente, armazenado em milhares de sítios, copiado, recopiado, invisível e indestrutível. Depois que o corpo desaparece, como é inevitável para todos os corpos, os dados sobrevivem para sempre.

E se essa não é a definição da alma imortal, não sei o que é.

CAPÍTULO **DEZESSETE**

O QUARTO ESTAVA SILENCIOSO.

Rhyme falara para Thom passar a noite de domingo com Peter Hoddins, seu companheiro de muitos anos. Sentia que às vezes atormentava demais seu assistente; não conseguia evitar e às vezes se arrependia. Mas procurava compensar, e quando Amelia Sachs ficava para passar a noite, como naquele domingo, ele mandava Thom sair. O rapaz precisava ter uma vida fora daquela casa, na qual cuidava de um velho aleijado e rabugento.

Rhyme ouviu ruídos suaves que vinham do banheiro, sons de uma mulher que se prepara para dormir. Tilintar de vidros, baques de tampas de plástico, chiado de aerossol, água corrente, fragrâncias que se evaporavam na atmosfera úmida do banheiro.

Ele gostava daqueles momentos. Faziam-no recordar sua vida de Antes.

O que também trazia lembranças das fotos que estavam no andar de baixo, no laboratório. Ao lado de uma de Lincoln usando um agasalho esportivo, havia outra, em preto e branco. Mostrava dois homens esbeltos, de pouco mais de 20 anos, lado a lado, vestidos de terno e gravata. Os braços pendiam ao longo dos corpos, como se estivessem em dúvida quanto a se abraçar ou não.

Eram o pai e o tio de Rhyme.

Ele pensava muito no tio Henry, mas nem tanto no pai. Tinha sido assim durante toda a vida. Mas não que houvesse algo de reprovável em Teddy Rhyme: o mais jovem dos irmãos era simplesmente reservado, muitas vezes tímido. Adorava a rotina burocrática e estável de empregado, fazendo cálculos em diversos laboratórios. Gostava de ler, o que fazia todas as noites confortavelmente sentado em uma poltrona já bastante gasta, enquanto a mulher, Anne, costurava ou assistia à televisão. Teddy gostava de temas históricos, especialmente a Guerra de Secessão — interesse que, pelo que Rhyme supunha, era a origem de seu próprio nome de batismo.

O menino e o pai tinham uma relação agradável, embora Rhyme se lembrasse de muitos silêncios embaraçosos quando se viam a sós. Aquilo que perturba também nos surpreende. Aquilo que nos desafia também faz sentir que estamos vivos. Mas Teddy nunca perturbava nem desafiava.

Já o tio Henry, sim. Completamente.

Não era possível estar na mesma sala com ele por mais de alguns minutos sem que a atenção dele se voltasse para você, feito um farol. Em seguida vinham as piadas, as curiosidades, as notícias recentes da família. E sempre as perguntas. Algumas eram formuladas porque ele realmente queria saber a resposta; a maioria, no entanto, tinha como objetivo provocar uma discussão. Henry Rhyme adorava um embate intelectual. Você podia encolher-se, enrubescer, ficar furioso; mas também se enchia de orgulho quando ele lhe dirigia um de seus raros elogios, porque você sabia que merecera. Nunca um elogio falso ou um encorajamento injustificado escapavam dos lábios de Henry Rhyme.

—Você está perto. Faça um esforço! Você é capaz. Com um pouco mais de idade do que você, Einstein já tinha feito tudo o que é importante em sua obra.

Se você acertasse, era recompensado com uma sobrancelha erguida em aprovação, gesto tão valioso quanto ganhar o prêmio Westinghouse na Feira de Ciências. Mas na maior parte das vezes a sua argumentação era deficiente, suas premissas capengas, seus fatos torcidos... O que estava em jogo, no entanto, não era a vitória dele sobre você: o único objetivo era atingir a verdade e ter certeza de que você havia compreendido o caminho. Depois de ter triturado os seus argumentos e se certificado de que você percebia o porquê, o assunto estava encerrado.

Então, entendeu onde errou? Calculou a temperatura com um conjunto incorreto de premissas. Exatamente! Agora, vamos dar alguns telefonemas

— *vamos juntar um grupo e ir assistir ao jogo do White Sox no sábado. Quero comer um cachorro-quente de carrocinha, e tenho certeza de que não conseguiremos achar um no Comiskey Park nessa época do ano.*

Lincoln gostava do embate intelectual e muitas vezes ia em seu carro até o distante Hyde Park para participar dos seminários do tio ou dos grupos informais de debate na universidade; na verdade, fazia isso com mais frequência do que Arthur, que em geral estava ocupado com outras atividades.

Se o tio ainda estivesse vivo, certamente entraria agora na sala de Rhyme sem sequer olhar o corpo imóvel dele, apontaria para o cromatógrafo a gás e perguntaria por que ele ainda estava usando aquela porcaria. Em seguida, sentando-se diante dos quadros brancos com evidências, começaria a interrogar o sobrinho sobre a maneira de conduzir o caso de 522.

Sim, mas é lógico *esse indivíduo se comportar dessa forma? Vamos, repasse suas conclusões para mim mais uma vez.*

Pensou na noite que recordara anteriormente: a véspera de Natal do último ano do ensino médio, na casa do tio em Evanston. Estavam lá Henry e Paula, além dos filhos Robert, Arthur e Marie; Teddy e Anne levaram Lincoln, e ainda participaram alguns tios e tias e outros primos, mais um ou dois vizinhos.

Lincoln e Arthur tinham passado a maior parte da tarde jogando sinuca no andar de baixo e conversando sobre os planos para o outono seguinte e a faculdade. Lincoln pretendia ir para o MIT e Arthur também queria ir para lá. Ambos tinham certeza de que seriam aprovados e naquela noite estavam discutindo se deveriam dividir um quarto no alojamento ou procurar um apartamento fora do campus (camaradagem masculina versus a chance de levar garotas para casa).

Mais tarde a família se reuniu em torno da grande mesa da sala de jantar do tio, às margens do lago Michigan, com o vento silvando por entre os galhos desfolhados e acinzentados do quintal. Henry presidia a mesa da mesma forma como fazia nas suas aulas, comandando tudo e ciente de tudo, com um leve sorriso sob os olhos espertos, prestando atenção em todas as conversas à sua volta. Contava piadas e anedotas, fazendo perguntas sobre a vida de seus convidados. Era interessante, curioso, e às vezes manipulador.

— Então, Marie, agora que estamos todos juntos, fale daquela bolsa em Georgetown. Creio que concordamos que seria excelente para você. Jerry poderá visitar você nos fins de semana, naquele novo carro chique dele. Aliás, quando termina o prazo para as inscrições? Acho que está perto, se não me engano.

A filha de cabelos revoltos evitava olhá-lo nos olhos, dizendo que, por causa do Natal e dos exames finais, ainda não havia terminado de reunir a documentação, mas que certamente o faria. Sem a menor dúvida.

A intenção de Henry, naturalmente, era fazer com que a filha se comprometesse diante de testemunhas, mesmo que isso significasse separar-se do noivo por mais seis meses.

Rhyme sempre achara que o tio daria um excelente advogado ou político.

Depois que os restos do peru e da torta de carne eram retirados e o licor Grand Marnier, café e chá trazidos, Henry levava todos para a sala de estar, dominada por uma grande árvore de Natal, labaredas na lareira e uma pintura de ares severos do avô de Lincoln — professor em Harvard com três doutorados.

Era o momento da competição.

Henry fazia uma pergunta sobre ciência e o primeiro a responder ganhava um ponto. Os três primeiros recebiam prêmios escolhidos por Henry e cuidadosamente embrulhados por Paula.

As tensões eram palpáveis — sempre era assim quando Henry assumia o comando — e todos competiam a sério. O pai de Lincoln invariavelmente acertava muitas das perguntas sobre química. Quando o tema eram números, a mãe, professora de matemática em meio-expediente, respondia algumas antes mesmo que Henry acabasse de formulá-las. Os que mais se distinguiam ao longo da competição, no entanto, eram os primos — Robert, Marie, Lincoln e Arthur, além do noivo de Marie.

Ao aproximar-se o fim do desafio, perto das 20 horas, os competidores já estavam todos na beira de suas cadeiras, ansiosos. As colocações mudavam a cada pergunta. As mãos suavam. Quando faltavam apenas alguns minutos no relógio com que Paula marcava o tempo, Lincoln respondeu a três perguntas seguidas e passou adiante de Marie para terminar no primeiro lugar. A prima ficou em segundo e Arthur em terceiro.

Em meio às palmas, Lincoln fez uma reverência, como um ator de teatro, e recebeu o prêmio principal das mãos do tio. Ainda recordava a surpresa ao desembrulhar o papel verde escuro: era uma caixa de plástico transparente que continha um cubo de concreto de 2,5 centímetros de lado. Mas não se tratava de um prêmio de brincadeira. O que Lincoln tinha nas mãos era um pedaço do Stagg Field da Universidade de Chicago, onde ocorrera a primeira reação atômica em cadeia, sob a direção do xará de seu primo, Arthur Compton, e de Enrico Fermi. Henry aparentemente obtivera uma das pedras quando o estádio fora demolido na década de 1950. Lincoln se sentira emocionado com o prêmio histórico e feliz por haver competido com seriedade. Ainda guardava o pequeno bloco de concreto em algum lugar, escondido em uma caixa de papelão no porão.

Mas Lincoln não teve tempo para admirar o prêmio que ganhara, porque mais tarde, naquela noite, tinha marcado um encontro com Adrianna.

Assim como a família, que inesperadamente invadira seus pensamentos naquele dia, a bela ginasta de cabelos ruivos também fazia parte de suas lembranças.

Adrianna Waleska — o sobrenome germânico remetia às raízes familiares em Gdansk — trabalhava na sala de aconselhamento universitário da escola de Lincoln. No início do último ano, ao entregar algumas inscrições, ele vira sobre a mesa dela um exemplar já bastante gasto de *Um Estranho Numa Terra Estranha*, romance de Robert A. Heinlein. Os dois passaram a hora seguinte conversando sobre o livro, concordando em quase tudo, discutindo aqui e ali. O resultado foi que Lincoln acabou matando a aula de química. Não tinha importância. Primeiro, as prioridades.

Ela era alta, esbelta, tinha um aparelho invisível nos dentes e corpo atraente sob o suéter felpudo e as pantalonas jeans. O sorriso ia de entusiasmado a sedutor. Logo começaram a namorar, para ambos a primeira aventura em matéria de um relacionamento mais sério. Sempre iam às competições esportivas do outro, frequentavam as exposições do Instituto de Artes e às vezes passavam um tempo no banco traseiro do Chevrolet Monza dela, que era bastante apertado e por isso mesmo extremamente útil. Nos parâmetros de um corredor como Lincoln, o trajeto da casa de Adrianna até a sua seria uma corrida rápida, mas era algo que ele nunca faria — nada de aparecer todo suado —, e por isso pedia emprestado o carro da família para encontrá-la.

Passavam horas conversando. Como acontecia com o tio Henry, Adie e ele se desafiavam.

Claro que havia obstáculos. No ano seguinte ele partiria para a faculdade em Boston e ela para San Diego, iria estudar biologia e trabalhar no jardim zoológico. Mas isso não passava de uma complicação e, naquela época, tanto como agora, Lincoln Rhyme não aceitava complicações como desculpas.

Tempos depois — depois do acidente e do divórcio com Blaine — Rhyme frequentemente imaginava o que poderia ter acontecido se ele e Adrianna tivessem ficado juntos e levado adiante o que haviam começado. Naquela véspera de Natal, na verdade, ele esteve perto de pedi-la em casamento. Tinha pensado em oferecer-lhe não um anel com um brilhante, e sim, como sabiamente ensaiara, "uma pedra diferente": o prêmio que recebera na competição conduzida pelo tio.

Mas voltou atrás, graças ao mau tempo. Abraçados em um banco de jardim, a neve começou a cair pesadamente do céu silencioso do Meio-Oeste, e em questão de minutos os cabelos e casacos ficaram cobertos com um manto branco e úmido. Eles conseguiram voltar cada um para sua casa logo antes que as estradas fossem bloqueadas. Naquela noite, deitado na cama, tendo ao lado a caixa de plástico que continha o bloco de concreto, ele ensaiou um discurso para pedir a mão dela.

A proposta, no entanto, nunca chegou a ser feita. Os acontecimentos se intrometeram nas vidas de ambos, levando cada um para um lado. Pareciam coisas mínimas, pequenas como átomos invisíveis levados à fissão em um frio estádio esportivo, modificando o mundo para sempre.

Tudo teria sido diferente.

Rhyme viu Sachs de relance, escovando os longos cabelos ruivos. Ficou olhando para ela durante algum tempo, contente porque ela ia passar a noite ali — mais contente do que de costume. Rhyme e Sachs não eram inseparáveis. Eram pessoas obstinadamente independentes, que muitas vezes preferiam estar separadas. Naquela noite, porém, ele a queria ali. Feliz com o corpo dela junto ao seu, com a sensação

— nas poucas partes do corpo onde conseguia sentir — ainda mais intensa por ser tão rara.

O amor que sentia por ela era uma das motivações de seu programa de exercícios, que ele realizava em uma esteira computadorizada e em uma bicicleta Electrologic. Se a ciência finalmente atravessasse a última fronteira, permitindo que ele voltasse a andar, seus músculos estariam preparados. Também cogitava submeter-se a uma nova operação que poderia significar uma melhora até que o dia chegasse. Experimental e polêmica, a cirurgia era conhecida como reorientação periférica dos nervos. Durante anos falou-se nela, algumas tentativas foram realizadas, sem muitos resultados positivos. Recentemente, porém, médicos estrangeiros haviam executado a operação com certo grau de êxito, apesar das reservas da comunidade médica norte-americana. O procedimento consistia em unir cirurgicamente nervos acima do ponto danificado com nervos abaixo dele. Na prática, era como fazer um desvio em volta de uma ponte destruída.

A maioria dos casos bem-sucedidos tinha ocorrido em corpos menos danificados do que o de Rhyme, mas os resultados foram notáveis: recuperação do controle da bexiga, movimento de membros e até mesmo a capacidade de caminhar. No caso de Rhyme, esse último resultado seria impossível, mas as conversas com um médico japonês que havia sido o pioneiro no procedimento e com um colega em um hospital de treinamento numa universidade de ponta permitiam alguma esperança de melhora. Possivelmente a volta da sensação e do movimento dos braços, mãos e bexiga.

O sexo também.

Homens paralíticos, inclusive os tetraplégicos, são perfeitamente capazes de executar o ato sexual. Se o estímulo for apenas mental — ver um homem ou mulher que nos atrai — o ato não é possível, porque a mensagem não atravessa o lugar em que a medula está danificada. Mas o corpo humano é um mecanismo extraordinário: existe uma região mágica de nervos que funcionam sozinhos, abaixo do ponto de interrupção. Com um pouco de estímulo local, até mesmo homens com invalidez severa muitas vezes são capazes de fazer amor.

A luz do banheiro se apagou e ele viu a silhueta dela chegar perto e subir no que há muito tempo dizia ser a cama mais confortável do mundo.

— Eu... — começou ele, mas a voz foi imediatamente abafada pela boca de Sachs, num beijo apertado.

— Que foi que você disse? — murmurou ela, movendo os lábios para o queixo dele e descendo ao pescoço.

Ele não se lembrava mais.

— Esqueci.

Rhyme prendeu a orelha dela com a boca e percebeu que os cobertores estavam sendo afastados. Isso exigiu certo esforço de parte dela; Thom tinha feito a cama como um soldado temeroso da inspeção do sargento. Não demorou, porém, até que ele visse as cobertas enroladas no chão, a camiseta de Sachs logo indo se juntar a elas.

Ela o beijou novamente e ele retribuiu, com força.

Naquele momento o telefone dela tocou.

— Ah, não — sussurrou ela. — Não ouvi isso.

Depois de quatro toques, a ligação foi para a abençoada caixa postal. Um instante depois, porém, o telefone tocou de novo.

— Pode ser sua mãe — disse Rhyme.

Rose Sachs estava em tratamento, com um problema cardíaco. O prognóstico era favorável, mas recentemente ela vinha passando por algumas dificuldades.

Sachs concordou com um grunhido e abriu o aparelho, banhando os corpos de ambos em uma luz azulada.

— É Pam. Melhor eu atender.

— Claro.

— Oi. O que foi?

Embora ouvindo apenas um lado da conversa, Rhyme deduziu que alguma coisa não estava bem.

— Tudo bem... Claro... Mas estou na casa do Lincoln. Quer vir para cá? — Olhou para Rhyme, que acenava positivamente com a cabeça. — Está bem, querida. Estamos acordados, sim.

Fechou o telefone e Rhyme perguntou:

— Que foi?

— Não sei. Ela não quis dizer. Só disse que Dan e Enid tiveram que receber duas crianças emergencialmente, e por isso todos os meninos mais velhos precisavam dormir juntos. Ela não queria ficar lá, mas também não gosta de ficar sozinha na minha casa.

— Por mim, tudo bem. Você sabe disso.

Ela se deitou novamente, fazendo uma exploração enérgica com a boca. Murmurou:

— Fiz as contas. Ela terá que arrumar uma mochila e tirar o carro da garagem... Vai levar uns 45 minutos para chegar aqui. Temos algum tempo.

Curvando-se para a frente, ela o beijou novamente.

Bem na hora, a campainha disparou em um ruído alto e o interfone fez um estalo.

— Sr. Rhyme? Amelia? Oi, é Pam. Vocês podem abrir pra mim?

Rhyme riu.

— Ou então ela pode ter ligado da entrada.

Pam e Sachs foram para um dos quartos do andar superior.

O cômodo ficava preparado para quando a adolescente quisesse vir. Abandonados na prateleira, havia um ou dois bichos de pelúcia (para quem tem a mãe e o pai como fugitivos do FBI, os brinquedos não significam muita coisa na infância), mas ela tinha algumas centenas de livros e CDs. Graças a Thom, sempre havia muitos suéteres, camisetas e meias lavadas. Além disso, um rádio, um toca-discos e também tênis de corrida para ela. Pam adorava correr pela alameda de 2,5 quilômetros que circundava o reservatório do Central Park. Corria pelo prazer de correr e por necessidade de exercício.

Sentada na cama, a jovem pintava cuidadosamente as unhas dos pés com esmalte dourado, os dedos separados com chumaços de algodão. A mãe havia proibido esmalte, assim como a maquiagem ("por respeito a Cristo", o que quer que isso significasse) e, tão logo se libertou dos subterrâneos da extrema direita, Pam começou a acrescentar alguns enfeites ao visual, como pintar os cabelos de cores vivas e usar três piercings nas orelhas. Sachs ficou aliviada ao ver que ela não exagerava, pois Pamela Willoughby teria todos os motivos para se lançar na esquisitice.

Tomando chocolate quente, Sachs se acomodou em uma cadeira com as pernas para cima, as unhas dos pés sem esmalte. Uma brisa trazia para dentro do quarto a complexa mistura de aromas primaveris do Central Park: terra, folhagens úmidas de orvalho, gases de escapamento de automóveis.

Pam se aproximou e provou a bebida dela.

— Gostoso, bem quente. — Voltou então a tratar das unhas. Ao contrário da expressão anterior de sua fisionomia, o rosto agora mostrava preocupação.

— Sabe como é o nome disso? — perguntou Sachs, apontando.

— Os pés? Os dedos?

— Não, as solas.

— Claro, são as solas dos pés e dos dedos.

Ambas riram.

— Não; são as plantas. Elas também deixam impressões, como os polegares. Lincoln certa vez conseguiu uma condenação porque o criminoso deu um pontapé em alguém com os pés descalços, fazendo-o perder os sentidos. Errou um dos golpes e acertou uma porta, onde ficou a impressão plantar.

— Interessante. Ele devia escrever outro livro.

— Também digo isso a ele — concordou Sachs. — Então, o que está acontecendo?

— Stuart.

— Continue.

—Talvez eu nem devesse ter vindo para cá. É besteira.

—Vamos. Lembre-se que sou da polícia. Posso fazer você confessar.

— Bem, Emily ligou, e eu achei esquisito porque ela nunca liga aos domingos, então pensei que tudo bem, devia ter algo de errado acontecendo. E parecia que ela não queria dizer nada, mas acabou falando. Disse que viu Stuart hoje com outra pessoa. Uma menina da escola. Depois do jogo de futebol. Mas ele tinha me dito que ia para casa.

— Bem, quais são os fatos? Estavam apenas conversando? Não tem nada de errado nisso.

— Ela disse que não tinha certeza, mas que parecia que ele estava abraçando a garota. Quando notou que tinha alguém olhando, se afastou rapidamente com ela, como se quisesse se esconder. — A tarefa de pintar as unhas terminou abruptamente, ainda pela metade. — Eu gosto mesmo dele, de verdade. Seria uma droga se ele não quisesse mais nada comigo.

Sachs e Pam haviam ido juntas a uma psicóloga e, com o consentimento da jovem, a detetive conversara a sós com a terapeuta. Pam estava passando por um longo período de estresse pós-traumático, não apenas devido ao prolongado cativeiro com a mãe psicopata, mas também por causa de um episódio específico no qual o pai quase a fizera perder a vida enquanto tentava matar policiais. Um incidente como aquele envolvendo Stuart Everett, por menor que parecesse para a maioria das pessoas, ficara amplificado na mente dela e podia ter efeitos devastadores. Sachs fora aconselhada a não aumentar os temores da menina, porém tampouco tentar minimizá-los; olhar cada um deles cuidadosamente, procurando analisá-los.

— Vocês conversaram sobre a possibilidade de saírem com outras pessoas?

— Ele disse... bem, há um mês ele disse que não estava saindo com ninguém. Eu também não, e foi o que disse a ele.

— Tem mais algum indício?

— Indício?

— Digo, alguma outra amiga contou mais alguma coisa?

— Não.

— Você conhece algum dos amigos dele?

— Mais ou menos, mas não o suficiente para perguntar essas coisas. Isso não seria legal.

Sachs sorriu.

— Então não podemos usar espiões. Bem, o que você devia fazer era perguntar a ele. Diretamente.

— Você acha?

— Acho.

— E se ele disser que está saindo com ela?

— Nesse caso você deveria ficar grata por ele estar sendo sincero com você. É um bom sinal. E depois você o convence a largar a vaca. — Ambas riram. — O que você tem que fazer é dizer que só quer sair com uma única pessoa. — A mãe em potencial dentro de Sachs acrescentou rapidamente: — Não estamos falando em casamento, em ir morar com alguém. Só em sair juntos.

Pam concordou.

— Claro, sem dúvida.

— E que ele é a pessoa com quem você quer sair — prosseguiu Sachs, aliviada. — E que você espera reciprocidade. Vocês dois têm uma coisa importante: têm um bom relacionamento, uma ligação forte, gostam de conversar... Isso não acontece com frequência.

— Como você e o Sr. Rhyme.

— É assim mesmo. Mas se ele não quiser, então está bem.

— Não, não está — discordou Pamela, franzindo a testa.

— Eu só estou dizendo o que você deve falar. Diga a ele que *você* também vai, então, sair com outras pessoas. Ele não pode querer exclusividade sua.

— Acho que não. Mas e se ele responder que está tudo bem por ele? — O rosto dela se tornou sombrio com esse pensamento.

Sachs riu, balançando a cabeça.

— É, é uma droga quando o outro paga para ver. Mas acho que ele não fará isso.

— Está bem. Vou falar com ele amanhã, depois da aula. Vou conversar com ele.

— Ligue para mim. Conte-me como foi — disse Sachs, levantando-se e pegando o vidro de esmalte para fechá-lo. — Durma um pouco. Está tarde.

— Mas não acabei de fazer as unhas.

— Não use sandálias amanhã.

— Amelia?

Sachs fez uma pausa na porta.

— Você vai se casar com o Sr. Rhyme?

Sachs sorriu e fechou a porta.

III
O adivinho

Segunda-feira, 23 de maio

Com incrível precisão, computadores preveem o comportamento examinando montanhas de dados sobre os clientes, coletados pelas empresas. Chamada de análise preditiva, essa bola de cristal automatizada se transformou em um negócio de 2,3 bilhões de dólares nos Estados Unidos e está a caminho de atingir 3 bilhões em 2008.

CHICAGO TRIBUNE

CAPÍTULO **DEZOITO**

A EMPRESA É ENORME...

Sentada no saguão de pé direito altíssimo da Strategic Systems Datacorp, Amelia Sachs refletia que a descrição da empresa de mineração de dados feita pelo diretor executivo da fábrica de sapatos era... bem, bastante modesta.

O prédio tinha trinta andares. Era um monolito cinzento e pontudo, as paredes laterais de granito que faiscava com mica. As janelas eram como seteiras estreitas, coisa surpreendente diante da estonteante visão da cidade que se descortinavam das alturas. Ela conhecia o edifício, apelidado de Rocha Cinzenta, mas não sabia a quem pertencia.

Juntos, ela e Ron Pulaski — já não mais com roupas esportivas e sim trajando, respectivamente, um terninho e um uniforme da polícia, ambos em azul-marinho — olhavam uma imensa parede onde se lia a localização dos escritórios da SSD em todo o mundo, entre os quais Londres, Buenos Aires, Mumbai, Cingapura, Pequim, Dubai, Sydney e Tóquio.

Uma empresa enorme.

Acima da lista de filiais ficava o logotipo da empresa: a janela na torre de vigia.

Ela sentiu um nó no estômago ao recordar as janelas do prédio abandonado do outro lado da rua onde ficava o hotel-residência de Robert Jorgensen. Lembrou-se das palavras de Lincoln Rhyme sobre o incidente com o agente federal no Brooklyn.

Ele sabia exatamente onde você estava. Isso significa que estava vigiando. Cuidado, Sachs...

Olhando em volta do saguão, viu meia dúzia de homens de negócios esperando por ali, muitos deles aparentemente pouco à vontade, e recordou a preocupação do diretor da fábrica de sapatos com a possibilidade de perder os serviços da SSD. Em seguida, percebeu que as cabeças de todos eles se viraram, quase simultaneamente, para um ponto além da recepcionista. Olharam um homem baixo, de aspecto juvenil, que entrara no saguão, caminhando sobre o tapete preto e branco diretamente para onde estavam Sachs e Pulaski. Tinha postura perfeita e passo largo. O homem de cabelos claros acenava com a cabeça e sorria, cumprimentando pelo nome quase todas as pessoas que ali estavam.

A primeira impressão de Sachs foi que se tratava de um candidato a presidente.

Mas o homem não interrompeu a caminhada até chegar aos dois agentes.

— Bom dia. Sou Andrew Sterling.

— Detetive Sachs. Este é o agente Pulaski.

Sterling era vários centímetros mais baixo do que Sachs, mas parecia em boa forma, com ombros largos. A camisa branca imaculada tinha colarinho engomado e abotoaduras. Os braços eram fortes e o paletó com caimento perfeito. Não usava joias. Nos cantos de seus olhos verdes formavam-se rugas quando o sorriso fácil aparecia em seus lábios.

— Vamos ao meu escritório.

Era chefe daquela empresa imensa... mas tinha ido recepcioná-los, em vez de mandar um subordinado acompanhá-los a seu trono.

Sterling caminhava tranquilamente pelos corredores amplos e silenciosos. Cumprimentava todos os funcionários, às vezes fazendo perguntas sobre como tinham passado o fim de semana. Por sua vez, eles prestavam atenção ao sorriso dele diante dos relatos de um descanso agradável e à sua expressão de consternação ao ouvir notícias de parentes doentes ou de passeios cancelados. Havia dezenas de funcionários e Sterling fazia comentários pessoais a cada um deles.

— Oi, Tony — cumprimentou um servente que despejava documentos triturados em um grande saco. — Assistiu ao jogo?

— Não, Andrew. Não pude. Tive muito o que fazer.

— Talvez possamos começar a fazer fins de semana de três dias — brincou.

— Estou de acordo, Andrew.

Continuaram caminhando pelo corredor.

Sachs não conhecia tantas pessoas no Departamento de Polícia de Nova York quanto as que Sterling cumprimentou em cinco minutos de trajeto.

A decoração da empresa era minimalista: algumas fotografias pequenas e desenhos de bom gosto, nenhum deles colorido — desapareciam nas paredes impecavelmente brancas. A mobília, também em preto e branco, era simples, mas do tipo que se encontra em lojas especializadas em design de móveis. Sachs imaginou que aquilo deveria significar alguma coisa, mas o conjunto da obra lhe pareceu sem vida.

Enquanto caminhavam, ela repassou o que tinha descoberto na noite anterior, depois de dar boa noite a Pam. A biografia do anfitrião, recolhida na internet, era escassa. Andrew era uma pessoa extremamente reclusa — um Howard Hughes e não um Bill Gates. Sua vida pregressa era um mistério. Sachs não encontrou nenhuma referência à infância e nem aos pais. Alguns recortes lacônicos de jornais revelavam fatos de sua vida a partir dos 17 anos, quando ele começara a trabalhar, principalmente como vendedor, primeiro de porta em porta e depois no telemarketing, cada vez com produtos maiores e mais caros. Finalmente, passou a trabalhar com computadores. Para um rapaz com "sete oitavos de um diploma em uma escola noturna", conforme disse à imprensa, Sterling descobriu-se um vendedor de sucesso. Voltou à faculdade a fim de terminar o oitavo que lhe faltava e emendou com um mestrado em ciência e engenharia da computação, rapidamente concluído. As histórias a seu respeito recordavam as de Horatio Alger e somente continham detalhes que serviam para elevar sua inteligência e seu status como empresário.

Depois, já na casa dos 20 anos, chegara seu "grande despertar", como ele dizia, o que fazia lembrar um ditador comunista chinês. Sterling estava vendendo muitos computadores, mas não o suficiente para sentir-se satisfeito. Por que não conseguia mais sucesso? Não era preguiçoso e nem burro.

Foi então que compreendeu o problema: era ineficiente.

O mesmo acontecia com muitos outros homens de vendas.

Assim, passou a estudar programação de computadores e durante várias semanas trabalhou durante 18 horas por dia em uma sala às escuras, desenvolvendo um software. Penhorou tudo o que tinha e lançou sua própria empresa, baseada em um conceito que ou era tolo ou era brilhante: a parte mais valiosa não seria de propriedade da empresa e sim de milhões de outras pessoas, em boa parte obtida gratuitamente — informações a respeito delas próprias. Sterling começou a compilar uma base de dados na qual estavam inclusos consumidores potenciais de inúmeros mercados de serviços e de produtos industriais, as características demográficas da região em que se localizavam, sua renda, estado civil, boas e más notícias sobre suas finanças e situação fiscal e jurídica, além de tantas outras informações — pessoais e profissionais — quantas lhe foi possível comprar, roubar ou obter por outros meios. "Se existe um fato, quero saber", tornou-se uma de suas frases de efeito.

O software que ele concebeu, primeira versão do sistema Watchtower de gerenciamento de base dados, era revolucionário na época, um salto exponencial em relação ao famoso sistema SQL, cuja pronúncia seria "sequel", conforme Sachs descobriu. Em poucos minutos, o Watchtower determinava quais consumidores valia a pena contatar e como seduzi-los, e ainda quais não mereciam o esforço (mas cujos nomes podiam ser vendidos a outras companhias para outros propósitos).

A empresa cresceu como um monstro de filme de ficção científica. Sterling mudou a razão social para SSD, transferiu a sede para Manhattan e começou a adicionar a seu império empresas menores no ramo da informação. Embora as organizações defensoras do direito à privacidade se aborrecessem, nunca houve sequer uma suspeita de escândalo na SSD, como o que aconteceu com a Enron. Os funcionários trabalhavam duro para ganhar seus salários — nada de bônus escandalosamente elevados como os de Wall Street —, mas lucravam com os lucros da empresa. A SSD oferecia pagamento de taxas escolares, ajuda para compra de casa própria e creche, e pais tinham direito a um ano de licença maternidade ou paternidade. A empresa era famosa pela maneira de tratar seus funcionários como se fossem uma família e Sterling encorajava a contratação de cônjuges, pais e filhos. Todos os meses ele patrocinava retiros para estimular a motivação e o trabalho de equipe.

O diretor executivo era reservado sobre sua vida pessoal, mas Sachs ficou sabendo que ele não fumava nem bebia e ninguém nunca o ouvira dizer um palavrão. Vivia de forma modesta, recebia um salário surpreendentemente baixo e mantinha suas aplicações em ações da SSD. Evitava participar da vida social de Nova York. Não possuía carros rápidos nem jato particular. Apesar do respeito pela unidade familiar entre os funcionários da SSD, Sterling tinha se divorciado duas vezes e no momento estava solteiro. Havia relatos desencontrados sobre filhos que teria tido na juventude. Tinha diversos endereços, mas sempre mantinha seu paradeiro longe dos olhares do público. Talvez por conhecer o poder dos dados, Andrew Sterling também reconhecia seus perigos.

Sterling, Sachs e Pulaski chegaram ao final do longo corredor e entraram em uma antessala, onde havia lugar para dois assistentes em duas escrivaninhas cobertas de pilhas perfeitamente organizadas de documentos, pastas de arquivo e papéis impressos. Somente um dos assistentes estava naquele momento, um jovem de boa aparência vestindo um terno sóbrio. Numa placa lia-se seu nome: *Martin Coyle*. A mesa dele era a mais organizada; até mesmo os muitos livros na prateleira por trás da escrivaninha estavam arrumados em ordem descendente de tamanho, fato que divertiu Sachs.

— Andrew — disse ele, cumprimentando o chefe com um aceno de cabeça, ignorando os policiais assim que percebeu que não tinham sido apresentados. — Os recados estão em seu computador.

— Obrigado — agradeceu Sterling, olhando para a outra mesa. — Jeremy foi verificar o restaurante para o encontro com a imprensa?

— Ele já fez isso de manhã. Foi levar alguns papéis à firma de advocacia. Sobre aquele outro assunto.

Sachs ficou impressionada por Sterling ter dois secretários particulares, aparentemente um para o trabalho interno e outro para assuntos externos ao escritório. No Departamento de Polícia vários detetives tinham que compartilhar os serviços de uma secretária, quando conseguiam.

Seguira para o escritório do próprio Sterling, que não era muito maior do que outros que ela vira na empresa. Além disso, as paredes não tinham decoração. Apesar do logotipo da SSD, com a janela de vigilância no alto da torre, as janelas de Andrew Sterling eram fechadas com cortinas, impedindo o que seria uma vista magnífica da cidade. Ela sentiu um arrepio de claustrofobia.

Sterling sentou-se em uma cadeira simples de madeira, não um trono giratório forrado de couro. Indicou com um gesto as cadeiras que eles deveriam ocupar; eram semelhantes à dele, mas estofadas. Atrás, havia prateleiras baixas repletas de livros, curiosamente arrumados com as lombadas para cima. Os visitantes só conseguiriam saber o que ele lia passando além de Sterling e olhando os livros de cima para baixo, ou então tirando da prateleira.

O diretor executivo indicou uma jarra e meia dúzia de copos emborcados.

— Podem se servir de água, mas se quiserem café ou chá posso pedir.

— Não, obrigada.

Pulaski balançou negativamente a cabeça.

— Por favor, me deem licença só por um instante — disse Sterling, tirando o telefone do gancho e discando. — Andy? Você me ligou.

Pelo tom de voz Sachs deduziu que se tratava de uma pessoa com quem ele tinha intimidade, embora fosse uma ligação de negócios sobre algum problema. Apesar disso, Sterling falava sem demonstrar emoção.

— Ah, sim, acho que você terá que fazer isso. Precisamos desses números. Como você sabe, eles não estão esperando passivamente. Vão tomar uma atitude a qualquer momento... Ótimo.

Desligou, notando que Sachs o observava de perto.

— Meu filho trabalha na empresa — disse ele, indicando uma foto na escrivaninha, na qual ele próprio aparecia junto de um rapaz bonito e esguio, parecido com o diretor executivo. Ambos vestiam camisetas com o logotipo da SSD em alguma excursão com os funcionários, talvez um dos retiros em busca de inspiração. Estavam juntos, porém sem contato físico. Nenhum dos dois sorria.

Pelo menos uma pergunta sobre a vida pessoal dele acabava de ser respondida.

— E então — começou ele, voltando os olhos verdes para Sachs —, do que se trata? A senhora falou em um crime.

Sachs explicou:

— Nos últimos meses ocorreram alguns homicídios na cidade. Nós achamos que alguém pode ter utilizado informações existentes em seus computadores para aproximar-se das vítimas e matá-las, e depois usou esses e outros dados a fim de incriminar pessoas inocentes.

O homem que sabe tudo...

— Informações? — repetiu ele. Parecia sinceramente preocupado, mas também se mostrava perplexo. — Não sei como isso pode ter acontecido, mas por favor continue.

— Bem, o assassino sabia exatamente quais eram os produtos de uso pessoal que as vítimas usavam e plantou indícios desses produtos como evidências nas casas de inocentes a fim de ligá-los aos crimes.

Enquanto Sterling ouvia, suas sobrancelhas se estreitavam acima das íris cor de esmeralda. Parecia estar genuinamente abalado enquanto ela desfiava os detalhes sobre o roubo do quadro e das moedas e os dois ataques sexuais.

— Isso é horrível... — Perturbado pelo que ouvia, desviou os olhos dos dela. — Estupros?

Ela confirmou com lástima e explicou que a SSD parecia ser a única empresa da região que tinha acesso a todas as informações que o assassino utilizara.

Sterling enxugou o rosto, acenando com a cabeça lentamente.

— Compreendo sua preocupação... Mas não seria mais fácil o assassino simplesmente seguir as pessoas que atacou e descobrir o que compraram? Ou até mesmo invadir os computadores delas, violar a correspondência, entrar sorrateiramente na casa delas ou anotar a placa do carro olhando da rua?

— Esse é justamente o problema. Ele poderia ter feito isso, mas teria que dar todos esses passos para reunir a informação de que precisava. Foram pelo menos quatro crimes — achamos que provavelmente houvesse mais — e isso significa informação atualizada sobre as quatro vítimas e os quatro homens que ele incriminou. A maneira mais eficiente de obter essas informações seria por meio de uma empresa de mineração de dados.

Sterling sorriu, ainda que fosse mais uma manifestação de nervosismo.

Sachs franziu a testa, inclinando a cabeça.

— Não há problema com essa expressão, "mineração de dados" — esclareceu ele. — A imprensa a usa constantemente e ela aparece por toda parte.

Milhões de resultados numa ferramenta de buscas...

Logo depois, prosseguiu:

— Mas eu prefiro dizer que a SSD é provedora de serviços de conhecimento —, uma PSC.

Sachs teve a estranha sensação de que ele ficara quase ofendido pelo que ela dissera. Queria assegurar-lhe que não usaria novamente aquela expressão.

Sterling ajeitou uma pilha de papéis na escrivaninha organizada. A princípio, ela pensou que estivessem em branco, mas logo notou que estavam virados para baixo.

— Bom, acredite, quero descobrir, tanto quanto a senhora, se alguém da SSD tem algo a ver com isso. Seria muito ruim para nós... nos últimos tempos os provedores de serviços de conhecimento não têm sido bem-tratados pela imprensa e pelo Congresso.

— Antes de mais nada — interrompeu Sachs —, estamos convencidos de que o assassino deve ter comprado a maioria dos produtos com dinheiro.

Sterling concordou.

— Ele não iria querer deixar qualquer rastro.

— Exatamente, mas comprou os tênis pelo correio ou pela internet. O senhor teria uma lista das pessoas que compraram estes modelos de calçados nestes tamanhos específicos, na área de Nova York? — perguntou Sachs, entregando a ele a relação dos calçados Alton, Bass e Sure-Track. — O mesmo homem comprou todos.

— Qual período de tempo?

— Últimos três meses.

Sterling fez uma ligação. Iniciou uma breve conversa e não mais de sessenta segundos depois já olhava a tela de seu computador. Virou-a para que Sachs pudesse ver, embora ela não soubesse bem o que via — uma fileira de informações e códigos de produtos.

O diretor executivo balançou a cabeça.

— Foram vendidos aproximadamente oitocentos Alton, mil e duzentos Bass e duzentos Sure-Track, mas nenhuma pessoa comprou as três marcas. Nem mesmo dois pares.

Rhyme havia suspeitado de que o assassino tentaria disfarçar suas ações caso tivesse usado informações da SSD, mas esperava que aquela pista desse resultado. Contemplando os números, Sachs ficou pensando se o assassino teria usado, para encomendar os calçados, as técnicas de roubo de identidade que aperfeiçoara à custa de Robert Jorgensen.

— Lamento.

Ela meneou a cabeça.

Sterling tirou a tampa de uma caneta prateada um tanto usada e puxou para si um bloco de notas. Com letra muito regular escreveu várias anotações que Sachs foi incapaz de decifrar. Olhou para o que escrevera e balançou afirmativamente a cabeça.

— Imagino que vocês estejam pensando que o problema seja um intruso, um funcionário, um de nossos clientes ou um hacker, não é verdade?

Ron Pulaski olhou para Sachs e respondeu:

— Exatamente.

— Muito bem. Vamos a fundo nisso — ofereceu Sterling, consultando o relógio de pulso Seiko. — Vou chamar outras pessoas aqui, mas pode levar alguns minutos. Temos nosso Círculo Espiritual toda segunda-feira, mais ou menos a esta hora.

— Círculo Espiritual? — perguntou Polaski.

— Reuniões motivacionais dos líderes de equipes. Deve terminar daqui a pouco. Começamos às 8 em ponto, mas algumas levam mais tempo do que as outras, dependendo do líder. — Fez uma pausa e disse: — Comando: intercomunicação, Martin.

Sachs sorriu para si mesma. Ele usava o mesmo sistema de reconhecimento de voz que Rhyme empregava.

— Sim, Andrew? — disse uma voz vinda de uma pequena caixa sobre a escrivaninha.

— Quero que Tom, o da segurança, e Sam venham aqui. Eles estão no Círculo Espiritual?

— Não, Andrew, mas Sam provavelmente ficará em Washington a semana inteira. Só voltará na sexta-feira. Mas Mark, assistente dele, está em sua sala.

— Então mande Mark.

— Sim, senhor.

— Comando: intercomunicação, desconectar. — Voltando-se para Sachs, falou: — Eles devem chegar em um instante.

Ela imaginou que as pessoas apareciam rapidamente quando eram chamadas por Andrew Sterling. O diretor executivo fez mais algumas anotações enquanto Sachs olhava o logotipo da companhia na parede. Quando ele terminou de escrever, ela indagou:

— Estou curiosa com aquilo. A torre e a janela. O que significam?

— Superficialmente, representam apenas a observação de dados, mas existe um segundo significado. — Ele sorriu, satisfeito em dar a explicação. — Conhece o conceito da janela quebrada, na filosofia social?

— Não.

— Aprendi há alguns anos e nunca mais esqueci. A essência é que, para aperfeiçoar a sociedade, é preciso concentrar-se nas pequenas coisas. Se você as controlar, ou as consertar, as mudanças maiores ocorrerão. Por exemplo, um projeto habitacional que tenha problemas de alta criminalidade. Você pode gastar milhões de dólares com um maior número de patrulhas policiais e câmeras de segurança, mas se os conjuntos residenciais ainda tiverem aparência desleixada e perigosa, continuarão desleixados e perigosos. Em vez de milhões de dólares, é melhor gastar alguns milhares consertando as janelas, pintando as paredes, limpando os corredores. Pode até parecer simplesmente estético, mas as pessoas notarão. Terão orgulho do lugar onde moram e começarão a denunciar as pessoas que constituem ameaças e que não cuidam do que lhes pertence. Tenho certeza de que a senhora sabe que essa foi a essência da prevenção ao crime em Nova York na década de 1990. E deu certo.

— Andrew? — chamou a voz de Martin, no intercomunicador. — Tom e Mark estão aqui fora.

— Mande-os entrar — ordenou Sterling, colocando diretamente diante de si a folha de papel na qual acabara de tomar notas. Sorriu para Sachs com certa gravidade.

— Vamos ver se alguém está espreitando pela nossa janela.

CAPÍTULO **DEZENOVE**

A CAMPAINHA SOOU E THOM abriu a porta para um homem que devia ter pouco mais de 30 anos, de cabelos castanhos desarrumados, vestindo jeans e camiseta do cantor Weird Al Yankovic, e um casaco marrom bastante surrado por cima.

Não é possível fazer pesquisa criminal hoje em dia sem saber trabalhar com o computador, mas tanto Rhyme quanto Cooper conheciam as próprias limitações. Quando ficou claro que o caso de 522 tinha ramificações no campo da informática, Sellitto pediu auxílio à Unidade de Crimes Digitais do Departamento de Polícia de Nova York, um grupo de elite composto de 32 detetives e pessoal de apoio.

— Oi — saudou Rodney Szarnek ao entrar na sala, encarando o monitor mais próximo como se o cumprimento fosse dirigido ao aparelho. Da mesma forma, ao olhar para Rhyme, não demonstrou o menor interesse pela condição física do detetive, apenas pela unidade de controle de ambiente sem fio ligada ao braço da cadeira de rodas. Parecia estar impressionado.

— Hoje é seu dia de folga? — perguntou Sellitto, olhando as roupas do outro e deixando claro, pelo tom de voz, que não as aprovava. Rhyme sabia que o colega era conservador e achava que os policiais deviam vestir-se de maneira adequada.

— Dia de folga? — questionou Szarnek, sem entender a reprovação. — Não. Por que eu teria um dia de folga?

— Perguntei por perguntar.

— Hum. Então, qual é o jogo agora?

— Precisamos montar uma armadilha.

A teoria de Lincoln Rhyme sobre entrar na SSD e simplesmente perguntar se havia algum assassino não era tão ingênua quanto parecia. Ao ver na internet que a divisão PublicSure da empresa dava apoio a Departamentos de Polícia, ele imaginou que o de Nova York provavelmente seria usuário daquela tecnologia. Se fosse o caso, o assassino teria acesso aos arquivos policiais, e uma rápida conversa ao telefone revelou que o DPNY era mesmo um dos clientes. O PublicSure e os consultores da SSD forneciam serviços de gerenciamento de dados ao governo da cidade, inclusive a consolidação de informações, relatórios e registros para cada caso. Se um patrulheiro de rua precisasse verificar um mandado de busca, ou se um detetive novato em homicídios precisasse de um histórico de casos, o PublicSure auxiliava na busca para que a informação chegasse em poucos minutos à escrivaninha ou ao computador da viatura, e até mesmo ao palmtop ou celular.

Com a ida de Sachs e Pulaski à empresa para perguntar quem poderia ter acessado os arquivos de dados sobre as vítimas e os inocentes incriminados, 522 poderia ficar sabendo que eles estavam à sua procura e tentar entrar no sistema do departamento de polícia por meio do PublicSure para ler os relatórios. Se isso acontecesse, eles poderiam descobrir quem havia entrado nos arquivos.

Rhyme explicou a situação a Szarnek, que meneou positivamente a cabeça, como se todos os dias preparasse uma armadilha como aquela. Ficou surpreso, no entanto, ao saber o nome da empresa à qual o assassino poderia estar ligado.

— A SSD? Maior mineradora de dados do mundo. Eles sabem de tudo sobre todos os filhos de Deus.

— Isso é um problema?

Por um momento, a máscara de geek descolado caiu.

— Espero que não — respondeu suavemente.

Começou então a trabalhar na armadilha, explicando o que estava fazendo. Tirou dos arquivos todos os detalhes sobre o caso que não deveriam cair nas mãos de 522 e transferiu manualmente esses arquivos confidenciais para um computador sem acesso à internet. Em seguida, colocou um programa de rastreamento visual com alarme diante do arquivo "Myra Weinburg — Homicídio com agressão sexual" no servidor do DPNY, acrescentando outros subarquivos para atrair o assassino, tais como "Paradeiro dos suspeitos", "Análise criminológica" e "Testemunhas", todos os quais continham somente anotações gerais sobre procedimentos de cena de crime. Se alguém os acessasse, fosse por invasão ou por meio de canais autorizados, Szarnek receberia uma notificação com o provedor de internet da pessoa e sua localização física. Assim, poderiam saber imediatamente se quem estivesse consultando o arquivo era um policial legítimo buscando uma resposta ou alguém fora da polícia. Neste último caso, Szarnek notificaria Rhyme ou Sellitto, que mandariam imediatamente uma equipe ao local. Szarnek acrescentou também grande quantidade de material e de dados complementares, como a informação pública sobre a SSD, mas sempre em código, para fazer com que o assassino passasse muito tempo ligado no sistema, decifrando os dados e fornecendo à polícia uma chance melhor de encontrá-lo.

— Quanto tempo isso vai levar?

— Quinze ou vinte minutos.

— Ótimo. E quando você acabar, também quero saber se alguém de fora poderia ter invadido.

— Invadido o sistema da SSD?

— Isso.

— Bem, eles têm firewalls nos firewalls dos firewalls.

— Mesmo assim, precisamos saber.

— Mas se algum dos funcionários da SSD for o assassino, presumo que o senhor não queira que eu ligue para a empresa e me coordene com eles, certo?

— Correto.

A expressão de Szarnek tornou-se sombria.

— Vou tentar invadir, então.

— Pode fazer isso legalmente?

— Sim e não. Vou apenas experimentar as barreiras de segurança. Não estarei cometendo um crime caso não entre realmente no sistema deles e não o derrube, criando um incidente embaraçoso que acabe nos jornais e que leve nós todos para a cadeia. — Fez uma pausa e acrescentou, a ameaça pairando em suas palavras: — Ou coisa pior.

— Está bem, mas primeiro quero que você monte a armadilha, o mais rápido possível. — Rhyme olhou o relógio. Sachs e Pulaski já estariam espalhando a notícia do caso na Rocha Cinzenta.

Szarnek tirou da mochila um pesado laptop e colocou-o sobre uma mesa próxima.

— Será possível tomar um... ora, obrigado.

Thom já ia trazendo a chaleira e as xícaras.

— É exatamente o que eu ia pedir. Muito açúcar, sem leite. Uma vez geek, sempre geek, mesmo quando se é policial. Se tem um hábito que eu nunca tive, é esse tal de sono. — Encheu a xícara de açúcar, mexeu e tomou metade, com Thom parado diante dele. O ajudante serviu novamente o café. — Obrigado. Bem, o que temos aqui? — prosseguiu, olhando a mesa de trabalho de Cooper. — Nossa.

— Que foi?

— Você está rodando com um modem a cabo, com 1,5 MBP? Só pra constar, hoje em dia fazem telas de computador a cores, e existe um negócio chamado internet.

— Muito engraçado — resmungou Rhyme.

— Volte a falar comigo quando resolvermos o caso. Posso fazer umas modificações e reajustar a LAN, colocar um FE.

Weird Al, AI, FE, LAN...

Szarnek colocou óculos de lentes escuras, conectou seu computador ao de Rhyme e começou a digitar. Rhyme notou que certas letras estavam bastante gastas e que o touchpad tinha manchas fortes de suor. O teclado parecia estar coberto de migalhas.

Sellitto olhou para Rhyme como quem diz: existe louco para tudo.

O primeiro dos dois homens a entrar no escritório de Andrew era magro, de meia-idade e rosto inescrutável. Parecia um policial aposentado. O outro, mais jovem e mais cauteloso, tinha a aparência típica de executivo ainda no início da carreira. Parecia o irmão loiro daquela comédia da TV, Frasier.

Quanto ao primeiro, Sachs quase acertara; não tinha sido policial, mas era ex-agente do FBI e agora chefiava a segurança da SSD. Chamava-se Tom O'Day. O segundo era Mark Whitcomb, subchefe do Departamento de Conformidade.

Sterling explicou:

— Tom e os rapazes da segurança cuidam para que ninguém de fora faça algo que nos prejudique. Já o departamento de Mark garante que *nós* não façamos nada de errado contra o público em geral. Nós trabalhamos em um campo minado. Tenho certeza de que a pesquisa que vocês fizeram sobre a SSD mostrou que estamos sujeitos a centenas de leis estaduais e federais sobre privacidade: o Ato Graham-Leach-Bliley sobre uso indevido de informações pessoais, o Ato de Registros Honestos de Crédito, o Ato de Responsabilidade sobre Titularidade de Seguros Médicos, o Ato de Proteção da Privacidade dos Motoristas e muitas leis estaduais. O Departamento de Conformidade assegura que nós tenhamos pleno conhecimento das regras e nos mantenhamos dentro delas.

Ótimo, pensou Sachs. Aqueles dois seriam as pessoas ideais para espalhar a notícia da investigação sobre 522 e estimulá-lo a vir farejar a armadilha que estava sendo montada no servidor do DPNY.

Rabiscando num bloco de notas amarelo, Mark Whitcomb disse:

— Nós fazemos o possível para não sermos os personagens principais quando Michael Moore fizer um filme sobre empresas fornecedoras de dados.

— Não diga isso nem brincando — interrompeu Sterling, rindo, mas com a preocupação estampada no rosto. Em seguida perguntou a Sachs: — Posso dizer a eles o que a senhora me contou?

— Claro que sim, por favor.

Sterling fez um relato correto e sucinto. Tinha registrado tudo o que ela dissera, até mesmo as marcas dos diversos artigos usados como prova.

Whitcomb franzia a testa enquanto ouvia. O'Day prestou atenção em silêncio e sem sorrir. Sachs estava convencida de que, para ele, a discrição típica do FBI não foi um comportamento aprendido, e sim algo que veio de berço.

— Portanto, esse é o problema que enfrentamos — disse Sterling, com firmeza. — Se houver qualquer maneira de a SSD estar envolvida, quero saber de tudo e quero soluções. Identificamos quatro possíveis fontes de risco. Hackers, invasores, funcionários e clientes. O que vocês acham?

O ex-agente O'Day voltou-se para Sachs.

— Bem, vamos tratar primeiro dos hackers. Nós temos os melhores firewalls existentes, superiores aos da Microsoft e da Sun. Usamos

ICS baseados fora de Boston para a segurança da internet. Nós somos como patos em um jogo de tiro ao alvo em um parque de diversão, todos os hackers do mundo adorariam nos derrubar. Desde que nos mudamos para Nova York, há vários anos, ninguém conseguiu essa proeza. Alguns chegaram a entrar em nossos serviços administrativos durante dez ou quinze minutos, mas nunca houve uma brecha no innerCircle, e isso é o que o seu suspeito teria que fazer para encontrar a informação necessária para cometer esses crimes. Além disso, não poderia entrar por uma única brecha; teria que atacar pelo menos três ou quatro servidores diferentes.

— Também seria impossível para um invasor externo — acrescentou Sterling. — As proteções físicas de nosso perímetro são as mesmas usadas pela Agência de Segurança Nacional. Temos quinze seguranças em tempo integral e vinte em meio-expediente. Além disso, nenhum visitante conseguiria chegar perto dos servidores do innerCircle. Registramos por escrito todos os que entram em nosso edifício e não deixamos ninguém caminhar desacompanhado, nem mesmo os clientes.

Sachs e Pulaski tinham sido escoltados até o saguão principal por um desses seguranças, um jovem de cara soturna que não deixou de vigiá-los constantemente, embora soubesse que eram policiais.

— Tivemos um incidente, há cerca de três anos, mas desde então nada mais aconteceu — completou O'Day, que então olhou para Sterling e disse: — O repórter.

O diretor executivo fez que sim.

— Foi um repórter de um dos jornais sensacionalistas da cidade. Estava preparando um artigo sobre roubo de identidade e achou que nós éramos a encarnação do demônio. A Axciom e a Choicepoint tiveram o bom-senso de não permitir a entrada dele em suas sedes. Eu sou partidário da liberdade de imprensa, por isso o recebi. Ele foi ao banheiro e afirmou que tinha se perdido. Voltou ao meu escritório com uma expressão muito alegre. Alguma coisa, porém, parecia estar errada. Nosso pessoal de segurança revistou a pasta dele e encontrou uma câmera fotográfica, na qual havia fotos de planos comerciais protegidos por sigilo profissional e até mesmo senhas.

— O repórter não apenas perdeu o emprego como foi processado com base nos dispositivos criminais sobre invasão de propriedade —

completou O'Day. — Ficou seis meses preso na penitenciária do estado e, até onde sei, não conseguiu mais trabalho fixo como jornalista.

Sterling inclinou ligeiramente a cabeça e disse a Sachs:

— Nós levamos a segurança muito a sério.

Um jovem surgiu à porta. Inicialmente ela pensou que fosse Martin, o assistente, mas logo percebeu que era por causa da semelhança do porte físico e do terno preto.

— Andrew, desculpe interromper.

— Ah, Jeremy.

Era o segundo assistente. Ele reparou no uniforme de Pulaski e olhou para Sachs. Em seguida, assim como Martin, ao perceber que não estava sendo apresentado, passou a ignorar todos os presentes, com exceção de seu chefe.

— Preciso falar com Carpenter hoje — avisou Sterling.

— Sim, Andrew.

— E quanto aos funcionários? — perguntou Sachs, assim que o funcionário saiu. — O senhor teve problemas disciplinares com alguém?

— Nós verificamos a fundo o histórico do nosso pessoal. Eu não libero a contratação de ninguém que tenha tido alguma condenação, a não ser por infrações de trânsito. A verificação de antecedentes é uma de nossas especialidades. Mas mesmo que algum funcionário pretendesse entrar no innerCircle, seria impossível roubar dados. Mark, fale das celas.

— Pois não, Andrew — disse Mark, voltando-se para Sachs. — Nós temos "firewalls" de concreto aqui.

— Desculpe, eu não entendo jargões técnicos — falou Sachs.

— Não, não, isso não tem nada a ver com tecnologia — Whitcomb riu. — Concreto de verdade, como o das paredes e pisos. Quando recebemos os dados, nós os dividimos e armazenamos em lugares fisicamente separados. A senhora entenderá melhor se eu explicar como funciona a SSD. Partimos da premissa de que os dados são nosso principal bem. Se alguém conseguisse duplicar o innerCircle, estaríamos arruinados em uma semana. Por isso, a regra número um é "proteger nossos bens", como dizemos aqui. Certo, mas de onde vêm todos esses dados? De milhares de fontes: empresas de cartões de crédito, bancos, repartições governamentais, lojas de varejo, operações on-line, funcionários de tribunais, departamentos de trânsito, hospitais, companhias de seguros. Consideramos que cada acontecimento que cria dados é uma transação, e isso pode ser uma chamada para um 0800, o registro de um carro, um pedido de seguro de saúde, o início de um processo judicial, um nascimento, um casamento, uma compra, a devolução de uma mercadoria, uma queixa... Em sua esfera de atividade, uma transação poderia ser um estupro, um assalto, um homicídio, qualquer crime. Da mesma forma, a abertura de um inquérito, a seleção de um júri, um julgamento, uma condenação.

— No momento em que um dado sobre uma transação chega à SSD, segue inicialmente para o Centro de Entrada, onde é avaliada — completou Whitcomb. — Por questões de segurança, mascaramos os dados, isto é, separamos o nome da pessoa e atribuímos um código.

— O número de inscrição na Previdência Social?

Por um instante, alguma emoção passou pelo rosto de Sterling.

— Não, não. Esse número foi criado somente para as contas de aposentadoria do governo, muito tempo atrás. Foi por acaso que passou a servir de identificação. É inexato, fácil de ser roubado ou comprado. E é perigoso, como manter em casa uma pistola carregada e destravada. Nosso código é um número de dezesseis dígitos. Noventa e oito por cento dos norte-americanos adultos possuem códigos da SSD. Atualmente, qualquer criança cujo nascimento seja registrado na América do Norte recebe um código da SSD.

— Por que dezesseis dígitos? — perguntou Pulaski.

— Isso nos dá margem para expansão — explicou Sterling. — Nunca tivemos que nos preocupar que os números se esgotem. Somos capazes de atribuir quase um quintilhão de códigos. Antes que a SSD esgote os números, o espaço vital estará esgotado na Terra. Os códigos tornam nosso sistema muito mais seguro e o processamento de dados é muito mais rápido do que se usássemos nomes ou o número de previdência social. Da mesma forma, o uso do código neutraliza o elemento humano e livra a equação de qualquer preconceito. Psicologicamente, todos temos opiniões sobre Adolf, Britney, Shaquilla ou Diego, antes mesmo de os conhecermos, por causa do nome. O número elimina esse preconceito e aumenta a eficiência. Por favor, continue, Mark.

— Pois não, Andrew. Tão logo o nome é substituído pelo código, o Centro de Entrada avalia a transação, decide a categoria a que pertence e o envia a uma ou mais de três áreas distintas, nossas celas de dados. A cela A é onde ficam guardadas as informações sobre a vida pessoal. A cela B é a financeira. Ali ficam o histórico salarial, os dados bancários, relatórios de crédito e de seguros. Na cela C armazenamos os dados públicos: arquivos e registros governamentais.

— A partir daí, os dados são depurados — completou Sterling, mais uma vez tomando a palavra. — Limpamos as impurezas e uniformizamos a apresentação. Por exemplo, em alguns formulários seu sexo aparece com um F, em outros "feminino", por extenso. Outras vezes o sexo é designado com um algarismo, 1 ou 0. É preciso ser uniforme. Além disso, eliminamos os ruídos, os dados impuros. Podem ser errôneos, demasiadamente minuciosos ou conter poucos detalhes. O ruído significa contaminação, e a contaminação precisa ser eliminada. — Sterling pronunciou aquelas palavras com firmeza, novamente demonstrando emoção. — Os dados depurados ficam guardados nas celas até que um cliente precise de um vidente, de uma previsão do futuro.

— Como assim? — perguntou Pulaski.

— Nos anos 1970, os softwares de base de dados forneciam às empresas uma análise do desempenho passado — explicou Sterling. — Nos anos 1990, os dados mostravam qual era a performance a cada momento dado. Era mais útil. Agora, somos capazes de prever o que os consumidores irão fazer e orientar nossos clientes para que tirem partido disso.

— Nesse caso, vocês não estão apenas prevendo o futuro; estão tentando modificá-lo.

— Exatamente. Mas que outro motivo existe para consultar um vidente?

O olhar dele era tranquilo, com uma expressão de quase divertimento. Sachs, porém, sentia-se pouco à vontade, pensando no incidente da véspera com o agente federal no Brooklyn. Era como se 522 tivesse feito exatamente o que ele descrevera: como se tivesse previsto um tiroteio entre ambos.

Sterling fez um gesto para Whitcomb, que prosseguiu:

— Muito bem. Então os dados que não contêm nomes, e sim apenas números, seguem para essas celas diferentes, em andares diferentes e em zonas de segurança diferentes. Os funcionários da cela de registros públicos não têm acesso aos dados da cela da vida pessoal e nem aos da cela financeira. Tampouco ninguém que trabalhe nas celas pode acessar os dados do Centro de Entrada e ligar os nomes e endereços aos códigos de dezesseis dígitos.

— Foi isso o que Tom quis dizer quando observou que um hacker teria que invadir cada uma das celas de dados — concluiu Sterling.

— E nós monitoramos 24 horas por dia — acrescentou O'Day. — Saberíamos imediatamente caso alguém que não tivesse autorização tentasse invadir uma cela. Essa pessoa seria demitida na hora e provavelmente seria presa. Além disso, não é possível baixar dados dos computadores que estão nas celas, porque eles não possuem porta serial, e mesmo que conseguisse invadir um servidor e conectar uma máquina, não poderia sair do prédio com ela. Todos são revistados: todos os funcionários, executivos graduados, seguranças, funcionários da unidade anti-incêndio e da limpeza. Até mesmo o próprio Andrew. Temos detectores de metal e de material denso em cada entrada e saída das celas de dados e no Centro de Entrada — até nas portas de emergência.

Whitcomb retomou a explicação.

— É preciso também atravessar um campo magnético produzido por um gerador, que apaga todos os dados digitais em qualquer dispositivo que alguém esteja transportando: iPod, telefone celular ou disco rígido. Não, ninguém sai daqueles lugares levando sequer um kilobyte de informação.

Sterling concordava com a cabeça.

— Os dados são nossa única riqueza. Nós os guardamos religiosamente.

— E quanto ao outro cenário, o de alguém que trabalhe para um cliente?

— Como Tom disse, para que essa pessoa pudesse operar teria que ter acesso aos dados do innerCircle sobre cada uma das vítimas e cada uma das pessoas acusadas pelos crimes.

— Correto.

Sterling ergueu as mãos, como um professor.

— Os clientes não têm acesso aos dados. Tampouco desejariam tê-lo, porque o innerCircle contém dados brutos e não serviriam para os clientes. O que eles querem é a análise desses dados. Os clientes acessam o Watchtower — isto é, nosso sistema original de gerenciamento da base de dados — e outros programas, como o Xpectation ou o FORT. Os próprios programas fazem a pesquisa no innerCircle, levantam os dados relevantes e lhes dão de forma utilizável. Para usar a analogia com a mineração, o Watchtower remexe toneladas de terra e pedra para encontrar as pepitas de ouro.

— Mas se um cliente comprar certo número de listas, digamos, poderia obter informações suficientes a respeito de uma de nossas vítimas para cometer seus crimes, não? — observou Sachs, indicando com um gesto as evidências que mostrara anteriormente a Sterling.

— Por exemplo, nosso criminoso poderia obter listas de todos os que compraram aquele tipo de creme de barbear, preservativos, fita adesiva, calçados de corrida e assim por diante.

Sterling ergueu as sobrancelhas.

— Hum. Seria um trabalho imenso, mas teoricamente possível... Está bem, Vou preparar uma lista de todos os nossos clientes que compraram dados em que aparecem os nomes de suas vítimas e pessoas que foram incriminadas nos últimos três meses. Não, talvez seis.

— Isso poderá ser útil.

Sachs remexeu na pasta que trouxera, consideravelmente menos organizada do que a escrivaninha de Sterling e entregou-lhe uma lista das vítimas e das pessoas incriminadas.

— Nosso acordo com os clientes nos dá o direito de compartilhar com outros as informações sobre eles. Do ponto de vista jurídico não haverá problema, mas precisaremos de algumas horas para preparar tudo.

— Obrigada. Agora, uma pergunta final sobre seus funcionários: ainda que não lhes seja permitido entrar nas celas, eles poderiam baixar os dados em seus próprios escritórios?

Ele balançou afirmativamente a cabeça, impressionado com a pergunta, embora aquilo implicasse que um dos funcionários da SSD poderia ser o assassino.

— A maioria dos funcionários não pode fazer isso, porque, como disse, temos que proteger os dados. Mas alguns de nós temos o que chamamos "permissão de acesso total".

Whitcomb sorriu.

— É verdade, mas veja quem são essas pessoas, Andrew.
— Se houver um problema aqui, temos que explorar todas as soluções possíveis.

Whitcomb voltou-se para Sachs e Pulaski.

— A questão é que os funcionários que têm acesso total são os mais graduados. É gente que está na empresa há muitos anos. Somos como uma família. Fazemos festas juntos, temos nossos retiros para inspiração...

Sterling ergueu uma das mãos, interrompendo-o.

— Precisamos levar esse assunto adiante, Mark. Quero isso completamente esmiuçado, custe o que custar. Quero respostas.

— Quem tem acesso total? — perguntou Sachs.

Sterling deu de ombros.

— Eu tenho essa autorização. Nosso diretor comercial, o chefe da Seção de Operações Técnicas. Suponho que o diretor de recursos humanos seria capaz de compilar uma lista de dados, embora eu tenha certeza de que nunca fez isso. Também o chefe de Mark, o diretor do Departamento de Conformidade.

Sterling forneceu os nomes de todos.

Sachs olhou para Whitcomb, que balançou negativamente a cabeça.

— Eu não tenho acesso.

O'Day tampouco tinha.

— E seus dois assistentes? — perguntou Sachs, referindo-se a Jeremy e Martin.

— Não... Bom, os funcionários da manutenção — os técnicos — não teriam como gerar essa lista de dados, mas há dois gerentes que poderiam. Um na equipe diurna e outro na noturna.

Sterling deu também os nomes desses dois.

Sachs examinou a lista.

— Há uma maneira fácil de saber se são inocentes ou não.

— Como?

— Sabemos onde o assassino estava na tarde de domingo. Quem tiver álibi estará salvo. Vamos entrevistá-los. Agora mesmo, se possível.

— Ótimo — disse Sterling, recebendo a sugestão com um olhar de aprovação. Era uma "solução" simples para um de seus "problemas".

Naquele momento Sachs percebeu uma coisa: todas as vezes que ele a olhara naquela manhã, os olhos dele haviam encontrado os dela.

Ao contrário de muitos homens, talvez a maioria, Sterling não havia olhado nem uma vez para o corpo dela, não fizera qualquer tentativa de flerte. Ela ficou pensando qual seria o motivo.

— Posso ver pessoalmente a segurança nas celas de dados? — perguntou ela.

— Claro. Deixe o telefone celular e o palmtop do lado de fora, assim como qualquer pen-drive. Se não fizer isso, os dados serão apagados e terá que ser revistada quando sair.

— Certo.

Sterling acenou para O'Day, que foi até o corredor e voltou com o soturno segurança que acompanhara Sachs e Pulaski no caminho do amplo saguão até o escritório de Sterling.

O diretor executivo imprimiu um passe para ela, assinou-o e entregou-o ao segurança, que a levou para o corredor.

Sachs ficara satisfeita ao ver que Sterling não resistira ao pedido. Tinha um motivo secreto para olhar as celas pessoalmente. Não apenas um número maior de pessoas ficaria sabendo da investigação — na esperança de que mordessem a isca —, mas ela poderia interrogar o segurança e confirmar o que O'Day, Sterling e Whitcomb lhe haviam dito sobre as medidas de segurança.

O segurança, porém, se manteve em absoluto silêncio, como uma criança instruída pelos pais a não conversar com desconhecidos.

Atravessaram portas, caminharam por corredores, desceram uma escada e subiram outra. Ela logo ficou desorientada. Seus músculos estremeciam. Os espaços eram cada vez mais confinados, estreitos e mal iluminados. A claustrofobia começou a atacar; enquanto por toda a Rocha Cinzenta as janelas eram pequenas, naquela parte mais próxima às celas eram inexistentes. Sachs respirou profundamente, mas não adiantou.

Olhou a credencial que o homem trazia ao peito, com o nome gravado.

— Escute, John.

— Pois não, senhora.

— Por que as janelas são assim? Ou são muito pequenas ou não existem.

— Andrew receia que alguém tente obter informações fotografando pelo lado de fora, como por exemplo as senhas, ou planos estratégicos.

— É mesmo? Seria possível que alguém fizesse isso?

— Não sei. De vez em quando nos mandam verificar, prestar atenção em terraços próximos e janelas de prédios diante do nosso. Nunca ninguém viu nada suspeito, mas Andrew quer que continuemos a fazer isso.

As celas de dados eram estranhas, pintadas em cores diferentes para atender a um código. As de informações pessoais eram azuis, as financeiras, vermelhas, e as de dados do governo, verdes. Eram espaços amplos, mas isso não serviu para aliviar a claustrofobia dela. Os tetos eram muito baixos, as salas mal iluminadas e os corredores estreitos entre as fileiras de computadores. Um ronco surdo constante enchia o ar, como um rosnado. O ar-condicionado funcionava a todo vapor, devido à quantidade de computadores e à eletricidade necessária, mas a atmosfera era soturna e abafada.

Sachs nunca tinha visto tantos computadores em sua vida. Eram grandes caixas brancas, identificados, curiosamente, não com números e letras, mas com decalques de personagens de histórias em quadrinhos e desenhos animados, como o Homem-Aranha, Batman, Barney, Pernalonga e Mickey.

— Bob Esponja? — perguntou ela, apontando para uma das máquinas.

— É mais uma medida de segurança inventada por Andrew. Temos pessoas que ficam procurando referências sobre a SSD ou o innerCircle na internet. Se houver uma referência à empresa *e* a um personagem, como o Coiote ou o Super-Homem, pode ser que alguém esteja interessado nos computadores. Os nomes são mais sugestivos do que simples números.

— É inteligente — comentou ela, refletindo sobre a ironia de que Sterling preferia numerar as pessoas e dar nomes aos computadores.

Chegaram ao Centro de Entrada, pintado de um cinza soturno. Era menor do que as celas de dados, aumentando mais ainda a claustrofobia de Sachs. Assim como nas celas, a única decoração era o logotipo da torre de vigia com a janela iluminada, além de uma grande foto de Andrew Sterling, com um sorriso fixo nos lábios. Abaixo, havia uma legenda: "Você é o Número Um!".

Talvez aquilo se referisse ao valor de mercado ou a algum prêmio ganho pela empresa. Podia ser também um slogan sobre a importância dos funcionários. Mesmo assim, Sachs achou assustador, como se colocasse a pessoa no topo de uma lista na qual ela não desejava estar.

Ela respirava ofegantemente, com a sensação de confinamento.

— A gente não se sente bem aqui, não é? — disse o segurança.

Ela sorriu.

— Um pouquinho.

— Nós fazemos nossas rondas, mas ninguém fica mais tempo nas celas do que o necessário.

Como o gelo tinha sido quebrado e ela já conseguira fazer com que John desse respostas usando mais do que monossílabos, Sachs fez perguntas sobre a segurança, para verificar se Sterling e os demais tinham sido honestos.

Aparentemente, sim. John repetiu o que o diretor executivo dissera: nenhum dos computadores e estações de trabalho possuía portas seriais de onde fosse possível conectar um dispositivo e baixar dados; havia somente teclados e monitores. O segurança informou que as salas eram blindadas. Não era possível enviar sinais wi-fi. Além disso, explicou o que Sterling e Whitcomb tinham dito sobre o fato de os dados de uma cela serem inúteis sem os dados das outras duas e do Centro de Entrada. Os monitores não tinham muitos dispositivos de segurança, mas para entrar nas celas era preciso exibir o cartão de identidade, apresentar a senha e submeter-se a um escaneamento biométrico — ou então um segurança corpulento vigiando todos os movimentos do visitante (justamente o que John vinha fazendo, sem qualquer sutileza).

Fora das celas a segurança era também estrita, como os diretores haviam dito. Tanto ela quanto o segurança foram cuidadosamente revistados ao saírem de cada cela e tiveram que passar por um detector de metais e um portal chamado Unidade de Eliminação de Dados. Uma tabuleta na máquina avisava: *atravessar esse sistema resulta em eliminação permanente de todos os dados digitais em computadores, drives, celulares e outros dispositivos.*

No trajeto de volta ao escritório de Sterling, John disse que, até onde ele sabia, nunca ninguém havia forçado entrada na SSD. Mesmo assim, O'Day fazia os guardas se exercitarem constantemente, a fim de evitar invasões.

De volta ao escritório do diretor executivo, Sachs encontrou Pulaski sentado em um enorme sofá de couro perto da escrivaninha de Martin. Embora não fosse de baixa estatura, parecia pequeno, como um aluno convocado ao gabinete do diretor da escola. Na ausência dela, o jovem policial havia tomado a iniciativa de verificar o paradeiro do chefe do Departamento de Conformidade, que tinha acesso total. Ele havia viajado para Washington, D.C. Os registros do hotel mostravam que estivera almoçando no restaurante na hora do crime da véspera. Em seguida, ela averiguou a lista dos funcionários com permissão de acesso:

Andrew Sterling, Presidente e Diretor Executivo
Sean Cassel, Diretor Comercial e Marketing
Wayne Gillespie, Diretor de Operações Técnicas
Samuel Brockton, Diretor do Departamento de Conformidade
   Álibi — Registros do hotel confirmam presença em Washington
Peter Arlonzo-Kemper, Diretor de Recursos Humanos
Steven Shraeder, Gerente de Serviços Técnicos e de Apoio, turno do dia
Faruk Mameda, Gerente de Serviços Técnicos e de Apoio, turno da noite

— Gostaria de entrevistá-los tão logo possível — solicitou a Sterling.

O diretor executivo chamou o assistente e ficou sabendo que, exceto Brockton, todos estavam na cidade, embora Shraeder estivesse cuidando de uma crise no equipamento do Centro de Entrada e só pudesse se apresentar às 15h. Sterling instruiu Martin a convocá-los para a entrevista. Ele designaria uma sala de conferência para isso.

Ao desligar o intercomunicador, disse:

— Muito bem, detetive. Está tudo em suas mãos. Vá limpar nosso nome... ou descobrir o assassino.

CAPÍTULO **VINTE**

RODNEY SZARNEK JÁ PREPARARA A armadilha e agora tentava alegremente invadir os servidores principais da SSD. Balançava os joelhos e de vez em quando assobiava, o que irritava Rhyme — e, ainda assim, ele deixou o jovem trabalhar em paz. O criminalista era conhecido por falar sozinho durante as buscas em cenas de crimes e quando pensava em possíveis maneiras de tratar de um caso.

Todos os tipos...

A campainha tocou. Era um policial do laboratório de cena de crime no Queens trazendo um presente: uma das provas de um dos homicídios anteriores. Era a arma do crime, uma faca usada no roubo de moedas e assassinato. As demais provas físicas estavam "armazenadas em outro lugar". Já haviam feito uma solicitação, mas ninguém sabia dizer quando poderiam ser localizadas, ou até se isso seria possível.

Rhyme pediu que Cooper assinasse o recibo de custódia. Mesmo depois do julgamento, era preciso obedecer às regras.

— Estranho. A maior parte das outras provas não foi encontrada — observou Rhyme, embora soubesse que, por ser uma arma, a faca ficaria guardada a sete chaves em uma instalação do almoxarifado do laboratório em vez de ser arquivada junto com as provas não letais.

Observou então o quadro com informações daquele crime.

— Encontraram um pouco daquele resíduo no cabo da faca. Vamos ver se conseguimos descobrir o que é. Mas primeiro, o que nos diz a própria faca?

Cooper acessou as informações sobre o fabricante, na base de dados do Departamento de Polícia de Nova York.

— Fabricada na China. Vendida em grandes quantidades a centenas de varejistas. É barata, então podemos presumir que ele pagou com dinheiro.

— Bem, eu não esperava grande coisa. Vamos cuidar do resíduo.

Cooper calçou luvas e abriu a sacola. Passou cuidadosamente uma escova macia no cabo da faca, cuja lâmina estava escurecida pelo sangue da vítima, deixando cair fragmentos no papel do exame.

Rhyme era fascinado por resíduos. No meio forense, o termo se aplica às partículas sólidas de tamanho menor do que quinhentos micrômetros, compostas de fibras de roupas e estofamentos, caspa humana e de animais, fragmentos de plantas e insetos, pedacinhos secos de excremento, terra e grande número de produtos químicos. Alguns tipos se espalham no ar e outros aderem rapidamente a superfícies. Podem causar problemas de saúde, como infecções pulmonares, e serem perigosamente explosivos (como farinha em elevadores de grãos, por exemplo), chegando até mesmo a afetar o clima.

Do ponto de vista da investigação criminal, o resíduo frequentemente passa do criminoso para a cena do crime e vice-versa, devido à eletricidade estática e outras propriedades adesivas, o que o torna extremamente valioso para a polícia. Quando chefiava a divisão de cena de crime da polícia de Nova York, Rhyme havia criado uma ampla base de dados sobre resíduos, recolhidos em todos os cinco grandes bairros da cidade e em partes de Nova Jersey e Connecticut.

Pouquíssima quantidade havia aderido ao cabo da faca, mas Mel Cooper juntou o suficiente para passar uma amostra no espectrômetro de massa/cromatografia gasosa, que quebra a substância em suas partes componentes e, então, identifica cada uma. Isso levou algum tempo, mas não por culpa de Cooper. As mãos dele, surpreendentemente grandes e musculosas para um homem tão franzino, moviam-se com rapidez e eficiência. A lentidão era das máquinas, executando sua mágica metódica. Enquanto esperavam o resultado, Cooper fez outros testes químicos em mais uma amostra do resíduo, revelando materiais que o outro aparelho poderia não encontrar.

Finalmente os resultados apareceram e Mel Cooper explicou a análise conjunta enquanto passava os detalhes para o quadro branco.

— Muito bem, Lincoln. Temos vermiculite, argamassa, espuma sintética, fragmentos de vidro, partículas de tinta, fibras minerais de lã, fibras de vidro, grãos de quartzo, material de combustão a baixa temperatura, raspas de metal, asbestos de crisólita e alguns agentes químicos. Parecem ser hidrocarbonetos policíclicos aromáticos, parafina, olfina, naftena, octanas, bifenilpoliclorado, dibenzodioxinas — não se vê muito dessas — e também alguns éteres difenil brominados.

— O World Trade Center — disse Rhyme.

— É mesmo?

— Sim.

A poeira do desmoronamento das torres do World Trade Center em 2001 tinha ocasionado problemas de saúde para os trabalhadores no local do desabamento, e as variantes de sua composição tinham sido noticiadas recentemente pela imprensa. Rhyme conhecia bem o assunto.

— Então ele mora na parte sul de Manhattan?

— É possível — afirmou Rhyme. — Mas você encontra poeira assim por toda Nova York. Vamos marcar isso com um ponto de interrogação, por enquanto — sugeriu, com um ar de desagrado. — Então, o perfil que temos até agora é o seguinte: um homem que talvez seja branco ou de pele clara; que talvez colecione moedas e talvez goste de arte. Sua residência o ou local de trabalho talvez fique no sul de Manhattan. Talvez tenha filhos e talvez fume. — Rhyme observou a faca com atenção. — Deixe-me ver mais de perto.

Cooper levou a arma até onde ele estava e Rhyme examinou cada milímetro da lâmina. O corpo era inválido, mas a vista era tão boa quanto a de um adolescente.

— Aqui. O que é isso?

— Onde?

— Entre o cabo e a lâmina.

Era um pequeno fragmento de alguma coisa clara.

— Como você notou isso? — murmurou o perito. — Eu nem reparei.

Com uma agulha, ele retirou o fragmento e colocou-o em uma lâmina, examinando-o ao microscópio. Começou com lentes simples, de potência entre 4 e 24, que costumam ser suficientes a menos que seja necessária a magia de um microscópio de escaneamento por nêutron.

— Parece uma migalha de alimento. Alguma coisa que foi ao forno. Cor alaranjada. O espectro dá impressão de óleo. Talvez um lanche pronto, como Doritos ou batata-frita.

— Não é suficiente para passar pelo espectrômetro?

— De jeito nenhum — confirmou Cooper.

— Ele não iria plantar uma coisa tão pequena na casa da pessoa que pretendia incriminar. Isso é na verdade um pedacinho mínimo de informação sobre 522.

Que diabo seria aquilo? Algo que sobrara do almoço dele no dia do crime?

— Quero provar.

— O quê? Tem sangue aí.

— No cabo, não na lâmina. Só no lugar onde está o fragmento. Quero descobrir o que é.

— Não é o bastante para provar. É um pedacinho muito pequeno. Quase não se vê. Eu não vi.

— Não, a própria faca. Talvez eu possa identificar um sabor ou um tempero que nos indique alguma coisa.

— Você não pode lamber a arma de um crime, Lincoln.

— Onde é que isso está escrito, Mel? Não me lembro de ter lido em lugar algum. Precisamos de informações sobre esse sujeito!

— Bem... Está certo.

O técnico ergueu a faca perto do rosto de Rhyme e o criminalista tocou com a ponta da língua o lugar onde estava o fragmento.

— Meu Deus do céu! — exclamou ele, recuando a cabeça.

— Que aconteceu? — perguntou Cooper, alarmado.

— Traga um pouco d'água!

Cooper largou a faca na mesa de exame e começou a chamar por Thom, enquanto Rhyme cuspia no chão. Sentia a boca pegando fogo.

Thom veio correndo.

— Que foi?

— Isso ardeu. Preciso de água! Acabei de provar um molho de pimenta.

— Molho de pimenta, como Tabasco?

— Não sei de que tipo é.

— Bem, você não precisa de água. Precisa de leite, ou iogurte.

— Então vá buscar!

Thom voltou com um frasco de iogurte e fez Rhyme tomar várias colheres. Para a surpresa do criminalista, a ardência desapareceu imediatamente.

— Nossa... ardido demais... Certo, Mel, talvez tenhamos ficado sabendo mais uma coisa. Nosso homem gosta de petiscos com molho apimentado. Escreva isso no quadro.

Enquanto Cooper escrevia, Rhyme olhou o relógio e disse abruptamente:

— Onde diabos está Sachs?

— Ué, na SSD — respondeu Cooper, sem entender.

— Sei disso. O que quero saber é por que ela ainda não voltou... Thom, me dê mais um pouco de iogurte!

PERFIL DE 522

Sexo masculino

Possivelmente fumante ou mora/trabalha em companhia de fumantes ou próximo a uma fonte de tabaco

Tem filhos ou mora/trabalha próximo a crianças ou a brinquedos

Tem interesse por arte, por moedas?

Provavelmente branco ou de pele clara

Estatura mediana

Forte, capaz de estrangular as vítimas

Acesso a equipamento de disfarce de voz

Possivelmente experiente no uso de computador. Conhece OurWorld. Outras redes sociais?

Retira troféus das vítimas. Sádico?

Parte da residência/local de trabalho morna e úmida

Mora na parte sul de Manhattan, ou próximo

Consome petiscos com molho apimentado

PISTAS NÃO PLANTADAS

- Resíduo não identificado
- Papelão velho
- Cabelos de boneca, BASF B35 náilon 6
- Tabaco de cigarros Tareyton
- Presença de mofo *Stachybotrys chartarum*
- Poeira do atentado ao World Trade Center, possivelmente indicando residência/trabalho na parte sul de Manhattan
- Petisco com molho de pimenta

CAPÍTULO **VINTE E UM**

SACHS E PULASKI FORAM LEVADOS a uma sala de conferência tão minimalista quanto o escritório de Sterling. Ela achou que uma boa maneira de descrever a empresa inteira seria "art déco austero".

O próprio Sterling os acompanhou à sala e indicou duas cadeiras, logo abaixo do logotipo da janela no alto da torre.

— Não pretendo ser tratado de maneira diferente dos demais — disse ele. — Como tenho permissão de acesso total, sou também suspeito. No entanto, tenho um álibi para o dia de ontem: estive em Long Island o tempo todo. Faço isso muitas vezes. Vou de carro a uma dessas grandes lojas de descontos ou a clubes de compras e observo o que as pessoas estão comprando. Sempre procuro meios de tornar nossa empresa mais eficiente, e não se pode fazer isso sem conhecer as necessidades dos clientes.

— Com quem o senhor esteve?

— Com ninguém. Nunca digo quem sou. Quero ver as lojas do jeito que funcionam na realidade, com todas as falhas. Mas o registro do passe eletrônico do meu carro nos pedágios deve comprovar que passei pela guarita do túnel de Midtown por volta das 9h, em direção leste, e voltei pelo mesmo caminho lá pelas de 17h30. A senhora pode verificar com o Departamento de Trânsito. — Sterling recitou a placa do carro. — Ah, e ontem também liguei para meu filho. Ele foi de trem a Westchester para caminhar no parque. Liguei mais ou menos às 14h. O registro telefônico mostrará uma ligação feita de minha casa em Hampton, ou a senhora pode consultar a lista de chamadas recebidas no celular dele. Deve aparecer a data e a hora. O ramal dele é 7187.

Sachs tomou nota, assim como do número de telefone da casa de veraneio de Sterling. Agradeceu, e nesse momento entrou Jeremy, o assistente para assuntos externos, que murmurou alguma coisa no ouvido do chefe.

— Preciso ir tratar de um assunto. Se precisar de qualquer coisa, o que quer que seja, basta me dizer.

Poucos minutos depois chegou o primeiro suspeito. Sean Cassel, diretor comercial e de marketing. Sachs o achou bastante jovem, talvez na metade da casa dos 30, mas tinha visto muito pouca gente na SSD que parecia ter mais de 40 anos. Talvez a atividade de mineração de dados fosse o novo Vale do Silício, um mundo de jovens. Vestia o "uniforme" da SSD, ou seja, um terno azul-marinho. A camisa imaculadamente branca tinha nos punhos pesadas abotoaduras de ouro, e a gravata amarela era de seda de boa qualidade. O homem tinha cabelos encaracolados e pele rosada. Olhava para Sachs através de óculos. Ela sequer sabia que a Dolce & Gabbana fazia armações.

— Olá.

— Olá. Sou a detetive Sachs e este é o agente Pulaski. Por favor, sente-se — disse ela, notando a firmeza do aperto de mão, que durou mais do que o cumprimento a Pulaski.

— Então a senhora é detetive? — O diretor comercial não parecia estar interessado no outro policial.

— Isso mesmo. Quer ver meu distintivo?

— Não é necessário.

— Bem, estamos colhendo informações sobre alguns funcionários daqui. Conhece uma mulher chamada Myra Weinburg?

— Não. Deveria conhecer?

— Ela foi vítima de um assassinato.

— Ah.

Houve um lampejo de piedade no rosto dele e a fachada moderninha desapareceu momentaneamente.

— Ouvi falar em um crime, mas não sabia que era um assassinato. Sinto muito. Ela era funcionária daqui?

— Não, mas a pessoa que a matou poderia ter acesso a informações dos computadores desta empresa. Sei que o senhor tem acesso total ao innerCircle. Alguém que trabalha em seu departamento seria capaz de compilar um dossiê sobre um indivíduo?

Ele balançou negativamente a cabeça.

— Para entrar em um armário são necessárias três senhas, ou uma só e uma aferição biométrica.

— Armário?

Ele hesitou.

— Esse é o nome que damos a um dossiê. Simplificamos muitos termos no ramo de serviços de conhecimento.

Como os segredos guardados num armário, concluiu ela.

— E ninguém sabe minha senha. Todos têm muito cuidado em manter segredo. Andrew faz questão disso. — Cassel tirou os óculos e limpou-os com um pano preto que apareceu em suas mãos como que por mágica. — Ele demitiu os funcionários que usavam senhas dos outros, mesmo com a permissão dos titulares. Todos foram demitidos na hora. — Cassel concentrou a atenção na limpeza dos óculos. Em seguida levantou os olhos. — Mas sejamos sinceros. O que a senhora está realmente querendo perguntar não é sobre senhas e sim álibis. Estou certo?

— Também queremos saber essas coisas. Onde o senhor estava entre as 12 e as 16 horas da tarde de ontem?

— Estava correndo. Estou em treinamento para um minitriatlo. A senhora também parece gostar de correr. Tem jeito de atleta.

Se ficar imóvel enquanto atira em alvos a 7 e 15 metros é ser atleta, nesse caso ela concordaria.

— Alguém poderia confirmar isso?

— Que a senhora parece atleta? Acho perfeitamente óbvio.

Sachs sorriu. Às vezes era melhor jogar o mesmo jogo. Pulaski pareceu desconfortável — o que Cassel notou com ar divertido —, mas Sachs não fez comentários. Não precisava de ninguém para defender sua própria honra.

Olhando de soslaio para o policial uniformizado, Cassel prosseguiu:

— Não, creio que não. Uma amiga passou a noite lá em casa, mas saiu lá pelas 9h30 da manhã. Sou suspeito de alguma coisa?

— Por enquanto estamos apenas coletando informações — respondeu Pulaski.

— É o que estão fazendo agora? — O tom era condescendente, como se estivesse falando com uma criança. — Quero somente os fatos, madame, somente os fatos.

Era uma frase usada em um antigo programa policial de TV. Sachs não recordava qual.

Ela perguntou onde ele estava na hora dos outros homicídios — o do vendedor de moedas, o do estupro anterior e o da mulher que comprara o quadro de Prescott. Cassel recolocou os óculos no rosto e respondeu que não se lembrava. Parecia absolutamente à vontade.

— Com que frequência o senhor entra nas celas de dados?

— Talvez uma vez por semana.

— Retira alguma informação?

Ele franziu ligeiramente a testa.

— Bem... não seria possível. O sistema não permite.

— E com que frequência baixa listas de dados?

— Acho que nunca fiz isso. São dados não depurados. Têm muito ruído, não servem para meu trabalho.

— Tudo bem. Obrigada por sua colaboração. Acho que por enquanto é o bastante.

O sorriso e a atitude de flerte sumiram.

— Então há um problema? Devo ficar preocupado?

— Estamos apenas fazendo uma investigação preliminar.

— Ah, não quer revelar nada — falou ele. Olhou para Pulaski. — Não quer mostrar as cartas, Sargento Friday?

Ah, era isso, lembrou Sachs. O programa de TV com histórias policiais era *Dragnet*, que ela e o pai assistiram juntos em uma reprise alguns anos antes.

Depois que Cassel saiu, outro funcionário entrou. Era Wayne Gillespie, que supervisionava a parte técnica da empresa — tanto de software quanto de hardware. Não se ajustava à ideia que Sachs tinha de um geek, pelo menos não inicialmente. Era bronzeado e estava em boa forma física. Ostentava um bracelete de prata, ou de platina, sem dúvida caro. Seu aperto de mão era enérgico. Observando-o melhor, porém, ela chegou à conclusão de que se tratava mesmo de um desses clássicos apaixonados por tecnologia, vestido pela mãe para a foto da turma. Era baixo e magro, terno amarrotado e gravata com o laço mal feito. Tinha os sapatos gastos e as unhas mal cortadas, e o cabelo precisava de um corte. Era como se estivesse desempenhando o papel de executivo, mas preferisse infinitamente estar em um quarto escuro com o computador.

Ao contrário de Cassel, Gillespie se mostrava nervoso, com as mãos constantemente em movimento, remexendo em três dispositivos eletrônicos presos ao cinto. Um BlackBerry, um palmtop e um telefone celular muito sofisticado. Evitava o contato direto dos olhos e nem pensava em flertar, embora não tivesse aliança no dedo, tal qual o diretor comercial. Talvez Sterling preferisse homens solteiros em posições de poder na empresa. Melhor ter príncipes leais do que duques ambiciosos.

Sachs teve a impressão de que Gillespie sabia menos do que Cassel o motivo da presença deles ali e conquistou sua atenção ao descrever os crimes.

— Interessante. Muito interessante. Ele é esperto, pilhando os dados para cometer crimes.

— Fazendo o quê?

Gillespie estalou os dedos, com energia nervosa.

— Quero dizer, está buscando dados. Coletando.

Não houve comentário sobre o fato de assassinatos terem acontecido. Ele estaria representando? O verdadeiro assassino provavelmente fingiria horror e comiseração.

Sachs perguntou onde ele estivera no domingo e Gillespie tampouco tinha álibi, mas começou a contar uma longa história sobre um código que estava decifrando em casa e um jogo de computador em que se envolvera.

— Então deve haver um registro de que o senhor estava on-line ontem?

O homem hesitou.

— Bem, eu só estava praticando, não estava on-line. De repente percebi que era tarde. Você fica noiado e tudo o mais desaparece.

— Noiado?

Ele percebeu que estava usando termos de outra língua.

— Ah, desculpe, é como estar fora do ar. A gente fica entretido no jogo e o restante da vida deixa de existir.

Afirmou que também não conhecia Myra Weinburg e disse que ninguém poderia ter acesso à senha dele.

— Quanto a outra pessoa quebrar as minhas senhas, bem, boa sorte a quem quiser tentar. São todas combinações aleatórias de 16 letras. Nunca anotei nenhuma delas. É uma benção ter boa memória.

Gillespie ficava o tempo todo com o computador ligado "no sistema" Acrescentou, em tom defensivo:

— Mas esse é meu trabalho. — Ainda assim, se mostrou confuso quando lhe foi perguntado se baixava dossiês individuais. — Bem, isso não serve para nada, ficar sabendo o que Fulano de Tal comprou esta semana na mercearia da esquina. Tenho coisas mais importantes a fazer.

Reconheceu também que passava muito tempo nas celas de dados, "afinando as caixas". Sachs ficou com a impressão de que ele gostava de ficar nas celas, achava-as agradáveis. Era o mesmo lugar que a havia aterrorizado.

Ele não conseguiu recordar onde estivera na época dos demais crimes. Ela agradeceu e ele saiu, tirando o palmtop do cinto antes de atravessar a porta e digitando uma mensagem com os polegares mais depressa do que Sachs era capaz de fazer com todos os dedos.

Enquanto esperavam a chegada do suspeito seguinte, Sachs perguntou a Pulaski:

— Quais são suas impressões?

— Vou dizer. Não gostei de Cassel.

— Concordo.

— Mas ele parece metido a besta demais para ser 522. É muito yuppie. Poderia matar alguém com o próprio ego, num instante. Quanto a Gillespie, não tenho certeza. Tentou mostrar surpresa quando falamos na morte de Myra, mas não sei se realmente se surpreendeu. E aquela atitude dele, usando palavras estranhas. Sabe de onde vêm essas expressões? Das ruas. Ficar pilhado serve muito bem para falar da ansiedade antes de consumir o crack. Você fica frenético. E noiado significa estar completamente drogado. É o que os rapazes dos bairros chiques dizem, tentando mostrar personalidade quando vão comprar drogas no Harlem ou no Bronx.

— Acha que ele é viciado?

— Bem, ele me pareceu muito cheio de manias. Mas quer saber minha impressão?

— Foi o que perguntei.

— Acho que ele não é viciado em drogas, e sim nisso — explicou o jovem policial, fazendo um gesto em volta de si. — Viciado em dados, em informações.

Ela pensou um pouco e concordou. A atmosfera da SSD era intoxicante, mas não de forma agradável. Era fantasmagórica, desorientadora. Era como se as pessoas vivessem tomando aspirina.

Outro homem apareceu na porta. Era o diretor de recursos humanos, um jovem bem-vestido e moreno. Peter Arlonzo-Kemper explicou que raramente entrava nas celas, embora tivesse permissão para poder encontrar os funcionários em seus postos de trabalho. De vez em quando entrava on-line no innerCircle para tratar de assuntos de pessoal, porém somente para recuperar dados sobre funcionários da SSD, e não sobre o público em geral.

Então ele *também* havia acessado "armários", apesar do que Sterling dissera a seu respeito.

Sempre inquieto, ele parecia ter pregado um sorriso nos lábios e respondeu em tom monótono, mudando de assunto com frequência. A mensagem que passava era que Sterling — Sachs notou que todos o chamavam de "Andrew" — era o mais bondoso e cortês de todos os chefes. Disse que ninguém jamais sequer pensaria em traí-lo ou trair os "ideais" da SSD, quaisquer que fossem. Não podia imaginar um criminoso oculto sob o manto sagrado da companhia.

As declarações de admiração eram tediosas.

Depois que Sachs conseguiu tirá-lo da atitude de adoração, ele explicou que estivera com a mulher durante todo o domingo (era o único funcionário casado com quem ela falara). Na data da morte de Alice Sanderson, estava no Bronx, fazendo uma arrumação na casa da mãe, falecida pouco antes. Esteve sozinho, mas achava possível encontrar alguém que o tivesse visto. Arlonzo-Kemper não se recordava de onde estivera durante os demais homicídios. Quanto terminaram as entrevistas, um segurança escoltou Sachs e Pulaski de volta à antessala do escritório de Sterling. O diretor-executivo estava em companhia de um homem mais ou menos de sua idade, forte e de cabelos louros penteados de forma a esconder um início de calvície. Deixara-se cair sobre uma das cadeiras duras de madeira. Não era funcionário da SSD. Estava vestido com uma camisa esporte e paletó. Sterling ergueu os olhos e, ao ver Sachs, terminou a conversa e levantou-se, acompanhando o homem para fora de seu escritório.

Sachs notou que o visitante levava um maço de papéis com o título "Associated Warehousing", aparentemente o nome de uma empresa.

— Martin, pode pedir um carro para o Sr. Carpenter?
— Claro, Andrew.
— Estamos no mesmo barco, não é, Bob?
— É verdade, Andrew.

Carpenter era muito mais alto do que Sterling. Apertou-lhe a mão com ar sombrio, virou-se e partiu. Um segurança o acompanhou pelo corredor.

Os policiais voltaram com Sterling ao escritório.

— Descobriram alguma coisa? — perguntou ele.

— Nada conclusivo. Alguns tinham álibis, outros não. Vamos continuar a trabalhar no caso e ver aonde as pistas ou as testemunhas nos levam. Há uma coisa em que estive pensando. Poderia mandar trazer a cópia de um dossiê? O de Arthur Rhyme.

— Quem?

— Ele é um dos homens em nossa lista. Achamos que foi preso injustamente.

— Claro. — Sterling sentou-se à escrivaninha, tocou com o polegar um aparelho leitor ao lado do teclado e digitou alguma coisa. Fez uma pausa, com os olhos na tela. Em seguida, digitou mais algumas teclas e o documento começou a ser impresso. Ele entregou a Sachs as cerca de 30 páginas: o "armário" de Arthur Rhyme.

Bem, isso foi fácil, pensou ela. Depois fez um gesto para o computador dele.

— Há um registro de que o senhor pediu esse dossiê?

— Registro? Não. Não registramos o que baixamos internamente. — Olhou novamente as notas que tomara. — Vou pedir a Martin que arranje uma lista de clientes. Isso pode levar umas duas ou três horas.

Enquanto caminhavam para a antessala, Sean Cassel entrou. Não estava sorrindo.

— Que história é essa de uma lista de clientes, Andrew? Você não vai entregá-la a eles, vai?

— Vou sim, Sean.

— Por que clientes?

— Porque achamos que alguém que trabalha em uma das firmas clientes da SSD obteve informações que usou nos crimes — afirmou Pulaski.

O jovem riu, com desprezo.

— Sem dúvida isso é o que vocês *pensam*... Mas por quê? Nenhum deles tem acesso direto ao innerCircle. Não podem baixar armários.

Pulaski explicou:

— Podem ter comprado listas de contatos que continham a informação.

— Listas de contatos? Sabe quantas vezes um cliente teria que estar no sistema para reunir toda a informação de que você está falando? Isso seria um trabalho em tempo integral. Pense nisso.

Pulaski enrubesceu, olhando para baixo.

Mark Whitcomb, do Departamento de Conformidade, estava de pé junto à mesa de Martin.

— Sean, ele não sabe como esta empresa trabalha.

— Bem, Mark. Estou achando que é uma questão de lógica, na verdade. Não parece? Cada cliente teria que comprar centenas de listas de contatos. Talvez trezentos ou quatrocentos deles devem ter estado nos armários dos dezesseis que lhes interessam.

— Dezesseis? — perguntou Sachs.

— Significa "pessoas". — Cassel fez um gesto vago na direção das janelas estreitas, presumivelmente para incluir toda a humanidade além da Rocha Cinzenta. — Vem de um código que nós usamos.

Mais gírias. Armários, dezesseis, pilhar... As expressões denotavam sarcasmo e até mesmo desprezo.

— Precisamos fazer todo o possível para chegar à verdade — cortou Sterling, com firmeza.

Cassel balançou negativamente a cabeça.

— Não pode ter sido um cliente, Andrew. Ninguém ousaria utilizar nossos dados para cometer um crime. Seria suicídio.

— Sean, temos que saber se a SSD está envolvida nisso.

— Muito bem, Andrew. Faremos o que você achar melhor.

Sean Cassel ignorou a presença de Pulaski, sorriu friamente para Sachs, sem qualquer intenção de flerte, e saiu.

— Pegaremos a lista de clientes quando voltarmos para entrevistar os gerentes de suporte técnico — disse ela a Sterling.

Enquanto o diretor-executivo dava instruções a Martin, Sachs ouviu Mark Whitcomb sussurrar para Pulaski:

— Não se incomode com Cassel. Ele e Gillespie são as grandes figuras desta empresa. A alta cúpula, sabe como é. Eu sou uma pedra no sapato. Você também.

— Sem problema — respondeu o jovem policial, em tom isento, embora Sachs percebesse que ele estava agradecido pelo comentário. Ele tem tudo, menos autoconfiança, pensou ela.

Whitcomb saiu da sala e os dois policiais se despediram de Sterling. O diretor executivo tocou gentilmente o braço dela.

— Preciso lhe dizer uma coisa, detetive.

Ela se voltou para Sterling, que se mantinha de pé com os braços ao lado do corpo, de pernas abertas, fitando-a com seus olhos verdes e intensos. Era impossível desviar-se daquele olhar magnético.

— Não vou negar que meu objetivo nesse ramo de atividade com fornecimento de serviços de conhecimento é ganhar dinheiro. Mas também desejo aperfeiçoar nossa sociedade. Pense no que fazemos. Pense nas crianças que ganharão boas roupas e belos presentes de Natal pela primeira vez por causa do dinheiro que os pais deles economizam graças à SSD. Ou os jovens recém-casados que agora podem conseguir que um banco aceite a hipoteca para a primeira casa própria porque a SSD pode prever que eles de fato são aceitáveis para receber crédito. Ou nos ladrões de identidade que são apanhados porque nossos logaritmos detectaram uma falha no padrão de gastos de seu cartão de crédito. Ou nas etiquetas RFID colocadas numa pulseira ou relógio de pulso de uma criança para que seus pais possam localizá-la a qualquer momento do dia. Nas privadas inteligentes que diagnosticam diabetes quando a pessoa nem sabe que corre esse risco.

"Também em sua atividade profissional, detetive. Vamos dizer que a senhora esteja investigando um homicídio. Encontra traços de cocaína em uma faca, a arma do crime. Nosso programa PublicSure é capaz de apontar uma pessoa que já tenha sido presa por porte de cocaína e usado uma faca ao cometer alguma transgressão a qualquer momento nos últimos vinte anos, em qualquer área geográfica, se essa pessoa é canhota ou não e qual o número de seus sapatos. Antes mesmo de serem solicitadas, as impressões digitais aparecem na tela junto com a foto e detalhes do *modus operandi*, as características pessoais específicas, os disfarces que tenha usado no passado, o padrão da voz e uma dúzia de outros atributos.

"Também somos capazes de dizer quem comprou aquela marca de faca, e talvez aquela faca específica. Possivelmente sabemos onde estava o comprador no momento do crime e onde se encontra agora. Se o sistema não for capaz de encontrá-lo, pode calcular a probabilidade percentual de que esteja na casa de um cúmplice conhecido e exibir as impressões digitais e características deste último. E toda essa gama de dados chega a suas mãos em cerca de vinte segundos.

"Nossa sociedade precisa ser amparada, detetive. Lembra-se das janelas quebradas? Bom, a SSD existe para ajudar... — disse ele, sorrindo. — Isso resume tudo. E aqui está meu pedido: que seja discreta na investigação. Farei tudo o que puder, especialmente se chegarmos à conclusão que o culpado é alguém da SSD. Mas, se começarem a surgir boatos sobre falhas aqui, ou brechas na segurança, nossos competidores e críticos nos atacarão com toda a força. Isso comprometeria nossa missão de consertar quantas janelas pudermos, a fim de que o mundo seja melhor. Estamos de acordo?"

Amelia Sachs sentiu-se de repente constrangida com aquela missão dúbia, plantando as sementes para estimular o assassino a aproximar-se da armadilha sem ter contado isso a Sterling. Esforçou-se por manter os olhos fixos nos dele ao responder:

— Creio que temos um acordo.

— Ótimo. Agora, Martin, por favor, acompanhe nossos visitantes.

CAPÍTULO **VINTE E DOIS**

— JANELAS QUEBRADAS?

Sachs estava descrevendo o logotipo da SSD para Rhyme.

— Gosto da ideia.

— Gosta mesmo?

— Gosto. Pense bem. É uma metáfora para o que nós fazemos aqui. Buscamos os pequenos fragmentos de provas que nos levarão à grande resposta.

Sellitto fez um gesto na direção de Rodney Szarnek, que estava sentado em um canto completamente desligado de tudo, menos de seu computador, e ainda assobiando.

— O garoto de camiseta já preparou a armadilha. Agora está tentando invadir o sistema deles. Algum resultado, detetive? — perguntou ele.

— É... esse pessoal sabe o que faz, mas eu tenho algumas cartas na manga.

Sachs informou que o chefe da segurança achava impossível alguém invadir o innerCircle.

— Com isso a brincadeira fica mais divertida — disse Szarnek, tomando o resto de mais uma xícara de café e voltando a assobiar baixinho.

Sachs contou então sobre Sterling, a empresa e como funcionava o processo de mineração de dados. Mesmo com o que Thom havia explicado na véspera e com a pesquisa preliminar, Rhyme não tinha percebido a extensão daquela atividade.

— Ele age de forma suspeita? — perguntou Sellitto. — Esse Sterling?

Rhyme resmungou, achando a pergunta inútil.

— Não. Ele tem cooperado. Além disso, ele realmente acredita no que faz, o que é bom para nós. Os dados são como uma divindade para ele. Então quer eliminar tudo o que puder colocar sua empresa em risco.

Sachs descreveu em seguida a rígida segurança no interior da SSD, dizendo que pouquíssimas pessoas tinham acesso aos dados das três celas e que era impossível roubar dados, uma vez lá dentro.

— Houve uma vez um invasor, um jornalista que queria material para uma reportagem e não roubar segredos comerciais. Acabou preso e a carreira foi encerrada.

— Ele é vingativo, então?

— Não. Superprotetor, talvez — respondeu Sachs. — Quanto aos funcionários, entrevistei a maioria dos que têm acesso às listagens de dados sobre pessoas. Uns poucos não estavam lá ontem à tarde. Também perguntei se há algum registro quando os dossiês são baixados, mas isso não acontece. E vamos receber uma lista de clientes que compraram dados sobre as vítimas e os incriminados.

— Mas o importante é que todos ficaram sabendo que há uma investigação em curso e todos ouviram o nome de Myra Weinburg.

— Correto.

Sachs tirou um documento da pasta.

— Este é o dossiê de Arthur — explicou ela. — Achei que poderia ser útil. Pelo menos talvez você tenha interesse em vê-lo para saber o que seu primo anda fazendo.

Sachs retirou o clipe e colocou o documento no cavalete de leitura de Rhyme, que tinha um dispositivo para virar as páginas.

Ele olhou rapidamente os papéis e depois novamente para os quadros brancos.

— Não quer ler?

— Talvez mais tarde.

Sachs voltou a remexer na pasta.

— Aqui está a lista de funcionários da SSD que têm acesso aos dossiês; eles os chamam de "armários".

— Como naquela expressão "esqueletos no armário"?

— Isso mesmo. Pulaski está verificando os álibis. Voltaremos lá para falar com os dois gerentes técnicos, mas aqui está o que temos até agora.

Num dos quadros brancos Sachs escreveu os nomes e alguns comentários.

Andrew Sterling, Presidente e Diretor Executivo
Álibi: em Long Island, a ser confirmado

Sean Cassel, Diretor Comercial e de Marketing
Sem álibi

Wayne Gillespie, Diretor de Operações Técnicas
Sem álibi

Samuel Brockton, Diretor do Departamento de Conformidade.
Álibi: Registros do hotel confirmam presença em Washington

Peter Arlonzo-Kemper, Diretor de Recursos Humanos
Álibi: em companhia da mulher, a ser confirmado

Steven Shraeder, Gerente de Serviços Técnicos e de Apoio, equipe diurna
Ainda não entrevistado

Faruk Mameda, Gerente de Serviços Técnicos e de Apoio, equipe noturna
Ainda não entrevistado

Clientes da SSD (?)
Aguardando lista de Sterling

— Mel — chamou Rhyme. — Verifique com o Centro Nacional de Informações Criminais e o Departamento de Polícia.

Cooper enviou os nomes às duas entidades, assim como ao Programa de Detenção de Criminosos Violentos.

— Espere.... talvez haja alguma coisa aqui.

— O que é? — perguntou Sachs, adiantando-se.

— Arlonzo Kemper. Reformatório na Pensilvânia. Agressão, vinte e cinco anos atrás. O processo ainda é confidencial.

— A idade seria essa. Ele deve ter uns 35 anos. E é mulato claro — disse Sachs, com um olhar de relance ao quadro com o perfil de 522.

— Bem, veja se pode acessar o processo, ou pelo menos descubra se é a mesma pessoa.

— Verei o que posso fazer — disse Cooper, batendo algumas teclas.

— Alguma referência aos outros? — questionou Rhyme, olhando a lista de suspeitos.

— Nada. Só ele.

Cooper acionou várias pesquisas de bases de dados e verificou organizações profissionais. Depois deu de ombros.

— Estudou na universidade em Hastings. Não encontrei conexão com a Pensilvânia. Parece ter tido uma vida solitária. Além da universidade, a única organização em que esteve foi a Associação Nacional de Profissionais de Recursos Humanos. Participou de uma força-tarefa dedicada à tecnologia, há muitos anos, mas desde então não aparece mais nada.

— OK, aqui estão os dados do menor. Ele agrediu outro menino em um abrigo de menores. Mas...

— Mas o quê?

— Não é ele. Não aparece o hífen. O nome é diferente. O primeiro nome do menor é Arlonzo, Kemper é o sobrenome. — Cooper voltou os olhos para o quadro branco. — Este é Peter, sobrenome Arlonzo-Kemper. Eu digitei errado. Se tivesse incluído o hífen, não teria aparecido nenhum resultado. Desculpem.

— Não é o maior dos pecados — disse Rhyme, dando de ombros.

Pensando bem, era uma lição de humildade quanto à natureza dos dados. A caracterização do suspeito feita por Cooper dava a entender que aquele poderia ser o homem que procuravam — *parece ter tido uma vida solitária* —, mas a pista era completamente equivocada, devido a um erro tão insignificante quanto um único caractere não digitado. Se Cooper não tivesse percebido o engano, eles poderiam começar a investigar a fundo o homem, desperdiçando recursos.

Sachs foi sentar-se ao lado de Rhyme. Vendo a expressão dos olhos dela, o criminalista se preocupou:

— Que foi?

— É estranho, mas agora que estou aqui, sinto como se uma espécie de feitiço tivesse sido rompido. Acho que preciso de uma opinião independente sobre a SSD. Enquanto estava lá, acho que perdi a perspectiva... É um lugar desorientador.

— Como assim? — perguntou Sellitto.

— Vocês já estiveram em Las Vegas?

O policial tinha estado lá, com a ex-mulher. Rhyme deu uma risadinha.

— Las Vegas, onde a única questão é saber quão grande é a sua desvantagem. Por que motivo eu iria querer jogar dinheiro fora?

— Bem, a SSD é como um cassino — continuou Sachs. — O mundo exterior não existe. Não há janelas ou elas são diminutas. Não há conversas na copa dos funcionários, ninguém ri. Todos estão completamente concentrados em seu trabalho. É como se você chegasse a um mundo diferente.

— E você quer a opinião de outra pessoa sobre esse lugar — disse Sellitto.

— Isso mesmo.

— Um jornalista? — sugeriu Rhyme.

O companheiro de Thom, Peter Hoddins, trabalhava como repórter do *New York Times* e agora se dedicava a escrever livros sobre política e sociedade. Talvez conhecesse alguém na editoria de negócios que também cobrisse a atividade de mineração de dados.

Mas Sachs não concordou.

— Não, é melhor alguém que tenha tido contato direto com a empresa. Talvez um ex-funcionário.

— Está bem. Lon, você pode ligar para alguém da área de Trabalho?

— Claro.

Sellitto ligou para a repartição do Estado de Nova York que cuida de desemprego. Após dez minutos sendo transferido de uma seção a outra, encontrou o nome de um antigo diretor técnico assistente da SSD, que havia trabalhado na empresa durante alguns anos e fora despedido um ano e meio antes. Chamava-se Calvin Geddes e morava em Manhattan. Sellitto anotou os detalhes e passou o papel para Sachs. Ela ligou para Geddes e combinou de ir vê-lo dentro de uma hora.

Rhyme não tinha opiniões específicas sobre esse encontro. Em uma investigação, é preciso cobrir todos os lados. Pistas como Geddes, ou como Pulaski verificando os álibis, eram para ele como imagens vistas no reflexo de uma janela opaca: visões da verdade, mas não a própria verdade. Somente as provas reais, embora parcas, poderiam conter a verdadeira resposta quanto à identidade do assassino. Por isso, voltou a pensar nas evidências que possuía.

Saia do caminho...
Arthur Rhyme desistira de sentir medo dos latinos, que de qualquer forma já não lhe davam mais atenção. E também sabia que o negro corpulento não o ameaçaria.

O branco de tatuagem era quem o preocupava. Por ser drogado, assustava muito mais. O nome dele era Mick. As mãos tremiam e ele não parava de se coçar. Os olhos eram saltados, como bolhas em água fervente, e ele não parava de murmurar para si mesmo.

Arthur tentara evitá-lo durante todo o dia anterior, e passara a última noite acordado, desejando entre um e outro acesso de depressão que Mick desaparecesse, que fosse levado naquele dia a julgamento e sumisse para sempre de sua vida.

Mas não teve essa sorte. Ainda estava lá quando amanheceu e parecia estar sempre por perto. Continuava a olhar para Arthur.

— Você e eu — murmurou certa vez, fazendo um arrepio correr pela espinha de Arthur.

Os próprios latinos não pareciam querer importunar Mick. Talvez na cadeia houvesse algum protocolo que era preciso seguir, algumas regras não escritas sobre o que era certo e errado. Gente como aquele drogado franzino e tatuado poderia não seguir as normas, e todos ali pareciam saber disso.

Todos aqui sabem tudo, menos você. Você não sabe de merda nenhuma.
Certa vez ele riu e olhou para Arthur como se o reconhecesse, e chegou a fazer menção de se levantar, mas depois desistiu e sentou-se novamente, coçando as mãos.

— Você, o cara de Jersey — disse uma voz em seu ouvido. Arthur teve um sobressalto.

O negro corpulento tinha chegado por trás dele e sentou-se ao lado de Arthur, fazendo o banco ranger.

— Sou Antwon. Antwon Johnson.

Devia fazer algum tipo de saudação? Não seja idiota, disse para si mesmo. Simplesmente respondeu:

— Arthur.

— Eu sei. — Johnson olhou para Mick e disse a Arthur: — Aquele viciado está fodido. Não use essa merda de crack. Você vai ficar fodido para sempre. — Depois de um instante, perguntou: — Então você é tipo um gênio?

— Mais ou menos.

— Que merda é esse negócio de "mais ou menos"?

Não faça brincadeiras.

— Estudei física e química também, no MIT.

— MIT?

— É uma universidade.

— Boa universidade?

— Bastante boa.

— Então você sabe essa merda de ciência? Física, química, isso tudo?

As perguntas não eram como as dos latinos, que tinham tentado extorquir dinheiro dele. Johnson parecia estar realmente interessado.

— Estudei algumas dessas coisas, sim.

— Então você sabe fazer bombas — concluiu o outro. — Uma bomba bem grande para derrubar a porra daquela parede.

— Eu... — O coração disparou de novo, mais do que da vez anterior. — Bem...

Antwon Johnson riu.

— Estou zoando você.

— Eu...

— Zoando. Você.

— Ah.

— Arthur riu e ficou pensando se seu coração explodiria naquele exato momento ou se esperaria até mais tarde. Não tinha herdado todos os genes do pai, mas estariam as falhas cardíacas incluídas no pacote?

Mick falou algo para si mesmo e passou a interessar-se pelo cotovelo direito, coçando-o até sangrar.

Johnson e Arthur ficaram olhando para ele.

Drogado...

— Ei, cara de Jersey. Queria perguntar uma coisa.

— Claro.

— Minha mãe é religiosa, sabe como é. Ela uma vez me disse que a Bíblia tem razão. Quer dizer, tudo é exatamente como está escrito naquela merda. Tudo bem, mas então eu fico pensando, onde estão os dinossauros na Bíblia? Deus criou o homem e a mulher, a terra, os rios, os burros, as cobras e tudo o mais. Por que a Bíblia não diz que Deus criou os dinossauros? Isto é, eu vi os esqueletos deles e sei que são reais. Então qual é a merda da verdade, meu irmão?

Arthur Rhyme olhou para Mick e depois para o prego na parede. As mãos estavam suadas e ele pensava que dentre tudo o que podia lhe acontecer na prisão, ele ia acabar sendo morto por haver tomado a posição moral dos cientistas contra o mito da Criação.

Bem, mas que se dane.

— Seria contra todas as leis da ciência — leis que foram reconhecidas por todas as civilizações evoluídas do mundo — que a Terra tivesse somente 6 mil anos de idade. Seria como se você de repente criasse asas e saísse voando pela janela.

O negro franziu a testa.

Vou morrer agora.

Johnson o olhou com intensidade. Em seguida, balançou afirmativamente a cabeça.

— Eu bem que sabia dessa merda. Seis mil anos não fazem sentido nenhum. Merda.

— Posso sugerir um livro sobre esse assunto. O autor, Richard Dawkins, diz que...

— Não quero ler porra de livro nenhum. A sua palavra já vale, cara.

Arthur sentiu vontade de dar um soquinho no punho dele, como aqueles cumprimentos de adolescentes ou gangues, mas refreou-se. Perguntou:

— O que sua mãe vai dizer quando você contar a ela?

O rosto redondo exibiu uma expressão de espanto.

— Nunca vou contar. Isso não. Ninguém ganha uma discussão com minha mãe.

Nem com seu pai, pensou Arthur.

Johnson assumiu um ar sério.

— Falam por aí que você não fez o que eles dizem que fez para estar aqui.

— Claro que não.

— Mas pegaram você assim mesmo.

— Isso.

— Que merda que aconteceu?

—- Gostaria de saber. Tenho pensado nisso desde que fui preso. Só penso nisso. Como ele pode ter feito isso.

— Ele, quem?

— O verdadeiro assassino.

—Tipo em *O Fugitivo*. Ou o O. J.

— A polícia encontrou muitas pistas que me ligam ao crime. De alguma maneira, o assassino sabia de tudo a meu respeito. Meu carro, onde eu morava, meus horários. Sabia até de coisas que eu comprei, e plantou-as como provas. Tenho certeza de que foi isso o que aconteceu.

Antwon Johnson ponderou sobre o que ouvira e riu.

— Cara, essa foi a merda de seu problema.

— Qual?

—Você saiu e comprou tudo. Devia ter roubado. Aí ninguém ia ter ideia do que você faz.

CAPÍTULO **VINTE E TRÊS**

OUTRO SAGUÃO, PORÉM MUITO DIFERENTE do da SSD.
    Amelia Sachs nunca tinha visto algo tão sujo. Talvez no tempo em que era patrulheira, atendendo a brigas domésticas de gente drogada na região de Hell's Kitchen. Mesmo naquela época muitos conservavam a dignidade, faziam um esforço. Ali, no entanto, ela sentia arrepios. A organização sem fins lucrativos Privacidade Agora, localizada em uma antiga fábrica de pianos em Chelsea, definitivamente ganharia o prêmio máximo do desleixo.
    Havia pilhas de papéis impressos, livros — muitos deles de direito e de legislação governamental que estavam amarelando —, jornais e revistas. Também caixas de papelão, que continham coisas semelhantes, além de catálogos de telefone e publicações federais.
    E muita poeira. Toneladas de poeira.
    Uma recepcionista de jeans e suéter surrado digitava furiosamente em um velho teclado de computador e falava em voz baixa em um telefone desses que deixam as mãos livres. Gente apressada, de jeans e camiseta ou roupas baratas de trabalho amarrotadas, entrava no escritório por um corredor, trocava pastas de arquivos ou pegava mensagens telefônicas e, então, desaparecia.
    Tabuletas e cartazes baratos enchiam as paredes.

    LIVRARIAS: QUEIMEM AS NOTAS FISCAIS DE SEUS CLIENTES
    ANTES QUE O GOVERNO QUEIME OS LIVROS DELES!!!

    Um quadro de moldura retangular exibia a famosa frase de George Orwell, no livro *1984*, que tratava de uma sociedade totalitária:

O GRANDE IRMÃO ESTÁ VIGIANDO VOCÊ.

Em lugar de destaque na parede descascada, bem diante de Sachs, outro cartaz dizia:

GUIA DO GUERRILHEIRO NA GUERRA DA PRIVACIDADE

- Nunca informe seu número de previdência social.
- Nunca divulgue seu número de telefone.
- Nunca se ofereça para responder a pesquisas.
- Descadastre-se sempre que tiver oportunidade.
- Não preencha formulários de registro de produtos.
- Não preencha formulários de "garantia". Não é necessário para obter a garantia. Eles só servem para garimpar informação!
- Lembre-se: a arma mais perigosa dos nazistas era a informação.
- Mantenha-se fora do radar tanto quanto possível.

Sachs ainda estava digerindo o que lera quando uma porta se abriu, rangendo, e um homem baixo, de expressão preocupada e rosto pálido, aproximou-se dela e apertou-lhe a mão, levando-a em seguida a seu escritório, que era ainda mais desarrumado do que o saguão.

Calvin Geddes, ex-funcionário da SSD, trabalhava agora na organização dedicada ao direito de privacidade.

— Eu estive no lado negro — anunciou ele, sorrindo. Deixara de lado os trajes conservadores da SSD e vestia agora uma camisa amarela abotoada, sem gravata, além de jeans e tênis.

O sorriso afável desapareceu, no entanto, quando ela contou a história dos assassinatos.

— É — murmurou ele, agora com expressão de dureza e determinação nos olhos. — Eu *sabia* que alguma coisa assim iria acontecer. Tinha certeza absoluta.

Geddes explicou que possuía formação técnica e tinha trabalhado na primeira empresa de Sterling, predecessora da SSD, no Vale do Silício, preparando códigos. Mudara-se para Nova York e levava uma vida agradável enquanto a SSD disparava em direção ao sucesso.

Depois, a experiência tornou-se amarga.

—Tivemos problemas. Na época não cifrávamos os dados, e fomos responsáveis por alguns roubos de identidade muito graves. Várias pessoas se suicidaram. Alguns perseguidores contrataram o serviço com o único objetivo de obter informações no innerCircle. Duas das mulheres que eles tinham em mira foram atacadas e uma quase morreu. Pessoas divorciadas que litigavam em juízo para ter a custódia dos filhos usaram nossos dados para localizar os ex-cônjuges e raptar as crianças. Foi muito difícil. Eu me sentia como o sujeito que inventou a bomba atômica e depois se arrependeu. Tentei introduzir maiores controles na empresa, mas segundo meu chefe isso significava que eu não tinha fé na "visão SSD".

— Era Sterling?

— Em última instância, sim. Mas não foi ele quem me despediu. Andrew nunca suja as mãos; sempre delega as tarefas desagradáveis. Dessa forma mantém a imagem de chefe mais carinhoso e extraordinário do mundo... Do ponto de vista prático, há menos provas contra ele quando outras pessoas fazem o trabalho sujo em seu lugar. Bem, quando saí, vim trabalhar no Privacidade Agora.

Ele explicou que a organização era semelhante à EPIC (Electronic Privacy Information Center). O PA tinha como desafio identificar ameaças à privacidade dos indivíduos feitas pelo governo, empresas e instituições financeiras, provedores de computação, companhias telefônicas ou vendedores e mineradores de dados comerciais. A organização fazia lobby em Washington, processava o governo segundo a Lei de Liberdade de Informação a fim de descobrir programas de vigilância e também acionava empresas individuais que não estivessem cumprindo as leis de privacidade e transparência.

Sachs não falou da armadilha que Rodney Szarnek havia preparado, mas explicou em termos gerais que a polícia estava procurando clientes e funcionários da SSD que fossem capazes de compilar dossiês.

— O sistema de segurança parece ser muito seguro. Mas isso foi o que Sterling e o pessoal dele nos disse. Eu queria ouvir a opinião de alguém de fora.

— Estou pronto a ajudar.

— Mark Whitcomb nos falou das barreiras de concreto e da divisão dos dados.

— Quem é Whitcomb?

— Do Departamento de Conformidade da SSD.

— Não sabia que eles tinham um. Deve ser novo.

— É como um advogado dos consumidores no interior da empresa, a fim de assegurar que todas as regras do governo estão sendo seguidas — explicou Sachs.

Geddes pareceu satisfeito, mas acrescentou:

— Isso não é resultado da bondade do coração de Andrew Sterling. Provavelmente houve várias ações judiciais contra a empresa e trataram de arrumar a casa para mostrar ao público e ao Congresso. Sterling nunca vai ceder em nada, a menos que seja obrigado... Mas quanto às celas de dados, isso é verdade. Sterling cuida dos dados como se fossem o Santo Graal. Invadir as barreiras? Provavelmente é impossível. E não há meio de entrar fisicamente e roubar dados.

— Ele me disse que muito poucos funcionários têm permissão para acessar o sistema e obter dossiês no innerCircle. Isso é verdade, até onde o senhor sabe?

— Sim, claro. Muito poucos precisam ter acesso, e ninguém mais. Eu nunca tive, mesmo estando lá desde o começo.

— Tem alguma ideia a respeito do caso? Algum funcionário de vida pregressa duvidosa? Uma pessoa violenta?

— Já se passaram vários anos, e eu nunca achei ninguém especialmente perigoso. Mas devo dizer que apesar da fachada de família feliz que Sterling gosta de exibir, nunca cheguei a conhecer de perto ninguém de lá.

— E o que pensa destes indivíduos? — perguntou ela, mostrando a lista de suspeitos.

Geddes percorreu a lista.

— Trabalhei com Gillespie e conheci Cassel. Não gosto de nenhum dos dois. São do tempo da expansão da mineração de dados, como aconteceu com o Vale do Silício na década de 1990. São figurões. Lamento não conhecer os outros. — Geddes a olhou com atenção e perguntou com um sorriso: — Então a senhora esteve lá? Que achou de Andrew?

Ela se sentiu confusa ao tentar resumir sua impressão. Finalmente respondeu:

— Decidido, educado, inquisitivo, inteligente, mas... — A voz sumiu.

— Mas a senhora realmente não o conhece.

— Exatamente.

— Isso porque ele apresenta uma fisionomia de pedra. Durante todos os anos em que trabalhei com ele, nunca cheguei a conhecê-lo. *Ninguém* o conhece. Ele é inescrutável. Adoro essa palavra. Andrew é assim. Eu estava sempre procurando pistas... Notou uma coisa estranha nas prateleiras de livros dele?

— Não dá para ver as lombadas dos livros.

— Exatamente. Uma vez eu consegui dar uma olhada. Imagine: não eram livros sobre computadores, dados, negócios. Eram principalmente livros de história, filosofia, política: o império romano, imperadores chineses, Franklin Roosevelt, John Kennedy, Stalin, Idi Amin, Kruschev. Ele leu muita coisa sobre os nazistas. Ninguém soube utilizar informação como os nazistas, e Andrew não hesita em comentar esse fato. Foi o primeiro grande uso de computadores para vigiar grupos étnicos. Assim eles consolidaram o poder. Sterling está fazendo a mesma coisa no mundo empresarial. Preste atenção no nome da empresa dele: SSD. Dizem que foi escolhido intencionalmente. SS era o corpo de elite do exército nazista, e SD era a sigla da agência de segurança e informação. Sabe o que os competidores dizem que significa? Substituindo Seres por Dólares.

Geddes deu uma risada amarga e prosseguiu:

— Por favor, não me entenda mal. Andrew não tem nada contra os judeus, ou qualquer outro grupo. As convicções políticas, nacionalidade, religião e raça nada significam para ele. Ouvi-o dizer certa vez que "os dados não têm fronteiras". A fonte do poder no século XXI é a informação e não o petróleo ou a geografia. E Andrew Sterling pretende se tornar o homem mais poderoso da Terra. Aposto que ele fez o discurso de que a mineração de dados é como Deus.

— Salvando-nos do diabetes, economizando para comprar presentes de Natal e moradias e resolvendo casos para a polícia?

— Isso mesmo. E tudo isso é verdade. Mas você acha que vale a pena ter todos esses benefícios em troca de alguém ficar sabendo os detalhes de sua vida pessoal? Talvez as pessoas não se importem, se puderem economizar alguns trocados. Mas será que queremos ter os lasers da Consumers Choice perscrutando seus olhos no cinema e registrando sua reação aos comerciais que passam na tela antes do filme? Queremos uma etiqueta RFID na chave de nosso carro para que a polícia fique sabendo que você correu a cento e vinte por hora na semana passada, quando seu caminho passava somente por estradas com limite de sessenta? Quer que gente estranha fique sabendo que tipo de calcinha sua filha usa? Ou exatamente a que horas você está fazendo amor?

— O quê?

— Bem, o InnerCircle sabe que você comprou preservativos e lubrificante vaginal hoje à tarde e que seu marido pegou o trem das 18h15 para voltar. Sabe que você tem a noite livre porque seu filho foi a um jogo de beisebol e sua filha está fazendo compras na Gap em Greenwich Village. Sabe que você ligou a TV no canal de pornografia às 19h18 e que pediu uma saborosa comida chinesa às 21h50, depois do ato. Toda essa informação está à disposição.

"A SSD sabe se seus filhos não estão bem-ajustados na escola e sabe quando deve mandar a você folhetos sobre professores particulares e serviços de aconselhamento infantil. Sabe se seu marido está tendo problemas na cama e quando deve mandar a ele informação discreta sobre tratamentos para a disfunção erétil. Sabe quando seu histórico familiar, hábitos de consumo e ausências no trabalho levam você a um perfil pré-suicida..."

— Mas isso é bom. Nesses casos, um aconselhamento pode ajudar muito.

Geddes riu com frieza.

— Nada disso, porque o aconselhamento a suicidas potenciais não traz lucro. A SSD manda seu nome a funerárias próximas de sua casa e a profissionais que dão apoio a pessoas em luto, que poderão arrebanhar a família inteira para sua clientela, em vez de apenas uma única pessoa deprimida depois que ela se mata. Aliás, essa é uma linha bastante lucrativa.

Sachs ficou chocada.

— Já ouviu falar em "rede de amarras"?

— Não.

— A SSD define uma rede baseada unicamente em sua pessoa. Podemos chamá-la "O mundo da detetive Sachs". Você é o centro e as ramificações vão para seus parceiros, cônjuges, pais, vizinhos, colegas de trabalho, qualquer pessoa que possa servir de informação à SSD e que proporcione lucros à empresa. Todos os que têm alguma ligação com você estão "atrelados". E cada um deles têm sua própria rede, com dezenas de pessoas "amarradas".

Os olhos dele brilharam ao lembrar-se de outra coisa.

— Conhece os metadados?

— Que é isso?

— Dados sobre dados. Cada documento criado por um computador ou nele armazenado — cartas, arquivos, relatórios, pareceres jurídicos, sites da internet, e-mails, listas de supermercado — está cheio de dados ocultos. Quem o criou, para onde foi enviado, todas as mudanças feitas no texto, quem as fez e quando... tudo está registrado, segundo por segundo. Se você escrever um memorando a seu chefe e por brincadeira começar dizendo "Meu caro Palhaço Idiota" e depois apagar essa parte e começar da maneira correta, a parte do "Palhaço Idiota" ainda fica no computador.

— Sério?

— Claro. O tamanho de um relatório típico de um processador de palavras é muito maior do que o texto do documento. O resto o que são? Metadados. O programa de gerenciamento de dados do Watchtower possui robôs especiais, robôs de software que simplesmente procuram e armazenam os metadados de todos os documentos que passam por ele. Dávamos a isso o nome de Departamento das Sombras, porque o metadado é como a sombra do dado principal, e em geral é muito mais revelador.

Sombras, dezesseis, celas, armários... Para Amelia Sachs, era um mundo completamente novo.

Geddes estava contente por ter uma ouvinte receptiva. Curvando-se para a frente, perguntou:

— Sabe que a SSD tem uma divisão educativa?

Ela se lembrou do que estava escrito na apresentação que Cooper baixara.

— Sim. Chama-se EduServe.

— Mas Sterling não falou nada sobre ela, não é?

— Não.

— É porque ele não gosta que se saiba que a função principal é coletar o máximo possível de informações sobre crianças, começando no

jardim de infância. O que compram, os programas de TV que veem, os sites que acessam, as notas escolares, os registros médicos na escola... São informações extremamente valiosas para os varejistas. Mas o mais assustador na EduServe é que os diretores de escolas podem consultar a SSD e rodar um software de previsões na sua listagem de alunos, para em seguida organizar programas educativos dimensionados para eles, em termos do que for melhor para a comunidade ou para a sociedade, se quisermos usar um termo orwelliano. Com base no histórico de Billy, achamos que ele deve se voltar para uma especialização na indústria. Suzy deve estudar medicina, mas somente na área de saúde pública... Quem controlar as crianças controlará o futuro. Aliás, esse é outro elemento da filosofia de Adolf Hitler — completou ele, rindo.
— Está bem, basta de preleção... Mas está entendendo por que eu não aguentei mais?

Em seguida, Geddes franziu a testa.
— Estava pensando em sua investigação... tivemos um incidente na SSD certa vez. Foi há muitos anos, antes que a empresa viesse para Nova York. Houve uma morte. Provavelmente é coincidência, mas....
— Não, conte.
— No início nós oferecíamos boa parte dos dados coletados a catadores.
— A quem?
— Empresas ou indivíduos que fornecem dados. É uma raça estranha. São como os garimpeiros antigos. Veja bem, os dados possuem uma atração especial. A gente fica viciado na busca. Nunca nos sentimos satisfeitos. Não importa o quanto se colete, sempre se quer mais. E essa gente está sempre procurando novas maneiras de obtê-los. São competitivos, implacáveis. Foi assim que Sean Cassel começou nesse ramo. Ele era um catador de dados.

"Seja como for, um deles era extraordinário. Trabalhava em uma empresa pequena, creio que se chamava Rocky Mountain Data, no Colorado... Como era mesmo o nome dele? — Geddes apertou os olhos. —Talvez Gordon, alguma coisa assim. Ou talvez esse fosse o sobrenome dele. Bem, ficamos sabendo que ele não ficou feliz quando a SSD tomou a empresa dele. Dizia-se que ele pesquisara tudo o que era possível encontrar sobre a SSD e o próprio Sterling; virou o feitiço contra o feiticeiro. Achávamos que ele estava tentando encontrar alguma sujeira e chantagear Sterling para que ele desistisse da compra. Sabe que Andy Sterling — Andrew *Junior* — também trabalha na SSD?

Ela fez que sim.

— Ouvimos boatos de que Sterling o havia abandonado há muitos anos e que o rapaz descobriu. Mas depois ouvimos dizer que havia outro filho que ele abandonara. Talvez da primeira esposa, ou de alguma namorada. Alguma coisa que ele queria manter em segredo. Achávamos que talvez Gordon estivesse buscando esse tipo de sujeira. Seja como for, quando Sterling e outras pessoas estavam negociando a compra da Rocky Mountain, esse Gordon morreu, em um acidente, acho. Foi isso o que ouvi dizer. Eu não estava lá. Estava trabalhando com codificação no Vale do Silício.

— E a compra foi feita?

— Foi. O que Andrew quer, Andrew consegue... Agora, deixe-me dar um palpite sobre quem é o assassino que a senhora procura: o próprio Andrew Sterling.

— Ele tem um álibi.

— Mesmo? Bem, não se esqueça de que ele é o rei da informação. Quem controla dados é capaz de modificá-los. Já verificaram com cuidado esse álibi?

— É o que estamos fazendo.

— Bem, mesmo que seja confirmado, existe gente que trabalha para ele e que fará o que ele quiser. Qualquer coisa, na verdade. Lembre-se, outras pessoas fazem o trabalho sujo.

— Mas ele é um multimilionário. Que interesse pode ter em roubar moedas ou um quadro, e em seguida assassinar a vítima?

— Qual é o interesse dele? — Geddes ergueu a voz, como se fosse um professor falando a um aluno que não tivesse entendido bem a lição. — O interesse dele é ser a pessoa mais poderosa do mundo. Quer que toda a população da Terra faça parte de sua coleção particular. Tem interesse especial nos clientes ligados à polícia e lei e nos do governo. Quanto mais crimes forem resolvidos com êxito por meio do innerCircle, maior será o número de forças policiais daqui e do exterior que se tornarão clientes. A primeira tarefa de Hitler ao chegar ao poder foi a consolidação de todos os departamentos de polícia da

Alemanha. Qual foi nosso grande problema no Iraque? Dissolvemos o exército e a polícia, quando deveríamos tê-los usado. Andrew não comete esse tipo de erro.

Geddes riu.

— Acha que sou louco, não? Mas eu vivo o dia inteiro com isso na cabeça. Lembre-se, não se trata de paranoia quando realmente existe alguém vigiando você cada minuto. E, no fim das contas, é *isso* o que a SSD faz.

CAPÍTULO **VINTE E QUATRO**

ENQUANTO ESPERAVA A VOLTA DE Sachs, Lincoln Rhyme ouviu sem grande interesse a explicação de Sellitto sobre não ter sido possível localizar nenhuma das demais provas dos casos anteriores — o do estupro e o do roubo de moedas.

— Isso é realmente estranho.

Rhyme concordou, mas sua atenção passou da amarga avaliação de detetive para o dossiê sobre seu primo Arthur na SSD, que estava colocado diante de si.

Procurou ignorá-lo, mas o documento o atraía como um ímã atrai uma agulha. Encarando as letras negras nas páginas brancas, ele se esforçou por convencer-se de que, como Sachs havia dito, talvez houvesse alguma coisa útil. Depois admitiu para si mesmo que simplesmente se sentia curioso.

STRATEGIC SYSTEMS DATACORP, INC. —
DOSSIÊS DO INNERCIRCLE

Arthur Robert Rhyme
Número na SSD: 3480-9021-4966-2083

Estilo de vida
Dossiê 1A — Preferências de produtos ao consumidor
Dossiê 1B — Preferências de serviços ao consumidor
Dossiê 1C — Viagens
Dossiê 1D — Informações médicas

Dossiê 1E — Preferências de lazer

Finanças/Educação/Profissão
Dossiê 2A — Histórico escolar
Dossiê 2B — Histórico de emprego, com renda
Dossiê 2C — Histórico de crédito/relatório e classificação atual
Dossiê 2D — Preferências de produtos e serviços profissionais

Governamental/Jurídico
Dossiê 3A — Registros obrigatórios
Dossiê 3B — Registro eleitoral
Dossiê 3C — Histórico jurídico
Dossiê 3D — Histórico criminal
Dossiê 3E — Cumprimento da lei
Dossiê 3F — Imigração e naturalização

As informações aqui contidas são de propriedade da Strategic Systems Datacorp, Inc. (SSD). Seu uso está sujeito ao Acordo de Licenciamento entre a SSD e o Consumidor, conforme definido no Acordo Geral do Cliente. © Strategic Systems Datacorp. Todos os direitos reservados.

Depois de instruir o dispositivo a virar as páginas, Rhyme passou os olhos pelas trinta páginas do extenso documento. Algumas partes estavam cheias de dados, outras eram mais vagas. O registro de eleitor continha modificações e a Seção de Cumprimento da Lei e certas partes do histórico de crédito se referiam a outros arquivos, presumivelmente porque a legislação limitava o acesso a essas informações.

Fez uma pausa diante das extensas listas de produtos comprados por Arthur e família (assustadoramente denominados como "indivíduos atrelados"). Sem dúvida quem quer que lesse o dossiê ficaria sabendo o suficiente a respeito de seus hábitos de consumo e dos lugares onde fazia suas compras para poder incriminá-lo pelo assassinato de Alice Sanderson.

Rhyme descobriu de qual clube campestre Arthur tinha sido sócio, até desligar-se, anos antes, presumivelmente por ter perdido o emprego. Notou o pacote de férias que ele tinha comprado. Surpreendeu-se ao ver que ele começara a esquiar. Além disso, ele ou algum dos filhos poderia estar com um problema de excesso de peso, pois alguém havia iniciado um programa de dieta. Toda a família frequentava uma academia de ginástica. Rhyme viu uma compra de joias a prazo por volta das festas de Natal: era uma loja de um shopping de Nova Jersey, pertencente a uma cadeia de joalherias. O criminalista especulou que deveriam ser pequenos diamantes incrustados em uma base mais larga. Um presente improvisado, até que os tempos melhorassem.

Ao ler uma das referências, não pôde evitar um riso. Assim como ele próprio, Arthur preferia uísque single malt — na verdade a marca favorita de Rhyme, Glenmorangie.

Os carros que possuía eram um Mercedes e um Cherokee. O sorriso do criminalista, porém, desapareceu diante daquela anotação, porque recordou-se de outro veículo — o Corvette vermelho que Arthur ganhara dos pais quando comemorou seus 17 anos. Era o mesmo carro em que ele viajara até Boston para estudar no MIT.

Rhyme relembrou a partida de ambos para as respectivas faculdades. Foi um momento importante para Arthur, assim como para seu pai. Henry Rhyme ficou radiante ao ver o filho ser aceito em uma escola de tanto prestígio. Mas os planos dos dois primos — serem companheiros de quarto, disputarem namoradas e brilharem mais do que os outros nerds — não deram certo. Lincoln não foi aceito no MIT e em vez disso foi para a Universidade de Illinois em Urbana-Champaign, que lhe ofereceu bolsa integral (devolvendo-lhe também um pouco do orgulho, porque ficava na mesma cidade em que fora criado HAL, o computador narcisista do filme de Stanley Kubrick *2001: Uma Odisseia no Espaço*).

Assim como o tio Henry, Teddy e Anne ficaram contentes ao ver o filho em uma escola de seu estado natal. Henry disse ao rapaz que esperava seu regresso frequente a Chicago para continuar a ajudá-lo em suas pesquisas e até mesmo nas aulas, de vez em quando.

— É pena que você e Arthur não estejam no mesmo quarto — disse Henry. — Mas vocês vão estar juntos nos verões e nos feriados. E tenho certeza de que seu pai e eu poderemos dar um jeito de escapar de Chicago para ir visitá-los.

— Isso seria ótimo — dissera Lincoln.

Guardou para si o fato de que embora estivesse mortificado por não ter sido aceito no MIT, a rejeição tinha um lado positivo: nunca mais iria ver o maldito primo.

Tudo por causa do Corvette vermelho.

O incidente ocorreu não muito depois da festa de Natal em que ele ganhara o histórico bloco de concreto, num dia extremamente frio de fevereiro — mês que, nublado ou ensolarado, é o mais impiedoso em Chicago. Lincoln estava participando de uma competição científica na Universidade Nortgwestern, em Evansyon. Perguntara a Adrianna se ela queria acompanhá-lo, pensando que poderia tomar coragem e propor o casamento mais tarde.

Ela, porém, não pôde ir. Iria fazer compras com a mãe na loja Marshall Fields, atraída por uma grande liquidação. Lincoln ficou decepcionado, mas esqueceu o assunto e se concentrou na competição. Tirou o primeiro lugar na categoria dos formados no ensino médio e, em seguida, junto com os colegas, levou para fora do recinto os projetos científicos que tinham preparado. Com os dedos azulados e fazendo vapor com a respiração no ar gélido, guardaram os pertences no compartimento de bagagem do ônibus e correram para entrar no veículo.

Nesse momento, alguém gritou:

— Ei, olhem lá fora. Carro bacana.

Um Corvette vermelho ia atravessando o campus.

O primo Arthur estava ao volante. Isso não era estranho, pois a família morava perto dali. O que surpreendeu Lincoln, no entanto, foi a impressão de que a moça ao lado dele era Adrianna.

Sim ou não?

Ele não tinha certeza.

Ela parecia estar vestida com uma jaqueta de couro marrom e chapéu de pele idêntico a um que ele lhe dera no Natal.

— Que merda, Linc, entre aqui. Precisamos fechar a porta.

Mas Lincoln ficou onde estava, olhando o carro que dava a volta à esquina da rua acinzentada e branca por causa da neve.

Ela teria mentido? A mulher com quem ele pensava em se casar? Não dava para acreditar. E o traindo logo com Arthur?

Com seu aprendizado científico, ele examinou objetivamente os fatos.

Fato 1 — Arthur e Adrianna se conheciam. O primo a conhecera meses antes no escritório de aconselhamento onde ela trabalhava, depois das aulas, na escola de Lincoln. Poderiam muito bem ter trocado números de telefone.

Fato 2 — Lincoln lembrava-se agora de que Arthur não perguntava mais por ela. Isso era estranho; os dois rapazes sempre passavam muito tempo falando em namoradas, mas recentemente Art não a mencionara uma vez sequer.

Suspeito.

Fato 3 — Refletindo, achou que Adie tinha sido evasiva quando recusou ir à competição científica. (Ele não havia mencionado o lugar em Evanston, o que significava que ela não teria hesitado em percorrer as ruas com Art). Lincoln se sentiu tomado pelo ciúme. E eu ia dar a ela um pedaço do Estádio Stagg, meu Deus! Um fragmento da verdadeira cruz da ciência moderna! Lembrou-se de outras situações em que ela se desculpara para não se encontrar com ele, circunstâncias que, em retrospecto, pareciam estranhas. Pensou também em outras coisas, além dessas.

Mesmo assim, recusava-se a acreditar. Atravessou a neve em direção a um telefone público e ligou para a casa dela.

— Desculpe, Lincoln, ela saiu com alguns amigos — disse a mãe de Adrianna.

Amigos...

— Obrigado. Eu ligo mais tarde... Ah, Sra. Waleska, a senhora foi com ela àquela liquidação na Marshall Fields hoje?

— Não, a liquidação é na semana que vem... Preciso preparar o jantar, Lincoln. Cuide-se, está muito frio hoje.

— Com certeza.

Lincoln sabia bem disso. Estava em uma cabine telefônica, batendo os dentes, sem vontade de recolher os sessenta centavos que tinham caído de suas mãos trêmulas na neve, após ter repetidamente tentado introduzir as moedas no aparelho.

— Que merda, Lincoln, entre no ônibus!

Mais tarde ele ligou novamente e conseguiu manter uma conversa normal por algum tempo, antes de perguntar como ela tinha passado o dia. Ela explicou que tinha gostado de fazer compras com a mãe, mas que havia uma multidão. Gaguejava, sem organização, fazendo digressões. Parecia absolutamente culpada.

Mesmo assim, ele não conseguia acreditar.

Por isso, mantivera as aparências.

Na visita seguinte de Arthur à sua casa, ele deixou o primo na sala de jogos e saiu de casa levando um rolo de adesivo para pelos — exatamente do tipo usado pelas equipes de investigação criminal — e recolheu evidências no assento dianteiro do Corvette.

Guardou as amostras em uma bolsa plástica e quando esteve novamente com Adrianna retirou alguns fiapos do casaco e do chapéu de pele. Sentiu-se mesquinho, fervendo de vergonha e mal-estar, mas isso não o impediu de comparar a pelugem, usando um dos microscópios do laboratório da escola. Eram idênticos, tanto a pele do chapéu quanto as fibras sintéticas do casaco.

A namorada com quem ele pensava em se casar o estava traindo.

Pela quantidade de fibras no carro de Arthur, ele deduziu que ela devia ter estado ali mais de uma vez.

Finalmente, uma semana depois, viu os dois juntos no carro, o que acabou com qualquer dúvida.

Lincoln não saiu de cena com classe nem com raiva. Simplesmente saiu de cena. Sem ter ânimo para uma confrontação, deixou que seu relacionamento com Adrianna se esvaísse. As poucas vezes em que saiu com ela foram penosas e cheias de silêncios embaraçosos. Para grande desapontamento dele, ela parecia ficar chateada com o distanciamento crescente. Como assim? Será que ela achava que poderia continuar com aquele jogo duplo? Comportava-se como se estivesse irritada com *ele*, quando era ela a traidora.

Lincoln se distanciou também do primo, com a desculpa dos exames finais, competições de atletismo e — uma bênção disfarçada de tragédia — sua rejeição pelo MIT.

Os dois rapazes se encontravam ocasionalmente, em reuniões familiares e cerimônias de formatura, mas tudo mudara entre eles. Era uma mudança essencial. Nenhum dos dois, e nem Adrianna, pronunciaram uma só palavra, pelo menos durante muitos anos após aqueles acontecimentos.

Toda a minha vida mudou. Se não fosse por você, tudo seria diferente...
Mesmo agora Rhyme sentia as veias pulsando mais forte. Não era capaz de sentir frio nas mãos, mas tinha certeza de que estava suando. Esses pensamentos tristes, no entanto, foram interrompidos quando Amelia Sachs passou pela porta.

— Alguma novidade? — perguntou ela.

Mau sinal. Se tivesse obtido alguma revelação de Calvin Geddes, já entraria declarando o que conseguira

— Não — admitiu ele. — Ainda estou esperando um retorno de Ron sobre os álibis. Por enquanto, ninguém mordeu a isca de Rodney.

Sachs tomou o café que Thom lhe oferecia e pegou meio sanduíche de peru de uma bandeja.

— O de salada de atum é melhor — disse Lon Sellitto. — Ele que fez.

— Esse já está bom para mim — retrucou ela, sentando-se ao lado de Rhyme e oferecendo um pedaço do sanduíche. Ele não tinha apetite e fez que não com a cabeça.

— Como vai seu primo? — perguntou ela, vendo o dossiê aberto na moldura diante dele.

— Meu primo?

— Como está indo na detenção? Isso deve ser difícil para ele.

— Ainda não deu para falar com ele.

— Provavelmente ele está envergonhado demais para entrar em contato. Você deveria ligar.

— Vou ligar. O que descobriu com Geddes?

Ela confessou que o encontro não produzira grandes revelações.

— Foi em grande parte uma palestra sobre a erosão da privacidade — explicou ela, relatando os pontos mais alarmantes da conversa: os dados pessoais coletados diariamente, as intrusões, o perigo do EduServe, a imortalidade dos dados, os registros de metadados nos arquivos de computador.

— Alguma coisa útil para nós? — perguntou ele, azedo.

— Duas coisas. Primeiro, ele não está convencido de que Sterling seja inocente.

— Você disse que ele tinha um álibi — observou Sellitto, pegando outro sanduíche.

— Talvez não tenha cometido o crime pessoalmente. Ele poderia estar usando outra pessoa.

— Por quê? Ele é o diretor executivo de uma grande empresa. O que lucraria com isso?

— Quanto mais crimes, mais a sociedade precisa da SSD para se proteger. Geddes diz que ele quer o poder. Considera-o o Napoleão da informação.

— Então ele contratou um capanga para quebrar janelas a fim de que ele apareça e as conserte — especulou Rhyme, um tanto impressionado com a ideia. — Mas o tiro saiu pela culatra. Ele nunca imaginou que nós descobriríamos que a base de dados da SSD está por trás desses crimes. Muito bem. Acrescente à lista de suspeitos: pessoa desconhecida trabalhando para Sterling.

— Olhe, Geddes também disse que há poucos anos a SSD comprou uma empresa de mineração de dados do Colorado. O principal catador, isto é, um garimpeiro de dados, morreu.

— Alguma conexão entre Sterling e essa morte?

— Não tenho ideia, mas vale a pena verificar. Vou dar alguns telefonemas.

A campainha da porta tocou e Thom foi abrir. Ron Pulaski entrou, de cara fechada e transpirando. Rhyme às vezes tinha vontade de dizer a ele que não levasse as coisas tão a sério, mas como ele próprio também agia assim, achava que seria uma hipocrisia.

O calouro explicou que a maioria dos álibis naquele domingo tinha sido confirmada.

— Verifiquei com o pessoal do pedágio automático e eles confirmam que Sterling passou pelo túnel Midtown na hora que disse. Tentei entrar em contato com o filho dele só para reconfirmar se o pai tinha ligado de Long Island, mas ele não estava em casa.

— Outra coisa — continuou Pulaski —, o diretor de recursos humanos. O único álibi dele é a esposa. Ela confirmou, mas achei que parecia um ratinho assustado. Além disso, falava igual ao marido: a SSD é o melhor lugar do mundo, blá-blá-blá.

Rhyme, que não costumava confiar em testemunhas em quaisquer circunstâncias, não deu muita importância a isso. Uma das coisas que aprendera com Kathryn Dance, perita em linguagem e movimentos corporais do Bureau de Investigações da Califórnia, era que mesmo quando as pessoas contam a mais pura verdade à polícia muitas vezes parecem ser culpadas.

Sachs foi até a lista de suspeitos e a atualizou.

Andrew Sterling, Presidente e Diretor executivo
Álibi: em Long Island, verificado. Aguardando confirmação do filho

Sean Cassel, Diretor Comercial e Marketing
Sem álibi

Wayne Gillespie, Diretor de Operações Técnicas
Sem álibi

Samuel Brockton, Diretor do Departamento de Conformidade
Álibi: Registros do hotel confirmam presença em Washington

Peter Arlonzo-Kemper, Diretor de Recursos Humanos
Álibi: em companhia da mulher, confirmado por ela (influenciada?)

Steven Shraeder, Gerente de Serviços Técnicos e de Apoio, equipe diurna
Ainda não entrevistado

Faruk Mameda, Gerente de Serviços Técnicos e de Apoio, equipe noturna
Ainda não entrevistado

Cliente da SSD (?)
Aguardando lista a ser fornecida por Sterling

SUJDESC recrutado por Andrew Sterling (?)

Sachs olhou o relógio.

— Ron. Mamede já deve ter voltado. Você poderia voltar à SSD e falar com ele e Shraeder? Veja onde estiveram na hora do assassinato de Weinburg. Além disso, o assistente de Sterling já deve ter preparado a lista de clientes. Caso contrário, fique no escritório dele até que a lista apareça. Banque o figurão. Aliás, melhor ainda: banque o impaciente.

— Voltar à SSD?

— Isso mesmo.

Ficou claro para Rhyme que, por alguma razão, ele não queria voltar.

— Tudo bem. Vou ligar para Jenny e ver como estão as coisas lá em casa.

Pulaski pegou o celular e fez a ligação.

Pela conversa que ouvia, Rhyme deduziu que ele falava com o filho pequeno e em seguida, com jeito ainda mais infantil, com a filhinha. O criminalista desviou a atenção.

Naquele momento, o telefone tocou. O código do número de origem da chamada era 44.

Ah, ótimo.

— Comando, atender telefone.

— Detetive Rhyme?

— Inspetora Longhurst.

— Sei que o senhor está trabalhando em outro caso, mas achei que gostaria de uma atualização.

— Claro. Por favor, fale. Como vai o reverendo Goodlight?

— Está muito bem, mas um pouco assustado. Faz questão de que nenhum segurança ou outro policial entre na casa. Só confia nos que já estão com ele há várias semanas.

— Não podemos censurar ele por isso.

— Tenho um agente que verifica todas as pessoas que se aproximam. É um antigo funcionário da SAS. São os melhores do ramo... Bem, revistamos o esconderijo em Oldham de cima a baixo, e eu queria contar a você o que encontramos. Traços de cobre e chumbo, semelhantes aos das balas que foram raspadas. Alguns gramas de pólvora e resíduos muito pequenos de mercúrio. Meu perito em balística diz que ele pode estar fazendo uma bala dundum.

— É, é isso. Mercúrio líquido derramado no núcleo da bala, causa um estrago tremendo.

— Também encontraram um pouco de graxa usada para lubrificar rifles. Havia traços de água oxigenada na pia e diversas fibras em um tom de cinza escuro... Era algodão, bem engomado. Nossa base de dados sugere que combinam com o tecido de uniformes.

— Acha que essas provas foram plantadas?

— Nosso pessoal da criminalística diz que não. Os traços eram minúsculos.

Louro, atirador, vestindo uniforme...

— Houve outro incidente que nos preocupou aqui: uma tentativa de assalto a uma ONG perto de Piccadilly. É uma organização não governamental, sem fins lucrativos. O escritório central deles era a Agência de Ajuda à África Ocidental, a entidade do reverendo Goodlight. Os policiais chegaram e o culpado fugiu, atirando no esgoto a ferramenta que estava utilizando para arrombar a fechadura. Mas demos sorte: uma pessoa que passava viu onde foi. Bem, resumo da ópera: meu pessoal encontrou a tal ferramenta e descobriu resquícios de terra nela, que continham um tipo de lúpulo que somente é cultivado em Warwickshire. Esse lúpulo é usado para fabricar cerveja.

— E nós temos uma base de dados sobre bebidas alcoólicas aqui na polícia metropolitana, com seus ingredientes.

Exatamente como a minha, pensou Rhyme.

— Ah, é?

— Eu mesma a montei — afirmou ela.

— Excelente. E então?

— A única cervejaria que usa esse lúpulo fica perto de Birmingham. Pegamos uma imagem do invasor da ONG no circuito fechado de TV. Graças ao lúpulo, resolvi verificar os circuitos de TV da segurança pública de Birmingham. Realmente, o mesmo indivíduo chegou à estação de New Street várias horas depois, descendo do trem com uma mochila grande. Infelizmente nós o perdemos na multidão.

Rhyme ficou pensando. A grande questão era saber se o lúpulo tinha sido plantado na ferramenta para despistar a polícia. Era algo que ele só poderia saber caso examinasse a cena pessoalmente ou se tivesse acesso às evidências. Por enquanto, era apenas o que Sachs chamaria de intuição.

Pistas plantadas ou não?

Rhyme tomou uma decisão.

— Inspetora, não acredito nisso. Acho que Logan está tentando uma jogada dupla. Quer que nos concentremos em Birmingham enquanto ele executa o golpe em Londres.

— Fico feliz em ouvir isso, detetive. Eu mesma estava tendendo a trabalhar com essa hipótese.

— Devemos fingir que não percebemos. Onde estão os demais membros da equipe?

— Danny Krueger está em Londres com o pessoal dele. O agente francês e o homem da Interpol estavam verificando pistas em Oxford e Surrey, mas não descobriram nada.

— Eu os mandaria para Birmingham, imediatamente. Faça isso de maneira sutil, mas que fique bastante óbvio.

A inspetora riu.

— Para assegurar que Logan pense que mordemos a isca.

— Exatamente. Quero que ele pense que nós acreditamos que temos chance de pegá-lo lá. Mande também alguns agentes táticos. Faça um estardalhaço, faça parecer que estão sendo tirados da área de vigilância em Londres.

— Mas na verdade aumentaremos a vigilância lá.

— Isso mesmo. E diga que ele vai aparecer em pessoa. Tem cabelos louros e está usando um uniforme cinza.

— Brilhante, detetive. Vou colocar esse plano em ação agora mesmo.

— Mantenha-me informado.

— Obrigada.

Rhyme pronunciou o comando para desligar o telefone no momento em que uma voz soou, vinda do outro lado da sala:

— Bom, resumindo a situação: seus amigos da SSD sabem trabalhar. Estou tentando invadir, mas não me deixam nem fazer um carinho nesses dados.

Era Rodney Szarnek. Rhyme tinha se esquecido dele.

O rapaz se levantou e aproximou-se dos outros policiais.

— O innerCircle é mais fechado do que o Forte Knox, assim como o sistema de gerenciamento da base de dados, o Watchtower. Duvido realmente de que alguém possa entrar lá sem um conjunto imenso de supercomputadores, coisa que não se compra na Best Buy ou na Radio Shack.

— E então? — perguntou Rhyme, preocupado.

— Bem, eu nunca vi nada parecido com a segurança que a SSD tem no sistema. É muito agressiva. Devo confessar que também me assustou. Eu tinha uma identidade anônima e estava apagando minhas pegadas enquanto progredia, mas o que que aconteceu de repente? O robô da segurança deles entrou no *meu* sistema e tentou me identificar com o que encontrou no espaço livre.

— Rodney, diga exatamente o que significa "espaço livre" — solicitou Rhyme, tentando ser paciente.

Ele explicou que era possível encontrar fragmentos de dados, até mesmo os que tivessem sido apagados, nos espaços vazios dos discos rígidos. Frequentemente, os softwares rearrumavam os dados de forma que era possível lê-los. O sistema de segurança da SSD sabia que Rodney cobriria seus passos, e por isso entrou no computador dele para ler os dados dos espaços livres e descobrir quem ele era.

— É monstruoso. Felizmente eu percebi. Senão...

Dando de ombros, foi consolar-se com o café.

Rhyme teve uma ideia e, quanto mais pensava a respeito, mais gostava dela. Olhou para o franzino Szarnek e disse:

— Ei, Rodney, você gostaria de trabalhar como policial de verdade, para variar?

O ar de geek descompromissado desapareceu do rosto dele.

— Sabe, acho que realmente não sirvo para isso.

Sellitto terminou de mastigar o último pedaço de sanduíche.

— Você não sabe o que é viver enquanto uma bala não passa perto de sua orelha na velocidade do som.

— Espere, espere.... eu só atiro em RPGs e...

— Ah, não vai ser você quem correrá o risco — esclareceu Rhyme ao jovem técnico em informática, enquanto olhava com ar divertido para Ron Pulaski, que acabara de fechar o telefone.

— O que é? — perguntou o novato, franzindo a testa.

CAPÍTULO **VINTE E CINCO**

— PRECISA DE ALGUMA COISA, agente?

Na sala de conferências da SSD, Ron Pulaski ergueu os olhos para o rosto sem expressão do segundo assistente de Sterling, Jeremy Mills. Lembrou-se de que ele era o assistente para assuntos externos.

— Não, obrigado. Mas talvez você pudesse verificar se o Sr. Sterling já preparou alguns documentos que ficou de nos entregar. Uma lista de clientes. Creio que Martin estava cuidando disso.

— Levarei o assunto a Andrew com prazer, tão logo ele terminar a reunião.

Em seguida o assistente de ombros largos caminhou ao redor da sala, mostrando os interruptores e os comandos do ar-condicionado, como fez o carregador de malas ao levar Jenny e Pulaski ao quarto chique do hotel onde se hospedaram para a lua de mel.

Isso fez com que o jovem policial se lembrasse mais uma vez da semelhança entre Jenny e Myra, a mulher que tinha sido estuprada e morta na véspera. O jeito com que os cabelos caíam sobre os ombros, o sorriso levemente travesso que ele adorava, a...

— Agente?

Pulaski ergueu a cabeça, percebendo que tinha se desligado.

— Desculpe.

O assistente o observava e apontava para um pequeno refrigerador.

— Aqui há refrigerantes e água.

— Obrigado. Estou bem.

Preste atenção, disse ele a si mesmo, irritado com sua própria postura. Esqueça Jenny. Esqueça as crianças. Pessoas estão em perigo. Amelia acha que você pode dar conta dessas entrevistas. Portanto, faça isso.

Está entendendo bem, novato? Preciso de você com a gente.
— Se quiser telefonar, use este aparelho. Disque 9 para obter linha externa. Ou então aperte este botão e fale o número. O telefone é ativado por voz — explicou Mills, que então apontou para o celular de Pulaski. — Esse telefone provavelmente não vai funcionar bem aqui. Há muita proteção eletrônica, para segurança.
— Jura? Tudo bem.
Pulaski tentou recordar-se se tinha visto alguém usando celular ou BlackBerry, mas não conseguiu se lembrar de ninguém.
— Vou pedir que os funcionários entrem, se você estiver pronto.
— Ótimo.
O assistente saiu para o corredor. Pulaski tirou o bloco de notas da pasta e conferiu os nomes dos funcionários que deveria entrevistar.
Steven Shraeder, Gerente de Serviços Técnicos e de Apoio
Equipe diurna
Faruk Mameda, Gerente de Serviços Técnicos e de Apoio
Equipe noturna
Levantou-se e olhou o corredor. Ali perto, um servente esvaziava latas de lixo. Lembrou-se de tê-lo visto na véspera, fazendo o mesmo serviço. Era como se Sterling receasse que o lixo acumulado nas latas prejudicasse a reputação da empresa. O servente olhou o uniforme de Pulaski sem reagir e voltou a seu trabalho, que executava de maneira metódica. Mais além no corredor, o jovem policial viu um segurança de pé, em posição de sentido. Não seria possível ir ao banheiro sem passar por ele. Pulaski voltou a se sentar na sala de conferências para esperar os dois homens na lista de suspeitos.
Faruk Mameda foi o primeiro, um jovem de família árabe, até onde Pulaski podia presumir. Tinha boa aparência e atitude solene e confiante, não parecendo ter qualquer problema em olhar o policial nos olhos. Explicou que havia trabalhado em uma pequena empresa que a SSD adquirira há cinco ou seis anos, e agora sua função era supervisionar os funcionários do serviço técnico. Era solteiro, sem família, e preferia trabalhar à noite.
O policial ficou surpreso por ele não ter sotaque. Pulaski perguntou a Mameda se tinha ouvido falar da investigação. Ele respondeu que não estava a par dos detalhes, o que poderia ser verdade, já que

trabalhava no turno da noite e tinha acabado de chegar para o trabalho. Sabia apenas que Andrew Sterling o chamara e lhe dissera que falasse com a polícia sobre um crime que havia ocorrido.

Ele foi ficando perplexo com a explicação do policial.

— Aconteceram vários homicídios recentemente, e nós achamos que informações da SSD foram usadas no planejamento dos crimes.

— Informações?

— Sobre a movimentação das vítimas e os produtos que adquiriam.

Curiosamente, a pergunta seguinte de Mameda foi:

— Você está falando com todos os funcionários?

O que ele deveria revelar e o que deveria ocultar? Pulaski não sabia. Amelia sempre dizia que era importante amolecer o entrevistado, manter a conversação fluindo, mas nunca revelar muita coisa. Após o ferimento que recebera na cabeça, ele achava que às vezes não raciocinava bem e se sentia nervoso quanto ao que deveria dizer a testemunhas e suspeitos.

— Não, nem todos.

— Somente os que são suspeitos, ou os que vocês já decidiram que são suspeitos — disse o funcionário, em tom defensivo, com firmeza.

— Estou entendendo. É claro. Isso acontece muito hoje em dia.

— A pessoa em que estamos interessados é do sexo masculino e tem acesso total ao innerCircle e ao Watchtower. Estamos falando com todos os que se ajustam a essa descrição. — Pulaski entendera a preocupação de Mameda. — Não tem nada a ver com sua nacionalidade.

A tentativa de tranquilizá-lo, porém, foi como um tiro saindo pela culatra.

— Pois bem, minha nacionalidade é americana. Sou cidadão dos Estados Unidos, como você. *Presumo* que seja cidadão, mas talvez não seja. Afinal, muito pouca gente neste país estava aqui originalmente.

— Desculpe.

Mameda deu de ombros.

— A gente tem que se acostumar com certas coisas na vida. É uma pena. A terra dos homens livres é também a terra dos preconceituosos. Eu...

A voz foi sumindo enquanto ele olhava para além de Pulaski, como se houvesse alguém atrás dele. O policial arriscou um olhar discreto por sobre o ombro, mas não havia ninguém. Mameda disse:

— Andrew disse que quer cooperação completa. Por isso estou cooperando. Poderia me perguntar o que precisa saber, por favor? Tenho muito o que fazer esta noite.

— Os dossiês de pessoas; vocês chamam de "armários", certo?

— Sim. Armários.

— Você costuma baixá-los?

— Para que eu baixaria um dossiê? Andrew não ia gostar.

Interessante: a ira de Andrew Sterling era o principal elemento de dissuasão, e não a polícia ou os tribunais.

— Então você nunca fez isso?

— Nunca. Se houver uma falha de algum tipo, ou se os dados forem corrompidos ou ainda problemas com a interface, pode ser que eu olhe alguma parte dos verbetes ou os títulos, mas é só. Apenas o suficiente para entender o problema e tomar uma providência para sanar o defeito.

— Alguém poderia ter descoberto sua senha e entrado no innerCircle, baixando então os dossiês?

Mameda fez uma pausa.

— Não seria possível, não comigo. Não guardo minha senha por escrito.

— Você entra nas celas de dados com frequência? E no Centro de Entrada também?

— Claro, naturalmente. Essa é minha função. Eu conserto os computadores e asseguro o fluxo normal dos dados.

— Pode me dizer onde esteve no domingo à tarde, entre meio-dia e 16 horas?

— Ah — exclamou ele, com um aceno de cabeça. — Então essa era a verdadeira razão. Eu estava na cena do crime?

Pulaski teve dificuldade de fitar os olhos negros e raivosos do homem.

Mameda espalmou as mãos sobre a mesa, como se fosse se levantar com raiva e se retirar. Mas recostou-se novamente e disse:

— Tomei o café da manhã com alguns amigos... — Depois acrescentou: — São da mesquita, talvez você queira saber.

— Eu...

— Depois disso passei o resto do dia sozinho. Fui ao cinema.

— Sozinho?

—Tenho poucas distrações. Em geral vou sozinho. Era um filme de Jafar Panahi, o diretor iraniano. Já viu... — Crispou os lábios, desistindo de falar. — Não importa.

— Guardou o ingresso?

— Não... Depois andei por algumas lojas. Acho que fui para casa por volta das 18h. Liguei para ver se precisavam de mim aqui, mas tudo estava correndo bem e por isso jantei com um amigo.

— Comprou alguma coisa com cartão de crédito durante a tarde?

Ele se empertigou.

— Estava vendo as vitrines. Tomei um café, comi um sanduíche. Paguei com dinheiro... — Curvou-se para a frente, falando de forma áspera. — Não acho que você tenha feito essas perguntas a todos. Sei o que pensam a nosso respeito. Acham que nós tratamos as mulheres como animais. Não posso acreditar que esteja me acusando de ter estuprado alguém. Isso é bárbaro. E você está me insultando!

Pulaski fez um esforço para encarar Mameda.

— Bem, meu senhor, perguntamos ontem a todos os que têm acesso ao innerCircle onde estiveram no dia do crime, inclusive ao Sr. Sterling. Estamos apenas fazendo nosso trabalho.

Mameda se acalmou um pouco, mas continuou a demonstrar irritação quando o policial perguntou onde ele estava na época dos dois outros crimes.

— Não tenho a mínima ideia — respondeu ele, e não quis dizer mais nada. Cumprimentou com a cabeça, com a cara fechada, levantou-se e saiu.

Pulaski tentou entender o que tinha acontecido na entrevista. Mameda se comportara como culpado ou inocente? Ele não saberia dizer. Sentia-se principalmente ludibriado.

Seja mais atento, disse a si mesmo.

O segundo funcionário a ser entrevistado, Shraeder, era exatamente o oposto de Mameda: um geek clássico. Vestia-se de forma desajeitada, com roupas amarrotadas que lhe caíam mal, e tinha manchas de tinta nas mãos. Os óculos lhe davam uma aparência de coruja e as lentes pareciam embaçadas. Definitivamente não seguia o modelo da SSD. Enquanto Mameda tinha sido combativo, Shraeder parecia alheio. Pediu desculpas pelo atraso, embora não estivesse atrasado, e explicou que se encontrava no meio de uma operação de limpeza de arquivos. Em seguida começou a falar dos detalhes, como se o policial fosse perito em computadores. Pulaski teve que trazê-lo de volta ao objetivo da conversa.

Tamborilando os dedos, como se estivesse digitando em um teclado imaginário, Shraeder ouviu com surpresa — ou fingindo surpresa — o que Pulaski lhe disse sobre os homicídios. Mostrou-se consternado e em seguida, respondendo às perguntas do jovem policial, disse que entrava frequentemente nas celas e *poderia* baixar dossiês, embora nunca o tivesse feito. Também parecia confiante que ninguém conseguiria ter acesso às suas senhas.

Quanto ao domingo, tinha um álibi: viera à empresa por volta das 13 horas para ver se estava tudo certo depois um problema grave na sexta-feira. Até tentou explicar detalhes técnicos a Pulaski, que teve que fazê-lo parar. Ele então foi até o computador que estava em um canto da sala de conferências, digitou alguma coisa e girou a tela para que o policial pudesse ver. Era o registro de sua presença na empresa. Pulaski conferiu os dados que correspondiam ao domingo. Ele havia entrado no prédio às 12h58 e só tinha saído depois das 17h.

Como Shraeder estivera na SSD na hora do assassinato de Myra, Pulaski não se preocupou em perguntar por seu paradeiro na época dos outros crimes.

— Acho que isso basta. Obrigado.

O rapaz saiu e Pulaski recostou-se na cadeira, olhando para uma das janelas estreitas. As palmas das mãos suavam e seu estômago estava revirado em um nó. Puxou o telefone celular. Jeremy, o assistente taciturno, tinha razão. Não havia sinal.

— Olá.

Pulaski sobressaltou-se. Engolindo em seco, ergueu os olhos e viu Mark Whitcomb na porta, com diversos blocos de notas debaixo do braço e duas xícaras de café nas mãos. Franziu a testa ao ver atrás dele um homem um pouco mais velho, de cabelos prematuramente grisalhos. Pulaski imaginou que fosse um funcionário da SSD, por vestir terno escuro e camisa branca com gravata.

O que estava acontecendo? O policial fez um esforço para abrir um sorriso afável e fez um gesto para que ambos entrassem.

— Ron, quero apresentar meu chefe, Sam Brockton.

Trocaram apertos de mão. Brockton olhou com atenção para Pulaski e disse, com um sorriso de canto:

— Então foi você que mandou as camareiras verificarem se eu estava no hotel Watergate em Washington?

— Fui eu, sim.

— Pelo menos não estou sendo considerado suspeito — conformou-se Brockton. Se nós do Departamento de Conformidade pudermos ajudar, avise Mark. Ele me contou o que sabe sobre o caso.

— Agradeço.

— Boa sorte.

Brockton retirou-se e Whitcomb ofereceu uma das xícaras de café a Pulaski.

— Para mim? Obrigado.

— Como está indo? — perguntou Whitcomb.

— Está indo.

O executivo da SSD riu e afastou uma mecha de cabelos louros da testa.

— Vocês são tão misteriosos quanto nós.

— Acho que sim. Mas devo dizer que todos têm colaborado.

— Ótimo. Já terminou seu trabalho?

— Estou apenas esperando alguns documentos.

Pulaski pôs o açúcar no café. Nervosamente, mexeu mais do que o necessário e em seguida se deteve.

Withcomb ergueu a xícara na direção de Pulsaki, como se fizesse um brinde. Olhou para fora. O dia estava claro, com céu azul, a cidade colorida de verde e marrom.

— Nunca gostei dessas janelas estreitas. Estamos no meio de Nova York e nada de vista.

— Eu estava pensando nisso. Por que é assim?

— Andrew se preocupa com a segurança. Receia que tirem fotos pelo lado de fora.

— Sério?

— Não é só paranoia — garantiu Whitcomb. — Corre muito dinheiro nesse negócio de mineração de dados. Dinheiro alto.

— Imagino que sim — concordou Pulaski, pensando em que tipo de segredos poderiam ser vistos através de uma janela a quatro ou cinco quarteirões de distância, onde ficava o prédio mais próximo daquela altura.

— Você mora na cidade? — perguntou o executivo.

— Sim. Moro no Queens.

— Agora moro em Long Island, mas cresci em Astoria, perto do Ditmars Boulevard e da estação de trem.

— Ora, eu moro a três quarteirões dali.

— É mesmo? Você vai à igreja de São Timóteo?

— Vou a de Santa Inês. Costumava ir a de São Timóteo, mas Jenny não gosta dos sermões. Fazem a gente se sentir muito culpado.

Whitcomb riu.

— O padre Albright.

— Ah, sim, é ele mesmo.

— Meu irmão, que é policial na Filadélfia, acha que para fazer um assassino confessar basta fechá-lo numa sala com o padre Albright. Em cinco minutos ele confessará qualquer coisa.

— Seu irmão é da polícia? — perguntou Pulaski, rindo.

— Da força-tarefa antinarcóticos.

— Detetive?

— É.

— O meu irmão é patrulheiro no Sexto Distrito, no Village.

— Engraçado. Nossos dois irmãos... Então vocês entraram juntos?

— Bem, nós sempre fizemos tudo mais ou menos juntos. Somos gêmeos.

— Interessante. Meu irmão é três anos mais velho e muito mais forte do que eu. Talvez eu conseguisse passar no exame físico, mas não gostaria de ter que brigar com um assaltante.

— Nós não costumamos brigar. A maior parte do trabalho é negociar com os caras maus. Provavelmente é o que você faz no Departamento de Conformidade.

Whitcomb riu.

— É mais ou menos isso.

— Acho que...

— Ora, vejam quem está aqui! — A voz de alguém o interrompeu. — O sargento Friday.

Pulaski sentiu um sobressalto ao levantar os olhos e ver o bem-apessoado Sean Cassel e seu companheiro inseparável, o diretor técnico meio estiloso demais, Wayne Gillespie, que completou a piada saudando-o com uma continência e dizendo:

— Voltou para juntar mais fatos? Só os fatos.

Desde que começara a conversar com Whitcomb sobre a igreja, Pulaski se sentiu novamente de volta ao colégio católico onde ele e o irmão estavam em guerra constante com os rapazes de Forest Hills. Eram mais ricos, mais espertos, tinham roupas melhores e faziam piadas maldosas. (Ei, olhe aí os irmãos mutantes!) Era um pesadelo. Pulaski às vezes pensava que tinha entrado para a polícia simplesmente por causa do respeito que o uniforme e o revólver inspiravam.

Whitcomb crispou os lábios.

— Ei, Mark — cumprimentou Gillespie.

— Como vão as coisas, sargento? — perguntou Cassel ao policial.

Nas ruas, Pulaski já tinha sido alvo de olhares raivosos e de palavrões, esquivara-se de cusparadas e de tijolos — e nem sempre conseguira se desviar. Nenhum desses incidentes o perturbava mais do que palavras vagas ditas daquela forma, com sorrisos e ar tão brincalhão quanto o de um tubarão que se diverte com a presa antes de devorá-la. Pulaski tinha procurado por "Sargento Friday" no Google em seu BlackBerry, e ficara sabendo de que se tratava de um personagem de uma antiga série de televisão chamada *Dragnet*. Ainda que Friday fosse o herói das histórias, era considerado "quadrado", o que aparentemente significava uma pessoa com visão limitada, nada legal.

As orelhas dele pegaram fogo ao ler a informação na pequena tela, somente então percebendo que Cassel o insultara.

— Aqui está — disse Cassel, entregando a Pulaski um CD dentro de uma caixa. — Espero que seja útil, sargento.

— O que é isso?

— A lista de clientes que baixaram informações sobre as vítimas. Era isso que você queria, está lembrado?

— Ah, eu estava esperando pelo Sr. Sterling.

— Bem, Andrew é muito ocupado, então pediu que eu a entregasse.

— Ótimo, obrigado.

— Você já tem o que fazer — falou Gillespie. — Há mais de trezentos clientes nesta área e nenhum deles têm menos de duzentas listas de endereços.

— Era o que eu estava dizendo — emendou Cassel. —Você vai fazer hora extra hoje. E nós podemos ganhar distintivos de detetive auxiliar?

As pessoas entrevistadas pelo sargento Friday muitas vezes zombavam dele...

Pulaski sorria, contra sua vontade.

—Vamos, parem com isso, rapazes.

— Relaxe, Whitcomb — pediu Cassel. — Estamos apenas brincando. Não seja tão careta.

— Que está fazendo aqui, Mark? — perguntou Gillespie. — Não devia estar vendo se estamos violando alguma lei?

Whitcomb não respondeu. Sorriu de forma azeda e Pulaski percebeu que ele também estava envergonhado — e ofendido.

—Vocês se incomodariam se eu desse uma olhada no material? — indagou o policial. — Caso eu tenha alguma pergunta.

— À vontade — concordou Cassell, levando-o ao computador no canto da sala e ligando o aparelho. Colocou o CD na bandeja, carregou-o e recuou, enquanto Pulaski se sentava. A mensagem na tela perguntava o que ele queria fazer. Sem saber como agir, o policial viu que tinha várias escolhas, mas não reconhecia nenhuma delas.

Cassel olhou por cima do ombro dele.

— Não vai abrir?

— Claro. Estou apenas tentando decidir qual é o melhor programa.

— Não há muitas opções — retrucou Cassel, rindo como se fosse óbvio. — Excel.

— Excel? — perguntou Pulaski. Sabia que as orelhas estavam vermelhas. Odiava aquilo de verdade.

— Abra a planilha — tentou Whitcomb, querendo ajudar, embora aquilo não fosse útil para Pulaski.

— Não conhece o Excel? — questionou Gillespie, curvando-se para a frente e digitando com tal rapidez que não era possível acompanhar seus dedos.

O programa abriu e surgiu uma grade com nomes, endereços, datas e horários.

—Você já deve ter lido planilhas como essas antes, não?

— Claro.

— Mas não no Excel? — duvidou Gillespie, erguendo as sobrancelhas com surpresa.

— Não. Outros programas — retorquiu Pulaski, odiando a si mesmo por deixar-se dominar tão facilmente. Era melhor calar a boca e começar a trabalhar.

— Outros? É mesmo? — perguntou Cassel. — Interessante.

— Pronto. É todo seu, sargento Friday. Boa sorte.

— Bom, esse é o Excel — disse Gillespie, rindo. — Você está vendo na tela. Talvez queira verificar. É fácil de aprender. Até um moleque no ensino médio é capaz.

— Vou dar uma olhada.

Os dois homens saíram da sala.

— Foi o eu falei — murmurou Whitcomb. — Ninguém aqui gosta muito desses dois, mas a empresa não poderia funcionar sem eles. São dois gênios.

— E com certeza eles são os primeiros a dizer isso.

— Com certeza. Bem, vou deixar você trabalhar. Precisa de alguma coisa?

— Pode deixar, eu me viro.

— Se tiver problemas, me procure.

— Está bem.

— Vamos nos encontrar em Astoria para tomar um café. Gosta de comida grega?

— Adoro.

Pulaski se entusiasmou com a possibilidade de tirar uma folga. Depois do ferimento na cabeça, o jovem policial tinha deixado de lado alguns amigos, sem saber se gostariam de sua companhia. Seria bom sair com outro homem, tomar uma cerveja, talvez assistir a um filme de ação, coisas que Jenny não gostava de fazer.

Bem, mais tarde ele pensaria nisso — depois que a investigação estivesse terminada, claro.

Depois que Whitcomb saiu, Pulaski olhou em volta. Não havia ninguém por perto. Mesmo assim, lembrou-se da forma como Mameda havia olhado por cima de seu ombro, um tanto inquieto. Pensou no programa de TV que tinha visto com Jenny pouco antes, sobre um cassino de Las Vegas no qual havia câmeras de segurança por toda a parte. Lembrou-se também do segurança no corredor e do repórter cuja vida profissional fora arruinada por ter espionado a SSD.

Bem, Ron Pulaski sem dúvida torcia para que não houvesse vigilância ali, porque sua missão naquele dia representava muito mais do que simplesmente receber o CD e entrevistar suspeitos. Lincoln Rhyme o enviara para invadir o que provavelmente eram os computadores mais protegidos da cidade de Nova York.

CAPÍTULO **VINTE E SEIS**

TOMANDO DEVAGAR UM CAFÉ FORTE e doce no bar bem em frente à Rocha Cinzenta, do outro lado da rua, Miguel Abrera, 39 anos, folheava um panfleto que recebera recentemente pelo correio. Era mais um de uma série de acontecimentos inusitados em sua vida. A maioria era apenas estranha ou irritante, mas aquele o preocupava.

Passou novamente os olhos pelo texto. Em seguida, fechou o panfleto e recostou-se na cadeira, olhando o relógio. Ainda tinha dez minutos antes de voltar ao trabalho.

Miguel era especialista em manutenção, como a SSD o chamava, mas dizia a todos que era zelador. Qualquer que fosse o título, as tarefas que executava eram todas as de um zelador. Trabalhava bem e gostava do que fazia. Por que envergonhar-se do nome que davam a seu cargo?

Poderia ter aproveitado a hora de folga dentro do prédio, mas o café que a SSD fornecia era muito ruim e eles não davam leite ou creme de verdade. Além disso, não era de ficar conversando fiado e preferia ler o jornal e tomar o café sozinho. (Sentia falta do cigarro, no entanto. Na UTI ele havia feito a promessa de não fumar mais, e ainda que Deus não tivesse cumprido sua parte no trato, Miguel deixara o vício assim mesmo.)

Ergueu os olhos ao ver um colega entrar no bar. Era Tony Petron, um zelador mais antigo que trabalhava nos escritórios dos executivos. Os dois se cumprimentaram e Miguel ficou inquieto, pensando que o outro se juntaria a ele. Petron, no entanto, sentou-se em um canto para ler as mensagens de e-mail no celular. Mais uma vez Miguel leu o panfleto, que tinha sido endereçado diretamente a ele. Em seguida, sorvendo o café doce, repassou as outras coisas incomuns que tinham acontecido recentemente.

Por exemplo, o seu ponto. Na SSD os funcionários simplesmente passavam por uma catraca e o cartão de identidade informava ao computador a hora de entrada e saída. Algumas vezes, durante os meses passados, os registros estavam errados. Ele sempre trabalhara quarenta horas por semana e sempre recebia o pagamento pelas quarenta horas. Vez por outra, no entanto, ao verificar os registros por acaso, viu que estavam equivocados. Mostravam que ele havia entrado mais cedo ou saído antecipadamente, ou então que faltara em um dia de semana e trabalhara em um sábado. Não era verdade em nenhum dos casos. Levou o assunto ao supervisor, que deu de ombros e disse:

— Talvez seja algum bug no software. Enquanto não te pagarem menos, *no problemo.*

Em seguida, a questão do extrato de sua conta corrente. Um mês antes, ele reparara com surpresa que o saldo mostrava 10 mil dólares a mais do que deveria ser. Mas, quando foi ao banco para que a situação fosse corrigida, o saldo aparecia normal. Isso já tinha acontecido três vezes. Um dos depósitos equivocados era de 70 mil dólares.

E isso não era tudo. Recentemente uma empresa telefonara, falando em um pedido de hipoteca. Mas ele não pedira hipoteca nenhuma. A casa em que morava era alugada. Ele e a mulher tinham a esperança de comprar alguma coisa, mas depois que ela e o filho pequeno morreram em um acidente de carro, ele não tinha ânimo de pensar em adquirir um imóvel.

Preocupado, verificou seu relatório de crédito. Não havia registro de um pedido de hipoteca. Não havia nada fora do comum, embora ele notasse que o limite de crédito tinha sido elevado significativamente. Isso também era estranho, embora ele não pudesse se queixar desse fato específico, claro.

Nada daquilo, porém, o inquietava tanto quanto a correspondência que recebera.

Prezado Sr. Abrera,

Como o senhor bem sabe, em certos momentos da vida passamos por experiências traumáticas e sofremos perdas graves. É compreen-

sível que em momentos como esses as pessoas tenham dificuldade em prosseguir com a vida normal. Às vezes chegam a achar o peso tão grande que pensam em tomar medidas impulsivas e infelizes.

Nós, do Serviço de Aconselhamento aos Sobreviventes, reconhecemos os graves desafios que precisam enfrentar as pessoas que, como o senhor, sofreram grandes perdas. Nossos funcionários capacitados podem ajudá-lo a atravessar os tempos difíceis com uma combinação de intervenções médicas e aconselhamento individual e de grupo, a fim de restituir-lhe a alegria e fazer com que se lembre de que realmente vale a pena viver.

O caso é que Miguel Abrera jamais havia pensado em suicídio, mesmo nos piores momentos logo após o acidente, que ocorrera 18 meses antes. Destruir a própria vida lhe parecia inconcebível.

O fato de haver recebido o prospecto já era em si preocupante. Mas dois aspectos da situação, no entanto, realmente o inquietavam. O primeiro era que o panfleto tinha sido enviado diretamente a ele no novo endereço, sem ter passado pelo antigo. Ninguém que tivesse cuidado da parte jurídica nem a equipe do hospital onde a mulher e o filho haviam morrido sabiam que ele tinha se mudado um mês antes. O segundo era o parágrafo final:

Agora que tomou a decisão fundamental de dirigir-se a nós, Miguel, gostaríamos de organizar uma sessão de avaliação gratuita, conforme sua conveniência. Não demore. Podemos ajudá-lo!

Ele não fizera *nada* para entrar em contato com aquele serviço. Como tinham conseguido seu nome?

Bem, provavelmente era apenas um estranho conjunto de coincidências. Teria que se preocupar com aquilo mais tarde. Era hora de voltar à SSD. Andrew Sterling era o chefe mais afável e atencioso que poderia existir, mas Miguel não tinha dúvidas de que os boatos eram verdadeiros: ele verificava pessoalmente o ponto de cada funcionário.

Sozinho na sala de conferências da SSD, Ron Pulaski olhou a tela do celular enquanto vagava pelo ambiente, nervoso. Andava de forma metódica, percebeu, como no exame de uma cena de crime. Mas não havia sinal, como dissera Jeremy. Teria que usar o telefone fixo. Estaria grampeado?

De repente, percebeu que, embora tivesse concordado em ajudar Lincoln Rhyme a executar aquela operação, encontrava-se sob grave risco de perder a coisa mais importante de sua vida depois da família: o emprego como policial no Departamento de Polícia de Nova York. Refletia agora sobre todo o poder de Andrew Sterling. Se tinha conseguido arruinar a vida de um repórter de um grande jornal, um jovem policial não teria a menor possibilidade de vencer o diretor executivo. Se fosse apanhado, seria preso. Sua carreira terminaria. O que diria ao irmão, o que diria aos pais?

Ficou furioso com Lincoln Rhyme. Por que, droga, não havia protestado contra o plano de roubar os dados? Não era obrigado a fazer aquilo. *Claro, detetive... Farei tudo o que quiser.*

Era uma loucura completa.

Lembrou-se, porém, da imagem do corpo de Myra Weinburg, olhos fitando o teto, cabelos caindo sobre a testa, parecida com Jenny. E então se viu curvado para a frente, encostando o fone sob o queixo e apertando o botão da linha externa.

— Aqui é Rhyme.

— Detetive, sou eu.

— Pulaski — bradou Rhyme —, por onde você anda? E de onde está ligando? Esse número é bloqueado.

— Só agora fiquei sozinho — explicou-se rapidamente. — E o celular não funciona aqui dentro.

— Bem, vamos começar.

— Estou sentado diante de um computador.

— Certo. Vou colocar Rodney Szarnek na linha.

O que planejavam roubar era o que Lincoln Rhyme tinha ouvido seu guru da informática comentar: o espaço livre no disco rígido de um computador. Sterling afirmara que os computadores não guardavam registro dos dossiês baixados pelos funcionários. Mas, quando Szarnek explicou que havia informações flutuando nos computadores da SSD, Rhyme perguntara se poderiam conter informação sobre quem teria baixado os arquivos.

Szarnek achou que era uma possibilidade real. Disse que seria impossível penetrar no innerCircle — já havia tentado —, mas que deveria haver um servidor muito menor para tratar de operações administrativas, como os registros de ponto e o de arquivos baixados. Se Pulaski pudesse entrar no sistema, Szarnek seria capaz de fazê-lo extrair dados do espaço livre. O técnico então os reorganizaria e verificaria se algum funcionário havia baixado os dossiês das vítimas e das pessoas incriminadas.

— Certo — disse a voz de Szarnek ao telefone. — Você entrou no sistema?

— Estou lendo os arquivos de um CD que eles me deram.

— Bem, isso significa que apenas lhe atribuíram acesso passivo. Precisamos de coisa melhor.

O técnico ordenou que ele digitasse alguns comandos, todos incompreensíveis.

— O computador diz que não tenho permissão para fazer isso.

— Vou tentar outra coisa — afirmou Szarnek, dando ao jovem policial uma série de ordens ainda mais confusas. Pulaski errou diversas vezes, sentindo o rosto em fogo. Sentiu raiva de si mesmo por equivocar-se nas letras ou por digitar a barra virada para um lado quando deveria ser para o outro.

Ferimento na cabeça...

— Não posso simplesmente usar o mouse e procurar o que você quer que eu encontre?

Szarnek explicou que o sistema operacional era o Unix, e não os mais amigáveis feitos pelo Windows ou pela Apple. Exigia longos comandos no teclado, que deviam ser digitados exatamente como ele dizia.

Finalmente a máquina reagiu, permitindo o acesso. Pulaski sentiu uma onda de orgulho.

— Insira o drive agora — disse Szarnek.

O jovem policial tirou do bolso um drive portátil de 80 GB e plugou na porta USB do computador. Seguindo as instruções de Szarnek, instalou um programa que transformaria o espaço livre do servidor em arquivos separados, comprimindo-os e armazenando-os no drive portátil.

A operação poderia levar poucos minutos ou horas, dependendo do tamanho do espaço livre.

Uma pequena janela surgiu e o programa informou a Pulaski apenas que estava "trabalhando".

O policial recostou-se na cadeira, passando pela informação sobre os clientes contida no CD, que ainda aparecia na tela. Na verdade, aqueles dados praticamente não faziam sentido para ele. O nome do cliente estava claro, junto com o endereço e o número de telefone, além dos nomes das pessoas autorizadas a acessar o sistema, mas grande parte da informação estava em arquivos .rar ou .zip, aparentemente listas de endereços comprimidas. Pulaski rolou rapidamente até chegar ao fim — à página 1.120.

Nossa... ia levar muito tempo para verificar as listas e descobrir se algum dos clientes havia compilado informações sobre as vítimas e...

Os pensamentos de Pulaski foram interrompidos por vozes vindas do corredor, que se aproximavam da sala de conferência.

Ah, não, não agora. Pegou cuidadosamente o drive que zumbia levemente e colocou-o no bolso da calça. Houve um estalo, bastante leve, mas Pulaski tinha certeza de que podia ser ouvido do outro lado da sala. O cabo USB estava claramente visível.

As vozes estavam muito próximas agora.

Uma era de Sean Cassel.

Mais perto ainda... Por favor, vá embora!

Na tela surgiu um pequeno quadrado... "Trabalhando"...

Que diabo, pensou Pulaski, puxando a cadeira para a frente. O cabo do USB e a tela estariam claramente à vista de qualquer pessoa que entrasse apenas alguns passos na sala.

De repente, uma cabeça apareceu na porta.

— Ei, sargento Friday — chamou Cassel. — Como está indo?

O policial sentiu um arrepio. Ele veria o drive. Impossível não ver.

— Tudo bem, obrigado — respondeu, ocultando a porta USB e o cabo com a perna. O gesto era muito óbvio.

— Está gostando do Excel?

— Muito. Gosto muito.

— Excelente. É o melhor que há. Além disso, você pode exportar os arquivos. Costuma usar o PowerPoint?

— Não muito, na verdade.

— Bem, talvez precise algum dia, sargento, quando chegar a chefe de polícia. O Excel também é muito bom para gerenciar as finanças particulares. Você pode verificar todos os seus investimentos. E ainda vem com alguns jogos. Você vai gostar.

Pulaski sorriu, mas o coração pulsava tão forte quanto o sussurro do drive.

Depois de dar uma piscadela, Cassel desapareceu.

Se o Excel vier com jogos eu comerei o CD de instalação, seu filho da puta arrogante.

Pulaski enxugou as palmas das mãos nas calças que Jenny tinha passado naquela manhã, como fazia sempre — ou na véspera, quando ele tinha uma ronda cedo ou um compromisso antes do amanhecer.

Por favor, Senhor, não me deixe perder o emprego, suplicou ele. Pensou no dia em que ele e o irmão gêmeo haviam feito o exame para entrar na polícia.

Depois, lembrou-se do dia em que tinham se formado na academia. A cerimônia do juramento, a mãe chorando, o olhar trocado com o pai. Eram alguns dos melhores momentos de sua vida.

Seria tudo em vão? Que diabo. Está bem, Rhyme é muito inteligente e ninguém se preocupa mais em agarrar criminosos do que ele. Mas violando a lei daquele jeito? Merda, ele estava em casa, sentado naquela cadeira, esperando. Nada lhe aconteceria.

Por que Pulaski seria o bode expiatório?

Apesar disso, ele se concentrou na tarefa clandestina. Vamos, vamos, disse, estimulando o programa. Mas a máquina continuou a resfolegar lentamente, alegando como antes que continuava trabalhando. Não havia uma barra correndo lentamente para a direita e nem uma contagem regressiva, como nos filmes.

Trabalhando...

— Que foi isso, Pulaski? — perguntou Rhyme.

— Funcionários. Já foram embora.

— Como está indo?

— Acho que tudo bem.

— Você acha?

— Eu...

Apareceu uma nova mensagem: *Operação concluída. Deseja gerar um arquivo?*

— Certo, terminou. O computador está perguntando se quero gerar um arquivo.

Szarnek entrou na linha.

— Esta fase é crítica. Faça exatamente como eu disser.

Deu instruções sobre como criar o arquivo, comprimi-lo e passá-lo para o drive. Com mãos trêmulas, Pulaski fez o que ele mandava. Estava coberto de suor. Em poucos minutos tudo estaria terminado.

— Agora você vai ter que apagar seu rastro, colocar tudo de volta como estava, para que ninguém faça o que você acabou de fazer e o descubra.

Szarnek mandou o policial entrar no registro dos arquivos e ditou novos comandos. Finalmente tudo estava feito.

— Pronto.

— Ótimo, dê o fora daí, novato — disse Rhyme.

Pulaski desligou o telefone, desplugou o drive da porta USB e guardou-o no bolso. Em seguida, desligou o computador. Levantou-se e saiu da sala, piscando os olhos de surpresa ao ver que o segurança tinha se aproximado. Pulaski viu que era o mesmo que escoltara Amelia ao percorrer as celas de dados, caminhando atrás dela como se fosse levar um cleptomaníaco ao escritório do gerente para esperar a polícia.

Teria visto alguma coisa?

— Agente Pulaski, vou levá-lo ao gabinete de Andrew.

O rosto não ostentava um sorriso e os olhos nada revelavam. Acompanhou o policial ao longo do corredor. A cada passo o drive roçava-lhe na perna como se estivesse em brasa. Olhou novamente para o teto. Era forrado de placas acústicas e ele não viu nenhuma câmera.

A paranoia enchia os corredores, mais brilhante do que as luzes brancas.

Ao chegarem, Sterling o fez entrar com um gesto, enquanto revirava várias folhas de papel nas quais estava trabalhando.

— Agente, conseguiu o que queria?

— Consegui — confirmou Pulaski, erguendo o CD com a lista de clientes como um menino de escola ao responder a pergunta do professor.

— Muito bem — disse o diretor executivo, examinando-o com os olhos verdes e brilhantes. — E como vai indo a investigação?

— Está tudo tranquilo. — Essas foram as primeiras palavras que vieram à mente de Pulaski, fazendo com que ele se sentisse um idiota. O que Amelia Sachs teria dito? Ele não tinha ideia.

— Está tudo bem? Alguma coisa útil na lista de clientes?

— Só dei uma olhada geral para ter certeza de que poderemos lê-la. Vamos examiná-la no laboratório.

— O laboratório. No Queens? É lá que vocês estão baseados?

— Trabalhamos lá e em outros lugares também.

Sterling não deu resposta ao tom evasivo de Pulaski, apenas sorriu com afabilidade. O diretor executivo era 10 ou 12 centímetros mais baixo, mas o jovem policial achava que ele próprio era quem tinha que levantar o olhar. Sterling o acompanhou até a antessala.

— Bem, se precisar de mais alguma coisa, basta nos dizer. Estamos cem por cento com vocês.

— Obrigado.

— Martin, faça o que combinamos antes e depois leve o agente Pulaski ao andar térreo.

— Posso sair sozinho.

— Ele o acompanhará. Tenha uma boa noite.

Sterling voltou a seu escritório e fechou a porta.

— Só alguns minutos — disse Martin ao policial. Pegando o telefone, virou-se, colocando-se fora do raio de audição.

Pulaski caminhou até a porta e olhou para um lado e outro do corredor. Uma figura emergiu de um escritório. Falava em voz baixa ao celular. Aparentemente, naquela parte do prédio os celulares funcionavam bem. Olhou para Pulaski, despediu-se do interlocutor e fechou o telefone.

— Desculpe, agente Pulaski?

O policial meneou a cabeça em confirmação.

— Sou Andy Sterling.

Claro, o filho de Sterling.

Os olhos do rapaz fitaram confiantes os de Pulaski, mas o aperto de mão pareceu hesitante.

— Creio que você me ligou, e meu pai deixou uma mensagem dizendo que eu precisava entrar em contato.

— Sim, é verdade. Tem um minuto?
— O que deseja saber?
— Estamos verificando os movimentos de certas pessoas na tarde do domingo.
— Fui caminhar em Westchester. Fui de carro para lá por volta do meio-dia e voltei...
— Não, não estamos interessados no senhor. Estou apenas verificando onde seu pai estava. Ele disse que ligou de Long Island para o senhor por volta das 14h.
— Bem, é verdade, ligou sim. Mas eu não atendi, porque não queria parar minha caminhada. — Abaixou a voz e prosseguiu: — Andrew não consegue separar os negócios do prazer e achei que ele ia querer me convocar ao escritório. Eu não queria perder meu dia de folga. Mais tarde liguei para ele, lá pelas 15h30.
— Incomoda-se se eu der uma olhada em seu telefone?
— Claro que não.
Andy abriu o aparelho e mostrou a lista de chamadas externas. Tinha recebido e feito diversas ligações na manhã do domingo, mas na parte da tarde havia apenas uma, proveniente do número que Sachs havia fornecido a Pulaski, o da casa de Sterling em Long Island.
— Certo, isso já é suficiente. Obrigado.
O rosto do rapaz denotava preocupação.
— É terrível, pelo que fiquei sabendo. Uma pessoa foi estuprada e assassinada?
— Isso mesmo.
— Estão perto de pegá-lo?
— Temos algumas pistas.
— Bem, ótimo. Gente assim deveria ser fuzilada.
— Obrigado pela ajuda.
Enquanto o jovem ia caminhando, Martin reapareceu e ficou observando o vulto que se afastava.
— Por favor, siga-me, agente Pulaski — solicitou ele com um sorriso que poderia ser confundido com uma carranca, dirigindo-se então ao elevador.
Pulaski sentia-se devorado vivo pelo nervosismo, com o drive absorvendo todos os seus pensamentos. Tinha certeza de que todos podiam ver o volume no bolso. Começou uma conversa:

— Então, Martin... trabalha na empresa há muito tempo?

— Trabalho.

— Também é perito em computadores?

Um sorriso diferente, que não significava mais do que o anterior.

— Na verdade, não.

Os dois caminhavam pelo corredor branco e preto, estéril. Pulaski detestava o lugar. Sentia-se estrangulado, claustrofóbico. Queria sair para a rua, queria ir para o Queens, para o South Bronx. Nem mesmo o perigo lhe importava. Queria sair dali, só abaixar a cabeça e sair correndo.

Um arrepio de pânico.

O repórter não apenas perdeu o emprego, mas foi indiciado por violar a lei de invasão criminosa. Ficou seis meses preso na penitenciária estadual.

Pulaski estava desorientado. Era um caminho diferente do que ele havia usado para ir ao escritório de Sterling. Martin virou em um canto e empurrou uma pesada porta.

O policial hesitou ao ver o que havia adiante: uma guarita com três seguranças carrancudos, um detector de metal e um aparelho de raios X. As celas de dados não ficavam ali e por isso não havia um sistema para apagar dados, como na outra parte do prédio, mas ele não poderia levar o drive portátil para o exterior sem ser detectado. Quando esteve anteriormente na SSD com Amelia Sachs, não havia passado por instalações de segurança como aquela. Nem sequer tinham visto alguma.

— Creio que não passamos por aqui da última vez — disse ele ao assistente, tentando soar casual.

— Depende. Quando as pessoas ficam sozinhas por algum tempo... — explicou Martin. — Um computador faz a avaliação e nos informa. — Sorriu e completou: — Por favor, não entenda isso como algo pessoal.

— Claro, compreendo.

O coração disparara e as palmas das mãos estavam úmidas. Não, não! Não dava para acreditar que iria perder o emprego. Simplesmente não era possível. Era muito importante para ele.

Como concordara com aquilo? Disse a si mesmo que precisava deter o homem que matara uma mulher muito parecida com Jenny. Um homem terrível, que não hesitava em matar alguém se isso atendesse a seus propósitos.

Mesmo assim, refletiu, aquilo não era correto.

Que diriam seus pais quando ele confessasse que tinha sido preso por roubar informações? O que seu irmão diria?

— O senhor está carregando algum dado?

Pulaski mostrou o CD. O homem examinou o estojo. Ligou para um número, usando um botão de discagem direta. Empertigou-se ligeiramente e disse algo em voz baixa. Colocou o disco em seu computador e olhou para a tela. Aparentemente o CD estava em uma lista de artigos autorizados, mas mesmo assim o segurança o passou pelo aparelho de raios X e examinou cuidadosamente a imagem do estojo e do disco dentro dele. Pela esteira rolante, o estojo passou para o outro lado do detector de metais.

Pulaski deu um passo à frente, mas um terceiro segurança o deteve.

— Perdão, mas preciso que o senhor esvazie seus bolsos e coloque tudo o que for de metal na esteira.

— Sou policial — alegou Pulaski, tentando soar surpreso.

— O Departamento de Polícia de Nova York concordou em respeitar nossas regras de segurança, porque trabalhamos para o governo. As regras se aplicam a todos. Se quiser, pode ligar para seu chefe e confirmar.

Pulaski estava perdido.

Martin continuava a observá-lo com atenção.

— Ponha tudo na esteira, por favor.

Pense, vamos, disse Pulaski para si mesmo, com raiva. Invente alguma coisa.

Pense!

Trate de blefar para escapar.

Não posso. Não sou tão esperto assim.

Claro que é. O que Amelia Sachs faria? O que Rhyme faria?

Voltou-se, agachou-se e passou vários minutos desfazendo os laços dos sapatos e lentamente descalçando-os. De pé, colocou os sapatos engraxados na esteira, acrescentando a arma, a munição, as algemas, o rádio, as moedas, o telefone e a caneta em uma bandeja de plástico.

Começou a passar pelo detector de metal, que apitou ao perceber a presença do drive.

— Tem mais alguma coisa nos bolsos?

Engolindo em seco, ele balançou negativamente a cabeça, apalpando os bolsos pelo lado de fora.

— Não.

— Teremos que passar o detector portátil.

Pulaski recuou. O segundo segurança passou o bastão por seu corpo e parou no peito do policial. O bastão deu um apito forte.

Pulaski riu.

— Ah, desculpe. — Abriu um botão da camisa e mostrou o colete à prova de balas. — É uma placa de metal. Esqueci completamente. Ela protege contra tudo, a menos que seja uma bala de rifle blindada.

— Provavelmente não protegerá contra uma Desert Eagle — retrucou o segurança.

— Bem, na minha opinião uma pistola calibre 50 simplesmente não é uma coisa natural — disse Pulaski, fazendo graça e finalmente conseguindo que o segurança sorrisse. Começou a tirar a camisa.

— Tudo certo — disse o guarda. — Acho que não precisa tirar a roupa.

Com mãos trêmulas, Pulaski abotoou a camisa, exatamente acima do lugar onde estava o drive — entre a camiseta e o colete. Ele o enfiara ali quando se agachara para desamarrar os sapatos.

Recolheu seus pertences.

Martin, que passara pelo lado do detector de metal, o levou por outra porta. Chegaram ao saguão principal, um salão de piso de mármore cinzento, decorado com um imenso painel que mostrava o logotipo da torre de vigia e a janela.

— Tenha um bom dia, agente Pulaski — cumprimentou Martin, virando as costas.

Pulaski continuou a caminhar, passando pelas portas de vidro temperado e procurando controlar o tremor nas mãos. Pela primeira vez notou o conjunto de câmeras de TV que vigiavam o saguão. Mais pareciam abutres, serenamente pousados na parede, esperando que as presas feridas caíssem em suas garras.

CAPÍTULO **VINTE E SETE**

MESMO OUVINDO A VOZ DE Judy, sentindo o doloroso conforto da familiaridade, Arthur Rhyme não parava de pensar em Mick, o tatuado viciado em metanfetamina.

O sujeito continuava a falar sozinho, metendo a mão dentro das calças a cada cinco minutos, e parecia voltar os olhos para Arthur com a mesma frequência.

— Amor, você está aí?

— Me desculpe.

— Preciso contar uma coisa a você — avisou Judy.

Ia falar do advogado, do dinheiro, das crianças. Fosse o que fosse, seria demasiado para ele. Arthur Rhyme estava quase explodindo.

— Vamos, fale — sussurou ele, resignado.

— Fui procurar Lincoln.

— Você fez o quê?

— Eu tinha que ir... Você não parece acreditar no advogado, Arthur. Isso não vai se resolver sozinho.

— Mas... Eu disse que não queria que você o procurasse.

— Bem, a nossa família está em jogo, Art. Não é só o que você quer. Tem que pensar em mim e nas crianças. Já devíamos ter feito isso antes.

— Não quero que ele se meta. Não, ligue para ele e diga que muito obrigado, está tudo bem. Não é preciso.

— Está tudo bem? — repetiu Judy. — Você enlouqueceu?

Arthur às vezes a achava mais forte do que ele, e mais esperta também. Ela ficara furiosa quando ele deixara o emprego em Princeton depois de ser preterido ao cargo de professor titular. Disse que ele estava se comportando como uma criança malcriada. Arthur se arrependia de não ter levado em conta a opinião dela.

— Você acha que no último minuto John Grisham vai aparecer no tribunal para salvá-lo, mas isso não vai acontecer — irrompeu ela. — Meu Deus, Art, você devia ficar agradecido por eu estar fazendo alguma coisa.

— E eu estou — corrigiu-se rapidamente, as palavras disparando por sua língua. — Mas é que...

— É o que? Estamos falando de um homem que quase morreu, ficou com o corpo todo paralisado e hoje vive em uma cadeira de rodas. E que parou tudo o que estava fazendo para tentar provar sua inocência. Que merda você está pensando? Quer que seus filhos cresçam com o pai na cadeia por homicídio?

— Claro que não.

Arthur duvidou novamente de que ela acreditasse nele quando dizia que não conhecia Alice Sanderson, a mulher que morrera. Judy não acreditaria que ele a matara, naturalmente; pensaria que ambos eram amantes.

— Tenho fé no sistema judicial — argumentou ele, mas as palavras não tinham energia.

— Bem, Lincoln faz parte do sistema, Art. Você devia ligar para ele e agradecer.

Arthur hesitou e depois perguntou:

— O que ele acha?

— Falei com ele ontem. Ele ligou para perguntar alguma coisa sobre seus sapatos... uma das pistas. Mas depois não nos falamos mais.

— Você foi falar com ele, ou só ligou?

— Fui à casa dele, no Central Park West. Uma casa muito bonita.

Várias lembranças do primo lhe vieram à mente, em rápida sucessão.

— Como ele está?

— Acredite ou não, mais ou menos como na época em que o vimos em Boston. Bem, na verdade parece estar agora em melhor forma.

— E não pode andar?

— Não pode mover-se de forma alguma. Só a cabeça e os ombros.

— E a ex-mulher? Ele e Blaine ainda se encontram?

— Não, ele tem outra pessoa. Uma policial, muito bonita. Alta, de cabelos ruivos. Devo dizer que fiquei surpresa. Acho que não deveria, mas fiquei.

Uma ruiva alta? Arthur pensou imediatamente em Adrianna. Tentou esquecer aquela recordação, mas não conseguiu.

Por que, Arthur. Me diga por que fez aquilo.

Mick soltou um ronco. Tinha as mãos outra vez dentro das calças. Fitava Arthur com ódio.

— Desculpe, amor. Obrigado por ter ligado para Lincoln.

Nesse momento, sentiu um bafo morno na nuca

— Você aí, saia do telefone.

Atrás dele estava um dos latinos.

— Largue esse telefone.

— Judy, tenho que desligar. Só há um telefone e eu já passei do tempo.

— Eu te amo, Art...

— Eu...

O latino deu um passo adiante e Arthur desligou, voltando para o banco num canto da sala de detenção. Ficou olhando para o chão diante de si, a marca do sapato em forma de rim. Olhando fixamente, olhando...

Mas o chão marcado não lhe atraía a atenção. Estava pensando no passado. Outras lembranças se juntaram às de Adrianna e do primo Lincoln... A casa da família, na margem norte do lago. A de Lincoln nos subúrbios do oeste. O pai, Henry, severo como um rei. Seu irmão, Robert. E a brilhante e tímida Marie.

Pensou também em Teddy, o pai de Lincoln. (Havia uma história interessante por trás do apelido. O nome de batismo não era Theodore. Arthur sabia qual era a origem, mas curiosamente achava que Lincoln não sabia.) Ele sempre gostara do tio Teddy. Era uma pessoa doce, um pouco retraído, um pouco quieto, mas quem gostaria de viver à sombra de um irmão mais velho como Henry Rhyme? Às vezes, quando Lincoln saía, Arthur ia visitar Teddy e Anne. Na pequena sala de estar, forrada de madeira, tio e sobrinho assistiam a um filme antigo ou conversavam sobre a história dos Estados Unidos.

A mancha no chão do Túmulo mudou de forma e ficou igual ao mapa da Irlanda. Parecia mover-se sob os olhos de Arthur, desejando estar longe dali, desaparecer por um buraco mágico e sair para a vida do Outro Lado.

Arthur Rhyme se sentiu completamente desesperado e compreendeu o quanto fora ingênuo. Não havia saídas mágicas, nem soluções práticas. Sabia que Lincoln era um homem brilhante. Tinha lido todos os artigos que encontrara na imprensa, até mesmo alguns escritos por ele. *Os efeitos biológicos de certas nanopartículas...*

Mas agora Arthur compreendia que Lincoln nada podia fazer por ele. O caso estava perdido e ele ficaria preso pelo resto da vida.

Não. A intervenção de Lincoln era perfeitamente adequada. Seu primo — o parente que fora seu companheiro na juventude, seu irmão postiço — deveria estar presente na desgraça de Arthur.

Com um sorriso amargo no rosto, ergueu os olhos, afastando-os da mancha no chão. Percebeu que alguma coisa havia mudado.

Estranho. Aquela ala da detenção agora estava deserta.

Para onde teriam ido todos?

Ouviu passos se aproximando.

Alarmado, viu que alguém avançava para ele, andando depressa, arrastando os pés. Era seu amigo, Antwon Johnson. Os olhos dele mostravam frieza.

Arthur compreendeu. Alguém ia atacá-lo por trás.

Mick, naturalmente.

Johnson vinha salvá-lo.

Saltou do banco pondo-se de pé, voltou-se... estava tão assustado que tinha vontade de chorar. Procurou o viciado, mas...

Não. Não havia ninguém ali.

E foi então que sentiu Antwon Johnson enroscando o garrote em seu pescoço — aparentemente um instrumento improvisado, feito de uma camisa rasgada em tiras e torcida em forma de corda.

— Não, o que... — Arthur foi erguido no ar. O negro corpulento o puxou para fora do banco e arrastou-o até a parede onde estava enterrado o prego, o que ele tinha visto antes, a mais de 2 metros acima do chão. Arthur gemia e se debatia.

— Shhhhh — sibilou Johnson, olhando em volta para a entrada deserta do corredor.

Arthur lutou, mas era uma luta contra um bloco de madeira, contra um saco de concreto. Bateu com o punho inutilmente no pescoço e nos ombros do outro, sentindo que era levantado do chão. O negro o sustentou e prendeu o nó da corda no prego. Soltou-o e ficou olhando Arthur debater-se e espernear, tentando se libertar.

Por que, por que, por quê? Tentava fazer a pergunta, mas só conseguia cuspir saliva. Johnson o olhava com ar de curiosidade. Não com raiva, nem com um brilho de sadismo. Apenas o observava com morno interesse.

Arthur percebeu, com arrepios no corpo e com a visão se esvaindo, que aquilo já estava preparado. Johnson o salvara dos latinos somente por um motivo: ele o queria para si.

— Nnnnn...

Por quê?

Com os braços ao lado do corpo, o negro se aproximou, murmurando:

— Estou fazendo um favor a você, meu irmão. Que merda, daqui a um ou dois meses você mesmo ia fazer isso. Você não foi feito para este lugar. Pare de lutar. Fique tranquilo, desista. Está entendendo?

Pulaski regressou da missão na SSD e ergueu nas mãos o fino drive cinzento.

— Bom trabalho, novato — elogiou Rhyme.

— Sua primeira operação secreta — disse Sachs, piscando um olho.

Ele fez uma careta.

— Não parecia muito uma missão, e sim uma contravenção.

— Creio que com certo esforço poderíamos encontrar uma justificativa — assegurou Sellitto.

Rhyme voltou-se para Rodney Szarnek.

— Vá em frente.

O homem do computador plugou o drive na porta USB de seu surrado laptop e digitou alguma coisa, olhando para a tela.

— Muito bem, muito bem...

— Tem algum nome? — perguntou Rhyme. — Alguém da SSD que tenha baixado os dossiês?

— O quê? — perguntou Szarnek, com uma risada. — Não é assim que funciona. Vai levar algum tempo. Tenho que descarregar no servidor principal do Departamento de Crimes Virtuais. E depois...

— Quanto tempo? — rosnou Rhyme.

Szarnek piscou novamente os olhos, como se visse pela primeira vez a condição física do criminalista.

— Depende do grau de fragmentação, da idade dos arquivos, da localização dos espaços, e então...

— Está bem, está bem, faça o melhor que puder.

— Que mais você descobriu? — perguntou Sellitto.

Pulaski relatou as entrevistas com os técnicos que tinham acesso às celas. Acrescentou que falara com Andy Sterling, cujo celular confirmava a chamada do pai de Long Island na hora do crime. O álibi era firme. Thom atualizou a lista de suspeitos:

Andrew Sterling, Presidente e Diretor Executivo
Álibi: em Long Island, verificado. Confirmado pelo filho

Sean Cassel, Diretor Comercial e de Marketing
Sem álibi

Wayne Gillespie, Diretor de Operações Técnicas
Sem álibi

Samuel Brockton, Diretor do Departamento de Conformidade.
Álibi: Registros do hotel confirmam presença em Washington

Peter Arlonzo-Kemper, Diretor de Recursos Humanos
Álibi: em companhia da mulher, confirmado por ela (influenciada?)

Steven Shraeder, Gerente de Serviços Técnicos e de Apoio, equipe diurna
Álibi: no escritório, conforme registros de ponto

Faruk Mameda, Gerente de Serviços Técnicos e de Apoio, equipe noturna
Sem álibi

Cliente da SSD (?)
Lista fornecida por Sterling

Pessoa recrutada por Andrew Sterling (?)

Agora, todos os funcionários da SSD que tinham acesso ao inner-Circle já sabiam da investigação... mas o robô que vigiava o arquivo "Myra Weinburg, homicídio" no DPNY não acusara nenhuma tentativa de invasão. Estaria 522 sendo cauteloso? Ou a concepção da armadilha era equivocada? Estaria errada a premissa de que o assassino tinha relação com a SSD? Rhyme começou a achar que eles tinham ficado tão impressionados com o poder de Sterling e da SSD que haviam deixado de lado outros suspeitos em potencial.

Pulaski tirou do bolso o CD.

— Aqui estão os clientes. Olhei rapidamente. São mais ou menos trezentos e cinquenta.

— Ai — resmungou Rhyme.

Szarnek pôs o disco na bandeja e abriu na tela. Rhyme observou os dados em seu monitor de tela plana. Havia quase mil páginas de texto, em linhas densas.

— Muito ruído — comentou Sachs, explicando o que Sterling havia dito sobre a inutilidade dos dados se estivessem corrompidos, ou demasiado escassos ou numerosos. O técnico foi passando pela montanha de informações — quais clientes haviam comprado listas de detalhes garimpados... informação *demais*. De repente Rhyme teve uma ideia.

— A lista mostra a data e hora em que os dados foram baixados?

Szarnek examinou a tela.

— Sim.

— Então vamos ver quem baixou informações logo antes dos crimes.

— Ótimo, Linc — elogiou Sellitto. — O 522 deveria querer os dados mais recentes possíveis.

Szarnek ponderou a respeito.

— Acho que posso usar um robô para fazer essa operação. Pode levar algum tempo, mas é possível. Diga-me exatamente quando ocorreram os crimes.

— Isso nós podemos dizer. Mel?

— Claro. — O técnico começou a compilar os detalhes do roubo de moedas, o da pintura e os dois estupros.

— Ei, você está usando o Excel? — perguntou Pulsaki a Szarnek.

— Isso mesmo.

— O que é esse programa, exatamente?

— É uma planilha básica, usada principalmente para relatórios de vendas e extratos financeiros. Hoje em dia as pessoas usam para muitas coisas.

— Eu poderia aprender?

— Claro, pode fazer um curso. Por exemplo, na New School ou no Learning Annex.

— Já devia ter feito isso. Vou dar uma olhada nessas escolas.

Rhyme achou que agora compreendia a reticência de Pulaski em voltar à SSD.

— Não tenha pressa em aprender essas coisas, novato.

— Por que, senhor?

— Lembre-se, as pessoas nos atormentam de diversas formas. Não pense que elas estão certas e você está errado simplesmente porque sabem de algo que você não sabe. Você precisa saber disso para trabalhar melhor? Nesse caso, aprenda. Se não, se é apenas uma distração, então que se dane.

O jovem policial riu.

— OK. Obrigado.

Rodney Szarnek pegou o CD e o drive e preparou-se para levá-los à unidade de crimes digitais.

Depois que ele saiu, Rhyme olhou para Sachs, que estava ao telefone, procurando informações sobre o garimpeiro de dados morto no Colorado, anos antes. Não conseguia ouvir a conversa, mas evidentemente ela estava obtendo informações relevantes. A cabeça estava curvada para a frente, os lábios umedecidos, e ela retorcia uma mecha de cabelos. Os olhos estavam alertas. Assumira uma pose extremamente erótica.

Isso é ridículo, pensou ele. Concentre-se na porcaria do caso. Tentou afastar de si aquela ideia, mas foi apenas parcialmente bem-sucedido.

Sachs desligou o telefone.

— Consegui alguma coisa na Polícia Estadual do Colorado. O nome do garimpeiro era P.J. Gordon... Peter James. Um dia foi fazer um passeio na montanha e não voltou. Encontraram a bicicleta dele no fundo de um precipício, em frangalhos. Ficava ao lado de um rio profundo. O corpo apareceu a 35 quilômetros rio abaixo, um ou dois meses mais tarde. A identidade foi comprovada pelo DNA.

— Houve investigação?

— Não muita. Muita gente morre em acidentes de bicicleta, esquis ou motos de neve nessa região. Foi considerado isso mesmo, um acidente. No entanto, algumas perguntas ficaram sem resposta. Para começar, parece que Gordon tentara invadir os servidores da SSD na Califórnia... não a base de dados, e sim os arquivos da própria empresa e alguns registros pessoais de funcionários. Ninguém sabe se ele conseguiu entrar ou não. Tentei procurar outras pessoas que tivessem pertencido à empresa dele, Rocky Mountain Data, para descobrir mais alguma coisa. Ao que parece, Sterling comprou a companhia, ficou com a base de dados e a apagou.

— Alguém com quem possamos obter mais informações sobre ele?

— A polícia estadual não encontrou nenhum parente.

Rhyme balançava lentamente a cabeça.

— Muito bem. É uma premissa interessante, se posso usar um de seus termos, Mel. Esse Gordon garimpa clandestinamente os arquivos da SSD e descobre alguma coisa sobre 522, que percebe estar em perigo, prestes a ser descoberto. Então ele mata Gordon, fazendo com que pareça acidente. Sachs, a polícia do Colorado tem os registros do caso?

Ela suspirou.

— Estão arquivados. Vão procurar.

— Bem, quero saber quais os funcionários que já estavam na SSD na época em que Gordon morreu.

Pulaski ligou para Mark Whitcomb na SSD. Meia hora depois, Mark ligou de volta. Uma consulta ao Departamento de Recursos Humanos revelou que havia dezenas de funcionários na empresa na ocasião, inclusive Sean Cassel, Wayne Gillespie, Mameda e Shraeder, além de Martin, um dos assistentes pessoais de Sterling.

Esse número elevado significava que o incidente com Peter Gordon não era uma pista muito promissora. No entanto, Rhyme tinha a esperança de que se conseguissem o relatório completo da polícia do Colorado, talvez pudessem encontrar algo que apontasse para um dos suspeitos.

Ainda estava observando a lista quando um celular tocou e Sellitto atendeu. O criminalista viu que ele se sobressaltara.

— O quê? — exclamou ele, olhando para Rhyme. — Que merda é essa? Que aconteceu? Certo, me ligue assim que puder.

Desligou e apertou os lábios, com ar preocupado.

— Linc, sinto muito. Aconteceu algo com seu primo. Alguém o atacou na Detenção. Tentou matá-lo.

Sachs caminhou para junto de Rhyme e pôs a mão no ombro dele. Ele percebeu a tensão no gesto.

— Como ele está?

— O diretor vai ligar de volta, Linc. Ele está na emergência de lá. Ainda não sabem de nada.

CAPÍTULO VINTE E OITO

— OI, PESSOAL.

Recebida no vestíbulo da casa por Thom, Pam Willoughby entrou sorrindo. Cumprimentou a equipe, que correspondeu com sorrisos, apesar da notícia triste sobre Arthur Rhyme. Thom perguntou como tinham sido as aulas naquele dia.

— Ótimas. Realmente muito boas. — Em seguida, ela abaixou a voz. — Amelia, tem um minuto?

Sachs olhou para Rhyme, que fez um aceno na direção da jovem, querendo dizer: não há nada que possamos fazer enquanto não tivermos mais notícias; vá em frente.

Foram andando pelo corredor. Interessante como são os jovens, pensou Sachs. Pode-se ler tudo nos rostos deles. No mínimo o humor, e muitas vezes os motivos do humor também. Mas quando se tratava de Pam, Sachs às vezes queria ter a capacidade de Kathryn Dance para ler os sentimentos e pensamentos dela. Naquela tarde, no entanto, ela parecia visivelmente contente.

— Sei que você está ocupada — começou Pam.

— Sem problema.

Entraram na sala de estar diante do vestíbulo da casa.

— E então? — Sachs sorriu, com ar conspiratório.

— Certo. Fiz o que você disse. Perguntei a Stuart se tinha alguma coisa com a outra garota.

— E aí?

— Os dois costumavam sair juntos, antes de nos conhecermos. Ele até tinha me falado dela, há algum tempo. Ele a encontrou por acaso na rua. Estavam apenas conversando. Ela é um pouco grudenta, sabe como é. Já era assim quando eles namoravam e essa é uma das razões para ele ter desistido de continuar com ela. Queria voltar com ele quando Emily os viu, e ele estava tentando se afastar. Só isso, nada mais. Tudo ótimo.

— Ora, parabéns. Então o inimigo é mesmo carta fora do baralho?

— Ah, sim. Tem que ser verdade. Isto é, ele não *pode* namorar com ela, porque poderia perder o emprego... — A voz de Pam parou de repente.

Sachs não precisava ser perita em interrogatórios para perceber que a menina tinha falado mais do que gostaria.

— Perder o emprego? Que emprego?

— Bem, você sabe.

— Não sei, Pam. Por que motivo ele perderia o emprego?

Corando, ela baixou os olhos para o tapete oriental a seus pés.

— Bem, ele está dando aulas este ano.

— Ele é professor?

— Mais ou menos.

— No seu colégio?

— Este ano não. No Jefferson. No ano passado ele deu aulas na minha classe. Então está bem se...

— Pam, espere um pouco... — disse Sachs, procurando recordar-se. — Você me disse que ele era da sua escola.

— Eu só disse que o *conhecia* da escola.

— E o Clube de Poesia?

— Bem...

— Ele era o mentor — concluiu Sachs, torcendo o rosto em desconforto. — E ele *treina* o time de futebol. Não é um jogador.

— Eu não disse nada que fosse mentira.

Antes de mais nada, não entre em pânico, pensou Sachs. Isso não vai adiantar nada.

— Bem, Pam, isso... — Que merda era aquela? Ela tinha muitas perguntas e fez a primeira que lhe veio à cabeça. — Que idade ele tem?

— Não sei. Mas não é muito velho.

Pam ergueu os olhos, com dureza. Sachs já a tinha visto desafiadora, enérgica e decidida, mas nunca a vira daquela maneira — acuada e defensiva, quase selvagem.

— Pam?
— Talvez uns 41, por aí.
A decisão de não entrar em pânico começava a desmoronar.
E o que ela deveria fazer? Claro, Amelia Sachs sempre quisera ter filhos — estimulada pela lembrança dos tempos maravilhosos que passara com o pai —, mas não tinha dado muita atenção à difícil atividade de orientá-los.
"Seja razoável" era a linha de conduta no caso em jogo, disse ela a si mesma. Mas naquele momento isso servia tanto quanto "não entre em pânico".
— Bem, Pam...
— Sei o que você vai dizer. Mas não é isso.
Sachs não tinha certeza. Homens e mulheres juntos... De certa forma, sempre era *isso*. Mas ela não podia levar em consideração o aspecto sexual da questão. Só serviria para alimentar o pânico e destruir a racionalidade.
— Ele é diferente. Temos uma conexão... quero dizer, os meninos da escola somente pensam em esporte e videogames. É muito chato.
— Pam, há muitos rapazes que gostam de ler poesia e assistir a peças de teatro. Não havia rapazes no Clube de Poesia?
— Não é a mesma coisa... Eu não conto a ninguém o que já passei com minha mãe e tudo o mais. Mas contei a Stuart e ele foi compreensivo. Ele também teve uma vida difícil. O pai dele morreu quando ele tinha a minha idade. Teve que se sustentar para poder frequentar a escola, com dois ou três empregos.
— Isso não é uma boa ideia, querida. Existem problemas que você nem pode imaginar agora.
— Ele é doce comigo. Adoro estar com ele. Não é o mais importante?
— Isso é uma parte, mas não é tudo.
Pam cruzou os braços, com ar de desafio.
— Mesmo que ele agora não seja seu professor, ainda assim poderá ter problemas. — Assim que falou, Sachs sentiu que já havia perdido o argumento.
— Ele disse que por mim vale a pena correr o risco.
Não é preciso ser Freud para entender. Uma jovem cujo pai morrera quando ela era menina e cuja mãe e pai adotivo eram terroristas

domésticos... ela estava pronta para se apaixonar por um homem atencioso e mais velho.

— Calma, Amelia, eu não vou me casar. Estamos apenas namorando.

— Então, por que não dar um tempo? Um mês. Saia com um ou dois outros rapazes. Veja o que acontece.

Era patético, disse Sachs para si mesma. Os argumentos pareciam uma ação de retaguarda na derrota.

Pam franziu exageradamente a testa.

— Mas por que eu faria isso? Não estou caçando um namorado desesperadamente, só quero ter uma companhia, como todas as meninas de minha turma.

— Querida, sei que você sente algo por ele, mas dê um tempo. Não quero que você sofra. Existem muitos rapazes excelentes. Serão melhores para você e em longo prazo você vai ser mais feliz.

— *Não* vou terminar com ele. Eu amo o Stuart e ele me ama. — Pam pegou seus livros e disse friamente: — É melhor eu ir embora. Tenho dever de casa para fazer. — Começou a caminhar em direção à porta mas de repente parou e se voltou. — Quando você começou a namorar Rhyme, alguém disse que era uma péssima ideia? Que você podia conhecer alguém que não vivesse numa cadeira de rodas? Que existem muitos "rapazes excelentes" por aí? Aposto que alguém disse isso.

Pam a encarou por alguns instantes e em seguida virou-se e saiu, fechando a porta atrás de si.

Sachs refletiu; sim, alguém lhe dissera aquilo, praticamente com as mesmas palavras.

Quem mais teria sido, senão a própria mãe de Amelia Sachs?

Miguel Abrera 5465-9842-4591-0243, o "especialista em manutenção", como dizia a terminologia corporativa, saiu do trabalho no horário habitual, por volta das 17h. Está saindo do vagão do metrô próximo à sua casa no Queens, e eu caminho logo atrás enquanto ele segue em direção à casa dele.

Procuro manter a calma, mas não é fácil.

Eles — a polícia — estão perto, perto de mim! Isso nunca aconteceu antes. Anos e anos colecionando coisas, muitos dezesseis mortos, muitas vidas arruinadas, muita gente na cadeia por minha causa, mas nunca ninguém chegara tão perto assim. Desde que fiquei sabendo das suspeitas da polícia, tenho mantido, com certeza, uma boa fachada. Mesmo assim, venho analisando freneticamente a situação, perscrutando os dados, procurando a pepita de ouro que me revele o que eles sabem e o que não sabem. Quero descobrir qual o grau de risco que estou correndo, mas não consigo encontrar a resposta.

Existe ruído demais nos dados!

Contaminação...

Estou repassando meu comportamento recente. Tenho sido cuidadoso. Os dados sem dúvida podem agir contra você; podem prender você com um alfinete em uma placa forrada de veludo, como uma borboleta azul *Morpho menelaus*, que tem perfume amendoado de cianureto. Mas nós, que sabemos, podemos usar os dados também para nossa proteção. Os dados podem ser apagados, podem ser alterados, podem ser torcidos. Podemos acrescentar ruído propositalmente. Podemos colocar o dado A ao lado do conjunto de dados X para fazer com que A e X pareçam muito mais semelhantes do que realmente são, ou então mais diferentes.

Podemos trapacear de maneiras muito simples. Por exemplo, as RFID. Basta colocar na pasta de alguém um dispositivo automático de pedágio para provar que seu carro esteve em dezenas de lugares durante o fim de semana, quando na verdade o veículo ficou o tempo todo em sua garagem. Ou pense como é fácil colocar seu crachá em um envelope e mandar entregá-lo no escritório, onde fica durante quatro horas até que você peça a alguém que recolha o pacote e o leve até um restaurante na cidade. Desculpe, esqueci de trazer. Posso convidá-lo para almoçar? E o que revelam os dados? Que você esteve trabalhando como um mouro, quando na verdade estava limpando a navalha diante de um cadáver que ia esfriando no decorrer daquelas horas. O fato de ninguém ter visto você no escritório é irrelevante. Aqui está o registro do ponto, detetive... Confiamos nos dados e não no olho humano. Há mais uma dúzia de truques que eu aperfeiçoei.

Agora vou ter que usar uma de minhas medidas mais extremas.

À minha frente, Miguel 5465 para e olha para dentro de um bar. Sei com certeza que ele raramente bebe e que se entrar para tomar uma cerveja vai atrapalhar um pouco o meu horário, embora não prejudique meus planos para este fim de tarde. Mas ele deixa de lado o lugar e continua a caminhar pela rua, com a cabeça inclinada para um lado. Na verdade sinto pena que ele não tenha cedido à tentação, considerando que terá menos de uma hora de vida.

CAPÍTULO **VINTE E NOVE**

FINALMENTE ALGUÉM DO CENTRO DE Detenção ligou para Lon Sellitto.

Ele ficou escutando, agradeceu e assim que desligou virou-se para os outros:

— Arthur vai ficar bem. Está machucado, mas não é tão grave.

— Graças a Deus — suspirou Sachs.

— Que aconteceu? — perguntou Rhyme.

— Ninguém sabe ao certo. O agressor foi Antwon Johnson, que está cumprindo pena por crime federal de rapto. Foi levado ao Túmulo para esperar julgamento por crimes relacionados da alçada estadual. Parece que ele surtou e tentou fazer parecer suicídio. Primeiro ele negou, depois disse que Arthur queria morrer e pediu que ele o ajudasse.

— Os guardas o encontraram a tempo?

— Não. Foi estranho. Outro prisioneiro atacou Johnson. Mick Gallenta, que já tinha sido preso por tráfico de drogas. Embora tenha a metade do tamanho de Johnson, atacou-o, nocauteou-o e salvou Arthur. Quase começou um motim.

O telefone tocou e Rhyme viu que vinha da área 201.

Era Judy Rhyme. Ele atendeu.

— Você soube o que aconteceu, Lincoln? — perguntou ela, com a voz trêmula.

— Soube sim.

— Por que alguém faria uma coisa dessas?

— Cadeia é cadeia. É um mundo diferente.

— Mas e apenas um lugar de espera, Lincoln. Um centro de detenção. Eu entenderia se ele estivesse na prisão, com assassinos condenados. Mas a maioria daquelas pessoas está aguardando julgamento, não é isso?

— É isso mesmo.

— Por que alguém se arriscaria a tentar matar outro prisioneiro lá?

— Não sei, Judy. Isso não faz sentido. Você falou com ele?

— Eles permitiram que ele telefonasse, mas não conseguiu falar muito. A garganta ficou machucada, mas parece que não é grave. Ele vai ficar na enfermaria por mais um ou dois dias.

— Ótimo — disse Rhyme. — Escute, Judy, eu queria ter mais informações antes de falar com você, mas... Tenho certeza de que conseguirei provar a inocência de Arthur. Aparentemente outra pessoa está por trás desses crimes. Ontem ele matou outra vítima e creio que poderemos ligá-lo também ao assassinato de Alice Sanderson.

— Não, sério? Quem é esse maldito assassino, Lincoln?

Judy Rhyme já não estava mais pisando em ovos, nem escolhendo cuidadosamente as palavras ou preocupada em não ofender. Tinha ficado muito mais decidida nas últimas 24 horas.

— É o que estamos tentando descobrir agora — respondeu ele, olhando rapidamente para Sachs e depois voltando a atenção ao fone. — E parece que Arthur não tinha qualquer relação com a vítima. Nenhuma relação.

— Você... — A voz dela sumiu. — Tem certeza do que está dizendo?

Sachs identificou-se e disse:

— É verdade, Judy.

Eles podiam ouvi-la respirar.

— Devo ligar para o advogado?

— Não há nada que ele possa fazer. Da maneira como estão as coisas, Arthur ainda ficará detido.

— Posso ligar para Art e dizer isso a ele?

Rhyme hesitou.

— Sim, claro.

— Ele perguntou por você, Lincoln.

— Perguntou?

Rhyme percebeu que Amelia Sachs o olhava.

— Foi. E disse que qualquer que seja o resultado, ele agradece sua ajuda.

Tudo teria sido diferente...

— Preciso desligar, Judy. Temos muito o que fazer. Daremos notícia assim que descobrirmos algo.

— Obrigada, Lincoln. Obrigada a todos vocês. Deus os abençoe.

Houve uma hesitação.

— Até logo, Judy.

Rhyme não usou o comando de voz e desligou com o dedo indicador direito. Controlava melhor o indicador da mão esquerda, mas o da direita se movia com a rapidez de uma cobra.

Miguel 5465 é sobrevivente de uma tragédia e também um funcionário confiável. Visita regularmente a irmã e o cunhado em Long Island. Manda dinheiro pela Western Union para a mãe e outra irmã no México. Certa vez, um ano após a morte da mulher e do filho, tirou preciosos 400 dólares de um caixa eletrônico numa área do Brooklyn conhecida por ser uma zona de prostituição. Mas o zelador hesitou. O dinheiro voltou para sua conta no dia seguinte. Infelizmente teve que pagar a taxa de U$2,50 da máquina.

Sei muito mais coisas sobre Miguel 5465, mais do que sobre a maioria dos demais dezesseis da base de dados, porque ele é minha válvula de escape.

Venho preparando-o para ser meu substituto durante todo o ano passado. Depois que ele morrer, a eficiente polícia vai começar a juntar as peças. Imagine, encontramos o assassino/estuprador/ ladrão de arte e moedas! Ele confessou no bilhete que deixou ao suicidar-se que se sentia desestimulado e com ímpetos de matar por causa da morte da família. No bolso levava uma caixa contendo uma unha de Myra Weinburg.

Vejam o que mais temos aqui: quantias em dinheiro que passaram por sua conta e desapareceram inexplicavelmente. Miguel 5465 examinara a possibilidade de obter uma vultosa hipoteca para comprar uma casa em Long Island, dando uma entrada de meio milhão de dólares, apesar do salário de 46 mil por ano. Entrou em sites na internet de comerciantes de obras de arte, buscando informações sobre telas de Prescott. No porão de seu prédio há cervejas Miller, preservativos Trojan, creme de barbear Edge e uma foto de Myra Weinburg retirada do OurWorld, além de livros sobre invasão de sistemas de computação e drives contendo programas para quebrar senhas. Ele está deprimido e na semana passada chegou a entrar em contato com um serviço de aconselhamento de suicidas em potencial, pedindo mais detalhes.

Seu ponto revela que ele estava fora da SSD quando ocorreram os crimes.

Um gol de placa.

No meu bolso está o bilhete de suicídio, em uma razoável imitação de sua letra feita a partir de cheques pagos e pedidos de empréstimo, convenientemente escaneados e disponíveis on-line. Está escrito em papel semelhante ao que ele comprou há um mês numa loja próxima à sua casa, e a tinta é do mesmo tipo de caneta que ele tem.

Como a polícia certamente não deseja fazer uma investigação extensa na SSD, sua principal fornecedora de dados, isso vai colocar um ponto final no assunto. Ele morrerá, e caso encerrado. Eu voltarei ao meu Armário, verificarei os erros que cometi e tratarei de ser mais cuidadoso no futuro.

E não é que essa é uma lição de vida para todos nós?

Quanto ao suicídio propriamente dito, acessei o Google Earth e acionei um programa básico de previsão, que sugeriu o itinerário a ser tomado por ele a partir da estação de metrô, após sair da SSD. Miguel 5465 muito provavelmente seguirá um caminho atravessando um pequeno parque aqui no Queens, bem ao lado da via expressa. O irritante ritmo do tráfego e a atmosfera saturada de gases de escape de motores a diesel fazem com que o parque em geral esteja deserto. Eu o atacarei por trás — não quero que me reconheça e fique cauteloso — e darei meia dúzia de golpes na cabeça com um cano de ferro cheio de pelotas de chumbo. Em seguida enfiarei em seu bolso o bilhete de despedida e a caixa contendo a unha, arrastarei seu corpo até a balaustrada e o jogarei na via expressa 15 metros abaixo.

Miguel 5465 caminha vagarosamente, olhando as vitrines. Eu o sigo mantendo uma distância de 10 a 15 metros, de cabeça baixa, sem chamar a atenção, perdido na música após o trabalho, como dezenas de outros trabalhadores voltando para suas casas, embora meu iPod esteja desligado (música é uma das coisas que não coleciono).

O parque fica a um quarteirão de distância. Eu...

Mas espere, algo está errado. Ele não segue para o parque. Faz uma pausa numa mercearia coreana, compra flores e sai da rua principal, seguindo em direção a um bairro deserto.

Fico observando, processando esse comportamento em minha base de conhecimentos. A previsão está falhando.

Uma namorada? Algum parente?

Como é possível que exista algo em sua vida que eu não saiba?

Ruído nos dados. Odeio isso!

Não, não, isso não é bom. Flores para uma namorada não combinam com o perfil de um suicida.

Miguel 5465 continua caminhando pela calçada, em meio à fragrância primaveril de grama recém-cortada, lilases e urina de cães.

Ah, agora entendi. Começo a me acalmar.

O zelador entra pelo portão de um cemitério.

Claro, a mulher e o filho que morreram. Está tudo bem. A previsão funciona. Teremos apenas um breve atraso. O caminho para casa o levará através do parque. Isto poderá ser ainda melhor, uma última visita à esposa. Peço perdão por assassinar e estuprar em sua ausência, minha querida.

Sigo-o, mantendo uma distância prudente, com meus sapatos confortáveis de solas de borracha, sem fazer ruído algum. Miguel 5465 segue em linha reta para uma dupla sepultura. Faz o sinal da cruz e se ajoelha para rezar. Deixa as flores ao lado de outros quatro buquês, murchos em diversos estágios. Por que as visitas ao cemitério não apareceram nos dados?

Claro: ele paga as flores em dinheiro.

Miguel se levanta e começa a se afastar.

Eu o sigo, respirando fundo.

De repente:

— Com licença, senhor.

Fico gelado. Em seguida volto-me lentamente para o jardineiro, que foi quem falou comigo. Ele chegara em silêncio, caminhando por sobre o tapete de grama macio e orvalhado. Seu olhar passa de meu rosto para minha mão direita, que escondo no bolso. Ele pode ou não ter visto a luva bege que estou usando.

— Oi — respondo.

—Vi o senhor naquelas moitas ali.

Como posso reagir a isso?

— As moitas?

O olhar me revela que ele se dedica a proteger seus mortos.

— Posso perguntar quem o senhor veio visitar?

O nome dele está escrito no macacão, mas não consigo ver claramente. Stony? Que diabo de nome é esse? Sinto-me tomado pela raiva. É culpa Deles... Eles, os que estão me perseguindo! Fizeram com que me descuidasse. Fiquei confuso com todo aquele ruído, toda a contaminação! Eu Os odeio Os odeio...

Forço um sorriso amigável.

— Sou amigo de Miguel.

—Ah! Conhecia Carmela e Juan?

— Isso mesmo.

Stony, ou talvez seja Stanley, fica imaginando por que motivo ainda estou aqui, uma vez que Miguel já foi embora. Ele muda de postura. Sim, o nome é Stony. A mão dele se aproxima do walkie-talkie que leva preso ao cinto. Não recordo os nomes nas lápides. Fico pensando que talvez a mulher de Miguel se chamasse Rosa e o filho José, e que eu tenha caído em uma armadilha.

A esperteza alheia é muito enfadonha.

Stony olha para o rádio, e quando ergue os olhos a faca já está enterrada em seu peito. Um, dois, três golpes, acompanhando o contorno do osso — você pode torcer o dedo se não tiver cuidado, como aprendi me machucando. É muito doloroso.

O espantado jardineiro é mais resistente do que eu esperava, no entanto. Atira-se para a frente e agarra meu colarinho com a mão que não levou ao ferimento. Lutamos, agarrando-nos, empurrando-nos, puxando-nos, numa dança macabra por entre os túmulos, até que a mão dele cai e ele tomba de costas na alameda pavimentada de asfalto que leva à administração do cemitério. A mão encontra o walkie-talkie no mesmo instante em que minha lâmina encontra o pescoço dele.

Zip, zip, dois cortes rápidos abrem a artéria, ou a veia, ou ambas, fazendo espirrar uma torrente de sangue em direção ao céu.

Esquivo-me.

— Não, não, por quê? Por quê?

— Ele estende as mãos para a nova ferida, o que me ajuda porque agora posso fazer o mesmo do outro lado do pescoço. Corte, corte, não consigo parar. É desnecessário, mas estou zangado, furioso — furioso com Eles por me forçarem para fora do meu caminho. Obrigaram-me a usar Miguel 5465 como bode expiatório e agora me distraíram. Fiquei descuidado.

Mais cortes... depois recuo e em trinta segundos, após agitar estranhamente as pernas, o homem fica inconsciente. Em sessenta, a vida se transforma em morte.

Tudo que consigo é me manter de pé, insensível em meio àquele pesadelo, ofegante com o esforço. Curvo os ombros e me sinto como um animal miserável.

A polícia — Eles — saberão que fui eu, naturalmente. Os dados estão todos aparentes. A morte aconteceu junto ao túmulo da família de um funcionário da SSD e após uma luta. Tenho certeza de que haverá pistas que a polícia ligará aos outros crimes. Não tenho tempo para fazer uma limpeza.

Eles saberão que segui Miguel 5465 a fim de preparar o falso suicídio e que fui interrompido pelo jardineiro.

De repente, uma voz surge do walkie-talkie. Alguém está procurando Stony. O tom não é de alarme; é uma simples pergunta. Mas se não houver resposta virão procurá-lo em breve.

Volto-me e me afasto rapidamente, como se fosse alguém enlutado e cheio de dor, sem saber o que o futuro me reserva.

Mas esse, claro, é exatamente o meu caso.

CAPÍTULO **TRINTA**

MAIS UM HOMICÍDIO.

E não havia dúvida de que o autor era 522.

Os nomes de Rhyme e Sellitto constavam de uma lista de pessoas que deveriam ser imediatamente notificadas de qualquer homicídio na cidade de Nova York. Quando o aviso chegou, vindo da central de polícia, bastaram poucas perguntas para perceber que a vítima, um jardineiro de cemitério, havia sido assassinada ao lado do túmulo da mulher e do filho de um funcionário da SSD, muito provavelmente por um homem que o seguira até o local.

Era coincidência demais, naturalmente.

O funcionário, um zelador, não estava entre os suspeitos. Estava conversando com outro visitante, do lado de fora do cemitério, quando ambos ouviram os gritos do jardineiro.

— Muito bem — disse Rhyme. — Ao trabalho, Pulaski?

— Sim, senhor.

— Ligue para alguém na SSD e veja se podem verificar onde estava cada um dos suspeitos de nossa lista nas últimas duas horas.

— Certo. — Outro sorriso estoico. Ele definitivamente não gostava daquele lugar.

— E você, Sachs...

— Vou dar uma olhada na cena do crime, no cemitério — adiantou-se, já se encaminhando para a porta.

Depois que Sachs e Pulaski partiram, Rhyme ligou para Rodney Szarnek na Unidade de Crimes Digitais, no Departamento de Polícia de Nova York. Explicou o assassinato recente e disse:

— Aposto que ele está louco para obter informações sobre o que descobrimos. Alguma novidade na armadilha?

— Nada fora de nosso departamento. Somente uma busca, alguém do escritório de um certo capitão Malloy, no Big Building. Acessou o arquivo durante vinte minutos e depois desligou.

Malloy? Rhyme riu para si mesmo. Embora Sellitto viesse mantendo o capitão informado, conforme fora instruído, Malloy aparentemente não conseguia deixar de lado sua natureza de investigador e estava juntando todas as informações que podia obter, talvez com a intenção de oferecer sugestões. Rhyme teria que ligar para ele e avisá-lo a respeito da armadilha, esclarecendo que os arquivos que serviam de isca nada continham de útil.

O técnico disse:

— Imaginei que não houvesse problemas em deixá-los ler o arquivo, por isso não avisei o senhor.

— Tudo bem — respondeu Rhyme, desligando. Ficou olhando os quadros brancos durante muito tempo — Lon, tive uma ideia.

— O quê? — perguntou Sellitto.

— Nosso homem está sempre um passo adiante de nós. Temos conduzido nossa investigação como se ele fosse um assassino comum, mas não é.

O homem que sabe tudo...

— Quero tentar uma coisa diferente. Preciso de ajuda.

— De quem?

— Do centro.

— Bastante vago. De que parte, exatamente?

— De Malloy. E de alguém na Prefeitura.

— Na Prefeitura? Para que diabos? Por que acha que sequer atenderão seu telefonema?

— Porque é preciso.

— Isso é uma razão?

— Você precisa convencê-los, Lon. Precisamos passar à frente desse sujeito e você é capaz de fazê-lo

— Fazer o que, exatamente?

— Acho que precisamos de um perito.

— Que tipo de perito?

— Um perito em computadores.
— Já temos Rodney.
— Não é bem o que tenho em mente.

O homem morrera esfaqueado.

Um assassinato eficiente, sem dúvida, mas também gratuito, ferindo primeiro no peito para depois retalhar com violência e raiva, conforme Sachs concluiu. Era um outro ângulo de 522. Ela já tinha visto ferimentos como aquele em outras cenas de crime; os cortes enérgicos e pouco precisos mostravam que o assassino estava perdendo o controle.

Isso era bom para os investigadores: criminosos emotivos costumam ser também criminosos descuidados. São mais aparentes e deixam mais pistas do que os que se controlam. Porém, como Amelia Sachs aprendera em seus tempos de patrulheira nas ruas, o problema é que são muito mais perigosos. Gente enlouquecida e agressiva como 522 não faz distinção entre as vítimas em potencial, espectadores e policiais.

Qualquer ameaça, qualquer inconveniência, tinha que ser tratada instantânea e completamente. Pro inferno com a lógica.

Sob os fachos das lâmpadas fortes de halogênio preparadas pela equipe de cena do crime, que banhavam o cemitério numa luz irreal, Sachs olhou a vítima, deitada de costas, com os pés para o lado após a dança final nas garras da morte. Uma grande mancha de sangue em forma de vírgula se espalhava, a partir do cadáver, pela calçada asfaltada do Jardim da Recordação de Forest Hills até uma faixa de grama mais além.

Nenhum dos investigadores encontrou testemunhas. Miguel Abrera, o zelador da SSD, nada podia acrescentar. Estava muito abalado, tanto por ter sido alvo potencial do assassino quanto porque a vítima era seu amigo. Ele conhecia bem o jardineiro devido a suas frequentes visitas aos túmulos da mulher e do filho. Naquela noite, tivera uma ligeira sensação de que alguém o seguia desde o metrô e tinha até mesmo parado diante de um bar tentando ver o reflexo de algum assaltante atrás dele. Mas o truque não funcionara; ele não vira ninguém e continuara seu caminho para o cemitério.

Agora, vestida de macacão branco, Sachs instruía dois agentes da operação principal de cena do crime a fotografar e gravar em vídeo todo o cenário. Examinou o cadáver e começou a seguir os passos rotineiros da grade reticulada imaginária. Trabalhava com muita rapidez; Era uma cena importante. O crime ocorrera de forma rápida e violenta — o jardineiro obviamente surpreendera 522 — e ambos tinham se atracado, o que significava mais chances de encontrar pistas que levassem a informações sobre o assassino e sua residência ou local de trabalho.

Sachs iniciou a rotina, caminhando pela cena pé ante pé em uma direção e depois voltando-se perpendicularmente para analisar a mesma área.

No meio do trajeto parou abruptamente.

Um ruído.

Tinha certeza de que se tratava de metal batendo em metal. Um revólver sendo carregado, uma faca se abrindo.

Olhou rapidamente em volta, mas viu apenas o cemitério, imerso na penumbra do crepúsculo. Amelia Sachs não acreditava em fantasmas e normalmente considerava locais de descanso eterno como aquele pacíficos e reconfortantes. Mas, naquele momento, ela apertou os dentes, com as palmas das mãos suando nas luvas de látex.

Acabara de virar-se para o cadáver quando teve um sobressalto, ao ver um lampejo próximo.

Seria alguma luz da rua atravessando as moitas?

Ou 522 que se aproximava, com uma faca na mão?

Descontrolado...

Ela não conseguia esquecer que ele já havia tentado matá-la — o ardil perto da casa de DeLeon Williams com o agente federal — e fracassara. Talvez estivesse resolvido a terminar o que começara.

Sachs voltou a se concentrar em sua tarefa, mas estremeceu, já perto do fim da busca. Novamente um movimento, desta vez além das luzes, porém ainda dentro do cemitério, que tinha sido fechado pelos guardas. Estreitou os olhos para forçar a vista, procurando enxergar além do clarão que a ofuscava. Teria sido a brisa agitando uma árvore? Ou algum animal?

Seu pai, policial durante toda a vida e generosa fonte de sabedoria das ruas, certa vez lhe dissera:

— Esqueça os cadáveres, Amie, eles não lhe farão mal. Preocupe-se com os que os fizeram morrer.

Isso a fazia lembrar o conselho de Rhyme:

— Procure com cuidado, mas preste atenção na retaguarda.

Amelia Sachs não acreditava em sexto sentido. Não da maneira que as pessoas pensam do sobrenatural. Para ela, o mundo natural era tão extraordinário, e nossos sentidos e processos de raciocínio tão complexos e poderosos, que não tínhamos necessidade de habilidades sobre-humanas para chegar às deduções mais sensíveis.

Ela tinha certeza de que havia alguém ali.

Saindo do perímetro da cena do crime, colocou a Glock na cintura, apalpando o cabo algumas vezes a fim de se orientar, caso precisasse puxar a arma rapidamente. Voltou ao percurso reticulado, terminou a coleta e voltou-se rapidamente na direção em que notara o movimento anteriormente.

As luzes a ofuscavam, mas ela sabia que havia um homem ali de pé na sombra do prédio, observando-a dos fundos do crematório. Podia ser um funcionário, mas Sachs não pretendia correr o risco. Com a mão na pistola, avançou 6 metros. O macacão branco oferecia um alvo perfeito, mas ela resolveu não perder tempo tirando-o.

Empunhando a arma, atravessou as moitas, iniciando um passo acelerado em direção à figura, apesar da artrite nas pernas. De repente, porém, estancou, o rosto torcido em desagrado, olhando a porta do crematório onde vira o invasor. Apertou os lábios, furiosa consigo mesma. O homem, cuja silhueta era claramente visível contra a luz de um poste da rua, era um policial; ela via o contorno do quepe de patrulheiro e notou a postura de alguém em serviço de sentinela.

— Agente — chamou ela. — Notou alguém aí?

— Não, detetive Sachs — respondeu ele. — Não vi ninguém.

— Obrigada.

Terminado o trabalho com as pistas, ela entregou a cena ao médico legista.

De volta ao carro, abriu a mala e começou a tirar o macacão branco enquanto conversava com outros policiais do laboratório de cena do crime do Queens, que também haviam tirado seus macacões. Um deles, de cenho franzido, procurava algo que havia perdido.

— Está procurando alguma coisa? — perguntou ela.

— Estou — respondeu ele, ainda franzindo a testa. — Meu quepe. Estava bem aqui.

Sachs gelou.

— O quê?

— Não sei onde está.

Merda. Ela jogou o macacão na mala do carro e correu até o sargento da delegacia da área, que era o supervisor imediato da cena.

— Você mandou alguém montar guarda na porta do crematório? — indagou, sem fôlego.

— Lá atrás? Não, achei que não era preciso. Já tínhamos isolado o local e...

Inferno.

Virando-se, Sachs correu para o crematório com a Glock na mão, e gritou para os policiais que estavam por perto:

— Ele estava aqui, perto do crematório. Mexam-se!

Parou diante do prédio de tijolos vermelhos, notando o portão aberto que dava para a rua. Uma busca rápida na área não revelou qualquer sinal de 522. Ela continuou a caminhar pela rua, olhando à direita e à esquerda. Tráfego e curiosos — dezenas deles —, mas o suspeito desaparecera.

Sachs voltou à porta do crematório e não se surpreendeu ao encontrar o quepe do policial no chão, perto dali. Estava ao lado de uma tabuleta que dizia: deixar as urnas aqui. Recolheu o quepe, guardou-o em uma bolsa plástica e voltou para onde estavam os demais colegas. Ela e o sargento mandaram agentes percorrerem a área para ver se alguém havia visto o homem. Em seguida voltou ao carro. Naturalmente, a essa altura ele já estaria longe, mas Sachs não conseguia afastar a sensação de alarme, devido principalmente ao fato de que ele não tentara escapar ao vê-la se aproximando do crematório; ao contrário, permanecera onde estava.

Mas o que mais a aterrorizava era a lembrança da voz tranquila, chamando-a pelo nome.

— Eles vão fazer ou não? — perguntou Rhyme asperamente assim que Sellitto passou pela porta ao regressar de seu encontro no centro com o capitão Malloy e o vice-prefeito, Ron Scott, parte da missão que o criminalista chamava o "Plano dos Peritos".

— Eles não gostaram da ideia. É dispendiosa e...

— Besteira. Coloque alguém no telefone.

— Espere, espere. Eles concordaram. Só estou dizendo que resmungaram muito.

— Você devia ter dito logo que estão de acordo. Não me importa que resmunguem.

— Joe Malloy vai ligar dando os detalhes.

Por volta das 21h30 a porta se abriu e Amelia Sachs entrou, trazendo as pistas que coletara na cena do assassinato do jardineiro.

— Ele esteve lá — anunciou ela.

Rhyme não entendeu.

— O 522 esteve no cemitério. Estava nos observando.

— Que merda! — exclamou Sellitto.

— Quando percebi, ele já tinha desaparecido — continuou Sachs, mostrando o quepe de patrulheiro e explicando que ele a observara disfarçado.

— E por que ele faria uma merda dessas?

— Para coletar informação — concluiu Rhyme, em voz baixa. — Quanto mais ele souber, mais poder terá e mais vulneráveis nós ficaremos...

— Vocês procuraram testemunhas?

— Uma equipe da delegacia fez isso. Ninguém viu nada.

— Ele sabe tudo e nós, nada.

Sachs desfez o pacote enquanto Rhyme olhava atentamente cada bolsa de pistas que ela retirava.

— Os dois se atracaram. Pode ter havido alguma transferência.

— Vamos torcer.

— Falei com Abrera, o zelador. Ele disse que desde o mês passado vem notando coisas estranhas. Seu ponto foi alterado e houve depósitos na conta bancária que não foram feitos por ele.

Cooper sugeriu:

— Roubo de identidade, como Jorgensen?

— Não, não — discordou Rhyme. — Aposto que 522 o estava preparando para ser incriminado. Talvez um suicídio, com bilhete plantado... O túmulo era da mulher e do filho dele?

— Isso mesmo.

— Claro. Ele está deprimido, vai se matar. Confessa todos os crimes em um bilhete de suicídio. Nós encerramos o caso. Mas o jardineiro o interrompeu no meio da ação. Agora 522 tem problemas. Não pode tentar a mesma coisa novamente; nós estaremos esperando um falso suicídio. Terá que inventar outro truque. Mas o quê?

Cooper tinha começado a examinar as provas.

— Não há cabelos no quepe, nenhum traço... Mas sabe o que tenho aqui? Um pedaço de fita adesiva. É genérica. Não dá para descobrir a origem.

— Ele retirou indícios com fita adesiva ou rolo, antes de abandonar o quepe — disse Rhyme, insatisfeito. Nada que 522 pudesse fazer o surpreenderia.

— Da outra cena, ao lado do túmulo, tenho uma fibra — declarou Cooper. — É semelhante à corda usada no primeiro crime.

— Ótimo. Que há nela?

Cooper preparou a amostra e a testou. Pouco depois, anunciou:

— Certo, tenho duas coisas. A mais comum é naftalina em cristal inerte.

— Veneno para traças — disse Rhyme. Essa substância tinha surgido em um caso de envenenamento, anos antes. — Mas deve ser antiga. — Explicou então que a naftalina tinha sido em grande parte deixada de lado, em favor de substâncias mais seguras. — Ou então vem de fora do país. Em muitos lugares há menos regulamentação de segurança em produtos de consumo.

— Há mais uma coisa — avisou Cooper, indicando a tela do computador com um gesto. A substância que aparecia era $Na(C_6H_{11}NHSO_2O)$. — Está misturado com lecitina, cera de carnaúba e ácido cítrico.

— Que merda é essa? — perguntou Rhyme.

Outra base de dados foi consultada.

— Ciclamato de sódio.

— Adoçante artificial, não?

— Isso — concordou Cooper, lendo na tela. — Foi proibido pela FDA há trinta anos. A proibição ainda está em apelação, mas desde os anos 1970 essa substância não é mais usada em nenhum produto.

A mente de Rhyme deu alguns saltos, como os olhos dele que pulavam de um item a outro na mesa das evidências.

— Papelão velho. Mofo, tabaco ressecado. Cabelos de boneca? Refrigerante velho? E caixas de naftalina? Que significa tudo isso? Que ele mora perto de uma loja de antiguidades? Em cima de uma?

Continuaram a análise: traços diminutos de sesquissulfeto de sódio, o principal ingrediente de fósforos de segurança; mais poeira do World Trade Center e folhas de difembáquia, também conhecida por comigo-ninguém-pode. Era uma planta comum em casas.

Outras pistas eram fibras de papel de um bloco amarelo de notas, provavelmente de dois blocos diferentes porque o tom de cor das fibras variava. Não era possível, porém, identificar a origem. Havia também a substância picante que Rhyme encontrara na faca usada para matar o colecionador de moedas. Desta vez havia quantidade suficiente para examinar adequadamente os grãos e a cor.

— É pimenta-de-caiena — anunciou Cooper.

— Antigamente era possível identificar uma comunidade latina com isso — murmurou Sellitto. — Hoje encontramos molho picante em qualquer canto. De supermercados a lojas de conveniência.

A única outra pista era uma pegada de sapato na terra de uma cova recém-aberta, perto do local do assassinato. Sachs deduziu que pertencia a 522 porque precisa ter sido deixada por alguém que estivesse correndo dali para a saída.

A comparação da impressão eletrostática com a base de dados de marcas de sapatos revelou que o calçado de 522 era da marca Skecher, tamanho 42, bastante usado. Era um modelo sem grande estilo, normalmente usado por trabalhadores e adeptos de caminhadas.

Enquanto Sachs dava um telefonema, Rhyme pediu que Thom escrevesse os detalhes no quadro branco, conforme ia ditando. O criminalista ficou olhando as informações; era muito mais do que tinham no começo, mas não estava servindo para nada.

PERFIL DE 522

- Sexo masculino
- Possivelmente fumante ou mora/trabalha em companhia de fumantes ou próximo a uma fonte de tabaco
- Tem filhos ou mora/trabalha próximo a crianças ou a brinquedos
- Tem interesse por arte, por moedas?
- Provavelmente branco ou de pele clara
- Estatura mediana
- Forte, capaz de estrangular as vítimas

- Acesso a equipamento de disfarce de voz
- Possivelmente experiente no uso de computador. Conhece OurWorld. Outras redes sociais?
- Retira troféus das vítimas. Sádico?
- Parte da residência/local de trabalho morna e úmida
- Mora na parte sul de Manhattan, ou próximo
- Consome petiscos com molho apimentado
- Mora perto de loja de antiguidades?
- Calça sapatos Skecher tamanho 42

PISTAS NÃO PLANTADAS

- Papelão velho
- Cabelos de boneca, BASF B35 náilon 6
- Tabaco de cigarros Tareyton
- Presença de mofo *Stachybotrys chartarum*
- Poeira do atentado ao World Trade Center, possivelmente indicando residência/trabalho na parte sul de Manhattan
- Petisco com molho de pimenta
- Fibra de corda contendo:
- Refrigerante dietético adoçado com ciclamato (antigo ou estrangeiro)
- Bolas de naftalina (antigas ou estrangeiras)
- Folhas de comigo-ninguém-pode (planta de interior)
- Traços de dois blocos de notas diferentes, amarelos
- Pegada de sapato de trabalho Skecher, tamanho 42

CAPÍTULO **TRINTA E UM**

— OBRIGADO POR ME RECEBER, Mark.

Whitcomb, assistente do Departamento de Conformidade sorriu afavelmente. Pulaski achou que ele realmente devia gostar muito do que fazia, para ficar trabalhando até tarde; já passava das 21h30. Se bem que, como o policial percebeu, ele também continuava em expediente.

— Outro homicídio? E o assassino é a mesma pessoa?

— Estamos bastante certos disso.

O jovem funcionário franziu a testa.

— Lamento. Meu Deus. Quando foi?

— Há mais ou menos três horas.

Estavam no escritório de Whitcomb, que era muito mais acolhedor do que o de Sterling. Também era mais desarrumado, o que o tornava mais agradável. Ele afastou o bloco em que vinha fazendo anotações e fez um gesto indicando uma cadeira. Pulaski sentou-se, notando as fotos da família na escrivaninha e alguns belos quadros nas paredes, junto com diplomas e certificados profissionais. Pulaski havia perscrutado os corredores silenciosos, extremamente satisfeito com a ausência de Cassel e Gillespie, os alunos malvados da escola.

— Essa é sua mulher?

— Minha irmã — respondeu Whitcomb com um sorriso, mas Pulaski já tinha visto anteriormente outras pessoas com aquela expressão no rosto. Significava que era um assunto delicado. Teria morrido?

Não, o problema era a outra resposta.

— Sou divorciado. Fico muito ocupado aqui. É difícil dar atenção à família. — Fez um gesto com o braço, envolvendo toda a SSD, Pulaski supôs. — Mas é um trabalho importante. Realmente importante.

— Estou certo de que sim.

Após tentar encontrar Andrew Sterling, Pulaski ligara para Whitcomb, que concordou em receber o policial e entregar-lhe os registros de ponto daquele dia para que ele verificasse se os suspeitos estavam fora da empresa na hora em que o jardineiro fora assassinado.

— Tenho um pouco de café aqui.

Pulaski notou que ele tinha uma bandeja de prata na mesa, com duas xícaras de porcelana.

— Lembrei que você gosta.

— Obrigado.

O esbelto funcionário serviu a bebida.

Pulaski sorveu o café. Achou gostoso. Estava esperando que as finanças melhorassem para poder comprar uma máquina de cappuccino. Adorava aquilo.

— Você trabalha até tarde todas as noites?

— Muitas vezes. Os regulamentos governamentais são exigentes em qualquer atividade, mas no negócio de informações ninguém tem muita certeza do que eles querem. Por exemplo, os estados podem ganhar muito dinheiro vendendo informações sobre carteiras de motorista. Em alguns lugares os cidadãos protestam e essa prática é proibida, mas em outros é perfeitamente legal.

"Em alguns lugares, se alguém invade os sistemas da sua empresa, você tem que notificar os clientes cujas informações são roubadas, qualquer que seja o tipo de dado. Em outros estados, você somente é obrigado a comunicar quando se tratam de informações financeiras. Ainda em outros, não há obrigação de divulgar nada. É muito complicado, mas temos de agir dentro da lei."

Pensando nas falhas de segurança, Pulaski se sentiu culpado por ter roubado os dados dos espaços livres dos computadores da SSD. Whitcomb havia estado em sua companhia na ocasião em que ele baixara os arquivos. O assistente do Departamento de Conformidade seria responsabilizado caso Sterling descobrisse?

— Muito bem. Aqui estão — anunciou Whitcomb, entregando vinte páginas de registros de ponto naquele dia.

Pulaski as folheou, comparando os nomes com os suspeitos. Primeiro, notou a hora em que Miguel Abrera saíra — pouco depois das

17h. Em seguida, sobressaltou-se ao passar os olhos por acaso no nome Sterling. Ele havia saído segundos depois de Miguel, como se estivesse seguindo o zelador... Mas logo o policial percebeu que cometera um engano. Quem tinha saído naquela hora era Andy Sterling, o filho do diretor executivo. O pai saíra mais cedo — por volta das 16h — e somente regressara havia meia hora, presumivelmente depois de alguns drinques com outros homens de negócios, ou depois do jantar.

Novamente sentiu raiva de si mesmo por não ter lido com atenção as folhas. Quase chamara Lincoln Rhyme ao notar que os dois homens tinham saído tão próximo um do outro. Teria sido muito constrangedor. Pense melhor, disse para si mesmo.

Dos demais suspeitos, apenas Faruk Mameda — o técnico do turno da noite tão preocupado com o preconceito — estivera na SSD na hora do crime. As anotações sobre o diretor de Operações Técnicas Wayne Gillespie revelavam que ele havia saído meia hora antes de Abrera, mas voltara às 18h e permanecera por muito tempo. Pulaski sentiu um desapontamento mesquinho, pois isso significava que o funcionário provocador estaria fora da lista. Todos os demais haviam saído com bastante tempo para seguir Miguel ao cemitério ou para chegar lá antes dele a fim de esperá-lo. Na verdade, a maioria dos funcionários estava fora do prédio. O policial notou que Sean Cassel havia estado fora durante a maior parte da tarde, e voltara meia hora atrás.

— Isso ajuda? — perguntou Whitcomb.

— Um pouco. Incomoda-se se eu ficar com estas folhas?

— Não, pode levá-las.

— Obrigado — agradeceu Pulaski, dobrando-as e colocando-as no bolso.

— Olhe, falei com meu irmão. Ele virá a Nova York no próximo mês. Não sei se você está interessado, mas achei que talvez gostaria de conhecê-lo. Vocês poderiam trocar histórias policiais — comentou Whitcomb com um sorriso envergonhado, como se aquilo fosse a última coisa que os policiais gostassem de fazer. Pulaski poderia ter dito que eles adoram histórias de polícia.

— Isso se o caso já estiver resolvido quando ele vier, é claro. O que você acha?

— Feito.

— Ótimo. Afinal, você não poderia tomar cerveja com um suspeito, não é?

— Você não é exatamente um suspeito, Mark — retrucou Pulaski, rindo. — Mas tem razão, talvez seja melhor esperar. Vou ver se meu irmão pode ir também.

— Mark — chamou uma voz suave por trás deles.

Pulaski voltou-se e viu Andrew Sterling. Vestia calças pretas e camisa branca, de mangas arregaçadas. Sorria afavelmente.

— Agente Pulaski, você vem tanto aqui que eu deveria colocá-lo na folha de pagamento.

O policial sorriu timidamente.

— Eu liguei, mas caiu na caixa de mensagens.

— Foi mesmo? — o diretor executivo franziu a testa. Em seguida focalizou os olhos verdes. — É verdade, Martin saiu cedo hoje. Alguma coisa em que possamos ajudá-lo?

Pulaski ia falar do ponto, mas Whitcomb completou com rapidez:

— Ron estava contando que houve outro homicídio.

— Não! É verdade? Foi a mesma pessoa?

Pulaski percebeu que cometera um erro. Era tolice tentar fazer alguma coisa pelas costas de Andrew Sterling. Não que achasse Sterling culpado ou que quisesse esconder algo. O policial apenas queria obter a informação rapidamente, e, para ser sincero, queria evitar encontrar-se com Cassell ou Gillespie, o que poderia ter acontecido se tivesse ido a outro escritório em busca dos registros.

Agora, porém, percebia que obtivera informação sobre a SSD de uma fonte que não era Andrew Sterling — um pecado, senão um verdadeiro crime.

Ficou pensando se o diretor executivo perceberia seu desconforto. Respondeu:

— Acreditamos que sim. Parece que o alvo do assassino era um funcionário da SSD, mas ele acabou matando outra pessoa que estava por perto.

— Qual funcionário?

— Miguel Abrera.

Sterling reconheceu imediatamente o nome.

— Da manutenção, eu lembro. Ele está bem?

— Está. Um pouco abalado, mas está tudo bem.
— Por que estava na mira do assassino? Acha que ele sabe alguma coisa?
— Não saberia dizer — respondeu Pulaski
— Quando isso aconteceu?
— Hoje, mais ou menos às 18h30.

Sterling apertou os olhos, deixando ver finas rugas em torno deles.
— Tenho uma solução. Consiga o ponto dos suspeitos. Isso reduziria o número dos que têm álibis.
— Eu...
— Vou cuidar disso, Andrew — disse Whitcomb rapidamente, sentando-se ao computador. — Vou puxar dos registros de Recursos Humanos. — Então voltou-se para Pulaski e garantiu: — Não vai demorar.
— Ótimo — falou Sterling. — E me informe do que descobrir.
— Sim, Andrew.

O diretor executivo se aproximou e olhou Pulaski nos olhos. Apertou-lhe a mão com firmeza.
— Boa noite, agente.

Depois que ele saiu, Pulaski comentou:
— Obrigado. Eu devia ter pedido a ele primeiro.
— É, devia. Imaginei que tinha feito isso. Se há uma coisa que Andrew detesta é ficar sem saber das coisas. Se ele tiver informação, ainda que sejam más notícias, estará feliz. Você já viu o lado razoável de Andrew Sterling. O outro lado não parece ser muito diferente, mas é, acredite.
—Você não terá problemas, espero.

Whitcomb riu.
— Desde que ele não descubra que acessei as folhas uma hora antes que ele sugerisse.

Enquanto caminhava para o elevador com Whitcomb, Pulaski olhou para trás. No final do corredor estava Andrew Sterling, falando com Sean Cassel. Ambos tinham as cabeças baixas, e o diretor comercial concordava com a cabeça. O coração de Pulaski disparou. Sterling se afastou. Cassel voltou-se e limpou os óculos com um pano preto, olhando diretamente para o policial. Cumprimentou-o com um sorriso. Pela expressão de seu rosto, Pulaski achou que ele não se surpreendera ao vê-lo ali.

A campainha do elevador soou e Whitcomb fez um gesto para que Pulaski entrasse.

O telefone tocou no laboratório de Rhyme. Ron Pulaski relatou o que descobrira na SSD sobre o paradeiro dos suspeitos. Sachs transcreveu a informação no quadro dos suspeitos.

Somente dois estavam na empresa na hora do crime — Mameda e Gillespie.

— Então pode ter sido qualquer um dos outros seis — murmurou Rhyme.

— O prédio estava virtualmente vazio — disse o jovem policial. — Não havia muitos funcionários fazendo hora extra.

— Eles não precisam — observou Sachs. — Os computadores fazem todo o trabalho.

Rhyme disse a Pulaski que fosse para casa, ver a família. Apertou o botão para reclinar o encosto da cadeira e olhou para o quadro.

Andrew Sterling, Presidente e Diretor Executivo
Álibi: em Long Island, verificado. Confirmado pelo filho

Sean Cassel, Diretor Comercial e de Marketing
Sem álibi

Wayne Gillespie, Diretor de Operações Técnicas
Sem álibi
Álibi para o assassinato do jardineiro (no escritório, conforme registros de ponto)

Samuel Brockton, Diretor do Departamento de Conformidade.
Álibi: Registros do hotel confirmam presença em Washington

Peter Arlonzo-Kemper, Diretor de Recursos Humanos
Álibi: em companhia da mulher, confirmado por ela (influenciada?)

Steven Shraeder, Gerente de Serviços Técnicos e de Apoio, equipe diurna
Álibi: no escritório, conforme registros de frequência

Faruk Mameda, Gerente de Serviços Técnicos e de Apoio, equipe noturna
Sem álibi
Álibi para o assassinato do jardineiro (no escritório, conforme registros de ponto)

Cliente da SSD (?)
Aguardando lista da Unidade de Crimes Digitais do DPNY
Pessoa recrutada por Andrew Sterling (?)

Um deles seria 522? Rhyme refletiu mais uma vez. Pensou no que Sachs lhe havia dito sobre o conceito de "ruído" na mineração de dados. Seriam aqueles nomes apenas ruídos? Seriam desvios para impedi-lo de conhecer a verdade?

Fez a cadeira dar uma volta completa e novamente olhou os quadros brancos. Alguma coisa o inquietava. O que poderia ser?

— Lincoln...

— Shh.

Era alguma coisa que ele lera, ou ficara sabendo. Não — era um caso, de muitos anos atrás. Ali estava, logo além do limite da memória. Ele se sentiu frustrado, como se tentasse se livrar de uma coceira na orelha.

Percebeu que Cooper o olhava. Isso o irritou também. Rhyme fechou os olhos.

Quase...

Pronto!

— Que foi?

Aparentemente, tinha exclamado algo em voz alta.

— Acho que descobri algo. Thom, você acompanha a cultura popular, não?

— Que diabo quer dizer isso?

— Você lê revistas e jornais. Olha os anúncios. Ainda fabricam cigarros Tareyton?

— Eu não fumo. Nunca fumei.

— Prefiro resistir a mudar — disse Lon Sellitto.

— O quê?

— Era o slogan do anúncio, nos anos 1960. Aparecia um sujeito com um olho roxo.
— Não me lembro.
— Meu pai fumava essa marca.
— Ainda são fabricados? Isso é o que quero saber.
— Não sei. Mas não se vê muito.
— Exatamente. E o tabaco que encontramos era antigo também. Portanto, seja ele fumante ou não, é razoável supor que coleciona cigarros.
— Cigarros. Que tipo de colecionador é esse?
— Não, não apenas cigarros. O refrigerante antigo, com adoçante artificial. Talvez latas, ou garrafas. E também há a naftalina, os fósforos, os cabelos de boneca, além do mofo, o *Stachybotrys chartarum*, a poeira das torres gêmeas. Não creio que ele more no sul da cidade. Provavelmente há muitos anos não faz uma limpeza... — Rhyme riu com certo amargor.
— E de que outra coleção temos cuidado ultimamente? Dados. O 522 é um colecionador obcecado. Na minha opinião, é um acumulador.
— O quê?
— Alguém que gosta de acumular coisas. Nunca joga nada fora. Por isso é que há tantas coisas "velhas".
— É, acho que já ouvi falar de gente assim. É estranho. Assusta.

Rhyme havia certa vez examinado uma cena de crime na qual um acumulador compulsivo havia morrido esmagado por uma pilha de livros — bem, ficou preso, imobilizado, e levou dois dias para morrer de lesões internas. Rhyme descreveu a causa da morte como "desagradável". Não estudara em profundidade esse distúrbio, mas soubera da existência de uma força-tarefa em Nova York que procurava dar assistência terapêutica a pessoas assim e proteger a eles próprios e seus vizinhos desse comportamento compulsivo.

— Vamos ligar para o nosso psiquiatra.
— Terry Dobyns?
— Talvez ele saiba alguma coisa sobre essa força-tarefa. Peça a ele para verificar e depois diga que venha aqui pessoalmente.
— A esta hora? — perguntou Cooper. — Já passa das 22h.

Rhyme nem se preocupou em terminar a discussão com uma frase de efeito: se nós vamos ficar sem dormir, outros também podem. Bastou um olhar para que a mensagem fosse entendida.

CAPÍTULO **TRINTA E DOIS**

LINCOLN RHYME RECUPERARA AS ENERGIAS.

Thom trouxe outra vez algo para comer, e embora Rhyme em geral não tivesse prazer com a comida, gostava dos sanduíches de frango que seu assistente preparava, com pão feito em casa.

— É a receita de James Beard — anunciou Thom, embora Rhyme não desse a mínima para a alusão ao famoso chef e autor de livros de culinária. Sellitto já devorara um sanduíche e guardou outro para quando fosse para casa. ("É ainda melhor do que os de atum", sentenciara.) Mel Cooper pediu a receita do pão para dar a Gretta.

Sachs estava ao computador, mandando e-mails. Rhyme ia perguntar o que ela estava fazendo quando a campainha da porta soou.

Um momento depois, Thom entrou na sala do laboratório com Terry Dobyns, o comportamentalista do DPNY que Rhyme conhecia havia muitos anos. Estava um pouco mais calvo e um pouco mais barrigudo do que da primeira vez que se encontraram — quando Dobyns vinha conversar com Rhyme durante horas, logo depois do terrível acidente que o deixara paralisado. O médico ainda tinha o mesmo olhar bondoso e penetrante que Rhyme recordava, além de um sorriso calmo que não parecia julgar o que ouvia. O criminalista via os perfis psicológicos com ceticismo, preferindo basear-se em pistas, mas era forçado a admitir que Dobyns por vezes havia feito análises brilhantes e úteis sobre criminosos que ele perseguira. O psiquiatra cumprimentou todos, aceitou o café que Thom oferecia, mas recusou os sanduíches. Sentou-se em uma banqueta ao lado da cadeira de rodas de Rhyme.

— Boa sacada sobre a mania de acumulação. Acho que você está certo. Primeiro, falei com a força-tarefa e eles verificaram os acumuladores conhecidos na cidade. Não são muitos, e a probabilidade de que o assassino seja um deles é muito pequena. Eliminei as mulheres, porque você me falou do estupro. Dentre os homens, a maioria é de idosos ou inválidos. Os dois únicos que se ajustam ao perfil funcional moram em Staten Island e no Bronx, e tanto assistentes sociais quanto membros da família sabem onde estavam na hora do crime de domingo.

Rhyme não se surpreendeu. O 522 era esperto e apagava suas pegadas, mas ele esperava algum indício, ainda que pequeno, e ficou contrariado com o insucesso.

Dobyns não evitou o sorriso. Os dois haviam conversado sobre esse problema durante anos. Rhyme nunca se sentira à vontade para expressar raiva ou frustração na vida pessoal. No plano profissional, porém, era um mestre no assunto.

— Mas posso oferecer algumas ideias que talvez ajudem. Vou explicar algumas coisas sobre os acumuladores. É uma forma de distúrbio obsessivo-compulsivo que ocorre quando o indivíduo enfrenta conflitos ou tensões com os quais não consegue lidar emocionalmente. Concentrar-se em um tipo específico de comportamento é muito mais fácil do que tratar do problema subjacente. Lavar as mãos e contar números constantemente são sintomas desse distúrbio, assim como a tendência a acumular todo tipo de objeto.

"Mas é raro que uma pessoa com esse distúrbio seja perigosa *per se*. Há problemas em potencial para a saúde, devido à possibilidade de presença de animais e insetos, mofo e risco de incêndio, mas essencialmente os acumuladores preferem que ninguém os incomode. Se pudessem, viveriam rodeados por suas coleções, sem nem sair de casa.

"O seu homem, porém, é de uma espécie estranha. É uma combinação de personalidade narcisista e antissocial com um distúrbio obsessivo-compulsivo. Quando quer alguma coisa — aparentemente moedas de coleção, quadros ou satisfação sexual — ele não descansa enquanto não a obtém. Precisa obtê-la de qualquer forma. Matar nada significa para ele desde que sirva para conseguir o que deseja e para proteger a coleção. Na verdade, eu chegaria a sugerir que assassinar o acalma. Os seres humanos vivos lhe causam tensão. Costumam decepcioná-lo, deixá-lo sozinho. Mas os objetos inanimados — jornais, caixas de charutos, caramelos, até mesmo cadáveres — podem ser guardados em suas tocas e *nunca* os traem. Não creio que você esteja interessado nos fatores de infância que os fizeram desenvolver se assim."

— Na verdade não, Terry — confirmou Sachs, que sorria para Rhyme enquanto ele balançava negativamente a cabeça.

— Primeiro, uma pessoa assim precisa de espaço. Muito espaço. Com o preço dos imóveis, ou é muito rico ou tem outros recursos. Os acumuladores costumam morar em casas antigas e grandes. Nunca moram de aluguel. Não suportam a ideia de que o proprietário possa invadir seu espaço de moradia. As janelas estarão pintadas de preto ou fechadas com cortinas. Ele precisa manter o mundo exterior longe dali.

— Quanto espaço?

— Muitos, muitos cômodos.

— Alguns dos funcionários da SSD devem ter bastante dinheiro — especulou Rhyme. — Os mais graduados.

— Mas como seu criminoso é uma pessoa ativa, está vivendo uma vida dupla. Nós distinguimos a vida "secreta" e a "fachada". Ele precisa existir no mundo real, a fim de acrescentar peças à sua coleção e conservá-la. Por isso, manterá as aparências. Provavelmente possui uma segunda casa ou parte de uma única com aparência normal. Claro que preferiria morar na parte secreta, mas, se fosse assim, outros notariam. Por isso também manterá um espaço de moradia compatível com sua posição sócio-econômica. As residências poderão estar ligadas ou serem próximas uma da outra. O piso térreo poderá ser normal, e o superior, ou o porão, será o local onde ele mantém a coleção.

"Quanto à personalidade, nosso homem desempenhará na vida de fachada um papel quase oposto ao que realmente é. Digamos que a personalidade real de 522 seja invejosa e mesquinha. Sua fisionomia pública será tranquila, ponderada, madura, bem-educada."

— Poderia ter a aparência de homem de negócios?

— Claro, com facilidade. E desempenhará o papel com muita competência, porque é preciso. Isso lhe causa contrariedade, ressentimento, mas sabe que se não o fizer seus tesouros estarão em perigo, o que não é aceitável para ele.

Dobbins observou os quadros brancos, assentindo com a cabeça.

— Vejo que está questionando sobre filhos? Na verdade, duvido que tenha. Provavelmente apenas coleciona brinquedos. Isso também tem a ver com a infância. E certamente é solteiro. É difícil encontrar um acumulador casado. A obsessão com a coleção é demasiado intensa; ele não suportaria compartilhar seu tempo e seu espaço com outra pessoa, e francamente não é fácil encontrar uma parceira que seja tão dependente a ponto de aceitar o comportamento dele.

"Vamos ver o tabaco e os fósforos. Ele coleciona cigarros e caixas de fósforos, mas duvido muito que seja fumante. A maioria dos acumuladores possui grandes pilhas de jornais e revistas, que são inflamáveis. Esse criminoso não é tolo. Nunca se arriscaria a um incêndio, porque pode destruir sua coleção, ou pelo menos poderia desmascará-lo quando os bombeiros chegassem. Provavelmente não tem interesse genuíno em moedas ou em pinturas. Sua obsessão é colecionar pelo prazer de colecionar. Os artigos que acumula são secundários."

— Então ele provavelmente não mora perto de uma loja de antiguidades?

Dobyns riu.

— O lugar onde mora sem dúvida se parecerá com uma dessas lojas, porém, naturalmente, sem fregueses... Bem, não tenho muito mais a dizer, a não ser afirmar que ele é muito perigoso. Pelo que vocês me contaram, já foi frustrado várias vezes. Isso o fará ficar furioso. Matará qualquer pessoa que se intrometa entre ele e seus tesouros, e matará sem pestanejar. Sem pestanejar mesmo.

Eles agradeceram a Dobyns, que desejou-lhes sorte e saiu. Sachs atualizou a lista de características de 522 com base no que Dobyns lhes dissera.

PERFIL DE 522

- Sexo masculino
- Provavelmente não fumante
- Provavelmente não tem mulher nem filhos
- Provavelmente branco ou de pele clara
- Estatura mediana
- Forte, capaz de estrangular as vítimas
- Acesso a equipamento de disfarce da voz
- Possivelmente experiente no uso de computador. Conhece OurWorld. Outras redes sociais?

- Retira troféus das vítimas. Sádico?
- Parte da residência/local de trabalho escura e úmida
- Consome petisco com molho apimentado
- Calça sapatos Skecher tamanho 42
- Acumulador; sofre de distúrbio obsessivo-compulsivo
- Tem uma vida "secreta" e uma vida "de fachada"
- A personalidade pública deve ser o oposto da verdadeira personalidade
- Residência: não é alugada, deve ter duas partes separadas, uma normal e a outra secreta
- Janelas cobertas ou pintadas
- Torna-se violento quando a coleção está em perigo

— Foi útil? — perguntou Cooper.

Rhyme simplesmente deu de ombros.

— Que acha, Sachs? Poderia ser alguma das pessoas com quem você falou na SSD?

Ela repetiu o gesto do criminalista.

— Eu diria que Gillespie é quem mais se assemelha ao retrato que Dobyns pintou. Ele simplesmente parece ser uma figura estranha. Mas Cassel dá a impressão de ser o mais dissimulado, o mais capaz de apresentar uma fachada convincente. Arlonzo-Kemper é casado, o que o retiraria da lista, segundo Terry. Não falei com os dois técnicos. Foi Ron quem os entrevistou.

Com um apito eletrônico, uma ligação surgiu na tela. Era Lon Sellitto, já em casa, mas aparentemente ainda trabalhando no Plano de Peritos que Rhyme e ele haviam preparado anteriormente.

— Comando, atender telefone.... Lon, como está indo?

— Está pronto, Linc.

— Em que ponto estamos?

— Assista ao jornal das 23h e descobrirá. Estou indo para a cama.

Rhyme encerrou a conversa e ligou a televisão que ficava em um canto do laboratório.

Mel Cooper despediu-se. Já estava arrumando a pasta quando o computador deu um aviso, fazendo com que ele conferisse a tela.

— Amelia, chegou um e-mail para você.

Ela se aproximou, sentando-se.

— É a polícia estadual do Colorado, com notícias de Gordon? — perguntou Rhyme.

Sachs não respondeu, mas ele notou que ela erguia as sobrancelhas enquanto lia o extenso documento. O dedo dela, que arranhava o couro cabeludo, desapareceu entre os longos cabelos ruivos, amarrados em rabo de cavalo.

— O que foi?

— Preciso sair — anunciou ela, levantando-se rapidamente.

— Sachs! O que foi?

— Não é sobre o caso. Ligue para mim, se precisar.

Com essas palavras ela saiu pela porta, deixando atrás de si uma nuvem de mistério tão sutil quanto o aroma de sabonete de lavanda que ultimamente passara a usar.

O caso de 522 progredia rapidamente, mas ainda assim os policiais têm que lidar com outros aspectos de suas vidas.

Por esse motivo, Sachs agora se via de pé, um tanto constrangida, diante de uma casa no Brooklyn, não longe do lugar onde ela própria morava. A noite estava agradável. Uma brisa suave, perfumada de lilás e terra fertilizada, dançava em torno dela. Seria melhor sentar-se no meio-fio ou no degrau da entrada de alguma casa, do que fazer o que ia fazer.

O que tinha que fazer.

Meu Deus, odeio isto.

Pam Willoughby surgiu no portal. Vestia um suéter e penteara os cabelos para trás, em um rabo de cavalo. Conversava com outra das meninas do lar adotivo, também adolescente. Os rostos de ambas exibiam aquela expressão de conspiração, ainda que inocente, que as meninas usam como se fosse maquiagem. Dois cachorros brincavam aos pés deles: Jackson, o pequeno havanês, e um briard muito maior, porém igualmente exuberante, de nome Cosmic Cowboy, que morava com a família adotiva de Pam.

Às vezes a detetive ia encontrar-se com a jovem naquele lugar e dali seguiam para um cinema, ou um Starbucks, ou uma sorveteria. O rosto de Pam geralmente se iluminava quando via Sachs.

Naquela noite, não.

Sachs desceu do carro e encostou-se no capô ainda quente. Pam pegou Jackson e caminhou para junto dela, enquanto a outra menina acenava para a policial e desaparecia dentro da casa com Cosmic Cowboy.

— Desculpe vir tão tarde.

— Tudo bem — respondeu a jovem, cautelosamente.
— Como vai o dever de casa?
— O dever de casa é sempre dever de casa. Às vezes é bom, outras vezes não presta.

Uma verdade tanto agora quanto no tempo de Sachs na escola.

A policial afagou o cão, que Pam segurava com ar protetor. Frequentemente ela agia assim com o que lhe pertencia. Sempre recusava quando outras pessoas se ofereciam para carregar a mochila com livros ou as compras de mercado. Como muita coisa lhe tinha sido tirada, ela se aferrava ao que podia.

— E então? O que aconteceu?

Sachs não encontrou maneira de iniciar suavemente uma conversa sobre o tema de que deviam tratar.

— Falei com seu amigo.
— Amigo? — repetiu Pam.
— Stuart.
— O que você fez? — O rosto dela estava iluminado pela luz fragmentada que passava por entre as folhas de uma árvore.
— Era necessário.
— Não, não era.
— Pam... eu estava preocupada por sua causa. Pedi a um amigo na polícia, alguém que faz verificações de segurança, para que o investigasse.
— Não!
— Queria saber se havia algum segredo.
— Você não tinha o direito de fazer isso!
— É verdade, mas fiz assim mesmo. E acabei de receber uma resposta por e-mail. — Sachs sentiu os músculos do estômago se crisparem. Enfrentar homicidas, dirigir o carro a 220 quilômetros por hora... tudo isso era fácil. Ela estava muito abalada.

— Então ele é um assassino? — indagou Pam, com aspereza. — Um matador em série? Um terrorista?

Sachs hesitou. Queria tocar o braço da garota, mas conteve-se.

— Não, querida. Mas... é casado.

Sob a luz bruxuleante, ela viu Pam piscar.

— É... casado?

— Lamento. A mulher é professora também, numa escola particular em Long Island. E tem dois filhos.

— Não! Você está enganada.

Sachs viu a mão livre de Pam fechada em um punho tão cerrado que os músculos pareciam estar com cãibras. Seus olhos se encheram de raiva. Mas não havia muita surpresa na expressão. A policial imaginou que Pam deveria estar se lembrando de alguma coisa. Talvez Stuart tivesse dito que não tinha telefone em casa, somente celular. Ou talvez tivesse pedido a ela que usasse um e-mail diferente, e não o normal.

E minha casa é uma bagunça. Ficaria envergonhado se você a visse. Sou professor, você sabe. Somos desligados... preciso arranjar uma empregada.

Pam disse, de repente:

— É um engano. Você o confundiu com outra pessoa.

— Acabei de estar com ele. Fui encontrá-lo e ele confirmou.

— Não, não é verdade! Você está mentindo! — Os olhos da jovem brilharam e um sorriso frio tomou conta de seu rosto, magoando Sachs. — Você está agindo exatamente como minha mãe! Quando não queria que eu fizesse alguma coisa, ela mentia para mim, como você está fazendo.

— Pam, eu nunca...

— Todos tiram tudo de mim! Mas você não vai conseguir. Eu o amo e ele me ama, e você não vai afastá-lo de mim! — exclamou Pam, virando-se e correndo para a porta da casa com o cachorro firmemente preso debaixo do braço.

— Pam — chamou Sachs, com a voz embargada. — Não, querida...

Ao entrar, a jovem olhou mais uma vez para trás, com os cabelos revoltos em torno do rosto, a postura rígida como ferro, deixando Amelia Sachs agradecida porque a luz vinda de trás não lhe permitia ver o rosto dela. Ela não suportaria ver o ódio que sabia estar ali.

A palhaçada do cemitério ainda queima como fogo.

Miguel 5465 deveria ter morrido. Deveria ser espetado em uma placa forrada de veludo para que a polícia o examinasse. Eles considerariam o caso encerrado e tudo estaria bem.

Mas ele não morreu. A borboleta escapou. Não posso tentar um novo suicídio falso. Eles ficaram sabendo alguma coisa a meu respeito. Obtiveram algum conhecimento...

Eu Os odeio Os odeio Os odeio...
Estou prestes a pegar minha navalha, sair de casa e...
Calma. Fique tranquilo. Mas isso é cada vez mais difícil, à medida que passam os anos.

Cancelei algumas transações preparadas para esta noite — eu ia comemorar o suicídio — e agora estou indo para meu Armário. Estar rodeado por meus tesouros me ajudará. Passeio pelos cômodos perfumados e aperto alguns artigos junto a meu peito. Troféus de várias transações durante o ano passado. É reconfortante sentir a pele seca, as unhas e cabelos contra meu rosto.

Mas estou exausto. Sento-me diante do quadro de Harvey Prescott e fico contemplando-o. A família olha de volta para mim. Como na maioria dos retratos, os olhos deles seguem você aonde for.

É reconfortante, mas também fantasmagórico.

Talvez um dos motivos pelos quais eu goste tanto da obra dele seja que essas pessoas foram criadas do nada. Não têm lembranças para atormentá-las, para trazer-lhes inquietações, para fazê-las ficar acordadas até tarde e sair para as ruas, colecionando tesouros e troféus.

Ah, as lembranças.

Junho, 5 anos de idade. Meu pai faz eu me sentar, guarda o cigarro ainda não aceso e explica que não sou filho deles.

— Nós trouxemos você para a família porque queríamos muito você e nós o amamos ainda que você não seja nosso filho natural, você entende, não entende?

Não exatamente. Não entendo. Fico olhando para ele, sem expressão. Um lenço de papel nas mãos úmidas de mamãe. Ela diz que me ama como seu eu fosse filho natural. Não, ela me ama mais ainda, embora eu não entenda o porquê. Parece uma mentira.

Meu pai sai pra ir a seu segundo emprego. Mamãe vai cuidar das outras crianças, e me deixa pensando no assunto. Meu sentimento é de que alguma coisa me foi roubada, mas não sei o quê. Olho para fora pela janela. Aqui tudo é muito belo. Montanhas, verde, ar fresco. Mas prefiro meu quarto e vou para lá.

Agosto, 7 anos de idade. Papai e mamãe estiveram brigando. A mais velha de nós, Lydia, está chorando. Não vá embora, não vá embora... Do meu lado, eu me preparo para o pior e junto provisões.

Comida e moedas. As pessoas nunca dão por falta delas. Nada pode me impedir de colecioná-las. 134 dólares em moedas de cobre, brilhantes ou opacas. Escondo-as em caixas em meu armário...

Novembro, 7 anos de idade. Papai volta do lugar onde passou um mês, "batalhando o dólar fugidio", palavras que repete muitas vezes. (Lydia e eu sorrimos quando ele diz isso.) Pergunta onde estão as outras crianças e ela responde que não conseguiu tomar conta de todas.

— Faça as contas. Que está pensando? Pegue o telefone e ligue para a Prefeitura.

— Você não estava aqui — protesta ela, chorando.

Eu e Lydia não entendemos bem, mas sabemos que não é boa coisa.

No meu armário há 252 dólares em moedas, 33 latas de tomate, 18 de outros legumes, 12 de espaguete, que não gosto, mas mesmo assim guardo. Isso é tudo o que é importante.

Outubro, 9 anos de idade. Novos hóspedes de emergência em lares transitórios. No momento somos nove. Eu e Lydia ajudamos. Ela tem 14 anos e sabe cuidar dos mais novos. Lydia pede a Papai para comprar bonecas para as meninas — porque ela nunca as teve, e é importante — e ele responde que não conseguiria juntar dinheiro se gastasse em bobagens.

Maio, 10 anos de idade. Volto da escola. Foi muito difícil pegar algumas moedas e comprar uma boneca para Lydia. Mal posso esperar pela reação dela. Mas depois vejo que cometi um erro deixando a porta do armário aberta. Meu pai está lá dentro, rasgando as caixas. As moedas caem pelo chão como soldados mortos em combate. Ele enche os bolsos e leva as caixas.

— Você roubou, agora fique sem elas.

Estou chorando e digo que achei as moedas.

— Muito bem — diz Papai, triunfantemente. — Eu também as achei e agora são minhas... não é isso, rapazinho? Como pode argumentar com isso? Não pode. Meu Deus, quase quinhentos mangos aí.

Ele tira o cigarro que guardou atrás da orelha.

Quer saber como é quando alguém tira suas coisas, seus soldados, suas bonecas, suas moedas? Então feche a boca e aperte o nariz. É *assim mesmo e não se pode fazer isso por muito tempo antes que alguma coisa terrível aconteça.*

Outubro, 11 anos de idade. Lydia não está mais aqui. Não deixou bilhete. Não levou a boneca. Jason, de 14 anos, veio do abrigo de delinquentes juvenis para morar conosco. Certa noite invade meu quarto. Quer dormir na minha cama (a minha está seca e a dele não). Durmo na cama úmida dele. Todas as noites, durante um mês. Queixo-me a Papai. Ele me manda calar a boca. Ele precisa de dinheiro e ganha extra pelos meninos EP como Jason e... Ele para de falar. Está falando de mim também? Não sei o que significa EP. Naquele tempo eu não sabia.

Janeiro, 12 anos de idade. Luzes vermelhas faiscando. Mamãe soluçando, as outras crianças do abrigo também. A queimadura no braço de Papai é dolorosa, mas, felizmente, diz o bombeiro, o fluido de isqueiro no colchão não se inflama rapidamente. Se fosse gasolina, ele estaria morto. Enquanto levam Jason embora, com seus olhos escuros sob as sobrancelhas escuras, ele grita dizendo que não sabe como o fluido de isqueiro e os fósforos foram parar em sua bolsa de livros. Não foi ele, não foi ele! Também não foi ele quem pregou na parede da sala de aula as fotos de pessoas queimadas.

Papai grita com mamãe. Veja o que você fez!

Você queria o dinheiro extra!, grita ela em resposta.

O dinheiro dos EP.

Emocionalmente perturbados, eu descubro.

Recordações, recordações... Eu me desfaria com prazer de algumas coleções, deixaria em um depósito de lixo, se pudesse.

Sorrio para minha família silenciosa, a família Prescott. Depois volto-me para o problema do momento: Eles.

Estou mais calmo agora, a inquietação diminuiu. E tenho certeza de que, como meu pai mentiroso, como Jason Strinfgellow sendo levado em pânico pela polícia, como dezesseis gritando no clímax de uma transação, também os que me perseguem — Eles — em breve estarão mortos, virarão poeira, enquanto eu estarei passando meus dias felizes com minha família bidimensional e meus tesouros aqui no Armário.

Os dados, meus guerreiros, estão prestes a marchar para a batalha. Sou como Hitler em seu bunker de Berlim, ordenando às tropas Waffen-SS que enfrentem os invasores. Os dados são invencíveis.

Vejo agora que são quase 23 horas. Hora do noticiário. Preciso descobrir o que Eles sabem sobre a morte no cemitério e o que não sabem. Ligo a TV.

O canal fala ao vivo da Prefeitura. O vice-prefeito Ron Scott, homem de aparência nobre, explica que a polícia organizou uma força-tarefa para investigar um assassinato e estupro recente e um homicídio esta noite no cemitério do Queens, que parece ter relação com o crime anterior.

Scott apresenta um inspetor do Departamento de Polícia de Nova York, Joseph Malloy, que "dará mais detalhes sobre o caso".

Mas ele não faz isso, na verdade. Mostra um retrato falado do criminoso que se parece comigo tanto quanto duzentos mil outros homens da cidade.

Branco ou de pele clara. Ora, não me venham com bobagens.

Ele aconselha prudência às pessoas.

— Achamos que o criminoso usou técnicas de roubo de identidade para aproximar-se de suas vítimas e reduzir as defesas delas.

Desconfiem, prossegue ele, de qualquer pessoa que não seja de suas relações e que tenha conhecimento de suas compras, contas bancárias, planos de férias, multas de trânsito.

— Até mesmo coisas pequenas às quais normalmente não damos atenção.

Inclusive, o governo da cidade mandou buscar na Universidade Carnegie Mellon um perito em gestão da informação e segurança. O Dr. Carlton Soames passará os próximos dias ajudando os investigadores e aconselhando-os sobre a questão do roubo de identidade, que na opinião deles é a melhor maneira de encontrar o criminoso.

Soames parece um típico jovem de cabelos revoltos de alguma pequena cidade do Meio-Oeste que virou perito. Tem um sorriso acanhado. O terno é mal cortado, e pelo reflexo assimétrico vejo que os óculos estão um pouco sujos. Aposto que o anel de casamento já está bastante usado. Ele parece ser do tipo que se casa cedo.

O perito não diz nada, mas olha para a imprensa e a câmera como um animal nervoso. O capitão Malloy prossegue:

— Numa época em que os roubos de identidade aumentam, e as consequências aumentam de gravidade...

A repetição de palavras, evidentemente não intencional, é infeliz.

— ... levamos a sério nossa responsabilidade de proteger os cidadãos desta metrópole.

Os jornalistas entram no jogo, atacando o vice-prefeito, o capitão e o agitado professor com perguntas que um menino de escola primária poderia fazer. Malloy em geral evita comprometer-se. Seu escudo é a expressão "em curso".

O vice-prefeito Ron Scott assegura ao público que a cidade está em segurança e que tudo está sendo feito para sua proteção. A coletiva de imprensa termina de repente.

Voltamos ao noticiário normal, se é que pode ser chamado assim. Legumes deteriorados no Texas, uma mulher no capô de um caminhão apanhado em uma enchente no Missouri. O presidente está resfriado.

Desligo a TV e fico sentado em meu Armário à meia-luz, pensando em qual será a melhor forma de levar adiante essa nova transação.

Uma ideia me ocorre. É tão óbvia, porém, que até duvido. Contudo — surpresa! —, bastam três telefonemas a hotéis próximos à Central de Polícia para descobrir onde o Dr. Carlton Soames está hospedado.

IV
AMELIA 7303

Terça-feira, 24 de maio

Naturalmente, não havia como saber em que momento você estava sendo observado. Saber a frequência ou como a Polícia do Pensamento vigia qualquer indivíduo era uma questão de pura adivinhação. Era possível inclusive que eles estivessem vigiando todo mundo, o tempo todo.

GEORGE ORWELL, 1984

CAPÍTULO **TRINTA E TRÊS**

AMELIA SACHS CHEGARA CEDO.

Lincoln Rhyme, porém, acordara ainda mais cedo. Não tinha conseguido dormir bem por causa dos planos em andamento, tanto nos Estados Unidos quanto na Inglaterra. Havia sonhado com seu primo Arthur e seu tio Henry.

Sachs foi vê-lo na sala de exercícios, onde Thom ajudava Rhyme a voltar à cadeira de rodas TDX, após ter percorrido 8 quilômetros na bicicleta ergométrica Electrologic, parte de seu esquema normal de exercícios para melhorar a condição física e manter a tonicidade dos músculos para o dia em que pudesse substituir os sistemas mecânicos que agora controlavam sua vida. Sachs passou a ocupar-se da tarefa enquanto o assistente descia para preparar o café da manhã.

Um dos pontos altos do relacionamento entre os dois era que Rhyme há muito tempo deixara de lado qualquer reserva quanto à ajuda que ela lhe prestava na rotina matinal, o que muitas pessoas considerariam desagradável.

Sachs havia passado a noite em sua casa no Brooklyn, e por isso ele a atualizou sobre a situação de 522. Percebeu, no entanto, que ela parecia um tanto alheia. Ao perguntar o motivo, ela suspirou suavemente e disse:

— Pam. — Explicou que o namorado da jovem era na verdade um ex-professor dela. Além disso, era casado.

— Não... — surpreendeu-se Rhyme. — Sinto muito. Pobrezinha.

Sua reação inicial foi ameaçar esse tal de Stuart para que saísse de cena.

— Você tem um distintivo policial, Sachs. Mostre-o. Ele irá colocar o rabo entre as pernas. Se quiser, eu falo com ele.

Mas Sachs não achava que aquela fosse a melhor maneira de cuidar do assunto.

— Receio perder a Pam se eu for muito agressiva ou se denunciá-lo. Se eu não fizer nada, ela certamente vai sofrer muito. Meu Deus, e se ela quiser ter um filho com ele? — Calou-se, enterrando uma unha no polegar. Ela se conteve. — Se eu fosse a verdadeira mãe dela, tudo seria diferente. Eu saberia como agir.

— Saberia mesmo? — questionou Rhyme.

Ela refletiu e depois admitiu, com um sorriso:

— É... talvez não... É difícil ser pai ou mãe. Os filhos deveriam vir com um manual de instruções.

O café da manhã foi servido no quarto, com Sachs ajudando Rhyme. Assim como a sala de estar e o laboratório no andar inferior, o quarto era muito mais agradável do que quando Sachs o vira pela primeira vez, anos antes. Naquela época, o cômodo era austero, decorado apenas com pôsteres de arte pregados ao contrário na parede e usados como quadros brancos improvisados no primeiro caso em que os dois trabalharam juntos. Agora, os pôsteres estavam com a face correta voltada para a frente e outros haviam sido acrescentados, com pinturas das quais Rhyme gostava: paisagens impressionistas e cenas urbanas de artistas como George Inness e Edward Hopper.

Depois do café ela se recostou no assento, ao lado da cadeira de rodas, e pegou a mão direita dele. Recentemente, ele conseguira recuperar algum controle e o sentido do tato. Rhyme podia sentir as pontas dos dedos dela, embora a sensação fosse estranha, diferente da pressão que sentia no pescoço ou no rosto, onde os nervos funcionavam normalmente. Era como se a mão dela fosse água escorrendo sobre sua pele. Com esforço, ele fez seus próprios dedos apertarem os dela e sentiu a pressão da resposta. Houve um silêncio, mas ele compreendeu, pela postura dela, que Sachs queria falar sobre Pam. Rhyme ficou calado, esperando que ela continuasse. Ficou olhando os falcões peregrinos pousados na cimalha, atentos, tensos, a fêmea um pouco maior. Os dois estavam em total prontidão. Os falcões caçam de dia, e havia filhotes para alimentar.

— Rhyme.
— Que foi? — perguntou ele.
— Você ainda não ligou para ele, não é?
— Para quem?
— Seu primo.

Bem, não era sobre a situação de Pam. Ele não imaginava que ela estivesse pensando em Arthur Rhyme.

— Não, não liguei.
— Sabe de uma coisa? Eu nem sabia que você tinha um primo.
— Eu nunca falei nele?
— Não. Falou do seu tio Henry e da tia Paula, mas não de Arthur. Por que não?
— Nós trabalhamos demais. Não temos tempo para bater papo.

Rhyme sorriu. Ela não.

O criminalista ficou avaliando se deveria contar a ela. A primeira reação que teve foi negativa, porque a explicação pareceria autopiedade e isso era um veneno para Lincoln Rhyme. Mesmo assim, ela merecia saber ao menos alguma coisa. Isso é o que acontece numa relação de amor. Na área de interseção em que duas esferas de vidas diferentes se encontram, certos temas fundamentais — humores, amores, temores, medos — não podem ser ocultados.

Assim é o trato.

Por isso, ele contou tudo a ela.

Sobre Adrianna e Arthur, do congelante dia da competição científica e as mentiras posteriores, do embaraçoso exame criminológico do Corvette até mesmo do potencial presente de noivado — um pedaço de concreto da era atômica. Sachs assentiu e Rhyme riu para si mesmo, porque sabia o que ela estava pensando: qual era o problema? Um pouquinho de amor adolescente, uma certa duplicidade, um pouco de coração partido. Coisas pequenas no espectro de ofensas pessoais. Como algo tão insignificante poderia ter arruinado uma amizade tão profunda?

Vocês dois eram como irmãos...

— Mas a Judy não comentou que você e Blaine costumavam visitá-los, anos depois? Dá a entender que estava tudo bem.

— Ah, claro, nós os visitamos. Afinal, era apenas um namoro de escola. Adrianna era bonita... Ruiva e alta, aliás.

Sachs riu.

— Mas não o suficiente para destruir uma amizade.

— Então você ainda não contou tudo, contou?

Rhyme nada disse, inicialmente. Depois falou:

— Não muito tempo antes do meu acidente, fui a Boston. — Tomou um gole de café com um canudo. — Fui dar uma palestra numa conferência internacional de ciência forense. Depois da minha apresentação, fui a um bar. Uma mulher veio falar comigo. Era professora aposentada do MIT. Reparara no meu sobrenome e disse que tinha tido um aluno do Meio-Oeste, anos antes. O nome era Arthur Rhyme. Ela queria saber se seria meu parente.

— Meu primo, respondi. Ela então me contou uma coisa interessante que Arthur havia feito. Apresentara um estudo científico junto com o requerimento de matrícula, em lugar de um ensaio. Era brilhante, disse ela. Original, com pesquisa bem-feita e rigorosa; quando você quiser elogiar um cientista, Sachs, diga que a pesquisa foi rigorosa.

— Rhyme ficou em silêncio e recomeçou: — Seja como for, ela o estimulou a ampliá-lo e publicá-lo em algum periódico científico. Arthur, porém, não foi atrás daquilo. Ela tinha perdido o contato com ele e não sabia se ele havia feito outras pesquisas naquela área.

"Fiquei curioso e perguntei qual era o tema. Ela recordava o título. 'Os efeitos biológicos de certas nanopartículas'... Por sinal, Sachs, eu era o autor."

— Você?

— Foi um estudo para um projeto da feira de ciências. Tirei o segundo lugar no Estado. Era um trabalho bastante original, devo dizer.

— Arthur o plagiou?

— Isso mesmo. — Ainda hoje, depois de tantos anos, ele sentia a raiva dentro de si. — Mas foi ainda pior.

— Continue.

— Depois da conferência, não consegui esquecer o que ela me contara. Entrei em contato com o escritório de matrículas do MIT. Eles conservam todos os requerimentos em microfilme e mandaram uma cópia do meu. Alguma coisa estava errada. Meu requerimento era o que eu tinha enviado, com a minha assinatura. Mas tudo o que tinha sido enviado pelo orientador pedagógico da minha escola havia sido alterado. Art se apoderou do meu histórico do ensino médio e o modificou, atribuindo-me notas mais baixas do que as notas excelentes que eu tinha. Falsificou cartas de recomendação, em termos não muito entusiásticos, fazendo com que parecessem cartas formais. Provavelmente eram as que ele recebera de seus professores. A recomendação do meu tio Henry não figurava no conjunto.

— Ele a retirou?

— E, além disso, substituiu minha redação por uma idiotice qualquer do tipo "por que quero entrar no MIT". E ainda incluiu diversos erros tipográficos bem escolhidos.

— Ah, sinto muito — disse ela, apertando-lhe mais a mão. — E Adriana trabalhava no escritório do orientador pedagógico, não é? Então ela o ajudou.

— Não. Pensei nisso inicialmente, mas descobri onde ela estava e liguei. — Rhyme riu com frieza. — Falamos da vida, de nossos casamentos, dos filhos dela, de nossas carreiras. Depois falamos do passado. Ela sempre estranhara que eu tivesse cortado relações abruptamente, como fiz. Respondi que tinha pensado que ela resolvera continuar com Arthur.

"Isso a surpreendeu e ela explicou que não, que estava apenas fazendo um favor a ele — ajudando-o com o requerimento para a universidade. Ele havia ido meia dúzia de vezes ao trabalho dela simplesmente para falar de faculdades, ver exemplos de redações e de cartas de recomendação. Disse que o orientador pedagógico da escola dele era uma pessoa horrível e que ele desejava desesperadamente entrar para uma boa faculdade. Pediu a ela que não dissesse nada a ninguém, especialmente a mim, porque ficava envergonhado por precisar de ajuda, e por isso os dois escaparam juntos algumas vezes. Ela ainda se sentia culpada porque Art a fizera mentir."

— E quando ela saiu para ir ao banheiro ou para copiar algum documento, ele pegou o seu histórico escolar.

— Exatamente.

Ora, Arthur nunca fez mal a ninguém em toda a vida. Não é capaz disso.

Está enganada, Judy.

—Você tem certeza absoluta? — perguntou Sachs.

— Tenho, porque logo depois de falar com ela, liguei para Arthur.
Rhyme era capaz de recordar a conversa quase palavra por palavra.
— Por que, Arthur? Me fale, por quê! — Não houve qualquer saudação.

Uma pausa. Ouvia-se a respiração de Arthur.

Mesmo depois de vários anos daquela transgressão terem se passado, o primo sabia exatamente a que assunto Lincoln se referia. Não quis saber como ele descobrira. Não procurou negar nem fingir ignorância ou inocência.

A reação foi passar à ofensiva. Explodira, raivosamente:

— Muito bem, quer saber a resposta, Lincoln? Pois vou dizer. Aquele prêmio no Natal.

Sem entender, Rhyme perguntara:

— O prêmio?

— O que meu pai deu a você no concurso da véspera de Natal, quando estávamos no último ano.

— O pedaço de concreto do Stagg? — indagara Rhyme, confuso.

— O que quer dizer com isso? — Tinha de haver um motivo mais importante do que ganhar uma lembrança que só tinha significado para muito poucas pessoas no mundo.

— Eu merecia aquilo! — gritara o primo, como se fosse ele a vítima.

— Meu pai escolheu para mim o nome do homem responsável pelo projeto atômico. Eu sabia que ele tinha guardado o souvenir. Sabia que ele ia me dar de presente quando eu me formasse no segundo grau ou na faculdade. Ia ser o meu presente de formatura! Durante anos eu o desejei!

Rhyme não soube o que dizer. Ali estavam eles, dois adultos, falando como crianças sobre um gibi ou um caramelo roubados.

— Ele deu a outra pessoa a única coisa que era importante para mim. E deu para você!

A voz de Arthur estava entrecortada. Estaria ele chorando?

— Arthur, eu apenas respondi algumas perguntas. Era um jogo.

— Um jogo?... Que merda de jogo era aquele? Era véspera de Natal! Devíamos estar cantando músicas natalinas ou vendo um filme. Mas não, não, não, meu pai transformava tudo em uma merda de uma sala de aula. Era embaraçoso! Era chato. Mas ninguém tinha colhões para enfrentar o grande professor.

— Meu Deus, Arthur, não foi culpa minha! Foi apenas um prêmio que eu ganhei. Não roubei nada que pertencesse a você.

Ele soltou um riso cruel.

— Não? Bem, Lincoln, alguma vez você imaginou que talvez tenha sido isso o que fez?

— O quê?

— Pense! Talvez... meu pai. — Arthur fez uma pausa, respirando fundo.

— Que merda você está falando?

— Você o roubou! Jamais se perguntou por que motivo eu nunca tentei entrar na equipe de atletismo da escola? Porque você era o melhor! E nos estudos? Você era o outro filho dele, não eu. Você frequentava as aulas dele na universidade de Chicago. Você o ajudava nas pesquisas.

— Isso é loucura... Ele também chamou você para as aulas. Sei que chamou.

— Um vez só já foi o bastante para mim. Interrogou-me sem piedade, até que tive vontade de chorar.

— Ele interrogava todo mundo, Art. Por isso era tão brilhante. Fazia você pensar, pressionava até você chegar à resposta correta.

— Mas alguns de nós nunca chegávamos à resposta correta. Eu era bom aluno, mas não era excepcional. O filho de Henry Rhyme tinha obrigação de ser excepcional. Mas isso não tinha importância, porque ele tinha você. Robert foi para a Europa, Marie se mudou para a Califórnia. Mesmo assim, ele não me quis. Quis você!

O outro filho...

— Eu não pedi para desempenhar esse papel. Não sabotei você.

— Não? Ah, o Sr. Inocência. Você não jogou o jogo dele? Só por acaso ia para nossa casa nos fins de semana, mesmo quando eu não estava lá? Não foi você quem o convidou para assistir às competições de atletismo? Claro que convidou. Responda: qual dos dois você realmente queria que fosse seu pai, o meu ou o seu? Seu pai alguma vez mostrou afeição por você? Torcia por você nas arquibancadas? Olhava para você com ar de aprovação?

— Tudo isso é uma estupidez — retorquiu Rhyme, com aspereza.

— Você tinha um problema com seu pai, e o que fez? Me sabotou. Eu poderia ter entrado para o MIT, mas você estragou tudo! Toda a minha vida mudou. Se não fosse você, tudo teria sido diferente.

— Bem, posso dizer o mesmo a seu respeito, Lincoln. Posso dizer o mesmo... — Arthur riu com desprezo. — Você jamais tentou fazer o mesmo com seu pai? Como acha que ele se sentiu, tendo um filho como você, cem vezes mais inteligente do que ele? Um filho que sempre saía de casa porque preferia a companhia do tio. Algum dia você deu uma chance ao Teddy?

Com isso, Rhyme batera o telefone. Foi a última vez que os dois se falaram. Poucos meses depois, ele se tornaria paraplégico numa cena de crime.

Tudo teria sido diferente...

Depois que ele explicou tudo isso a Sachs, ela comentou:

— Foi por isso que ele nunca veio visitar você depois do acidente.

Rhyme concordou:

— Naquele tempo, depois do acidente, eu só podia ficar deitado em uma cama e pensar que se Art não tivesse alterado os documentos eu teria sido aceito no MIT e talvez continuado a estudar na Universidade de Boston, ou então teria entrado para o Departamento de Polícia de Boston, ou vindo para Nova York em outro momento, anterior ou posterior. De qualquer forma, eu provavelmente não estaria naquela cena do crime no metrô, e... — A voz dele se dissolveu no silêncio.

— O efeito borboleta — concluiu ela. — Uma pequena coisa no passado faz enorme diferença no futuro.

Rhyme assentiu. Sabia que Sachs tomaria aquelas informações com sentimentos de apoio e compreensão e não faria juízos sobre as implicações mais amplas, isto é, as opções que ele escolheria — poder caminhar e levar uma vida normal, ou ser inválido e talvez por esse motivo ser um criminalista muito mais competente... E, naturalmente, ser companheiro dela.

Assim era Amelia Sachs.

Ele sorriu suavemente.

— O curioso, Sachs, é...

— Havia algo de verdade no que ele disse?

— Meu pai nunca deu a impressão de tomar conhecimento de minha existência. Também não me desafiava, como fazia meu tio. Eu realmente me sentia o outro filho de tio Henry. E gostava dessa sensação.

Rhyme acabara por compreender que talvez, subconscientemente, de fato havia buscado a companhia do ruidoso e expansivo Henry Rhyme. Assaltaram-no lembranças rápidas do tempo em que a timidez do pai o envergonhava.

— Mas isso não justifica o que ele fez — alertou Sachs.

— Realmente, não justifica.

— Mesmo assim... — começou a dizer.

— Você vai dizer que tudo isso aconteceu há muito tempo, que águas passadas não movem moinhos e que devo esquecer?

— Mais ou menos isso — retorquiu ela, com um sorriso. — Judy disse que ele perguntou por você. Ele está procurando se aproximar. Perdoe-o.

Vocês dois eram como irmãos...

Rhyme olhou a plácida topografia de seu corpo imóvel. Depois voltou os olhos para Sachs e disse em voz baixa:

— Vou provar que ele é inocente. Vou tirá-lo da cadeia. Vou devolver a vida a ele.

— Não é a mesma coisa, Rhyme.

— Talvez não seja, mas é o melhor que posso fazer.

Sach começou a falar, talvez para argumentar novamente, mas o tema Arthur Rhyme e sua traição desapareceu no ar quando o telefone tocou e o número de Lon Sellitto apareceu na tela do computador.

— Comando, atender telefone... Lon. Em que pé estamos?

— Alô, Linc. Só quero que você saiba que nosso perito em computadores está a caminho.

O porteiro achou que já havia visto aquele homem — o homem que o cumprimentou com a cabeça, com simpatia, ao sair do hotel Water Street.

De qualquer forma, retribuiu o aceno.

O homem falava ao celular e parou junto à porta, enquanto outras pessoas passavam ao seu lado. O porteiro deduziu que ele estava falando com a mulher. Em seguida, o tom da conversa mudou.

— Patty, meu amorzinho...

Devia ser uma filha. Após breve conversa sobre um jogo de futebol ele voltou a falar com a esposa, em tom mais adulto, mas mesmo assim com ar de adoração.

O porteiro tinha certeza de que ele pertencia a uma determinada categoria: a dos casados há 15 anos. Fiel, pensando na hora de voltar para casa, levando um pacote de presentes cafonas, porém sinceros. Não era como alguns dos hóspedes — o homem de negócios que chegava usando a aliança de casamento e saía para jantar sem ela no dedo, ou a empresária ligeiramente alcoolizada sendo acompanhada até o elevador por um colega de porte atlético (eles nunca tiravam as alianças — não era preciso).

Um porteiro sabe de muita coisa. Eu seria capaz de escrever um livro inteiro.

Mas a pergunta continuava a perturbá-lo: por que aquele homem lhe parecia familiar?

Em seguida, ele o ouviu dizer à mulher, com um riso:

— Você me viu? Passou no noticiário aí? Mamãe também viu?

Você me viu. Seria uma celebridade da TV?

Espere, espere, estou quase me lembrando.

Ah, agora sim. Ontem à noite, vendo o noticiário na televisão. Claro — esse sujeito era professor ou doutor em alguma coisa. Sloane... ou Soames. Um perito em computadores de alguma universidade chique. A pessoa sobre quem falara Ron Scott, o vice-prefeito ou qualquer coisa assim. O professor ia ajudar a polícia a resolver aquele caso de estupro e assassinato no domingo, além de um outro crime.

O rosto do professor ficou sério e ele disse:

— Claro, meu bem, não se preocupe. Tudo está bem.

Desligou e olhou em volta.

— Oi, senhor — chamou o porteiro. — Vi o senhor na TV.

O professor sorriu timidamente.

— Viu mesmo? — Parecia envergonhado com a atenção que estava recebendo. — Por favor, sabe me informar como faço para chegar na Police Plaza?

— Naquela direção. Uns cinco quarteirões. Ao lado da Prefeitura. Não tem como errar.

— Obrigado.

— Boa sorte.

O porteiro via uma limusine aproximar-se, contente por ter falado com uma semicelebridade. Alguma coisa para contar à sua própria mulher.

Nesse momento, sentiu um baque quase doloroso nas costas, quando outro homem saiu apressadamente do hotel e o empurrou para passar, sem olhar para trás e nem desculpar-se.

Que pessoa rude, pensou o porteiro, observando o homem que caminhava rapidamente, de cabeça baixa, na mesma direção do professor. O porteiro nada disse, no entanto. Por mais mal-educados que fossem, era preciso aturá-los. Podiam ser hóspedes ou amigos de hóspedes, ou poderiam ser hóspedes em uma próxima semana, ou até mesmo funcionários da empresa hoteleira, para testá-lo.

Ature e cale a boca. Essa era a regra.

O professor da TV e o idiota mal-educado desapareceram dos pensamentos do porteiro quando a limusine parou e ele se adiantou para abrir a porta. Teve a visão agradável de um decote quando a passageira desceu; era melhor do que uma gorjeta, que ele sabia com certeza que não ia ganhar.

Eu seria capaz de escrever um livro.

CAPÍTULO **TRINTA E QUATRO**

A MORTE É COISA SIMPLES.

Nunca entendi por que as pessoas a complicam. No cinema, por exemplo. Não sou fã de filmes policiais, mas já vi alguns. Às vezes saio com uma dezesseis para vencer o tédio, para manter as aparências ou porque vou matá-la mais tarde. Ficar sentado no cinema é mais fácil que um jantar; não é preciso falar muito. Fico vendo o filme e pensando: que diabos está acontecendo na tela, com esses preparativos complexos para matar?

Por que usar fios e aparelhos eletrônicos, armas e planos sofisticados quando se pode chegar perto de alguém e matá-lo a golpes de martelo em trinta segundos?

Simples. Eficiente.

E não se enganem, a polícia é esperta (e, vejam só que ironia, muitos departamentos buscam auxílio na SSD e no innerCircle). Quanto mais complicado é o esquema, maior é a chance de deixar algo que eles possam usar para chegar até você, maior a possibilidade de haver testemunhas.

Meus planos de hoje, para esse dezesseis que estou seguindo pelas ruas do sul de Manhattan, são de uma enorme simplicidade.

Já deixei de lado o fracasso de ontem no cemitério e estou entusiasmado. Vou cumprir uma missão e como parte dela ainda vou acrescentar uma peça a uma de minhas coleções.

Enquanto vou seguindo minha presa, esquivo-me dos dezesseis que passam à esquerda e à direita. Olho para todos eles... O batimento do meu coração acelera. Minha cabeça lateja ao pensar que esses dezesseis são coleções em si mesmos — coleções de seu passado. Há mais informações do que podemos compreender. O DNA, afinal, não é mais do que uma base de dados de nossos corpos e nossos históricos genéticos, se estendendo a milênios no passado. Se pudéssemos ligar isso a um disco rígido, que quantidade de dados seria possível extrair? Faria o innerCircle parecer um fusca velho.

É de tirar o fôlego...

Voltemos, porém, à tarefa imediata. Passo por uma jovem dezesseis, aspiro o perfume que ela espalhou esta manhã em seu apartamento em Staten Island ou Brooklyn numa melancólica tentativa de exalar competência que acabou se tornando em sedução barata. Aproximo-me de meu alvo, sentindo o conforto da pistola contra minha pele. O conhecimento pode ser uma forma de poder, mas há outras que são quase tão eficazes.

— Ei, professor, alguma coisa está acontecendo.

— Aham... — replicou a voz de Roland Bell, saindo nos alto-falantes do interior da van de vigilância, na qual estavam Lon Sellitto, Ron Pulaski e vários agentes táticos.

Bell, detetive do DPNY que de vez em quando trabalhava com Rhyme e Sellitto, estava a caminho do hotel Water Street para a Police Plaza. Trocara os jeans, camisa e paletó esporte por um terno amarrotado, pois estava desempenhando o papel do fictício professor Carlton Soames.

Ele próprio dissera, com seu sotaque na Carolina do Norte: "A isca no anzol."

Bell sussurrou em um microfone de lapela, tão invisível quanto o receptor que trazia no ouvido:

— Que distância?

— Uns 15 metros atrás de você.

— Hum.

Bell era o elemento-chave do Plano de Peritos de Lincoln Rhyme, montado a partir de seu entendimento cada vez maior sobre 522.

— Ele não está caindo na nossa armadilha de informática, mas está desesperado em busca de informação. Percebo isso. Precisamos de uma armadilha diferente. Vamos fazer uma coletiva de imprensa e atraí-lo para fora de sua toca. Vamos anunciar que contratamos um perito e fazer algum agente em disfarce subir ao palco.

— Você está presumindo que ele costuma ver televisão.

— Ora, ele vai prestar atenção nos meios de comunicação para ver como estamos conduzindo o caso, especialmente depois do incidente no cemitério.

Sellitto e Rhyme haviam entrado em contato com uma pessoa não ligada ao caso de 522. Roland Bell estava sempre disposto a ajudar, quando não tinha outra missão. Rhyme ligou então para um amigo da Universidade Carnegie Mellon, onde havia feito palestras diversas vezes. Falou dos crimes de 522 e as autoridades da escola, conhecida por seu trabalho em segurança com alta tecnologia, concordaram em ajudá-lo. O encarregado de informática da universidade acrescentou o nome do Dr. Carlton Soames ao site da instituição.

Rodney Szarnek redigiu um currículo falso para Soames, mandando-o a diversos sites de ciência, e depois preparou um site falso para o próprio Soames. Sellitto reservou um quarto para o professor no hotel Water Street, organizou a coletiva de imprensa e esperou para ver se 522 iria morder a isca *naquela* armadilha.

Aparentemente, era o que tinha acontecido.

Bell saíra do hotel Water Street pouco antes e fizera uma pausa, tendo nas mãos um celular falso, permanecendo à vista durante tempo suficiente para atrair a atenção de 522. A vigilância mostrou que um homem deixara o hotel correndo logo depois de Bell e agora o estava seguindo.

— Reconhece da SSD? É algum dos suspeitos da sua lista? — perguntou Sellitto a Pulaski, que estava sentado ao seu lado, com os olhos fixos no monitor. Quatro agentes à paisana estavam colocados a um quarteirão de Bell; dois deles tinham câmeras de vídeo.

Na rua cheia de pedestres, no entanto, não era fácil ver claramente o rosto do assassino.

— Pode ser um dos técnicos de manutenção. Ou, que estranho, quase parece com o próprio Andrew Sterling. Ou não, talvez ele tenha um andar parecido com o de Sterling. Desculpem, mas não tenho certeza.

Transpirando profusamente na van, Sellitto enxugou o rosto e depois, curvando-se para a frente, falou ao microfone:

— Certo, professor, 522 está se aproximando. Agora a uns 12 metros de você. Está vestindo um terno escuro e uma gravata também escura. Leva uma pasta na mão. O modo de andar sugere que esteja armado.

A maioria dos policiais que fizeram serviço de patrulha nas ruas durante alguns anos é capaz de reconhecer a diferença no andar dos suspeitos que portam arma.

— Entendido — comentou o lacônico agente, que também estava armado com duas pistolas e atirava muito bem com ambas as mãos.

— Cara — murmurou Sellitto —, espero que isto dê certo. Tudo bem, Roland, siga em frente e vire à direita.

— Hum.

Rhyme e Sellitto achavam que 522 não atiraria no professor na rua. Que adiantaria matá-lo? Rhyme especulou que a intenção do assassino era raptar Soames, descobrir o que a polícia sabia a seu respeito e assassiná-lo mais tarde, ou talvez ameaçá-lo, ou a família, para que ele sabotasse a investigação. Por isso, o plano exigia que Roland Bell fizesse um desvio em seu itinerário, afastando-se da vista das pessoas, de modo que 522 pudesse agir e a polícia o agarrasse. Sellitto tinha reparado em uma construção que serviria a esse propósito. Havia uma longa calçada fechada ao público, que proporcionava um atalho para a Police Plaza. Bell não daria atenção ao aviso de que a passagem estava fechada e passaria para a calçada, na qual estaria fora de vista após 10 ou 12 metros de caminhada. No final da passagem havia uma equipe escondida, para quando 522 se aproximasse.

O detetive virou a esquina, passando pelo lado da fita que barrava o caminho e entrando na calçada empoeirada, enquanto o ruído das escavadeiras manuais e do bate-estacas enchia o interior da van, levado pelo sensível microfone de Bell.

— Temos você em nosso campo de visão, Roland — anunciou Sellitto, quando outro agente ao seu lado ligou um interruptor e a imagem passou para outra câmera. — Está nos vendo, Linc?

— Não, Lon; estou assistindo a Dança das Celebridades. Os próximos são Jane Fonda e Mickey Rooney.

— O nome certo é Dança dos Famosos, Linc.

A voz de Rhyme soou dentro da van.

— O 522 vai virar a esquina também, ou vai se assustar? Vamos, vamos...

Sellitto moveu o mouse e clicou duas vezes. Outra imagem apareceu em parte da tela, vinda de uma câmera de vigilância. Mostrava um ângulo diferente: as costas de Bell que caminhava pela calçada, afastando-se da câmera. O detetive olhava com curiosidade para a construção... Como faria qualquer pessoa comum que passasse por ali. Em seguida, 522 apareceu por trás dele, mantendo a distância, olhando também em volta, embora evidentemente sem interessar-se pelos operários; procurava testemunhas ou a polícia.

Hesitou por um instante, olhou novamente em volta e depois começou a encurtar a distância.

— OK, todos vocês, atenção — disse Sellitto. — Ele está chegando mais perto de você, Roland. Daqui a uns cinco segundos vamos perder o visual. Trate de ficar alerta. Ouviu?

— Ouvi — disse o tranquilo agente, como se estivesse respondendo a um garçom que lhe perguntasse se queria um copo para sua cerveja.

CAPÍTULO **TRINTA E CINCO**

ROLAND BELL NÃO ESTAVA TÃO calmo quanto aparentava.

Viúvo e pai de dois filhos, uma boa casa no subúrbio e uma namorada na Carolina do Norte, que pretendia pedir em casamento em breve... Todas essas coisas cotidianas contavam no lado do contra quando lhe pediam para participar de uma missão em que ele seria a isca em uma operação secreta.

Mesmo assim, Bell não deixava de cumprir seu dever, principalmente quando se tratava de alguém como 522, estuprador e assassino, o tipo de criminoso pelo qual nutria especial aversão. E, no fim das contas, ele gostava da injeção de adrenalina de operações como aquela.

— Cada um de nós encontra seu nível — costumava dizer seu pai, e tão logo o menino compreendeu que não se tratava de ferramentas perdidas, abraçou aquela filosofia como pedra angular de sua vida.

O paletó estava desabotoado e a mão, preparada para sacar, apontar e atirar com sua pistola favorita, exemplo do melhor poder de fogo da Itália. Ficou satisfeito ao sentir que Lon Sellitto tinha parado de resmungar. Precisava ouvir a aproximação do criminoso, e o batuque do bate-estacas era muito alto. Mesmo assim, apurando a concentração, ouviu o arrastar de sapatos na calçada atrás de si.

Talvez uns 10 metros.

Bell sabia que a equipe estava escondida adiante dele, embora não pudesse ver os agentes, e nem eles pudessem vê-lo, por causa de uma curva abrupta da calçada. O plano era atacar 522 logo que houvesse certeza de que nenhum passante ficaria em perigo. Aquela parte da calçada era ainda parcialmente visível de uma rua lateral e da construção, e os policiais supunham que o assassino só atacaria quando Bell estivesse mais perto da equipe tática. No entanto, ele parecia estar caminhando mais rapidamente do que eles haviam previsto.

Bell esperava, porém, que o homem ainda aguardasse alguns minutos, pois um tiroteio naquele lugar poderia colocar em perigo algum dos pedestres ou operários da construção.

No entanto, a logística da cilada desapareceu de sua mente quando ele ouviu dois sons simultâneos: o dos passos de 522, que começava a correr em sua direção e, muito mais alarmante, a conversa alegre em voz alta de duas mulheres falando espanhol, uma das quais empurrava um carrinho de bebê. Ambas emergiram dos fundos de um prédio bem ao lado de Bell. Os agentes táticos tinham isolado a calçada, mas aparentemente ninguém havia pensado em avisar os encarregados dos prédios cujas portas dos fundos davam diretamente para ela.

Bell olhou para trás e viu as duas mulheres saírem para a calçada entre ele e 522, que olhava o detetive enquanto corria para a frente, com uma arma na mão.

— Temos problemas! Duas civis entre mim e ele. O suspeito está armado! Repito, ele tem uma arma. Entrem em ação!

Bell estendeu a mão para a Beretta, mas, ao ver 522, uma das mulheres deu um grito e saltou para trás, esbarrando no policial e derrubando-o. Ele deixou a arma cair. O assassino se assustou e ficou imóvel, provavelmente sem entender por que motivo um professor universitário estaria armado, mas recuperou-se rapidamente e apontou a pistola para Bell, que procurava sacar a segunda arma.

— Não! — gritou o assassino. — Nem tente!

O policial nada podia fazer a não ser levantar os braços. Ouviu Sellitto dizer:

— A primeira equipe chegará aí em trinta segundos, Roland.

O criminoso nada disse, limitando-se a rosnar para que as mulheres fugissem, o que elas efetivamente fizeram, e em seguida deu um passo adiante, apontando para o peito de Bell.

Trinta segundos, pensou o detetive, respirando pesadamente.

Podia muito bem ser uma vida inteira.

Saindo da garagem de estacionamento do prédio da polícia, o capitão Joseph Malloy sentia-se irritado por não ter sido comunicado da armadilha com a participação do detetive Roland Bell. Sabia que Sellitto e Rhyme queriam desesperadamente agarrar aquele criminoso e ele concordara relutantemente com a falsa conferência de imprensa. Aquela operação, no entanto, estava além dos limites, e ele imaginava quais seriam as consequências caso fracassasse.

Que merda, haveria consequências mesmo que desse certo. Uma das regras principais do governo da cidade era não tapear a imprensa. Especialmente em Nova York. Ia justamente colocar a mão no bolso e pegar o celular quando sentiu alguma coisa tocando as suas costas. Um toque insistente e bem definido. Era uma pistola.

Não, não...

O coração disparou.

Nesse momento ouviu uma voz:

— Não se vire, capitão. Se você se virar verá meu rosto, e isso significa que terá de morrer. Compreendeu?

Parecia um homem de boa instrução, o que de certa forma surpreendeu Malloy.

— Espere.

— Compreendeu?

— Compreendi. Mas não...

— Na próxima esquina você vai virar à direita e entrar naquele beco. Continue a andar.

— Mas...

— Minha arma não tem silenciador, mas o cano está bem perto de suas costas. Ninguém perceberá de onde veio o ruído do tiro, e eu já estarei longe antes que seu corpo chegue ao chão. A bala o atravessará e poderá atingir outra pessoa. Você não vai querer que isso aconteça.

— Quem é você?

— Você sabe quem sou.

Joseph Malloy tinha uma longa carreira na polícia e a profissão se transformara em obsessão depois que a mulher fora morta por um assaltante drogado. Embora agora já fosse um oficial graduado, um administrador, ainda possuía os instintos que aperfeiçoara nas ruas do distrito onde trabalhara, anos antes. Compreendeu instantaneamente.

— O 522.

— O quê?

Calma. Fique calmo. Se ficar calmo manterá o controle.

— Você é o homem que matou aquela mulher no domingo e o jardineiro do cemitério ontem à noite.

— Que quer dizer com 522?

— É o apelido que a polícia lhe deu, internamente. Um indivíduo desconhecido. Número 522.

Informe alguns fatos, faça-o relaxar também. Mantenha a conversa.

O assassino riu.

— Um número? Isso é interessante. Agora vire à direita.

Bem, se ele quisesse matar, você já estaria morto. Ele só precisa saber alguma coisa, ou o está raptando para tirar alguma vantagem. Calma. Evidentemente ele não vai matar você — só não quer que veja o rosto dele. Certo, Lon Sellitto não disse que o chamavam de "o homem que sabe tudo"? Bem, tire dele alguma informação útil.

Talvez possa escapar com uma boa conversa.

Talvez possa baixar a guarda dele e chegar suficientemente perto para matá-lo com as mãos nuas.

Joe Malloy era perfeitamente capaz de fazer isso, tanto mental quanto fisicamente.

Após uma breve caminhada, 522 mandou que ele parasse no beco. Cobriu a cabeça de Malloy com uma touca de meia feminina e puxou-a sobre os olhos. Ótimo. Um grande alívio. Enquanto eu não o vir, permanecerei vivo. Em seguida as mãos dele foram amarradas com fita adesiva e 522 o revistou. Com uma das mãos segurando-lhe firmemente o ombro, levou-o adiante e o fez entrar no porta-malas de um carro.

Foi um percurso em meio a um calor abafado, no espaço desconfortável, com as pernas dobradas. Era um carro de tamanho médio. Certo, registrado. Não queima óleo. Tem boa suspensão. Registrado. Não cheira a couro. Registrado. Malloy tentou prestar atenção nas direções das voltas, mas foi impossível. Reparou os sons: ruídos de tráfego, uma britadeira. Nada fora do comum. Depois, gaivotas e um apito de barco. Seria o suficiente para saber onde estava? Manhattan é uma ilha. Arranje alguma coisa útil de verdade! Espere. A direção hidráulica do carro é ruidosa. Isso é útil. Guarde na memória.

Vinte minutos depois, o carro parou. Malloy ouviu uma porta de garagem se fechando. Uma porta grande, com juntas ou engrenagens que rangiam. Malloy soltou um leve grito quando o porta-malas se abriu, assustando-o. Um ar mofado, porém fresco, o envolveu. Arfou, procurando encher os pulmões de ar por entre o tecido úmido da touca.

—Vamos sair daí.

— Queria falar com você sobre algumas coisas. Sou capitão...

— Sei quem você é.

—Tenho muito poder na polícia — afirmou Malloy, com certa satisfação. A voz era firme. Dava impressão de ser razoável. — Podemos arranjar alguma coisa.

— Venha para cá — ordenou 522, ajudando-o a caminhar num piso macio.

Em seguida, o fez sentar.

—Tenho certeza de que você tem queixas. Mas posso ajudá-lo. Diga-me por que está fazendo isso, por que está cometendo esses crimes.

Silêncio. O que aconteceria em seguida? Malloy ficou pensando se teria uma chance de lutar fisicamente, ou se teria de continuar a tentar penetrar a mente do homem. Nesta altura, já teriam dado por sua ausência. Sellitto e Rhyme poderiam ter imaginado o que acontecera.

Nesse momento, ouviu um ruído.

O que era?

Vários cliques, seguidos por uma voz eletrônica metálica. O assassino parecia estar experimentando um gravador de fita.

Depois, outro ruído: o tinir de metal contra metal, como ferramentas sendo recolhidas.

Finalmente, o perturbador guincho de metal no concreto, quando o assassino puxou sua cadeira para junto da de Malloy, até que os joelhos de ambos se tocaram.

CAPÍTULO **TRINTA E SEIS**

UM CAÇADOR DE RECOMPENSAS.
    Eles tinham prendido um merda de um caçador de recompensas.
    Ou, como o homem corrigiu, um "especialista em recuperação de fianças".
    — Como essa merda aconteceu? — perguntou Lincoln Rhyme.
    — Estamos verificando — respondeu Sellitto, envolto em poeira e calor, ao lado do prédio em construção onde o homem que havia seguido Roland Bell estava sentado, algemado.
    Não tinha sido preso, exatamente. Na verdade, não fizera nada de errado; tinha porte de arma. Era simplesmente um cidadão que pretendia prender um homem que acreditava ser um criminoso procurado pela polícia. Mas Sellitto ficou com raiva e mandou algemá-lo.
    O próprio Roland Bell estava ao telefone, procurando saber se 522 tinha sido visto em algum outro ponto daquela área. Mas até então ninguém na equipe tática tinha visto qualquer pessoa que correspondesse ao parco perfil do assassino.
    — Ele pode muito bem estar em Timbuktu — disse Bell a Sellitto, com seu sotaque arrastado, fechando o telefone.
    — Escute — começou a dizer o caçador de recompensas, sentado na calçada.
    — Cale a boca — berrou o corpulento detetive pela terceira ou quarta vez, voltando à conversa com Rhyme.
    — Ele seguiu Roland, chegou perto e deu a impressão de que ia atirar. Mas parece que ele queria apenas entregar um mandato. Pensou que Roland fosse um sujeito chamado William Franklin. Os dois

são parecidos, Roland e Franklin. O cara mora no Brooklyn e não se apresentou em juízo por assalto com posse de arma de fogo. A empresa que adiantou a fiança está atrás dele há meses.

— O 522 preparou tudo isso, é claro. Encontrou esse Franklin no sistema e mandou o caçador de recompensas atrás dele para nos tirar do caminho certo.

— Sei disso, Linc.

— Alguém viu alguma coisa útil? Uma pessoa nos observando?

— Não. Roland acaba de verificar com todas as equipes.

Silêncio. Em seguida, Rhyme perguntou:

— Como é que ele sabia que era uma armadilha?

No entanto, essa não era a questão mais importante. Havia somente uma pergunta cuja resposta ele queria saber: que diabos ele pretende fazer?

Será que eles acham que sou idiota?

Não pensaram que eu suspeitaria?

A essa altura, eles já conhecem os provedores de serviços de conhecimento. Sabem das previsões de comportamento dos dezesseis, com base no comportamento anterior e no de outras pessoas. Esse conceito tem feito parte da minha vida durante muito, muito tempo. Deveria fazer parte da vida de todos. Como reagirá seu vizinho se você fizer X? Como reagirá se você fizer Y? Como se comportará uma mulher quando você a acompanhar até o carro e estiver rindo? Ou quando estiver em silêncio e procurando alguma coisa no bolso?

Estudei as ações deles desde o momento em que Eles passaram a se interessar por mim. Em algumas ocasiões demonstraram extrema inteligência. Por exemplo, naquela armadilha que montaram: fizeram com que os funcionários e clientes da SSD tomassem conhecimento da investigação, esperando que eu fosse invadir os arquivos do DPNY sobre o caso de Myra 9834. Quase fiz isso, cheguei quase a apertar a tecla ENTER para fazer a pesquisa, mas tive o pressentimento de que havia algo errado. Agora sei que tinha razão.

E a coletiva de imprensa? *Essa* transação já cheirava mal desde o começo. Não se ajustava aos padrões de comportamento previsíveis e costumeiros. Imagine, a polícia e as autoridades municipais convocarem jornalistas àquela hora da noite? Além disso, o grupo de pessoas no palanque simplesmente não parecia adequado.

Claro, talvez fosse verdade; até mesmo a lógica mais perfeita e os logaritmos de previsão de comportamento de vez em quando se enganam. Mas era importante que eu investigasse mais profundamente. Eu não poderia, nem mesmo informalmente, falar diretamente com nenhum Deles.

Portanto, em vez disso, fiz o que sei fazer de melhor.

Procurei nas celas, olhei os dados silenciosos por meio de minha janela secreta. Obtive mais informações sobre as pessoas presentes no palanque durante a conferência de imprensa: o vice-prefeito, Ron Scott, e o capitão Joseph Malloy, que é o supervisor da investigação contra mim.

Também a terceira pessoa, o Professor Doutor Carlton Soames.

Acontece... Bem, que ele não era ele.

Era um policial disfarçado.

Uma rápida pesquisa revelou dados sobre o professor Soames no site da Universidade Carnegie Mellon, além da própria página dele. O currículo também figurava convenientemente visível em vários outros espaços on-line.

Mas precisei apenas de alguns segundos para abrir a codificação desses documentos e examinar os metadados. Todas as informações sobre o professor fictício tinham sido preparadas e carregadas ontem.

Será que Eles acham que sou idiota?

Se eu tivesse tempo, poderia ter descoberto exatamente quem era aquele policial. Poderia ter ido ao arquivo do site da emissora de TV, encontrado a coletiva de imprensa, retirado uma imagem do rosto do homem e feito um escaneamento biométrico. Compararia as imagens com os dados do Departamento de Veículos Automotores da região e com fotos de policiais e agentes do FBI, e descobriria a verdadeira identidade dele.

Mas isso teria dado muito trabalho, e também era desnecessário. Para mim não importava quem ele fosse. Bastava criar uma distração para a polícia e assim ter tempo para localizar o capitão Malloy, que me proporcionaria uma verdadeira base de dados sobre a operação.

Encontrei facilmente um pedido de busca sobre um homem que se parecia vagamente com o policial que personificava Carlton Soames

— um homem branco entre 30 e 40 anos. Foi simples ligar para o fiador do pagamento da fiança, dizendo conhecer o fugitivo e relatando tê-lo visto no hotel Water Street. Descrevi as roupas dele e desliguei rapidamente.

Enquanto isso, fiquei esperando na garagem de estacionamento junto à Police Plaza, onde todos os dias, entre 7h48 e 9h02, o capitão Malloy costuma estacionar seu Lexus de modelo mais barato (a troca de óleo e a rotação dos pneus já deviam ter sido feitas há muito tempo, segundo os dados da concessionária).

Ataquei o inimigo exatamente às 8h35.

Seguiu-se o rapto, o trajeto até o armazém no West Side e o uso calculado de ferro em brasa a fim de recuperar informações da memória daquela base de dados admiravelmente corajosa. Sinto a satisfação inexplicável, mais do que sexual, de saber que completei uma coleção: as identidades de todos os dezesseis que estão me perseguindo, algumas das pessoas atreladas a Eles e como Eles estão levando adiante o caso.

Certas informações foram especialmente reveladoras. (O nome Rhyme, por exemplo. Agora compreendo que essa é a explicação para as dificuldades em que me encontro.)

Meus soldados em breve estarão a caminho, marchando para invadir a Polônia, a Renânia...

E tal como esperava, aliás, consegui uma peça para uma de minhas coleções favoritas. Devia esperar até chegar de volta ao meu Armário, mas não consigo resistir. Pesco o gravador no bolso e aperto REWIND e depois PLAY.

Feliz coincidência: encontro o ponto exato em que os gritos do capitão Malloy entram em crescendo. Fico arrepiado.

Ele acordou de um sono inquieto, cheio de pesadelos. A garganta doía por causa do garrote, por dentro e por fora, embora o ardor fosse mais forte na boca, devido à secura.

Arthur Rhyme olhou em volta do quarto de hospital, modesto e sem janelas. Bem, era uma cela numa enfermaria no interior do Túmulo. Não era diferente de sua própria cela e daquele horrível salão comunal onde ele quase fora assassinado.

Um enfermeiro ou atendente entrou no quarto, examinou uma cama vazia e fez uma anotação.

— Com licença — chamou Arthur. — Eu poderia consultar um médico?

O homem, um negro corpulento, olhou para ele. Uma onda de pânico dominou Arthur, pensando que Antwon Johnson tivesse roubado um uniforme e entrado escondido no quarto para terminar o que havia começado.

Mas não; era outra pessoa. Mesmo assim, tinha olhos igualmente frios, que não passaram mais tempo olhando para Arthur do que gastariam olhando uma mancha de água derramada no chão. O homem saiu sem dizer uma palavra.

Passou-se meia hora. Arthur adormecia e acordava.

Em seguida a porta se abriu novamente e ele ergueu os olhos, alarmado, ao ver que outro paciente estava sendo trazido para o quarto. Arthur deduziu que sofria de apendicite. A operação havia terminado e ele estava em recuperação. Um atendente o deitou na cama e entregou-lhe um copo.

— Não beba. Bocheche e cuspa fora.

O homem bebeu.

— Não, eu disse para...

O homem vomitou.

— Merda — resmungou o atendente, jogando algumas toalhas de papel em cima dele e saindo do quarto.

O novo colega de Arthur adormeceu, segurando as toalhas.

Nesse momento Arthur olhou pelo postigo da porta. Havia dois homens do lado de fora, um latino e um negro. Este último estreitou os olhos, fitando-o diretamente, e em seguida murmurou alguma coisa para o outro, que olhou também, brevemente.

Alguma coisa na postura e nas expressões fez Arthur compreender que o interesse de ambos não era mera curiosidade — não estavam lá simplesmente para ver o preso que tinha sido salvo por Micky, o drogado.

Não; ambos estavam memorizando o rosto dele. Mas por quê?

Eles também queriam matá-lo?

Outra onda de pânico. Seria apenas uma questão de tempo até que conseguissem?

Fechou os olhos, mas então decidiu que não devia dormir. Não se atreveria. Eles o atacariam quando dormisse, atacariam se ele não prestasse atenção absoluta a tudo, a todos, a cada minuto.

E agora sua agonia ficou completa. Judy tinha dito que Lincoln encontrara alguma coisa capaz de provar sua inocência. Ela não sabia o que era e por isso Arthur não tinha condições de julgar se o primo estava simplesmente sendo otimista ou se descobrira alguma prova concreta de que ele fora preso injustamente. Ficou furioso com a esperança ambígua. Antes de falar com Judy, Arthur Rhyme se resignara a um inferno em vida e a uma morte iminente.

Estou fazendo um favor a você, cara. Que merda, daqui a um ou dois meses você mesmo ia fazer isso. Você não foi feito para este lugar. Pare de lutar. Fique tranquilo, desista. Está entendendo? Mas agora, percebendo que a liberdade era possível, a resignação se transformou em pânico. Via diante de si uma esperança que podia ser negada a ele.

O coração começou a bater forte novamente.

Arthur agarrou o botão de chamada e apertou-o uma vez, e depois outra.

Não houve resposta. Um momento depois, outro par de olhos surgiu no postigo. Não era um médico, porém. Seria algum dos presos que ele vira antes? Não saberia dizer. O homem o olhava diretamente.

Lutando para controlar o medo que lhe escorria pela espinha como eletricidade, apertou novamente o botão de chamada e ficou segurando.

Continuava sem resposta.

Os olhos no postigo piscaram uma vez, e em seguida desapareceram.

CAPÍTULO **TRINTA E SETE**

— METADADOS.

No viva voz, falando do laboratório de informática do DPNY, Rodney Szarnek explicava a Lincoln Rhyme de que maneira 522 provavelmente descobrira que o "perito" era na verdade um policial disfarçado.

Sachs, de pé junto a Rhyme, com os braços cruzados e os dedos puxando a manga da blusa, lembrou-se do que Calvin Geddes dissera no Privacidade Agora.

— São dados a respeito de dados, inseridos nos documentos.

— Isso mesmo — confirmou Szarnek, que ouvira o comentário dela. — Ele provavelmente viu que tínhamos criado o currículo ontem à noite.

— Merda — murmurou Rhyme.

Bem, não se pode pensar em tudo. Depois refletiu: Mas é preciso fazer isso quando o adversário é o homem que *sabe* tudo. E agora aquele plano que poderia tê-lo agarrado fora para o lixo. Era a segunda vez que fracassavam.

Pior do que isso, eles deram uma dica do que tinham na mão. Assim como eles perceberam o ardil do suicídio, 522 descobrira de que forma eles operavam e tinha uma defesa contra táticas futuras.

Conhecimento é poder.

Szarnek acrescentou:

— Uma pessoa na Carnegie Mellon está pesquisando os endereços de todos os que entraram no site deles hoje de manhã. Meia dúzia de acessos vieram da cidade, porém de terminais públicos, onde não fica nenhum registro dos usuários. Dois foram de proxies na Europa, e eu conheço os servidores. Não irão cooperar conosco.

Claro.

— No entanto, temos algumas informações vindas dos espaços livres que Ron gravou na SSD. Está demorando um pouco. Estavam... — Aparentemente ele resolveu deixar de lado a explicação técnica e disse: —... Bastante bagunçadas. Mesmo assim, temos alguns fragmentos que vão se ajustando. Parece que alguém efetivamente organizou dossiês e os baixou. Temos um nym, isto é, um nome de usuário em código: Runnerboy. Por enquanto é só.

— Tem alguma ideia de quem seja? Um funcionário, um cliente, um hacker?

— Não. Chamei um amigo no FBI e verifiquei a base de dados procurando nyms e endereços de e-mail conhecidos. Encontraram cerca de oitocentos Runnerboys, mas nenhum deles na área metropolitana. Mais tarde teremos novas informações.

Rhyme mandou Thom escrever o nome "Runnerboy" na lista de suspeitos.

—Vamos verificar na SSD para ver se alguém reconhece o nome.

— E os arquivos de clientes no CD?

— Pedi a alguém que verificasse manualmente. O código que usei não nos levou muito longe. Há variáveis demais — diferentes produtos de consumo, passes de transporte público e de pedágio eletrônico. A maioria das empresas baixou algumas informações sobre as vítimas, mas até o momento nenhum suspeito, do ponto de vista estatístico.

— Está bem.

Rhyme desligou.

— Nós tentamos, Rhyme — falou Sachs.

Tentamos... Ele ergueu uma sobrancelha, gesto que não significava absolutamente nada.

O telefone tocou e o nome "Sellitto" apareceu no identificador de chamadas.

— Comando, atender... Lon, alguma...

— Linc.

Algo estava errado. O tom de voz, soando no viva voz, era vazio, trêmulo.

— Outra vítima?

Sellitto pigarreou.

— Ele pegou um de nós.

Alarmado, Rhyme olhou para Sachs, que involuntariamente se curvara na direção do telefone, descruzando os braços.

— Quem? Diga.

— Joe Malloy.

— Não — murmurou Sachs.

Os olhos de Rhyme se fecharam e ele deixou a cabeça pender no encosto da cadeira de rodas.

— Claro, óbvio. Essa foi a armadilha dele. Já tinha tudo planejado. — Baixando a voz, perguntou: — Foi muito feio?

— O que quer dizer com isso? — perguntou Sachs.

Ainda em voz baixa, Rhyme insistiu:

— Ele não se contentou em simplesmente matar Malloy, não foi?

A voz trêmula de Sellitto era dolorosa.

— Não, Linc, não foi só isso.

— Diga! — exclamou Sachs, de repente. — Do que está falando?

Rhyme a olhou nos olhos, arregalados pelo horror que ambos sentiam.

— Ele preparou tudo porque queria informações. Torturou Joe para consegui-las.

— Oh, meu Deus.

— Não foi isso, Lon?

O corpulento detetive suspirou e depois tossiu.

— Foi. Devo dizer que foi muito feio. Ele usou certos instrumentos. A julgar pela quantidade de sangue, Joe resistiu durante muito tempo. O filho da mãe o despachou com um tiro.

O rosto de Sachs estava rubro de raiva. Ela acariciou o cabo da Glock e entre dentes perguntou:

— Joe tinha filhos?

Rhyme lembrou-se de que a mulher do capitão morrera alguns anos antes.

Sellitto respondeu:

— Uma filha, na Califórnia. Já liguei para ela.

— Você está bem? — indagou Sachs.

— Não, não estou. — A voz dele falhou novamente. Rhyme nunca tinha visto aquele detetive tão emocionado.

Lembrava-se da voz de Joe Malloy ao reagir ao "esquecimento" de Rhyme quanto a compartilhar o caso de 522. O capitão havia deixado de lado a insubordinação e os apoiara, mesmo diante da falta de sinceridade do criminalista e de Sellitto.

A atividade de polícia era mais importante do que o ego.

E 522 o havia torturado e matado simplesmente porque precisava de informações. Merda de informações.

Mas, nesse momento, de algum lugar dentro de si, Rhyme foi buscar a fortaleza que residia em seu ser: o distanciamento, que para alguns significava uma insensibilidade, mas, para ele, permitia exercer melhor sua profissão. Com firmeza, disse:

— Muito bem, vocês sabem o que isso significa, não?

— O quê? — perguntou Sachs.

— É uma declaração de guerra.

— Guerra? — A pergunta vinha de Sellitto.

— Guerra contra nós. Ele não vai se esconder. Não vai fugir. Está dizendo que vamos nos foder. Está reagindo, e acha que é capaz de vencer. Ora, é claro. Ele marcou o terreno de batalha, e agora sabe tudo sobre nós.

— Talvez Joe não tenha dito tudo a ele — argumentou Sachs.

— Não, certamente disse. Fez o que pôde para resistir, mas no fim disse tudo — Rhyme nem queria imaginar o que o capitão sofrera ao tentar manter o silêncio. — A culpa não foi dele... mas todos nós estamos correndo perigo agora.

— Preciso falar com os superiores — avisou Sellitto. — Eles querem saber o que deu errado. Desde o começo não tinham gostado do plano.

— Certamente não gostaram. Onde foi que aconteceu?

— Num armazém, em Chelsea.

— Armazém... lugar perfeito para um colecionador. Teria ligação com o lugar? Trabalha lá? Lembram-se dos sapatos confortáveis? Ou simplesmente descobriu pelos dados? Quero respostas a tudo isso.

— Vou verificar — prontificou-se Cooper. Sellitto deu os detalhes a ele.

— E vamos revistar a cena — comandou Rhyme, com um olhar para Sachs, que assentiu.

Depois que o detetive desligou, Rhyme perguntou:

— Onde está Pulaski?

— Está voltando do escritório de Roland Bell.

— Vamos ligar para a SSD, verificar onde estavam todos os nossos suspeitos na hora do assassinato de Malloy. Alguns deles certamente estavam na empresa. Quero saber quem não estava. E quero saber sobre esse Runnerboy. Acham que Sterling nos ajudará?

— Ora, claro que sim — disse Sachs, lembrando-se de que Sterling tinha se mostrado sempre disposto a cooperar durante a investigação. Apertou o botão do telefone com viva voz e fez a chamada.

Um dos assistentes atendeu e Sachs se identificou.

— Oi, detetive Sachs. Aqui é Jeremy. Em que posso ajudá-la?

— Preciso falar com Sterling.

— Infelizmente ele não está.

— É muito importante. Houve outro assassinato. Um policial.

— Sim, vi no noticiário. Lamento muito. Espere um momento. Martin acaba de entrar na sala.

Ouviram uma conversa abafada e em seguida outra voz soou no viva voz.

— Detetive Sachs, aqui é Martin. Lamento saber que houve outro crime. Mas o Sr. Sterling não está no prédio.

— Eu preciso mesmo falar com ele.

O assistente respondeu com tranquilidade:

— Avisarei sobre a urgência.

— Onde estão Mark Whitcomb e Tom O'Day?

— Um momento, por favor.

Após longa pausa a voz do jovem voltou:

— Infelizmente, Mark também não está no escritório. Tom está em uma reunião. Deixei recados. Estou recebendo outra chamada, detetive Sachs, preciso desligar. Lamento sinceramente o que aconteceu ao capitão.

"E tu, que cruzarás de costa a costa, os anos a partir de agora significam mais para mim e minhas meditações do que podes imaginar."

Sentada em um banco, contemplando o East River, Pam Willoughby sentiu um baque no peito e as palmas de suas mãos começaram a transpirar.

Virando-se, olhou para Stuart Everett, iluminado pelo sol que vinha da direção de Nova Jersey. Vestia camisa azul, jeans e paletó esporte. Trazia uma pasta de couro a tiracolo. Tinha aparência bem jovem, cabelos castanhos caindo sobre o rosto, e os lábios finos pareciam prestes a abrir-se em um sorriso que nunca chegava.

— Oi — cumprimentou ela, em tom alegre. Ficou irritada consigo mesma; queria ter parecido seca.

— Ei. — Ele olhou para o norte, para a base da ponte de Brooklyn. — Ali é Fulton Street.

— Do poema? Eu sei. É *Cruzando a balsa do Brooklyn*.

Vinha de *Folhas de relva*, a obra-prima de Walt Whitman. Depois que Stuart Everett dissera na aula que aquela era sua antologia de poemas favorita, ela comprara uma edição de luxo, achando que isso faria com que se aproximassem mais um do outro.

— Eu não dei esse poema como leitura para a turma. Você o conhecia mesmo assim?

Pam não respondeu.

— Posso me sentar?

Ela assentiu.

Ficaram sentados em silêncio. Ela sentiu o perfume dele e ficou pensando se teria sido a mulher que o comprara.

— Sua amiga falou com você, com certeza.

— Falou.

— Gostei dela. Quando ela ligou pela primeira vez, bem, pensei que ia me prender.

A expressão de Pam se abrandou, com um sorriso.

Stuart continuou:

— Ela não está contente com esta situação. Mas isso é bom. Ela quer proteger você.

— Amelia é ótima.

— Nem dava para acreditar que ela era policial.

Uma policial que mandou verificar meu namorado. Ficar no escuro não era tão ruim, refletiu Pam; pior era ter informação demais.

Ele tomou a mão dela. O impulso de retirá-la desapareceu.

— Escute, vamos deixar tudo às claras.

Ela mantinha os olhos fixos num ponto distante. Olhar nos olhos castanhos dele, sob pálpebras semicerradas, seria uma péssima ideia. Pam olhava o rio e o porto mais adiante. Ainda havia barcas de transporte de passageiros, mas a maior parte do tráfego era de embarcações particulares ou cargueiros. Ela costumava ir àquele ponto na margem para observá-los. Por ter sido forçada a viver clandestinamente, nos bosques do Meio-Oeste, com a mãe louca e um grupo de fanáticos da extrema direita, Pam passara a sentir fascinação pelos rios e oceanos. Eram abertos, livres, em movimento constante. Aquela ideia a tranquilizava.

— Sei que não fui sincero, mas o relacionamento com minha mulher não é o que parece. Já não durmo com ela há muito tempo.

Essa era a primeira coisa que um homem diria em um momento como aquele? Pam ficou pensando. Ela nem sequer pensara em sexo, simplesmente no fato de ele ser casado.

Stuart prosseguiu:

— Eu não queria me apaixonar por você. Pensei que seríamos amigos, mas você se mostrou diferente de todo mundo. Você acendeu alguma coisa em mim. Você é linda, claro. Mas, bem, você é como Whitman. Não é convencional. É lírica. É como um poeta, à sua maneira.

Pam não conseguiu refrear-se e disse:

— Você tem filhos.

Ele hesitou.

— Tenho. Mas você vai gostar deles. John tem 8 anos e Chiara tem 11. Ela está no ensino fundamental. São crianças maravilhosas. Por isso eu e Mary estamos juntos. É a única razão.

O nome dela é Mary. Ela estava curiosa.

Ele apertou a mão da garota.

— Pam, não quero me separar de você.

Ela se apoiava nele, sentindo o conforto do braço contra o dela, inspirando o perfume seco e agradável, sem se preocupar em saber quem tinha comprado a loção de barba. Mais cedo ou mais tarde, pensou ela, ele iria acabar me contando.

— Eu iria contar tudo a você, dentro de uma semana ou duas. Juro. Estava tentando criar coragem. — Ela sentiu o tremor da mão dele. —

Vejo os rostos de meus filhos. Fico pensando que não posso separar a família. Aí você aparece. A pessoa mais incrível que já conheci... Tenho me sentido solitário há muito, muito tempo.

— E nos feriados? — perguntou ela. — Eu gostaria de fazer alguma coisa com você no fim de semana de Ação de Graças, ou no Natal.

— Provavelmente eu conseguiria escapar em uma dessas ocasiões, pelo menos durante uma parte do dia. Só teríamos de planejar com antecedência. — Stuart baixou a cabeça. — Então, eu não posso viver sem você. Se você tiver paciência, sei que dará tudo certo.

Ela se lembrou da única noite que os dois tinham passado juntos. Uma noite secreta, que ninguém ficara sabendo, na casa de Amelia Sachs, quando ela ficou com Rhyme. Pam e Stuart tinham a casa inteira à disposição. Foi uma noite mágica. Ela desejava que todas as noites de sua vida fossem como aquela.

Apertou a mão dele ainda com mais força.

Ele murmurou:

— Não posso ficar sem você.

Aproximou-se mais dela, sentado no banco. Ela sentia o conforto de todos os centímetros quadrados de contato. Chegara a escrever um poema sobre ele, descrevendo a atração mútua em termos de gravitação, uma das forças fundamentais do universo.

Pam encostou a cabeça no ombro dele.

— Prometo que nunca mais vou esconder nada de você... Mas por favor. Preciso continuar vendo você.

Ela recordou os momentos maravilhosos que haviam compartilhado, que pareceriam tolos, insignificantes, para qualquer outra pessoa.

Nada se comparava.

O conforto era como água morna sobre uma ferida, levando para longe a dor.

No tempo em que eram fugitivas, Pam e a mãe tinham morado com homens mesquinhos que batiam nelas "para seu próprio bem", e que não falavam com suas mulheres ou filhos, a não ser para castigá-los ou mandá-los calar a boca.

Stuart nem sequer pertencia ao mesmo universo daqueles monstros.

Ele sussurrou:

— Basta que você me dê algum tempo. Tudo vai dar certo, prometo. Continuaremos a nos ver como temos feito... Ei, tenho uma ideia. Sei que você quer viajar. Vai ter uma conferência sobre poesia em Montreal no mês que vem. Eu arranjaria uma passagem de avião para você e reservaria um hotel. Você poderia participar das palestras. E teríamos as noites livres.

— Ah, eu te amo — exclamou ela, aproximando o rosto do dele. — Entendo por que não me contou, entendo mesmo.

Ele a abraçou com força e beijou-a no pescoço.

— Pam, estou tão...

Nesse momento ela recuou e segurou a bolsa de livros junto ao peito, como um escudo.

— Mas não, Stuart.

— O quê?

Pam achava que o coração estava batendo mais forte do que nunca.

— Quando você se divorciar, ligue para mim. Então veremos. Mas até esse momento, não. Não posso mais ficar com você.

Ela tinha dito o que achava que Amelia Sachs diria numa situação como aquela. Mas seria capaz de *comportar-se* como ela e não chorar? Amelia não choraria. De maneira alguma.

Conseguiu sorrir, lutando para controlar a dor, enquanto a solidão e o medo destruíam instantaneamente o conforto. O calor congelou-se em fragmentos gélidos.

— Mas, Pam, você é tudo para mim.

— Mas o que *você* é para *mim*, Stuart? Você não pode ser tudo. E não estou disposta a ficar com menos do que tudo. — Mantenha a voz calma, disse ela a si mesma. — Se você se divorciar eu ficarei com você. Aceita?

Os olhos sedutores se abaixaram. Um sussurro:

— Aceito.

— Agora?

— Não pode ser imediatamente. Isso é complicado.

— Não, Stuart, é simples, realmente simples — discordou ela, levantando-se. — Não quero mais te ver, tenha uma vida feliz.

Começou a caminhar, afastando-se silenciosamente, em direção à casa de Amelia, que era ali perto.

Bem, talvez Amelia não chorasse, mas Pam já não podia mais conter as lágrimas. Caminhou em linha reta pela calçada, com os olhos molhados, e sem se atrever a olhar para trás — com medo de fraquejar —, sem ousar pensar no que tinha acabado de fazer.

No entanto, um pensamento sobre aquele encontro, o qual ela imaginava que iria achar engraçado algum dia: Que frase de despedida mais idiota. Gostaria de ter falado alguma coisa melhor.

CAPÍTULO **TRINTA E OITO**

MEL COOPER FRANZIA A TESTA.
— O armazém? Onde Joe foi assassinado? Não tem sido usado há vários meses pela editora que o aluga para guardar papel para reciclagem. Mas o estranho é que não está claro quem é o proprietário.
— O que isso significa?
— Acessei todos os documentos corporativos. Está alugado a um grupo de três companhias e é de propriedade de uma empresa de Delaware, que, por sua vez, é propriedade de duas outras empresas de Nova York. O proprietário final parece estar na Malásia.
Mas 522 já sabia da existência do armazém e sabia que poderia torturar uma pessoa lá em segurança. Como? Porque ele é o homem que sabe tudo.
O telefone do laboratório tocou e Rhyme olhou o identificador de chamada. Tivemos tantas más notícias no caso de 522, por favor, que estas sejam boas.
— Inspetora Longhurst.
— Detetive Rhyme, liguei apenas para atualizá-lo. As coisas por aqui estão indo bem.
A voz da policial denotava um raro entusiasmo. Explicou que d'Estourne, o agente de segurança francês que fazia parte da equipe, havia viajado às pressas para Birmingham e entrado em contato com alguns argelinos de uma comunidade muçulmana em West Bromwich, fora da cidade. Descobrira que um norte-americano havia encomendado um passaporte e vistos para o norte da África e dali prosseguiria viagem para Cingapura. Tinha pagado um vultoso sinal e os documen-

tos tinham sido prometidos para a noite do dia seguinte. Tão logo os recebesse, ele voltaria a Londres para terminar a tarefa principal.

— Ótimo — comemorou Rhyme, com um breve sorriso. — Isso significa que Logan já está aí, não acha? Em Londres.

— Tenho quase certeza — confirmou Longhurst. — Vou tentar agir amanhã, quando nosso agente duplo encontrar o pessoal do MI5 na zona de tiro.

— Exatamente.

Portanto, Richard Logan havia encomendado os documentos e pagado uma grande quantia por eles com objetivo de manter a equipe concentrada em Birmingham, enquanto ele na verdade seguia para Londres a fim de completar a missão de matar o reverendo Goodlight.

— Que diz o pessoal de Danny Krueger?

— Que haverá um barco esperando na costa meridional a fim de transladá-lo às escondidas para a França.

Transladá-lo às escondidas. Rhyme adorou a expressão. Nos Estados Unidos os policiais não falavam assim.

Pensou outra vez no esconderijo perto de Manchester e no assalto à casa de Goodlight em Londres. Haveria alguma coisa que Rhyme poderia ter visto se tivesse feito a busca em qualquer desses dois lugares por meio do vídeo de alta definição? Alguma pequenina pista que eles não tivessem visto e que pudesse fornecer uma ideia mais precisa de onde e quando o assassino atacaria? Àquela altura, a pista já teria desaparecido. Ele teria simplesmente de torcer para que tivessem feito as deduções corretas.

— Qual é o esquema montado?

— Tenho dez agentes em volta da zona de tiro. Todos à paisana ou camuflados.

Continuou dizendo que Danny Krueger, junto com o francês encarregado da segurança e outra equipe tática, estavam se fazendo "sutilmente visíveis" em Birmingham. Longhurst acrescentou um destacamento extra de proteção no lugar onde o reverendo realmente estava escondido. Não sabiam se o assassino conhecia a localização, mas ela não queria arriscar.

— Em breve saberemos mais alguma coisa, detetive.

No momento em que desligaram o computador deu um clique.
Sr. Rhyme?
As palavras apareceram na tela diante dele. Uma pequena janela se abrira. Era uma imagem da sala de estar da casa de Amelia Sachs, transmitida a partir da webcam. Ele via Pam ao teclado, digitando uma mensagem instantânea.

Ele enviou a resposta, falando através do sistema de reconhecimento de voz.

Oi, Pam, cumoa vei?

Droga de computador. Talvez ele deixasse seu guru digital, Rodney Szarnek, instalar um sistema novo.

Ela entendeu a mensagem assim mesmo.

Bem — escreveu ela. — *E vc?*

Ótimo.

Amelia tá aí?

Não. Está trabalhando em um caso.

Droga. Quero falar com ela. Liguei mas ela n respondeu.

algo que eu coça fazer?

Merda. Rhyme suspirou e tentou novamente.

Podemos ajudar?

Não. Obrigada. — Ela fez uma pausa e ele a viu olhar o celular. Depois olhou novamente para o computador e escreveu — *Rachel ligando. Ligo depois.*

Deixando a webcam ligada, virou-se para falar ao telefone. Puxou uma grande bolsa de livros para o colo e abriu um deles, pescando algumas anotações guardadas dentro. Aparentemente leu algo em voz alta.

Rhyme já ia voltar a atenção para os quadros brancos quando passou novamente os olhos pela janela da webcam.

Algo estava diferente.

Franzindo a testa, aproximou a cadeira, alarmado.

Parecia haver outra pessoa na casa de Sachs. Seria possível? Era difícil ter certeza, mas focalizando os olhos ele viu que sim; havia um homem lá, escondido em um corredor, cerca de 6 metros de onde estava Pam.

Rhyme concentrou a atenção, aproximando a cabeça da tela o máximo possível. Era um intruso, com o rosto oculto por um chapéu. Segurava alguma coisa na mão. Seria uma pistola? Uma faca?

— Thom!

O assistente não estava por perto para ouvi-lo. Claro, estava levando o lixo para fora.

— Comando... ligar para Sachs, em casa.

Graças a Deus o sistema de reconhecimento de voz fez exatamente o que ele mandara.

Viu Pam olhar o telefone ao lado do computador. No entanto, deixou que o aparelho tocasse. A casa não era dela; deixaria que a secretária eletrônica gravasse a mensagem. Continuou falando ao celular.

O homem avançou, saindo do corredor, olhando diretamente para ela, ainda com o rosto oculto pelo chapéu.

— Comando... mensagem instantânea!

A janela se abriu na tela.

— Comando... escrever: Pam, ponto exclamação. Comando, enviar.

Tampo dois clamação.

Merda!

— Comando... escrever: Pam perigo saia agora. Comando, enviar.

A mensagem saiu sem grandes alterações.

Pam, pelo amor de Deus, leia! Suplicou Rhyme, silenciosamente. Olhe para a tela!

Mas a garota estava entretida na conversa. A expressão do rosto já não estava despreocupada. A conversa era séria.

Rhyme ligou para o número de emergência 911 e a telefonista assegurou que um carro da polícia chegaria ao endereço em cinco minutos. O invasor, porém, estava a poucos segundos de distância de Pam, que não suspeitava de nada.

Rhyme sabia que era 522, claro. Ele havia torturado Malloy para conseguir informações sobre todos eles. Amelia Sachs era a primeira da lista de vítimas. Mas não ia ser Sachs quem morreria, e sim aquela menina inocente.

O coração de Rhyme batia furiosamente, deflagrando uma feroz e latejante dor de cabeça. Tentou novamente o telefone. Ligou quatro vezes.

— Alô, aqui é Amelia. Por favor, deixe sua mensagem depois do sinal.

Outra vez a mensagem de texto. *Pam ligue para mim ponto. Lincoln ponto.*

O que diria, se ela atendesse a ligação? Sachs tinha armas em casa, mas ele não sabia onde estavam. Pam era fisicamente forte e o invasor não parecia ser muito mais corpulento do que ela. No entanto, estava armado. Na posição em que estava, poderia passar um garrote pelo pescoço dela ou esfaqueá-la antes que ela sequer percebesse sua presença.

E tudo aconteceria diante dos olhos dele.

Finalmente, ela começou a voltar o corpo na direção do computador. Veria a mensagem.

Muito bem, continue a virar-se.

Rhyme viu uma sombra no chão da sala. O assassino estaria se aproximando?

Ainda falando ao celular, Pam se aproximou do computador, mas olhava o teclado e não a tela.

Levante os olhos, urgiu Rhyme, silenciosamente.

Por favor! Leia a maldita mensagem!

Mas como todos os adolescentes hoje em dia, Pam não precisava olhar a tela para ter certeza de que estava digitando corretamente. Com o telefone preso entre o queixo e o ombro, ela percorria rapidamente as teclas com os dedos.

Preciso ir! Até logo sr Rhyme, bjs!

A tela ficou às escuras.

Amelia Sachs se sentia desconfortável vestida com o macacão Tyvek de cena de crime, touca de cirurgião e botas curtas. Além de claustrofobia, sentia náuseas com o cheiro acre de papel úmido, sangue e suor no armazém.

Não conhecia bem o capitão Joseph Malloy, mas como dissera Sellitto, ele era "um de nós". Ficou horrorizada ao ver o que 522 fizera com ele para extrair as informações que queria. Estava quase terminando o exame da cena, levando os sacos de evidências para fora, infinitamente agradecida pelo ar fresco, ainda que cheirasse a escapamento de diesel.

Continuava a ouvir a voz do pai. Quando era menina, olhara certa vez para o quarto do casal e vira o pai vestido com o uniforme de gala de patrulheiro, enxugando as lágrimas. Aquilo a impressionou, pois nunca o tinha visto chorar. Ele acenou para que ela entrasse. Hermann Sachs sempre tinha sido sincero com a filha e a fez se sentar em uma cadeira ao lado da cama, explicando que um amigo, também policial, tinha levado um tiro e morrera ao tentar impedir um roubo.

— Amie, nessa atividade todos são membros de uma família. Você provavelmente passa mais tempo com os companheiros de trabalho do que com sua mulher e seus filhos. Sempre que um colega morre, você morre um pouco também. Não importa, patrulheiros ou chefes, todos pertencem à mesma família e sentem a mesma dor quando perdem alguém.

Ela agora sentia a dor de que ele falara. Sentia muito profundamente.

— Terminei — disse Sachs à equipe de cena de crime, cujos integrantes a esperavam ao lado da van. Ela havia examinado a cena sozinha, mas os agentes do Queens tinham feito vídeos e fotos, e processado as cenas do crime secundárias — os prováveis caminhos de entrada e saída.

Com um aceno à legista de plantão e aos agentes da equipe dela, Sachs disse:

— Pronto, podem levá-lo para o necrotério.

Os homens vestidos de macacões e luvas verdes entraram no armazém. Ao colocar as provas nas caixas para serem levadas ao laboratório de Rhyme, Sachs fez uma pausa.

Alguém a estava observando.

Ela ouvira um tilintar de metal sobre metal, concreto ou vidro, vindo de um beco vazio. Olhando de relance, achou que tinha visto uma figura que se ocultava no portão de carga de uma fábrica deserta, que havia desabado anos antes.

Procure com cuidado, mas preste atenção na retaguarda...

Lembrou-se da cena no cemitério, quando o assassino a vigiara usando o quepe de policial e sentiu a mesma inquietação que a assaltara na ocasião. Largou os sacos e entrou no beco, com a mão na pistola.

Não viu ninguém.

Paranoia.

— Detetive? — chamou um dos técnicos.

— Já vou — respondeu ela, com leve irritação na voz.

O técnico de cena de crime disse:

— Desculpe, é uma chamada do detetive Rhyme.

Ela sempre desligava o telefone quando trabalhava em cenas de crime, e assim evitava distrações.

— Diga que ligarei de volta.

— Detetive, ele disse que é a respeito de uma pessoa chamada Pam. Houve um incidente em sua casa. A senhora precisa ir já para lá.

CAPÍTULO **TRINTA E NOVE**

ESQUECENDO A DOR NOS JOELHOS, Amelia Sachs entrou em casa correndo.

Passou pelos policiais que estavam à porta, sem sequer dar um aceno de cabeça.

— Onde?

Um dos homens apontou para a sala.

Sachs correu para lá, e encontrou Pam deitada no sofá. A moça ergueu os olhos, com o rosto pálido.

A agente se sentou ao lado dela.

—Você está bem?

—Tudo bem. Um pouco assustada, só.

— Não está machucada? Posso abraçar você?

Pam riu e Sachs a apertou com os dois braços.

— O que aconteceu?

— Alguém entrou sem que eu visse. Estava aqui comigo na sala, Sr. Rhyme o via pela webcam. Ele ficou ligando, e talvez no quinto toque, ou por aí, eu atendi e ele me disse que começasse a gritar e saísse correndo.

— Foi o que você fez?

— Na verdade, não exatamente. Corri para a cozinha e peguei uma faca. Estava com raiva. Ele escapou.

Sachs olhou para um detetive da delegacia do Brooklyn, um negro baixo, que dizia com voz de barítono:

— Ele já não estava mais aqui quando chegamos. Os vizinhos não viram nada.

Então havia sido mesmo a imaginação dela, na cena do crime do armazém onde Joe Malloy fora morto. Ou talvez fosse algum menino ou um bêbado, curioso para ver o que os policiais estavam fazendo ali. Depois de matar Malloy, 522 tinha ido para a casa dela, para procurar arquivos e informações ou para terminar a tarefa que começara: matá-la.

Sachs percorreu a casa com o detetive e Pam. A escrivaninha tinha sido revistada, mas nada parecia estar faltando.

— Pensei que talvez fosse Stuart — confessou Pam, respirando fundo. — Eu acho que acabei o namoro com ele.

— Acabou?

Ela assentiu.

— Melhor para você... Mas não era ele?

— Não. O sujeito que entrou aqui usava roupas diferentes e não tinha o mesmo corpo de Stuart. Ele é mesmo um filho da mãe, mas não iria invadir a casa de ninguém.

— Você conseguiu vê-lo bem?

— Não. Ele se virou e correu antes que eu pudesse vê-lo direito.

Ela reparara somente nas roupas que ele usava.

O detetive do Brooklyn explicou que Pam descrevera o invasor como do sexo masculino, branco ou mulato de pele clara, de estatura e porte medianos, usando jeans e paletó esporte azul-escuro. O policial ligara para Rhyme depois que ficara sabendo da ligação pela webcam, mas o criminalista vira somente uma vaga forma no corredor.

Encontraram a janela pela qual ele entrara. Sachs tinha um sistema de alarme, mas Pam o havia desligado ao entrar.

A policial olhou em torno de si. A raiva e o desapontamento que sentira ao saber da morte horrível de Malloy desapareceram, sendo substituídos pela mesma inquietação e vulnerabilidade que percebera no cemitério, no armazém onde Malloy morrera, na SSD... na verdade, em toda parte desde que haviam começado a perseguir 522. Era como na cena perto da casa de DeLeon. Ele a estaria vigiando agora?

Viu movimento fora da casa, um reflexo de luz.

Seriam folhas agitadas pelo vento na rua, ou janelas próximas refletindo a pálida luz do sol?

Ou seria 522?

— Amelia? — chamou Pam em voz baixa, olhando em volta e também nervosa. — Está tudo bem?

Isso trouxe Sachs de volta à realidade. Trate de agir, e depressa. O assassino tinha estado ali, e não fazia muito tempo. Que merda, encontre alguma coisa útil.

— Claro, querida. Tudo bem.

Um patrulheiro do distrito local perguntou:

— Detetive, quer que alguém da equipe de cena do crime dê uma olhada?

— Não se preocupe — respondeu ela, com um olhar para Pam e um sorriso forçado. — Cuidarei disso.

Sachs trouxe o equipamento portátil de cena do crime, que estava na mala do carro, e fez a busca com Pam.

Bem, na verdade Sachs fez a busca, mas Pam, mantendo-se fora do perímetro, descreveu exatamente onde o assassino havia estado. Embora a voz estivesse trêmula, a garota a conduziu com frieza e eficiência.

Corri para a cozinha e peguei uma faca.

Como Pam estava na casa, Sachs pediu a um dos patrulheiros que montasse guarda no jardim, por onde o assassino escapara. Isso não a fez esquecer completamente suas preocupações, especialmente devido à extraordinária capacidade de 522 de espionar suas vítimas, descobrir tudo sobre elas e aproximar-se. Ela queria fazer o exame da cena e levar Pam dali o mais rápido possível.

Ajudada pela adolescente, Sachs pesquisou os pontos por onde ele passara, mas não encontrou indícios dentro da casa. Ou o assassino usara luvas ao entrar ou não tocara nenhuma superfície receptiva. Os rolos adesivos não revelaram traços de material estranho.

— Por onde ele saiu? — perguntou Sachs.

— Vou mostrar. — Pam olhou para o rosto de Sachs, que aparentemente revelava sua relutância em expor a adolescente a outros perigos. — É melhor do que simplesmente dizer.

Sachs concordou com a cabeça e ambas se dirigiram ao jardim. Olhou em volta cuidadosamente e perguntou ao patrulheiro:

— Está vendo alguma coisa?

— Não. Mas devo dizer que quando a gente acha que alguém está nos observando, a gente vê alguém observando.

— É o que dizem.

O guarda indicou com o polegar uma fileira de janelas apagadas, do outro lado do beco, e depois uma moita espessa de azaleias e outros arbustos.

— Procurei ali. Não encontrei nada, mas vou continuar.

— Obrigada.

Pam mostrou a Sachs o trajeto que 522 fizera para escapar e a detetive começou a percorrer a cena em linhas retas.

— Amelia?

— O quê?

— Eu me comportei mal, sabe? O que disse a você ontem... Eu me senti meio desesperada, ou algo assim. Fiquei em pânico... Acho que o que quero dizer é... Desculpe.

— Você foi muito comedida.

— Não me senti muito comedida.

— O amor nos faz ficar estranhos, querida.

Pam riu.

— Mais tarde conversaremos sobre isso. Talvez hoje à noite, dependendo de como vai prosseguir este caso. Vamos jantar juntas.

— Claro.

Sachs continuou o exame, esforçando-se para esquecer a inquietação, a sensação de que 522 ainda estava por ali. Mas apesar de seu empenho, a busca não foi frutífera. O chão era principalmente de cascalho e ela não encontrou pegadas, a não ser uma única, perto do portão pelo qual ele passara do jardim para o beco. Havia somente a marca de uma ponta de sapato — ele estava correndo — inútil para a investigação. Não encontrou marcas recentes de pneus.

Mas, ao voltar ao jardim, viu algo branco nas heras e pervincas que cobriam o chão, exatamente na posição em que teria ficado se caísse do bolso de 522 quando ele saltou por cima do portão trancado.

— Encontrou alguma coisa?

— Talvez.

Com uma pinça, Sachs recolheu um pequeno pedaço de papel. Voltando à casa, montou a mesa portátil de exame e começou a trabalhar. Espalhou ninhidrina sobre o retângulo de papel e depois de colocar óculos, iluminou-o com uma fonte alternativa de luz. Ficou desapontada ao não ver impressões digitais.

— Isso é útil? — perguntou Pam.

— Pode ser. Não vai nos revelar o endereço dele, mas as evidências raramente produzem esse resultado. Se fosse assim — prosseguiu ela, sorrindo —, não seria preciso haver gente como Lincoln e eu, não é verdade? Vou verificar melhor.

Pegou a caixa de ferramentas e retirou uma furadeira elétrica, que usou como chave de fenda para fechar a janela quebrada com parafusos. Ergueu os olhos e ligou o alarme.

Tinha ligado antes para Rhyme e contado que Pam estava bem, mas agora queria que ele soubesse que havia uma possível pista. Pegou o celular, mas antes de ligar fez uma pausa na calçada e olhou em volta.

— O que aconteceu, Amelia?

Ela colocou o telefone de volta no cinto.

— Meu carro.

O Camaro tinha desaparecido. Sachs sentiu uma onda de preocupação. O olhar passeou pela rua, e a mão segurou o cabo da Glock. O 522 estaria por ali? Teria roubado o carro?

O patrulheiro estava justamente saindo do jardim e ela perguntou se ele tinha visto alguém.

— Aquele carro, aquele carro velho? Era seu?

— É meu, e acho que o criminoso o levou.

— Lamento, detetive. Acho que foi rebocado. Eu teria dito alguma coisa se soubesse que era seu.

— Rebocado? — Talvez ela tivesse esquecido de colocar no painel a placa do DPNY.

Ela e Pam caminharam pela rua até onde estava o Honda Civic meio gasto da adolescente e foram à delegacia local. O sargento de plantão, que ela conhecia, já tinha ouvido falar da invasão.

— Oi, Amelia. Os rapazes percorreram a área com cuidado. Ninguém viu o suspeito.

— Escute, Vinnie, meu carro desapareceu. Estava em frente ao hidrante na rua onde eu moro.

— Carro da polícia?

— Não.

— Era o velho Chevrolet?

— Era.

— Ah, não. Que chato.

— Alguém disse que foi rebocado. Não sei se coloquei a placa de serviço oficial no painel.

— Mesmo assim, ele devia ter verificado a placa, para saber a quem pertence. Isso é uma merda. Opa. Me desculpe, mocinha.

Pam sorriu para demonstrar ser imune a palavrões, que ela própria dizia de vez em quando.

Sachs informou ao sargento o número da placa. Ele deu alguns telefonemas e verificou no computador.

— Não, não foi por causa de estacionamento proibido. Espere um pouco — pediu, fazendo novas ligações.

Filho da puta, pensou ela. Não podia ficar sem o carro. Precisava desesperadamente verificar a pista que encontrara na casa.

A frustração, no entanto, se transformou em preocupação ao ver a expressão do rosto de Vinnie.

— Tem certeza? Está bem. Para onde foi? Bem, ligue para mim logo que souber — disse ele, desligando.

— Que houve?

— O Camaro foi comprado com financiamento?

— Financiado? Não.

— É estranho. Uma equipe da empresa de financiamento o pegou.

— Alguém o *confiscou*?

— Segundo o que dizem, você não paga as prestações há seis meses.

— Vinnie, o carro é modelo 1969. Meu pai o comprou à vista em 1970. Nunca passou por financiamento. Quem eles dizem que é o financiador?

— Meu colega não sabia. Vai verificar e ligar de volta. Assim descobrirá para onde o levaram.

— É a última coisa de que eu precisava. Tem um carro aqui?

— Negativo.

Ela agradeceu e saiu, com Pam ao lado.

— Se houver um só arranhão, cabeças vão rolar — resmungou ela. Poderia ser coisa de 522? Isso não a surpreenderia, embora ela não pudesse imaginar como ele conseguiria fazer uma coisa dessas.

Sentiu outra onda de inquietação ao ver o quanto ele chegara próximo dela, quanta informação sobre ela era capaz de acessar.

O homem que sabe tudo.

— Pode me emprestar seu Civic? — perguntou ela a Pam.

— Claro, mas por favor me deixe na casa de Rachel. Vamos fazer o dever de casa juntas.

— Escute, meu bem, que tal um dos rapazes da delegacia acompanhar você até a cidade?

— Claro. Por quê?

— Esse sujeito já sabe demais a meu respeito. Acho que é melhor manter uma certa distância.

Sachs voltou à delegacia junto com a adolescente para combinar o transporte. Novamente na rua, olhou para ambas as direções. Não havia sinal de ninguém que a observasse.

Ergueu os olhos rapidamente ao notar movimento em uma janela do outro lado da rua. Pensou imediatamente no logotipo da SSD — a janela na torre de vigia. A pessoa que olhara para fora era uma mulher idosa, mas isso não impediu que Sachs sentisse novamente um arrepio correr-lhe pela espinha. Apressou o passo para entrar no carro de Pam e ligou o motor.

CAPÍTULO **QUARENTA**

COM UM ESTALO DE SISTEMAS que se desligavam, sem a sua energia vital, a casa ficou às escuras.
— Que diabos está acontecendo? — gritou Rhyme.
— Estamos sem energia — respondeu Thom.
— Isso eu já percebi — retorquiu o criminalista. — O que quero saber é por quê.
— Não estávamos rodando a cromatografia gasosa — avisou Mel Cooper, em tom defensivo. Olhou pela janela, como se quisesse verificar se o restante do bairro também ficara às escuras, mas como ainda estava claro, não dava para saber.
— Não podemos ficar fora do ar agora. Que merda, resolvam isso!
Rhyme, Sellitto, Pulaski e Cooper permaneceram na sala escura e silenciosa, enquanto Thom foi até o corredor para fazer uma ligação no celular. Logo, estava falando com alguém da companhia de energia elétrica.
— Isso é impossível. Eu pago a contas pela internet, todos os meses. Nunca deixei de pagar uma. Tenho os comprovantes... Bem, estão no computador e não posso acessá-los porque não há eletricidade, não é verdade? Os extratos bancários, claro, mas, da mesma forma, como posso mandá-los por fax se não há energia? Não sei onde tem uma loja da Kinko...
— Foi ele, vocês sabem — disse Rhyme aos demais.
— O 522? Ele fez com que desligassem a energia?
— Claro. Ele descobriu quem eu sou e onde moro. Malloy deve ter dito que aqui era nosso posto de comando.

O silêncio era assustador. A primeira coisa em que Rhyme pensou foi em sua vulnerabilidade. Os aparelhos dos quais ele dependia eram agora inúteis e ele não tinha como se comunicar, como trancar ou destrancar as portas e como usar o sistema de emergência. Se o blecaute continuasse e Thom não pudesse recarregar a bateria da cadeira de rodas, ele ficaria inteiramente imobilizado.

Não recordava a última vez em que se sentira tão vulnerável. Mesmo a presença de outras pessoas em torno de si não afastava a preocupação. O 522 era uma ameaça a qualquer pessoa, em qualquer lugar.

Ponderava também se o blecaute poderia ser apenas uma distração ou se seria o prelúdio de um ataque.

— Fiquem alerta, todos — preveniu ele. — Ele pode estar querendo nos atacar.

Pulaski olhou pela janela. Cooper também.

Sellitto puxou o celular e ligou para alguém na cidade. Explicou a situação. Fez cara de desânimo — Sellitto não costumava ser estoico — e terminou a conversa dizendo:

— Bem, não me importo. Custe o que custar. Esse sujeito é um assassino e não podemos fazer nada para pegá-lo sem a merda da eletricidade... Obrigado.

— Thom, conseguiu alguma coisa?

— Não. — Foi a resposta abrupta do assistente.

— Merda. — Rhyme pensou em outra coisa: — Lon, ligue para Roland Bell. Acho que precisamos de proteção. 522 atacou Pam e também Amelia. — O criminalista acenou com a cabeça para o monitor apagado. — Ele sabe tudo sobre nós. Quero agentes na casa da mãe de Amelia, na casa dos tutores de Pam, na de Pulaski, na da mãe de Mel e na sua casa também, Lon.

— Acha que o risco é muito grande? — perguntou o corpulento detetive. Depois balançou a cabeça. — Que merda estou dizendo? É claro que é.

Pegou as informações — endereços e telefone — e ligou para Bell, pedindo que arranjasse policiais. Depois de desligar, disse:

— Vai levar algumas horas, mas ele vai conseguir.

Uma batida forte na porta rompeu o silêncio. Ainda segurando o telefone, Thom começou a dirigir-se para ela.

— Espere! — bradou Rhyme.

O ajudante parou.

— Pulaski, vá com ele — disse Rhyme, indicando com a cabeça a pistola na cintura do novato.

— Claro.

Os dois entraram no vestíbulo. Rhyme ouviu uma conversa abafada e um momento depois dois homens vestidos de terno, com cabelos aparados e rostos carrancudos, entraram na casa, olhando curiosamente em torno de si — primeiro para Rhyme e depois para o restante do laboratório, surpresos com a quantidade de equipamentos científicos ou com a ausência de luz, ou com ambas as coisas.

— Estamos procurando o tenente Sellitto. Disseram-nos que estava aqui.

— Sou eu. Quem são vocês?

Houve apresentação de distintivos, patentes e nomes. Eram dois sargentos detetives do DPNY. Trabalhavam na Divisão de Assuntos Internos.

— Tenente — começou o mais velho dos dois —, estamos aqui para confiscar seu distintivo e sua arma. Sou obrigado a informar que os resultados foram confirmados.

— Desculpe. Do que está falando?

— O senhor está oficialmente suspenso. Neste momento não está sob prisão, mas recomendo que fale com um advogado — ou seu advogado particular ou alguém da defensoria pública.

— Que merda é essa?

O agente mais jovem franziu a testa.

— O teste de drogas.

— O quê?

— O senhor não precisa negar coisa alguma para nós. Só fazemos o trabalho de campo, recuperamos os distintivos e as armas e informamos os suspeitos sobre a suspensão.

— Que merda de teste é esse?

O mais velho olhou para o mais jovem. Aparentemente nunca tinha havido uma situação como aquela.

Claro que nunca tinha havido. Rhyme compreendeu que tudo aquilo tinha sido arquitetado por 522.

— Detetive, na verdade o senhor não precisa tomar nenhuma providência...

— Eu pareço estar tomando alguma merda de providência?

— Bem, segundo a ordem de suspensão, o senhor se submeteu a um teste na semana passada. Os resultados acabam de chegar e revelam um grau elevado de narcóticos em seu corpo. Heroína, cocaína e psicotrópicos.

— Submeti-me ao teste, como todos os demais colegas do departamento. Não é possível que o resultado seja positivo porque eu não uso merda nenhuma de drogas. Nunca usei a merda das drogas... Ora, que merda — protestou o corpulento policial, com raiva, rosto torcido em desagrado. Indicou com o dedo o prospecto da SSD.

— Essa firma tem empresas que fazem testes de drogas e verificação de antecedentes. Ele deu um jeito de entrar no sistema e alterou meus dados. Os resultados são falsos.

— Seria muito difícil fazer isso.

— Bem, ele fez.

— O senhor ou seu advogado podem alegar isso em sua defesa, na audiência. Repito, queremos apenas seu distintivo e sua arma. Aqui está a documentação. Bem, espero que isso não seja um problema. O senhor não quer acrescentar mais dificuldades, não é verdade?

— Merda. — O detetive corpulento e amarrotado entregou a arma, um revólver de estilo antigo, e o distintivo. — Dê-me a merda dos documentos — exigiu, puxando-os da mão do mais jovem enquanto o mais velho preparava um recibo e o entregava. Em seguida retirou as balas e colocou-as em um envelope grosso, junto com a arma.

— Obrigado, detetive. Passe bem.

Depois que eles saíram, Sellitto abriu o celular e ligou para o chefe da Divisão de Assuntos Internos. O homem não estava e ele deixou uma mensagem. Em seguida chamou seu próprio escritório. Aparentemente seu assistente, que trabalhava também com vários outros detetives no Departamento de Casos Importantes, tinha sabido da notícia.

— Sei que isso é falso. Eles... O quê? Ah, ótimo. Ligarei quando descobrir o que está acontecendo. — Fechou o telefone com tanta fúria que Rhyme receou que ele o tivesse quebrado. Ergueu as sobrancelhas. — Eles confiscaram tudo o que havia em minha escrivaninha no escritório.

— Como diabos é possível lutar contra uma pessoa como essa? — questionou Pulaski.

Nesse momento Rodney Szarnek ligou para o celular de Sellitto.

— Vocês estão tendo problemas com a linha fixa?

— O filho da mãe derrubou a eletricidade. Estamos cuidando do assunto. Alguma novidade?

— Encontramos alguma coisa na lista de clientes da SSD que estava no CD. Um dos clientes baixou várias páginas de dados sobre todas as vítimas e pessoas incriminadas na véspera de cada crime.

— Quem é o cliente?

— O nome é Robert Carpenter.

— Certo. Ótimo — falou Rhyme. — O que sabe sobre ele?

— Só vi que ele tem uma empresa em Midtown. Armazéns Associados.

Armazéns? Joseph Malloy tinha sido assassinado em um armazém. Haveria alguma ligação?

— Você tem um endereço?

O especialista em computadores deu a informação.

Após desligar, Rhyme notou a expressão de Pulaski. O jovem policial disse:

— Acho que nós o vimos ontem na SSD.

— Quem?

— Carpenter. Quando estivemos lá ontem. Um homem alto e calvo. Estava em reunião com Sterling. Não parecia muito satisfeito.

— O que quer dizer com isso?

— Não sei. Foi só uma impressão.

— Isso não é muito útil — queixou-se Rhyme. — Mel, verifique esse Carpenter.

Cooper ligou para a central de polícia pelo celular. Falou durante alguns minutos próximo à janela, para aproveitar a luz, e tomou algumas notas. Desligou.

— Você não costuma gostar da palavra "interessante", Lincoln, mas é o que isto parece. Recebi resultados do Centro Nacional de Informações Criminais e da base de dados do departamento. Robert Carpenter. Mora no Upper East Side. Solteiro. E mais uma coisa: tem passagem pela polícia. Algum tipo de fraude com cartões de crédito e cheques sem fundos. Ficou seis meses preso em Waterbury. Foi também indiciado em um esquema de extorsão empresarial. As acusações foram retiradas, mas ele ficou enlouquecido quando vieram prendê-lo, e tentou agredir o policial. Essa acusação foi retirada porque ele concordou em frequentar sessões de aconselhamento para distúrbio emocional.

— Distúrbio emocional? — repetiu Rhyme, assentindo com a cabeça. — E, além disso, ele tem uma empresa no ramo de armazéns. Seria o tipo de negócio adequado para um acumulador. OK, Pulaski, descubra onde esteve esse Carpenter quando a casa de Amelia foi invadida.

— Sim, senhor. — Pulaski ia levantar o telefone quando o aparelho tocou. Ele olhou para o identificador da chamada e atendeu. — Alô, queri... O quê? Ei, Jenny, fique calma.

Ah, não... Lincoln Rhyme percebeu que 522 atacara em outra frente.

— O quê? Onde é que você está? Fique tranquila, é apenas um engano. — A voz do novato estava trêmula. — Vamos já cuidar disso... Dê-me o endereço... Certo, já vou para aí.

Fechou o telefone de um golpe e fechou momentaneamente os olhos.

— Preciso sair agora.

— Qual é o problema? — perguntou Rhyme.

— Jenny foi presa pelo Serviço de Imigração.

— Imigração?

— O nome dela apareceu numa lista de pessoas a serem vigiadas pelo Serviço Nacional de Segurança. Eles dizem que ela entrou ilegalmente no país e é considerada um risco à segurança.

— Mas ela não é...?

— Nossos tataravôs já eram cidadãos deste país — disparou Pulaski. — Meu Deus. — Os olhos do jovem policial mostravam desorientação. — Brad está na casa da mãe de Jenny, mas o bebê está com ela agora. Está sendo levada para a detenção, e talvez queiram ficar com o bebê. Se fizerem isso... Ah, meu Deus. — O rosto dele assumiu expressão de desespero. — Preciso ir agora.

O olhar do novato deixava claro para Rhyme que nada poderia impedi-lo de ir ao encontro da mulher.

— Tudo bem, vá. E boa sorte.

Pulaski saiu rapidamente da casa.

Rhyme fechou os olhos por um instante.

— Ele está nos pegando um a um, como um atirador de elite. — Fechou a expressão e prosseguiu: — Pelo menos Sachs chegará a qualquer momento. Ela poderá fazer a verificação de Carpenter.

Naquele momento houve novas batidas na porta. Rhyme se alarmou, abrindo os olhos. O que era agora?

Pelo menos desta vez não era um novo problema arquitetado por 522.

Dois oficiais do laboratório criminal do Queens entraram, trazendo uma caixa grande que Sachs havia entregado a eles antes de correr para sua própria casa. Eram as evidências da cena do assassinato de Malloy.

— Olá, detetive. Sabe que a campainha não está funcionando? E que estão sem luz?

— Estamos perfeitamente cientes disso — respondeu Rhyme, com frieza.

— Bem, aqui está a encomenda.

Depois que os agentes saíram, Mel Cooper colocou a caixa na mesa de exame e retirou as evidências e a câmera digital de Sachs, que deveria conter fotos da cena.

— Isso ajuda muito — disse Rhyme, sarcasticamente, indicando com o queixo o computador silencioso e sua tela apagada. — Talvez possamos expor o cartão de memória à luz do sol.

Olhou para as evidências — uma pegada de sapato, algumas folhas, fita adesiva e envelopes com vestígios. Era preciso examiná-las o mais depressa possível. Como não eram plantadas, poderiam fornecer uma pista final sobre o paradeiro de 522. Porém, sem poder usar o equipamento de análise e nem comparar com as bases de dados, os sacos serviam apenas como pesos de papel.

— Thom — bradou Rhyme. — E a energia?

— Ainda estou esperando — gritou o ajudante do vestíbulo às escuras.

Ron Pulaski sabia que provavelmente não era boa ideia, mas estava descontrolado.

E era preciso muita coisa para deixá-lo descontrolado.

Ainda assim, estava furioso. Aquilo era inacreditável, além de tudo o que ele jamais sentira. Ao entrar para a polícia, esperava de vez em quando receber alguns socos e ameaças, mas nunca imaginara que sua carreira poderia pôr Jenny em perigo e muito menos as crianças.

Por isso, apesar de disciplinado e obediente aos regulamentos — o sargento Friday —, ele ia agir por conta própria, sem falar com Lincoln Rhyme e o detetive Sellitto, e tampouco com sua mentora, Amelia Sachs. Eles não gostariam do que ele pretendia fazer, mas Ron Pulaski estava desesperado.

Assim, a caminho do centro de detenção do Departamento de Imigração, no Queens, ele ligara para Mark Whitcomb.

— Ei, Ron — disse o homem. — O que está acontecendo? Você parece aflito. Está sem fôlego.

— Tenho um problema, Mark. Por favor. Preciso de ajuda. Minha mulher está sendo acusada de ser imigrante ilegal. Disseram que o passaporte dela é falso e que ela é um risco para a segurança. É uma loucura.

— Mas ela é cidadã, não é?

— A família dela já está neste país há várias gerações. Mark, nós achamos que esse assassino que estamos perseguindo invadiu seu sistema. Ele fez com que o teste de drogas de um dos detetives desse positivo... E agora provocou a prisão de Jenny. É possível fazer isso?

— Ele deve ter trocado a ficha dela pela de alguém que esteja na lista de suspeitos, e depois feito uma denúncia por telefone... Escute, conheço algumas pessoas na Imigração. Posso falar com alguém. Onde você está?

— A caminho do centro de detenção no Queens.

— Daqui a vinte minutos me encontrarei com você lá.

— Obrigado, mesmo. Eu não sei o que fazer.

— Não se preocupe, Ron. Vamos dar um jeito.

Agora, esperando Whitcomb, Ron Pulaski caminhava de lá para cá na calçada diante do Centro de Detenção, ao lado de uma tabuleta que informava que o serviço agora era dirigido pelo Departamento de Segurança Nacional. Pulaski lembrou-as das notícias que ele e Jenny tinham visto na TV sobre imigrantes ilegais, e como eles pareciam aterrorizados.

O que estaria acontecendo com sua mulher naquele momento? Ficaria detida por dias, ou semanas, em algum tipo de purgatório burocrático? Pulaski tinha vontade de sair gritando.

Acalme-se. Seja inteligente. Amelia Sachs sempre dizia isso.

Seja inteligente.

Finalmente, graças a Deus, Pulaski viu Mark Whitcomb aproximando-se a pé, com expressão de urgência e preocupação no rosto. Não sabia exatamente o que ele poderia fazer para ajudá-lo, mas esperava que o Departamento de Conformidade possuísse ligações com o governo, fosse capaz de influir na Segurança Nacional e conseguisse libertar sua mulher e seu filho, pelo menos até que o assunto fosse oficialmente resolvido.

Sem fôlego, Whitcomb o alcançou.

— Descobriu mais alguma coisa?

— Liguei há dez minutos. Eles estão lá dentro. Eu não disse nada. Estava esperando por você.

— Você está bem?

— Não. Estou muito nervoso, Mark. Obrigado pela ajuda.

— Tudo bem — respondeu o funcionário do Departamento Legal. — Vai dar tudo certo, Ron. Não se preocupe. Acho que eu consigo dar um jeito. — Olhou Pulaski nos olhos. Era apenas ligeiramente mais alto do que Andrew Sterling. — Mas... Isso é muito importante para você, não é? Tirar Jenny de lá?

— Claro, Mark. Isso é como um pesadelo.

— Está bem. Venha por aqui. — Whitcomb fez Pulaski contornar a esquina e entrar em um beco. — Preciso pedir um favor, Ron — sussurrou ele.

— Tudo o que eu puder fazer.

— Sério? — A voz dele soava estranhamente suave e calma, e os olhos tinham um brilho que Pulaski não vira antes. Era como se ele tivesse deixado de representar e agora se mostrasse como realmente era.

— Sabe, Ron, às vezes temos de fazer coisas que achamos que não são certas. No fim, no entanto, é por uma boa causa.

— O que quer dizer?

— Para ajudar sua mulher, você terá de fazer uma coisa que talvez não ache ser correta.

O policial ficou em silêncio, com os pensamentos em torvelinho. Onde aquilo iria parar?

— Ron, é preciso abortar esse caso.

— Que caso?

— A investigação de homicídio.

— Abortar? Não entendo.

— Parar com a investigação. — Whitcomb olhou em volta e murmurou: — Sabote-o. Destrua as pistas. Dê pistas falsas. Faça-os tomar qualquer rumo, menos a SSD.

— Não estou entendendo, Mark. Está brincando?

— Não, Ron. Estou falando sério, de verdade. Esse caso precisa parar, e você pode fazer isso.

— Não posso.

— Claro que pode. Isto é, se quiser que Jenny saia daí — ameaçou ele, com um aceno na direção do centro de detenção.

Não, não... Ele era 522. Whitcomb era o assassino! Usara as senhas de seu chefe, Sam Brockton, para penetrar no innerCircle.

Instintivamente, Pulaski estendeu a mão para sua arma.

Mas Whitcomb foi o primeiro a sacar. Uma pistola preta apareceu em sua mão.

— Não, Ron. Isso não vai nos levar a lugar algum.

Whitcomb tirou a Glock de Pulaski da cartucheira e a enfiou no cinto.

Como o jovem policial poderia ter cometido aquele gravíssimo erro de julgamento? Seria por causa do ferimento na cabeça? Ou seria apenas burrice? Whitcomb tinha fingido que era seu amigo, o que o deixava triste tanto quanto espantado. Trouxera café para ele, defendera-o diante de Cassel e Gillespie, sugerira um encontro social entre os dois, ajudara com os registros de ponto... Tudo aquilo tinha sido uma tática para aproximar-se de Pulaski e usá-lo.

— Tudo aquilo era mentira, não é, Mark? Você não passou a infância no Queens, não é mesmo? E não tem um irmão na polícia?

— Não para as duas perguntas — respondeu Whitcomb, com expressão dura no rosto. — Tentei fazer você compreender, Ron, mas você não quis cooperar comigo. Merda. Você poderia ter feito isso. Agora veja o que me obrigou a fazer.

O assassino empurrou Pulaski, fazendo-o entrar mais ainda no beco.

CAPÍTULO QUARENTA E UM

AMELIA SACHS ESTAVA NO CENTRO da cidade, atravessando o tráfego e sentindo-se frustrada com a reação barulhenta e insuficiente do motor japonês.

Parecia uma máquina de fazer gelo, mais ou menos com a mesma potência.

Ela havia ligado duas vezes para Rhyme, mas as chamadas caíram direto na caixa postal. Isso raramente acontecia; Lincoln Rhyme evidentemente não costumava sair de casa. Além disso, alguma coisa estranha estava acontecendo no Big Building. O telefone de Sellitto não estava funcionando. E nem ele nem Ron Pulaski atendiam o celular.

Estaria 522 por trás de tudo isso?

Era mais um motivo para agir rapidamente em relação à evidência que descobrira em casa. Ela achava que era importante. Talvez fosse a pista final, a peça que faltava no quebra-cabeças para concluir o caso.

Já estava perto do destino. Ciente do que acontecera ao Camaro, e sem querer colocar em risco também o carro de Pamela — caso 522 tivesse sido responsável pelo confisco, como ela supunha —, Sachs deu a volta no quarteirão até encontrar o mais raro de todos os fenômenos em Manhattan: uma vaga livre, em lugar permitido.

Ora vejam só.

Talvez fosse um bom sinal.

— Por que está fazendo isso? — sussurrou Ron Pulaski para Mark Whitcomb no beco deserto no Queens.

O assassino, no entanto, não deu resposta.

— Escute o que vou dizer.

— Pensei que fôssemos amigos.

— Bem, todos nós pensamos muitas coisas que acabam não se revelando verdadeiras. A vida é assim.

Whitcomb pigarreou. Parecia nervoso, pouco à vontade. Pulaski lembrou-se do que Sachs dissera: o assassino estava sentido a pressão da perseguição, o que o fazia ficar descuidado. Mas isso também o tornava mais perigoso.

Pulaski estava ofegante.

Whitcomb olhou novamente em volta, com rapidez, e depois para o jovem policial. Empunhava firmemente a arma e era óbvio que sabia como usá-la.

— Está prestando atenção?

— Droga, estou ouvindo.

— Não quero que essa investigação prossiga. É hora de parar.

— Como, parar? Sou patrulheiro. Como posso parar alguma coisa?

— Eu já disse. Sabote-a. Faça desaparecer algumas pistas. Oriente os outros na direção errada.

— Não vou fazer isso — murmurou o agente, em tom de desafio.

Whitcomb balançou a cabeça, com ar quase enojado.

— Vai, sim. Pode fazê-lo por bem ou por mal.

— E minha mulher? Você pode tirá-la de lá?

— Posso fazer tudo o que quiser.

O homem que sabe tudo...

O jovem policial fechou os olhos, rangendo os dentes como fazia quando era criança. Olhou para o prédio onde Jenny estava detida.

Jenny, a mulher que se parecia com Myra Weinburg.

Ron Pulaski resignou-se a fazer o que precisava. Era terrível, era tolice, mas ele não tinha opção. Não tinha saída.

Abaixando a cabeça, anunciou:

— Tudo bem.

— Vai fazer o que eu mandei?

— Já disse que sim — insistiu ele.

— Isso é uma atitude inteligente, Ron. Muito inteligente.

— Mas quero que você prometa — disse Pulaski, hesitando durante uma fração de segundo. Olhou para além de Whitcomb e depois novamente para ele — Quero que prometa que ela e o bebê vão ser libertados hoje.

Whitcomb reparou na direção do olhar do policial e voltou-se ligeiramente para ver. Ao fazê-lo, o cano da arma desviou-se do alvo.

Pulaski resolveu agir e atacou com rapidez. Com a mão esquerda afastou ainda mais a mão que empunhava a arma e levantou a perna, puxando um pequeno revólver preso a uma cartucheira no tornozelo. Amelia Sachs o instruíra a sempre levar uma segunda arma escondida.

O assassino soltou um palavrão e tentou recuar, mas Pulaski manteve o punho dele agarrado com força e girou o braço, atingindo o rosto do adversário com a arma e destruindo cartilagens.

O sangue escorreu e Whitcomb soltou um grito abafado. O funcionário da SSD caiu e Pulaski conseguiu arrancar-lhe a arma dos dedos, mas não conseguiu segurá-la. A pistola negra de Whitcomb correu pelo chão enquanto os dois homens se agarravam num estranho desafio de luta livre. A arma bateu no asfalto sem disparar e Whitcomb, com os olhos arregalados de dor e fúria, empurrou Pulaski contra uma parede e tentou agarrar-lhe a mão.

— Não, não!

Whitcomb atacou com uma cabeçada e Pulaski, recordando o terror do golpe que recebera na própria cabeça anos antes, recuou instintivamente. Foi o suficiente para que Whitcomb conseguisse jogar a segunda pistola de Pulaski para o alto e ao mesmo tempo empunhar a Glock, apontando para a cabeça do jovem policial.

Com isso, ele apenas teve o tempo necessário para iniciar uma prece e fixar na mente a imagem da mulher e dos filhos, um vívido retrato que levaria para o céu.

Finalmente a energia voltou e Cooper e Rhyme logo voltaram a trabalhar nas evidências do assassinato de Joe Malloy. Os dois estavam sozinhos no laboratório. Sellitto tinha ido à cidade, numa tentativa de reverter a suspensão.

As fotos da cena do crime nada revelaram. A marca de sapato era sem dúvida de 522, igual às encontradas anteriormente. Os fragmentos de folhas eram de plantas caseiras: figueira e a sempre-viva chinesa. O resíduo era de terra impossível de ser rastreada, mais um pouco de poeira das Torres Gêmeas e um pó branco que foi identificado como um produto da marca Coffee-mate. A fita adesiva era genérica, sendo impossível rastrear a origem.

Rhyme ficou surpreso com a quantidade de sangue que havia nas provas. Ficou pensando no que Sellitto dissera sobre o capitão.

Ele é um cruzado...

Apesar de professar o distanciamento, Rhyme se sentia profundamente abalado com a morte de Malloy, e com a brutalidade que ele sofrera. A raiva de Rhyme aumentou, e também sua inquietação. Várias vezes olhou pela janela, como se 522 estivesse rondando por ali naquele momento, embora Thom, por ordem dele, houvesse trancado todas as portas e janelas e ligado as câmeras de segurança.

CENA DO ASSASSINATO DE JOSEPH MALLOY

- Sapatos de trabalho Skecher, tamanho 42
- Folhas e plantas caseiras: figueira e sempre-viva chinesa
- Terra, não identificável
- Poeira do atentado ao World Trade Center
- Coffee-mate
- Fita adesiva, genérica, origem não rastreável

— Junte as plantas e o Coffee-mate à lista de pistas não plantadas, Mel.

O técnico se levantou e caminhou para o quadro branco respectivo, juntando os novos dados.

Rhyme sobressaltou-se. Outra batida na porta. Thom foi atender. Mel Cooper afastou-se do quadro branco, com a mão na pistola que trazia à cinta.

Mas o visitante não era 522, e sim um inspetor do Departamento de Polícia de Nova York, Herbert Glenn. Rhyme observou que era um homem de meia-idade e de postura impressionante. O terno era barato, mas os sapatos estavam engraxados à perfeição. Outras vozes se fizeram ouvir no vestíbulo, atrás dele.

Após as apresentações, Glenn disse:

— Infelizmente tenho de falar com você sobre um agente de sua equipe.

Sellitto? Ou Sachs? O que teria acontecido?

Glenn prosseguiu, com voz calma.

— O nome dele é Ron Pulaski. Trabalha com você, não é verdade?

Ah, não.

O novato...

Pulaski morto, a mulher no inferno burocrático da detenção com o bebê. O que ela faria agora?

— Me fale o que aconteceu!

Glenn olhou para trás, fazendo um gesto para os dois outros homens. Um deles tinha cabelos grisalhos e usava um terno escuro. O outro, mais jovem e mais baixo, estava vestido de forma semelhante, mas tinha uma atadura no nariz. O inspetor apresentou Samuel Brockton e Mark Whitcomb, funcionários da SSD. Rhyme notou que Brockton estava na lista de suspeitos, embora aparentemente tivesse um álibi para o crime de morte/estupro. Whitcomb, ao que ele anunciou, era seu assistente no Departamento Legal.

— Fale sobre Pulaski!

O inspetor Glenn disse:

— Lamento...

O celular dele tocou e ele atendeu. Glenn olhou para Brockton e Whitcomb enquanto falava em voz baixa. Finalmente, desligou.

— Fale o que aconteceu com Ron Pulaski. Quero saber agora!

A campainha da porta soou e Thom e Mel Cooper introduziram outras pessoas no laboratório de Rhyme. Uma delas era um homem tosco, com distintivo do FBI no pescoço e o outro era Ron Pulaski, algemado.

Brockton apontou para uma cadeira e o agente do FBI fez o jovem policial sentar-se. Estava visivelmente abalado, com o uniforme amarrotado e sujo de poeira, com manchas de sangue, porém sem outros ferimentos mais graves. Whitcomb sentou-se também, tocando o nariz, meio sem jeito. Não olhou para ninguém.

Samuel Brockton mostrou sua identidade.

— Sou agente da Divisão Legal do Departamento Federal de Segurança Nacional. Mark é meu assistente. Este policial atacou um agente federal.

— Que estava me ameaçando com uma arma, sem se identificar. Depois, ele...

Divisão Legal? Rhyme nunca tinha ouvido falar. No entanto, no interior do complexo sistema da Segurança Nacional, as organizações surgiam e desapareciam como modelos de automóveis que não davam certo no mercado.

— Pensei que o senhor trabalhasse para a SSD.

— Temos escritórios na SSD, mas somos funcionários do governo federal.

E que diabos estaria fazendo Pulaski? O alívio de Rhyme ia desaparecendo e a irritação crescia.

O novato tentou recomeçar a falar, mas Brockton o fez se calar. Rhyme, porém, disse ao homem do FBI, com severidade:

— Não, deixe-o falar.

Brockton cedeu. Seus olhos revelavam uma paciente confiança que parecia indicar que Pulaski, ou qualquer outra pessoa, poderia dizer o que quisesse e mesmo assim nada o faria mudar de opinião.

O calouro contou ter procurado Whitcomb com a esperança de conseguir libertar Jenny da detenção no serviço de Imigração. O funcionário da SSD havia pedido a ele que sabotasse a investigação sobre 522. Diante da recusa, sacara uma arma e o ameaçara. Pulaski havia acertado o rosto dele com o cabo da sua arma secundária e os dois tinham se atracado.

Rhyme perguntou abruptamente a Brockton e Glenn:

— Por que estão interferindo em nossa investigação?

Somente então Brockton pareceu notar que Rhyme era inválido e em seguida deixou de dar atenção ao fato. Em voz calma de barítono, respondeu:

— Tentamos de maneira sutil. Se o agente Pulaski tivesse concordado, não precisaríamos pegar pesado... Este caso vem causando muita dor de cabeça a muita gente. Eu tinha reuniões no Congresso e no Departamento de Justiça a semana inteira. Fui obrigado a cancelar tudo e correr de volta para cá e descobrir que merda estava acontecendo... E essa conversa não é oficial, OK?

Rhyme murmurou seu acordo e Cooper e Pulaski fizeram o mesmo.

— O Departamento de Conformidade faz análises de riscos e fornece segurança a empresas particulares que possam ser alvo de terroristas: as grandes corporações no ramo de infraestrutura, empresas petrolíferas, companhias de aviação, bancos. E também mineradoras de dados, como a SSD. Temos agentes trabalhando nas próprias empresas.

Sachs tinha dito que Brockton passava muito tempo em Washington. Ali estava a explicação.

— Mas, então, por que mentir e dizer que vocês são funcionários da SSD? — explodiu Pulaski. Rhyme nunca vira o jovem tão zangado, como sem dúvida estava.

— Não podemos chamar atenção — explicou Brockton. — Você pode imaginar que oleodutos, empresas farmacêuticas e de alimentos seriam alvos importantes para terroristas. Bem, pense o que é possível fazer com a informação que a SDD possui. A economia estaria de pernas quebradas se os computadores das empresas fossem desligados. Já pensou no que aconteceria se assassinos passassem a conhecer detalhes sobre executivos ou o paradeiro de políticos, ou outras informações pessoais do innerCircle?

— Vocês trocaram o relatório sobre o teste de drogas de Lon Sellitto?

— Não. Deve ter sido o suspeito que vocês perseguem, o 522 — sugeriu o inspetor Glenn. — Também foi ele quem orquestrou a prisão da mulher do agente Pulaski.

— Por que querem parar a investigação? — indagou Pulaski. — Não estão vendo que esse homem é perigoso? — Estava falando com Mark Whitcomb, que continuou a olhar o chão, mantendo-se em silêncio.

— Segundo o perfil que fizemos, ele é um tipo fora da curva — respondeu Glenn.

— Como assim?

— Uma anomalia. Um acontecimento que não se repete — esclareceu Brockton. A SSD fez uma análise da situação. O perfil e o modelo de previsibilidade nos diz que um sociopata como esse chegará a um ponto de saturação a qualquer momento. Vai parar de fazer o que está fazendo e simplesmente desaparecerá.

— Mas isso não aconteceu, não é verdade?

— Ainda não — concordou Brockton — Mas ele vai parar. O programa nunca se engana.

— Se houver mais uma morte, o programa terá se enganado.

— Temos de ser realistas. É uma questão de equilíbrio. Não podemos permitir que ninguém saiba o quanto a SSD é valiosa para um ataque terrorista. Ao mesmo tempo, não podemos deixar que ninguém conheça a existência do Departamento de Conformidade da Segurança Nacional. Temos de manter a SSD e a divisão fora do foco de atenção, tanto quanto possível. Uma investigação de assassinato coloca ambas sob os holofotes.

— Se quiser seguir as pistas convencionais, Lincoln, vá em frente — acrescentou Glen. — Criminalística, testemunhas, tudo bem. Mas você tem de manter a SSD fora disso. Aquela conferência de imprensa foi um erro enorme.

— Falamos com Ron Scott no gabinete do prefeito e com Joe Malloy. Ambos autorizaram.

— Bem, eles não consultaram as pessoas certas. Isso prejudicou nosso relacionamento com a SSD. Como sabe, Andrew Sterling não tem obrigação de nos fornecer suporte de TI.

Falava como o diretor executivo da fábrica de sapatos, aterrorizado com a possibilidade de desagradar Sterling ou a SSD.

— Portanto, a verdade oficial é que o assassino não obteve informações na SSD — concluiu Brockton. — De fato, não há outra verdade.

— Você tem consciência de que Joseph Malloy morreu por causa da SSD e do innerCircle?

Glenn torceu o rosto com impaciência e suspirou.

— Lamento. Lamento muito, mas ele foi morto durante uma investigação. Uma tragédia, mas isso faz parte da profissão de policial.

Verdade oficial... Não há outra verdade...

— Então — disse Brockton — a SSD não faz mais parte da investigação. Estamos entendidos?

Apenas um frio aceno com a cabeça.

Glenn fez um gesto na direção de Pulaski.

— Pode soltá-lo agora.

O homem tirou as algemas dos pulsos do jovem policial, que se levantou, esfregando-os.

Rhyme disse:

— Reabilite Lon Sellitto e faça com que a mulher de Pulaski seja libertada.

Glenn olhou para Brockton, que balançou negativamente a cabeça.

— Se fizermos isso agora, será o mesmo que confessar que talvez informações colhidas na atividade de mineração e a própria SSD estejam envolvidas nos crimes. Teremos de deixar essas coisas como estão, por enquanto.

— Isso é besteira. Você sabe que Lon Sellitto nunca tocou em drogas em toda a sua vida.

— Um inquérito provará a inocência dele — explicou Glenn. — Vamos deixar as coisas caminharem normalmente.

— Não, que inferno! Segundo as informações que o assassino colocou no sistema, a culpa dele já está provada. O mesmo se aplica a Jenny Pulaski. Tudo isso já está nas fichas deles.

O inspetor disse, calmamente:

— É assim que temos de deixar as coisas, por enquanto.

Os agentes federais e Glenn se encaminharam para a porta.

— Oh, Mark — chamou Pulaski, fazendo Whitcomb voltar-se. — Sinto muito.

O agente federal piscou os olhos, surpreso com aquele pedido de desculpas e tocou a atadura no nariz. Pulaski continuou:

— Sinto muito por ter quebrado apenas seu nariz. Quero que você se foda, seu Judas.

Bem, o novato até que tinha colhões, afinal.

Depois que ambos saíram, Pulaski tentou ligar para a mulher, mas não conseguiu comunicação. Fechou o telefone com um gesto irritado.

— Escute, Lincoln, não me importa o que eles digam. Eu não vou simplesmente desistir.

— Não se preocupe. Vamos seguir em frente. Eles não podem me demitir — eu sou um cidadão comum. Só podem exonerar você e Mel.

— Bem, eu... — começou Cooper, franzindo a testa.

— Fique tranquilo, Mel. Apesar do que todos dizem, eu tenho senso de humor. Ninguém descobrirá — desde que o nosso novato aqui não agrida agentes federais outra vez. Tudo bem, quero saber quem é esse Robert Carpenter, cliente da SSD. E quero saber agora.

CAPÍTULO **QUARENTA E DOIS**

ENTÃO SOU CONHECIDO COMO 522. Venho pensando sobre o motivo para Eles terem escolhido esse número. Myra 9834 não foi minha quingentésima vigésima segunda vítima (que bela ideia!). Nenhum dos endereços das vítimas continha esse número... Espere. A data, é claro. Ela morreu domingo passado, vigésimo segundo dia do quinto mês, e foi nessa ocasião que Eles começaram a me perseguir.

Portanto, para Eles sou um número, assim como Eles são números para mim. Sinto-me lisonjeado. Estou em meu Armário neste momento e já terminei a maior parte da minha pesquisa. Já não é mais hora de expediente, as pessoas seguem para suas casas, saem para jantar ou para visitar amigos. Mas isso é a coisa mais importante a respeito dos dados: nunca dormem, e meus soldados podem deflagrar um ataque aéreo contra a vida de qualquer pessoa a qualquer momento que eu escolha, em qualquer lugar.

No momento, passo alguns minutos em companhia da família de Prescott, antes que comecem os ataques. A polícia em breve estará vigiando as casas de meus inimigos e suas famílias... Mas eles não compreendem a natureza de minhas armas. O pobre Joseph Malloy me forneceu bastante material para trabalhar.

Por exemplo, o detetive Lorenzo — isto é, Lon — Sellitto (ele suportou muita dor antes de revelar o verdadeiro nome) está suspenso, mas haverá novidades. Aquele desafortunado incidente de anos atrás, quando o criminoso foi morto com um tiro ao receber voz de prisão... Vão surgir novos indícios revelando que o suspeito na verdade não portava arma — a testemunha mentiu. A mãe do jovem morto ficará sabendo disso. Além disso, vou mandar algumas cartas de conteúdo racista a sites de extrema direita. Finalmente, envolverei o reverendo Al — e isso será o último prego no caixão. O pobre Lon poderá até ser condenado a alguns anos de prisão.

Também estou verificando os indivíduos atrelados a Sellitto. Vou pensar em alguma coisa para o filho adolescente, que ele teve com a primeira mulher. Talvez algumas acusações de tráfico de drogas. Tal pai, tal filho. Vai soar bem.

Aquele rapaz polonês, Pulaski, bem, ele acabará convencendo a Segurança Nacional de que a mulher não é terrorista nem imigrante ilegal. Mas ambos terão uma surpresa quando os registros do nascimento do filho desaparecerem e outro casal, cujo filho recém-nascido sumiu do hospital há um ano, ficar sabendo que o menino desaparecido pode ser o do casal Pulaski. Pelo menos o bebezinho passará alguns meses no limbo de uma família adotiva até que as coisas se esclareçam. Isso o marcará para sempre. (Sei muito bem disso.)

Chegamos então a Amelia 7303 e esse Lincoln Rhyme. Bem, só porque estou de mau humor, Rose Sachs, que será operada do coração no mês que vem, perderá o seguro saúde devido a — bem, acho que vou fazer disso alguns casos de fraude no passado. Amelia 7303 está realmente zangada por causa do carro, mas espere até que receba as notícias realmente ruins: dívida em compras a prazo. Talvez 200 mil dólares ou algo assim, com uma taxa de juros de usurário.

Mas isso será apenas o aperitivo. Descobri que um antigo namorado dela foi condenado por sequestro, agressão, furto e extorsão. Algumas novas testemunhas mandarão e-mails anônimos dizendo que ela também estava envolvida e que há mercadoria roubada guardada na garagem da mãe. São provas que plantarei antes de informar a Divisão de Assuntos Internos da polícia.

Ela será declarada inocente, segundo a lei, mas a publicidade prejudicará a reputação dela. Ainda bem que há liberdade de imprensa. Deus salve a América...

A morte é um tipo de transação que fatalmente fará com que os perseguidores reduzam o ritmo, mas as táticas não letais podem ser igualmente eficazes e me parecem muito mais elegantes.

Quanto a esse Lincoln Rhyme... Bem, é uma situação interessante. Claro que cometi o erro inicial de selecionar o primo dele. Mas, para ser sincero, verifiquei todos os indivíduos "atrelados" a Arthur 3480 e não encontrei nenhuma menção ao primo. Isso é curioso. Ambos têm um relacionamento de sangue, mas há dez anos não entram em contato.

Cometi o erro de despertar o monstro. Ele é o melhor adversário que jamais enfrentei. Conseguiu me impedir de chegar à casa de DeLeon 6832; na verdade, me pegou em flagrante, coisa que nunca ninguém fez antes. E, segundo o relato ansioso de Malloy, ele está chegando cada vez mais perto.

Mas é claro que também tenho um plano para essa circunstância. Não posso usar o innerCircle no momento — preciso ter cuidado — mas os artigos de jornal e outras fontes de dados são suficientemente reveladoras. O problema, naturalmente, é como destruir a vida de alguém como Rhyme, cuja vida física já está em grande parte destruída. Finalmente me ocorre uma solução. Se ele é tão dependente, destruirei alguém a quem ele esteja ligado. Seu ajudante, Thom Reston, será meu próximo alvo. Se esse rapaz morrer — de maneira especialmente desagradável —, duvido que Rhyme jamais se recupere desse golpe. A investigação murchará e ninguém mais a levará adiante como ele vem fazendo.

Jogarei Thom na mala do meu carro e seguiremos para outro armazém. Ali trabalharei calmamente com minha navalha Krusius Brothers. Gravarei tudo em fita e mandarei para Rhyme por e-mail. Por ser um criminalista aplicado como parece, terá de ouvir a fita macabra cuidadosamente, em busca de pistas. Terá de repeti-la muitas vezes.

Garanto que isso o tornará incapaz de continuar com o caso, se não o destruir completamente.

Entro na sala três de meu Armário e pego uma de minhas câmeras de vídeo. Por ali há também baterias. Na sala dois vou buscar a Krusius, em seu antigo estojo. Ainda há uma mancha marrom de sangue seco na lâmina. Nancy 3470, há dois anos. (O tribunal acaba de negar a apelação final de seu matador, Jason 4971. A justificativa para a apelação foi a existência de pistas falsificadas, afirmação que provavelmente até o advogado dele considerou patética.)

A navalha está cega. Lembro-me de ter encontrado certa resistência das costelas de Nancy 3470. Ela se debateu mais do que eu esperava. Não importa. Basta um pouco de trabalho com uma de minhas oito pedras de amolar e em seguida uma tira de couro, e tudo estará pronto.

A adrenalina da caçada enchia as veias de Amelia Sachs.

A evidência encontrada no jardim a levara a uma trajetória turbulenta, mas ela tinha a intuição — perdão, Rhyme — de que aquela missão seria produtiva. Estacionou o carro de Pam na rua e correu ao endereço da pessoa seguinte em sua lista de meia dúzia, uma das quais, segundo ela esperava ansiosamente, lhe daria a pista final da identidade de 522.

Duas tinham sido inúteis. A terceira seria a solução? Percorrer a cidade daquela maneira parecia uma gincana macabra, pensou ela.

Já caía a noite quando Sachs verificou o endereço à luz de um poste, encontrou a casa e subiu os poucos degraus da entrada. Já ia tocar a campainha quando uma premonição insistente lhe veio à mente.

Seria a paranoia que ela sentira durante todo o dia? Uma sensação de estar sendo vigiada?

Sachs olhou em volta, vendo os poucos homens e mulheres que caminhavam pela rua, as janelas das casas e as pequenas lojas próximas... Nada, porém, tinha aspecto ameaçador. Ninguém parecia estar prestando atenção nela.

Estava quase tocando o botão da campainha novamente, mas parou o movimento.

Havia alguma coisa estranha...

O que seria?

Nesse momento, ela compreendeu. Não estava sendo observada; o que a perturbava era um odor. Com um sobressalto, ela percebeu de que se tratava: mofo. Estava sentindo cheiro de mofo, que vinha da casa em cuja soleira ela se encontrava.

Seria coincidência?

Desceu silenciosamente os degraus e deu a volta pelo lateral da casa, chegando ao beco pavimentado com paralelepípedos. A construção era bastante grande — estreita na frente, mas bem profunda. Avançou mais adiante no beco e chegou a uma janela, com a vidraça coberta por folhas de jornal. Olhou ao longo da lateral da casa; sim, todas as janelas estavam igualmente cobertas. Lembrou-se das palavras de Terry Dobyns: As janelas estarão pintadas de preto...

Tinha ido até ali simplesmente para obter informações. Não podia ser ali a casa de 522; as pistas não apontavam para isso. Mas ela teve certeza de que as pistas estavam erradas. Sem dúvida ali era a casa do assassino.

Estendeu a mão para o telefone mas ouviu um ruído de passos sobre os paralelepípedos, atrás de si. Com os olhos arregalados e trocando o telefone pela arma, ela se voltou. Antes, porém, que a mão pudesse chegar ao cabo da Glock, alguém a agarrou, derrubando-a e fazendo-a abalroar a parede externa da casa. Desorientada, ela caiu de joelhos.

Ao olhar para cima, sem fôlego, viu a dureza dos olhos no rosto do assassino e viu a lâmina manchada da navalha na mão dele, começando a deslocar-se em direção à sua garganta.

CAPÍTULO **QUARENTA E TRÊS**

— COMANDO: LIGAR PARA SACHS.
Direto no correio de voz.
— Diabos, onde estará ela? Encontre-a... Pulaski? — Rhyme virou a cadeira de rodas a fim de ficar de frente para o jovem, que falava ao telefone.
— O que descobriu sobre Carpenter?
Pulaski ergueu uma das mãos e depois desligou.
— Carpenter saiu cedo do escritório. Precisava ir a dois ou três lugares. Já deve estar em casa a essa altura.
— Quero que alguém vá até lá agora.
Mel Cooper tentou ligar para Sachs, e, ao não obter resposta, avisou:
— Nada. — Tentou mais algumas vezes, sem êxito. — Nada. Não consigo.
— Será que 522 cortou o telefone dela, como fez com a energia?
— Não, eles informam que a conta está em dia. Os aparelhos é que não funcionam — ou estão quebrados ou sem bateria.
— O quê? Eles têm certeza?
A campainha da porta tocou e Thom foi abrir.
Com a camisa para fora das calças e rosto suado, Lon Sellitto entrou na sala.
— Eles não podem fazer nada sobre a suspensão. É automática. Mesmo que eu faça outro teste, a suspensão irá vigorar até que o pessoal dos Assuntos Internos investigue. Esses computadores de merda. Pedi a alguém que ligasse para o PublicSure. Eles dizem que "estão

providenciando", e você sabe o que isso significa. — Olhou para Pulaski. — Que aconteceu com sua mulher?

— Ainda está detida.

— Meu Deus.

— E fica pior — avisou Rhyme, passando a relatar a Sellitto o encontro com Brockton, Whitcomb, Glenn e o Departamento de Conformidade.

— Merda. Nunca ouvi falar nisso.

— E eles querem que paremos nossa investigação. Pelo menos no que diz respeito à SSD. Mas temos outro problema. Amelia desapareceu.

— O quê? — espantou-se Sellitto.

— Parece que é isso. Não sei para onde ela ia depois de passar em casa. Ela não ligou... Merda, a energia foi cortada, os telefones estavam mudos. Verifique a caixa de mensagens. Talvez ela tenha ligado.

Cooper discou. Verificaram que Sachs havia realmente ligado, mas dissera apenas que estava seguindo uma pista e nada mais. Pedira que Rhyme ligasse, que ela explicaria.

Frustrado, Rhyme fechou furiosamente os olhos.

Uma pista...

Mas para onde? Para um dos suspeitos. Rhyme ficou olhando a lista no quadro branco.

Andrew Sterling, Presidente e Diretor Executivo
Álibi: em Long Island, verificado. Confirmado pelo filho

Sean Cassel, Diretor Comercial e de Marketing
Sem álibi

Wayne Gillespie, Diretor de Operações Técnicas
Sem álibi
Álibi para o assassinato do zelador (no escritório, conforme registros de frequência)

Samuel Brockton, Diretor do Departamento de Conformidade.
Álibi — Registros do hotel confirmam presença em Washington

Peter Arlonzo-Kemper, Diretor de Recursos Humanos
Álibi: em companhia da mulher, confirmado por ela (influenciada?)

Steven Shraeder, Gerente de Serviços Técnicos e de Apoio, equipe diurna
Álibi: no escritório, conforme registros de frequência

Faruk Mameda, Gerente de Serviços Técnicos e de Apoio, equipe noturna
Sem álibi
Álibi para o assassinato do jardineiro (no escritório, conforme registros de frequência)

Cliente da SSD (?)
Aguardando lista da Unidade de Crimes por Computador do DPNY
Pessoa recrutada por Andrew Sterling (?)
Runnerboy(?)

A pista seria a respeito de algum deles?
— Lon, verifique Carpenter.
— O que quer que eu diga? Que eu já fui policial mas quero que me deixe interrogá-lo, porque sou boa gente, mesmo que você não seja obrigado a responder?
— Sim, Lon, assim mesmo.
Sellitto voltou-se para Cooper.
— Mel, passe-me seu distintivo.
— Meu distintivo? — repetiu o técnico, nervosamente.
— Não vou arranhá-lo — prometeu Sellitto.
— Estou mais preocupado em não ser suspenso.
— Bem-vindo ao clube — ironizou Sellitto, pegando o distintivo e recebendo o endereço das mãos de Pulaski. — Vou informar vocês do que acontecer.
— Lon, tenha cuidado. O 522 está se sentindo acuado. Vai contra-atacar com dureza. E lembre-se de que ele é...
— ... o filho da puta que sabe tudo. — Com isso, Sellitto saiu do laboratório com passo resoluto.
Rhyme notou que Pulaski estava olhando os quadros.
— Detetive? — chamou o novato.

— Que foi?

— Estou pensando em uma coisa, senhor — prosseguiu Pulaski, apontando o quadro branco que continha os nomes dos suspeitos. — O álibi de Andrew Sterling. Bem, ele declarou que quando estava em Long Island o filho foi de trem para Westchester. Mas quando falei com Andy, ele disse que tinha ido de carro para lá. — Pulaski inclinou a cabeça, pensativo. — E tem mais. No dia em que o jardineiro do cemitério foi assassinado, verifiquei o ponto e vi o nome de Andy. Ele saiu logo depois de Miguel Abrera, o zelador — na verdade, segundos depois. Não dei importância porque Andy não era um dos suspeitos.

— Mas o filho não tem acesso ao innerCircle — disse Cooper, com um aceno para a lista de suspeitos.

— Pelo que o pai disse, não. Mas... — Pulaski balançou a cabeça. —Veja. Andrew Sterling tem sido tão cooperativo que nós acreditamos em tudo o que ele disse, sem questionar. Ele afirmou que ninguém tem acesso, exceto aqueles que estão na lista de suspeitos. Mas isso não está confirmado por uma fonte independente. Nunca verificamos quem podia, ou não podia, entrar no innerCircle.

Cooper sugeriu:

—Talvez Andy tenha acessado o palmtop ou o computador do pai para pegar uma senha.

— Você está no caminho certo, Pulaski. OK, Mel, você é o chefe agora. Mande uma equipe tática para a casa de Andy Sterling.

Nem mesmo a mais perfeita análise preditiva proporcionada por cérebros artificiais geniais como o Xpectation é capaz de acertar sempre.

Quem poderia, mesmo em um milhão de anos, ter adivinhado que Amelia 7303, agora algemada e ainda confusa, a 6 metros de mim, fosse bater diretamente na minha porta?

Foi muita sorte, devo confessar. Eu já estava saindo para dar início à vivissecção de Thom quando a notei pela janela. Minha vida parece funcionar assim, com a sorte servindo de compensação para o nervosismo.

Examino calmamente a situação. É verdade que seus colegas da polícia não suspeitam de mim; ela viera apenas me mostrar o retrato falado que agora tirei do bolso dela, junto com uma lista de seis outras pessoas. As duas primeiras estão riscadas. Sou o desafortunado número três.

Alguém certamente perguntará por ela e quando isso acontecer responderei que sim, que ela veio aqui para me mostrar o retrato falado e depois saiu. Isso resolverá o assunto.

Desmantelei os aparelhos eletrônicos dela, que estou guardando nas caixas adequadas. Pensei em usar o telefone *dela* para registrar os suspiros de Thom Reston. Há uma bela simetria, uma certa elegância nisso. É claro que ela terá de desaparecer completamente. Vai repousar em meu porão, como Caroline 8630 e Fiona 4892.

Desaparecer completamente.

Não é um serviço tão limpo e correto quanto poderia ser — a polícia adora um cadáver —, mas para mim é uma boa notícia.

Desta vez ficarei com um troféu adequado. Nada de me contentar só com as unhas dos dedos de minha Amelia 7303...

CAPÍTULO **QUARENTA E QUATRO**

— BEM, CONTE A MALDITA história toda — apressou Rhyme com aspereza.

O novato estava a quase 5 quilômetros de distância, em Manhattan, na elegante casa de Andrew Sterling Junior, no Upper East Side.

— Você conseguiu entrar? Sachs está aí?
— Não creio que Andy seja o culpado, senhor.
— Você acha, ou ele não é?
— Não é ele.
— Explique.

Pulaski disse a Rhyme que de fato Andy Sterling havia mentido sobre suas atividades no domingo, mas não para esconder que era assassino e estuprador. Dissera ao pai que tinha pegado o trem para ir caminhar em Westchester, mas a verdade é que tinha usado o carro, como deixara escapar ao conversar com Pulaski.

Diante de dois agentes da Unidade de Emergência, além de Pulaski, o agitado e confuso jovem confessou o motivo pelo qual mentira ao pai ao dizer que viajara na Ferrovia Metropolitana. Andy não tinha carteira de motorista.

O namorado dele, porém, tinha. Andrew Sterling podia ser o fornecedor de informações número um do mundo, mas não sabia que o filho era gay, e o rapaz nunca teve coragem suficiente para revelar isso.

Uma ligação para o namorado de Andy confirmou que ambos estavam fora da cidade na hora dos crimes. O centro de operações do pedágio eletrônico confirmou a história.

— Maldição! Então muito bem, volte para cá, Pulaski.
— Sim, senhor.

Caminhando pela calçada ao crepúsculo, Lon Sellitto pensava. Merda, devia ter ficado com a arma de Cooper também. É claro que pedir emprestado o distintivo era uma coisa, para quem estava suspenso, mas a arma é diferente. Isso transformaria uma situação já ruim em uma situação de merda, caso a Divisão de Assuntos Internos descobrisse.

Seria motivo legítimo para suspendê-lo, quando o resultado negativo do teste de drogas fosse conhecido.

Drogas. Merda.

Encontrou o endereço que procurava, o de Carpenter. Era uma casa no Upper East Side, numa rua tranquila. As luzes estavam acesas, mas ele não viu ninguém dentro. Caminhou até a porta e tocou a campainha.

Pensou ouvir algum ruído do lado de dentro. Passos. Uma porta.

Depois nada, durante um longo minuto.

Instintivamente, Sellitto levou a mão para onde normalmente ficava sua arma.

Merda.

Finalmente, a cortina de uma janela lateral foi afastada e voltou ao lugar. A porta se abriu e Sellitto se viu diante de um homem musculoso, com os cabelos penteados para o lado, tentando cobrir a calvície. Olhava para o ilícito distintivo dourado. Os olhos piscaram, com expressão incerta.

— Sr. Carpenter...

Antes que pudesse continuar, a incerteza desapareceu do rosto do homem, transformando-se em pura raiva. Ele exclamou:

— Que inferno! Merda!

Há muito tempo Lon Sellitto não lutava fisicamente com um bandido, e agora percebia que aquele homem poderia facilmente espancá-lo e depois cortar-lhe a garganta. Merda, por que não tinha pegado a arma de Cooper emprestada, independentemente do que fosse acontecer?

Na verdade, porém, o motivo da raiva não era Sellitto.

Curiosamente, era o chefe da SSD.

— Foi aquele filho da puta do Andrew Sterling quem fez isso, não foi? Foi ele quem chamou você? Ele me implicou nesses crimes de que temos ouvido falar. Ah, meu Deus, o que vou fazer? Provavelmente já estou fichado no sistema e o Watchtower divulgou meu nome pelo país inteiro. Que merda de idiota eu fui, me envolvendo com a SSD.

A preocupação de Sellitto diminuiu e ele guardou o distintivo, pedindo ao homem que saísse da casa. Ele obedeceu.

— Então, estou certo? Andrew está por trás disso, não é? — rosnou Carpenter.

Sellitto não respondeu, mas perguntou onde ele estava naquele mesmo dia, mais cedo, quando Malloy morrera.

Carpenter pensou um pouco.

— Estava em várias reuniões. — Informou voluntariamente os nomes de vários funcionários de um grande banco da cidade, inclusive os números de telefone.

— E na tarde de domingo?

— Eu e um amigo recebemos algumas pessoas para almoçar.

Um álibi facilmente verificável.

Sellitto ligou para Rhyme e informou o que havia descoberto. Depois falou com Cooper para que ele verificasse os álibis. Após desligar, o detetive voltou-se para o agitado Bob Carpenter.

— Ele é o filho da puta mais vingativo com quem jamais fiz negócios.

Sellitto revelou que efetivamente o nome dele tinha sido fornecido pela SSD. Ao ouvir isso, Carpenter fechou momentaneamente os olhos. A raiva ia desaparecendo, substituída por abatimento.

— O que ele disse a meu respeito?

— Parece que o senhor baixou informações sobre as vítimas pouco antes de serem mortas. Isso aconteceu em relação a vários assassinatos durante os últimos meses.

Carpenter falou:

— Isso é o que acontece quando Andrew se zanga. Ele se vinga. Nunca pensei que seria assim... — Em seguida ele franziu a testa. — Nos últimos meses? Esses acessos... quando foi o mais recente?

— Nas últimas duas semanas.

— Bem, não pode ter sido eu. Estou afastado do Watchtower desde o início de março.

— Afastado?

Carpenter assentiu.

— Andrew me bloqueou.

O telefone de Sellitto tocou. Era Mel Cooper, chamando-o de volta. Explicou que pelo menos duas pessoas tinham confirmado o paradeiro de Carpenter. Sellitto pediu ao técnico que ligasse para Rodney Szarnek a fim de verificar os dados no CD que Pulaski recebera. Fechou o telefone e perguntou:

— Por que motivo o senhor foi bloqueado?

— Veja, o problema é que eu tenho uma empresa de armazenamento de dados, e...

— Armazenamento de dados?

— Nós armazenamos os dados que as empresas como a SSD processam.

— Como um armazém para depósito de mercadorias?

— Não. É armazenagem em computador, em servidores em Nova Jersey e na Pensilvânia. Seja como for, eu fui... Bem, fui seduzido por Andrew Sterling. Ele tinha todo aquele sucesso, tanto dinheiro. Eu também queria começar a garimpar dados, como a SSD, e não apenas armazená-los. Pretendia ocupar um nicho de mercado em algumas atividades nas quais a SSD não é muito forte. Não estava realmente competindo, não era coisa ilegal.

Sellitto percebia o desespero na voz do homem, ao justificar suas ações.

— Era coisa barata, mas Andrew ficou sabendo e bloqueou o innerCircle e o Watchtower para mim. Ameaçou uma ação judicial. Tenho procurado negociar, mas hoje ele me despediu, isto é, rescindiu meu contrato. Na verdade, eu não fiz nada errado... — A voz dele sumiu. — Era apenas uma questão comercial.

— E acha que Sterling alterou os arquivos para fazer com que parecesse que o senhor é o assassino?

— Bem, alguém na SSD deve ter feito isso.

Portanto, no fim das contas, refletiu Sellitto, Carpenter não é suspeito e tudo aquilo tinha sido uma grande perda de tempo.

— Não tenho mais perguntas a fazer. Boa noite.

Mas Carpenter estava mudando de atitude. A raiva desaparecera completamente, substituída por uma expressão que Sellitto classificou como de desespero, senão temor.

— Espere, detetive, não fique com a impressão errada. Falei depressa demais. Não estou sugerindo que tenha sido Andrew. Eu estava zangado. Foi apenas uma reação. Não vai contar a ele, vai?

Ao afastar-se, o policial olhou para trás. O empresário parecia estar prestes a romper em pranto.

Então, mais um suspeito era inocente.

Primeiro, Andy Sterling. Agora, Robert Carpenter. Ao voltar. Sellitto ligou imediatamente para Rodney Szarnek, que prometeu descobrir qual era o problema. Dez minutos depois, o técnico ligou de volta. A primeira coisa que disse foi:

— Bem... Oops.

Rhyme suspirou.

— Vá em frente.

— Certo, Carpenter efetivamente baixou uma quantidade de listas suficiente para obter as informações necessárias para atacar as vítimas e incriminar inocentes, mas isso ocorreu ao longo de dois anos. Tudo fazia parte de campanhas legítimas de marketing. Desde o início de março ele não acessou mais nada.

— Você disse que as informações foram baixadas imediatamente antes dos crimes.

— Foi isso o que os arquivos acusaram, mas os metadados mostram que alguém na SSD mudou as datas. As informações sobre seu primo, por exemplo, foram obtidas por Carpenter há dois anos.

— Então alguém na SSD fez isso com o propósito de nos fazer mudar de direção e apontar para Carpenter.

— Isso mesmo.

— Agora, a pergunta número um: quem diabos mudou as datas? Esse é o nosso 522.

Mas o perito em informática disse:

— Não há outras informações codificadas nos metadados. O administrador e os registros de acesso básico...

— Meu Deus. Essa é a resposta para leigos?

— Com certeza.

— Mesmo?

— Positivo.

— Obrigado — murmurou Rhyme. Ambos desligaram.

O filho estava eliminado, Carpenter também...

Onde está você, Sachs?

O criminalista teve um sobressalto. Quase usara o primeiro nome dela. Era uma regra não escrita entre ambos: somente usar o sobrenome ao falar sobre o outro. Se não fizessem assim, o resultado seria má sorte, como se a sorte pudesse ainda piorar.

— Linc — chamou Sellitto, apontando o quadro que continha a lista de suspeitos. — A única coisa que me ocorre é verificar cada um deles. Agora.

— Bem, e como fazer isso, Lon? Há um inspetor que não quer nem que o caso exista. Não podemos exatamente... A voz falhou enquanto os olhos fitavam o perfil de 522 e depois os quadros de evidências.

Também olhou o dossiê do primo, na moldura giratória próxima.

Estilo de vida

Dossiê 1A. Preferências por produtos de consumo

Dossiê 1B. Preferências por serviços

Dossiê 1C. Viagens

Dossiê 1D. Assuntos médicos

Dossiê 1E. Preferências de lazer

Finanças/Grau de instrução/Profissão

Dossiê 2A. Histórico educativo

Dossiê 2B. Histórico de empregos, cq rendimentos

Dossiê 2C. Histórico de crédito

Dossiê 2D. Preferências em produtos e serviços para os negócios

Governo/Jurídico

Dossiê 3A. Registros de nascimento

Dossiê 3B. Registro eleitoral

Dossiê 3C. Histórico jurídico

Dossiê 3D. Histórico criminal

Dossiê 3E. Conformidade

Dossiê 3F. Imigração e naturalização

Rapidamente, Rhyme leu diversas vezes o documento. Em seguida olhou os demais, pregados nos quadros com fitas adesivas. Alguma coisa não parecia correta.

Ligou novamente para Szarnek.

— Rodney, que quantidade de espaço de armazenamento num disco rígido ocupa um documento de trinta páginas? Como aquele dossiê da SSD que tenho aqui.

— Hum... um dossiê? Somente texto, presumo.

— É.

— Estaria em uma base de dados, e portanto comprimido. Talvez 25 k, no máximo.

— Isso é muito pequeno, não é verdade?

— É como um peido num furacão de armazenamento.

Rhyme ficou satisfeito com a resposta.

— Tenho mais uma pergunta para você.

— Pode mandar.

Sua cabeça latejava e tinha gosto de sangue do corte na boca, depois da colisão com a parede.

Com a navalha encostada na garganta dela, o assassino recolhera a arma de Sachs, arrastara-a através de uma porta que dava para o porão e depois subira as escadas para chegar ao lado de fachada da casa, correspondente à frente. Era uma sala com decoração moderna, despojada, lembrando o preto e branco que predominava na SSD.

Em seguida, levou-a a uma porta nos fundos da sala de estar.

Ironicamente, era um armário embutido. Ele afastou algumas roupas que cheiravam a mofo, abriu outra porta na parede dos fundos e levou-a para dentro, retirando-lhe ao mesmo tempo o pager, o palmtop, o celular, as chaves e o canivete no bolso de trás das calças. Empurrou-a para junto de um radiador na parede, entre pilhas de jornais, e algemou-a ao metal enferrujado. Sachs olhou em volta daquele paraíso de colecionador, mofado, mal-iluminado, cheirando a velho e usado, e repleto de tantas quinquilharias e lixo como ela jamais vira em um único lugar. O assassino levou os pertences dela a uma mesa grande e igualmente atravancada. Com o próprio canivete dela, ele começou a desmontar os aparelhos eletrônicos. Trabalhava meticulosamente, saboreando cada elemento que retirava, como se estivesse dissecando um corpo para separar os órgãos.

Sachs observava o assassino sentado à mesa, agora digitando num teclado. Estava rodeado por enormes pilhas de jornais, torres de sacolas de papel dobradas, caixas de fósforos, objetos de vidro, caixas com rótulos "Cigarros", "Botões", "Clipes de papel", latas e caixas velhas de comida dos anos 1960 e 1970, utensílios de limpeza. Havia centenas de outras caixas. No entanto, não prestava atenção aos objetos. Refletia, admirada, sobre como ele os enganara. O 522 não era nenhum dos suspeitos. Eles tinham se enganado quanto aos executivos fanfarrões, aos técnicos, aos clientes, aos hackers, aos capangas contratados por Andrew Sterling para trazer clientes à empresa.

No entanto, *era* funcionário da SSD.

Por que diabos ela não havia pensado no óbvio?

O 522 era o segurança que a levara para percorrer as celas de dados na segunda-feira. Lembrava-se do nome na credencial: John. O sobrenome era Rollins. Ele deve tê-la visto chegar com Pulaski à recepção no saguão da SSD e tratara rapidamente de voluntariar-se para acompanhá-los ao gabinete de Sterling. Em seguida, ficara por perto para descobrir mais sobre o objetivo da visita. Talvez até mesmo soubesse com antecedência da vinda de ambos e arranjara as coisas para estar de serviço naquela manhã.

O homem que sabe tudo...

Justamente porque ele a acompanhara por todo o prédio na segunda-feira, ela deveria ter concluído que o guarda tinha acesso a todas as celas e ao Centro de Entrada. Lembrou-se de que quando você entra nas celas, não precisa de senha para acessar o innerCircle. Ainda não tinha certeza sobre a maneira pela qual ele retirara do prédio os discos que continham os dados — ele também era revistado ao sair das celas — mas de alguma forma tinha conseguido.

Apertou os olhos, na esperança de que a dor de cabeça diminuísse. Não adiantou. Olhou para cima, para a parede em frente à mesa, na qual havia um quadro pendurado — um retrato pós-realista de uma família. Claro, era o Harvey Prescott pelo qual assassinara Alice Sanderson, deixando a culpa cair sobre o inocente Arthur Rhyme.

Com os olhos finalmente acostumados à meia-luz, Sachs observava o adversário. Não havia prestado atenção nele ao ser acompanhada na SSD. Agora ela o via claramente — um homem magro, pálido, de rosto comum, porém atraente. Os olhos fundos se moviam com rapidez; os dedos eram muito longos, os braços eram fortes.

O assassino percebeu que ela o examinava. Virou-se e olhou-a com expressão feroz. Em seguida, voltou ao computador e continuou a digitar furiosamente. Havia dezenas de outros teclados, a maioria quebrada ou com as letras gastas nas teclas, enchiam o chão em pilhas. Eram inúteis para qualquer outra pessoa. O 522, naturalmente, era incapaz de jogá-los fora. Em volta dele havia milhares de blocos amarelos de notas, cheios com uma escrita pequena e miúda — a fonte dos vestígios de papel que ela encontrara em uma das cenas.

O odor de mofo e de roupas não lavadas era avassalador. Ele devia estar tão acostumado ao mau cheiro que nem sequer o notava. Ou talvez isso lhe desse prazer.

Sachs fechou os olhos e encostou a cabeça em uma pilha de jornais. Estava desarmada, indefesa... O que ele faria? Sentia-se furiosa consigo mesma por não ter deixado para Rhyme uma mensagem mais detalhada sobre seu destino ao sair.

Indefesa...

Mas nesse momento recordou certas palavras. O slogan que resumia o caso de 522. *Conhecimento é poder.*

Bem, aprenda alguma coisa, inferno. Descubra algo sobre ele que possa servir de arma.

Pense!

Guarda de segurança John Rollins, da SSD. O nome nada significava para ela. Nunca tinha surgido durante a investigação Qual seria sua ligação com a SSD, com os crimes, com os dados?

Sachs esquadrinhou a sala escura à sua volta, espantada pela quantidade de coisas inúteis que via.

Ruído...

Focalize. Uma coisa de cada vez.

Em seguida notou algo na parede mais longe dela, que atraiu sua atenção. Era uma das coleções: uma grande pilha de tíquetes de teleféricos para esquiadores.

Vail, Copper Mountain, Breckinridge, Beaver Creek.

Seria possível?

Bem, valia a pena tentar.

— Peter — disse ela, com voz confiante —, nós dois precisamos conversar.

A ouvir o nome, ele piscou os olhos e voltou-se para ela. Durante um momento a expressão dos olhos denotou incerteza. Era quase como uma bofetada.

Claro, ela tinha razão. A identidade de John Rollins era uma invenção. Na realidade ele era Peter Gordon, o famoso garimpeiro de dados que morrera... Ou que fingira morrer quando a SSD comprou a empresa para a qual ele trabalhava no Colorado, anos antes.

— Ficamos curiosos sobre a morte forjada. O DNA. Como você resolveu esse problema?

Ele parou de digitar e desviou os olhos para a pintura. Finalmente, disse:

— É engraçada, essa coisa dos dados. Acreditamos neles sem questionar. — Voltou-se para ela. — Se vier de um computador, temos certeza de que é verdade. Se tiver algo a ver com a divindade da SSD, nesse caso tem de ser indubitavelmente verdadeiro. Nada de perguntas. Fim da história.

Sachs insistiu:

— Então você, Peter Gordon, desaparece. A polícia encontra sua bicicleta e um corpo em decomposição, usando suas roupas. Não restou muito, depois que os animais se alimentaram, não foi? Levaram cabelos e amostras de saliva de sua casa. Claro, o DNA é o mesmo. Não há dúvida nenhuma. Você está morto. Mas o que eles encontraram no quarto não foram os seus cabelos, ou sua saliva... Você tirou um pouco dos cabelos do homem que matou e deixou em seu banheiro. E ainda escovou os dentes dele, correto?

— E também um pouco de sangue na gilete. Vocês, policiais, adoram sangue.

— Quem era o homem que você matou?

— Um rapaz da Califórnia. Estava pedindo carona na estrada.

Mantenha-o nervoso; a informação é sua única arma. Use-a!

— Nunca saberemos por que você fez isso, Peter. Era para sabotar a compra da Rocky Mountain Data pela SSD? Ou há mais alguma coisa?

— Sabotagem? — murmurou ele, atônito. — Você ainda não entendeu. Quando Andrew Sterling e seus funcionários chegaram à Rocky Mountain, querendo comprá-la, eu pesquisei todos os dados que consegui encontrar sobre ele e sua empresa. O que vi foi assustador! Andrew Sterling é Deus. Ele é o futuro dos dados, o que significa que é o futuro da sociedade. É capaz de encontrar dados que eu nem sequer imaginava que existissem e usá-los como uma arma de fogo, como remédio ou como água benta. Eu precisava participar do que ele estava fazendo.

— Mas você não podia coletar dados para a SSD, devido ao que havia planejado, não é? Para sua... Outra coleção? E por causa de seu estilo de vida — disse Sachs, fazendo um gesto para as salas atravancadas com objetos de todo tipo.

O rosto dele tornou-se mais sombrio e os olhos se arregalaram.

— Eu queria fazer parte da SSD. Acha que não quereria? Poderia ter feito tanta coisa! Mas não foi isso o que me ofereceram. — Calou-se e, em seguida, fez um gesto amplo, indicando suas coleções. — Acha que esta é a vida que escolhi? Acha que gosto dela? — A voz estava quase embargada. Com a respiração ofegante, ele sorriu levemente. — Não, minha vida tem de ser secreta. É a única maneira de sobreviver. Fora de cena.

— E então você falsificou a sua morte e roubou uma identidade. Conseguiu novo nome e novo número de inscrição no sistema de segurança social, de alguém já falecido.

A emoção dele já desaparecera.

— Uma criança, Jonathan Rollins, habitante de Colorado Springs. É fácil conseguir uma nova identidade. Os sobreviventes fazem isso o tempo todo. É possível comprar livros sobre esse tema... — Ele sorriu levemente. — Basta pagar em dinheiro vivo.

— E conseguiu emprego como segurança. Mas alguém da SSD não poderia reconhecê-lo?

— Nunca estive pessoalmente com ninguém da empresa. Esse é o aspecto maravilhoso da atividade de mineração de dados. É possível coligir dados e jamais deixar a privacidade de seu próprio Armário.

Nesse momento ele baixou a voz. Parecia inquieto, pensando no que ela dissera. Estariam de fato perto de identificar Rollins com Peter Gordon? Alguém viria à casa para fazer nova verificação? Aparentemente, resolveu que era melhor não se arriscar. Pegou a chave do carro de Pam, com a intenção de escondê-lo. O assassino examinou o chaveiro.

— Barato. Não tem uma etiqueta RFID. Mas todo mundo está verificando as placas dos carros agora. Onde você estacionou?

— Acha que eu diria?

Ele deu de ombros e saiu.

A estratégia dela dera certo. Conseguira informações e as usara como arma. Não era muita coisa, claro, mas pelo menos ganhara algum tempo.

Restava esperar que fosse tempo suficiente para fazer o que planejara: pegar as chaves das algemas, guardadas no fundo do bolso das calças.

CAPÍTULO **QUARENTA E CINCO**

— ESCUTE. MINHA PARCEIRA ESTÁ desaparecida. Preciso consultar alguns arquivos.

Rhyme falava com Andrew Sterling por meio de uma conexão de vídeo de alta definição.

O chefe da SSD estava de volta a seu austero gabinete da Rocha Cinzenta. Sentado com as costas retas no que parecia ser uma cadeira simples de madeira, sua postura repetia, ironicamente, a posição rígida de Rhyme em sua cadeira de rodas TDX. Com voz mansa, Sterling disse:

— Sam Brockton já falou com o senhor. O inspetor Glenn também.

Não havia hesitação em sua voz. Nenhuma emoção, na verdade, embora o rosto continuasse a exibir um sorriso simpático.

— Quero ver o dossiê de minha parceira. A agente que esteve com o senhor, Amelia Sachs. Quero ver o dossiê completo.

— O que quer dizer com "completo", capitão Rhyme?

O criminalista notou que Sterling usara seu título, que não era de conhecimento geral.

— O senhor sabe o que quero dizer.

— Não, não sei.

— Quero ver o dossiê 3E do Departamento de Conformidade em nome dela.

Outra hesitação.

— Por quê? Há muito pouca coisa. Algumas informações técnicas oficiais, segundo a Lei de Privacidade.

Mas aquilo era mentira. A agente Kathryn Dance, do Bureau Central de Informações, tinha fornecido a ele certo conhecimento de linguagem corporal e análises sobre a forma de comunicação das pessoas. Uma hesitação antes da resposta é muitas vezes sinal de iminente tentativa de enganar, porque a pessoa está procurando formular uma resposta crível, porém falsa. Ao dizer a verdade, a resposta vem rápida, pois não há necessidade de inventar.

— Por que não quer que eu a examine, então?

— Simplesmente não há motivo para isso... A informação não lhe serviria para nada.

Mentira.

Os olhos verdes de Sterling se mantiveram tranquilos, embora em certo momento ele os desviasse para um lado. Rhyme percebeu que ele olhara de relance para o lugar onde Ron Pulaski apareceria na tela de Rhyme. O jovem agente estava de volta ao laboratório e se colocara atrás do chefe.

— Então responda a uma pergunta.

— Pois não.

— Acabei de falar com um técnico em computadores do Departamento de Polícia de Nova York. Eu tinha pedido a ele que estimasse o tamanho do arquivo no dossiê do meu primo.

— E então?

— Ele disse que um dossiê de trinta páginas corresponde a aproximadamente 25k de dados.

— Estou tão preocupado quanto o senhor com o bem-estar de sua parceira, mas...

— Duvido muito. Mas ouça isto — interrompeu Rhyme. A única reação de Sterling foi erguer ligeiramente o cenho. — Um dossiê típico tem 25k de dados. No entanto, as informações sobre sua empresa dizem que ela possui mais de 500 *petabytes* de informações. É uma quantidade enorme de dados, que muita gente nem é capaz de visualizar.

Sterling não teve reação.

— Se a média de cada dossiê é de 25k, nesse caso a base de dados para cada ser humano sobre a terra seria talvez de 150 *bilhões* de K, num cálculo otimista. O innerCircle, porém, possui mais de 500 *trilhões* de K. O que existe no restante do espaço do disco rígido do innerCircle, Sterling?

Outra hesitação.

— Bem, muitas coisas. Gráficos e fotografias, que tomam muito espaço. Dados administrativos, por exemplo.

Mentira.

— Por favor, diga-me: em primeiro lugar, por que motivo alguém deveria ter um arquivo de Conformidade? Quem tem de estar dentro de que normas legais?

— Nós nos certificamos de que cada arquivo pessoal esteja em conformidade com as disposições legais.

— Sterling, se esse arquivo não for recebido em meu computador em cinco minutos, mandarei diretamente ao *New York Times* a informação de que você ajudou e protegeu um criminoso que usou informações em seu poder para estuprar e matar. O pessoal do Departamento de Conformidade em Washington não vai evitar essa manchete. A reportagem vai ser sensacional, garanto.

Sterling limitou-se a rir, com expressão de suprema confiança.

— Isso não irá acontecer. Agora, capitão, vou me despedir.

— Sterling...

A tela ficou escura.

Rhyme fechou os olhos, frustrado. Manobrou a cadeira de rodas até diante dos quadros brancos que continham a relação de pistas e as listas de suspeitos. Ficou olhando as anotações feitas por Thom e Sachs, algumas rabiscadas às pressas, outras escritas de forma mais metódica.

Mas não lhe ocorreu nenhuma resposta.

Onde está você, Sachs?

Sabia que ela operava na zona de risco e que ele próprio jamais sugeriria que ela evitasse as situações de perigo potencial que pareciam atraí-la. Mas estava furioso porque ela tinha ido seguir uma pista sem pedir apoio na retaguarda.

— Lincoln? — chamou Ron Pulaski, em voz baixa. Rhyme ergueu os olhos e viu a expressão anormalmente fria com que o jovem agente olhava as fotos do cadáver de Myra Weinburg na cena do crime.

— Que foi?

Pulaski voltou-se para o criminalista.

—Tenho uma ideia.

* * *

O rosto que mostrava o curativo no nariz enchia agora o monitor de alta definição.

— Você tem acesso ao innerCircle, não é verdade? — perguntou Ron Pulaski a Mark Whitcomb, com voz fria. — Você disse que não tinha permissão, mas está habilitado.

O assistente do Departamento de Conformidade suspirou. Finalmente, respondeu:

— É verdade. — Mantinha rapidamente o contato visual, mas logo desviava o olhar.

— Mark, temos um problema. Precisamos que você nos ajude.

Pulaski explicou o desaparecimento de Sachs e a suspeita de Rhyme de que o arquivo de Conformidade poderia ajudá-los a descobrir para onde ela teria ido.

— Qual é o conteúdo do dossiê?

— Um dossiê de Conformidade? — sussurrou Whitcomb. — É absolutamente proibido acessá-los. Se descobrirem, poderei ser preso. E a reação de Sterling... vai ser pior do que a cadeia.

Pulaski retrucou:

— Você não foi sincero conosco e houve mortes. — Em seguida acrescentou, em tom mais suave: — Nós somos os mocinhos, Mark. Ajude-nos. Não deixe que ninguém mais seja ferido. Por favor.

O jovem agente se calou, deixando que o silêncio se desenrolasse.

Bom trabalho, novato, pensou Rhyme, que dessa vez se contentara em desempenhar um papel secundário.

Whitcomb torceu o rosto, incomodado. Olhou em volta e depois para o teto. Estaria com receio de aparelhos de escuta ou câmeras de vigilância? Rhyme não sabia. Provavelmente sim, porque suas palavras soaram com resignação e urgência:

— Escreva o que vou ditar — instruiu ele. — Não temos muito tempo.

— Mel, venha pra cá. Vamos entrar no innerCircle da SSD.

— Vamos mesmo? Ora, isso não parece boa coisa. Primeiro, Lon sequestra meu distintivo, e agora isso.

O técnico ocupou um computador ao lado do de Rhyme. Whitcomb forneceu o endereço de um site, que Cooper digitou. Apareceram mensagens na tela que indicavam estar conectado com o servidor seguro da SSD. Whitcomb deu a Cooper um nome de usuário provisório e, após um momento de hesitação, também três longas senhas de caracteres aleatórios.

— Baixe o arquivo de decodificação na janela no centro da tela e pressione EXECUTAR.

Cooper obedeceu e um momento depois apareceu outra mensagem na tela:

Bem-vindo, NGHF235, por favor, informe (1) o código SSD de 16 dígitos do indivíduo procurado; ou (2) país e número do passaporte do indivíduo, ou (3) nome, residência, inscrição na Previdência Social e um número de telefone.

— Digite a informação em relação à pessoa de seu interesse.

Rhyme ditou os detalhes relativos a Sachs. Na tela apareceu: *Confirmar acesso a 3E — Dossiê Conformidade. Sim/Não*

Cooper clicou na primeira opção e uma janela surgiu, pedindo mais uma senha.

Olhando mais uma vez para o teto, Whitcomb perguntou:

— Está pronto para ir adiante? — Como se algo muito importante fosse acontecer.

— Estou pronto.

Whitcomb forneceu outra senha de 16 dígitos, que Cooper digitou. Em seguida apertou a tecla ENTER.

Enquanto o texto ia enchendo a tela do computador, o criminalista murmurou, estupefato:

— Ah, meu Deus.

Lincoln Rhyme não costumava espantar-se com qualquer coisa.

ACESSO RESTRITO

A POSSE DESTE DOSSIÊ POR PARTE DE QUALQUER PESSOA QUE NÃO SEJA TITULAR DE AUTORIZAÇÃO A-18 OU SUPERIOR É UMA TRANSGRESSÃO DA LEGISLAÇÃO FEDERAL

Dossiê 3-E - Conformidade
Número SSD: 7303-4490-7831-3478
Nome: Amelia H Sachs
Páginas: 478

SUMÁRIO

Clique em cada tópico para abrir
Nota: material arquivado pode levar até cinco minutos para ser acessado

PERFIL

- Nome/Apelidos/Pseudônimos/outros nomes
- Número da Previdência Social
- Endereço atual
- Vista do endereço atual por satélite
- Endereços anteriores
- Cidadania
- Raça
- História ancestral
- Origem nacional
- Descrição física/características distintivas
- Detalhes biométricos
    Fotografias
    Vídeo
    Impressões digitais
    Escaneamento da retina
    Escaneamento da íris
    Forma de caminhar
    Escaneamento facial
    Tipo de voz
- Amostras de tecido
- Histórico médico
- Filiações político-partidárias
- Organizações profissionais
- Fraternidades
- Filiações religiosas
- Histórico militar

Serviço/dispensa
  Avaliação do Departamento de Defesa
  Avaliação da Guarda Nacional
  Treinamento em sistemas de armas
- Doações
  Políticos
  Religiosos
  Médicos
  Filantrópicos
  Sistema Nacional de Transmissão/Sistema Público de Rádio
  Outros
- Histórico psicológico/psiquiátrico
- Perfil Myers-Briggs de personalidade
- Perfil de preferência sexual
- Hobbies/ interesses
- Clubes/fraternidades

INDIVÍDUOS ATRELADOS AO SUJEITO PRINCIPAL

- Cônjuges
- Relações íntimas
- Descendentes
- Pai/mãe
- Irmãos/irmãs
- Avós (paternos)
- Avós (maternos)
- Outros parentes de sangue, vivos
- Outros parentes de sangue, falecidos
- Parentes por afinidade ou agregados
- Vizinhos
  Atuais
  Nos últimos cinco anos (arquivado, pode haver demora no acesso)
- Colegas de trabalho, clientes etc.
  Atuais
  Nos últimos cinco anos (arquivado, pode haver demora no acesso)
- Conhecidos
  Pessoalmente
  Na internet
- Pessoas de interesse (PEI)

INFORMAÇÕES FINANCEIRAS

- Emprego — atual
  Categoria
  Histórico salarial
  Dias de ausência/motivos da ausência
  Desempenho/reivindicações
  Elogios/reprimendas
  Incidentes de discriminação
  Incidentes de saúde/segurança no trabalho
  Outros
- Emprego — anterior(es) (arquivado, pode haver demora no acesso)
  Categoria
  Histórico salarial
  Dias de ausência/motivos da ausência
  Desempenho/reivindicações
  Elogios/reprimendas
  Incidentes de discriminação
  Incidentes de saúde/segurança no trabalho
  Outros
- Rendimentos — atuais
  Declarados
  Não declarados
  No estrangeiro
- Rendimentos — anteriores
  Declarados
  Não declarados
  No estrangeiro
- Ativos atuais
  Imóveis
  Veículos e embarcações
  Conta bancária/títulos e valores
  Apólices de seguro
  Outros
- Ativos, últimos 12 meses, disposição ou aquisição fora do padrão
Imóveis

Veículos e embarcações
  Conta bancária/títulos e valores
  Apólices de seguro
  Outros
- Ativos, últimos cinco anos, disposição ou aquisição fora do padrão (arquivado, pode haver demora no acesso)
  Imóveis
  Veículos e embarcações
  Conta bancária/títulos e valores
  Apólices de seguro
  Outros
- Relatório/avaliação de crédito
- Transações financeiras, instituições baseadas nos EUA
  Hoje
  Últimos sete dias
  Últimos trinta dias
  Ano passado
  Últimos cinco anos (arquivado, pode haver demora no acesso)
- Transações financeiras, instituições baseadas no exterior
  Hoje
  Últimos sete dias
  Últimos trinta dias
  Ano passado
  Últimos cinco anos (arquivado, pode haver demora no acesso)
- Transações financeiras, sistema Hawala e outras à vista, nos EUA e no exterior
  Hoje
  Últimos sete dias
  Últimos trinta dias
  Ano passado
  Últimos cinco anos (arquivado, pode haver demora no acesso)

COMUNICAÇÕES

- Números de telefone atuais
  Celular

Fixo
  Satélite
- Telefones anteriores nos últimos 12 meses
  Celular
  Fixo
  Satélite
- Telefones anteriores nos últimos cinco anos (arquivado, pode haver demora no acesso)
  Celular
  Fixo
  Satélite
- Números de Fax
- Números de pager
- Chamadas feitas e recebidas — telefone/pager, celular, PDA
  Últimos trinta dias
  Último ano (arquivado, pode haver demora no acesso)
- Chamadas feitas e recebidas — telefone/pager, fax
  Últimos trinta dias
  Último ano (arquivado, pode haver demora no acesso)
- Chamadas feitas e recebidas — telefone/pager, fax, satélite
  Últimos trinta dias
  Último ano (arquivado, pode demorar)
- Grampeamento/interceptação
  Lei de Vigilância e Inteligência Externa
  Registros
  Título 3
  Outros, ordens judiciais
  Outros, colateral
- Atividades telefônicas baseadas na web
- Provedores de serviço na internet, atuais
- Provedores de serviço na internet, últimos 12 meses
- Provedores de serviço na internet, últimos cinco anos (arquivado, pode haver demora no acesso)
- Sites favoritos na web
- Endereços de e-mail
  Atual
  Anterior(es)

- Atividade de e-mail, ano passado
    Histórico TC/PIP
    Endereços de destino
    Endereços de origem
    Conteúdo (ordem judicial pode ser necessária)
- Atividade de e-mail nos últimos cinco anos (arquivado, pode haver demora no acesso)
    Histórico TC/PIP
    Endereços de destino
    Endereços de origem
    Conteúdo (ordem judicial pode ser necessária)
- Sites na web, atuais
    Pessoais
    Profissionais
- Sites na web, últimos cinco anos (arquivado, pode haver demora no acesso)
    Pessoais
    Profissionais
- Blogs, lifelogs, sites na web (ver apêndice sobre textos de interesse)
- Avatares/outras personalidades on-line
- Listas de destinatários
- "Companheiros" em contas de e-mail
- Participação em bate-papos on-line
- Navegação na web, pedidos de busca/resultados
- Perfil de competência em digitação
- Perfil de gramática, sintaxe e pontuação nas buscas
- Histórico de entrega de encomendas

ATIVIDADES RELATIVAS AO ESTILO DE VIDA

- Compras hoje
    Itens sugeridos ou mercadorias
    Vestuário
    Veículos e correlatos
    Alimentos
    Bebidas alcoólicas
    Artigos de uso doméstico
    Aparelhos elétricos
    Outros

- Compras nos últimos sete dias
    - *Itens sugeridos ou mercadorias*
    - *Vestuário*
    - *Veículos e correlatos*
    - *Alimentos*
    - *Bebidas alcoólicas*
    - *Artigos de uso doméstico*
    - *Aparelhos elétricos*
    - *Outros*
- Compras nos últimos trinta dias
    - *Itens sugeridos ou mercadorias*
    - *Vestuário*
    - *Veículos e correlatos*
    - *Alimentos*
    - *Bebidas alcoólicas*
    - *Artigos de uso doméstico*
    - *Aparelhos elétricos*
    - *Outros*
- Compras durante o último ano (arquivado, pode haver demora no acesso)
    - *Itens sugeridos ou mercadorias*
    - *Vestuário*
    - *Veículos e correlatos*
    - *Alimentos*
    - *Bebidas alcoólicas*
    - *Artigos de uso doméstico*
    - *Aparelhos elétricos*
    - *Outros*
- Livros/revistas comprados on-line
    - *Suspeitos/subversivos*
    - *Outros interesses*
- Livros/revistas comprados em lojas de varejo
    - *Suspeitos/subversivos*
    - *Outros interesses*
- Livros/revistas comprados em livrarias
    - *Suspeitos/subversivos*
    - *Outros interesses*
- Livros/revistas observados por pessoal de linhas aéreas
    - *Suspeitos/subversivos*
    - *Outros interesses*

- Outras atividades em livrarias
- Registro de compra de presentes de casamento/chá de panela/aniversário
- Filmes
- Programas de TV a cabo/programas pay-per-view assistidos, últimos trinta dias
- Programas de TV a cabo/programas pay-per-view assistidos, ano passado (arquivados, pode haver demora no acesso)
- Assinatura de rádios
- Viagens
    De automóvel
    Veículos próprios
    Alugados
    Transporte público
    Taxi/limusine
    Ônibus
    Trem
    Avião, comercial
    Doméstico, internacional
    Verificação de segurança da TSA
    Nome figurando em listas de proibição de voo
- Presença em locais de interesse (LI)
    Locais
    Mesquitas
    Outras localizações — EUA
    Mesquitas
    Outras localizações — internacional
- Presença ou trânsito em locais de alerta vermelho (LAI): Cuba, Uganda, Líbia, Iêmen do Sul, Libéria, Gana, Sudão, Rep. Dem. do Congo, Indonésia, Territórios Palestinos, Síria, Iraque, Irã, Egito, Arábia Saudita, Jordânia, Paquistão, Eritreia, Afeganistão, Chechênia, Somália, Sudão, Nigéria, Filipinas, Coreia do Norte, Azerbaijão, Chile.

POSIÇÃO GEOGRÁFICA DO SUJEITO

- Dispositivos GPS (todas as posições hoje)
    Em veículos
    Portáteis
    Em celulares

- Dispositivos GPS (todas as posições nos últimos sete dias)
  Em veículos
  Portáteis
  Em celulares
- Dispositivos GPS (todas as posições nos últimos trinta dias)
  Em veículos
  Portáteis
  Em celulares
- Dispositivos GPS (todas as posições no último ano) (arquivado, pode haver demora no acesso)
  Em veículos
  Portáteis
  Em celulares
- Observações biométricas
  Hoje
  Nos últimos sete dias
  Nos últimos trinta dias
  No ano passado (arquivado, pode haver demora no acesso)
- Relatórios RFID, menos leitores de pedágio eletrônico
  Hoje
  Nos últimos sete dias
  Nos últimos trinta dias
  No ano passado (arquivado, pode haver demora no acesso)
- Relatórios RFID, leitores de pedágio eletrônico
  Hoje
  Nos últimos sete dias
  Nos últimos trinta dias
  No ano passado (arquivado, pode haver demora no acesso)
- Transgressões no tráfego fotos/vídeos
- Circuito fechado — fotos/vídeo
- Supervisão por mandado judicial — fotos/vídeos
- Transações financeiras em pessoa
  Hoje
  Últimos sete dias
  Últimos trinta dias
  Ano passado (arquivado, pode haver demora no acesso)
- Celulares/PDA/telecomunicação
  Hoje
  Últimos sete dias

Últimos trinta dias
Ano passado (arquivado, pode haver demora no acesso)
- Incidentes próximos a alvos de segurança
  Hoje
  Últimos sete dias
  Últimos trinta dias
  Ano passado (arquivado, pode haver demora no acesso)

JURÍDICO

- Histórico criminal — EUA
  Detenção/interrogatório
  Voz de prisão
  Condenações
- Histórico criminal — no exterior
  Detenção/interrogatório
  Voz de prisão
  Condenações
- Listas de alerta
- Supervisão
- Litígios judiciais civis
- Ordens de restrição
- Histórico de denúncias

DOSSIÊS ADICIONAIS

- Bureau Federal de Investigação (FBI)
- Agência Central de Inteligência (CIA)
- Agência de Segurança Nacional
- Organização Nacional de Reconhecimento
- NPIA
- Agências Militares de Inteligência
  Exército
  Marinha
  Força Aérea
  Fuzileiros navais
- Departamentos locais e estaduais de inteligência policial

AVALIAÇÃO DE RISCO

Avaliação como risco de segurança
  Setor privado
  Setor público

Aquilo era apenas o sumário do conteúdo. O dossiê de Amelia Sachs propriamente dito tinha quase quinhentas páginas.

Rhyme correu os olhos pela lista de tópicos e clicou em vários deles. O texto era muito denso. Ele murmurou:

— A SSD possui essas informações sobre todos os habitantes dos Estados Unidos?

— Não — respondeu Whitcomb. — Evidentemente, existem muito poucos dados sobre crianças com menos de 5 anos. Além disso, há várias lacunas em relação a muitos adultos. Mas a SSD faz o melhor que pode e aperfeiçoa constantemente os dossiês.

Aperfeiçoa?, pensou Rhyme.

Pulaski apontou a brochura com informações que Mel Cooper havia baixado.

— Quatrocentos milhões de pessoas?

— Isso mesmo. E cada vez aumenta mais.

— E os dados são atualizados de hora em hora? — indagou Rhyme.

— Muitas vezes em tempo real.

— Portanto, sua agência governamental, Whitcomb, esse Departamento de Conformidade não trata de proteger os dados, e sim de utilizá-los, não é isso? Para localizar terroristas?

Whitcomb fez uma pausa. Mas como já havia entregado o dossiê a uma pessoa que não possuía a autorização A-18 — o que quer que isso fosse — provavelmente tinha achado que revelar um pouco mais não teria consequências mais graves. Então confirmou:

— Isso mesmo. E não apenas terroristas, mas também outros criminosos. A SSD usa programas preditivos para descobrir quem irá cometer crimes, quando e como. Muitas das informações que seguem para agentes policiais e departamentos de inteligência vêm de fontes que parecem cidadãos preocupados, mas, na verdade, são avatares.

São fictícios, criados pelo Watchtower e pelo innerCircle. Às vezes até mesmo recebem recompensas, que são enviadas de volta ao governo para serem utilizadas novamente.

Foi a vez de Mel Cooper perguntar:

— Mas se vocês são uma agência governamental, por que motivo passam o trabalho para uma empresa privada? Por que não fazê-lo vocês mesmos?

— Precisamos usar uma empresa privada. O Departamento de Defesa tentou fazer um trabalho semelhante, após o 11 de Setembro. Era o programa de Percepção Total da Informação. O diretor era o ex-assessor de segurança nacional John Poindexter e um executivo da Administração Estatal de Indústria e Comércio. No entanto, acabou sendo fechado por violações da Lei de Privacidade. Além disso, o público achou que cheirava muito a Big Brother. Mas a SSD não está sujeita às mesmas exigências legais que se aplicam ao governo.

Whitcomb deu uma risada cínica.

— Devo dizer, com todo o respeito devido a meu patrão, que Washington não demonstrou muito talento, ao contrário da SSD. Os dois conceitos principais do vocabulário de Andrew Sterling são expressos com as palavras "conhecimento" e "eficiência". Ninguém combina as duas coisas melhor do que ele.

— Não é ilegal? — perguntou Mel Cooper.

— Temos algumas áreas nebulosas — confessou Whitcomb.

— Bem, isso pode nos ajudar? É tudo o que quero saber.

— Talvez.

— Como?

Whitcomb explicou:

— Vamos acessar o perfil de posicionamento geográfico da detetive Sachs no dia de hoje. Deixe-me digitar — continuou ele, começando a trabalhar no teclado. — Vocês verão o resultado em sua tela, numa janela na parte de baixo.

— Quanto tempo vai levar?

Ele deu um riso contido, por causa do nariz quebrado.

— Não muito. É bem rápido.

Mal acabara de falar e o texto já enchia a tela.

PERFIL DE POSICIONAMENTO GEOGRÁFICO
Sujeito: 7303-4490-7831-3478

Parâmetros de tempo: últimas quatro horas.

- 16h32. Chamada telefônica. Do celular do sujeito para linha fixa do sujeito 5732-4887-3360-4759 (Lincoln Henry Rhyme) (indivíduo atrelado). 52 segundos. Sujeito em sua própria residência no Brooklyn, NY.
- 17h23. Identificação biométrica. CCTV, NYPD 84° distrito, Brooklyn, NY. 95% probabilidade positivo.
- 17h23. Identificação biométrica. Sujeito 3865-6453-9902-7221 (Pamela D. Willoughby) (indivíduo atrelado). CCTV, NYPD, 84° distrito, Brooklyn, NY. 92,4% probabilidade positivo.
- 17h40. Chamada telefônica do celular do sujeito para linha fixa do sujeito 5732-4887-3360-4759 (Lincoln Henry Rhyme) (indivíduo atrelado). 12 segundos.
- 18h27. Escaneamento RFID. Manhattan Style Boutique, 9 West 8th Street — cartão de crédito. Nenhuma compra.
- 18h41. Identificação biométrica. CCTV, Presco Discount Gas & Oil, 546 W 14th Street, bomba 7. 2001 Honda Civic Placa NY MDH459, em nome de 3865-6453-9902-7221 (Pamela D. Willoughby) (indivíduo atrelado).
- 18h46. Compra com cartão de crédito Presco Discount Gas & Oil, 546 W 14th Street, bomba 7. Compra de 55 litros de gasolina comum. US$43.86.
- 19h01. Escaneamento de placa. CCTV, Avenue of the Americas com rua 23, Honda Civic MDH459, seguindo rumo norte.
- 19h03. Chamada telefônica do celular do sujeito para linha fixa do sujeito 5732-4887-3360-4759 (Lincoln Henry Rhyme) (indivíduo atrelado). Sujeito estava na Avenue of the Americas com rua 28. 14 segundos.
- 19h07. Escaneamento RFID. Cartão de crédito Associated Credit Union, Avenue of the Americas com rua 34. Catorze segundos. Nenhuma compra.

— Muito bem, ela está no carro de Pamela. Por quê? Onde está o dela?

— Qual é o número da placa? — perguntou Whitcomb. — Não importa, é mais fácil usar o código dela. Vejamos...

Uma janela se abriu na tela e eles viram um relatório de que o Camaro tinha sido rebocado do lugar onde estava, em frente à casa dela. Não havia informação sobre o destino.

— Foi 522 quem fez isso — concluiu Rhyme. — Certamente foi ele. Assim como sua mulher, Pulaski, e a energia aqui. Ele está atacando cada um de nós da forma que lhe é possível.

Whitcomb digitou alguma coisa e a informação sobre o automóvel foi substituída por um mapa que mostrava os pontos do perfil de posicionamento geográfico, revelando que Sachs se movera do Brooklyn para Midtown. Ali, porém, o caminho se fechava.

— Veja a última entrada — disse Rhyme. — O escaneamento da RFID. O que foi aquilo?

Whitcomb respondeu:

— Uma loja leu o chip de um dos cartões de crédito dela, porém muito rapidamente. Provavelmente ela estava no carro. Se estivesse caminhando, teria de estar passando muito depressa.

— Ela continuou em direção norte? — especulou Rhyme.

— Essa é a informação que temos. Em pouco tempo será atualizada.

Mel Cooper disse:

— Ela pode ter seguido pela rua 34 até a West Side Highway, ao longo do Hudson. E pode ter continuado no rumo norte e saído da cidade.

— Há uma ponte com pedágio — comentou Whitcomb. — Se ela passar por ali, nós saberemos, por causa do número da placa. A proprietária do carro — Pam Willoughby — não tem dispositivo eletrônico para passar no pedágio. Se fosse assim, o innerCircle teria nos informado.

Por instrução de Rhyme, Mel Cooper, o mais graduado agente policial do grupo, fez um pedido urgente de um localizador de emergência para o carro de Pam, informando o número da placa e a marca do veículo.

Rhyme ligou para o distrito policial no Brooklyn, onde ficou sabendo apenas que o Camaro de Sachs havia efetivamente sido rebocado. Sachs e Pam haviam estado lá rapidamente mas saíram sem dizer para onde iam. Rhyme ligou para o celular da adolescente. Pam estava na cidade com uma amiga e confirmou que Sachs havia descoberto uma pista após a invasão da casa no Brooklyn, mas não mencionara o que era nem para onde se dirigia.

Rhyme desligou.

Whitcomb sugeriu:

—Vamos carregar as informações do geoposicionamento e tudo o mais que temos a respeito dela e do caso no FORT, o programa que faz relações obscuras, e depois no Xpectation. Este é o software que faz previsões. Se existe alguma maneira de descobrir aonde ela foi é essa.

Whitcomb olhou novamente para o teto e torceu o rosto. Levantando-se, caminhou até a porta. Rhyme viu que ele a trancara e depois colocara uma cadeira sob a maçaneta, pressionando-a. Com um ligeiro sorriso, sentou-se ao computador e começou a digitar.

— Mark — chamou Pulaski.

— O quê?

— Obrigado. E estou falando sério dessa vez.

CAPÍTULO **QUARENTA E SEIS**

A VIDA É UMA LUTA, claro.

Meu ídolo — Andrew Sterling — e eu compartilhamos a mesma paixão pelos dados e ambos damos valor ao seu mistério, sua atração, seu significado. Mas até que eu penetrasse na esfera dele, nunca havia percebido a plenitude do uso de dados como arma para expandir nossa visão a todos os recantos do mundo, reduzindo a números toda a vida, toda a existência, para em seguida vê-los crescer como uma cortina de fumaça, transformando-se em algo transcendente.

Alma imortal...

Eu estava apaixonado pelo SQL, o instrumento mais prático para a gerência de bases de dados, até me sentir seduzido por Andrew e o Watchtower. Quem não se sentiria assim? Seu poder e elegância são fascinantes. Foi assim que pude apreciar de forma plena o mundo dos dados, graças a ele — embora indiretamente. Ele jamais me deu qualquer coisa além de um aceno simpático no corredor e uma indagação sobre como tinha sido o fim de semana, embora soubesse meu nome sem precisar olhar o crachá em meu peito (que mente genialmente brilhante ele possui!). Recordo todas as madrugadas que passei no gabinete dele, por volta das 2 da manhã, com a SSD deserta, sentando em sua cadeira e sentindo sua presença enquanto lia os títulos dos livros colocados com a lombada para cima na prateleira. Não havia sequer um só daqueles livros pedantes e idiotas de autoajuda para homens de negócios, e sim volumes e mais volumes que revelavam uma visão muito mais ampla: livros sobre a obtenção de poder e território geográfico: os Estados Unidos continentais sob a doutrina do Destino

Manifesto no século XIX, a Europa dominada pelo Terceiro Reich, a *mare nostra* dos romanos, o mundo inteiro submetido à igreja Católica e ao Islã. (E todos eles, aliás, davam valor ao poder incisivo dos dados.)

Aprendi muita coisa simplesmente ouvindo de longe o que dizia Andrew e saboreando o que ele redigia em rascunhos de memorandos e cartas, além do livro que estava escrevendo.

Os erros são como o ruído. O ruído é contaminação. A contaminação tem de ser eliminada.

Somente na vitória podemos nos dar ao luxo de sermos generosos.

Somente os fracos cedem.

Ou encontre uma solução para o seu problema, ou deixe de considerá-lo um problema.

Nascemos para lutar.

Aquele que compreende, ganha; aquele que sabe, compreende.

Penso no que Andrew acharia do meu objetivo, e acredito que ele ficaria satisfeito.

E agora, a batalha contra Eles se aproxima.

Na rua, perto de casa, aperto repetidas vezes o chaveiro eletrônico e finalmente ouço uma buzina surda.

Vamos ver, vamos ver... Ah. Ali está. Vejam só aquela pilha de ferro velho, um Honda Civic. Naturalmente emprestado, pois o carro de Amelia 7303 ainda está no depósito da polícia — façanha de que me sinto bastante orgulhoso. Nunca havia pensado em fazer uma coisa dessas antes.

Meus pensamentos voltam para a bela ruiva. Estaria blefando a respeito do que Eles sabem? A respeito de Peter Gordon? Isso é o que torna o conhecimento interessante, a tênue linha entre a verdade e a mentira. Mas não posso me arriscar, preciso esconder o carro.

Volto a pensar nela.

Os olhos selvagens, os cabelos ruivo, o corpo... Não sei se poderei esperar muito mais.

Troféus...

Examino rapidamente o carro. Alguns livros, revistas, lenços de papel, tênis de corrida já um tanto gastos. Um exemplar da revista *Seventeen* no banco traseiro e um livro didático sobre poesia... E quem é o proprietário dessa maravilhosa contribuição da tecnologia japonesa ao mundo? O registro me informa que se trata de Pamela Willoughby.

Procurarei mais informações sobre ela no innerCircle e em seguida farei uma visita. Como será a fisionomia dela? Vou verificar no Departamento de Trânsito para certificar-me de que valerá a pena.

O carro arranca perfeitamente. Saio da vaga com cuidado, sem perturbar os demais motoristas. Não quero criar um problema.

Meia quadra, no interior do beco.

O que será que a senhorita Pam gosta de ouvir? Rock, rock alternativo, hip-hop, entrevistas e notícias. Os botões de pré-seleção constituem excelente fonte de informação.

Já estou arquitetando um plano para organizar uma transação com a moça. Primeiro, conhecê-la melhor. Vamos nos encontrar no serviço religioso em honra à morte de Amelia 7303 (se não houver cadáver, não há velório). Darei minhas condolências, dizendo que eu a conheci quando ela trabalhava justamente naquele caso. Simpatizei muito com ela. Ora, não chore, meu bem. Escute. Vamos conversar. Posso contar tudo o que Amelia me contou. Falar do pai dela, narrar a interessante história da vinda do avô para este país. (Depois que eu soube que ela andava bisbilhotando, verifiquei seu dossiê. Que história interessante.) Ficamos bons amigos. Estou arrasado... Quer tomar um café? Que tal o Starbucks? Sempre vou a um, depois de correr no Central Park, todos os fins de tarde. Ora, você também?

Sem dúvida parecemos ter algo em comum.

Tenho novamente aquela sensação, ao pensar em Pam. Será que é feia?

Pode ser que tenha de esperar um pouco até que possa trancá-la no porta-malas do meu carro... Primeiro tenho que cuidar de Thom Reston e de algumas outras coisas. Mas pelo menos tenho Amelia 7303 para esta noite.

Entro na garagem e estaciono o carro, que ficará ali até que eu troque as placas e o faça desaparecer no fundo do reservatório Croton. Mas não posso pensar nisso agora. Estou ficando exausto, imaginando a transação com minha amiga ruiva que espera em meu Armário, como uma esposa aguarda o marido após um dia difícil no escritório.

Desculpe, não é possível fazer previsões neste momento. Por favor, insira mais dados e tente novamente.

Apesar de haver utilizado a mais ampla base de dados do mundo, apesar do moderníssimo software que examinava todos os detalhes da vida de Amelia Sachs à velocidade da luz, o programa não forneceu resultados.

— Lamento — desculpou-se Mark Whitcomb, apalpando delicadamente o nariz. O sistema de alta definição para videoconferências mostrava com bastante detalhe o ferimento nasal. O aspecto era ruim. Ron Pulaski batera realmente com força.

O jovem continuou, fungando:

— Simplesmente não há detalhes suficientes. A qualidade da informação que sai da máquina é igual à qualidade da que entra. Isso nos mostra que ela está indo para algum lugar onde nunca esteve antes, pelo menos não por aquele caminho.

Diretamente para a casa do assassino, refletiu Rhyme, frustrado. Onde diabos estaria ela?

— Espere um minuto. O sistema está atualizando...

A tela piscou e a imagem mudou. Whitcomb exclamou:

— Achei! Vi algumas ocorrências de RFID há vinte minutos.

— Onde? — perguntou Rhyme, num sussurro.

Whitcomb passou a imagem para a tela deles. Era um quarteirão tranquilo no Upper East Side.

— Duas ocorrências de lojas. A duração do primeiro escaneamento de RFID foi de segundos. O segundo foi um pouco mais longo, oito segundos.

— Liguem para Bo Haumann, agora! — bradou Rhyme.

Pulaski apertou a tecla de discagem rápida e um momento depois o chefe do Serviço de Emergência atendeu o telefone.

— Bo, tenho uma pista sobre Amelia. Ela foi atrás de 522 e desapareceu. Estamos monitorando a trajetória dela por computador. Há cerca de vinte minutos ela estava perto do número 642 da rua 81.

— Podemos chegar lá em dois minutos, Linc. É uma situação de refém?

— É o que parece. Ligue quando souber de alguma coisa.

Ambos desligaram.

Rhyme recordou a mensagem dela no correio de voz. Aquele pequeno pacote de dados digitais parecia tão frágil.

Mentalmente, ouvia a voz dela com perfeição.

Tenho uma pista, Rhyme, uma boa pista. Ligue para mim.

Foi impossível não imaginar que aquele poderia ter sido seu último contato.

A equipe A da Unidade de Serviço de Emergência de Bo Haumann se encontrava diante da porta de uma casa grande no Upper East Side: quatro agentes vestindo uniforme de combate e empunhando metralhadoras MP-5 compactas, de cor preta. Mantinham-se cuidadosamente afastados das janelas.

Haumann era obrigado a admitir que nunca tinha visto nada como aquilo em todos os anos que servira no exército ou na polícia. Lincoln Rhyme estava usando algum tipo de programa de computador, o qual rastreara Amelia Sachs até aquela área, porém não usava o telefone dela, ou por rádio ou por GPS. Talvez aquele fosse o futuro do trabalho da polícia.

O dispositivo não informara a localização exata de onde as equipes agora se encontravam — uma residência particular. No entanto, uma testemunha havia visto uma mulher fazer uma pausa nas duas lojas onde o computador a localizara. Em seguida, ela se encaminhara para aquela casa. Presumivelmente, ainda se encontraria ali, em poder do assassino a quem eles chamavam 522.

Finalmente, a equipe que estava nos fundos chamou.

— Equipe B para Número Um. Estamos em posição. Não dá para ver nada. Em que andar ela está?

— Não temos ideia. Vamos entrar e varrer a casa, depressa. Ela já está aí há algum tempo. Vou tocar a campainha e quando ele vier à porta nós entraremos.

— Entendido.

— Aqui é a Equipe C. Estaremos no telhado em três ou quatro minutos.

— Andem logo! — rosnou Haumann.

— Sim, senhor!

Haumann havia trabalhado com Amelia Sachs durante vários anos. Ela era mais valente do que a maioria de seus subordinados do sexo masculino. Não sabia bem se *gostava* dela — Amelia era teimosa e rude, e muitas vezes blefava para conseguir uma vantagem, quando deveria ser mais prudente, mas ele sem dúvida a respeitava.

Além disso, não estava disposto a permitir que ela fosse feriada por um estuprador como 522. Acenou para um detetive da equipe, que se colocara junto à porta de entrada, usando um terno para que quando batesse à porta o assassino não desconfiasse de nada ao olhar pelo olho mágico. Tão logo ele abrisse, os homens agachados saltariam para dentro e o dominariam. O policial abotoou o paletó e acenou de volta.

— Merda — resmungou Haumann para a equipe que estava nos fundos, impaciente. — Vocês já estão em posição, ou não?

CAPÍTULO **QUARENTA E SETE**

A PORTA SE ABRIU E ela ouviu os passos do assassino entrando nos cômodos fedidos e claustrofóbicos.

Amelia Sachs se agachara, os joelhos doendo na tentativa de alcançar a chave das algemas no bolso da frente. Como estava rodeada pelas enormes pilhas de jornais, ela não conseguiu virar o suficiente para enfiar a mão no bolso dianteiro. Conseguia tocar a chave com os dedos por cima do tecido e sentir seu contorno, uma situação desesperadora, sem ter como ultrapassar a abertura do bolso.

Estava totalmente frustrada.

Mais passos.

Onde, onde?

Mais um tentativa para pegar a chave... Quase, mas sem resultado.

Os passos se aproximavam. Amelia desistiu.

Bem, era hora de lutar. Isso não era problema para ela. Vira nos olhos dele a fúria do desejo. Sabia que a qualquer momento ele viria procurá-la, mas não tinha ideia de como poderia feri-lo com as mãos algemadas atrás das costas e com a terrível dor que sentia no ombro e no rosto, consequência da luta anterior. Mas o filho da puta pagaria por cada toque.

Mas onde ele estava?

Os passos cessaram.

Onde? Sachs não tinha uma boa visão do cômodo em que se encontrava. O corredor por onde ele teria de vir para chegar até ela era um caminho de 60 centímetros de largura por entre as colunas de jornais mofados. A policial podia ver a escrivaninha e os montes de objetos sem uso, as pilhas de revistas.

Venha, venha, venha me buscar.

Estou preparada. Fingirei medo; recuarei, receosa. Os estupradores precisam dominar. Vendo-me encolhida, ele se sentirá dominante — e descuidado. Quando ele chegar mais perto, atacarei sua garganta com os dentes. Morda-o e não o solte, aconteça o que acontecer. Eu...

Nesse momento a construção desmoronou, como se uma bomba tivesse detonado.

Uma forte onda desabou sobre ela, jogando-a ao chão e prendendo-a, sem que ela pudesse se mover.

Ela soltou um grito de dor.

Foi necessário um minuto para que Sachs compreendesse o que ele havia feito: talvez antecipando o ataque, 522 simplesmente derrubara sobre ela a pilha de jornais. Com os braços e pernas paralisados, e o tórax, ombros e cabeça de fora, ela ficara presa por centenas de quilos de papel fedido.

Dominada pela claustrofobia, em pânico indescritível, ela gritou com a respiração ofegante, lutando para controlar o medo que sentia.

Peter Gordon surgiu no fim do túnel. Em uma das mãos dele ela viu a lâmina de aço de uma navalha. Na outra, um gravador de fita. Ele a observava de perto.

— Por favor — gemeu ela. O pânico era apenas parcialmente fingido.

— Você é linda — sussurrou ele.

Começou a dizer alguma coisa, mas as palavras se misturaram com o som da campainha da porta, que soava tanto naquele cômodo como na parte principal da casa.

Gordon parou.

A campainha tocou novamente.

Levantou-se e foi à escrivaninha, digitou alguma coisa no teclado e verificou a tela do computador — provavelmente uma câmera de segurança mostrando a imagem do visitante. Franziu a testa.

Por alguns instantes, o assassino avaliou o que fazer. Olhou rapidamente para ela e cuidadosamente fechou a navalha, guardando-a no bolso traseiro.

Caminhou para a porta e atravessou-a. Sachs ouviu o ruído de uma tramela atrás dele. Mais uma vez começou a deslizar a mão em direção ao bolso e à pequena chave de metal dentro dele.

— Lincoln.

A voz de Bo Haumann soava distante.

Rhyme deu um suspiro.

— Diga.

— Não era ela.

O quê?

— As informações daquele programa de computador eram genuínas. Mas não eram de Amelia.

Bo explicou que ela emprestara o cartão de crédito a Pam Willoughby para que a jovem comprasse algumas coisas, na esperança de jantarem juntas naquela noite e conversar sobre "assuntos pessoais".

— Pelo menos era o que aparecia no sistema, ao que entendo. Pam foi à loja, olhou a vitrine e em seguida parou naquela casa, onde morava uma amiga, para fazerem juntas o dever de casa.

Rhyme fechou os olhos.

— Está bem, obrigado. Pode desmobilizar seu grupo. Só podemos aguardar.

— Lamento, Lincoln — disse Ron Pulaski.

Rhyme acenou com a cabeça.

Os olhos dele se voltaram para a prateleira acima da lareira, na qual havia uma foto de Sachs usando um capacete preto de segurança, ao volante de um FORD NASCAR. Ao lado havia outra foto com os dois juntos, Rhyme na cadeira de rodas e Sachs abraçada a ele.

Não conseguiu ficar olhando. Desviou o olhar para o quadro branco.

PERFIL DE 522

- Sexo masculino
- Provavelmente não fumante
- Provavelmente não tem mulher nem filhos
- Provavelmente branco ou de pele clara
- Estatura mediana
- Forte, capaz de estrangular as vítimas
- Acesso a equipamento de disfarce da voz
- Possivelmente experiente no uso do computador. Conhece OurWorld. Outras redes sociais?
- Retira troféus das vítimas. Sádico?
- Parte da residência/local de trabalho escura e úmida
- Consome petisco com molho apimentado
- Mora perto de loja de antiguidades?
- Calça sapatos Skecher tamanho 42

- Acumulador; sofre de transtorno obsessivo-compulsivo
- Tem uma vida "secreta" e uma vida "de fachada"
- A personalidade pública deve ser o oposto da verdadeira personalidade
- Residência: não é alugada, deve ter duas partes separadas, uma normal e a outra secreta
- Janelas cobertas ou pintadas
- Torna-se violento quando a coleção está em perigo

PISTAS NÃO PLANTADAS

- Papelão velho
- Cabelos de boneca, BASF B35 náilon 6
- Tabaco de cigarros Tareyton
- Presença de mofo *Stachybotrys chartarum*
- Poeira do atentado ao World Trade Center, possivelmente indicando residência/trabalho na parte sul de Manhattan
- Petiscos com molho de pimenta
- Fibra de corda contendo:
- Refrigerante dietético adoçado com ciclamato (antigo ou estrangeiro)
- Bolas de naftalina (antigas ou estrangeiros)
- Folhas de comigo-ninguém-pode (planta de interior)
- Traços de dois blocos de notas diferentes, amarelos
- Pegada de sapato de trabalho Skecher, tamanho 42
- Folhas de plantas caseiras: figueira e sempre-viva chinesa
- Coffee-mate

Onde está você, Sachs? Onde?

Ficou olhando os quadros, hipnotizado, desejando que pudessem falar. Mas aqueles parcos elementos não ofereciam a Rhyme nada mais do que os dados do innerCircle haviam revelado ao computador da SSD.

Desculpe, não é possível fazer previsões neste momento...

CAPÍTULO **QUARENTA E OITO**

UM VIZINHO.

Meu visitante é um vizinho que mora no mesmo quarteirão, no número 697 da rua 91 West. Acaba de chegar em casa após o trabalho. Devia ter recebido uma encomenda, mas ela não havia sido entregue. A loja acredita que talvez tenha sido deixada no número 679, meu endereço. Uma confusão com os números.

Franzindo a testa, explico que nada havia sido entregue aqui. Sugiro que a loja verifique novamente. Queria cortar a garganta dele por interromper minha aventura com Amelia, mas, em vez disso, é claro, sorrio com ar simpático.

O homem se desculpa por ter me perturbado. Tenha um bom dia, você também, felizmente terminaram aquela obra na rua, você não acha...

Agora volto a pensar em minha Amelia 7303. Ao fechar a porta, porém, sinto um sobressalto. De repente, me lembro de ter tirado tudo dela — o telefone, as armas, o spray de pimenta e o canivete — menos a chave das algemas. Devem estar no bolso dela.

Esse vizinho me tirou do rumo. Sei onde ele mora, e vou fazê-lo pagar por isso. Mas agora volto a meu Armário, já tirando a navalha do bolso. Depressa! O que ela estará fazendo lá dentro? Estará ligando para dizer a Eles onde me encontrar?

Está tentando tirar de mim tudo o que tenho! Eu a odeio. Odeio-a tanto...

O único progresso que Amelia conseguira na ausência de Gordon fora controlar o pânico.

Tentara desesperadamente alcançar a chave, mas as pernas e os braços continuaram paralisados nos grilhões dos jornais e ela não conseguia colocar os quadris em uma posição que lhe permitisse fazer a mão deslizar para dentro do bolso.

Claro, a claustrofobia estava vencida, mas a dor a substituíra rapidamente. Sentia cãibras nas pernas dobradas e uma aresta de papel lhe espetava as costas.

A esperança de que o visitante fosse a salvação se desvaneceu quando a porta do esconderijo do assassino se abriu mais uma vez. Ouviu os passos de Gordon. Um momento depois, olhando para cima, viu que ele a observava. Ele caminhou em torno da montanha de papel, passou ao lado e prestou atenção nas algemas ainda intactas.

Sorriu, aliviado.

— Então, eu sou o número 522!

Ela assentiu, sem saber como ele havia descoberto o apelido que lhe haviam dado. Provavelmente pela tortura do capitão Malloy, o que a fez ficar ainda mais furiosa.

— Prefiro números que tenham relação com alguma coisa. A maioria dos dígitos é apenas aleatória. Já existe aleatoriedade demais na vida. Essa deve ter sido a data em que vocês souberam de minha existência, não foi? 5, 22. Isso tem significado. Gosto dela.

— Se você se entregar poderemos fazer um acordo.

— Um acordo? — repetiu ele com um riso macabro, de quem sabe o que diz. — Que acordo qualquer pessoa poderia fazer comigo? Os assassinatos foram premeditados. Eu jamais sairia da cadeia, você sabe perfeitamente.

Gordon desapareceu momentaneamente e voltou com uma colcha de plástico, que estendeu no chão diante dela.

Ela olhou a colcha manchada de sangue. Pensando no que Terry Dobyns dissera a eles a respeito dos colecionadores maníacos, percebeu que ele estava preocupado com o risco de sujar seus pertences com o sangue dela.

Pegando o gravador de fita, Gordon o colocou sobre uma pilha baixa de papéis próxima, de apenas 90 centímetros. O jornal que estava em cima era o *New York Times* do dia anterior. No canto inferior direito, havia sido escrito um número: 3.529.

O que quer que ele tentasse fazer, iria se arrepender. Ela usaria os dentes, joelhos ou pés. Ele ia se machucar de verdade. Faça-o chegar perto. Mostre-se vulnerável, indefesa.

Faça-o chegar perto.

— Por favor... Está doendo. Não posso mexer as pernas. Ajude-me a estendê-las.

— Não, você está dizendo que não pode mexer as pernas para que eu me aproxime e você tente rasgar minha garganta.

Exatamente isso.

— Não... Por favor!

— Amelia Sete Três Zero Três... acha que não a estudei? No dia em que você e Ron Quatro Dois Oito Cinco vieram à SSD, eu entrei nas celas e verifiquei ambos. Os registros são muito reveladores. Aliás, eles gostam de você. Acho que também têm medo de você. Você é independente, como um míssil fora de controle. Você dirige o carro depressa, atira bem, é especialista em cena de crime e mesmo assim participou de cinco equipes táticas nos últimos dois anos... E por isso não faria muito sentido que eu me aproximasse sem tomar algumas precauções, não é verdade?

Ela mal ouvia o tagarelar dele. Vamos, pensou. Chegue perto. Vamos!

Ele se afastou e voltou com uma arma de atordoamento por choque elétrico, um taser.

Ah. Não... não.

Claro. Sendo segurança, ele possuía um arsenal completo. Daquela distância, não poderia errar. Soltou o pino de segurança da arma, deu um passo para a frente... E nesse momento se deteve, virando a cabeça.

Sachs também ouvira um ruído. Seria de água corrente?

Não. Vidro se quebrando, como em uma janela se partindo em algum ponto distante.

Gordon franziu a testa. Deu um passo na direção da porta que levava à entrada disfarçada no armário embutido. Repentinamente, recuou e caiu de costas, quando a porta se abriu de um golpe.

Uma figura, empunhando um pé de cabra de metal, avançou para o interior, procurando orientar-se no escuro.

Perdendo o fôlego ao cair para trás, Gordon soltou o taser. Piscando os olhos, pôs-se de joelhos, procurando a arma, mas o desconhecido o atacou com a barra de metal, atingindo-lhe o braço. O assassino deu um berro quando um osso se partiu.

— Não, não! — Os olhos de Gordon, lacrimejando de dor, se apertaram ao olhar o rosto do atacante, que bradou:

— Você agora não parece Deus! Seu filho da puta!

Era Robert Jorgensen, o médico vítima do roubo de identidade que morava na hospedaria. Segurando a barra com as duas mãos, golpeou o pescoço e o ombro do assassino. Gordon bateu com a cabeça no chão, revirando os olhos. Desabou e ficou deitado, imóvel.

Sachs arregalou os olhos, espantada ao ver o médico.

Quem é ele? Ele é Deus, e eu sou Jó...

— Você está bem? — perguntou ele, aproximando-se.

— Tire esse jornais de cima de mim. Depois tire as algemas e ponha-as nele. Depressa! A chave está no meu bolso.

Jorgensen ajoelhou-se e começou a retirar os jornais.

— Como chegou aqui? — indagou ela.

Jorgensen tinha os olhos arregalados, como ela se recordava de quando o vira no hotel barato do Upper East Side.

— Venho seguindo você desde a sua visita. Estou dormindo na rua. Sabia que você me levaria a ele — disse Jorgensen, indicando Gordon, ainda caído e respirando levemente.

Jorgensen resfolegava, agarrando grande braçadas de jornais e atirando-os para um lado.

— Então era você quem me seguia — concluiu Sachs. — No cemitério e na rampa de carga no West Side.

— Era eu mesmo. Hoje eu a segui do armazém a seu apartamento e à delegacia, e depois ao escritório naquele prédio cinzento em Manhattan. Aqui, vi você entrar no beco, e como não voltou, fiquei sem saber o que poderia ter acontecido. Bati na porta e ele atendeu. Eu disse que era um vizinho, em busca de uma encomenda provavelmente entregue no endereço errado. Olhei para dentro e não vi você. Fingi que tinha ido embora, mas percebi que ele passava por uma porta na sala, com uma navalha na mão.

— Ele não o reconheceu?

Jorgensen riu com amargura, puxando a barba.

— Ele provavelmente só me conhecia pela foto na carteira de motorista. E ela foi tirada quando eu ainda me preocupava em fazer a barba e podia pagar o cabeleireiro... Meu Deus, esses jornais são pesados.

— Depressa.

Jorgensen prosseguiu:

— Você era minha melhor chance de encontrá-lo. Sei que tem de prendê-lo, mas primeiro quero passar algum tempo com ele. Você precisa deixar! Vou fazê-lo passar por todos os momentos de agonia que ele me fez sofrer.

Sachs começou a sentir novamente as pernas. Ela olhou para onde Gordon estava.

— O bolso da frente... consegue alcançar a chave?

— Ainda não. Tenho que tirar mais jornais.

Mais papel ficou espalhado pelo chão. Uma manchete: PREJUÍZO DE MILHÕES NOS MOTINS CAUSADOS PELO APAGÃO

Outra: NENHUM PROGRESSO NA CRISE DOS REFÉNS: NÃO HÁ ACORDO EM TEERÃ.

Finalmente ela conseguiu sair de debaixo da pilha de jornais. Levantou-se desajeitadamente, com as pernas doendo, tanto o quanto as algemas lhe permitiam. Encostou-se em outra pilha de jornais e voltou-se para Jorgensen.

— A chave das algemas. Depressa.

Metendo a mão no bolso dela, encontrou a chave e passou para trás de Sachs. Com um leve clique, uma das algemas se abriu. Ela conseguiu ficar de pé e estendeu a mão para pegar a chave das mãos dele.

— Depressa — repetiu. — Vamos...

Um tiro soou e ela sentiu que algo batia em seu rosto e nas mãos quando a bala — de sua própria arma, disparada por Peter Gordon — acertou Jorgensen nas costas, espalhando sangue e tecidos sobre Sachs.

Ele deu um grito e caiu sobre ela, salvando-a da segunda bala, que passou zunindo por ela, incrustando-se na parede, a poucos centímetros de seu ombro.

CAPÍTULO **QUARENTA E NOVE**

AMELIA SACHS NÃO TINHA OUTRA opção. Precisava atacar imediatamente. Usando o corpo de Jorgensen como escudo, lançou-se contra Gordon, que estava curvado e sangrando agarrou o taser no chão e atirou na direção dele.

Os projéteis disparados pela arma de atordoamento não têm a mesma velocidade das balas, e ele se afastou a tempo. Ela pegou o pé de cabra de Jorgensen e avançou. Gordon ergueu-se sobre um joelho, mas, quando ela estava a menos de 3 metros, ele conseguiu apontar a arma e atirar diretamente contra ela, no momento em que Sachs atirava a barra de ferro. O projétil bateu no colete à prova de balas. A dor foi forte, mas o tiro teria atingido-a bem abaixo do plexo solar, onde o impacto a faria perder o ar dos pulmões, deixando-a paralisada.

A barra de ferro acertou em cheio o rosto de Gordon com um ruído surdo quase imperceptível, e ele deu um grito de dor. No entanto, não caiu, e ainda empunhava firmemente a arma. Sachs voltou-se para a única direção possível para escapar — à esquerda — e entrou rapidamente em um corredor de objetos que enchiam aquele lugar fantasmagórico.

"Labirinto" era a palavra adequada para descrevê-lo. Uma estreita passagem através das coleções: pentes, brinquedos (muitas bonecas — de uma das quais provavelmente se desprenderam os fios de cabelo encontrados em uma das cenas de crime), tubos vazios de pasta de dentes cuidadosamente enrolados, cosmeticos, canecas, sacos de papel, roupas, sapatos, latas de comida vazias, chaves, canetas. ferramentas, revistas, livros... Ela nunca tinha visto tanta coisa inútil em sua vida

A maioria das lâmpadas estava apagada naquela parte, embora algumas delas lançassem uma claridade amarelada, que se juntava à iluminação vinda dos postes da rua filtrada por entre cortinas manchadas e jornais colados nas vidraças. Todas as janelas tinham grades. Sachs tropeçou diversas vezes, equilibrando-se a tempo de evitar desabar sobre uma pilha de louças ou uma cesta com pregadores de roupa.

Cuidado, cuidado...

Uma queda seria fatal.

Quase vomitando por causa do golpe da bala na barriga, ela contornou duas imensas pilhas de *National Geographic* e sobressaltou-se, abaixando-se no exato momento em que Gordon, surgindo no outro extremo da passagem a 10 metros dela, e mesmo com a expressão do rosto revelando dor do braço quebrado e do golpe que sofrera, atirou duas vezes com a mão esquerda. Ambos erraram o alvo. Ele avançou. Com o cotovelo, Sachs empurrou a torre de revistas, derrubando-a na passagem, que ficou completamente bloqueada. Tratou de afastar-se dali, ouvindo mais dois tiros.

Eram já sete — ela sempre contava — mas a arma era uma Glock, e ainda restavam oito balas. Ela procurou qualquer saída, até mesmo alguma janela sem grade pela qual pudesse escapar, mas não havia nenhuma do outro lado da casa. As prateleiras nas paredes estavam cheias de estatuetas de porcelana e miudezas. Sachs podia ouvir Gordon afastando furiosamente as revistas aos pontapés, resmungando.

O rosto de Gordon surgiu por cima das pilhas quando ele tentou escalar a massa de revistas, mas as capas brilhantes eram lisas como gelo e ele escorregou duas vezes, gritando ao usar o braço quebrado para apoiar-se. Finalmente, chegou ao topo. Mas, antes que pudesse erguer a arma, estacou, horrorizado, e bradou:

— Não! Por favor, não!

Sachs segurava com as duas mãos uma estante cheia de vasos antigos e estatuetas de porcelana.

— Não! Não toque nisso! Por favor!

Ela lembrara o que Terry Dobyns tinha dito sobre a perda de qualquer peça da coleção

— Jogue a arma para cá. Agora, Peter!

Sachs não acreditava que ele fosse obedecer mas Gordon, na verdade, hesitava ao enfrentar a ideia apavorante de que poderia perder o conteúdo das prateleiras.
Conhecimento é poder.
— Não, não, por favor...
Era um gemido patético.
Nesse momento, a expressão dos olhos dele mudou. Em um instante transformaram-se em globos negros, e ela percebeu que ele ia atirar.
Sachs jogou uma estante contra outra. Cem quilos de cerâmica viraram cacos no chão, numa dolorosa cacofonia, abafada pelo urro primitivo e macabro de Peter Gordon.
Duas outras prateleiras de estatuetas feias, xícaras e pires juntaram-se à destruição.
— Jogue a arma para cá ou quebrarei tudo o que tiver aqui!
Mas ele perdera completamente o controle.
— Vou matar você, vou matar, vou matar! — Atirou mais duas vezes, mas, a essa altura, Sachs já tinha se abrigado. Ela sabia que ele viria buscá-la tão logo conseguisse ultrapassar a pilha de *National Geographics*, e estimou as posições. Pretendia rodear a sala de volta à porta de saída enquanto ele ainda estava na parte dos fundos.
Mas para chegar à porta de saída e à segurança, seria preciso passar pela porta da sala onde ele estava agora, a julgar pelo som, passando por cima das prateleiras e dos cacos de louça. Teria ele percebido a manobra dela? Estaria esperando, de arma em punho, apontada para o ponto que ela teria de atravessar para alcançar a porta?
Ou teria ele ultrapassado o bloqueio e agora se aproximava por um caminho que ela não conhecia?
Ouviu ruídos do assoalho rangendo, no porão sombrio. Seriam os passos dele? Ou a madeira se reajustando?
O pânico a fez girar o corpo. Não conseguia vê-lo. Sabia que tinha de ser rápida. Vamos! Agora! Respirou fundo, silenciosamente, esquecendo a dor nos joelhos e mantendo-se abaixada correu para adiante, diretamente além do bloqueio de revistas.
Não houve tiros.
Ele não estava ali. Sachs parou, encostada à parede, esforçando-se por acalmar a respiração.

Silêncio, silêncio.

Merda. Onde, onde, onde? Naquele corredor de caixas de sapatos, ou no outro, de latas de tomate, ou ainda no de roupas cuidadosamente dobradas?

Novos ruídos de tábuas rangendo. Ela não sabia de onde vinham.

Um som leve como o vento, como uma respiração.

Finalmente, Sachs tomou uma decisão: corra de uma vez! Agora! Corra para a porta da frente!

E espere que ele não esteja atrás de você ou que tenha chegado à porta por um caminho diferente.

Vamos!

Sachs se lançou para a frente, passando por outros corredores, desfiladeiros de livros, objetos de vidro, pinturas, fios e equipamento elétrico, latas. Seria esse o caminho certo?

Sim, era o caminho correto. Diante dela estava a escrivaninha de Gordon, cercada por blocos de notas. O corpo de Robert Jorgensen jazia no chão. Mais depressa! Mais! Esqueça o telefone na escrivaninha, disse ela para si mesma, após ter pensado por um instante em chamar a Emergência.

Saia daí. Saia daí agora.

Ela correu para a porta.

Quanto mais perto chegava, maior era o pânico. Esperava um tiro a qualquer momento...

Somente 6 metros agora.

Talvez Gordon achasse que ela estivesse escondida nos fundos. Talvez estivesse de joelhos, lamentando desvairadamente a destruição de suas preciosas porcelanas.

Três metros...

Virou um canto, parando apenas para agarrar o pé de cabra, escorregadio com o sangue dele.

Não, vá para a porta.

Sachs parou, estupefata.

Diretamente em frente a ela, viu a silhueta de Gordon contra a luz que vinha da porta aberta. Aparentemente havia passado por outro caminho, pensou ela, aflita. Ergueu a pesada barra de metal.

Durante um instante ele não a viu, mas a esperança de não ser percebida desfez-se ao vê-lo voltar-se para ela e agachar-se, erguendo a arma. Em pensamento, ela viu a imagem do pai e depois a de Lincoln Rhyme.

Ali está ela, Amelia 7303, diante de meus olhos.

A mulher que destruiu centenas de meus tesouros, a mulher que pretende roubar tudo de mim, privar-me de minhas futuras transações, revelar meu Armário para o mundo. Não tenho tempo para me divertir com ela. Não há tempo para gravar seus gemidos. Ela tem de morrer, agora.

Eu a odeio, a odeio a odeio a odeio a odeio a odeio a odeio a odeio a odeio a odeio...

Ninguém vai tirar nada mais de mim, nunca mais.

Aponte e aperte o gatilho.

Amelia Sachs recuou, aos tropeços, quando a arma detonou.

Depois, outro tiro. Mais dois.

Caindo no chão, ela cobriu a cabeça com os braços, primeiro insensível e em seguida começando a sentir uma dor crescente.

Estou morrendo... Estou morrendo...

No entanto... No entanto, a única sensação dolorosa eram os joelhos artríticos, no ponto em que ela caíra pesadamente ao chão, e não onde as balas deveriam tê-la atingido. Ela levou a mão ao rosto, ao pescoço. Não havia ferimentos e nem sangue. Não era possível que ele tivesse errado o tiro, de tão perto.

Mas errara.

De repente ela o viu correndo em sua direção, olhos frios, músculos tensos como ferro. Sachs agarrou com força o pé de cabra.

Mas ele prosseguiu na corrida, passando adiante dela, sem sequer olhar em sua direção.

O que isso significava? Sachs levantou-se lentamente, com uma careta. Sem estar ofuscada pela luz que vinha da porta aberta, a silhueta se tornou mais clara. Não era Gordon, e sim um detetive do 22º distrito policial que ela conhecia — John Harvison. O policial empunhava firmemente a Glock, aproximando-se do cadáver do homem que acabara de matar com um tiro.

Sachs compreendeu, finalmente. Peter Gordon viera se aproximando dela silenciosamente, pelas costas, e estava prestes a atirar. Do lugar em que se encontrava, ele não conseguia ver Harvison, agachado na abertura da porta.

— Amelia, você está bem? — perguntou o detetive.

— Sim, tudo bem.

— Há outras pessoas armadas?

— Creio que não.

Sachs ergueu-se, aproximando-se do detetive. Aparentemente, todos os tiros dele tinham atingido o alvo. Um deles acertara a testa de Gordon. O ferimento resultante era grande. Sangue e massa cinzenta aderiam à tela do quadro Família Americana de Prescott, acima da escrivaninha.

Harvison era um homem forte, de pouco mais de 40 anos, várias vezes condecorado por sua coragem em tiroteios e por prender traficantes importantes. Comportava-se de maneira puramente profissional, sem dar atenção ao estranho panorama, tratando apenas da segurança. Tirou a Glock da mão ensanguentada de Gordon e a travou, guardando a arma no bolso. Afastou também o taser, embora provavelmente não houvesse possibilidade de ressurreições milagrosas.

— John — murmurou Sachs, olhando o cadáver do assassino. — Como? Como diabos você me encontrou?

— Houve uma denúncia sobre um ataque neste endereço. Eu estava no quarteirão adjacente, numa investigação de drogas, e por isso vim verificar — explicou ele, lançando um olhar de relance para ela. — Quem ligou foi aquele cara com quem você trabalha.

— Quem?

— Rhyme. Lincoln Rhyme.

A resposta não a surpreendeu, embora tivesse deixado mais perguntas a serem respondidas.

Ouviram um leve gemido. Voltaram-se. O som vinha de Jorgensen. Sachs agachou-se.

— Chame uma ambulância, ele ainda está vivo — alertou ela, examinando o ferimento da bala.

Harvison tirou o rádio do bolso e pediu uma ambulância.

Um momento depois, dois outros agentes do serviço de Emergência surgiram à porta, de armas em punho.

Sachs informou:

— O principal criminoso está morto. Provavelmente não há mais ninguém. Mas verifiquem tudo, para ter certeza.

— Claro, detetive.

Um dos homens da Emergência se juntou a Harvison e ambos começaram a percorrer os corredores. O outro fez uma pausa e disse a Sachs:

— Isto aqui parece uma casa mal-assombrada. Já viu alguma coisa assim, detetive?

Sachs não estava disposta a conversar.

— Arranje ataduras ou toalhas. Que inferno, com tudo o que ele tem aqui, não me espantaria se encontrássemos meia dúzia de kits de primeiros socorros. Quero alguma coisa para estancar o sangue. Agora!

V
O HOMEM QUE SABE TUDO

Quarta-feira, 25 de maio

A privacidade e a dignidade de nossos cidadãos estão sendo escamoteadas em etapas às vezes imperceptíveis. Observada individualmente, cada uma é de pouca importância. Mas quando vistas como um todo, começa a emergir uma sociedade bastante diferente das que vimos anteriormente — uma sociedade na qual o governo é capaz de invadir as regiões secretas da vida [das pessoas].

WILLIAM O. DOUGLAS
Juiz da suprema corte dos EUA

CAPÍTULO **CINQUENTA**

— EU ADMITO, O COMPUTADOR ajudou — reconheceu Lincoln Rhyme.

Estava se referindo ao innerCircle, ao programa de gerenciamento da base de dados e a outros programas da SSD.

— Mas foram principalmente as evidências — insistiu com veemência. — O computador indicou a direção geral. Nada mais. Dali em diante, nós assumimos o controle.

Já passava bastante da meia-noite e Rhyme falava com Sachs e Pulaski, ambos com ele no laboratório. Ela tinha voltado da casa de 522, onde a equipe médica informara que Robert Jorgensen sobreviveria. A bala não afetara os órgãos e vasos principais. Estava internado na unidade de cuidados intensivos do hospital Columbia-Presbiteriano.

Rhyme continuou a explicar como descobrira que Sachs estava na casa de um segurança da SSD. Falou do extenso dossiê do Departamento de Conformidade a respeito dela. Mel Cooper o carregou no computador para que Sachs o visse. Ela o percorreu rapidamente, com o rosto pálido ao ver a quantidade de informações. Enquanto observavam, a tela piscou quando o dossiê foi atualizado.

— Eles sabem tudo — murmurou ela. — Não tenho um mísero segredo neste mundo.

Rhyme continuou, contando que o sistema havia compilado uma listagem do posicionamento dela após deixar a delegacia do Brooklyn.

— Mas tudo o que o computador podia fazer era dar uma direção geral de seu trajeto. Não havia indicação de destino. Fiquei observando o mapa e percebi que você estava a caminho da SSD — coisa que, aliás, nem mesmo *o* computador deles previu. Liguei e o guarda da entrada disse que você tinha passado meia hora lá, fazendo perguntas sobre funcionários. Ninguém, no entanto, sabia para onde você tinha ido em seguida.

Ela explicou como a pista a levara à SSD. O homem que invadira a casa dela tinha deixado cair um recibo de um café ao lado da empresa.

— Isso me fez compreender que o assassino tinha de ser funcionário da SSD ou alguém ligado a ela. Pam tinha visto como ele estava vestido — jaqueta azul, jeans e boné — e imaginei que os seguranças poderiam se lembrar de quem teria usado essas roupas hoje. Os que estavam de serviço não se lembravam de ter visto ninguém assim e por isso tomei nota dos nomes e endereços dos que estavam de folga. Depois saí para visitar todos eles. — Torceu o rosto em desagrado. — Nunca imaginei que 522 fosse um deles. Como é que você descobriu que era um dos guardas, Rhyme?

— Bem, eu sabia que você estava procurando um dos funcionários. Mas seria um dos suspeitos, ou outra pessoa? A droga do computador não dava pistas e por isso voltei-me para as evidências. Nosso assassino era um funcionário que usava sapatos comuns, e não sapatos elegantes, e tinha traços de Coffe-mate. Era um homem forte. Isso significaria que seu emprego era de tipo físico, nos graus hierárquicos inferiores da empresa? Correspondência, mensageiro, zelador? Depois, lembrei-me da pimenta.

— Era de um spray de pimenta — concluiu Sachs, com um suspiro. — Claro. Não era pimenta para tempero.

— Exatamente. A arma principal de um vigia. Quanto ao aparelho para disfarçar a voz, pode ser comprado nas lojas que vendem equipamento de segurança. Nesse ponto falei com o chefe da segurança da SSD, Tom O'Day.

— Realmente, nós o entrevistamos.

Rhyme acenou com a cabeça para Pulaski.

— Ele me disse que muitos dos guardas trabalhavam apenas meio expediente, o que daria a 522 bastante tempo para praticar seu passatempo preferido fora da empresa. Mencionei a O'Day as outras evidências. Os fragmentos de plantas que encontramos poderiam vir do refeitório dos seguranças. Lá se usa creme da marca Coffee-mate, e não leite de verdade. Falei sobre o perfil que Terry Dobyns nos descreveu e pedi uma lista dos guardas que fossem solteiros e não tivessem filhos. Em seguida ele cruzou os dados com os pontos nos horários de todos os crimes de homicídio dos últimos dois meses.

— E assim você descobriu o segurança que não estava de serviço naquelas horas — John Rollins, aliás Peter Gordon.

— Não; descobri que John Rollins estava no escritório sempre que ocorria um dos crimes.

— No escritório?

— Lógico. Ele entrava no sistema da gerência e mudava os registros, para ter um álibi. Mandei Rodney Szarnek verificar os metadados. Claro, era ele o nosso homem. Avisei a polícia pelo telefone.

— Mas, Rhyme, não entendo como 522 conseguia obter os dossiês. Ele tinha acesso às celas de dados, mas todos eram revistados ao sair, inclusive ele. E não podia acessar o innerCircle on-line.

— É verdade, aquilo foi um problema. Mas podemos agradecer a Pam Willoughby. Ela me ajudou a entender.

— Pam? Como?

— Lembra que ela nos contou que ninguém podia baixar fotografias da rede social OurWorld, mas que os adolescentes simplesmente tiravam fotografias da tela?

Ah, não se preocupe, Sr. Rhyme. Muitas vezes as pessoas não percebem a resposta óbvia...

— Compreendi que era assim que 522 obtinha as informações. Não precisava baixar milhares de páginas dos dossiês. Simplesmente copiava o que precisava sobre as vítimas e as pessoas a serem incriminadas, provavelmente a altas horas da noite, quando não havia quase ninguém na empresa. Lembra-se de que encontramos fragmentos de blocos de notas? As máquinas de raios X e os detectores de metal não registram papel. Ninguém sequer pensou na possibilidade.

Sachs contou que vira pelo menos mil blocos de notas em torno da escrivaninha na sala secreta de 522.

Lon Sellitto chegou da central de polícia.

— O filho da puta está morto — anunciou ele. Mas eu continuo fichado como se fosse um drogado. Eles só me dizem que estão fazendo o possível.

No entanto, trazia algumas boas notícias. O promotor público decidira reabrir todos os casos em que 522 aparentemente falsificara provas. Arthur Rhyme tinha sido imediatamente solto, e a situação dos demais seria revista sem demora. Provavelmente iam ser todos liberados dentro de um mês.

Sellitto acrescentou:

—Verifiquei a casa onde 522 morava.

A residência, no elegante Upper West Side, devia valer dezenas de milhares de dólares. Como Peter Gordon, trabalhando como segurança, conseguiu comprá-la? Aquilo era um mistério.

Mas o detetive sabia a resposta.

— Ele não era o proprietário, e sim uma mulher chamada Fiona McMillan, viúva de 89 anos, sem parentes próximos. Ela paga em dia os impostos e as contas de serviços públicos. Nunca se atrasa nos pagamentos. Só há uma coisa interessante: há cinco anos ninguém a vê.

— Mais ou menos na época em que a SDD se mudou para Nova York.

— Acredito que ele tenha obtido todas as informações necessárias para assumir a identidade dela e depois a matou. Amanhã começará a busca do corpo. Primeiro na garagem e depois no porão.

O tenente acrescentou:

— Estou organizando o funeral de Joe Malloy. Vai ser no sábado. Se você quiser ir.

— Claro — respondeu Rhyme.

Sachs tocou a mão dele e disse:

— Patrulheiros ou chefes, todos são a mesma família. Quando perdemos alguém, a dor é igual para todos.

— Seu pai? — perguntou Rhyme. — Soa como algo que ele teria dito.

Uma voz vinda do vestíbulo os interrompeu.

— Oi. Cheguei atrasado. Foi mal. Acabei de saber que vocês encerraram o caso. — Rodney Szarnek vinha entrando no laboratório, seguido por Thom. Trazia um maço de folhas impressas em computador e mais uma vez falava com o computador e o sistema ECU de Rhyme; com o equipamento, e não com o ser humano.

—Tarde demais? — repetiu Rhyme, intrigado.

— O computador terminou de montar os arquivos de espaços vazios que Ron furtou. Bem, os que ele pediu emprestado. Eu estava a caminho daqui para mostrá-los e ouvi dizer que o senhor pegou o assassino. Imagino que já não precise deles.

— Somente por curiosidade, diga o que encontrou.

Szarnek adiantou-se segurando os impressos e mostrou-os a Rhyme. Eram incompreensíveis. Palavras, números e símbolos, com grandes hiatos de espaço vazio.

— Não sei ler grego.

— Hehe, muito bom. Na verdade, você não lê geek.

Rhyme não se preocupou em discutir a piada e perguntou:

— Qual foi a sua conclusão?

— Runnerboy, aquele pseudônimo que encontrei anteriormente, de fato baixou secretamente muita informação do innerCircle e em seguida apagou os vestígios. Mas não eram os dossiês de nenhuma das vítimas ou de pessoas ligadas ao caso de 522.

— Conseguiu saber o nome verdadeiro de Runnerboy? — questionou Rhyme.

— Consegui. Uma pessoa de nome Sean Cassel.

Sachs fechou os olhos.

— Runnerboy. Ele disse que estava treinando para uma competição de triatlo. Eu nem sequer pensei nisso.

Cassel era o diretor comercial e um dos suspeitos, refletiu Rhyme. Percebeu que Pulaski reagia àquela notícia. O jovem agente piscou os olhos, surpreso, e olhou para Sachs com o cenho erguido e um sorriso leve, porém malévolo, de compreensão. Lembrou-se da relutância do policial em regressar à SSD e seu embaraço por não saber o que era o Excel. Uma desavença entre Pulaski e Cassel seria uma explicação lógica.

O jovem policial perguntou:

— O que Cassel pretendia?

Szarnek folheou as páginas impressas.

— Não sei dizer exatamente — respondeu. Parou e apresentou o maço de folhas ao agente, dando de ombros. — Dê uma olhada. Estes são alguns dos dossiês que ele acessou.

Pulaski balançou negativamente a cabeça.

— Não conheço nenhum desses caras — disse, lendo os nomes em voz alta.

— Espere — interrompeu Rhyme. — Qual foi o último nome?

— Dienko... Aqui, aparece mais de uma vez. Vladimir Dienko. Voce o conhece?

— Merda — praguejou Sellitto.

Dienko — o réu na investigação sobre crime organizado na Rússia, que tinha sido interrompida por falta de testemunhas e por problemas com as provas.

— Qual é o nome que vem logo antes do dele?

— Alex Karakov.

Era um informante contra Dienko que havia permanecido em sigilo, com uma identidade fictícia. Havia desaparecido duas semanas antes do julgamento e acreditava-se que estivesse morto, embora ninguém conseguisse entender como os homens de Dienko o tinham encontrado. Sellitto tomou as folhas das mão de Pulaski e olhou-as rapidamente.

— Meu Deus, Linc. Endereços, retiradas em caixas eletrônicos, licenças de carros, registros de telefonemas. Exatamente o que um capanga precisaria para aproximar-se dele... Ora, veja isto. Kevin McDonald.

— Não era o réu em algum caso de crime organizado em que trabalhamos? — perguntou Rhyme.

— Isso mesmo. Contrabando, tráfico de armas, conspiração. Alguns casos de drogas e extorsão. Ele também foi solto.

— Mel? Verifique todos os nomes dessa lista em nosso sistema.

Dos oito nomes que Rodney Szarnek encontrara nos arquivos recompostos, seis eram ex-réus em casos criminais durante os três meses anteriores. Todos os seis haviam sido absolvidos ou as graves acusações contra si acabaram sendo retiradas no último momento por causa de problemas com testemunhas e provas.

Rhyme riu.

— Isso é um caso de serendipidade.

— O quê? — perguntou Pulaski.

— Compre um dicionário, novato.

O jovem suspirou e replicou, pacientemente:

— O que quer que signifique, Lincoln, provavelmente é uma palavra que eu jamais pretendo usar.

Todos na sala riram, inclusive Rhyme.

— Touché. O que quero dizer é que acidentalmente descobrimos algo muito... *interessante*, se você me permite o termo, Mel. Há arquivos do DPNY nos servidores da SSD, por meio do PublicSure. Bem, Cassell tem baixado informações sobre a investigação, vendendo-as aos réus e apagando todos os vestígios de suas ações.

— Posso até vê-lo fazendo isso — disse Sachs. — Não acha, Ron?

— Não duvido nem por um minuto. — O jovem agente acrescentou: — Espere... Cassell foi quem me deu o CD com os nomes dos clientes. Foi ele quem nos apontou Robert Carpenter.

— Claro — assentiu Rhyme. — Ele mudou os dados a fim de implicar Carpenter. Precisava desviar a investigação, afastando-a da SSD. Não por causa do caso de 522, e sim porque não queria que ninguém verificasse os arquivos e descobrisse que ele vendera registros policiais. Quem melhor para ser entregue às feras do que alguém que tentara tornar-se competidor?

Sellitto perguntou a Szarnek:

— Alguém mais da SSD está envolvido nisso?

— Não pelos indícios que encontrei. Somente Cassel.

Rhyme olhou para Pulaski, que olhava o quadro branco com a relação das evidências. Os olhos do jovem tinham a mesma dureza que Rhyme percebera anteriormente.

— Ei, calouro? Quer cuidar disso?

— Cuidar de quê?

— Da investigação contra Cassel?

O jovem agente pensou um pouco. Em seguida, porém, deu de ombros e respondeu, rindo:

— Não, acho que não.

— Você é capaz de fazê-lo.

— Sei que posso. Mas... Quer dizer, quando eu tiver de investigar um caso importante sozinho, quero que seja pelos motivos certos.

— Muito bem, novato — murmurou Sellitto, erguendo a caneca de café na direção do jovem. — Talvez haja esperança para você, afinal de contas... Bem, se eu for suspenso, pelo menos poderei terminar aquela reforma na casa que Rachel vem me atormentando para fazer.

O corpulento detetive agarrou um biscoito dormido e saiu pela porta.

— Boa noite, para todos.

Szarnek arrumou as folhas e os discos sobre uma mesa. Thom assinou o cartão de responsabilidade pela custódia de provas, na qualidade de representante legal do criminalista. O técnico em computação retirou-se, mostrando os computadores e recordando a Rhyme:

— Quando estiver pronto para entrar no século XXI, detetive, basta me ligar.

O telefone de Rhyme tocou. Era uma chamada para Sachs, cujo celular destroçado ainda precisaria de muito tempo para estar em condições de funcionamento. Pela conversa, Rhyme deduziu que se tratava da delegacia no Brooklyn e que o carro dela tinha sido localizado em um depósito não muito distante.

Sachs combinou com Pam de buscar o Camaro na manhã seguinte, no carro da adolescente, que fora localizado em uma garagem atrás da casa de Peter Gordon. Sachs foi para o segundo andar se preparar para dormir, e Cooper e Pulaski se retiraram.

Rhyme estava redigindo um memorando ao vice-prefeito, Ron Scott, no qual descrevia o *modus operandi* de 522 e sugeria procurar outros casos em que ele tivesse cometido crimes e incriminado outras pessoas. Sem dúvida haveria novos indícios na casa do assassino, mas ele nem sequer podia imaginar o trabalho necessário para verificar toda aquela cena de crime.

Terminou o e-mail, enviou-o e ficou imaginando qual seria a reação de Andrew Sterling ao saber que um de seus auxiliares vendia dados clandestinamente. Naquele momento, o telefone tocou.

— Comando, atender telefone.

Clique.

— Alô?

— Lincoln, aqui é Judy Rhyme.

— Como vai, Judy?

— Ah, não sei se você já foi informado. A acusação foi retirada. Ele já saiu.

— Já? Eu sabia que estava sendo providenciado. Achei que ainda iria demorar um pouquinho mais.

— Não sei o que dizer, Lincoln. Digo, acho que tudo o que posso fazer é agradecer.

— Tudo bem.

Então ela pediu:

— Espere um minuto.

Rhyme ouviu uma voz abafada e achou que ela estava falando com algum dos filhos, com a mão cobrindo o fone. Como eram mesmo os nomes das crianças?

Em seguida ouviu:

— Lincoln?

Curiosamente, reconheceu na hora a voz do primo, que não ouvia tinha muitos anos.

— Nossa, Art. Alô.

— Estou na cidade. Acabaram de me soltar. Todas as acusações foram retiradas.

— Ótimo.

Como aquilo era embaraçoso.

— Não sei o que dizer. Obrigado. Muito, muito obrigado.

— Tudo bem..

— Todos esses anos... Eu devia ter ligado antes. Só que...

— Está tudo certo. — Que merda queria dizer aquilo, pensou Rhyme. A ausência de Art de sua vida não estava certo, mas tampouco deixava de estar. As respostas dele ao primo eram meramente protocolares. Queria desligar.

— Você não precisava fazer o que fez.

— Havia algumas irregularidades. Era uma situação estranha.

Aquelas palavras também não significavam coisa alguma. Lincoln Rhyme pensou que estava desconstruindo a conversa. Era algum tipo de mecanismo de defesa, imaginou ele; e essa ideia era tão tediosa quanto as demais. Ele queria desligar.

— Você está bem, depois do que aconteceu na detenção?

— Não foi coisa séria. Levei um susto, mas aquele sujeito o pegou em tempo. Me ajudou a me soltar da parede.

— Ótimo.

Silêncio.

— Bem, obrigado mais uma vez, Lincoln. Muita gente não faria o que você fez.

— Fico contente por ter funcionado.
— Vamos sair, você, Judy e eu. E também sua amiga. Como é o nome dela?
— Amelia.
— Bem, vamos nos ver. — Houve um longo silêncio. — É melhor eu desligar. Precisamos voltar para casa. As crianças estão esperando Muito bem, tome cuidado.
—Você também... Comando, desligar.
Os olhos de Rhyme pousaram no dossiê do primo feito pela SSD.
O outro filho...
Ele sabia que nunca mais iriam "estar juntos". Assim termina, pensou. Primeiro sentiu-se perturbado porque agora, com o clique de um telefone desligando, algo que poderia ter sido jamais viria a ser. Mas Lincoln Rhyme concluiu que aquele era o único fim lógico para os acontecimentos dos últimos três dias.
Recordando o logotipo da SSD, ele refletiu que efetivamente a vida de ambos havia coincidido uma vez mais após tanto tempo, mas era como se os dois primos continuassem separados por uma janela selada. Haviam se observado mutuamente, trocado algumas palavras, mas o contato entre ambos se limitaria a isso. Era hora de voltar cada qual a seu mundo diferente

CAPÍTULO **CINQUENTA E UM**

ÀS 11 HORAS DA MANHÃ, Amelia Sachs se encontrava em um terreno baldio no Brooklyn. Segurando as lágrimas, contemplava a carcaça.

A mulher que fora alvo de tiros, que matara no cumprimento do dever, que conseguira convencer sequestradores em operações enérgicas de salvamento de reféns, sentia-se agora paralisada de profundo pesar.

Balançou o corpo, roçando o dedo indicador na face interior do polegar, unha contra unha, até surgir uma pequena mancha de sangue. Ela olhou para os dedos, viu a mancha vermelha, mas não impediu a compulsão. Não foi capaz de parar.

Tinham mesmo encontrado seu adorado Chevrolet Camaro SS 1969.

O que a polícia aparentemente não sabia era que o carro tinha sido vendido como ferro-velho, e não apenas confiscado por falta de pagamento. Ela e Pam estavam no pátio do depósito de carros apreendidos, que poderia ser o cenário de um filme de Scorsese, ou da série Os Sopranos, um campo de veículos velhos cheirando a óleo e fumaça de uma fogueira de lixo. Gaivotas ameaçadoras esvoaçavam, como abutres brancos. Ela tinha vontade de sacar a arma e esvaziá-la atirando para o ar, fazendo os pássaros fugirem aterrorizados.

Um retângulo de metal amassado era tudo o que restava do carro, sua propriedade dede os tempos de juventude. O veículo era um dos três legados mais importantes do pai, sendo os demais a força de seu caráter e seu amor pelo trabalho de policial.

— Já tenho os documentos. Sabe, tudo estava em ordem.

Sem jeito, o chefe do depósito trazia nas mãos os papéis que haviam transformado o carro em um irreconhecível cubo de aço.

A expressão costumeira era depenado, que significava vender um carro para que fossem retiradas as peças e o restante como ferro-velho. Era uma idiotice, naturalmente, ninguém iria ganhar dinheiro vendendo peças de carros de 40 anos de idade em alguma feira clandestina no sul do Bronx. Porém, como ela aprendera durante aquele caso, quando a autoridade de um computador emite instruções, você faz o que lhe mandam.

— Lamento, madame.

— Ela é policial — disse Pam Willoughby, com aspereza. — É uma detetive.

— Ah — surpreendeu-se ele, imaginando as implicações posteriores da situação sem muita satisfação. — Lamento, detetive.

Mesmo assim, ele tinha o escudo dos documentos em ordem. Não lamentava tanto assim. Ficou de pé junto delas por mais alguns minutos apoiando-se ora em uma perna, ora na outra. Em seguida, afastou-se.

A dor que ela sentia na alma era muito pior do que a contusão esverdeada causada pela bala 9 milímetros que lhe acertara a barriga na noite anterior.

— Você está bem? — perguntou Pam.

— Na verdade, não.

— Você não costuma se entregar.

Não, não costumo, pensou Sachs. Mas agora estou vencida.

A jovem enrolou os cabelos com mechas vermelhas nos dedos, talvez como uma versão mais comportada do tique nervoso de Sachs. Olhou mais uma vez o feio quadrado de metal, de cerca de 1 metro por 1,20 metro, junto a meia dúzia de outros semelhantes.

As lembranças passavam rapidamente. O pai e Amelia adolescente, juntos na pequena garagem numa tarde de sábado, ajustando o carburador ou a caixa de câmbio. Escondiam-se naquele refúgio por dois motivos: o prazer do trabalho mecânico que faziam juntos e para escapar da rabugenta terceira peça da família — a mãe de Sachs.

— Gaxetas? — perguntava ele, provocando-a.

— Velas — replicava Amelia, ainda adolescente — zero trinta e cinco. Apertar trinta a trinta e dois.

— Muito bem, Amie.

Sachs recordou outra época — um convite, no primeiro ano da faculdade. Ela e um rapaz conhecido pelo apelido de C.T. se encontraram numa lanchonete no Brooklyn. Cada um se surpreendeu com o carro do outro: Sachs com seu Camaro, na época amarelo com listras negras para dar o toque, e ele num Honda 850.

Os sanduíches e refrigerantes desapareceram rapidamente, pois estavam a poucas milhas de um aeroporto em desuso. Um pega era inevitável.

Ele foi o primeiro a arrancar, pois o carro dela pesava 1,5 tonelada, mas alcançou-o antes dos primeiros 800 metros. O rapaz era cauteloso, mas ela não; derrapando nas curvas, manteve-se na dianteira até a linha de chegada.

Depois, o passeio favorito dentre todos: após concluírem o primeiro caso juntos, com Lincoln Rhyme quase completamente imobilizado e preso com correias ao lado dela, as janelas abaixadas e o vento uivando. Ela apoiava a mão dele no câmbio ao passar as marchas e recordava as palavras que ele bradava acima do fluxo de ar:

— Acho que estou sentindo, acho que estou!

Mas agora o carro já não existia...

Lamento, madame...

Pam afastou-se, descendo o barranco.

— Aonde vai?

— Você não deve chegar perto, moça — alertou o proprietário, fora do escritório, agitando os papéis como um semáforo de advertência.

— Pam!

Mas ela não obedeceu. Caminhou até a massa de metal e procurou alguma coisa dentro. Puxou com força e retirou algo, voltando para junto de Sachs.

— Aqui, Amelia.

Era o emblema no botão da buzina, com o logotipo da Chevrolet.

Sachs sentiu as lágrimas brotarem, mas continuou a represá-las com muita força de vontade.

— Obrigada, querida. Vamos. Vamos dar o fora daqui.

Voltaram para o Upper West Side e pararam para um sorvete reparador. Sachs tomara providências para que Pam não fosse à escola naquele dia. Nao queria que ela ficasse perto de Stuart Everett e a jovem concordou com prazer.

Sachs ficou pensando se o professor aceitaria a negativa. Pensando nos filmes de segunda categoria, como Pânico e Sexta-Feira 13, a que ela e Pam às vezes assistiam, fortificando-se com Doritos e manteiga de amendoim. Sachs sabia que os antigos namorados, assim como os assassinos dos filmes de terror, costumavam ressurgir dos mortos.

O amor nos torna estranhos...

Pam terminou o sorvete e bateu levemente no estômago.

— Eu precisava mesmo disso. — Depois, suspirou. — Como posso ter sido tão idiota?

Na risada da jovem — estranhamente adulta — Amelia Sachs ouviu o que lhe pareceu ser a última pá de cal sobre o túmulo do assassino mascarado.

Saíram da loja Baskin-Robbins e caminharam para a casa de Rhyme, a vários quarteirões de distância, planejando uma noite de meninas que ainda incluiria outra amiga de Sachs, uma policial que ela conhecia havia muitos anos.

— Prefere um filme ou um teatro? — perguntou ela à jovem.

— Ah, um teatro... Amelia, quando é que uma peça off-Broadway vai para ainda mais longe da Broadway?

— Boa pergunta. Vamos procurar no Google.

— E por que se fala em peças da Broadway, se não há teatros na Broadway?

— Claro. Deviam dizer peças perto da Broadway, ou virando a esquina da Broadway.

As duas caminhavam pela rua, aproximando-se do Central Park West. Sachs de repente notou um pedestre próximo. Alguém vinha cruzando a rua atrás delas, caminhando na mesma direção, como se as estivesse seguindo.

Calma. O assassino está morto e enterrado.

Não se preocupou em olhar para trás.

Pam, porém, olhou, e gritou, com voz aguda:

— É ele, Amelia!

— Quem?

— O sujeito que invadiu a sua casa. É ele!

Sachs voltou-se rapidamente. Era o homem de jaqueta quadriculada azul e boné de beisebol, que se aproximava delas.

Ela estendeu a mão para o quadril, procurando a arma.

Mas a Glock não estava lá. Não, não, não...

Como Peter Gordon a havia disparado, a arma agora passara a ser uma prova — assim como o canivete dela — e as duas peças estavam na Unidade de Cena de Crime no Queens. Ela ainda não tinha tido tempo de passar na Central e preencher os formulários para obter uma arma substituta.

Sentiu-se paralisada ao reconhecê-lo. Era Calvin Geddes, funcionário da Privacidade Agora. Não conseguia entender, e ficou imaginando que poderiam estar todos equivocados. Geddes e 522 seriam cúmplices nos assassinatos?

Ele estava agora a poucos metros de distância. Sachs nada podia fazer exceto colocar-se entre ele e Pam. Fechou o punho quando ele se aproximou mais ainda e enfiava a mão dentro da jaqueta.

CAPÍTULO **CINQUENTA E DOIS**

A CAMPAINHA SOOU E THOM foi abrir a porta.

Rhyme ouviu algumas palavras raivosas vindas da entrada. Uma voz zangada de homem. Um brado.

Franzindo a testa, olhou para Ron Pulaski, que já puxara a arma da cartucheira e a apontava, pronto para atirar. Empunhava-a de maneira competente. Amelia Sachs era ótima professora.

— Thom? — chamou Rhyme.

Não houve resposta.

Um momento mais tarde um homem apareceu no vestíbulo, usando boné de beisebol, jeans e uma feia jaqueta quadriculada. Piscou os olhos, assustado, ao ver que Pulaski lhe apontava a arma.

— Não! Espere! — gritou ele, abaixando-se e levantando uma das mãos.

Thom, Sachs e Pam entraram imediatamente depois dele. A detetive viu a arma e disse:

— Não, Ron. Tudo bem... este é Calvin Geddes.

Rhyme precisou de um momento para se lembrar. Claro, isso mesmo: o homem que trabalhava na organização Privacidade Agora, fonte da pista sobre Peter Gordon.

— O que aconteceu?

Sachs disse:

— Foi ele quem invadiu a minha casa. Não foi 522.

Pamela assentiu com a cabeça, confirmando essas palavras.

Aproximando-se de Rhyme, Geddes tirou de um bolso interno da jaqueta alguns documentos oficiais.

— Segundo a legislação de processo civil do estado de Nova York, expeço esta intimação judicial em relação com o caso *Geddes et al. versus Strategic Systems Datacorp, Inc.* Estendeu os papéis a Rhyme.

— Recebi a mesma intimação, Rhyme — explicou Sachs, mostrando a sua.

— E que diabos espera que eu *faça* com isso? — perguntou Rhyme a Geddes, que continuava a exibir o documento.

O homem franziu a testa e olhou para a cadeira de rodas de Rhyme, percebendo pela primeira vez a situação física dele.

— Bem, eu...

— Este é o meu procurador — disse Rhyme, com um aceno de cabeça na direção de Thom, que recebeu os papéis.

Geddes começou:

— Estou...

— Incomoda-se que nós o leiamos? — indagou Rhyme com um ar azedo, fazendo um sinal a seu ajudante.

Thom leu em voz alta. Era uma intimação, sob as penas da lei, requerendo todos os arquivos de computador e de papel, notas e outras informações que Rhyme tinha em seu poder, relativas à SSD e seu Departamento de Conformidade, além de provas da ligação da SSD com qualquer organização governamental.

— Ela me falou sobre o Departamento de Conformidade — disse Geddes, indicando Sachs. — Isso não fazia sentido. Alguma coisa cheirava mal. É impossível que Andrew Sterling se oferecesse voluntariamente para trabalhar com o governo sobre questões de privacidade, a menos que obtivesse vantagens com o trato. Ele resistiria com todas as forças. Isso me fez ficar desconfiado. O Departamento de Conformidade certamente trata de outra coisa. Não sei bem o que é, mas vamos descobrir.

Prosseguiu explicando que a demanda judicial tinha base em leis federais e estaduais sobre privacidade e se referia a várias violações civis da lei e de direitos constitucionais de privacidade.

Rhyme refletiu que Geddes e seus advogados teriam uma surpresa agradável quando vissem algum dos dossiês do Departamento de Conformidade, um dos quais ele por acaso tinha arquivado no computador a menos de 3 metros de onde estava o homem. Teria o maior prazer em entregá-lo, por causa da recusa de Andrew Sterling em ajudar a encontrar Sachs depois que ela desaparecera.

Ficou pensando qual dos dois — o governo em Washington ou a SSD — estaria em pior situação quando a imprensa ficasse sabendo da existência do Departamento de Conformidade.

Vai ser uma queda de braço, pensou ele.

Olhando com raiva para Geddes, Sachs disse:

— Claro que o Sr Geddes aqui terá de levar adiante essa demanda pensando no próprio julgamento.

Ela se referia à invasão de sua casa no Brooklyn, cujo objetivo presumível era obter informações sobre a SSD. Mencionou que, ironicamente, tinha sido Geddes, e não 522, quem deixara cair o recibo que a levara ao assassino. Ele em geral frequentava aquele café em Midtown, de onde mantinha vigilância furtiva sobre a Rocha Cinzenta, notando as entradas e saídas de Sterling e outros funcionários e clientes.

Geddes disse, com veemência:

— Farei o que for necessário para deter a SSD. Não importa o que possa me acontecer. Ficarei satisfeito em ser o cordeiro do sacrifício, caso isso sirva para recuperarmos nossos direitos individuais.

Rhyme respeitava a coragem moral de Geddes, mas achava que ele precisava ter argumentos mais fortes.

O ativista iniciou uma explanação, reiterando grande parte do que Sachs relatara anteriormente, a respeito da teia de aranha da SSD e outras mineradoras de dados, do fim da privacidade no país e dos riscos para a democracia.

— Muito bem, já temos a documentação — interrompeu Rhyme, cortando o cansativo discurso. — Vamos conversar com nossos advogados. Se eles acharem que tudo está em ordem, você terá uma resposta antes do prazo que estabeleceu.

A campainha da porta soou, seguida de batidas enérgicas.

— Meu Deus. Isto aqui parece mais um estação de trem. Quem é agora?

Thom foi até a porta e voltou com um homem baixo, de atitude confiante, vestindo terno preto e camisa branca.

— Capitão Rhyme.

O criminalista girou a cadeira de rodas a fim de encarar Andrew Sterling, cujos tranquilos olhos verdes não denotaram qualquer surpresa com a condição física de Rhyme. Imaginou que seu próprio dossiê no Departamento de Conformidade mencionaria o acidente e sua vida posterior com riqueza de detalhes, e que Sterling tivesse procurado se informar antes de vir ao laboratório.

— Detetive Sachs, agente Pulaski — cumprimentou Sterling com um aceno, para em seguida se voltar a Rhyme.

Atrás dele vinham Sam Brockton, diretor de Conformidade da SSD e outros dois homens, todos sobriamente vestidos, com os cabelos bem cortados e penteados. Poderiam ser assistentes de parlamentares ou executivos de nível médio, embora Rhyme não se surpreendesse ao ser informado de que eram advogados.

— Oi, Cal — saudou Brockton, examinando Geddes com o olhar enfadado. O homem da Privacidade Agora o fitou com ar zangado.

Com voz suave, Sterling disse:

— Descobrimos o que Mark Whitcomb fez. — Apesar de sua baixa estatura, o diretor executivo da SSD era uma figura imponente, com seus olhos vibrantes, postura perfeitamente rígida e voz imperturbável. — Lamento que ele tenha perdido o emprego, para começar — acrescentou.

— Por ter feito o que devia? — atalhou Pulaski.

O rosto de Sterling continuou impassível.

— Lamento também que este assunto não tenha chegado ao fim — acrescentou.

— Entregue os papéis — disse Brockton a um dos advogados, que passou diversos documentos que continham intimações judiciais.

— Mais? — comentou Rhyme, indicando com a cabeça aquele segundo conjunto de papéis. — É muita coisa para ler. Quem tem tempo para isso?

Estava de bom humor, ainda radiante por terem eliminado 522 e porque Amelia Sachs se encontrava em segurança.

Os documentos eram ordens judiciais que os proibiam de fornecer a Geddes quaisquer computadores, discos rígidos, disquetes ou qualquer material de qualquer tipo relacionado com a atividade do Departamento de Conformidade. Exigiam também que eles entregassem ao governo todo o material desse tipo que possuíssem.

Um dos dois advogados disse:

— A desobediência às ordens judiciais acarretará penalidades civis e criminais.

Sam Brockton completou:

— Acredite, usaremos todos os recursos à nossa disposição.

— Vocês não podem fazer isso — interveio Geddes, com raiva. Os olhos dele brilhavam e havia gotas de suor em seu rosto ensombrecido.

Sterling contou os computadores existentes no laboratório de Rhyme. Havia 12.

— Em qual deles está o dossiê do Departamento de Conformidade que Mark lhe mandou, capitão?

— Esqueci.

— Fez alguma cópia?

Rhyme sorriu.

— Sempre se deve ter uma segunda via dos dados, armazenada em local separado e seguro. Fora do local físico. Não é esse o ensinamento do novo milênio?

Brockton disse:

— Nós simplesmente conseguiremos outra ordem judicial para confiscar tudo e esquadrinhar os servidores nos quais você tenha descarregado dados.

— Mas isso exigiria tempo e dinheiro. O que poderia acontecer nesse meio-tempo? Por exemplo, a imprensa poderia receber e-mails ou documentos. Acidentalmente, é claro, mas seria possível.

— Tem sido um momento muito difícil para todos nós, Sr. Rhyme — afirmou Sterling. — Ninguém está com tempo para brincadeiras.

— Não estamos brincando — retrucou Rhyme, no mesmo tom. — Estamos negociando.

O diretor executivo reagiu com o que parecia ser seu primeiro sorriso genuíno. Aquele terreno era seu conhecido e ele puxou uma cadeira para mais perto de Rhyme.

— O que o senhor quer?

— Posso entregar-lhe tudo, sem batalhas judiciais e sem publicidade.

— Não! — gritou Geddes, com raiva. — Como pode ceder assim?

Rhyme ignorou o ativista com a mesma eficácia de Sterling e continuou:

— Desde que o senhor limpe os registros de meus colegas — disse, explicando a questão do teste de drogas de Sellitto e da mulher de Pulaski.

— Posso fazer isso — respondeu Sterling, como se fosse tão fácil quanto aumentar o volume da TV.

Sachs acrescentou:

— O senhor também terá de acertar a vida de Robert Jorgensen.

Ela relatou a maneira pela qual 522 praticamente o destruíra.

— Dê-me os detalhes e providenciarei para que isso seja feito. Ele passará a ser um homem novo.

— Ótimo. Logo que tudo estiver esclarecido, o senhor terá o que deseja. Ninguém tomará conhecimento de qualquer documento ou arquivo sobre o funcionamento do Departamento de Conformidade. Dou a minha palavra.

— Não, você tem de lutar! — disse Geddes a Rhyme, em tom amargo. — Sempre que não os desafiar, alguém perde.

Sterling voltou-se para ele e disse, com voz apenas alguns decibéis acima de um sussurro:

— Calvin, vou falar apenas uma coisa. Perdi três bons amigos nas torres do World Trade Center no dia 11 de setembro. Outros quatro sofreram queimaduras graves. Suas vidas nunca mais serão as mesmas. E nosso país perdeu milhares de cidadãos inocentes. Minha empresa possuía a tecnologia necessária para descobrir alguns dos sequestradores dos aviões e o software de previsão era capaz de entender o que eles pretendiam fazer. Nós — *eu* — poderíamos ter evitado toda aquela tragédia. Todos os dias lamento não tê-lo feito.

Balançou a cabeça e prosseguiu:

— Ora, Cal. Você e suas ideologias políticas tão preto no branco... Será que não entende? Isso é o que a SSD representa: não é a polícia do pensamento batendo à sua porta à meia-noite só porque não gostam do que você e sua namorada fazem na cama, ou porque você comprou um livro sobre Stalin ou o Corão, ou porque você criticou o presidente do país. A missão da SSD é garantir que você continue livre e em segurança, aproveitando a privacidade de seu lar e podendo comprar, ler e dizer o que quiser. Se um bombardeio suicida acabar com você na Times Square, você não terá uma identidade para proteger.

— Poupe-nos dos seus sermões, Andrew — redarguiu Geddes.

Brockton disse:

— Cal. Se você não se acalmar vai acabar tendo muitos problemas.

Geddes riu com frieza.

— Já temos muitos problemas. Bem-vindos ao admirável mundo novo...

Voltando-se abruptamente, saiu às pressas, batendo a porta da frente.

— Fico contente ao ver que você compreendeu, Lincoln — comentou Brockton. — Andrew Sterling está fazendo muitas coisas boas. Todos estamos mais seguros por causa delas.

— Fico feliz em ouvir isso.

A ironia daquelas palavras não atingiu Brockton. Andrew Sterling, no entanto, percebeu perfeitamente. Sua reação, porém, foi um sorriso bem-humorado e confiante, como se soubesse que os argumentos eram ouvidos, ainda que inicialmente as pessoas não dessem valor à mensagem.

— Adeus, detetive Sachs, capitão. O senhor também, agente Pulaski. — Olhou para o jovem policial e acrescentou: — Vou sentir sua falta pelos corredores da SSD. Mas se quiser passar algum tempo aperfeiçoando seus conhecimentos em computação, nossa sala de conferências estará sempre à disposição.

— Bem, eu...

Andrew Sterling piscou um olho para ele e deu meia-volta, saindo da casa com seus acompanhantes.

— Acha que ele sabe o que fiz na sala de conferências? — perguntou o novato.

Rhyme não fez nada além de dar de ombros.

— Que droga, Rhyme — exclamou Sachs. — Imagino que as ordens judiciais sejam legítimas, mas você precisava ceder tão depressa, depois de tudo o que passamos com a SSD? Imagine, aquele dossiê do Departamento de Conformidade... Não gosto de saber que todas aquelas informações existem.

— Uma ordem judicial é uma ordem judicial, Sachs. Não se pode fugir disso.

Ela o olhou mais de perto e deve ter notado o brilho nos olhos dele.

— Certo, qual é a pegadinha?

Rhyme pediu ao ajudante:

— Thom, com sua bela voz de tenor, leia por favor novamente aquela ordem judicial. A que nossos amigos da SSD acabam de nos entregar.

Thom obedeceu.

Rhyme balançou a cabeça em sinal de aprovação.

— Ótimo... Há uma frase em latim na qual estou pensando, Thom. Sabe qual é?

— Ora essa, eu deveria saber, Lincoln, considerando todo o tempo livre que tenho para ficar aqui, estudando os clássicos. Mas infelizmente me deu um branco.

— O latim é uma língua extraordinária. Tem uma exatidão admirável. Onde mais seria possível encontrar cinco declinações de substantivos e aquelas fantásticas conjugações de verbos? Bem, a frase é *Inclusis unis, exclusis alterius*. Significa que ao incluir uma categoria, as demais ficam automaticamente excluídas. Está confuso?

— Na verdade, não. Para ficar confuso é preciso ter prestado atenção.

— Excelente resposta, Thom. Mas vou dar um exemplo. Digamos que você é deputado e redige um artigo de lei que diz: "Não será admitida a importação de carne crua." Ao escolher essas palavras, você estará automaticamente permitindo a importação de carne enlatada ou de carne cozida. Entendeu como funciona?

— *Mirabile dictu* — disse Ron Pulaski.

— Meu Deus — exclamou Rhyme, verdadeiramente surpreso. — Mais um falante de latim.

Pulaski riu.

— Estudei na escola secundária durante alguns anos. Além disso, cantava no coro da igreja. A gente aprende algumas coisas.

— Aonde pretende chegar com isso, Rhyme? — perguntou Sachs.

— A ordem judicial de Brockton somente proíbe entregar à Privacidade Agora informações sobre o Departamento de Conformidade. Geddes, no entanto, pediu tudo o que temos sobre a SSD. Portanto — ergo —, tudo o mais que tivermos a respeito da empresa pode ser licitamente entregue. Os arquivos que Cassel vendeu a Dienko faziam parte do PublicSure e não do Conformidade.

Pulaski riu, mas Sachs franziu a testa.

— Eles simplesmente conseguirão outra ordem judicial.

— Não sei. O que o DPNY e o FBI dirão se souberem que alguém que trabalha para o seu fornecedor de dados andou vendendo informações sobre casos de alta visibilidade? Acho que nossos superiores nos apoiarão nesse caso.

Essa ideia levou a outra, e a conclusão era alarmante.

— Espere... Espere. Na detenção... o homem que atacou meu primo, Antwon Johnson.

— O que tem ele? — perguntou Sachs.

— Nunca entendi por que motivo ele tentaria matar Arthur. Até mesmo Judy Rhyme falou isso. Lon disse que ele era réu federal, temporariamente detido sob jurisdição estadual. Será que alguém do Conformidade fez um trato com ele? Talvez ele estivesse ali para verificar se Arthur achava que alguém estivesse obtendo informações sobre ele, para usar nos crimes. Nesse caso, Johnson deveria acabar com ele, talvez para conseguir uma redução da sentença.

— Acha que o governo tentaria aniquilar uma testemunha? Parece um pouco de paranoia.

— Estamos falando de dossiês de quinhentas páginas, etiquetas eletrônicas em livros e TV de circuito fechado em todas as esquinas da cidade, Sachs... Está bem, darei o benefício da dúvida. Talvez alguém da SSD tenta contatado Johnson. De qualquer forma, vamos chamar Calvin Geddes e entregar-lhe todas as informações que pudermos. Deixe os cães rosnarem, se quiserem. Mas esperem até que as fichas de todos vocês estejam limpas. Vamos aguardar uma semana.

Ron Pulaski despediu-se e saiu para visitar a mulher e a filhinha ainda bebê.

Sachs aproximou-se de Rhyme e curvou-se para beijá-lo na boca. Fez uma careta, apalpando o abdome.

— Você está bem?

— De noite eu mostro a você, Rhyme — murmurou ela, com ar travesso. — As balas 9 milímetros deixam marcas interessantes.

— Marcas sexy? — perguntou ele.

— Só se você achar que as manchas Rorschach roxas são eróticas.

— Na verdade, é exatamente o que eu acho.

Sachs sorriu levemente para ele. Em seguida foi até o corredor e chamou Pam, que estava no vestíbulo, lendo.

— Venha. Vamos fazer compras.

— Ótimo. O que vamos comprar?

— Um carro. Não posso ficar a pé.

— Que bom, de que marca? Um Prius seria muito legal.

Rhyme e Sachs riram alto. Pam sorriu desconcertada e Sachs explicou que embora em grande parte fosse adepta da política sustentável, o consumo de gasolina por quilômetro não fazia parte de seu amor pelo meio ambiente.

— Vamos comprar um carro potente.

— Qual?

— Você verá — respondeu Sachs, mostrando uma lista de veículos em potencial que baixara da internet.

— Vai comprar um carro novo? — perguntou a jovem.

— Nunca, jamais compre um carro novo — ensinou Sachs.

— Por quê?

— Porque hoje em dia os carros são apenas computadores com rodas. Não queremos eletrônica, e sim mecânica. Não é possível sujar as mãos de graxa com os computadores.

— Graxa?

— Você vai adorar a graxa. Você é o tipo de garota que gosta de graxa.

— Acha mesmo?

Pam parecia ter apreciado o comentário.

— Com certeza. Vamos. Até logo, Rhyme.

CAPÍTULO **CINQUENTA E TRÊS**

O TELEFONE TOCOU.

Lincoln Rhyme ergueu os olhos para uma tela de computador próxima dele, na qual aparecia o número 44 identificando a origem da chamada.

Finalmente. Era o desfecho.

— Comando, atender telefone.

— Detetive Rhyme — disse a impecável voz britânica. O tom de voz de Longhurst nunca deixava perceber nada.

— Diga.

Houve uma hesitação. Em seguida ela falou:

— Lamento muito.

Rhyme fechou os olhos. Não, não, não...

Longhurst continuou:

— Ainda não fizemos o anúncio oficial, mas eu queria lhe contar antes da imprensa.

Então o assassino vencera, afinal.

— O reverendo Goodlight está morto, então?

— Oh, não, ele está bem.

— Mas...

— Richard Logan conseguiu atingir o alvo que desejava, detetive.

— Ele conseguiu...? — A voz de Rhyme esmoreceu enquanto as peças iam se juntando. O alvo *desejado*.

— Oh, não... Quem ele realmente queria matar?

— Danny Krueger, o vendedor de armas. Está morto, e dois seguranças dele também.

— Ah, sim, compreendo.

Longhurst prosseguiu:

— Aparentemente, depois que Danny passou para o lado da lei, alguns cartéis na África do Sul, Somália e Síria acharam que ele era um risco grande demais se continuasse vivo. Um traficante de armas com a consciência pesada causa nervosismo. Contrataram Logan para matá-lo. Mas a rede de segurança de Danny em Londres era bastante espessa e por isso Logan precisava atraí-lo para o campo aberto.

O reverendo servira somente de distração. O próprio assassino espalhara o boato de que Goodlight estava marcado para morrer. Obrigara britânicos e norte-americanos a voltarem-se para Danny, pedindo-lhe ajuda para salvar o sacerdote.

— Devo dizer que foi ainda pior — confessou Longhurst. — Ele pegou todos os arquivos de Danny. Todos os contatos, todas as pessoas que trabalharam para ele — informantes, chefes de guerrilhas, mercenários, pilotos clandestinos, fontes de recursos. Todas as testemunhas potenciais ficarão inutilizadas, isto é, as que não forem logo assassinadas. Uma dúzia de casos criminais terão de ser arquivados.

— Como ele fez isso?

Ela suspirou.

— Estava se fazendo passar por nosso contato na França, d'Estourne.

— Então a raposa estava dentro do galinheiro desde o começo.

— Imagino que ele tenha interceptado o verdadeiro d'Estourne na França, a caminho do Canal da Mancha. Matou-o e enterrou o cadáver, ou jogou-o no mar. Foi realmente brilhante, devo reconhecer. Ele fez uma pesquisa completa sobre a vida do francês e sobre sua organização. Falava francês perfeitamente, e falava inglês com perfeito sotaque francês. Até mesmo as expressões idiomáticas.

"Há poucas horas um sujeito apareceu na zona de tiro em Londres. Logan o contratara para entregar um pacote. O homem trabalhava para a empresa Tottenham Parcel Express, cujos empregados usam uniformes cinza. Lembra-se das fibras que encontramos? O assassino tinha pedido um motorista específico, que afirmou ter trabalhado para ele antes, e que era louro.

— A tintura para cabelos.

— Exatamente. Um sujeito confiável, segundo Logan. Por isso é que ele queria seus serviços. Todos estavam tão focados na operação, acompanhando o homem na zona de tiro, procurando cúmplices, verificando se haveria bombas de despiste, que o pessoal de Birmingham baixou a guarda. O assassino simplesmente bateu à porta do quarto de Danny no hotel Du Vin, enquanto a maior parte da equipe de segurança estava no bar tomando umas cervejas. Começou a atirar com aquelas balas dundum. Os ferimentos foram horríveis. Danny e dois de seus homens morreram na hora.

Rhyme fechou os olhos.

— Então, não havia documentos falsos de trânsito.

— Tudo foi uma distração... Uma coisa terrível. Os franceses nem sequer atendem a meus telefonemas... Nem quero pensar.

Lincoln Rhyme não podia senão imaginar o que teria acontecido se ele tivesse permanecido tratando do caso, se tivesse verificado a cena nos arredores de Manchester com o sistema de vídeo de alta definição. Teria visto alguma coisa que revelasse as verdadeiras intenções do assassino? Teria chegado à conclusão de que as pistas de Birmingham também tinham sido plantadas? Ou alguma coisa o levaria a supor que a pessoa que alugara o quarto — o homem que ele queria tanto prender — estava se fazendo passar por um agente francês de segurança?

Haveria algo que ele pudesse ter visto no assalto ao escritório da ONG em Londres?

— E o nome Richard Logan? — perguntou Rhyme.

— Aparentemente não era ele. Um pseudônimo, nada mais. Ele roubou a identidade de alguém. Aparentemente é coisa muito fácil de fazer.

— Ouvi dizer algo assim — comentou Rhyme, com amargura.

Longhurst continuou:

— Houve uma coisa um tanto estranha, detetive. Dentro da bolsa que deveria ser entregue na zona de tiro pelo homem da Tottenham havia...

—... um pacote endereçado a mim.

— Ora, isso mesmo.

— Era um relógio de bolso, ou de mesa, por acaso? —- perguntou Rhyme.

Longhurst riu, incrédula.

— Um relógio de mesa bastante luxuoso, vitoriano. Como o senhor sabe?

— Foi só um palpite.

— Nosso pessoal de explosivos o examinou. É seguro.

— Claro, não seria uma bomba... Inspetora, por favor, envolva-o em plástico e envie-o para cá urgentemente, para que chegue amanhã. E eu gostaria de ler seu relatório, quando estiver pronto.

— Claro.

— E minha parceira...

— A detetive Sachs.

— Isso mesmo. Ela vai querer entrevistar por vídeo todas as pessoas envolvidas.

— Vou preparar uma dramatis personae.

Apesar de sua raiva e decepção, Rhyme teve de sorrir diante da expressão. Ele adorava os britânicos.

— Foi um privilégio trabalhar com o senhor, detetive.

— E para mim também, trabalhar com a senhora, inspetora.

Rhyme desligou, com um suspiro.

Um relógio vitoriano.

Rhyme olhou para a prateleira acima da lareira, onde estava exposto um relógio de bolso Breguet, antigo e bastante valioso, presente daquele mesmo assassino. O relógio tinha sido entregue logo depois que o homem escapara de Rhyme em um dia muito frio de dezembro, não havia muito tempo.

— Thom. Uísque. Por favor.

— Qual o problema?

— Não tem nenhum problema. Não é hora do café da manhã e quero um pouco de uísque. Passei nos meus exames físicos com louvor e da última vez que conferi você não era um batista carola e abstêmio. Por que diabos pensa que há algo errado?

— Porque você pediu "por favor".

— Muito engraçado. Chega de gracinhas por hoje.

— Vou tentar — disse Thom, franzindo a testa enquanto olhava a expressão de Rhyme, vendo nela alguma coisa. — Talvez um duplo? — perguntou, em voz baixa.

— Um duplo seria maravilhoso — respondeu Rhyme, usando uma expressão britânica.

O assistente serviu um cálice generoso de Glenmorangie, arrumando o canudo perto da boca de Rhyme.

— Quer me acompanhar?

Thom piscou os olhos e depois riu.

—Talvez mais tarde.

Era a primeira vez, pensou Rhyme, que ele oferecia um drinque ao assistente.

O criminalista tomou um gole da bebida envelhecida, olhando o relógio de bolso. Pensou no bilhete que o assassino havia mandado junto com o relógio. Tinha decorado fazia tempo.

Este relógio de bolso é um Breguet. É meu favorito entre muitos que encontrei durante o ano passado. Foi fabricado no início do século XIX e possui rolamento de rubi, calendário perpétuo e dispositivo antichoque. Espero que o senhor note a janela das fases da lua, a propósito de nossas recentes aventuras juntos. Existem poucos exemplares deste relógio no mundo. É um presente que lhe ofereço, em sinal de respeito. Em meus anos nesta profissão, ninguém jamais me impediu de completar um trabalho; o senhor é um dos melhores. (Diria que é tão bom quanto eu, embora isso não seja realmente verdade, pois afinal o senhor não me capturou.)

Dê sempre corda no Breguet (cuidadosamente); ele contará os minutos até que nos encontremos novamente.

Um conselho: Se eu fosse o senhor, trataria de aproveitar bem todos esses segundos.

Você é competente, disse Rhyme, silenciosamente, ao assassino.

Mas eu também sou. Da próxima vez, terminaremos nosso jogo.

Nesse momento, seus pensamentos foram interrompidos. Rhyme focalizou a vista, afastando-a do relógio e olhando para fora, pela janela. Alguma coisa atraíra sua atenção.

Um homem de roupas esporte caminhava na calçada, do outro lado da rua. Rhyme manobrou a TDX até perto da janela e olhou. Tomou mais um gole do uísque. O homem estava de pé ao lado de um banco pintado de cor escura, diante da mureta de pedra que limitava o Central Park. Fitava a casa de Rhyme, com as mãos nos bolsos. Aparentemente não percebia que estava sendo observado de dentro, através da ampla janela.

Era seu primo, Arthur Rhyme.

O homem deu um passo adiante, quase atravessando a rua. Em seguida, porém, parou. Voltou para o lado do parque e sentou-se em um dos bancos diante da casa, ao lado de uma mulher vestida para corrida, que bebia água e balançava o pé enquanto ouvia o iPod. Arthur tirou do bolso uma folha de papel, olhou-a e guardou-a novamente. Seus olhos voltaram a fitar a casa.

É curioso. Ele se parece comigo, refletiu Rhyme. Durante todos os anos de camaradagem e separação, ele nunca havia notado.

De repente, por algum motivo, as palavras do primo, ditas uma década antes, encheram-lhe a mente.

Você jamais tentou fazer o mesmo com seu pai? Como acha que ele se sentiu, tendo um filho como você, cem vezes mais inteligente do que ele? Um filho que saía sempre de casa porque preferia a companhia do tio. Você jamais deu uma oportunidade a Teddy.

O criminalista gritou:

— Thom!

Não houve resposta.

Ele chamou novamente, mais alto.

— Que foi? — perguntou o ajudante. — Já tomou todo o uísque?

— Preciso de uma coisa que está no porão.

— No porão?

— Foi o que acabei de dizer. Há umas caixas velhas lá embaixo, com a palavra "Illinois" escrita.

— Ora, aquelas caixas. Na verdade, Lincoln, são umas trinta.

— Sejam quantas forem.

— Não são poucas.

— Preciso que você procure nelas uma coisa para mim.

— O que é?

— Um pedaço de concreto numa caixa de plástico. Deve ter uns 8 por 8 centímetros.

— Concreto?

— É um presente para alguém.

— Bem, espero ansiosamente o Natal, para ver o que vou ganhar. Quando quer que...

— Agora. Por favor.

Com um suspiro, Thom se afastou.

Rhyme continuou a observar o primo, que ainda fitava a porta da frente da casa. No entanto, ele não se movia.

Rhyme tomou um longo gole do uísque.

Ao olhar novamente, o banco do parque estava vazio.

O criminalista sentiu-se alarmado — e ofendido — pela partida abrupta do homem. Rapidamente, levou a cadeira de rodas o mais perto possível da janela.

Viu Arthur esquivando-se dos automóveis e aproximando-se da casa.

Houve um silêncio muito longo. Finalmente, a campainha da porta tocou.

— Comando — ordenou Rhyme rapidamente para o computador que o auxiliava. — Abrir porta da frente.

NOTA DO AUTOR

O COMENTÁRIO DE CALVIN GEDDES sobre o "admirável mundo novo" naturalmente se refere ao título do romance futurista de Aldous Huxley, de 1932, que tratava da perda da identidade individual numa sociedade supostamente utópica. O livro continua a ser assustador, assim como *1984*, de George Orwell.

Os leitores que queiram conhecer melhor a questão da privacidade poderão acessar os sites de algumas das seguintes organizações: Electronic Privacy Information Center (EPIC.org); Global Internet Liberty Campaign (www.gilc.org); In Defense of Freedom (www.indefenseoffreedom.org); Internet Free Expression Alliance (http//ifea.net); The Privacy Coalition (http//privcycoalition.org); Privacy International (www.privacyinternational.org); Privacy.org (www.privacy.org) e a Electronic Frontier Foundation (www.eff.org).

Creio que também gostarão — e se impressionarão — com o excelente livro do qual retirei diversas citações para usá-las como epigramas: *No Place to Hide*, de Robert O'Harrow, Jr.

Os que quiserem saber como Amelia Sachs encontrou Pam Willoughby poderão ler *O Colecionador de Ossos* e a continuação da história de ambas em *Lua Fria*. Igualmente, este último romance conta o primeiro encontro de Lincoln Rhyme com o assassino que ele e a inspetora Longhurst procuraram prender no presente romance.

Ah, e assegure-se de prestar atenção em sua identidade. Se não o fizer, tem muita gente por aí que vai.

AGRADECIMENTOS

MEUS AGRADECIMENTOS A UMA EXCELENTE equipe. Will e Tina Anderson, Louise Burke, Luisa Colicchio, Jane Davis, Julie Deaver, Jamie Hodder-Williams, Paolo Klun, Carolyn Mays, Deborah Schneider, Vivienne Schuster, Seba Pezzani, Betsy Robbins, David Rosenthal, Marysue Rucci... E, naturalmente, Madelyn Warcholik.

Este livro foi composto na tipologia Plantin, em corpo 11/15,
e impresso em papel off-white no Sistema Cameron
da Divisão Gráfica da Distribuidora Record.